Für meinen Vater Wilhelm Spang,
mit 89 Jahren wahrscheinlich mein ältester Leser,
und Frau Sigrid Lorbeer-Wirges,
mit 85 Jahren eine meiner ältesten Leserinnen
all meiner bislang erschienenen Bücher

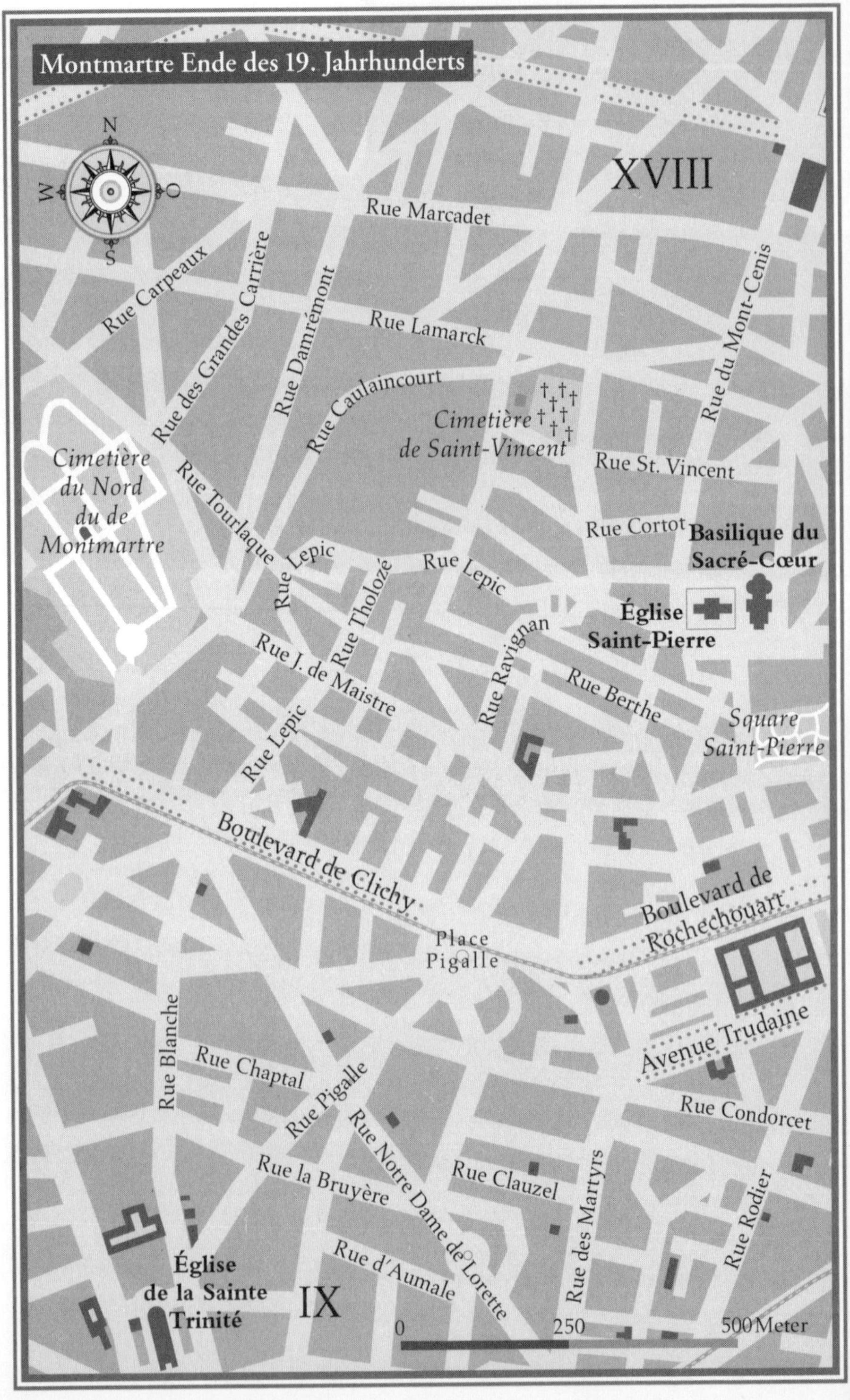
Montmartre Ende des 19. Jahrhunderts
N
W
O
S
XVIII
Rue Marcadet
Rue Carpeaux
Rue des Grandes Carrière
Rue Damrémont
Rue Lamarck
Rue Caulaincourt
Rue du Mont-Cenis
Cimetière de Saint-Vincent
Cimetière du Nord du de Montmartre
Rue Tourlaque
Rue St. Vincent
Rue Cortot
Basilique du Sacré-Cœur
Rue Lepic
Rue Lepic
Rue Tholozé
Rue Lepic
Église Saint-Pierre
Rue Ravignan
Rue J. de Maistre
Rue Berthe
Square Saint-Pierre
Rue Lepic
Boulevard de Clichy
Boulevard de Rochechouart
Place Pigalle
Avenue Trudaine
Rue Blanche
Rue Chaptal
Rue Pigalle
Rue Condorcet
Rue Notre Dame de Lorette
Rue la Bruyère
Rue Clauzel
Rue des Martyrs
Rue Rodier
Rue d'Aumale
Église de la Sainte Trinité
IX
0
250
500 Meter

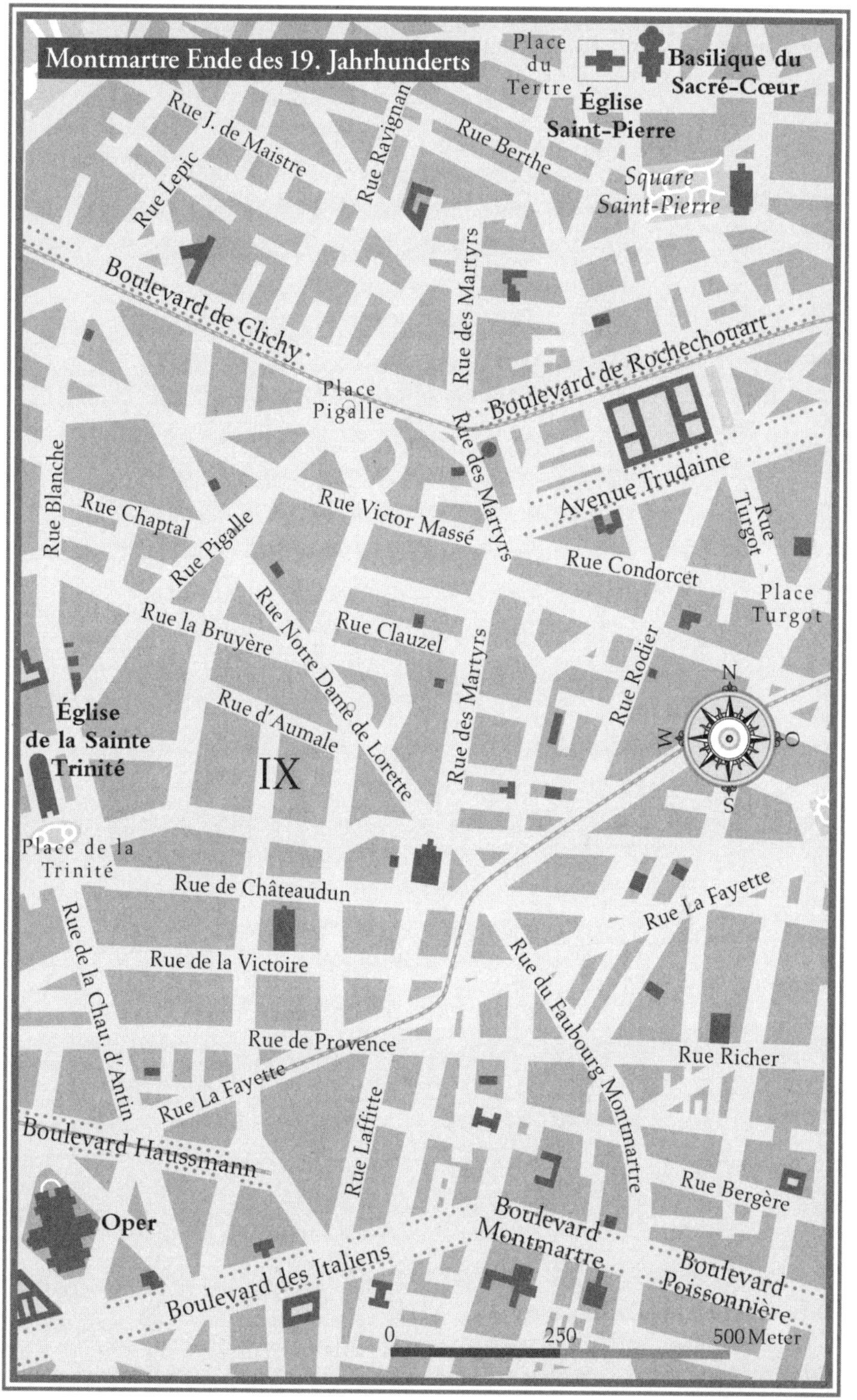

Montmartre Ende des 19. Jahrhunderts
Place du Tertre
Basilique du Sacré-Cœur
Église Saint-Pierre
Square Saint-Pierre
Rue J. de Maistre
Rue Ravignan
Rue Berthe
Rue Lepic
Boulevard de Clichy
Rue des Martyrs
Boulevard de Rochechouart
Place Pigalle
Avenue Trudaine
Rue Turgot
Rue Blanche
Rue Chaptal
Rue Victor Massé
Rue Pigalle
Rue Condorcet
Place Turgot
Rue la Bruyère
Rue Notre Dame de Lorette
Rue Clauzel
Rue Rodier
Église de la Sainte Trinité
Rue d'Aumale
IX
N
W
O
S
Place de la Trinité
Rue de Châteaudun
Rue La Fayette
Rue de la Chau. d'Antin
Rue de la Victoire
Rue du Faubourg Montmartre
Rue de Provence
Rue Richer
Rue Laffitte
Boulevard Haussmann
Rue Bergère
Oper
Boulevard Montmartre
Boulevard des Italiens
Boulevard Poissonnière
0
250
500 Meter

»Sie hat ein Vertrauen in sich, das niemand sonst besitzt, mal lächelnd, mal schüchtern, kühn oder katzenhaft, geschmeidig wie ein Handschuh.«

HENRI DE TOULOUSE-LAUTREC ÜBER LA GOULUE,
THE MOULIN ROUGE

»Sie tanzt mit ruckartigen Bewegungen. Sie ist von geringer Intelligenz, ungehobelt, reizbar und zänkisch mit ihren Kolleginnen.«

GUSTAVE COQUIOT, FRANZÖSISCHER KUNSTKRITIKER,
ÜBER LA GOULUE
THE MOULIN ROUGE

»So bin ich doch jeden Tag dankbar für mein jetziges Leben, in dem ich gerade das tun darf, ungehindert, frei, nach Herzenslust, was mir am meisten Freude bereitet, und ich bereue keinen Tag, nach hier […] gegangen zu sein, denn die Einrichtung der Akademie und die Lehrkräfte sind so ausgezeichnet, wie man es besser nicht wünschen kann.«

IDA GERHARDI, KUNSTMALERIN,
ÜBER IHREN AUFENTHALT IN PARIS AB 1891,
STÄDEL | FRAUEN, KÜNSTLERINNEN ZWISCHEN FRANKFURT
UND PARIS UM 1900

»Malweiber: Sehen Sie Fräulein,
es gibt zwei Arten von Malerinnen:
die einen möchten heiraten
und die anderen haben auch kein Talent.«

SIMPLICISSIMUS (1901),
UMBACH, K./GUTBROD H., DIE MALWEIBER VON PARIS

Dramatis Personae

*Es werden nur die für die Handlung bedeutsamen Figuren aufgeführt. Historische Persönlichkeiten sind mit einem * gekennzeichnet.*

ELISE LAMBERTS FAMILIE

Elise Lambert, älteste Tochter
Jeanne Lambert, ihre Mutter
Simone Lambert, ihre jüngere Schwester
Luc Colbert, Zuhälter und Simones Ehemann
Marianne, Jeannes Ziehmutter

VALÉRIE DUMAS' FAMILIE

Valérie Dumas, einzige Tochter
Alphonse Dumas, ihr Vater, Inhaber einer Kunstgalerie
Amélie Dumas, ihre Mutter
Cecile und Bernard Valbert,
Valéries Großeltern mütterlicherseits
Baptiste Germain, Valéries Ehemann, Kunstmaler
(Figur in Anlehnung an den Maler **Jean-Léon Gérôme***)
Eleonore und **Albert Germain**, Valéries Schwiegereltern

PERSONAL IM STADTPALAIS VON BAPTISTE GERMAIN

Marie, Valéries Kammerzofe
Gilbert, Hausdiener
Gervaise, Köchin
Clement, Kutscher

(HISTORISCHE) PERSÖNLICHKEITEN AUS DEM MOULIN ROUGE

Louise Weber*, genannt **La Goulue**, Tänzerin
Valentin*, genannt **der Knochenlose**, Tanzpartner von La Goulue
Lucienne Beuze*, genannt **Grille d'Égout**, Tänzerin
Jane Avril*, Tänzerin
Aicha*, Tänzerin
Nini Patte-en-l'air*, Tänzerin
Sabine, genannt **La Gazelle**, Tänzerin
La Tonkinoise*, Bauchtänzerin
Joseph Oller*, Besitzer des Moulin Rouge
Charles Zidler*, erster Direktor des Moulin Rouge
Jean Oller*, zweiter Direktor und Bruder des Eigners
Yvette Guilbert*, Sängerin

(HISTORISCHE) PERSÖNLICHKEITEN AUS DER KUNSTMALER/INNENSZENE IN UND UM MONTMARTRE

Pascal Didier, Kunstmaler und Valéries Geliebter (Figur in Anlehnung an den Maler **Émile Bernard***)

Henri de Toulouse-Lautrec*, Kunstmaler, Mitglied des Hochadels

Vincent van Gogh*, niederländischer Kunstmaler

Suzanne Valadon*, Kunstmalerin

Pierre-Auguste Renoir*, Kunstmaler

Edgar Degas*, Kunstmaler

Theo van Gogh*, Leiter der Galerie Goupil und Vincents jüngerer Bruder

Maurice Joyant*, Theo van Goghs Nachfolger und Jugendfreund von Toulouse-Lautrec

Fernand Cormon*, Kunstmaler und Leiter der gleichnamigen Kunstakademie

(HISTORISCHE) PERSÖNLICHKEITEN AUS DER KUNSTMALER/INNENSZENE IN UND UM MONTPARNASSE

Louise Catherine Breslau*, schweizerische Kunstmalerin

Ottilie Roederstein*, deutsche Kunstmalerin

Ida Gerhardi*, deutsche Kunstmalerin

Madeleine Smith*, französische Kunstmalerin

Henri Gervex*, Kunstmaler und Inhaber eines Damenateliers

Émile Auguste Carolus-Duran*, Kunstmaler und Inhaber eines Damenateliers

WEITERE FIKTIVE PERSÖNLICHKEITEN MIT BEDEUTUNG FÜR DEN ROMAN

André Renard, Elises ehemaliger Verlobter
Sandrine, seine Ehefrau
Perceval de Chambières, bretonischer Graf
Georges de Cluny, sein Cousin
Père Zacharie, Amélie Dumas' Beichtvater und Priester in Sacré-Coeur
Pierre Lombard, sein Neffe
Madame Béatrice, Leiterin des Bordells Fleur Blanche
Brigitte, eine Prostituierte
Denise, Dienstmädchen von La Goulue, später von Elise und Lucienne
Tante Albertine, Denises Tante

WEITERE HISTORISCHE PERSÖNLICHKEITEN MIT BEDEUTUNG FÜR DEN ROMAN

(in alphabetischer Reihenfolge)

René Bérenger*, Gründer der Liga für die Einhaltung der guten Sitten
Alfred Dreyfus*, französischer Offizier
Blanche d'Egmont*, Leiterin eines Bordells
Nāser ad-Din Schāh*, Kaiser von Persien
Liane de Pougy*, Kurtisane
Père Tanguy*, Farbenhändler, Förderer avantgardistischer Malerei
Gabriel Tapié de Céleyran*, Toulouse-Lautrecs Cousin
Auguste Vaillant*, Anarchist

WICHTIGE, IM ROMAN GENANNTE HISTORISCHE PERSÖNLICHKEITEN OHNE AKTIVE ROLLE

(in alphabetischer Reihenfolge)

Alphonse Allais*, französischer Schriftsteller
Georges Ernest Jean Marie Boulanger*, französischer General und Aufrührer
Aristide Bruant*, Chansonnier
Alexandre Cabanel*, Kunstmaler
Jean Casimir-Perier*, französischer Politiker, Nachfolger von Dupuy als Ministerpräsident
Paul Cézanne*, Kunstmaler
Édouard Drumont*, Herausgeber des Blatts *La Libre Parole*
Charles Dupuy*, französischer Politiker, zeitweise Ministerpräsident
Gustave Eiffel*, Erbauer des Eiffelturms
Paul Durand-Ruel*, Kunsthändler
Paul Gauguin*, Kunstmaler
Georges-Eugène Haussmann*, bis 1870 Präfekt des Département Seine; Stadtplaner und Umgestalter von Paris
Jean-Jacques Henner*, Kunstmaler und Inhaber eines Damenateliers
Rodolphe Julian*, Gründer der gleichnamigen Kunstakademie
Madeleine Lemaire*, französische Kunstmalerin
Ferdinand de Lesseps*, Erbauer des Suez- und des Panamakanals
Édouard Manet*, Kunstmaler
Camille Pissarro*, Kunstmaler
Ravachol*, Anarchist
Charles Frederick Worth*, Modedesigner, Begründer der Haute Couture

Prolog

IN EINER LUXUSKAROSSE DES GRAND-HÔTEL DE LA PAIX

MITTWOCH, 30. OKTOBER 1889

»Nu mach doch nicht so 'n sauertöpfisches Gesicht!«, fuhr Louise Weber, genannt La Goulue, Elise an. »Du siehst ja aus, als ging's zu deiner eigenen Beerdigung.«

Sie lehnte sich genüsslich in die mit rotem Samt bezogenen Polster der Luxuskarosse zurück. Die stammte aus dem Grand-Hôtel de la Paix und hatte sie pünktlich um vier Uhr am Nachmittag vor dem Haus am Boulevard de Rochechouart, in dem La Goulue wohnte, abgeholt. »*Meine* erste Privatvorführung ist das ja nicht«, betonte sie. »Doch mit so 'nem prächtigen Gefährt hat mich noch nie einer kutschiert.«

Elise unterdrückte ein Seufzen. Erst nach einigem Zögern hatte sie La Goulues Drängen nachgegeben, sie zu einer privaten Vorstellung beim Kaiser von Persien zu begleiten. Er residierte anlässlich der noch bis zum 31. Oktober dauernden Weltausstellung in diesem vornehmsten Hotel von Paris. Das Haus war seinerzeit von Kaiserin Eugénie, der Gattin Napoleons III., persönlich eröffnet worden, ebenso wie das dazugehörige Café de la Paix.

»Der Kaiser heißt in Persien Schah«, hatte Louise Elise nach deren Genesung und der Rückkehr ins Moulin Rouge belehrt, als sie ihrer Freundin die Offerte unterbreitete. »Er ist extra zur Weltausstellung nach Paris gekommen, und wegen dir bleibt er sogar länger. Aber nur, bis die Ausstellung zumacht!«

Als Elise nicht gleich zustimmte, bedrängte Louise sie weiter: »Denk dir nur, dieser Schah hat uns schon am Eröffnungsabend tanzen gesehn und wollt uns beide gleich engagieren. Da hab ich sogar für dich gelogen und behauptet, du hättst dir den Knöchel verstaucht. Seither ist er jeden Abend im Moulin Rouge aufgetaucht, und als du wieder aufgetreten bist, hat sein Abgesandter mich gleich noch mal angesprochen. So 'ne Chance kriegst du nicht alle Tage!«

»Was will er denn zahlen?«, fragte Elise schließlich.

»'ne Menge. Der Kerl ist stinkreich. Deshalb reist er sogar mit 'nem eigenen Zug und haust in diesem sauteuren Schuppen. Da war ich zwar auch schon mal, aber nicht in der Königssuite. Die soll tausend Francs für 'ne einzige Nacht kosten«, plapperte Louise. »Kein Wunder, dass der Kerl zwanzig Louis springen lässt. Das sind immerhin zweihundert Francs für jede von uns. So viel, wie *du* im Moulin Rouge für 'ne ganze Woche kriegst. Und das Geld kannste doch sicher gut brauchen«, fügte sie bedeutungsvoll hinzu.

Elise fühlte sich aufgrund der Ereignisse in der letzten Zeit zu schwach, um dem etwas entgegensetzen zu können. Denn mit dem Geld hatte Louise recht. Deren unverhohlene Anspielung darauf, dass sie fünfzig Francs mehr pro Woche im Moulin Rouge verdiente als ihre Tanzpartnerin, berührte Elise diesmal nicht. Ihre Probleme waren ganz anderer Art.

Seit jenem unglückseligen Spagat bei der Eröffnungsvorstellung, der vor mehr als drei Wochen eine Fehlgeburt ausgelöst hatte, war ihr Leben nicht mehr das gleiche gewesen.

Die ersten fünf Tage nach dem Unfall hatte sie in der Wohnung ihrer Mutter Jeanne und deren langjähriger mütterlicher

Freundin, der Hebamme Marianne, verbracht, wo die Alte sie gepflegt hatte.

Als Marianne befand, dass die Patientin weitgehend genesen war, kehrte Elise zunächst in die gemeinsame Wohnung mit ihrem Verlobten André Renard zurück. Doch die Beziehung zu ihrer »ehemals großen Liebe«, wie Elise heute traurig an die Anfangsjahre mit André zurückdachte, war schon vor der Fehlgeburt immer spannungsgeladener geworden. Während ihrer Genesung hatte André sie nicht ein einziges Mal besucht. Er hatte sie nicht einmal grüßen lassen.

Am Tag ihrer Rückkehr machte er ihr zunächst bittere Vorwürfe. »Wie konntest du nur so leichtsinnig sein! Das Kind war doch auch meins. Und erzähl mir nicht, du hast nicht gewusst, dass du schwanger bist«, kam er ihrem Einwand zuvor. »Du wolltest unbedingt bei dieser Gala auftreten! Dabei hast du das Leben des Kleinen und unser gemeinsames Glück aufs Spiel gesetzt!«

Da André recht hatte, versuchte Elise erst gar nicht, ihm in dieser Hinsicht zu widersprechen. Anders verhielt es sich mit seiner Forderung, ihr Engagement im Moulin Rouge auf der Stelle zu kündigen.

»Warum soll ich das tun? Nur um hier untätig rumzusitzen und drauf zu warten, dass ich bald wieder trächtig bin? Dafür hab ich all die Jahre zu hart gearbeitet und geübt.«

Das wütende Funkeln in Andrés braunen Augen verfolgte Elise nach dieser Auseinandersetzung noch tagelang. »Also willst du lieber Tänzerin bleiben als meine Ehefrau werden?« Seine Stimme klang gefährlich ruhig.

»Erst mal ja!« Die Worte waren heraus, bevor Elise darüber nachgedacht hatte.

»Dann scher dich zum Teufel!«, brüllte André und wies auf die Tür. Im ersten Moment war Elise zu Tode erschrocken. Doch schnell begriff sie, dass André trotz seiner Grobheit im Grunde recht hatte. Ihre Beziehung hatte keine Chance mehr. Sie wollte Tänzerin bleiben, das war ihr bereits am Abend des verunglückten Spagats klar geworden.

Also hatte sie ohne ein weiteres Wort ihre Sachen gepackt und war wieder in die Wohnung ihrer Mutter eingezogen. Seither hatte sie André nicht wiedergesehen.

Schließlich hatten andere Sorgen die Erinnerung an das traurige Ende ihrer jahrelangen Beziehung sogar zeitweise verdrängt. Denn als sie knapp zwei Wochen nach dem Unfall bei Joseph Oller vorsprach, dem Besitzer des Moulin Rouge, stellte der ihr ein Ultimatum. »Ich gebe Ihnen noch eine Woche Zeit zur Rekonvaleszenz, Mademoiselle Lambert. So lange vertritt Nini Patte-en-l'air Sie noch in den Duos und dem Trio mit La Goulue und Grille d'Égout. Wenn Sie am nächsten Samstag, dem 26. Oktober, nicht gesund genug sind, um wieder aufzutreten, muss ich Sie leider entlassen. Also beginnen Sie lieber noch heute mit dem Üben. Denn ich erwarte außerdem, dass Sie Ninis Cancan-Figur bis dahin erlernen. Zumal Sie mir gerade gesagt haben, dass Sie vorerst keinen Spagat zeigen können.«

Elise schluckte schwer. Ihrer Figur verdankte Nini den Spitznamen »Pfote in der Luft«, weil sie den Fuß hoch über dem Kopf im Kreis herumwirbelte. Bislang beherrschte das außer ihr nur La Goulue. Für Elise stellte Ollers Ultimatum eine neue unerwartete Herausforderung dar. Erst recht in ihrem noch geschwächten Zustand.

Nur Elises Ausfall hatte dazu geführt, dass Nini die Tanzfigur jetzt während der Aufführungen zeigen durfte. Zuvor hatte La Goulue dies verhindert. Aber wenn Nini Elise in ihrer Abwesenheit auch im Trio vertreten hatte, musste Grille d'Égout, die Dritte im Bunde, diese Figur inzwischen ebenfalls erlernt haben.

Noch ganz in Gedanken über diese neue Situation, empfand Elise Ollers letzten Satz, den er ihr hinterherrief, als weit weniger bedrohlich als den über ihr mögliches Scheitern: »Und sollten Sie noch einmal schwanger werden, muss ich Sie gleichermaßen auf der Stelle entlassen.«

Nun, da bestand im Augenblick keine Gefahr mehr. Viel wichtiger war es Elise, Ninis Figur so rasch wie möglich zu beherrschen. Es war ihr Glück, dass sowohl Lucienne, wie Grille d'Égout wirklich hieß, als auch Louise Nini auf den Tod nicht ausstehen konnten.

»Das Weibsstück hat es drauf angelegt, dich rauszuekeln«, kommentierte La Goulue Elises Bericht über ihr Gespräch mit Oller. »Aber das werden wir verhindern«, fügte Grille d'Égout entschlossen hinzu.

Und so hatten es die beiden in seltener Einigkeit geschafft, die komplizierten Bewegungsabläufe mit Elise so gründlich zu trainieren, dass sie bereits am ersten Aufführungstag ohne ein Stolpern oder sogar Hinfallen damit aufgetreten war.

Einen Preis mussten die drei jedoch zahlen. Nini bestand darauf, dass die Figur ihr geistiges Eigentum sei, da sie sie selbst kreiert habe. Sie verstieg sich sogar dazu, dem Eigner mit ihrer Kündigung zu drohen, verbunden mit dem Verbot, diese Figur jemals wieder im Moulin Rouge zu zeigen, falls sie selbst nicht mehr damit auftreten dürfe.

Überraschenderweise lenkte Joseph Oller ein. Wahrscheinlich vor allem, weil die Nummer sehr gut beim Publikum angekommen war. Also gab es seit dem vergangenen Samstag neben den Soli von Louise, Lucienne und Elise, den Duos in wechselnder Besetzung und ihrem Auftritt als Trio auch eine Nummer zu viert, an der Nini mitwirkte.

Elise und Lucienne machten sich über Ninis Absichten keine

Illusionen. Sobald sich die Gelegenheit ergäbe, stünde Nini bereit, die Stelle einer der beiden im Moulin Rouge einzunehmen. Nur La Goulue musste nicht um ihre Position als Startänzerin fürchten.

Auch deshalb hatte Elise Louise schließlich nachgegeben. Ihr fehlte der Lohn von fast drei Wochen, außerdem wollte sie so rasch wie möglich weg aus der Butte von Montmartre und wie La Goulue am Fuß des Hügels eine Wohnung an einem der großen Boulevards beziehen.

Noch war ihr Verbleib im Moulin Rouge aber nicht gesichert. Nicht auszudenken, wenn Oller sie entlassen würde …

»Was grübelst du denn jetzt schon wieder vor dich hin?«, riss Louise Elise aus ihren Gedanken. Sie wies mit großer Geste zum Fenster der Kutsche. »Wir sind da! Sieh zu, dass du mir heut ja keine Schande machst!«

WOHNUNG VON ALPHONSE DUMAS AM BOULEVARD DE CLICHY

30. OKTOBER 1889, AM GLEICHEN TAG ZUR GLEICHEN ZEIT

Traurig betrachtete Valérie ihr Gesicht im Spiegel der Frisierkommode. Um ihre grauen Augen lagen tiefe Schatten, ihre Wangen waren bleich. Ihr rötlich braunes Haar wirkte stumpf.

Wieder hatte das Dienstmädchen Marie keinen Brief ihres Geliebten Pascal Didier bei Valéries Freundin Suzanne Valadon vorgefunden. Bislang hatte Pascal ihr jede Woche geschrieben. Jetzt hatte er bereits seit über zwei Wochen nichts mehr von sich hören lassen.

Schon vor ihrer von den Eltern erzwungenen Verlobung mit dem Kunstmaler Baptiste Germain vor fast vier Wochen hatte Valérie sich entschlossen, Marie zu ihrer Verbündeten zu machen. Marie hatte für die Familie Dumas schon vor Valéries Geburt gearbeitet und war ihr daher seit frühester Kindheit vertraut.

Obwohl sich Valérie ab und zu noch immer Illusionen machte, wusste sie im Grunde ihres Herzens, dass sie der Heirat mit dem weitaus älteren Baptiste Germain nicht entgehen konnte. Aber sie war zumindest fest entschlossen, den Hochzeitstermin so weit wie möglich hinauszuschieben. Vielleicht geschah ja noch ein Wunder.

Bis auf Marie und Suzanne Valadon war Valérie allerdings völlig auf sich allein gestellt. Ihre große Liebe Pascal hatte Paris schon im April dieses Jahres verlassen, weil ihm die Einberufung zum Wehrdienst drohte. Er würde mindestens fünf Jahre außer Landes bleiben müssen.

Als Baptiste immer hartnäckiger um sie zu werben begann, hatte Valérie verzweifelt überlegt, ob sie nicht auf eigenen Füßen stehen und sich als Malerin durchbringen könnte. Doch als junger unverheirateter Frau aus gutbürgerlichem Hause stand ihr diese Möglichkeit nicht offen. Obwohl sie mit dreiundzwanzig Jahren längst volljährig war, hätte dies allen Konventionen widersprochen.

Selbst Suzanne, die sich in Montmartre als alleinerziehende Mutter mit einem unehelichen Sohn durchschlug, hatte ihr davon abgeraten. »Obwohl ich malen kann, was und wie ich möchte, und Edgar Degas mich weiterhin fördert, verdiene ich damit keinen Centime«, sagte sie und machte Valéries Hoffnung rasch zunichte.

Dass sie trotz ihres Studiums an der Akademie Cormon je eine Zukunft als Künstlerin haben würde, war für Valérie mehr als ungewiss. Denn obwohl ihr Abschlussgemälde *Raub der Sabinerinnen* die zweitbeste Note der Klasse erhalten hatte und noch immer in der Galerie ihres Vaters ausgestellt war, wollte sie in diesem Stil auf keinen Fall weitermalen. Der sogenannte akademische Realismus, wie er noch immer an den renommierten Pariser Kunstschulen gelehrt wurde, gehörte ihres Erachtens der Vergangenheit an.

Es war daher eine Ironie des Schicksals, dass ihr Verlobter Baptiste in Paris einer der erfolgreichsten Vertreter dieser Kunstrichtung war, die sich ungebrochener Beliebtheit erfreute. Aber durch ihre ehemaligen Studienkollegen Henri de Toulouse-Lautrec und Vincent van Gogh hatte Valérie neue avantgardistische Malstile kennengelernt, die sie weit mehr ansprachen.

In der Akademie Cormon hatte sie auch Pascal Didier kennengelernt, ebenfalls Anhänger der modernen Kunst. Er hatte sogar eine eigene Stilrichtung erschaffen und zusammen mit Paul Gauguin weiterentwickelt. Er und Valérie waren schon zu Beginn ihres Studiums ein Paar geworden.

Doch jetzt war Pascal fort. Er war durch die Vermittlung ihres ehemals gemeinsamen Freundes Henri de Toulouse-Lautrec nach Brüssel gegangen. Obwohl er vor Ort von einer Künstlergruppe unterstützt wurde, schlug er sich noch immer mehr schlecht als recht als Maler durch. Um seinen Lebensunterhalt zu bestreiten, arbeitete er, wie vormals in Paris, als Kellner.

Doch sie hatten ein Paar bleiben wollen! Warum schrieb er ihr nicht mehr? War ihm am Ende ein Unglück zugestoßen? Oder begann er sie bereits zu vergessen? In Valéries Sorge mischte sich Groll. Denn ihre Trennung war für sie aus heiterem Himmel gekommen. Fast bis zum letzten Tag hatte Pascal ihr verschwiegen, dass seine Abreise aus Frankreich unmittelbar bevorstand.

Kurz kam ihr der unwillkommene Gedanke, dass auch sie ihre Verlobung vor Pascal bislang verheimlicht hatte. Aber warum sollte sie ihn unnötig beunruhigen? Noch war sie nicht verheiratet, noch gab es Hoffnung.

Wider besseres Wissen läutete sie nach Marie. »Lauf noch einmal zu Suzanne Valadon! Es ist zwar erst kurz nach vier, aber vielleicht ist sie schon daheim. Womöglich hat sie einen Brief für mich mit der Nachmittagspost bekommen.«

Wie in ihrer Kindheit duzte sie Marie mit deren Einverständnis, wenn sie allein waren. Valéries Angebot, sie ebenfalls zu duzen, hatte Marie jedoch abgelehnt. »Es ist mir lieber, wenn ich Sie durchgängig sieze, Mademoiselle Valérie. Sonst passiert mir am Ende noch ein Fauxpas vor den Ohren Ihrer Mutter, die mich streng dafür tadeln würde.«

Einen Moment lang überlegte Valérie jetzt, ob sie Marie bitten solle, auch bei Henri de Toulouse-Lautrec in Suzannes Nachbarhaus vorbeizuschauen und ihn zu fragen, ob er binnen der letzten Tage Nachricht von Pascal bekommen hätte.

Doch dann verwarf sie den Gedanken wieder. Ihre Beziehung zu Henri war völlig zerrüttet. Er würde Marie keine Auskunft erteilen, selbst wenn er etwas wüsste.

GRAND-HÔTEL DE LA PAIX

MITTWOCH, 30. OKTOBER 1889, WENIG SPÄTER

Als Elise hinter dem livrierten Portier die Eingangshalle des Grand-Hôtel de la Paix betrat, blieb ihr vor Erstaunen der Mund offen stehen. Zwar hatte sie schon häufig von prächtigen Schlössern gehört, sich aber nie recht vorstellen können, wie es darin aussah.

Auf jeden Fall konnte kein Schloss prunkvoller sein als dieses Hotel. Überall glitzerte und funkelte es im Licht der zahlreichen Kronleuchter. Der Boden sowie die Säulen zu beiden Seiten der Halle bestanden aus einem mehrfarbigen polierten Stein. Elise widerstand der Versuchung, mit der Hand über eine der Säulen zu streichen.

»Das ist echter Marmor«, raunte Louise ihr zu, die Elises Blick gefolgt war. »Irgend so 'n kostbares Zeug aus Italien.«

In der Mitte der Halle lag ein runder Teppich mit einem aufwendigen bunten Muster, auf dem ein Tisch mit einem riesigen Blumenstrauß stand. Der Teppich war so fein gewebt, wie Elise noch keinen gesehen hatte. Weder in der Akademie Cormon noch in der Wohnung von Henri de Toulouse-Lautrec oder im Moulin Rouge.

Fast geblendet von all dem Glanz, folgte Elise einem ebenfalls livrierten Diener, dem der Portier ihre Tasche mit den Kostümen übergeben hatte. Sie betraten eine mit Teppich belegte Treppe mit vergoldetem Geländer. Der Mann drehte sich kurz zu den Tänzerinnen um: »Ich bitte um Entschuldigung, Demoiselles. Aber der *ascenseur* kann leider erst nächste Woche wieder in Betrieb genommen werden. Ein bedauerlicher technischer Defekt, der noch nicht behoben wurde.«

»C'est absurde«, hörte Elise La Goulue neben sich murren. »Der Mensch meint den Dienstbotenaufzug. Der war letztes Mal auch kaputt. Für den Aufzug mit den feinen Herrschaften sind wir dem Kerl nicht vornehm genug.«

Da Elise den Eindruck hatte, dass der Diener Louises Bemerkung gehört hatte, verzichtete sie auf eine Entgegnung. Sie stiegen die gewundene Treppe ohnehin nur bis ins erste Stockwerk empor. Dann bogen sie in einen ebenfalls mit Teppich belegten Gang ein. Mit wertvollen Stoffen bezogene Sitzmöbel luden vor den hohen Fenstern zum Verweilen ein. Ihre dunkelblauen und cremefarbenen Polster passten zu den Mustern und Farben des Teppichs. Wie das Treppengeländer waren auch die Ständer und Halter der zahlreichen Steh- und Wandlampen vergoldet.

Dabei wohnt doch hier gar keiner, ging es Elise durch den Kopf. Wie prachtvoll mag es wohl in der Königssuite aussehen?

Sie musste nicht lange auf die Antwort warten. Der Diener hielt vor einer zweiflügeligen geschnitzten Tür an und klopfte. Sofort öffnete ein Mann, der ein langes orientalisches Gewand und einen Turban trug.

Er verneigte sich vor den Damen. »Ich begrüße Sie herzlich im Namen seiner Kaiserlichen Hoheit von Persien, Nāser ad-Din Schāh.« Das Französisch des Mannes war einwandfrei, wenn auch mit deutlichem Akzent. »Der Erlauchte erwartet Sie bereits ungeduldig, daher mögen Sie mir unverzüglich folgen.«

»Der da hat uns im Moulin Rouge engagiert«, flüsterte Louise.

Wie Elise erwartet hatte, erwies sich die Suite als noch luxuriöser eingerichtet als die öffentlichen Räume des Hotels. Bevor sie Zeit genug hatte, um die zahlreichen Türen zu beiden Seiten des Flurs zu zählen, öffnete der persische Bedienstete bereits eine zu ihrer Rechten. Es war ein kleiner Raum, an dessen Seiten mit rotgrundigem Brokatstoff bezogene Sessel mit geschwungenen vergoldeten Beinen standen. Die Wände waren mit aufwendigen Gemälden bedeckt, die verschiedene Landschaften zeigten.

»Das Wartezimmer für Audienzen«, kam der Mann möglichen Fragen zuvor. »Zuerst möchte ich Sie über die Art und Weise aufklären, wie Sie sich gegenüber Seiner Majestät zu verhalten haben.«

Verblüfft erfuhr Elise, dass man den persischen Herrscher niemals von sich aus ansprechen durfte. Ergriff er selbst das Wort, dürfe man ihm nur mit gesenkten Augen antworten, ohne seinen Namen Nāser ad-Din Schāh zu nennen. Jeden Satz müsse man dagegen mit ehrerbietigen Begriffen wie »Erhabener«, »Erlauchter« oder zumindest »Eure Kaiserliche Hoheit« oder »Eure Majestät« beenden.

Er selbst werde im Auftrag des Schahs das Zeichen für den Beginn der einzelnen Nummern der Vorführung geben, denen der Erhabene nur wortlos zuzusehen geruhe.

Wie erschlagen von all diesen fremden Eindrücken, folgte Elise dem Perser und La Goulue schließlich in ein weiteres Zimmer. Der Mann wies auf eine Tür. »Dort geht es ins Bad. Hier mögen die Damen sich frisch machen und umziehen. Ich hole Sie dann in einer halben Stunde ab.«

»Zwanzig Minuten reichen auch«, rief La Goulue dem Mann hinterher. Dann wandte sie sich achselzuckend zu Elise um. »Wie gut, dass wir schon um vier losgefahren sind. Sonst kämen wir ganz schön in die Bredouille mit dem Beginn der Abendveranstaltung im Moulin Rouge um acht.«

»Wie kommst du denn darauf? Selbst für alle unsere Solo- und Duonummern bräuchten wir nur ungefähr eine Stunde.«

La Goulue grinste. »Na ja, dafür schon. Aber für das, was danach kommt …« Sie ließ den Satz unvollendet.

»Wie meinst du das?« Elises Herz begann, schneller zu schlagen.

»Nun stell dich nicht blöder an, als du bist.« La Goulues Grinsen wurde anzüglich. »Ich frag mich allerdings, ob dieser *Schah*« – sie betonte das Wort spöttisch – »im Bett genauso etepetete ist, wie während wir tanzen.« Mit diesen Worten ging sie ins Badezimmer.

Elise wurde es heiß und kalt. Also stimmten ihre Vermutungen, dass viele dieser Privatvorführungen mit einem Schäferstündchen endeten. Mit mir nicht, wollte sie gerade einwenden, als ein entzückter Schrei von Louise sie innehalten ließ.

»Komm mal her! So was hast du noch nie gesehn!«

Als Elise den ganz in cremefarbenem Marmor gehaltenen Raum betrat, erkannte sie sofort, was La Goulue meinte. Anstatt eines Wasserhahns beugte ein goldener Schwan seinen Hals über das Waschbecken. »Guck mal, wenn ich hier dran drehe, kommt da Wasser raus.« Louise betätigte einen ebenfalls goldenen Hebel auf dem Rücken des Schwans, um zu demonstrieren, was sie meinte.

Dann ließ sie ihren Blick durch den Raum schweifen. »Vielleicht reichts ja noch für ein Bad hier in der Wanne. So was gibts auch nicht alle Tage. Und da ist auch so 'n Schwan dran. Aber da muss man das Wasser erst aufheizen.« Sie zeigte auf einen runden, weiß lackierten Metallbehälter, der am Kopfende der Wanne stand. »Das braucht 'ne Weile.«

»Woher weißt du denn so was?«, wunderte sich Elise. Sie selbst hatte bisher nur in der Wohnung von Toulouse-Lautrec ein Badezimmer gesehen, das jedoch weit bescheidener ausgestattet war. Zu Hause wusch sie sich in einer irdenen Waschschüssel und nahm nur alle paar Wochen ein Bad in der Zinkwanne. Das warme Wasser dazu musste sie vorher mühsam in einem großen Topf auf dem Herd erwärmen.

Wieder grinste La Goulue anzüglich. »Ich war schon mal hier in dem Hotel. Nicht in der Suite, aber in so 'nem Badezimmer. Erinnerst du dich an den Rumänen, der mich in dem maurischen Café auf der Weltausstellung angequatscht hat? Den hab ich besucht, als ich am Abend freihatte. Der hat auch hier gewohnt und hatte son ähnliches Bad. Aber ohne die goldenen Schwäne. Aber jetzt sollten wir uns sputen!« Hektisch riss sich La Goulue ihr wollenes Kostüm samt Bluse und Unterröcken vom Leib. Darunter trug sie bereits die schwarzen Strümpfe und – Elise stockte der Atem – eine Unterhose aus Batist, die ihr zwar bis zu den Knien reichte, aber völlig durchsichtig war. Während Elise noch nach Worten suchte, drehte sich Louise um und präsentierte ihr Hinterteil. Auf den Stoff war ein rosafarbenes Herz gestickt.

»Na, was sagst du? Die ist viel besser wie die mit den Knöpfen zwischen den Beinen.«

Erst jetzt fand Elise ihre Sprache wieder. »Wegen diesem Schlüpfer hat uns Vater Anstand damals vor Gericht gebracht, weil du die Knöpfe aufgemacht hast. Weißt du das nicht mehr?«

»Pah«, machte Louise. »Die Unterhose hier trag ich nur zu Privatvorführungen. Dem Rumänen hat sie jedenfalls gefallen.«

»Also willst du wirklich mit dem Schah schlafen?«

La Goulue zuckte die Achseln. »Na klar! Dafür lässt er wahrscheinlich mindestens zehn Louis extra springen.«

IN VALÉRIES ZIMMER

30. OKTOBER 1889, AM GLEICHEN NACHMITTAG

Ungefähr eine Stunde später war Valérie so schlau wie zuvor. Marie war ergebnislos zurückgekommen. Sie hatte Suzanne nicht angetroffen.

»Ich habe nur den Monsieur gesehen, der früher recht oft hier zu Besuch war. Den Comte de Toulouse-Lautrec«, berichtete sie. »Doch der Herr hat mich nicht wiedererkannt, obwohl ich ihn gegrüßt habe.«

Oder er wollte dich nicht wiedererkennen, dachte Valérie erbittert. Henri war für sein ausgezeichnetes Personengedächtnis bekannt. Er zeichnete Gesichter sogar aus der bloßen Erinnerung heraus. Wieder übermannte sie der Groll. Henri blieb unversöhnlich. Er ignorierte sogar ihr Dienstmädchen.

Ein Grund für das Zerbrechen ihrer jahrelangen Freundschaft war, dass Henri im Gegensatz zu Valérie seit Pascals Einberufungsbescheid gewusst hatte, dass ihr Geliebter außer Landes gehen müsse. Während sie über drei Monate ahnungslos geblieben war, hatte er Pascal nach Brüssel vermittelt und ihm das Geld für die Reise gegeben.

Das war allerdings nicht der Hauptgrund dafür gewesen, dass sich Valérie wenig später mit Henri überworfen hatte, obwohl er ihr und Pascal seit ihrer Studienzeit ein treuer Freund gewesen war. Nur durch Henris Einsatz war es ihnen überhaupt möglich gewesen, ihre Liebe zu leben.

Denn Henri deckte gegenüber Valéries strenger Mutter Amélie

ihre häufige Abwesenheit von zu Hause mit immer neuen Vorwänden. Allein wäre es für Valérie nicht einmal möglich gewesen, das Haus tagsüber zu verlassen. Geschweige denn an den Abenden, an denen sie sich mit Pascal traf. Frauen aus gutem Hause durften sich nur in männlicher Begleitung in der Öffentlichkeit sehen lassen, wollten sie nicht ihren Ruf riskieren.

Deshalb gab Henri vor, selbst mit Valérie auszugehen. Auch als sich die Hoffnungen ihrer Mutter zerschlugen, dass er um Valéries Hand anhalten und ihre Tochter zur Comtesse machen würde, ließ sie aus Ehrfurcht vor seiner Abstammung aus uraltem Adel weitere Treffen zu.

Dann hatte Valérie eines Abends ihren Vater Alphonse in Begleitung einer der teuersten Pariser Kurtisanen im Cabaret Le Mirliton erwischt. Ihre Drohung, dies der Mutter zu verraten, hatte ihr eine Zeit lang noch größere Freiheiten verschafft. Das war ihre schönste Zeit mit Pascal gewesen.

Doch dann hatte die Glücksgöttin Fortuna Valérie ihre Gunst entzogen. Noch vor Pascals Entscheidung, Frankreich zu verlassen, war der ungebetene Bewerber Baptiste Germain auf den Plan getreten. Ausgerechnet durch ihr Gemälde *Raub der Sabinerinnen* war er in der Galerie ihres Vaters auf sie aufmerksam geworden. Kurz danach hatte Alphonse begonnen, Valérie zur Heirat mit ihm zu drängen. Das war ihr anfangs umso unverständlicher gewesen, als ihr der Vater zuvor geholfen hatte, den ersten unliebsamen Bewerber um ihre Hand loszuwerden.

Vor ungefähr zwei Monaten hatte Alphonse ihr aber eingestanden, dass er kurz vor dem Bankrott stand. Bereits zehn Jahre davor hatte er den größten Teil seines damals beträchtlichen Vermögens in den Bau des Panamakanals investiert. Dieses Geld war nun verloren, wie Alphonse von Baptiste Germain, der aus einer wohlhabenden Pariser Bankiersfamilie stammte, unter dem Siegel der

Verschwiegenheit erfahren hatte. Denn noch hielt die Pariser Regierung das Scheitern ihres ehemaligen Prestigeprojekts geheim.

Darüber hinaus hatte Alphonse in jüngster Zeit viel Geld für seine Kurtisane ausgegeben und war auch geschäftlich nicht mehr so erfolgreich wie früher. »Baptistes Versprechen, mir über das Bankhaus seines Vaters unbegrenzten Kredit zu gewähren, wenn du seine Frau wirst, ist meine letzte und einzige Hoffnung!« Die Worte ihres Vaters klangen Valérie bis heute in den Ohren.

Obwohl nur sie und ihr Vater von der finanziellen Misere wussten, war der Rest ihrer Familie begeistert über diese Verbindung gewesen. Ihre Mutter genauso wie ihre beiden Großeltern. »Was für eine Ehre! Was für ein Aufstieg für uns alle durch deine Einheirat in diese reiche und überaus angesehene Bankiersfamilie!«, war bis heute der einhellige Tenor.

Der Einzige, der ihr hätte beistehen können, wäre Henri de Toulouse-Lautrec gewesen. Er hatte ihr und Pascal früher oft großzügig unter die Arme gegriffen und hätte ihr mit seinem immensen Vermögen vielleicht sogar in dieser verzwickten Situation geholfen.

Doch schon kurz nach Pascals Abreise entdeckte Valérie, dass er ihre Freundin Suzanne Valadon ohne deren Wissen und Einverständnis in entwürdigender Weise als Säuferin gezeichnet hatte. Das zweifelhafte Werk *La Buveuse* war im *Courrier français*, einem Blatt mit hoher Auflage, veröffentlicht worden.

Natürlich begriff Valérie sofort, dass dies Henris Vergeltung für die überaus schmutzige Trennung von Suzanne war, die ihm früher oft Modell gestanden hatte. Zwei Jahre lang waren die beiden ein Paar gewesen. Obwohl auch Suzanne sich nach dem Ende der Liaison nicht fair gegenüber Henri verhalten hatte, ergriff Valérie uneingeschränkt für sie Partei und machte Henri die heftigsten Vorwürfe für diese öffentliche Erniedrigung ihrer Freundin.

Schon unmittelbar danach hatte Valérie ihr aggressives Verhalten bereut. Doch da war es bereits zu spät gewesen. Henri galt als nachtragend. Bis heute wies er all ihre Versöhnungsversuche zurück.

Ist das etwa der Grund, dass Pascal mir nicht mehr schreibt?, durchfuhr Valérie der Gedanke jetzt wie ein Stich. Sie hatte ihm auch das Zerwürfnis mit Henri verschwiegen und darauf vertraut, dass Henri zumindest Gentleman genug war, um sie gegenüber Pascal nicht anzuschwärzen.

Mitten in ihre trüben Grübeleien hinein pochte es an der Tür. Wieder war es Marie. »Ihre Mutter bittet Sie, sich binnen der nächsten Viertelstunde ausgehfertig zu machen. Sie möchte mit Ihnen ins Atelier von Monsieur Worth fahren.«

»Was soll ich denn da?«, fuhr Valérie auf.

Marie hob die Schultern. »Das müssten Sie die Gnädige selbst fragen, Mademoiselle. Mir hat sie es nicht gesagt.«

IN DER SUITE DES SCHAHS VON PERSIEN

30. OKTOBER 1889, GEGEN 17 UHR

Pünktlich zur vereinbarten Zeit holte der herrschaftliche Diener Elise und La Goulue ab. Elise folgte dem Mann mit einem mulmigen Gefühl.

Noch während des Anziehens ihrer Cancan-Kostüme hatte Louise Elise erzählt, der Schah habe angeblich fünfundzwanzig Gattinnen und darüber hinaus einen Harem mit weiteren achtzig

Frauen. »Das stand so im *Courrier français*. Also denk ich, er will es mit uns zwei treiben. Er ist ja das Liebemachen mit 'n paar Frauen auf einmal gewöhnt.«

Hätte ich mich nur nicht hierauf eingelassen, bedauerte Elise nun ihre Zusage zu dieser Privatvorführung. Sosehr sie das Geld auch brauchte, befürchtete sie nun, gar keine Bezahlung zu erhalten, wenn sie sich den speziellen Wünschen des persischen Herrschers verweigerte.

Der Bedienstete führte sie in den Salon der Suite, der tatsächlich die Größe eines kleinen Tanzsaals hatte. Die prunkvollen Möbel hatte man zur Seite geräumt, den Teppich aufgerollt. Der Parkettboden darunter wirkte glatt und schlüpfrig. Hoffentlich rutsche ich nicht aus, dachte Elise. Eine weitere Befürchtung neben dem, was ihr bereits zu schaffen machte.

Entgegen den Anweisungen des Dieners betrachtete sie ihren Auftraggeber zumindest von fern. Der Schah saß auf einem bequemen Lehnsessel an der Stirnseite des Raums. Anders als sein Lakai war er nicht in ein orientalisches Gewand, sondern in eine über und über mit edelsteinbesetzten Orden geschmückte schwarze Uniform gekleidet. Auf dem Haupt trug er einen Fez. Elise erinnerte sich an diese Kopfbedeckung aus ihrem Besuch im Café Maure der Weltausstellung vor wenigen Wochen.

Auch der Fez des Schahs war mit Edelsteinen geschmückt: Eine große Diamantbrosche über der Stirn des Herrschers hielt eine perlenbesetzte Feder.

Der Schah winkte Elise und La Goulue zu sich heran. Unwillkürlich sanken beide in einen tiefen Knicks.

»Schauen Sie mich an!«, befahl der Herrscher zu Elises Erstaunen mit sonorer Stimme in ebenfalls gutem Französisch. Ganz im Gegensatz zu der Anweisung, die sein Bediensteter den Frauen nach der Ankunft gegeben hatte.

Während der Schah Elise eindringlich musterte, nutzte auch sie die Gelegenheit, sich einen Eindruck von ihm zu verschaffen. Von Louise wusste sie, dass er Ende fünfzig war und zum dritten Mal Europa bereiste. Sein Gesicht mit der vorspringenden Nase, den dicht über den braunen Augen liegenden buschigen Brauen und dem gezwirbelten Schnurrbart, der ihm zu beiden Seiten bis weit über die Wangen stand, gefiel Elise nicht. Um seinen Mund glaubte sie außerdem einen grausamen Zug wahrzunehmen. Hatte La Goulue ihr nicht auch erzählt, dass er bereits mehrere hohe Würdenträger in seinem Heimatland Persien »um die Ecke gebracht« hatte, wie sie das ausdrückte?

Hoffentlich lässt er mich überhaupt wieder ungehindert gehen, wenn ich ihm nicht zu Willen bin. Elise begann, sich nun wirklich zu fürchten.

Bevor dieses Gefühl jedoch größeren Raum einnehmen konnte, machte der Schah eine auffordernde Handbewegung. Daraufhin gab der Diener einer dreiköpfigen Kapelle, die neben der Tanzfläche auf einem kleinen Podest saß, ein Zeichen. Es waren offenbar Franzosen, denn sie trugen westliche Abendkleidung.

Schon stimmten sie die bekannteste Cancan-Melodie an, den *Galop infernal* aus Jacques Offenbachs Operette *Orpheus in der Unterwelt*.

Wie Elise es von früheren Auftritten kannte, löschte die mitreißende Musik all ihre trüben Gedanken aus. Die Schritte und Figuren, die sie bereits unzählige Male darauf getanzt hatte, gelangen ihr wie von selbst. Entgegen ihrer Sorge rutschte sie auch kein einziges Mal aus.

Und so ging es weiter. Elise vergaß sogar, dass Louise diesen durchsichtigen Schlüpfer mit dem aufgestickten Herz auf dem Hintern trug, den sie bei den entsprechenden Figuren freizügig zeigte.

Die Vorstellung kam sehr gut an. Der Schah richtete zwar nicht mehr das Wort an sie, klatschte aber nach jeder Nummer ausgiebig und forderte offenbar auch seinen Bediensteten dazu auf. Vage hatte Elise den Eindruck, dass der Applaus des Herrschers nach ihren beiden Solonummern besonders laut und anhaltend war. Aber da konnte sie sich auch irren.

Nach über einer Stunde und einer Wiederholung der Einstiegsnummer zur Melodie des *Galop infernal* als Zugabe sank sie neben La Goulue erschöpft, aber zufrieden in einen abschließenden Knicks.

Nachdem er zu klatschen aufgehört hatte, sprach der Schah Elise an. »Mademoiselle Lambert möge sich nähern!« Seine Stimme duldete keinen Einwand.

Plötzlich wieder ängstlich, trat Elise mit gesenktem Blick vor, wie es der persische Diener nach ihrer Ankunft in der Königssuite befohlen hatte. Diesmal forderte der Schah sie nicht auf, ihn anzusehen. Stattdessen nannte er sich selbst bei seinem Namen.

»Nāser ad-Din Schāh ist sehr über Ihre Vorstellung erfreut. Er bereut es nicht, seinen Besuch der Weltausstellung deswegen verlängert zu haben. Er würde sich glücklich schätzen, Mademoiselle Lambert auch noch in seinen privaten Gemächern empfangen zu dürfen.«

Also waren ihre Befürchtungen richtig gewesen. Elise fühlte sich wie gelähmt. Noch ehe sie sich von ihrer Schockstarre erholt hatte, mischte sich La Goulue ein. »Uns zwei gibt's nur im Doppelpack, Majestät – äh – Erlauchter.«

Was … Was redet sie da? Elise musste sich verhört haben. Sie riss sich gewaltsam zusammen.

»Nein … nein … Kaiserliche Hoheit … Erhabener«, stammelte sie. »Das möchte ich nicht.«

»Es ist auch nicht der Wunsch von Nāser ad-Din Schāh.« Elises kurze Erleichterung schlug unmittelbar in neue Bestürzung um.

»Mademoiselle Lambert möge Nāser ad-Din Schāh ohne Begleitung mit ihrem Besuch beehren. Sie wird reich dafür belohnt werden.«

»Das möchte ich auch nicht«, entfuhr es Elise instinktiv. Dann holte sie tief Luft. Plötzlich kehrte ihr Mut zurück. Sie richtete trotz des Verbots wieder den Blick auf das Gesicht des Monarchen. »Eure erhabene Majestät waren so freundlich, mich zum Tanzen einzuladen. Dabei möchte ich es bewenden lassen.«

Noch bevor sie den Gesichtsausdruck des Herrschers – war es Bedauern, war es Respekt – deuten konnte, ertönte erneut La Goulues Stimme an ihrer Seite.

»Ich würds machen, Erlauchter. Ich komm auch allein.«

Die Reaktion des Schahs überraschte Elise zutiefst. Energisch schüttelte er den Kopf.

»Ich habe Mademoiselle La Goulue nur eingeladen, da sie erklärte, Mademoiselle Lambert habe dies zur Bedingung für ihren Auftritt gemacht. Doch selbst wenn ich an einem anschließenden Tête-à-Tête mit beiden Damen interessiert gewesen wäre, ist mir die Lust dazu jetzt vergangen. Mademoiselle La Goulue möge sich zuerst einmal pflegen lassen, wie es sich für eine Frau geziemt, die des Schahs von Persien würdig ist.«

IM SCHNEIDERSALON VON CHARLES WORTH

30. OKTOBER 1889, EINE DREIVIERTELSTUNDE SPÄTER

Valérie zitterte noch immer vor Zorn, als sie das Schneideratelier von Charles Worth in der Rue de la Paix erreichten. Schon in der elterlichen Wohnung war es zu einer Auseinandersetzung mit ihrer Mutter gekommen.

»Was soll ich bei Worth?«, hatte Valérie gefragt.

Zuerst hatte sich ihre Mutter mit dem Vorwand, dort warte eine Überraschung auf sie, herausreden wollen. Erst als Valérie drohte, nicht mitzufahren, hatte sie ihr den Grund gesagt.

»Baptiste hat mich gebeten, den Stoff für dein Brautkleid auszusuchen. Das habe ich schon vor einiger Zeit getan. Denn er als Bräutigam darf das Kleid ja erst am Tag der Trauung sehen. Bei dieser Gelegenheit hat mir das Atelier den heutigen Termin eingeräumt, um zum ersten Mal deine Maße nehmen und die benötigte Stoffmenge reservieren zu können.«

Valéries Puls beschleunigte sich. »Wann hast du den Stoff ausgesucht?« Ihre Stimme klang schneidend. »Meines Wissens hat Worth eine Vorlaufzeit von mehreren Monaten für neue Kundinnen. Und eine neue Kundin bin ich ja wohl, oder nicht?«

»Das spielt doch jetzt keine Rolle«, versuchte ihre Mutter auszuweichen. »Du könntest dich glücklich schätzen, dass dein zukünftiger Ehemann dein Hochzeitskleid im teuersten Atelier von Paris bestellt hat.«

»Wenn du mir nicht sagst, wann du diesen Termin vereinbart hast, fahre ich nicht mit.«

Valérie war schon auf dem Rückweg in ihr Zimmer, als ihre Mutter nachgab. »Es war in der Woche, in der du mit Baptiste die Weltausstellung besucht hast.«

»Also bevor ich der Verlobung überhaupt zugestimmt habe?« Valérie konnte es nicht fassen.

Auf den Wangen ihrer Mutter bildeten sich rote Flecken. »Wir sind doch alle davon ausgegangen, dass du seinen Antrag an jenem Abend im Café Riche annimmst, wohin er dich einladen wollte. Woher hätten wir denn wissen sollen, dass du das erst Wochen später beim Eröffnungsabend in diesem unsäglichen Moulin Rouge tust?« Mit jedem Wort wurde die Stimme ihrer Mutter schriller.

Während Valérie noch nach Luft schnappte, fuhr ihre Mutter hastig fort: »Hätte ich den Termin bei Worth etwa absagen sollen? Wo er doch so schwer zu bekommen war! Baptiste musste sogar seine Beziehungen spielen lassen, damit er heute zustande kam.«

Schließlich drohte sie: »Also kommst du jetzt mit oder nicht? Sonst fahre ich allein. Denn auch ich habe dort noch etwas zu erledigen. Aber Baptiste wird darüber nicht erfreut sein.«

Es war eher die Neugierde darauf, was ihre Mutter bei Worth zu tun hatte, als ihre Sorge, Baptiste zu verärgern, die Valérie schließlich bewogen hatte, mitzukommen. Aber sie war fest entschlossen, den Stoff für ihr Hochzeitskleid nicht zu akzeptieren.

Im Vorraum des Ateliers begrüßte sie eine Empfangsdame, die ein kostbar aussehendes schwarzes Seidenkleid trug. Die Frau war dezent geschminkt, ihre Frisur entsprach der neuesten Mode.

Nachdem sie Amélies Termin in einem großen, in rotes Leder eingebundenen Buch gefunden hatte, führte sie die Frauen in den Salon. Er war prächtig ausgestattet mit Gobelins an den Wänden, Perserteppichen auf dem Fußboden und Sitzmöbeln, deren Polster glänzender Samt überzog.

»Sie müssen entschuldigen, Madame Dumas. Aber wir sind auf Monate hinweg ausgebucht. Deshalb muss ich jeden Gast überprüfen, damit es nicht zu unwillkommenen Engpässen bei der Anfertigung unserer Modelle kommt.«

Ganz entgegen ihrer sonst hochfahrenden Art, mit Untergebenen umzugehen, nickte Amélie lächelnd. »Das versteht sich von selbst.«

»Was darf ich nun als Erstes mit Ihnen in Angriff nehmen? Möchten Sie Ihre neue Robe anprobieren, damit wir noch Änderungen vornehmen können, Madame Dumas? Oder möchten Sie, liebe Mademoiselle Dumas, sich den Stoff für Ihr Brautkleid anmessen lassen?«

Valérie glaubte ihren Ohren nicht zu trauen. »Du hast dir hier auch selbst ein Modell bestellt?«

Wieder erschienen die roten Flecken auf den Wangen ihrer Mutter. Sie überging Valéries Frage und entschied: »Lassen Sie uns mit dem Stoff meiner Tochter beginnen!«

Die Empfangsdame winkte eine junge Frau herbei, die ein schlichteres Kleid, aber ebenfalls aus schwarzer Seide trug. »Führen Sie die Damen ins Tuchzimmer, Anne-Marie. Dort haben wir die entsprechenden Ballen schon bereitgelegt.«

Die Bedienstete ging Valérie und Amélie voran in den Nebenraum zu einem polierten Mahagonitisch. Darauf lag ein Ballen aus reinweißem Seidenstoff. Ungefähr zwei Meter waren abgerollt, damit man Struktur und Muster erkennen konnte.

Wie gut Valérie dieser Stoff gefallen hätte, wenn sie nicht so empört über die Bevormundung gewesen wäre, konnte sie später nicht einmal sagen. So stieß sie das über und über bestickte Gewebe sofort ab.

Sie suchte noch nach Worten, um ihre Ablehnung zu begründen, als Mademoiselle Anne-Marie mit der Präsentation begann.

»Seit Ihrer Bestellung haben unsere Arbeiterinnen Tag und Nacht daran gearbeitet, die schwere Seide mit Myrtenzweigen zu besticken, Madame Dumas. Natürlich mit hauchzarten Seidenfäden. Schauen Sie selbst!« Die Verkäuferin zeigte den Stoff von beiden Seiten.

»Wunderschön!«, hauchte Amélie. Valérie blieb vorerst stumm und versuchte, sich zu sammeln.

»Und hier« – die Verkäuferin griff nach einem kleineren Ballen, der bislang durch den größeren verdeckt gewesen war – »hier ist die echte Brüsseler Spitze, sowohl für den Besatz des Kleides als auch für den Schleier. Die filigranste Klöppelei, die ich seit Langem gesehen habe.«

Erst jetzt hatte Valérie sich wieder gefasst. »Sind dies die Stoffe, die meine Mutter vor einigen Wochen bestellt hat, Mademoiselle Anne-Marie?« – »Einschließlich dieser aufwendigen Stickereien für das Hochzeitskleid, die erst nachträglich angefertigt wurden?« Die Bedienstete bejahte beide Fragen.

Valérie atmete tief durch. »Dann lassen Sie mich zum Ausdruck bringen, Mademoiselle Anne-Marie, dass beide Stoffe mir nicht zusagen.«

»Aber Mademoiselle Dumas!«, protestierte die Bedienstete mit schwacher Stimme, während Amélie hörbar nach Luft schnappte. »Nicht einmal die Brüsseler Spitze? Die feinste, die es im Moment auf dem Markt gibt! Und wie ich schon sagte, der Seidenstoff wurde eigens für Ihren Ehrentag bestickt.«

»Allerdings ohne mich zu fragen, was ich mir vorstelle«, entgegnete Valérie scharf.

»Es war Baptistes ausdrücklicher Wunsch, dass dein Hochzeitskleid mit Myrtenzweigen geschmückt wird«, meldete sich jetzt Amélie zu Wort. Ihre Stimme zitterte. »Was glaubst du, was sich dein Bräutigam das kosten lässt?«

Dass sie ein solch heikles Thema vor einer Mitarbeiterin des Ateliers zur Sprache brachte, zeigte Valérie, wie sehr ihre Mutter außer Fassung war.

»Das ist mir gleichgültig. Beide Stoffe gefallen mir nicht«, wiederholte Valérie und wandte sich bereits zum Gehen. Amélie hielt sie am Ärmel fest.

»Auf ein Wort, Tochter. Wo können wir hier ungestört miteinander sprechen?«

»Ich gehe hinaus und lasse Sie ein wenig allein«, bot Anne-Marie an und verließ den Raum.

»Diese bestickte Seidenrobe wird fast zehntausend Francs kosten!« Amélie keuchte vor Erregung. »Du kannst Baptiste doch nicht so vor den Kopf stoßen!«

Kurz war Valérie versucht, ihrer Mutter entgegenzuschleudern, dass Myrtenzweige als Symbol ihrer Jungfräulichkeit ohnehin fehl am Platz seien. Doch dann nahm sie Abstand davon. Ihre Beziehung mit Pascal ging weder ihre Mutter noch Baptiste etwas an.

Wieder spürte sie Tränen hinter den Augen brennen, riss sich dann aber zusammen. »Wenn ich nicht einmal gefragt werde, was mir gefällt, kann ich das sehr wohl.«

»Aber … aber …« Amélie atmete schwer. »Aber es muss heute Maß genommen werden, sonst wird dein Kleid nicht rechtzeitig fertig.«

Valéries Kehle verengte sich. Welche unangenehmen Überraschungen warteten denn noch auf sie?

»Das verstehe ich nicht.«

»Nun … nun …« Amélie wand sich wie ein Aal. »Baptiste hat schon die Hochzeitsfeier im Café de la Paix bestellt. Das vornehmste Café von Paris«, plapperte sie hastig weiter, da sie offenbar Valéries erneute Einwände fürchtete. »Die kirchliche Trauung in Notre-Dame ist auch schon vereinbart.«

Valéries Magen verklumpte sich. »Wann?« Mehr brachte sie nicht heraus.

»Für den 3. Januar. Alphonse und Baptiste haben das so besprochen.«

»Wieder ohne mich zu fragen, was ich will?« Valéries Stimme klang selbst in ihren Ohren schrill.

»Es sollte … eine Überraschung für dich sein, *chérie*«, antwortete ihre Mutter lahm. »Also wirf um Himmels willen jetzt nicht alles über den Haufen!«

»Warum nicht?«

»Weil dein Vater, der die Hochzeitsfeier eigentlich ausrichten und unsere Kleider bezahlen müsste, dann auf den immensen Kosten sitzen bliebe. Dem Café de la Paix musste Baptiste nämlich eine erkleckliche Anzahlung für das Hochzeitsbüfett leisten, um einen so kurzfristigen Termin noch einrichten zu können. Er wird dieses Geld von deinem Vater zurückfordern, wenn ein neuer Termin gesucht werden muss.«

Und nur ich und Baptiste wissen, dass Vater dieses Geld gar nicht zur Verfügung hätte. Fieberhaft überdachte Valérie ihre Möglichkeiten.

»Nun gut«, gab sie schließlich zähneknirschend nach. »Ich akzeptiere den 3. Januar als Termin für die Hochzeitsfeier im Café de la Paix. Aber den Stoff für mein Brautkleid möchte ich mir heute selbst aussuchen.«

Amélie war sichtlich erleichtert. Sie erhob keinen Einspruch, als sich Valérie für den schlichtesten Seidenstoff entschied, der im Hause Worth auf Lager war. Er war nicht schneeweiß, sondern elfenbeinfarben. »Keine Stickerei und nur ein wenig Verbrämung mit Spitze um den Ausschnitt und an den Ärmeln«, wies sie die Schneiderin an, bei der sie schließlich Maß an sich nehmen ließ. »Den Schleier möchte ich aus Tüll, die Brautkrone aus weißen

Seidenrosen.« Damit Baptiste nicht noch auf die Idee kam, ihr zumindest einen Myrtenkranz aufs Haupt setzen zu lassen.

»Leider müssen wir für das Kleid den gleichen Preis berechnen wie für das aus bestickter Seide«, wandte die inzwischen über Valéries Änderungswünsche informierte Empfangsdame ein. »Sie verstehen – unsere Kalkulation.«

Amélie winkte ab. »Das wird kein Problem sein.«

»Darf ich Sie dann zu Ihrer eigenen Anprobe bitten, Madame?«

Auf dem Weg in den benachbarten Nähsalon fragte Valérie: »Weiß Papa, dass du dir auch ein Kleid bestellt hast, *maman*?«

Amélies Gesicht färbte sich tiefrot. »Nein, noch weiß er nichts davon. Aber – aber – dein zukünftiger Ehegatte ist außerordentlich großzügig und hat auch mir eine Robe zugestanden. Deinen Vater kostet sie keinen Sou.«

Es stellte sich heraus, dass es ein überaus aufwendiges Modell aus violettem Samt war, mit Schleppe und Turnüre und mit altrosafarbenen Seidenblüten besetzt, das schon kurz vor der Fertigstellung stand. Es fehlten nur noch einige Abnäher, und der Saum musste festgesteckt werden.

Diese Robe müsste Vater auf jeden Fall bezahlen, wenn ich die Hochzeit jetzt doch noch verweigere, wurde Valérie klar. Ebenso wie das Brautkleid und wahrscheinlich sogar den mit Myrtenzweigen bestickten Seidenstoff, wenn Worth keine andere Kundin dafür findet. Und wer will schon zehntausend Franc dafür ausgeben?

Angesichts dieses Dilemmas knirschte Valérie mit den Zähnen. Warum war sie so naiv gewesen, zu glauben, sie könne den Hochzeitstermin auf unbestimmte Zeit hinausschieben?

Erst auf der Rückfahrt in die Wohnung fiel ihr eine weitere Retourkutsche ein, um sich gegen die über ihren Kopf hinweg getroffenen Absprachen zu wehren.

»Übrigens, *maman*«, erwähnte sie beiläufig. »In Notre-Dame will ich nicht getraut werden. Wir leben am Fuß von Montmartre.«

»Aber die Basilika Sacré-Coeur ist noch im Rohbau!«

Um Valéries Lippen spielte ein feines Lächeln. »Diese Kirche meine ich nicht. Ich möchte in Saint-Pierre heiraten.«

Im Vergleich zu Notre-Dame war diese ehemalige Klosterkirche ein sehr bescheidenes Bauwerk. Viel zu bescheiden, um Baptiste zu gefallen. Aber das schert mich nicht, trotzte Valérie innerlich.

Zu ihrer Verwunderung zögerte Amélie nur kurz. »Nun gut, das wird sich machen lassen«, stimmte sie zu. »Sicher wird der Dekan von Notre-Dame ein anderes Brautpaar finden, das den Termin am 3. Januar mit Freuden übernimmt.«

Erst viel zu spät würde Valérie erkennen, warum ihre Mutter in dieser Sache so bereitwillig nachgegeben hatte.

AUF DEM RÜCKWEG INS MOULIN ROUGE

30. OKTOBER 1889, GEGEN 18 UHR

»Na, dieser Schuss ist gründlich nach hinten losgegangen.« Elise wusste noch immer nicht, ob sie eher dankbar für den glimpflichen Ausgang dieser Privatvorführung sein sollte oder ausgesprochen zornig über Louise. Sie saßen wieder in der Luxuskarosse des Grand-Hôtel, die sie zurück zum Moulin Rouge brachte.

»Wie kann ich denn wissen, dass der Kerl sich an meinen Schamhaaren stört«, knurrte Louise. »Dann hätt ich den Schlüpfer erst gar nicht angezogen. – Aber vor dir hätt er sich dann ja auch geekelt«, kam ihr ein Geistesblitz. »Oder hast du dich etwa da unten rasiert?«

»Daran hab ich schon deshalb nicht mal gedacht, weil ich nie mit dem Schah ins Bett gehen wollte. Aber woher sollte ich wissen, dass eine Frau sich alle Körperhaare entfernen muss, wenn sie zum Harem des Herrschers gehört?«, entgegnete Elise.

Das hatte der Bedienstete, der sie zunächst ins Ankleidezimmer und später hinausbegleitet hatte, La Goulue auf ihre empörten Fragen hin erklärt. Und dabei betont, dass sich der Schah schon im Moulin Rouge nur für Elise interessiert habe.

Zur Erleichterung beider junger Frauen hatte er ihnen zum Abschied jedoch den für die Vorstellung vereinbarten Lohn überreicht.

Trotzdem übermannte Elise nun erneut der Zorn. »Dir war die ganze Zeit klar, dass der Schah nur mich engagieren wollte«, warf sie Louise vor. »Du hast seinen Abgesandten belogen, dass ich nur komme, wenn du dabei bist.«

Louise hob ungerührt die Schultern. »Aber das hat doch gestimmt, oder nicht?«

Widerwillig musste Elise es zugestehen.

»*Mich* allein wollte der komische *Filou* nicht.« La Goulue konnte offenbar noch immer nicht fassen, dass ihr dies passiert war. »Also musst ich mir was einfallen lassen. Und davon hast du doch auch was gehabt. Sogar doppelt!«

»Wieso doppelt?«

»Ich hab dem Oller unter die Nase gerieben, dass der Schah auf dich steht. Das hat ihn sicher gnädig mit dir gestimmt. Sonst hätt er dich womöglich gleich rausgeschmissen.«

Elise durchfuhr ein Stich. Ihr Zorn auf Louise wich tiefer Bestürzung. Hatte die Freundin seit Kinderzeiten damit tatsächlich die Katastrophe verhindert?

Die schwenkte jetzt ihr Beutelchen mit den klimpernden zehn Louisdors vor Elises Nase. »Und was ist mit deinem Anteil?«

»Ich danke dir für alles, was du für mich getan hast, Louise«, sagte Elise leise. Dann wallte ein letztes Mal Zorn in ihr auf. »Aber lüg mich in Zukunft nicht noch mal an! Sonst wars das mit der Freundschaft. Und merk dir noch eins«, fügte sie hinzu. »Ich werde nie eine Kurtisane von reichen Männern.«

In diesem Moment ahnte Elise noch nicht, dass dieser Vorsatz der Wirklichkeit auf Dauer nicht standhalten würde.

TEIL 1

Wunsch und Wirklichkeit

Kapitel 1

WOHNUNG VON ALPHONSE DUMAS AM BOULEVARD DE CLICHY

ENDE NOVEMBER 1889 UM DIE MITTAGSZEIT

Es pochte leise an Valéries Tür. Als sie sich nicht rührte, ertönte die zaghafte Stimme des Dienstmädchens Marie.

»Ihre Mutter bittet Sie zu Tisch, Mademoiselle Dumas!«

»Ich habe rasende Kopfschmerzen und keinen Hunger«, antwortete Valérie.

Wohl zum einhundertsten Mal blickte sie auf den inzwischen zerknitterten Brief, den Marie ihr gestern Vormittag gebracht hatte. Endlich eine Nachricht von Pascal. Doch sie war völlig anders ausgefallen, als Valérie sich das gewünscht hatte.

Wenig später klopfte es erneut. Bevor sie reagieren konnte, öffnete sich die Tür. Marie balancierte ein Tablett herein, auf dem eine dampfende Schüssel und ein Brotkörbchen standen.

»Madame Dumas schickt Ihnen dies, Mademoiselle. Sie ist sehr in Sorge, dass Sie bis zur Hochzeit völlig abmagern und das Kleid Ihnen schließlich gar nicht mehr passt.«

In der Tat hatte Valérie in den letzten Wochen stark abgenommen, sodass ihr Brautkleid schon zweimal enger gemacht werden musste.

Valérie wollte schon auffahren, als sie Maries bedrückte Miene bemerkte. »Bitte essen Sie, Mademoiselle«, bat Marie leise. »Sonst lässt Madame es mich vielleicht büßen.«

Valéries Widerstand erlahmte. Sie wollte auf keinen Fall auch noch Marie in ihr Unglück hineinziehen. Die hatte es im Augenblick schon schwer genug.

Im Sommer hatte ihre Mutter Amélie sowohl die Köchin als auch das zweite langjährige Dienstmädchen überraschend entlassen und durch jüngeres Personal ersetzt. Valérie hatte vergeblich dagegen protestiert. Denn es war völlig ungewiss, ob die gekündigten Dienstboten, die sich nun den sechzig näherten und wie Marie seit Jahrzehnten für die Dumas' gearbeitet hatten, eine andere Stelle finden würden.

Wenigstens war es ihrem Vater Alphonse gelungen, den Hausdiener Simon vor einem ähnlichen Schicksal zu bewahren. Der Mann war neben seinen vielen anderen Verpflichtungen Alphonses Kammerdiener und als solcher unverzichtbar.

Obwohl Marie durch die Entlassung ihrer älteren Kollegin zum ersten Dienstmädchen aufgestiegen war, befürchtete sie mittlerweile ebenfalls, ihre Stelle zu verlieren. Sie hatte schon im Haushalt von Amélies Eltern gearbeitet und war Amélie bei der Heirat vor siebenundzwanzig Jahren in die Wohnung am Boulevard de Clichy gefolgt.

Trotzdem fühlte ihre Mutter sich anscheinend auch Marie in keiner Weise verpflichtet. »Wenn Sie sich noch einmal so ungeschickt anstellen, können Sie auf der Stelle Ihre Sachen packen!«, hatte sie dem Dienstmädchen erst kürzlich gedroht, nachdem Marie, wahrscheinlich aufgrund ihrer zunehmenden Nervosität, einige Fehler unterlaufen waren. Valérie war dabei gewesen und der laut Weinenden bis auf die Hintertreppe des Hauses nachgelaufen, um sie zu trösten.

»Du kannst dich auf mich verlassen! Ich werde dafür sorgen, dass du nicht auf der Straße landest«, hatte sie Marie versprochen. »Ich nehme dich mit, wenn ich verheiratet bin.«

So hatte diese grässliche Hochzeit zumindest etwas Gutes. Valérie zweifelte nicht daran, dass Marie mit ihr in das pompöse Stadtpalais kommen durfte, in das sie wohl oder übel schon in wenigen Wochen einziehen würde. Bisher hatte sie sich mit all ihren Wünschen, die die Eheschließung betrafen, gegenüber Baptiste und ihren Eltern durchgesetzt.

Auch deshalb hatte sie gegen alle Wahrscheinlichkeit immer noch auf ein Wunder gehofft. Vielleicht erlitt Baptiste einen Unfall, oder ihr Großvater Gérôme starb vor der Hochzeit und hinterließ ihrem Vater als einzigem Sohn sein beträchtliches Vermögen.

Jedenfalls war Valérie fest entschlossen gewesen, Pascal erst nach der Hochzeit in Kenntnis zu setzen. Wenn jeder Ausweg versperrt war.

Doch Henri war ihr mit der Nachricht schon vor Wochen zuvorgekommen. Das erklärte Pascals langes Schweigen. Deshalb waren ihre Glücksgefühle, als Marie ihr gestern endlich den ersehnten Brief gebracht hatte, rasch einer tiefen Niedergeschlagenheit gewichen.

Die ganze Nacht hatte sie wach gelegen und überlegt, was sie Pascal antworten sollte. Denn er setzte ihr in seiner Nachricht ein Ultimatum.

Nun las sie den Brief mit zitternden Händen ein weiteres Mal. Pascal hatte ihn offenbar in großer Erregung geschrieben. Das Schreiben strotzte vor Widersprüchlichkeiten, falschen Annahmen und Vorwürfen. Trotzdem enthielt es eine Reihe berechtigter Vorhaltungen. Für Pascals desolate Gefühlslage sprach außerdem, dass Tintenkleckse und verwischte Buchstaben auf den Seiten zu erkennen waren, als habe er beim Verfassen Tränen vergossen.

Dies und einige Textpassagen rührten Valérie, andere machten sie hilflos oder sogar zornig. Jetzt beschloss sie, Absatz für Absatz durchzugehen, um sich zu überlegen, was sie darauf antworten könnte. Den Brief wollte sie noch heute in die Post geben.

Liebste Valérie,
gerade stockt mir der Atem, als ich begreife, dass ich Dich noch immer so anspreche, wie es einmal meinen Gefühlen für Dich entsprochen hat.

Doch vor mir liegt eine viertelseitige Verlobungsanzeige aus dem Pariser Figaro, der ich entnehme, dass Du unsere Beziehung inzwischen ohne mein Wissen und Zutun aufgegeben hast. Henri hat sie mir schon Mitte Oktober geschickt.

Das hätte ich mir doch denken können, schimpfte sich Valérie selbst eine Idiotin. Baptiste hatte solche Anzeigen gleich nach der Verlobung in allen großen Pariser Gazetten geschaltet. Kein Wunder, dass sie Henri ins Auge gefallen waren. Und er Pascal gleich darauf in Kenntnis gesetzt hatte.

Seither warte ich vergeblich darauf, dass Du Dich selbst erklärst. Doch heute habe ich es nicht länger ausgehalten.

Das Datum wies aus, dass Pascal das Schreiben vor vier Tagen verfasst hatte. Er wartete also schon über einen Monat auf ihren Brief. Während sie vor Sorge fast umgekommen war, ihm könne etwas zugestoßen sein.

Natürlich hätte Pascal ein Anrecht darauf gehabt, von Valérie über die Verlobung informiert zu werden. Also bleibt mir nichts anderes übrig, als mich bei ihm für diese feige Unterlassung zu entschuldigen, dachte sie. Aber ich hatte doch gute Gründe dafür! Valérie spürte, dass ihr schon wieder die Tränen kamen.

Kurz rief sie sich diese Gründe noch einmal ins Gedächtnis. Ich wollte ihn nicht so tief verletzen. Aber ich wollte auch die Illusion aufrechterhalten, dass es eine Zukunft für uns beide gibt. Schließlich bin ich noch nicht mit Baptiste verheiratet. Die Sache sei also nicht endgültig entschieden, hatte ich mir vorgemacht.

Wie konnte ich nur so verblendet sein, warf sie sich jetzt vor.

Ich gestehe freimütig ein, dass ich völlig fassungslos über die Nachricht war und bin. Ja, es ist wahr, dass auch ich Dir viel zu spät eingestanden habe, dass ich Frankreich verlassen muss. Aber ich war bis zur letzten Minute bemüht, unser großes Glück nicht zu trüben.

Das war ich doch auch, schrie alles in Valérie auf. Wieso kommt er nicht selbst darauf? Die nächsten Passagen machten sie sogar zornig.

Und ja, es ist ebenfalls wahr, dass ich frühestens in einigen Jahren zurückkehren kann. Doch ich bin Dir bislang treu geblieben und wollte auf Dich warten. So, wie ich fest davon ausging, dass auch Du auf mich warten würdest.

Aber du bist ein Mann!, empörte sich Valérie. Du kannst tun und lassen, was du willst. Auch wenn Henri dir nicht geholfen hätte, wärst du gegangen, du kannst auch im Ausland selbst für dich sorgen.

Ich dagegen bin eine unverheiratete Frau ohne eigenes Einkommen und damit abhängig von meinen Eltern! Wie also hätte ich gegen ihren Willen jahrelang auf dich warten sollen?

Aber Pascal weiß ja nicht, wie sehr meine Eltern mich unter Druck gesetzt haben, fiel ihr dann ein. Sollte sie ihm das schreiben? Würde es ihn milder stimmen?

Erst einmal las sie weiter.

Deshalb hätte ich nie gedacht, dass Du unsere Liebe so nachhaltig zerstören würdest. Ich habe mich stattdessen sogar der Hoffnung hingegeben, Du könntest mich mit Henris Hilfe einmal in Brüssel besuchen. So wie er im vergangenen Jahr Deinen Aufenthalt in der Künstlerkolonie Pont-Aven gedeckt und sogar bezahlt hat. Mit großer Wehmut denke ich nun an diese wunderbaren Wochen zurück.

Valérie schluchzte auf. Die ersten beiden Wochen in Pont-Aven gehörten auch für sie zu den herrlichsten ihres Lebens. Aber Pascal ließ außer Acht, dass die gemeinsame Zeit nicht ungetrübt geblieben war. Die letzten Tage waren durch seinen Streit mit Gauguin über die Urheberschaft an der von beiden entwickelten Stilrichtung des Synthetismus und vor allem durch die Nachricht überschattet worden, dass sich Suzanne nach der Trennung von Henri das Leben zu nehmen versucht hatte. Was an sich schon schlimm genug war. Nun hatte diese Trennung auch noch zur Folge, dass Pascal ihr die folgenden Vorwürfe machte:

Doch Du bist nicht mehr die Valérie, die ich bis vor Kurzem für die Liebe meines Lebens hielt. Denn Henri hat mir eingestanden, dass Du Dich auch mit ihm schon lange überworfen hast. Erst dadurch habe ich verstanden, warum ich meine Briefe auf einmal an Suzanne schicken sollte.

Ich habe auch endlich verstanden, warum Du nicht mehr in Henris Atelier gemalt hast. Darüber hast Du mich sogar belogen und behauptet, es gäbe zu viel in der Galerie Deines Vaters zu tun. Sodass Deine freien Nachmittage weggefallen wären.

In Wahrheit wolltest Du nur vertuschen, wie undankbar Du Dich gegenüber Henri verhalten hast. Insbesondere Dir hat er immer nur Gutes getan. Hätte ich das geahnt, wäre ich vielleicht nicht so überrumpelt gewesen von dieser Verlobungsanzeige.

Nun rannen ihr die Tränen über das ganze Gesicht. Denn Pascal berührte einen auch für sie sehr wunden Punkt:

Mit dem Zerbrechen ihrer Freundschaft zu Henri hatte Valérie alles verloren, was ihr nach Pascals Weggang noch geblieben war. Nur in Henris Atelier hatte sie malen können. Er hätte ihr auch weiterhin Freiheiten verschafft, die ihr jetzt nicht mehr offenstanden. Vielleicht sogar wirklich eine Reise nach Brüssel ermöglicht.

Warum habe ich Pascal auch das verschwiegen? Weil ich mich geschämt habe, wurde Valérie klar. Für Henri und für mich.

Denn ich hätte zugeben müssen, dass ich Henri so hart angegangen bin, dass er danach jeden Versöhnungsversuch abgelehnt hat. Aber ich hätte auch meine Beschuldigung, dass er Suzanne bis aufs Blut gedemütigt hat, wiederholen müssen. Ohne jeden Beweis, denn das Schmierblatt mit der Zeichnung hatte ich längst weggeworfen. Denn ich ahnte nicht, welchen Strick mir Henri daraus drehen könnte.

Das zeigte der nächste Teil von Pascals Brief.

Dass Du mich derart betrügst und hintergehst, hätte ich mir schon nicht vorstellen können. Doch in meinen schlimmsten Fantasien wäre ich nie darauf gekommen, wem Du Dein Herz geschenkt hast. Baptiste Germain!!!

Ich habe ihn ein einziges Mal auf einer Ausstellung im Salon des Indépendants getroffen und fand ihn unerträglich arrogant. Er verdammt jeden anderen Kunststil außer seinem eigenen und hält sich für einen der größten Maler unserer Zeit.

Außerdem ist er viele Jahre älter als Du und als Mann nicht einmal ansehnlich. Was also hat Dich bewogen, ihn zu Deinem zukünftigen Ehegemahl zu wählen? Und vielleicht sogar schon das Bett mit ihm zu teilen? Dieser Gedanke quält mich ununterbrochen.

Nun gewann Valéries Zorn die Oberhand über den Schmerz. Wenn Pascal Baptiste so widerwärtig fand, warum ging er dann nicht davon aus, dass sie niemals freiwillig in diese Verbindung eingewilligt hätte? Stattdessen fabulierte er sich etwas Ungeheuerliches zurecht.

Henri war jedoch nicht überrascht, dass Du Dir diesen ewiggestrigen Maler als Ehemann ausgesucht hast. Denn der Grund für Euer Zerwürfnis scheint eine Zeichnung von Suzanne gewesen zu sein, mit deren Stil Du nicht einverstanden warst. Deswegen hast Du ihn geschmäht und seine Ehre als Künstler verletzt. Das hat er zumindest angedeutet.

Also hast Du nicht nur unsere Liebe verraten, sondern auch unsere Begeisterung für die moderne Kunst! Ich weiß nicht, was mich mehr enttäuscht.

So hatte Henri also ihre Kritik an seiner entwürdigenden Darstellung Suzannes als Absinth-Trinkerin gegenüber Pascal begründet. Dass Valérie seinen Stil verurteilt hätte, nicht den Inhalt seines Machwerks. Glaubte Henri das wirklich, oder hatte Pascal das nur in seinen Bericht über ihr Zerwürfnis hineininterpretiert?

Das kann ich weder aufklären noch widerlegen, dachte sie verzweifelt. Henri spricht nicht mit mir, und die perfide Zeichnung ist längst zu Asche verbrannt. Aber spielt es überhaupt eine Rolle?

Sie spürte, dass Pascals Vorwürfe, sie habe auch Henri verletzt, nur ein Nebenkriegsschauplatz waren. Es ging ihm um Baptiste, den er zutiefst verabscheute und der ihm Valérie nach seinem

Dafürhalten abspenstig gemacht hatte. Das traf ihn auch in seiner Mannesehre aufs Schwerste.

Ihr Puls beschleunigte sich. Denn jetzt kamen die letzten Passagen. Sie enthielten Pascals Ultimatum.

Dennoch möchte ich unserer Liebe eine letzte Chance geben. Wenn Du Deine Verlobung löst und Dich offen zu mir bekennst, bin ich bereit, Dir zu verzeihen. Ein Ding der Unmöglichkeit scheint mir das nicht zu sein. Auch wenn Dein Vater sicher Nachteile in seiner Kunstgalerie dadurch hätte, weil Germain ihm in Zukunft seine Gemälde verweigern würde. Aber die sind es ohnehin nicht wert, dass man sie irgendwo ausstellt oder gar kauft.

Angesichts der unverändert ablehnenden Haltung ihres Vaters gegenüber jeder modernen Kunstrichtung klangen Pascals Annahmen über die möglichen Folgen einer Trennung von ihr und Baptiste für seine Galerie so absurd wie seine Lösungsideen.

Aber dies gäbe Deinem Vater sogar die Möglichkeit, sein Angebot zu variieren. Kunsthändler wie Paul Durand-Ruel, den wir vor Jahren einmal gemeinsam besucht haben, machen inzwischen sehr gute Geschäfte, hat mir Henri geschrieben. Durand-Ruel verkauft nicht nur Werke von Manet, Degas und Renoir, ja selbst die jahrelang verschmähten Gemälde von Camille Pissarro finden inzwischen die ersten Abnehmer.

Also dürfte es Dir letztendlich nicht schwerfallen, Baptiste zu verlassen und Deinen Vater von neuen Wegen für seine Galerie zu überzeugen. Ich jedenfalls möchte die Hoffnung noch nicht ganz aufgeben, dass es nach meiner Rückkehr nach Paris eine Zukunft für uns beide gibt. Doch das liegt allein in Deiner Hand.

Nichts, gar nichts liegt in meiner Hand, hätte Valérie am liebsten geschrien. Meine ganze Familie ist ruiniert, wenn ich Baptiste nicht heirate. Nie war ihr das so klar geworden wie in diesem Augenblick. Es gab keine Hoffnung für sie und Pascal in dieser verfahrenen Situation.

Denn die wahren Gründe für ihre Verlobung durfte sie Pascal nicht offenlegen, spürte sie instinktiv. Wie konnte sie ihm etwas anvertrauen, das höchste Kreise in Frankreich geheim hielten und das nicht einmal ihre eigene Familie wusste?

Würde Pascal mich überhaupt verstehen, wenn ich ihm die Wahrheit sagte? Würde er nicht argumentieren, auch er habe sich mit seiner Familie überworfen, anstatt ihr gegen seine Überzeugungen zu Willen zu sein? Vor allem, wenn ich ihm von dem Kuhhandel meines Vaters mit Baptiste berichten würde. Schrittweiser Schuldenerlass gegen jedes weitere Jahr Ehe! Pascal könnte mich sogar verachten, wenn er wüsste, dass ich mich auf so etwas eingelassen habe.

Aber er würde mit Henris Hilfe womöglich das Scheitern des Panamakanalprojekts auffliegen lassen und einen politischen Skandal verursachen! Mit Sicherheit würde er dabei Baptiste und seinen Vater, den Bankier, erwähnen! Und sei es nur, um dem verhassten Kerl eins auszuwischen, erst recht wegen der erpressten Verlobung! An die Folgen für mich und meine Familie würde er dabei nicht einmal denken.

Nein, das kann ich nicht riskieren, wurde Valérie klar. Selbst wenn es dadurch zur Trennung von mir und Baptiste käme, könnte ich nicht mit Pascal zusammen sein. Ich hätte ja nicht einmal Geld für die Reise nach Brüssel.

Wahrscheinlich würde mich außerdem meine ganze Familie verstoßen. Wie sollte ich mich dann durchbringen? Wie Suzanne als Aktmodell? Nicht einmal das stünde mir offen. Als Tochter des

Kunsthändlers Dumas würde mich kein seriöser Maler und keine Kunstakademie engagieren, selbst wenn ich bereit wäre, mich so zu erniedrigen.

Schluchzend las Valérie Pascals letzte Worte.

Doch eines möchte ich Dir noch zu bedenken geben: Hältst Du an dieser unseligen Verbindung fest, betrachte ich unsere Beziehung mit diesem Brief als beendet.

Viele Grüße

Dein unglücklicher, aber entschlossener Pascal

Noch eine ganze Weile weinte Valérie bitterlich. Die Hühnersuppe, die Marie ihr gebracht hatte, war längst erkaltet, ohne dass sie auch nur einen Löffel davon zu sich genommen hätte. Schließlich schnäuzte sie sich die Nase und griff zu Papier und Feder.

Da Pascal sich selbst nicht mehr melden wird, bleibt mir nur noch, mich in Würde von ihm zu verabschieden und ihn um Verzeihung für meine Lügen und Heimlichkeiten zu bitten. Doch wenigstens bin ich es dann, die die Trennung endgültig ausspricht, und kann ihm ein letztes Mal alles Gute für seine Zukunft wünschen.

Das war die schlimmste Entscheidung ihres bisherigen Lebens. Doch leider führte kein Weg daran vorbei.

Kapitel 2

IM MOULIN ROUGE

SILVESTERABEND 1889

»Also, auf die Sensation hätt ich gern verzichtet«, grollte La Goulue mit gedämpfter Stimme, während sie in der Garderobe einen verächtlichen Seitenblick auf Jane Avril warf. »Und den doofen Zidler hätt ich auch nicht gebraucht!«

Elise unterdrückte ein Stöhnen und hob stattdessen die Augen zum Himmel. Seit Louise vor zwei Wochen erfahren hatte, dass der neue Direktor des Moulin Rouge die Tänzerin Jane Avril nicht nur eingestellt hatte, sondern sogar gemeinsam mit La Goulue als Sensation am Silvesterabend anpries, war Louise unausstehlich. Gestern Nacht hatte sie sogar eines der Plakate abgerissen, die überall auf dem Boulevard de Clichy für die Vorstellung warben.

»Pscht!«, zischte Elise. »Du weißt doch, was Joseph Oller uns bei der Vorstellung von Charles Zidler gesagt hat. Der versteht als neuer Direktor keinen Spaß, hat's geheißen. Und jedes Mitglied des Ensembles, das ihn nicht respektiert, kann gleich gehen. Ich bezweifle keine Sekunde, dass Oller als Eigner die Drohung wahr macht.«

»Pah«, schnaubte La Goulue. Doch der Ausdruck in ihren Augen verriet Elise, dass sie nicht so selbstsicher war, wie sie tat.

Zum Glück schien Jane, die ihren Spind am anderen Ende der geräumigen Garderobe hatte, nichts von La Goulues Lästereien gehört zu haben. Noch konnte Elise die neue Kollegin nicht einschätzen und wusste nicht, ob sie Zidler alles, was gegen ihn gerichtet war, sofort petzte.

Auch sie selbst konnte sich bisher keinen Reim auf die Veränderungen machen, die der Neue schon so kurz nach der Eröffnung im Moulin Rouge eingeführt hatte. Er war seit Anfang Dezember im Amt und hatte unmittelbar danach beschlossen, das Programm völlig umzugestalten. Heute Abend hatte seine Version Premiere.

Als Erstes hatte Zidler die Länge der Vorführungen vor dem Publikumstanz von vier auf zwei Stunden gekürzt. In diesen beiden Stunden spielte der Cancan jetzt nicht mehr die alleinige Hauptrolle, wie es seit dem ersten Galaabend am 6. Oktober der Fall gewesen war. Nur die Eröffnungsnummer mit dem gesamten Corps hatte Zidler weitgehend übernommen.

Eigentlich hat Louise am wenigsten Grund, sich zu beschweren, dachte Elise, während sie ihr dunkelblaues Cancan-Kleid anzog und über den voluminösen Spitzenunterröcken zurechtzupfte. Lucienne könnte sich viel eher beklagen.

Denn Grille d'Égout, »Kanalgitter«, wie die Tänzerin wegen ihrer weit auseinanderstehenden Vorderzähne mit Künstlernamen hieß, hatte ihre Soloposition verloren. An ihre Stelle war Jane Avril getreten. Die würde in weniger als einer halben Stunde, gemäß der Ankündigung als »neue Sensation«, sogar das erste Solo der Eröffnungsvorführung vor dem Corps tanzen. Erst dann war La Goulue an der Reihe und zuletzt sie, Elise.

Den Grund dafür, dass Elise trotz ihrer geringeren Erfahrung nicht selbst ins zweite Glied zurücktreten musste, glaubte sie seit den ersten gemeinsamen Proben mit Jane zu kennen. Janes Tanzstil bei der Eröffnungsnummer ähnelte dem Cancan von Grille am meisten. Wahrscheinlich deshalb hatte die Freundin ihren Platz räumen müssen. Elise tat das sehr leid für Lucienne. Denn bei ihr hatte sie damals die ersten professionellen Schritte und Cancan-

Figuren gelernt, die sie auf ihrem eigenen Weg zur Startänzerin immer mehr variiert und perfektioniert hatte. Wenigstens bekam Lucienne weiterhin den gleichen Lohn wie vorher.

Jetzt drehte und wendete sich Jane Avril in ihrem knallroten Kleid vor dem mannshohen Spiegel, der neben jedem Spind in der Garderobe der Solotänzerinnen angebracht war. Dann setzte sie den schwarzen Hut, ähnlich einer altmodischen Schute, auf ihre blonden Korkenzieherlocken und band ihn unter dem Kinn fest. »Bis gleich!« Mit einem kurzen Winken verließ sie den Raum.

Anstatt endlich ihr eigenes grünes Kleid anzuziehen, zog Louise jetzt erst recht vom Leder. »Ich weiß nicht, was der Zidler an diesem dürren Klappergestell findet. Womit sie ihn so um den Finger wickelt, dass er ihr regelrecht aus der Hand frisst.«

»Es heißt, Jane hätte zur gleichen Zeit als Kunstreiterin im Hippodrom gearbeitet, in der Zidler die Pferderennbahn geleitet hat. Daher kennt er sie.«

»Pah!« Wieder winkte La Goulue verächtlich ab. »Was hat denn die Hopserei auf einem Pferd mit Tanzen zu tun! Die vögelt jede Nacht mit dem Alten! Dabei könnt er ihr Großvater sein. Das ist der Grund, warum er sie eingestellt hat.«

Diesmal stöhnte Elise vernehmlich. Wie so oft schloss Louise von sich auf andere. Zwar hatte sie mit dem Altersunterschied recht. Jane war erst einundzwanzig und damit noch zwei Jahre jünger als sie beide. Zidler dagegen hatte vorgestern anlässlich seines achtundfünfzigsten Geburtstags eine Runde Champagner spendiert. Trotzdem hielt sie das nicht für ausschlaggebend für Janes besondere Stellung.

»Auch wenn es so wäre, du kannst nicht bestreiten, dass Jane sehr gut tanzt. Anders als du und ich, doch mit sehr viel Charme. Und Oller hat uns doch allen bei der Vorstellung von Zidler erklärt, dass der das hohe Niveau der Vorstellungen nicht nur halten, sondern sogar noch hochtreiben soll. Unerreichbar für jede Konkurrenz.«

»Dummes Geschwätz! Der Kerl ist der Bohnenstange hörig. Weiß der Himmel, wieso. Sonst hätt er ihr nicht gleich jede Extrawurst genehmigt. Sie darf das rote Kleid tragen, die auffälligste Farbe. Und wir alle drei müssen jetzt einen dämlichen Hut aufsetzen.«

»Meines Wissens hast du vorher noch nie ein rotes Kleid verlangt. Im Gegenteil, du hast immer behauptet, Rot beißt sich mit deiner Haarfarbe. Und den Hut durften wir uns aussuchen und müssen ihn nur bei der Eröffnungsnummer tragen. Die sowieso die einzige ist, wo wir gemeinsam mit Jane auf der Bühne stehen.«

»Womit hat sie denn jetzt auch dich bezirzt?«, schnappte Louise.

Elise verlor die Geduld. »Du gehst mir langsam mächtig auf die Nerven mit deinem Gemecker. Grund zum Jammern hätte Lucienne. Die hat jetzt nur noch zwei Auftritte pro Abend. Oder Nini, die fast ganz aus den Solonummern rausgeflogen wäre.«

La Goulue grinste hämisch. »Aber das hab ich verhindert!« Sie warf sich in die Brust. »Ich hab mich geweigert, mit der dürren Kuh auch noch ein Duo zu tanzen. Da ist mir Nini allemal lieber.«

Ach, auf einmal, dachte Elise. Vorher hatte Louise auch an Nini kein gutes Haar gelassen. Außerdem hat auch Jane sich geweigert, mit dir im Duo aufzutreten. Denn ihr passt von eurem Tanzstil ja gar nicht zusammen, lag ihr als Erwiderung schon auf der Zunge. Aber sie hielt den Mund. Mit Louise weiter zu diskutieren, hatte keinen Zweck.

Der wahre Grund, warum Charles Zidler Nini Patte-en-l'air gleich als Duopartnerin von La Goulue akzeptiert hatte, war, dass Louise Ninis schwierige Figur von allen anderen Tänzerinnen am besten beherrschte.

Nini hatte sie gleich nach Elises Unfall und ihrem dadurch bedingten Fernbleiben im Moulin Rouge vorführen dürfen. Zwischenzeitlich hatte Nini die Figur sogar noch schwieriger gemacht. Jetzt hob sie nicht nur jedes Bein nacheinander bis weit über den Kopf und drehte den Fuß wirbelnd in beide Richtungen, sondern balancierte dabei mit dem anderen Fuß auf den Zehenspitzen.

Obwohl Elise die Grundform von Ninis Figur nach ihrer Rückkehr ins Moulin Rouge hatte erlernen müssen, war sie heilfroh, dass sie sie jetzt nicht mehr zu zeigen brauchte. Trotz der Fehlgeburt nach dem harten Aufprall war ihr der Spagat inzwischen wieder lieber.

Die Begründung, mit der Jane Avril sich geweigert hatte, Ninis Figur für ihre Auftritte auch nur in Betracht zu ziehen, war allerdings eine ganz andere. Zu ihrem Tanzstil gehörte es, ihre Beine in den schwarzen Strümpfen ausschließlich bis zu den Knien zu zeigen. Dabei schlang sie die Röcke sogar mit beiden Händen um den Oberschenkel, war allerdings so gelenkig, dass sie das Knie in dieser Haltung mit ausgestrecktem Unterschenkel fast bis zum Kinn heben konnte.

La Goulue pflegte dagegen mindestens zehn Zentimeter nacktes Fleisch zwischen ihren Strümpfen und dem spitzenbesetzten Schlüpfer zu präsentieren, was Zidler ihr als einziger Tänzerin durchgehen ließ. Obwohl das Moulin Rouge dadurch jederzeit Gefahr lief, von der Sittenpolizei heimgesucht zu werden.

Elise warf einen Blick auf die große Wanduhr, die auf Betreiben des neuen Direktors in jeder Garderobe deutlich sichtbar angebracht worden war. Es war bereits fünf vor halb acht.

»Du solltest dir endlich dein Kleid anziehen, anstatt dir selbst weiter leidzutun!« Die schnippische Bemerkung konnte sich Elise jetzt nun doch nicht verkneifen.

La Goulue warf ihr einen vernichtenden Blick zu. »Was weißt

du denn schon davon? Du kannst doch immer noch froh sein, dass du auf dem Tanzboden überhaupt noch 'ne Rolle spielst.«

Während Louise sich jetzt endlich ihr Kleid über den Kopf zog, fehlten Elise angesichts ihrer Unverschämtheit zunächst die Worte. Dann platzte ihr endgültig der Kragen.

»Hör endlich auf, dir einzubilden, dass die Welt sich nur um dich dreht! Du hast nichts verloren außer deinem Anspruch, immer und überall die Erste zu sein. Ich hoffe, dass Jane und das Publikum dir endlich mal gründlich den Marsch blasen!«

Louise, die solchen Widerspruchsgeist von Elise nicht gewohnt war, wirkte baff.

Aber es ist doch wahr, dachte Elise, während sie La Goulue demonstrativ den Rücken zukehrte und sich den Hut mit Nadeln an ihrer Frisur befestigte. Das Modell glich nach der neuesten Mode einem kleinen Zylinder mit schmaler Krempe und war mit schwarzen Straußenfedern geschmückt.

»Ich weiß nicht, was in dich gefahren ist!«, ertönte La Goulues Stimme jetzt hinter ihr. »Du hast doch die meisten Auftritte behalten! Nur einen weniger als ich und genauso viele wie diese dürre Schlampe.«

Meinen zweiten Soloauftritt hab ich eingebüßt, wollte Elise schon widersprechen. Nach der Eröffnung hab ich nur noch mein Duo mit Grille behalten. Und die Quadrille um zehn als Trio mit Valentin. Aber wie die ankommt, steht in den Sternen.

Doch bevor sie antworten konnte, ertönte von draußen ein Gong. Hastig steckte Elise die letzte Hutnadel fest und verließ den Raum, ohne sich noch einmal nach La Goulue umzudrehen. Charles Zidler konnte sehr ungehalten werden, wenn man zur allabendlichen Parade der Tänzerinnen zu spät kam. Auch eine Neuerung, die er gleich an seinem ersten Tag eingeführt hatte. Eine halbe Stunde vor jeder Vorstellung inspizierte er die Garderobe des Cancan-Ensembles. Und wehe derjenigen, deren Strumpf eine Laufmasche aufwies oder deren Kleid ein falsch geknöpftes Mieder …

Elise hatte sich kaum ans Ende der Reihe des, bis auf La Goulue, vollzählig versammelten Corps gestellt, als Charles Zidler den Raum hinter der Bühne betrat. Wie immer war er korrekt in einen schwarzen Abendanzug mit Weste und blütenweißem Hemd gekleidet. Um den steifen Kragen hatte er ein schwarzes Seidentuch geschlungen, das Plastron genannt wurde und die herkömmliche Krawatte ersetzte. Auf dem Kopf saß der übliche Zylinder, außerdem trug er feine weiße Handschuhe.

Ein ähnlich makelloses Auftreten erwartete er auch von seinem Personal, seien es Kellner, Mitglieder der Kapelle, Sänger und andere Künstler und natürlich die Tänzerinnen. Es hieß, mit ihnen sei er besonders streng.

Heute machte Zidler diesem Ruf alle Ehre. »Nini, Ihr linker Handschuh sitzt nicht richtig. Ziehen Sie ihn hoch!«

Unwillkürlich zupften alle jungen Frauen an ihren bis zum halben Oberarm reichenden Handschuhen. Auch hier hatte sich Jane Avril mit ihrer Forderung durchgesetzt, die wegen La Goulues Tätowierung vormals üblichen Halbärmel damit zu ersetzen. Zwar erfüllten die langen Handschuhe jetzt den gleichen Zweck und verbargen La Goulues unschöne Erinnerung an ihre ehemals große Liebe Charles Tazzini. Sie waren aber noch unbequemer als die Halbärmel und verrutschten während der lebhaften Cancan-Figuren genauso rasch.

»Claire, sind Sie sicher, dass Ihre Schuhe korrekt geschlossen sind? Die Riemchen scheinen mir sehr locker zu sitzen.«

»Aber wenn ich sie noch ein Loch enger schnüre, bekomme ich Blasen«, wagte Môme Fromage, die als Jüngste des Corps den Spitznamen »Käsefratz« trug, einen Widerspruch.

»Besser, als sich den Knöchel zu brechen«, beschied Zidler sie kurz.

Da genau in diesem Augenblick La Goulue eintraf, bekam er nicht mit, dass Claire nur so tat, als würde sie ihre Schuhe richten.

Der Direktor musterte Louise Weber mit einem stechenden Blick aus seinen grauen Augen und presste seine schmalen Lippen kurz aufeinander. Dabei strich er sich über eine seiner makellos gekämmten, bis zum bartlosen Kinn reichenden weißen Koteletten. Gesichtsausdruck und Geste waren charakteristisch für ihn, wenn er zornig war.

»Mademoiselle Weber! Auch für Sie als Startänzerin gelten meine Regeln.« Seine Stimme klang schneidend. »Kommen Sie noch einmal zu spät, werde ich Ihre zweite Solonummer mit einer anderen Tänzerin besetzen.«

Diese Drohung hatte es in sich. La Goulues Wangen färbten sich rot. Entgegen ihrer sonstigen Art gab sie sofort klein bei. »Entschuldigen Sie vielmals, Monsieur Zidler. Aber ich habe mich noch nicht daran gewöhnt, dass ich vor der ersten Nummer einen Hut aufsetzen soll. Ich hatte Schwierigkeiten, ihn auf dem Kopf zu befestigen.«

»Dann sollten Sie vielleicht einmal darüber nachdenken, sich eine passendere Frisur zuzulegen.«

Jetzt schürzte La Goulue doch mit einem Ausdruck der Empörung die Lippen. »Aber der Dutt auf dem Oberkopf ist mein Markenzeichen, mit Verlaub gesagt.«

»Dann sorgen Sie dafür, dass das Hutmodell dazu passt.« Zidler ließ sich durch Louises Einwand nicht beirren. Jetzt wandte er ihr demonstrativ den Rücken zu.

»Die Damen mögen sich jetzt hinter den Vorhang begeben. Die Vorstellung beginnt in exakt zehn Minuten.«

Die jungen Frauen waren beinahe vollständig an ihm vorbeidefiliert, als er ihnen noch eine letzte Mahnung zurief.

»Und denken Sie daran, fünf Minuten vor Ihrer nächsten Nummer vollzählig hinter der Bühne versammelt zu sein!«

Auch das gehörte zu den Neuerungen, die ab heute gelten würden. Vorher waren die Solos, Duos und übrigen Konstellationen, in denen eine oder mehrere Tänzerinnen im Mittelpunkt standen, mit Ausnahme der Eröffnungsnummer ohne das Corps durchgeführt worden. Das hatte pro Vorstellung drei eigene Nummern getanzt. Die hatte Zidler jetzt abgeschafft. Damit die insgesamt zwölf Tänzerinnen, die ganz oder zeitweise zum Corps gehörten, Lucienne und Nini eingeschlossen, ausreichend beschäftigt waren, wurde stattdessen jede Einzelvorführung ab heute im Hintergrund durch das restliche Cancan-Ensemble begleitet.

Dazu zählten die Soloauftritte von Jane Avril und La Goulue genauso wie die Auftritte der Duos Grille d'Égout mit Elise und Louise mit Nini. Nur noch diese vier Vorführungen, jede maximal fünf Minuten lang, ersetzten die ehemals zahlreichen Cancan-Nummern. Dazwischen traten Zauberer, Clowns, Bauchredner, Sängerinnen und weitere Künstler auf.

Schon ab zehn Uhr wollte Zidler, beginnend mit der naturalistischen Quadrille, dann den Saal mithilfe des Cancan und des ganzen Ensembles zum Kochen bringen. Das Spektakel sollte den ehemaligen Publikumsball ersetzen, der bisher um Mitternacht begonnen hatte. Damit sollte der Cancan weit eindrücklicher zum Markenzeichen des Moulin Rouge werden als allein durch die Vorführungen der Tänzerinnen. Ob Zidlers Plan aufging, würde sich heute erweisen.

Doch auch für die veränderten Auftritte hatte das Ensemble in den letzten Wochen viele unbezahlte Überstunden einlegen müssen, um tagsüber zu proben.

Jetzt nahm Elise ihren Platz hinter der rechten Seite der Bühne ein, La Goulue hinter der linken. Den ersten Soloauftritt mit dem Ensemble im Hintergrund würde Jane Avril absolvieren. Elise würde als Letzte der drei die Bühne betreten.

Mit den ersten Tönen des *Galop Infernal* hob sich der Vorhang, der auf Höhe der darüberliegenden Empore mit der Kapelle angebracht war. Jane tanzte an der Spitze des Corps auf die größtenteils in den Raum hineinragende Bühne hinaus. Unwillkürlich presste Elise ihre Fingernägel in die Handflächen. Hoffentlich würde die neue Nummer, die sie so lange eingeübt hatte, gut gehen.

Fast zwei Stunden später war ein Großteil der Spannung von Elise abgefallen. Das Publikum hatte sowohl ihr Solo zu Beginn des Galaabends als auch ihre Duovorführung mit Grille mit kräftigem Applaus bedacht, der dem für Jane Avril und La Goulue kaum nachstand.

Auch der abschließende Spagat war Elise zweimal tadellos gelungen. Zwar schmerzte der Aufprall wie üblich, aber jetzt hatte sie im schlimmsten Fall ein paar blaue Flecken an den Oberschenkeln zu befürchten.

Kurz suchte sie danach trotzdem ein unangenehmer Gedanke heim. »Ob du jemals wieder ein Kind empfangen oder sogar austragen kannst, bleibt dahingestellt«, hatte ihr die alte Hebamme Marianne vor einigen Wochen eröffnet, nachdem sie sich von der Fehlgeburt erholt hatte. »Denn wer sich so schwer verletzt hat wie du, trägt häufig bleibende Schäden an den inneren Organen davon.«

Und wenn schon! Wie üblich verdrängte Elise den Gedanken trotzig. Sie wollte tanzen, nicht Kinder hüten. Alles Weitere würde sich irgendwann finden.

Jetzt lugten Louise und sie Seite an Seite auf die Bühne und beobachteten den zweiten Soloauftritt von Jane Avril, gleichzeitig gemäß dem neuen Programm die letzte Cancan-Vorführung als Höhepunkt der beiden ersten Stunden des Galaabends. Natürlich war Louise darauf neidisch. Elise dagegen gönnte es Jane. Hätte sich die nicht geweigert, an der Quadrille teilzunehmen, hätten entweder Lucienne oder sie selbst auch diese Nummer verloren.

Im Gegensatz zu den anderen Solistinnen hatte Jane sich nicht umgezogen. Sie trug dasselbe Kleid und denselben Hut wie bei der Eröffnungsnummer. Schon nach wenigen Sekunden blieb Elise und Louise der Mund vor Erstaunen offen stehen. Dieses Solo kannten sie nicht. Es war kein Bestandteil der gemeinsamen Proben gewesen.

Jane explodierte geradezu mit ihren Bewegungen. Sie wirkten abrupt und merkwürdig unkoordiniert und fügten sich dennoch zu einer perfekten Vorführung zusammen. Die Tänzerin verrenkte ihre Glieder auf eine geschmeidige Weise, die Elise bis dahin nur bei Valentin, dem Knochenlosen, gesehen hatte. Das war La Goulues langjähriger Tanzpartner, der heute Abend ebenfalls zum ersten Mal in der Quadrille auftreten würde.

Nun sprang Jane hoch in die Luft und kam in einem Spagat nach dem anderen auf dem Boden auf, nur um gleich darauf wieder wie ein Gummiball in die Höhe zu schnellen. Mehrmals neigte sie ihren Rücken fast bis zum Bühnenboden hinunter. Die Vorführung des Ensembles im Hintergrund wirkte dagegen fast einfallslos.

La Goulue fasste sich als Erste. »Das ist der Grund, warum man Jane ›die Verrückte‹ nennt. Jeanne La Folle! Jeanne ist ihr echter Vorname. Sag nur, das hast du nicht gewusst.«

Elise schüttelte den Kopf. »Als Spitznamen kannte ich nur ›La Mélinite‹. Aber was das heißt, weiß ich auch nicht.«

»Das ist irgend so ’n Zeugs, mit dem man Häuser in die Luft sprengt.«

»Aha. Passt jedenfalls gut«, konstatierte Elise trocken.

»La Folle passt besser«, widersprach Louise. »Die war nämlich mal in ’ner Irrenanstalt, hab ich gehört.«

Elise war verblüfft. »In ’ner Irrenanstalt? Sag nur, etwa in Saint-Lazare?«

»Nee, die wars nicht. Obwohl man sagt, die Jane ging früher auf den Strich. Es war irgend ’ne andere Anstalt. Den Namen hab ich vergessen.«

»Aber wo hat sie denn so gut tanzen gelernt?«

La Goulue grinste hämisch. »Man munkelt, das hat mit ihrem Verrücktsein zu tun. Da gibts auch so ’ne Art Tanz. Veitstanz soll der heißen.«

»Sie hat diese wahnsinnigen Bewegungen aufgrund einer Geisteskrankheit gelernt?« Elise konnte das kaum glauben.

»Wenn du das so sagst.« Louise hob die Schultern. »Wahnsinnig sind die. So wird’s wohl gewesen sein.«

»Woher weißt du das alles?«

Wieder grinste La Goulue. »Ich hab da eben so meine Quellen.« Weiter äußerte sie sich nicht dazu.

Elise spürte, dass sich Louise gern noch mehr bitten hätte lassen, bevor sie preisgab, woher sie diese erstaunlichen Informationen hatte. Doch den Gefallen wollte sie ihr nicht tun. Stattdessen beobachtete sie schweigend den letzten Teil von Janes Vorführung.

Solch eine Art, auf Cancan-Musik zu tanzen, hatte sie vorher noch nie gesehen. Eigentlich war es gar kein Cancan, was Jane da zeigte. Kein einziges Mal hob sie die Beine bis über den Kopf. Das war auch gar nicht nötig angesichts der fast bis zum Kinn gehobenen Knie mit ausgestrecktem Unterschenkel, wobei sich Jane dabei manchmal wirbelnd um die eigene Achse drehte. Mit Ausnahme des Spagats zeigte sie in dieser Nummer kaum eine der bekannten Cancan-Figuren. Trotzdem passten sich ihre Bewegungen der schmissigen Musik perfekt an. Schließlich sank sie mit dem letzten Schlussakkord in einen tiefen Knicks vor dem Publikum.

Das sprang begeistert von seinen Stühlen auf. Ein Meer von Blumen wurde auf die Bühne geworfen. Je länger die Zuschauer tosenden Beifall spendeten, desto verkniffener wurde La Goulues Miene.

Charles Zidler hat recht behalten, dachte Elise bei sich. Jane Avril ist die Sensation des Abends.

Wenig später war die kurze Pause zwischen Janes Nummer und der anschließenden Quadrille vorbei. Elise spürte ihr Herz vor Aufregung schneller schlagen, als sie und Grille d'Égout zwischen den Tischen hindurch von rechts, La Goulue und Valentin von links die große, im Augenblick noch völlig leere Tanzfläche betraten. Die Wände des Saals waren zur Feier des Tages mit zahllosen Flaggen und Wimpeln geschmückt. Das Licht der ballonförmigen Gaslampen wurde von den teilweise verspiegelten Wänden und dem blank gewienerten Parkett des Bodens tausendfach reflektiert. Würde Zidlers Experiment gelingen?

Gerade trat der Direktor an den Bühnenrand und wollte die bevorstehende Nummer ankündigen. Da ertönte von der Bar her eine bekannte Stimme: »Das Leben ist schön! Hier kommt die Quadrille!«

Es war Henri de Toulouse-Lautrec, der seit dem Eröffnungsabend kaum eine Veranstaltung im Moulin Rouge versäumt hatte. Wie üblich saß er auf einem Barhocker an der Theke nahe der Bühne. Woher weiß er, was jetzt kommt? Elise war einen Moment lang verblüfft. Dann fiel ihr eine weitere Neuerung ein. Den Gästen waren beim Eintritt in das Etablissement Programmhefte angeboten worden. Offenbar hatte Toulouse-Lautrec eines erstanden.

Charles Zidler wirkte nur einen Augenblick lang verdutzt, dann zog er den Zylinder und verbeugte sich in Henris Richtung. »Besser hätte ich das auch nicht ansagen können!«, so machte er aus der Not eine Tugend. Nahezu gleichzeitig gab er dem Dirigenten der Kapelle ein Zeichen.

Ein lauter Tusch ertönte. Inzwischen hatten die drei Tänzerinnen und Valentin die Mitte des Tanzsaals erreicht. Wieder ertönten die ersten Klänge des *Galop Infernal.* Auch schon vor der Ägide von Zidler war der *Galop* ein zweites Mal zur Abschlussnummer gespielt worden, die damals das ganze Ensemble getanzt hatte. Jetzt wurde als letzte Nummer des Abends die naturalistische Quadrille gezeigt, wie man den Cancan bezeichnete, wenn auch ein Mann mittanzte.

Für Valentin, den Knochenlosen, war dieser Auftritt im Moulin Rouge ein Novum. Vorher war er zwar auch, wie seinerzeit im Élysée Montmartre, La Goulues bevorzugter Tanzpartner beim Publikumsball gewesen. Dort stand er jedoch nicht so sehr im Mittelpunkt wie jetzt als einziger männlicher Partner von gleich drei Tänzerinnen.

Die umrundeten Valentin zunächst mit einigen Drehungen, bevor er sich als Erstes La Goulue zuwandte. Zu seinen Bewegungen, die denen eines Schlangenmenschen glichen, vollführte Louise eine komplexe Cancan-Figur nach der anderen, während sie um Valentin herumtanzte. Dabei hob sie ihre Röcke bis über den Bauchnabel und zeigte, entgegen den Proben, mehrere Male auch ihr wohlgeformtes Hinterteil nach allen Seiten. Es war, wie weiland beim Auftritt vor dem Schah von Persien, mit einem nur bis zur Mitte der Oberschenkel reichenden Schlüpfer bedeckt, auf dem ein rosafarbenes gesticktes Herz prangte. Allerdings war der Stoff diesmal nicht durchsichtig.

Nicht nur Elise war verblüfft. Hätte sie in diesem Augenblick

Charles Zidlers Gesicht gesehen, hätte sie den gleichen Ausdruck darauf wahrgenommen. Es war wahrscheinlich nur dem ohrenbetäubenden Applaus zu verdanken, dass er La Goulue diese Eigenmächtigkeit später durchgehen ließ.

Was für ein raffiniertes Luder, schoss es Elise durch den Kopf, während sie die während der Solovorführungen der Kolleginnen vorgeschriebene Grundform des Cancan tanzte. Diese bestand nur aus dem wechselweisen Heben der Knie und anschließendem Strecken der Beine über den Kopf. Damit gleicht sie aus, dass sie eine langärmelige Bluse als Oberteil tragen muss, damit man ihre Tätowierung nicht sieht.

Die Auswahl der Kostüme hatte Zidler für diese abschließende Nummer jeder Tänzerin freigestellt. Aber er war sicher nicht auf die Idee gekommen, ihnen vor der Vorstellung unter die Röcke zu gucken.

Als Louise ihren Part mit der nur von ihr beherrschten Figur »Bein hinter der Schulter« beendet hatte, wandte Valentin sich Elise zu. Auch ihr gelangen die vielfach geübten Figuren und Sprünge einwandfrei, ebenso wie nach ihr Lucienne.

Genau zum Schlussakkord der Melodie beugte Valentin seinen langen mageren Körper, wie zuvor Jane Avril, rücklings fast bis zum Boden des Saals hinunter, während die Tänzerinnen um ihn herum den Spagat ausführten.

Der Applaus war noch nicht völlig verklungen, als Charles Zidler auf der Bühne beide Arme schwenkte. »Und nun, Mesdames et Messieurs, schließen Sie sich dem Ball an! Sie sind alle eingeladen, sich den Rest des Abends am Cancan zu beteiligen!«

Schon strömten die übrigen Mitglieder des Corps in den Saal. Jede trug ein individuelles Kostüm, manche mit Hut, manche ohne. Mit eleganten Verneigungen luden sie die am Rand des Saals sitzenden oder stehenden Herren zum Tanz ein und ergriffen sogar deren Hände, um sie auf die Tanzfläche zu ziehen. Die allermeisten folgten bereitwillig.

Wieder schoss La Goulue den Vogel ab. Sie tänzelte auf einen feschen Herrn zu, hob plötzlich das rechte Bein und stieß ihm mit einer Drehung den Zylinder vom Kopf. Während die Zuschauer, die dies beobachtet hatten, in lautes Gelächter ausbrachen, zog La Goulue den Mann hinter sich her in die Mitte des Saals.

Obwohl La Goulue so etwas schon früher in der Moulin de la Galette gemacht hatte, tat sie es heute im Moulin Rouge zum ersten Mal. Im Ély hatte man es ihr seinerzeit untersagt. Auch das hat sie sicher mit Zidler nicht abgesprochen, dachte Elise, die ihrerseits an jeder Hand einen Herrn mit sich zog. Währenddessen spielte die Kapelle ununterbrochen weiter.

Schließlich ging Zidlers Rechnung auf: Nachdem sich auch einige Damen aus dem Publikum auf die Tanzfläche gewagt hatten, hielt es kaum jemanden mehr auf seinem Platz. Wer sich nicht zu den schwungvollen Melodien mit einer der Tänzerinnen oder seiner ihn begleitenden Dame bewegte, stand zumindest am Rand der Fläche und klatschte im Takt mit. Die Stimmung im ganzen Saal war grandios. Aus dem Augenwinkel sah Elise, dass nur wenige Zuschauer das Moulin Rouge verließen.

Auch sie gab sich mehr und mehr der Musik und den nun allein von ihr bestimmten Tanzbewegungen hin. Nur einmal riss sie etwas aus ihrer Verzückung. Das war, als sie an Henris Barhocker vorbeitanzte und einen flüchtigen Blick auf sein Antlitz erhaschte. Er sah zutiefst traurig aus, seine kurzen Beine baumelten weit über dem Boden.

Doch als Elise ihren Tänzer nach einer letzten Drehung stehen ließ und sich Henri näherte, prostete er ihr grinsend mit seinem Cognacglas zu, hob es an seine wulstigen Lippen und trank es in einem Zug leer. Seine vergnügte Miene wirkte aufgesetzt. Gleichzeitig war sie eine Warnung für Elise, ihn nicht auf seine eigentliche Stimmung anzusprechen. Zumal er jetzt auch noch einen Skizzenblock hob, auf den er etwas gezeichnet hatte, das Elise aus der Distanz heraus nicht erkennen konnte.

Da gerade der nächste Tänzer aus dem Publikum sie zur Fortsetzung der Quadrille aufforderte, erwiderte sie Henris Gruß daher nur von fern. Wenig später hatte sie ihre Beobachtung über der mitreißenden Musik und der überschäumenden Stimmung im Tanzsaal vergessen.

Es war kurz vor Mitternacht, als die Kapelle mit einem weiteren Tusch den Tanz unterbrach.

»Mesdames et Messieurs«, ertönte Zidlers Stimme nun erneut durch den Saal. »Lassen Sie uns jetzt gemeinsam das neue Jahr begrüßen! Zur Feier des Tages ist ein Glas Champagner für jeden Gast frei.«

Unter dem Beifall der Menge eilten die Kellner mit Tabletts voller Champagnerflöten umher, von denen sich die Gäste eifrig bedienten. Dann versammelten sich alle Künstler des Abends, wie es zuvor mit Zidler abgesprochen worden war, auf der Bühne. Die Wanduhren im Moulin Rouge verfügten auch über Sekundenzeiger.

Laut riefen die Mitglieder des Ensembles die letzten Sekunden des alten Jahres aus, die Gäste stimmten rasch mit ein. Um dann, begleitet von allen Pariser Kirchenglocken, das neue Jahr zu begrüßen und in den Garten hinter dem Moulin Rouge zu strömen. Dort erwartete alle ein farbenprächtiges Feuerwerk, das der Eigner Joseph Oller zur Feier des Tages spendiert hatte.

Entgegen Zidlers Absicht, die Veranstaltung in Zukunft um Mitternacht zu beenden, dauerte sie in dieser einzigartigen Nacht noch Stunden darüber hinaus. Den Tänzerinnen hatte Zidler allerdings freigestellt, nach Hause zu gehen, wann sie wollten.

Jane Avril verließ das Moulin Rouge als Erste, schon kurz nach zwölf, wie Elise bemerkte. Auch sie selbst war gegen ein Uhr morgens todmüde. Auf dem Weg in die Garderobe machte sie noch ein paar denkwürdige Beobachtungen.

Sie sah Nini Patte-en-l'air, begleitet von gleich zwei Herren, in einer dunklen Nische verschwinden. Die Tänzerin aus dem Corps mit Künstlernamen La Sauterelle, »Grashüpfer«, war auf dem Flur in einen leidenschaftlichen Kuss mit einem Herrn versunken, dem die Hose seines Abendanzugs unter dem Frack schon in den Kniekehlen hing.

Schließlich fand Elise sogar die zu ihrer Garderobe gehörende Toilette verschlossen. »Besetzt!« Die unwirsche Stimme gehörte eindeutig La Goulue. Ihr dringendes Bedürfnis musste Elise vor dem Heimweg daher im Abort der Garderobe für das Corps befriedigen.

»Das neue Sündenbabel!« – »Kein Ort für ehrbare Frauen!« – »Erzbischof von Paris in größter Sorge um die öffentliche Moral!« Das waren nur einige der Schlagzeilen, mit denen die Pariser Gazetten diese »Nacht der Ausschweifungen« am Tag nach Neujahr kommentierten.

Doch Charles Zidler war zufrieden. »Eine bessere Werbung hätten wir uns gar nicht wünschen können.« Seine grauen Augen strahlten, er grinste über das ganze Gesicht. »Meine Damen, Sie werden sehen, das Moulin Rouge ist von jetzt an Abend für Abend ausverkauft.«

Nur auf den Beitrag über Valentin im *Gil Blas* ging er nicht ein: *»Seine Hässlichkeit wird nur von seiner Wendigkeit übertroffen. Monsieur Zidler hat ihn eindeutig in Erinnerung an seine Zeit als Metzger engagiert, in der er sich täglich der Kunst der Entbeinung widmete.«*

Erst dadurch erfuhren die Tänzerinnen von Zidlers beruflicher Vergangenheit.

Zwar noch nicht sofort im neuen Jahr, aber schon im Laufe der nächsten Monate behielt Zidler recht. Trotz der Fülle ähnlicher Vergnügungsstätten in Paris war das Moulin Rouge binnen kürzester Zeit die bekannteste. Nicht nur Scharen von Touristen, sondern auch die Pariser selbst pilgerten Abend für Abend an die Place Blanche.

Kapitel 3

AUF DEM WEG ZUM RATHAUS VON MONTMARTRE

2. JANUAR 1890

»Nun mach doch kein Gesicht wie sieben Tage Regenwetter! Du fährst heute nicht zu deiner Beerdigung, sondern zu deiner standesamtlichen Trauung.«

Die Worte ihrer Mutter Amélie klangen Valérie noch in den Ohren, während die Mietdroschke die kurze Strecke vom Boulevard de Clichy zum Wohnhaus von Suzanne Valadon in der Rue Tourlaque hinauffuhr.

Suzanne wartete schon im Hauseingang auf sie. Sie trug das dunkelblaue Samtkleid mit dazu passendem Hut und Mantel, das Valérie ursprünglich selbst für die heutige Zeremonie anziehen wollte.

»Suzanne ist meine einzige und beste Freundin«, hatte Valérie eine Weile vergeblich begründet, dass sie Suzanne einladen wollte. Doch schließlich hatte Baptiste nachgegeben.

»Wenn du schon darauf bestehst, dass diese zweifelhafte Dame, die meines Wissens sogar ein uneheliches Balg hat, deine Trauzeugin bei unserer standesamtlichen Hochzeit sein soll, muss sie zumindest anständig gekleidet sein«, hatte er gefordert. Deshalb hatte Valérie Suzanne das Kleid überlassen. Ohne zu wissen, dass Baptiste dies durchaus gelegen kam.

Doch über ihren Wunsch war Baptiste noch immer verärgert,

und er stellte ihr daher weitere Bedingungen. »Der Preis, den ich für deine absonderliche Neigung zahle, ist hoch«, lamentierte er. »Ich kann meinen Eltern nicht zumuten, unter dieser Voraussetzung der standesamtlichen Zeremonie beizuwohnen. Deshalb verlange ich, dass Suzanne von der kirchlichen Trauung und der anschließenden Feier ausgeschlossen wird.«

Valérie wurde zunehmend beklommen zumute. Sie stellte fest, dass Baptiste zur Erfüllung ihrer Wünsche immer weniger bereit war, je näher die Hochzeit rückte. Trotzdem hatte sie seine Forderung lange Zeit abgelehnt. Es war Suzanne selbst, die sie schließlich eines Besseren belehrte.

»Ich sehe ja, dass du es gut meinst, Valérie. Doch glaub nicht, dass ich mich auf einem Fest wohlfühlen würde, wo ich dermaßen unwillkommen bin.«

Auch ihre Mutter Amélie war über Valéries Wunsch konsterniert gewesen. Sie erkannte zunehmend, dass ihre Tochter in ihrer Studienzeit manch eine Freundschaft gepflegt hatte, die sie niemals gutgeheißen hätte. Wieder war ihr Vater Alphonse Valéries einzige Stütze. Er begann zu ahnen, wie unglücklich Valérie in dieser Ehe sein würde.

Aus diesem Grund sah er über die vergangenen Eskapaden seiner Tochter hinweg, die auch ihm zum Teil jetzt erst bekannt wurden. Dazu gehörte ihr Eingeständnis, dass sie sich an ihren freien Nachmittagen in der Galerie, wo sie bis zu ihrer Verlobung als seine Assistentin gearbeitet hatte, keineswegs mit ehemaligen Schulfreundinnen getroffen und die Pariser Kaufhäuser unsicher gemacht hatte. Stattdessen hatte sich Valérie an diesen Tagen mit ihren Künstlerfreunden verabredet, zu denen in erster Linie Suzanne gehörte.

»Deine Mutter und ich werden zur standesamtlichen Trauung kommen«, bestimmte er daher. »Auch wenn wir deine Freundin bislang nicht kennen. Ich will das so, Amélie, und du hast dich zu fügen«, erklärte er ihrer Mutter ungewohnt barsch. Bis heute war es Valérie ein Rätsel, warum ihre Mutter keine Einwände erhoben, sondern sich murrend gefügt hatte.

Jetzt öffnete der Kutscher die Tür der Droschke und ließ Suzanne einsteigen. »Du wirkst zwar bleich und übernächtigt, aber deine Robe ist fantastisch«, erklärte ihr die Freundin, nachdem sie Valérie mit zwei Wangenküsschen begrüßt hatte.

Die zog eine Schnute. »Das mag sein, aber tragen werde ich sie nur heute. Baptiste hat sie hinter meinem Rücken im Atelier Worth anfertigen lassen, wo die Schneiderinnen meine Maße kennen. Er hat sie mir quasi aufgenötigt, nachdem ich dir das Samtkleid überlassen hatte.«

Während die Mietdroschke das Rathaus in der Rue des Abbesses ansteuerte, schüttelte Suzanne mit einer Mischung aus leichtem Spott und Betroffenheit den Kopf. »Wenn du diesen Mann schon heiraten musst, dazu aus Gründen, die so geheim sind, dass du sie nicht einmal mir anvertrauen willst, solltest du das Beste daraus machen. Gleichgültig kannst du ihm jedenfalls nicht sein, wenn er dir solch ein teures Kleid kauft. Es steht dir außerdem wunderbar zu Gesicht.«

Rein objektiv gesehen, hatte Suzanne recht. Die Robe war aus schwerem grünem Seidentaft gefertigt mit schwarzen Brüsseler Spitzen als Brusteinsatz sowie an Manschetten und Saum. Sie entsprach, wie der aus dem gleichen Stoff gefertigte und mit einer schwarzen Straußenfeder garnierte Hut und das schwarze kurze Jackett, der neuesten Pariser Mode. Sowohl Valéries graue Augen als auch ihr rötlich braunes Haar kamen dadurch hervorragend zur Geltung.

Doch Suzannes Worte trösteten Valérie nicht. Sie verstärkten im Gegenteil ihre unguten Vorahnungen. »Ich glaube nicht, dass dies ein Zeichen von Baptistes Liebe ist. Er möchte mich stattdessen mehr und mehr unter seine Kontrolle bekommen und mir sogar vorschreiben, was ich anzuziehen habe.«

Suzanne seufzte schwer, erwiderte jedoch nichts.

Einen Moment lang grinste Valérie spöttisch. »Immerhin ist es keine Robe für eine gewöhnliche Mietdroschke.«

»Ich hätte doch auch zu Fuß zum Rathaus kommen können«, wiederholte Suzanne hastig ihr früheres Angebot. »Heute ist außerdem ein herrlich klarer Wintertag.«

Valérie winkte ab. »Das hätte Baptiste als weitere Demütigung empfunden. Es ist schon schlimm genug für ihn, dass ich dich in der Mietdroschke abhole, anstatt mit ihm und meinen Eltern im Landauer seines Vaters zu sitzen.«

»Hattet ihr nicht früher einmal selbst eine Kutsche?«

Valéries Kloß im Magen wurde dicker. Sie nickte. »Die hat mein Vater schon vor einiger Zeit verkauft.« – Die Miete für den Stellplatz ist ihm zu teuer geworden, hätte sie fast schon hinzugefügt, sie beließ es dann jedoch bei ihrer kurzen Erklärung. Auch Suzanne sollte nicht wissen, in welch großen finanziellen Schwierigkeiten ihr Vater steckte und dass dies der einzige Grund für die heutige Trauung war.

Die restliche Fahrt verlief in bedrücktem Schweigen. Bald darauf hielt die Mietdroschke vor der *Mairie,* in der die standesamtliche Zeremonie stattfinden würde.

»Darf ich dir meine gute Freundin Suzanne Valadon vorstellen?« Nachdem sie ausgestiegen waren und Valérie Baptiste und ihre Eltern begrüßt hatte, wandte sie sich demonstrativ zuerst an ihren Vater. »Sehr erfreut, Mademoiselle.« Alphonse wahrte die Form, verbeugte sich und deutete sogar einen Handkuss an. Wohl oder übel begrüßte auch Amélie Suzanne mit gerunzelter Stirn.

»*Enchanté*, Mesdemoiselles! Ich bin entzückt!« Zu Valéries

Überraschung trat ein ihr noch unbekannter Mann vor und warf einen Zigarettenstummel auf den Boden. Dann musterte er ihre Freundin mit einem aufdringlichen Grinsen. Das musste Baptistes Cousin zweiten Grades sein. Er hieß Richard und fungierte als sein standesamtlicher Trauzeuge. Valérie schätzte ihn auf ungefähr Mitte dreißig. Er war ihr sofort unsympathisch.

»Und Sie sind Baptistes späte Eroberung«, wandte er sich dann mit einem ähnlichen Grinsen an sie. »Ich muss sagen, der alte Knochen hat Glück.« Damit schlug er seinem tödlich verlegen aussehenden Cousin jovial auf die Schulter.

Ohne seinerseits Suzanne zu begrüßen, drehte Baptiste der kleinen Gesellschaft den Rücken zu und wies auf die Rathausuhr. »Wir sollten uns sputen. Wenn ich schon in diesem baufälligen Gebäude heiraten muss, möchte ich den Bürgermeister wenigstens nicht warten lassen. Sonst stürzt am Ende noch das Dach während der Trauung ein.«

Trotz ihrer zunehmenden Beklemmung unterdrückte Valérie ein schadenfrohes Schmunzeln. Der aufstrebende Stadtteil Montmartre plante seit Längerem ein neues repräsentatives Rathaus, das jedoch noch nicht fertiggestellt war.

An der starren Pariser Bürokratie war allerdings selbst Baptiste mit seinem Versuch gescheitert, die Zeremonie im benachbarten Opernviertel in der dortigen prächtigen *Mairie* durchführen zu lassen. »Da sowohl Ihr eigener Wohnsitz als auch der Ihrer Braut im achtzehnten Arrondissement liegen, können wir Ihrer Bitte leider nicht nachkommen«, hatte man ihn dort kurz und knapp beschieden.

Vor der verschrammten Eingangstür wartete er auf Valérie und reichte ihr den Arm, den sie wohl oder übel ergriff. Richard fasste seinerseits die Gelegenheit beim Schopf und hakte Suzanne unter. Valéries Eltern taten es den beiden Paaren nach.

Das Trauzimmer lag im ersten Stock und war mit üppigen Sträußen aus weißen Orchideen und Lilien dekoriert. Valérie bezweifelte, dass der Bürgermeister selbst für diesen Blumenschmuck gesorgt hatte. Stattdessen vermutete sie auch dahinter Baptistes Drang nach Prunk und Protz.

Ansonsten hatte der Raum schon bessere Zeiten gesehen. Überall bröckelte der Putz von den Wänden, der Parkettboden war stumpf und rissig geworden.

Der *Maire* empfing sie mit einem wohlwollenden Lächeln.

»Es ist mir eine außerordentliche Ehre, verehrter Monsieur Germain, Sie heute mit Ihrer wunderschönen Braut trauen zu dürfen. Auch Sie, liebe ›Noch-Mademoiselle‹« – er zwinkerte ihr zu – »empfange ich dabei mit großem Vergnügen. Wenn mir die Herrschaften jetzt folgen möchten.«

Er wies dem Brautpaar zwei Stühle in der ersten Reihe zu. Sie waren mit einem fadenscheinig gewordenen Brokatstoff bespannt. Valérie nahm gemäß der Aufforderung links von ihrem Bräutigam Platz. Die Trauzeugen flankierten das Paar zu beiden Seiten. Valéries Eltern setzten sich in die zweite Reihe.

Dann begann der Bürgermeister mit einigen salbungsvollen Worten über die Bedeutung einer glücklichen Ehe, die Valérie sofort vergaß. Schließlich kam er zur eigentlichen Zeremonie.

»Verehrtes Brautpaar! Ich lese Ihnen nun die für Ihre Eheschließung bedeutsamen Paragrafen aus dem *Code Civil* unseres noch heute hochgeschätzten Kaisers Napoleon Bonaparte vor. Ich beginne mit dem zentralen Passus. Er regelt überaus weise die Stellung von Mann und Frau.«

Dann vernahm Valérie die folgenden Worte: »Der Mann ist unter allen Umständen und Gefahren seiner Frau Schutz. Die Frau ist ihrem Manne unbedingten Gehorsam in allen Angelegenheiten schuldig.«

Gehorsam in allen Angelegenheiten!? – Sogar unbedingten Gehorsam!? – Das heißt, ich büße all meine Rechte ein? Vielleicht für den ganzen Rest meines Lebens?

Wie ein Mantra gingen Valérie die Worte des Bürgermeisters durch den Kopf. Die weitere Zeremonie bekam sie zunächst kaum mehr mit.

Erst die drängende Stimme des Bürgermeisters riss sie aus ihrer Betäubung. »Mademoiselle Dumas? Ist Ihnen nicht wohl?«

»Doch, doch«, antwortete Valérie mechanisch.

»Dann frage ich Sie noch einmal« – der Bürgermeister wirkte konsterniert, Baptistes Gesicht glich einer Maske – »sind Sie mit der zukünftigen Erfüllung dieser Pflichten einverstanden, und wollen Sie den hier anwesenden Baptiste Germain zu Ihrem rechtmäßigen Ehemann nehmen?«

Erst jetzt nahm Valérie wahr, dass alle Anwesenden, auch sie selbst, inzwischen aufgestanden waren. Sag Nein, schrie alles in ihr auf. Sag Nein! Einen Moment lang zögerte sie noch. »Mademoiselle Dumas!«, insistierte der *Maire.* »Haben Sie meine Worte verstanden?«

»Oui«, antwortete sie schwach und erkannte im nächsten Augenblick, dass sie nun unwiderruflich in der Falle saß.

»Gut, dann erkläre ich Sie kraft meines Amtes hiermit zu Mann und Frau.«

An den Rest des Tages hatte Valérie später nur vage Erinnerungen. Die Glückwünsche der wenigen Hochzeitsgäste, das festliche Diner im Café Riche, bei dem sie keinen Bissen anrühren konnte, alles zog wie ein Traum an ihr vorbei.

»Ich habe Kopfschmerzen«, erklärte sie schließlich ihren besorgten Eltern und Suzanne. Daraufhin brach man die Feier vorzeitig ab.

Richard erklärte sich bereit, Suzanne nach Hause zu bringen, sodass sein Platz im Landauer frei für Valérie wurde. In der Kutsche vermied sie jede Berührung mit Baptiste, sie wich sogar seinen Blicken aus. Mit letzter Kraft schleppte sie sich die Treppe zur Wohnung ihrer Eltern empor, um die Nacht in ihrem Mädchenzimmer zu verbringen.

Doch sie fand keine Ruhe und wälzte sich schlaflos hin und her. Als die Kirchenglocken Mitternacht schlugen, schlich sie sich im Nachthemd in die Bibliothek. Nach einigem Suchen fand sie den *Code Civil*, eingebunden in grünes Leder.

Den größten Rest der Nacht verbrachte sie damit, sich beim Licht einer Kerze die Paragrafen über Ehe und Familie durchzulesen und darüber zu grübeln. Nun kannte sie all die Einzelheiten, die ihr zukünftiges Leben an Baptistes Seite bestimmen würden.

Bis jetzt war er ihr nur herzlich unsympathisch gewesen. Sie hatte sich vorgenommen, ihm so weit wie möglich aus dem Weg zu gehen. Nun erkannte sie, dass sie ihm als Ehefrau völlig ausgeliefert und aller Rechte ihrer erst kürzlich erreichten Volljährigkeit beraubt sein würde. Nie, nie, in ihren schlimmsten Albträumen nicht, hätte sie sich das vorstellen können.

Die Ehe ihrer Eltern war alles andere als glücklich. Aber ihr Vater hatte von seinen Rechten gegenüber Amélie in diesem Ausmaß kaum je Gebrauch gemacht, erkannte sie nun. Ihre Mutter war die uneingeschränkte Herrin des Haushalts, verfügte in diesem Zusammenhang über eigenes Geld und hatte bis zu einer gewissen Höhe sogar Zugriff auf Alphonses Konto. Das hatte er nicht einmal rückgängig gemacht, als sie davon immer wieder größere Summen für den Bau von Sacré-Coeur spendete. Wahrscheinlich als Ausgleich für das Geld, das er für seine Kurtisanen ausgab. Amélie durfte außerdem kommen und gehen, wie es ihr beliebte, und sogar ohne ihren Mann verreisen.

Würde Baptiste ihr zumindest einen Teil dieser Freiheiten ebenfalls zugestehen? Würde er sie in ihrem eigenen Atelier in seinem Stadtpalais malen lassen?

»Hätte ich dieses Buch nur vorher gelesen«, murmelte Valérie wieder und wieder vor sich hin. Doch nun war es zu spät. Erst gegen Morgen fiel sie in einen unruhigen Schlaf der Erschöpfung.

Kapitel 4

PFARRKIRCHE SAINT-PIERRE IN MONTMARTRE

3. JANUAR 1890, AM NACHMITTAG DES NÄCHSTEN TAGES

Bevor Elise und ihre Mutter Jeanne die Kirche Saint-Pierre betraten, die nur wenige Schritte vom Rohbau der neuen Basilika Sacré-Coeur entfernt lag, stellten sie die leeren Wäschekörbe in einer Nische vor dem Eingangsportal ab.

Früher war Jeanne Lambert nicht besonders gläubig gewesen und hatte häufig sogar die Sonntagsmesse versäumt. Dies hatte sich geändert, seit sie von Simones Heirat gehört und in der Folge dem Absinth abgeschworen hatte. Nun besuchte sie die Messe mehrmals pro Woche und zündete darüber hinaus vor der Statue der Gottesmutter jedes Mal eine Kerze an, wenn ihr Weg sie an der alten Pfarrkirche vorbeiführte.

Heute hatte Elise Jeanne geholfen, Wäsche an der Place du Tertre auszuliefern, die an das Gotteshaus grenzte. Sie folgte ihrer Mutter mit gemischten Gefühlen in die Seitenkapelle, die der Jungfrau Maria gewidmet war. Einerseits war sie erleichtert darüber, dass Jeanne nicht mehr trank und sogar ihren alten Beruf als Wäscherin wieder ausübte, um sich damit ihren Lebensunterhalt zu verdienen.

Andererseits beruhte diese Entwicklung auf einer Lüge. Ihre Mutter hatte zu trinken begonnen, nachdem sie erfahren hatte, dass ihre von zu Hause ausgerissene jüngere Tochter Simone von dem Zuhälter Luc, den Simone für ihre große Liebe hielt, auf den Strich geschickt wurde.

Aufgrund ihrer eigenen unglücklichen Vergangenheit mit dem Vater ihrer beiden Töchter, der sich ebenfalls als unzuverlässiger und später sogar gewalttätiger *Filou* herausgestellt hatte, hielt Jeanne sich selbst für schuldig am schrecklichen Schicksal Simones. Denn die Hebamme Marianne, bei der Jeanne nach dem frühen Tod ihrer Eltern aufgewachsen war, hatte sie vergeblich vor dem schlechten Charakter dieses Mannes gewarnt. Doch wie Simone war auch Jeanne anfangs unbelehrbar gewesen. Jetzt glaubte sie, Simone diesen Wesenszug vererbt zu haben.

Erst als ihr gar nichts anderes übrig blieb, war Jeanne mit ihren Töchtern zu Marianne zurückgekehrt. Sie war fortan Elise und Simone eine zwar strenge, aber auch fürsorgliche Mutter gewesen. Niemals hatte sie eingedenk des trunksüchtigen Vaters ihrer Töchter auch nur einen Tropfen Alkohol angerührt. Stattdessen hatte sie hart gearbeitet, um der Familie einen gewissen Wohlstand zu ermöglichen.

Dennoch war Simone Lucs Charme schnell erlegen. Wie so viele andere als fesche Burschen getarnte Zuhälter, die sich auf der Butte von Montmartre herumtrieben, hatte er ihr unsterbliche Liebe vorgegaukelt und sie auf diese Weise in seine Fänge bekommen.

Nach der Entdeckung, was aus ihrer jüngsten Tochter geworden war, hatte Jeanne jeden Halt verloren und ihren Kummer fortan in Absinth ertränkt.

Auch Elise war es nicht gelungen, ihre Schwester auf den rechten Weg zurückzuholen, selbst als die als illegale Prostituierte im berüchtigten Frauengefängnis von Saint-Lazare gelandet war. Doch Simone blieb ihrem Zuhälter hörig.

Kurz nach ihrer Entlassung hatte Luc Simone zwar tatsächlich geheiratet, sie aber kraft seiner Macht als Ehemann sofort als

Prostituierte registrieren und fortan in Bordellen arbeiten lassen. Das hatte Henri de Toulouse-Lautrec, den Elise seit ihrer Zeit als Modell in der Kunstakademie Cormon kannte, für sie in Erfahrung gebracht. Er hatte Elise geraten, ihrer Mutter lediglich mitzuteilen, Simone habe geheiratet. Sie schäme sich jedoch zu sehr über ihre Vergangenheit als Dirne, um den Kontakt zu ihrer Familie wieder aufzunehmen.

Jeanne hatte Elise diese Lüge bereitwillig geglaubt und ihr Leben danach wieder in den Griff bekommen. Inzwischen hatte sie einen festen Kundinnenkreis, überwiegend auf dem Hügel von Montmartre, und übte ihren Beruf als Wäscherin in der Wohnung in der Rue Tourlaque aus, in der sie weiterhin mit der alt gewordenen Marianne lebte. Nach ihrer Trennung von André war auch Elise dort wieder eingezogen, vorübergehend, wie sie hoffte.

Seitdem sie von Simones Heirat erfahren hatte, betete Jeanne täglich darum, dass diese ihre Scham überwinden und wieder in Kontakt zu ihr treten würde. Elise wiederum hoffte inständig, dass es nicht zu einer weiteren unseligen Begegnung zwischen ihrer Mutter und ihrer jüngeren Schwester käme wie damals, als das Zusammentreffen den Absturz Jeannes ausgelöst hatte.

Schon von außen hatte die Kirche auf Elise einen baufälligen Eindruck gemacht. Sie wusste, dass Saint-Pierre als ehemalige Klosterkirche der ursprünglich nebenan gelegenen Benediktinerinnenabtei eines der ältesten Gotteshäuser in Paris war. Nicht nur Jeanne sorgte sich darum, dass man das Gemäuer nach der Fertigstellung von Sacré-Coeur sogar abreißen könnte.

Auch im Inneren waren die Anzeichen des Verfalls unübersehbar. Die Fenster waren blind, der ehemals helle Anstrich der Säulen und Arkaden des Hauptschiffs und der beiden Seitenschiffe grau geworden. Stellenweise wies das Gewölbedach dunkle

Flecken auf. Elise wusste, dass es bei starkem Regen in den Kirchenraum tropfte. Das Mobiliar war verschrammt, der Kerzenhalter vor der Gottesmutter rostig.

Dennoch sah der Innenraum heute anders aus, als Elise ihn in Erinnerung hatte. Vom Eingangsportal bis zu den Stufen zum Altar war ein roter Teppich im Mittelgang ausgerollt worden. Buketts aus weißen Lilien, Rosen und Orchideen schmückten die Kirche. Auf den schäbigen Sitzflächen der vorderen Bänke lagen rote Samtkissen. Vor dem Altar stand ein Trauschemel.

»Hier findet offenbar bald eine Hochzeit statt«, sagte Elise.

»Dann sollten wir uns beeilen, um nicht zu stören.« Jeanne hatte gerade den Centime für eine Kerze in den Opferstock geworfen, als die Frauen barsch von hinten angesprochen wurden.

»Mesdames! Ich muss Sie bitten, sich unverzüglich zu entfernen! Sie sehen doch, in Kürze beginnt hier eine Trauung.«

Der Mann, von dem diese unfreundlichen Worte stammten, war Elise flüchtig vom Sehen bekannt. Er gehörte zu den Priestern, die die provisorische Kapelle der neuen Basilika Sacré-Coeur betreuten und dort Gottesdienste für die immer zahlreicheren Pilger abhielten.

Jeanne schien den Mann sogar näher zu kennen und knickste erschrocken. »Ich bitte um Entschuldigung, verehrter Père Zacharie. Wir gehen gleich. Lassen Sie mich nur noch meine Kerze anzünden und ein kurzes Gebet sprechen.«

Der Priester schüttelte den Kopf. »Dazu bleibt keine Zeit, Madame. Wenn ich unverzüglich sage, meine ich das auch so! Und nehmen Sie die Körbe mit, die Sie vor der Kirche abgestellt haben. Sie stören die Hochzeitsgäste, die bald eintreffen werden.«

»Beides glaube ich nicht, werter Kollege Zacharie.« Zu Elises Verblüffung trat nun ein zweiter Priester auf den Plan. Ihn kannte sie seit Jahren. Es war Père Albert, der Pfarrer der Gemeinde von

Montmartre, zu der die Kirche Saint-Pierre gehörte. Er hatte ihr und Simone dereinst die Heilige Erstkommunion gespendet.

Père Albert zog demonstrativ eine Taschenuhr aus seinem schwarzen Gewand. »Meines Wissens beginnt die Trauung in ungefähr einer Stunde. Sie selbst sind ja nicht einmal umgezogen, Père Zacharie. Denn ich glaube kaum, dass Sie in dieser fleckigen Kutte das Brautpaar einsegnen möchten. Vielleicht sollten Sie im Gegenteil, anstatt Madame Lambert aus *meiner* Kirche zu vertreiben, einmal ihre Dienste als Wäscherin in Anspruch nehmen.«

Das feiste Gesicht von Père Zacharie lief rot an. Er ballte seine Hände zu Fäusten. »Die Gesellschaft anlässlich der kirchlichen Trauung ist geschlossen, verehrter Herr Pfarrer. Gewöhnliches Volk ist als Gast nicht vorgesehen.«

Père Albert ließ sich nicht beirren. »Ich habe Ihnen zwar den Vorzug eingeräumt, diese Trauung in *meiner* Pfarrkirche durchzuführen«, betonte er noch einmal, »obwohl Sie es auch in der Kapelle von Sacré-Coeur hätten tun können.«

»Aber ich bitte Sie!«, fiel ihm Père Zacharie ins Wort. »Die Kapelle ist bislang nur ein Provisorium. Der Boden besteht aus gestampftem Lehm!«

»Dort hätten *Sie* das Hausrecht gehabt.« Der Pfarrer blieb ungerührt. »*Hier* habe ich *meines* keineswegs schon vor der Trauung an Sie abgetreten. Diese Damen sind fromme Mitglieder meiner Gemeinde und dürfen ihre Gebete verrichten, bis die ersten Hochzeitsgäste eintreffen.«

Dann wandte er sich an Jeanne und Elise. »Verweilen Sie hier, solange es Ihnen genehm ist.«

Während Père Zacharie aufgebracht ohne ein Abschiedswort in die Sakristei stürmte, machte ihnen der Gemeindepfarrer sogar ein weiteres Angebot. »Wenn Sie die Trauung miterleben möchten, halten Sie sich unauffällig im Hintergrund.«

Zunächst hatten weder Jeanne noch Elise vor, dieses Angebot anzunehmen. Jeanne zündete die Kerze an, kniete vor dem Marienaltar nieder und betete inbrünstig ein Ave-Maria. Elise sprach die vertrauten Worte mit. Sie war zwar nach wie vor nicht sehr gläubig, aber ein Gebet zur Gottesmutter konnte nicht schaden.

Die beiden waren schon auf dem Rückweg durchs Seitenschiff, als sich das Eingangsportal öffnete und ein festlich gekleideter Herr die Kirche mit raschem Schritt betrat. Obwohl das Gebäude, offenbar zur Feier des Tages, ungewöhnlich stark beheizt war, knöpfte er sich seinen Mantel mit Pelzkragen im Gehen zu. Dann sah er sich mit einem Ausdruck von Ratlosigkeit um.

»Offenbar bin ich doch zu früh«, hörte Elise ihn murmeln.

»Was zögerst du so?« Jeanne packte Elise flüsternd am Ärmel. »Das ist bestimmt schon der erste Hochzeitsgast.«

»Das glaube ich auch«, raunte Elise. »Und weil ich ihn kenne, bleibe ich hier. Jetzt möchte ich nur zu gern wissen, wer heute hier heiratet.«

Während Jeanne die Kirche kopfschüttelnd verließ, drückte sich Elise in eine Nische des Seitenschiffs, von der aus sie einen guten Blick auf das Hauptschiff und das Eingangsportal hatte, ohne gleich selbst gesehen zu werden.

Denn der Herr, der die Kirche gerade betreten hatte, war niemand anderes als Fernand Cormon, der Leiter der Kunstakademie, in der Elise einst Modell gestanden hatte.

Eine halbe Stunde später begannen sich die vorderen Kirchenbänke zu füllen. An der teuren Kleidung konnte Elise erkennen, dass es sich um eine reiche Hochzeitsgesellschaft handeln musste, die sich hier eingefunden hatte. Wie es Brauch war, nahmen die

Herren ihre Sitze an der rechten Seite des Mittelgangs ein, die Damen an der linken.

Elises Neugier wuchs, als sie jetzt auch eine der weiblichen Hochzeitsgäste erkannte. Das war Madame Dumas, Valéries Mutter, die dort offenbar am Arm ihres Gatten die Kirche betrat. Sie war mit einer prächtigen violetten Samtrobe bekleidet, die ein halbes Vermögen gekostet haben musste.

Madame Dumas war zwar älter geworden, aber Elise hatte nie vergessen, wie harsch sie damals auf einen Jungmädchenstreich reagiert hatte, bei dem ein Kleid der Tochter beschädigt worden war.

Jetzt ging der Herr, der Madame Dumas in die Kirche begleitet hatte, zu ihrer Überraschung wieder hinaus.

Wenig später betrat ein Mann die Kirche, den Elise für den Bräutigam hielt, da er zielsicher auf den Trauschemel vor dem Altar zusteuerte. Er trug als bisher einziger der männlichen Hochzeitsgäste keinen Mantel, am Revers seines Fracks steckten drei weiße Rosenblüten. Vor dem Platz von Fernand Cormon hielt er an und schüttelte ihm die Hand. Dann ging er weiter auf einen älteren Herrn zu, den Elise nicht kannte. Auch ihn begrüßte er mit Handschlag und reichte ihm dann ein Kästchen. Wahrscheinlich die Trauringe, dachte Elise.

Nun zogen sowohl der fremde Herr als auch Cormon ihre Mäntel aus. Auch an ihren Fracks steckten weiße Rosenblüten. Wahrscheinlich aus Seide, vermutete Elise. Sonst wären sie längst zerdrückt. Das müssen die Trauzeugen sein.

Nun fehlte nur noch die Braut. Als die Klänge der Orgel einsetzten, kam Père Zacharie, nun in ein Messgewand aus goldbesticktem rotem Stoff gekleidet, aus der Sakristei. Ihm folgten zwei Messdiener, die Weihrauchkugeln schwenkten.

Endlich öffnete sich das Eingangsportal erneut. Die Braut trat ein. Sie war in ein schlichtes Gewand aus elfenbeinfarbener Seide gekleidet. Ein einfacher Tüllschleier hing über ihrem Gesicht. Auf dem Kopf trug sie einen Kranz aus denselben weißen Seidenrosen, die auch in den Fracks der Herren steckten.

Elise wunderte sich. Die Roben der übrigen Damen waren so aufwendig geschneidert und mit allerlei Putz garniert, dass dieses Hochzeitskleid geradezu bescheiden wirkte. Es hatte nicht einmal eine Schleppe.

In den Anblick der Braut vertieft, bemerkte Elise erst, als sie näher kam, dass der Mann an ihrer Seite derselbe war, der Amélie Dumas in die Kirche geführt hatte. Ihr Herz setzte einen Schlag aus. War die Braut etwa Valérie Dumas?

Das kann gar nicht sein! Elise wagte sich zwei Schritte vor, um besser sehen zu können.

Diese Frau war viel dünner, als sie Valérie in Erinnerung hatte. Sie wirkte geradezu zerbrechlich, ihr Schritt war schleppend. Elise hatte den Eindruck, dass der Brautführer mehrere Male leicht an ihrem Arm zerrte. Jetzt stand Elise, hinter einer der Säulen verborgen, so nah an der Szenerie, wie sie es wagen konnte, ohne aufzufallen.

Gerade als die Braut die Stelle passierte, an der Elise stand, hob sie den Kopf, sah aber in die andere Richtung. Abrupt hielt sie an. Kein Zweifel, das war wirklich Valérie Dumas. Erst als ihr Vater ihr etwas ins Ohr raunte, ging sie weiter, jetzt noch schleppender als zuvor.

Elise ließ alle Vorsicht fahren. Sie ging im Seitenschiff bis auf die Höhe des Altars und trat vor eine der Säulen. So konnte sie die Brautleute während der Zeremonie beobachten. Père Zacharie bemerkte sie und warf ihr einen vernichtenden Blick zu, den Elise ignorierte.

Jetzt war Valérie am Trauschemel angekommen und nahm

ihren Platz auf der Bank an der Seite ihres Bräutigams ein. Dabei schien sie sorgsam darauf zu achten, so viel Abstand wie möglich zwischen sich und ihn zu bringen. Schräg hinter ihr nahm Fernand Cormon Aufstellung. Elise hatte schon vermutet, dass er Valéries Trauzeuge war.

Valérie kann ihren Zukünftigen offenbar nicht leiden, ging es ihr durch den Kopf. Was hat sie nur bewogen, ihn dann zu ehelichen? Das war doch Valérie Dumas, die sie immer nur als selbstsichere und mutige junge Frau gekannt hatte.

Und nun dieser Mann! Elise wusste nicht, dass er ein bekannter Pariser Maler war. Es hätte sie auch kaltgelassen, denn schon seine Physiognomie stieß sie ab. Er musste mindestens zwanzig Jahre älter als Valérie sein.

Haare und Bart waren offenbar schwarz gefärbt, so gut kannte Elise sich inzwischen mit der Kunst der Maskerade aus. Die jugendlich wirkende Farbe stand in groteskem Gegensatz zu seinem Gesicht, das von tiefen Falten durchzogen war. Die Blicke aus seinen blassblauen Augen, die er Valérie zuwarf, waren eine Mischung aus unterdrücktem Zorn und wildem Begehren.

An den Gottesdienst erinnerte sich Elise später kaum. Zu sehr war ihre Aufmerksamkeit durch die Beobachtung dieses ungleichen Brautpaars gefesselt. Es gemahnte sie an Geschichten aus früheren Zeiten, als man eine junge Frau gar nicht nach ihrer Zustimmung zur Ehe fragte, sondern sie über ihren Kopf hinweg verheiratete.

Schließlich kam es zur Trauungszeremonie. Père Zacharie stellte die entscheidende Frage. Das *Oui* des Bräutigams schallte klar und fest durch den ganzen Kirchenraum. Dagegen schien Valérie lediglich die Lippen zu bewegen, als sie zustimmte, diesen Mann vor Gott und den Menschen zu ihrem rechtmäßigen Gatten zu nehmen.

Bevor er den Trauring, den ihm sein Trauzeuge reichte, über Valéries rechten Ringfinger streifen konnte, musste der Bräutigam ihre Hand zu sich heranziehen. Dann führte er ihr die Hand, um seinen eigenen anzulegen.

Schließlich drehte er Valérie zu sich und hob den Schleier über ihren Kopf. Niemals zuvor hatte Elise solch traurige Augen gesehen wie die Valéries, bevor sie sie schloss, als der Mann sie küsste. Vor Abscheu schloss, vermutete Elise, nicht aus Hingabe und Leidenschaft.

Danach hatte sie genug von dieser freudlosen Hochzeit. Noch vor dem Ende der Brautmesse verließ sie tief erschüttert die Kirche Saint-Pierre.

Kapitel 5

HOCHZEITSSUITE IM GRAND-HÔTEL DE LA PAIX

IN DER NACHT VOM 3. AUF DEN 4. JANUAR 1890

Das waren die schlimmsten Tage ihres Lebens. Dabei sollten es doch die schönsten sein, wenn man den Legenden über die Hochzeit Glauben schenkte.

Schlaflos wälzte sich Valérie im großen, mit Seidenlaken bezogenen Bett des Schlafzimmers in der Hochzeitssuite des Grand-Hôtel de la Paix von einer Seite auf die andere. Dies lag keineswegs nur an Baptistes penetrantem Schnarchen. Auch ohne diese abscheulichen Geräusche hätte sie kein Auge zugetan. Inzwischen fühlte sie sich so erschöpft wie noch nie zuvor.

Wie in einem entsetzlichen Albtraum zogen die Bilder des heutigen Tages vor ihrem inneren Auge vorbei. Die Fahrt zur Kirche Saint-Pierre, diesmal im Landauer der Germains mit Baptiste und seinen Eltern, war schon schlimm genug gewesen. Sie fühlte sich, als wäre sie auf dem Weg zur Guillotine, nicht zu ihrer Hochzeit.

Auf dem nicht enden wollenden Gang zum Altar war ihr dann plötzlich klar geworden, warum ihre Mutter Amélie für die kirchliche Trauung so schnell mit der alten Pfarrkirche anstatt der Kathedrale Notre-Dame einverstanden gewesen war. Dort vorn stand der Valérie überaus verhasste Père Zacharie, um sie einzusegnen. Der Lieblingspriester ihrer Mutter. Im Nachhinein kam er Valérie vor wie der leibhaftig gewordene Unglücksbote.

Natürlich hatte sich der bigotte Pater nicht nehmen lassen, in seiner Predigt über die Heiligkeit der Ehe zu salbadern und dabei auch Passagen aus der Enzyklika von Papst Leo XIII. über dieses Thema zu zitieren. Wieder stand die Pflicht der Ehefrau zum Gehorsam gegenüber ihrem Ehemann im Mittelpunkt. Immerhin war das Gewäsch der letzte Aufschub vor dem entscheidenden Schritt gewesen.

Der eigentlich gar nicht mehr entscheidend war. Denn verheiratet war Valérie nach dem französischen Gesetz bereits seit gestern. Die kirchliche Trauung hatte demgegenüber rechtlich keine Bedeutung.

Man hatte natürlich von ihr erwartet, die strahlende Braut zu spielen. Trotz ihrer tiefen Depression stahl sich im Dunkeln ein verächtliches Lächeln auf Valéries Lippen. Diesem Ansinnen hatte sie sich jedenfalls erfolgreich widersetzt. So wie auch einigen traditionellen Bräuchen, die sie abgelehnt hatte.

Es gab keine Brautjungfern, die ihr die Schleppe getragen hätten. Denn ihr Kleid hatte keine, sehr zu Baptistes Missfallen. Die Jungfern hätten also nichts zu tragen gehabt. Deshalb stand auch ihr Brautstrauß aus weißen Orchideen und Lilien im Salon der Suite in einer Vase. Anstatt die nächste junge Frau mit der Aussicht auf eine baldige Heirat zu beglücken, nachdem sie ihn aufgefangen hätte.

Beim Verlassen der Kirche waren weder Reis noch Blüten auf das Brautpaar geworfen worden. Auch das hatte Valérie abgelehnt. Stattdessen hatte sie vorsorglich darauf hingewiesen, dass Baptiste eine Handvoll Münzen parat haben sollte, falls Schaulustige sich vor der Kirche versammelten. Denn auf der armen Butte von Montmartre würde eine solche Hochzeit unweigerlich Aufsehen erregen. In der Tat hatte Baptiste mit mühsam verhohlenem Widerwillen der versammelten Menge als Dank für ihre Hochrufe einen ganzen Beutel Halbfrancstücke zugeworfen.

Im Nachhinein freute es Valérie sogar, dass man ihr in der Kirche angemerkt hatte, wie ihr zumute war. »Jedermann kann dir ansehen, dass du alles andere als eine glückliche Braut bist!«, hatte *maman* ihr vorwurfsvoll zugezischt, nachdem sie das Café de la Paix erreicht hatten, wo ein überaus üppiges Büfett aufgebaut worden war.

»So ist es ja auch. Warum soll ich die Hochzeitsgäste hinters Licht führen?«

Erst ihr Vater hatte sie zumindest ein wenig zur Besinnung gebracht. »Du solltest deinen Mann nicht schon am Hochzeitstag brüskieren, *chérie.* Er hat dir immerhin ein eigenes Atelier in seinem Stadtpalais versprochen. Daran muss er sich aber nicht halten. Was willst du dann mit all den Materialien tun, die ich dir zur Hochzeit geschenkt habe?«

Danach hatte sich Valérie bemüht, etwas bessere Miene zum bösen Spiel zu machen. Denn Alphonse hatte recht. Einer der wenigen Lichtblicke, wenn nicht überhaupt der einzige, war die Aussicht, wieder malen zu können. Wie schon zu ihrem siebzehnten Geburtstag hatte ihr Vater auch diesmal das Richtige für sie ausgewählt. Er musste den halben Laden von Père Tanguy leer gekauft haben, um diese riesige Anzahl von Öl- und Wasserfarben, Pinseln und Leinwänden zu erstehen.

Ihre anonym ausgestellten Bilder hatte er dabei glücklicherweise nicht noch einmal gesehen. Denn nach seinem vernichtenden Urteil im vergangenen Jahr hatte Valérie den alten Farbenhändler gebeten, die Gemälde aus dem Schaufenster zu entfernen und in seinem Lager für sie aufzubewahren. Der gutmütige Alte hatte ihr diese Bitte nicht abgeschlagen.

Nach der Ermahnung ihres Vaters war es Valérie sogar gelungen, etwas Hühnersuppe und eine Crème brulée hinunterzuwürgen, das Erste, was sie seit dem gestrigen Mittag gegessen hatte. Vorübergehend ging es ihr ein wenig besser. Sie hatte den Hochzeitstanz überstanden und sich sogar kurz mit ihren neuen Schwiegereltern unterhalten.

Zu den Absonderlichkeiten dieser Hochzeit gehörte es nämlich, dass Baptiste Valérie seinen Eltern vor der Trauung nicht vorgestellt hatte. Er hatte wahrscheinlich befürchtet, die alten Herrschaften könnten Valéries mangelnde Begeisterung für diese Eheschließung bemerken. Es musste ihnen schon schwer genug gefallen sein, sie als Braut ihres einzigen Sohnes zu akzeptieren, da sie die prekäre finanzielle Situation ihres Vaters aus erster Hand kannten.

Doch am Ende der Feier hatte sich alles wieder zum Schlimmsten gewendet. Es war Valérie jetzt ein Rätsel, wieso sie bis zuletzt geglaubt hatte, heute noch einmal um die unvermeidliche Hochzeitsnacht herumzukommen. Sie war noch nie in Baptistes Stadtpalais gewesen, um ihre zukünftige Wohnung in Augenschein zu nehmen. Auch das lag jedoch nicht an ihrem Verlobten. Sie selbst hatte sich geweigert, ihn dort aufzusuchen. Das sei nicht schicklich, hatte sie scheinheilig argumentiert, obwohl ihre Mutter angeboten hatte, sie zu begleiten.

Deshalb hatte Amélie das riesige Haus, das nicht weit entfernt von der elterlichen Wohnung am Boulevard de Clichy lag, ohne sie besichtigt. Bei ihrer Rückkehr war sie des Lobes voll gewesen über die Weitläufigkeit des Palais und die kostbar eingerichteten Räume. Die Ateliers, die im dritten Stock lagen, hatte sie bezeichnenderweise ausgelassen.

Noch bis die Uhr Mitternacht schlug, war Valérie daher der Überzeugung gewesen, noch einmal in ihrem Mädchenzimmer in der elterlichen Wohnung übernachten zu können. Ihr Umzug sollte frühestens am darauffolgenden Wochenende stattfinden. Bislang hatte sie nicht einmal ihre persönlichen Sachen gepackt.

Doch diese Rechnung hatte sie ohne den Wirt gemacht. Baptiste hatte die Hochzeitssuite im Grand-Hôtel de la Paix gemietet, zu dem das gleichnamige Café gehörte, in dem die Feier stattfand.

»Für dich und unsere Liebe, die wir jetzt endlich leben können, ist mir nichts gut und teuer genug«, hatte er ihr nach dem letzten Walzer ins Ohr geflüstert. Zu Valéries Beschämung begleitete die gesamte Hochzeitsgesellschaft sie bis zur Eingangstür der Suite und spendete lauten Beifall, als Baptiste sie über die Schwelle trug.

»Wie gut, dass wir keine Mitglieder des Königshauses der Bourbonen sind. Es heißt, noch die Hochzeitsnacht von Ludwig XVI. und Marie-Antoinette fand in Gegenwart von Zeugen statt, die rund um die Bettvorhänge versammelt waren.« Baptiste nahm sie fest in die Arme. »Doch zum Glück sind wir beide jetzt allein! Endlich!« Das Begehren in seiner Stimme konnte Valérie kaum ertragen.

»Lass mich noch zuerst ins Bad gehen und mein Nachtgewand anziehen«, versuchte sie eine letzte Galgenfrist zu erwirken. »Ich hätte außerdem Marie mitgenommen, wenn ich gewusst hätte, dass wir im Hotel bleiben.«

Baptiste grinste wölfisch. »Ein Nachtgewand brauchst du doch gar nicht, *mon amour*. Denn ich sehne mich schon danach, dich entkleiden zu dürfen, seit ich dich zum ersten Mal gesehen habe.« – »Aber keine Sorge«, fügte er hinzu. »Deine fürsorgliche Mutter hat mir alles mitgegeben, was du benötigst.«

Danach presste er sie fest an sich und schob ihr seine Zunge in den Mund. Dabei spürte sie seine Erektion.

Keuchend vor Gier, zog er sie aus und riss dabei sogar ihr seidenes Hochzeitskleid ein, als er die Knöpfe und Haken nicht schnell genug lösen konnte. Schließlich lag sie splitternackt auf dem Bett, mit Gänsehaut am ganzen Körper. Da sie seinen Anblick nicht ertragen konnte, schloss sie die Augen und bat ihn, das Licht der

Nachttischlampen zu löschen. Das lehnte er ab. »Du bist nicht die erste Frau, die ich nackt sehe. Aber eine der schönsten.« Seine Stimme klang heiser. »Ich habe Lust, dich einmal so zu malen.«

Unwillkürlich schauderte Valérie zusammen. Sie dachte an die demütigenden Bilder der entblößten Frauen auf Baptistes Sklavenmarktszenen und verkrampfte sich am ganzen Körper.

Er schien das zu merken und begann, sie überall zu betasten. »Lass mich einfach machen, *chérie*«, raunte er ihr ins Ohr. »Beim ersten Mal tut es ein bisschen weh. Aber ich weiß, was zu tun ist.«

Plötzlich erschien Pascals Bild vor ihrem inneren Auge. Seine liebevollen Blicke, wenn er sie berührt hatte, seine leise schmeichelnde Stimme. Welch ein Gegensatz zu heute!

Doch sie war durch die Erinnerung abgelenkt. Jetzt sah sie die Szene auf dem Bett wie aus der Vogelperspektive. Da machte sich ein fremder, ihr widerwärtiger Mann keuchend an ihrem Körper zu schaffen. Aber sie spürte nichts.

Stattdessen schickte sie ihre Fantasie auf Reisen und rief sich die wunderbaren Nächte mit Pascal im bretonischen Künstlerdorf Pont-Aven ins Gedächtnis. Im Hier und Jetzt hätte sie Baptiste keine Sekunde länger ertragen, ohne zu schreien.

So ließ sie passiv über sich ergehen, dass er ihre Brüste knetete und die Brustwarzen mit Zunge und Zähnen malträtierte. Die schmerzhafte Behandlung hielt er offenbar für Zärtlichkeit.

Dann spreizte er ihre Beine auseinander, hob ihre Knie mit beiden Händen an und drang hart in sie ein. Sie erstarrte vor Schmerz und flüchtete sich verstärkt in ihre Erinnerung an Pont-Aven. Sie sah die Farben des Meeres an der bretonischen Küste, hörte den Schrei der Seemöwen und spürte das warme Sonnenlicht auf ihrem Körper, während er immer wieder mit lautem Grunzen vor und zurück stieß.

Die Passivität, mit der sie die Prozedur über sich ergehen ließ, schien Baptiste nicht zu stören. Wahrscheinlich passte sie zu seinem Bild von einer unberührten Jungfrau beim ersten Verkehr. Schließlich kam er mit einem letzten Aufstöhnen zum Höhepunkt.

Unmittelbar danach zog er sich aus ihr zurück und befühlte ihre Scheide. Als Valérie die Augen öffnete, hielt er die rechte Hand gerade ins Licht der Nachttischlampe. Sie war blutig. Er grinste zufrieden, während er sie am Laken abwischte.

Die alte Marianne würde ihr später sagen, dass er ihre Scheide inwendig aufgescheuert hatte, da sie bar jedes eigenen Verlangens mit ihm geschlafen hatte. »Frauen bluten daher häufig nicht nur beim Verlust ihres Jungfernhäutchens.«

Doch in diesem Augenblick glaubte Valérie an ein Wunder. Offenbar hatte ihr Schutzengel dafür gesorgt, dass Baptiste nicht merkte, dass sie keine Jungfrau mehr war. Andernfalls hätte er sie das sicherlich weidlich büßen lassen.

Schließlich löschte er das Licht und ließ sich neben sie auf die Laken plumpsen. Er erhob keinen Einspruch, als sie aufstand, um sich im luxuriösen Badezimmer der Suite zu waschen. Als sie zurückkam, schnarchte er bereits mit offenem Mund. Sein alkoholgeschwängerter Atem verpestete die Luft.

Valérie legte sich ans andere Ende des riesigen Betts. Anfangs war sie völlig verzweifelt. So also würde ihr Leben aussehen, Nacht für Nacht missbraucht von diesem Scheusal, das sie geheiratet hatte und das nun vollkommen über sie bestimmen konnte.

Es sei denn … Der Morgen graute bereits, als ihr plötzlich eine Szene einfiel, die sie zunächst über ihrem Elend völlig vergessen hatte. Nach der standesamtlichen Trauung hatte sie Suzanne Valadon im Café Riche im Erfrischungsraum getroffen. Suzanne, die wusste, wie unglücklich Valérie war, hatte sie fest umarmt.

»Du musst schauen, wie du das Beste aus deiner Lage machen

kannst«, hatte sie sie, wie schon auf dem Weg zum Rathaus, ermutigt. »Du bist stark, irgendetwas wird dir schon einfallen. Du darfst nur nicht aufgeben!«

Valérie hatte aufgeschluchzt.

»Glaub mir, ich weiß aus Erfahrung, wie schwer das ist. Aber wenn ich das kann, kannst du es auch!«

In der nächsten Stunde grübelte Valérie über ihre Möglichkeiten nach. Dann stand ihr Plan fest.

Als Erstes würde sie die alte Marianne aufsuchen und sich die Tropfen geben lassen, mit der sie auch schon eine Schwangerschaft von Pascal verhindert hatte.

Dabei konnte sie auch gleich ausprobieren, wie viel persönliche Bewegungsfreiheit Baptiste ihr zugestehen würde. Er war häufig unterwegs und würde ihr daher kaum verwehren, das Haus tagsüber in Begleitung des Dienstmädchens Marie zu verlassen.

Akzeptable Gründe dafür gab es genug, sodass sie ab und an Gänge damit verbinden könnte, von denen Baptiste nichts wissen sollte. Marie war ihr treu ergeben und würde sie nicht verraten. Auf diese Weise würde sie sich auch regelmäßig mit Suzanne treffen können.

Ich werde den Louvre und andere Pariser Museen besuchen, nahm sie sich vor. Auch die Kunstgalerien in der Rue Laffitte, nicht nur die meines Vaters. Ich werde zu Theo van Gogh am Boulevard Montmartre gehen und mich dabei nach dem Wohlergehen seines Bruders Vincent erkundigen. Ich werde Einkäufe im Warenhaus Printemps erledigen.

Und endlich wieder malen. Um wieder in Übung zu kommen, werde ich zunächst die alten Meister kopieren, wie damals in der Akademie Cormon. Allein das gibt mir Anlass genug, mich häufig in den Louvre oder das Musée Luxembourg zu begeben. Baptiste wird keinen Verdacht schöpfen, wenn ich so oft weg bin.

In meinem eigenen Atelier werde ich Skizzen anfertigen. Auch darin muss ich mich wieder üben. Vielleicht kann Marie mir Modell stehen.

Außerdem werde ich von Baptiste nicht nur ein üppiges monatliches Haushaltsgeld verlangen, sondern auch mein ganz persönliches Taschengeld. Warum sollte er mir das verwehren? Meine und sicher auch seine Eltern halten es doch genauso.

Aber der Preis für all das wird sein, dass ich ihm schöntun muss, war ihr schmerzlich klar. Ich muss ihm die treu sorgende Ehefrau vorspielen und ihm auch immer wieder zu Willen sein. Bisher hat er mir vieles durchgehen lassen, obwohl es ihm nicht gepasst hat. Doch mit dieser Taktik komme ich auf Dauer nicht weiter. Da hat Papa recht.

Denn mit ihm schlafen muss ich ohnehin. Er wird meinen Körper immer wieder besitzen wollen. Wenn ich das schon ertragen muss, kann ich diese Schwäche wenigstens zu meinem Vorteil ausnutzen. Wie die Kurtisanen meines Vaters, die ihn um so viele Tausend Francs gebracht haben. Valérie schüttelte sich. Aber die mussten wenigstens nicht jede Nacht in seinem Bett neben ihm liegen.

Wobei – ihr kam eine weitere Idee –, auch ich werde getrennte Schlafzimmer verlangen aufgrund seiner nächtlichen Schnarcherei. Das tue ich gleich bei meinem Einzug. Viele Ehepaare schlafen getrennt. Das gilt sogar als vornehm.

Schließlich zog sie ein Fazit: Ich darf mich nicht entmutigen lassen! Französische Ehefrauen leben schon fast ein ganzes Jahrhundert mit diesen schändlichen Bestimmungen des *Code Civil*. Auch ich muss das Beste daraus machen, da hat Suzanne recht.

Endlich fiel Valérie in einen traumlosen Schlaf. Er war so tief, dass Baptiste sie wach rütteln musste, als der Zimmerkellner um zehn Uhr morgens das Frühstück servierte.

Kapitel 6

VOR UND IN DER WOHNUNG VON LA GOULUE

MAI 1890

Elise kam eine Viertelstunde zu früh vor der Wohnung von Louise Weber am Boulevard de Rochechouart an. An diesem wunderschönen Maitag hatte sie sich entschlossen, den Weg von der Rue Tourlaque, wo sie nach wie vor in der Wohnung ihrer Mutter lebte, zu Fuß zurückzulegen. Sie war offenbar rascher ausgeschritten, als es nötig gewesen wäre.

Daher entschloss sie sich, auf einer schattigen Bank in der Nähe des Hauses Platz zu nehmen und dort auf Lucienne Beuze, mit Künstlernamen Grille d'Égout, zu warten, mit der sie die Wohnung von La Goulue gemeinsam übernehmen wollte.

Obwohl es ein großzügig geschnittenes Apartment mit vier Zimmern, einer kleinen Küche und einem Bad in der Wohnung war, fand La Goulue es inzwischen für sich zu klein.

»Ich muss endlich raus aus Montmartre«, hatte sie ihre Entscheidung begründet und ließ dabei außer Acht, dass der Boulevard de Rochechouart zum wohlhabenden Teil des Stadtviertels gehörte. »Es reicht, dass ich fast jeden Abend im Moulin Rouge rumhänge. Tagsüber muss ich einfach mal was andres sehn.«

»Und wo willst du hin?«

»Ich ziehe in ein vornehmes Haus in der Rue Turin«, antwortete sie gestelzt. »Die Wohnung dort hat ein Zimmer mehr, außerdem gibts 'nen Schuppen für Kutschen und Pferde.«

»Willst du dir etwa eine eigene Kutsche zulegen?« Elise wusste natürlich, dass Louise nach wie vor nicht nur im Moulin Rouge, sondern vor allem mit ihren Privatvorführungen sehr viel Geld verdiente. Außerdem war sie beständig mit reichen Liebhabern liiert.

La Goulue hatte stolz gegrinst. »Die neue Wohnung ist weiter weg vom Moulin Rouge als die jetzt. Da lauf ich 'ne halbe Stunde. Deshalb hab ich mir so 'n Gefährt schon angesehn. Es hat 'nen komischen Namen, Phaeton oder so. Aber ich könnt es selbst fahren, und mein Lover hat Geld wie Heu und schmeißt nur so damit rum. Vielleicht lässt er ja was dafür springen.«

»Wer?« Elise war verwirrt.

»Lover. Das ist Englisch und heißt so was wie *Chouchou*. Der Kerl kommt von der Insel.«

»Aha.« Mehr hatte Elise nicht dazu gesagt. Natürlich fanden jeden Abend auch mehr und mehr Touristen ihren Weg ins Moulin Rouge. Die Engländer stellten dabei eine der größten Gruppen. Offenbar mochten sie ebenfalls La Goulues zweifelhaften Charme.

»Willst du nicht da einziehn?«, hatte Louise sie plötzlich mit dieser Frage überrascht. »Du suchst doch schon ewig 'ne passende Wohnung.«

Elise, die La Goulues Apartment kannte, hatte zunächst abgewehrt. »Vier Zimmer sind viel zu groß für mich.«

»Dann such dir einfach 'ne Mitbewohnerin. Dann könnt ihr euch die Miete teilen.«

Elise hatte eine Weile überlegt und schließlich Grille darauf angesprochen. Die war nicht abgeneigt. Genau wie Elise hatte sie es satt, Abend für Abend nach der anstrengenden Vorstellung den steilen Hügel von Montmartre hochzusteigen oder eine teure Mietdroschke zu bezahlen.

Elise wollte außerdem endlich ihre eigene Wohnung haben, anstatt weiter mit ihrer Mutter und der alten Marianne zusammenzuleben. Bislang hatte sie jedoch nichts Passendes gefunden.

Heute sollte Lucienne sich die Wohnung zum ersten Mal anschauen. Elise reckte den Hals. Doch von ihrer Kollegin war nichts zu sehen.

Auch zur verabredeten Zeit war Lucienne noch nicht eingetroffen. Elise entschloss sich daher, erst einmal allein in die Wohnung im ersten Stock zu gehen. Sie kannte La Goulue gut genug, um zu wissen, dass sie genauso ungnädig auf Unpünktlichkeit anderer reagierte, wie sie für sich in Anspruch nahm, dauernd ungestraft zu spät zu kommen.

Elise stieg die marmornen Stufen empor und betätigte den Türklopfer aus Messing. Welch ein Luxus, dachte sie, als sie das vornehme Ambiente des Hauses mit der ärmlichen Ausstattung in der Rue Tourlaque verglich. Trotzdem ist das Louise nicht gut genug. Sie wird unersättlich. Dabei kommt sie doch auch aus kleinen Verhältnissen. Ihre verstorbene Mutter war Wäscherin. Wie meine.

Ein Dienstmädchen in tadelloser Aufmachung mit blütenweißer Schürze und Häubchen öffnete ihr. Ihre Augen wirkten verweint.

»Ist etwas geschehen, Denise?«

Das Mädchen – Elise wusste, dass es erst siebzehn Jahre alt war – schluchzte auf, schüttelte dann aber den Kopf. »Die … Die Gnädige ist noch nicht so weit. Wenn Sie bitte im Salon Platz nehmen möchten.«

Elise hatte es sich kaum auf dem weichen Sofa bequem gemacht, als sie Louises gedämpfte Stimme durch die Wände hörte. Die Worte konnte sie nicht verstehen, aber sie klangen zornig.

Was ist ihr denn jetzt schon wieder für eine Laus über die Leber gelaufen?, dachte sie. Die neue Sängerin im Moulin Rouge kann es jedenfalls nicht sein. Die ist ja gestern Abend fast durchgefallen.

Ganz anders war es mit dem Pétomanen gewesen. Er machte dem ganzen Cancan-Ensemble und damit auch La Goulue ordentlich Konkurrenz um die Gunst der Zuschauer.

Dabei hatte ihn niemand vor seinem ersten Auftritt ernst genommen, auch Elise nicht. »Ein Kunstfurzer!« La Goulue und das ganze Corps schüttelten sich vor Lachen. »Zidler muss den Verstand verloren haben.«

Das Lachen war ihnen allerdings rasch vergangen. Joseph Pujol, wie der Mann mit bürgerlichem Namen hieß, konnte die erstaunlichsten Geräusche aus seinem Allerwertesten produzieren, ohne dass es auch nur im Geringsten stank. Er simulierte einen Trommelwirbel, Trompetentöne und ganze Tonleitern. Zum Höhepunkt seiner Vorstellung spielte er sogar die Marseillaise nach. Während die Tänzerinnen sich vor Erstaunen kaum fassen konnten, raste das Publikum vor Begeisterung.

Sowohl Zidler als auch das Ensemble teilten die Meinung, dass nicht einmal die naturalistische Quadrille mit Valentin und seinen drei Partnerinnen, mit der um zehn Uhr der Publikumstanz eröffnet wurde, seither mehr Applaus erhielt. Auch La Goulue nahm es schlecht gelaunt zur Kenntnis und gab sich noch weniger Mühe, in ihrem Umgang mit den Kolleginnen die Form zu wahren.

Dann hatte es im April auch noch die erste Revue gegeben, in der zwei Stunden lang keine einzige Cancan-Nummer vorkam. Stattdessen hatte eine bunt gekleidete Truppe eine folkloristische Darbietung mit Pantomime, Tänzen und Liedern absolviert, die angeblich charakteristisch für die Volksgruppe der Tscherkessen im Nordkaukasus waren.

»So 'n Schwachsinn!«, hatte Louise auch diese Idee des Direktors kommentiert. »Die können einem viel erzählen. Kein Mensch kann das nachprüfen, weil dieses Volk angeblich hinterm Mond lebt. Woher weiß man, dass die überhaupt so was wie Musik und Tanz haben und nicht alles erfunden ist!«

Auf jeden Fall machte der Direktor des Moulin Rouge seinem Ruf alle Ehre, das Varieté zum erfolgreichsten von Paris zu machen. Dabei schien er keineswegs auf La Goulue oder Jane Avril als einzige Stars zu setzen, was Jane offenbar egal war, Louise jedoch mit fortwährendem Ingrimm erfüllte. Das ließ sie jedermann spüren, wahrscheinlich auch ihr bedauernswertes Dienstmädchen.

Endlich verstummte die zornige Stimme im Nebenraum. Doch offenbar nur, weil Lucienne eingetroffen war, die von dem nun noch verweinter aussehenden Mädchen in den Salon geführt wurde. »Es dauert noch ein wenig, Mesdemoiselles.« Denise war kaum zu verstehen und huschte dann wie ein verängstigtes Reh hinaus.

Lucienne runzelte die Stirn. »Was ist denn hier los? Lässt La Goulue ihre schlechte Laune jetzt auch an dem armen Ding aus?« Elise wunderte sich nicht darüber, dass die Freundin zur selben Schlussfolgerung gelangt war wie sie. »Dabei dachte ich, heute müsste sie bester Stimmung sein.«

Elise wusste sofort, was Lucienne meinte. Gestern Abend hatte Charles Zidler seinen vermeintlich nächsten Star präsentiert. Es war die Chansonsängerin Yvette Guilbert.

Es hieß zuvor, sie habe zugunsten des Engagements im Moulin Rouge sogar eine Konventionalstrafe in Kauf genommen, um ihre Tätigkeit im Etablissement Eden Concert vorzeitig beenden zu können. Ihr erster Auftritt war jedoch fast zu einem grandiosen Misserfolg geworden.

Denn ihre Nummer in der Verkleidung eines naiven englischen Kindermädchens auf der vergeblichen Suche nach einem reichen

Ehemann war trotz der zweifellos vorhandenen Situationskomik vom Publikum kaum zur Kenntnis genommen worden.

»Da hätt man 'ne Stecknadel fallen hören, bei dem bisschen Beifall«, hatte La Goulue im Nachhinein hämisch gespottet. »Ich denk, der Zidler hat seine besten Zeiten schon hinter sich. Der macht's nicht mehr lang, wartet's ab!«

Der Meinung war Elise zwar nicht, sie hatte sich jedoch gehütet, Louise zu widersprechen. Sie war selbst sehr gespannt, wie es mit Yvette Guilbert im Moulin Rouge weitergehen würde.

La Goulue ließ immer noch auf sich warten. Langsam ging den beiden der Gesprächsstoff aus. Gerade als Lucienne schon mit dem Gedanken liebäugelte, wieder zu gehen, stürmte Louise in den Salon.

»Hat euch das dämliche Stück nicht mal was zu trinken gegeben?«, schimpfte sie sofort wieder, nachdem sie den Raum betreten hatte.

Elise schüttelte den Kopf. »Das Mädchen scheint mir sehr durcheinander zu sein. Sie hat ja sogar geweint. Was hat sie sich denn zuschulden kommen lassen?«, schoss sie ins Blaue und erwartete, jetzt von einer harmlosen Kleinigkeit zu hören.

La Goulue prustete entrüstet. »Ihr werdet's kaum glauben. Die Schickse hat mir eins meiner Kleider gestohlen.«

Das war nun in der Tat ein unerwartet heftiger Vorwurf. »Gestohlen?«, echoten Elise und Grille fast wie aus einem Mund.

»Ja! Das Luder hat wohl gedacht, ich wär heut außer Haus. Denn eigentlich war ich mit dem John verabredet. Dann ist mir eingefallen, dass ihr euch ja heut die Wohnung ansehn wollt. Also bin ich früher heimgekommen, und was glaubt ihr! Da steht das Weibsstück in meinem Grünen vom Vorjahr und dreht und wendet sich vor dem Spiegel. In die Nachmittagsvorstellung im Moulin Rouge wollt sie gehn.« Louise rollte mit den Augen.

Seit Beginn des Monats Mai gab es im Garten hinter dem Varieté auch nachmittags ein Programm. Cancan-Nummern gehörten allerdings nicht dazu.

Elise hörte Lucienne neben sich hörbar aufatmen. Auch sie selbst war erleichtert. »Dann hat die Kleine das Kleid doch nicht stehlen, sondern nur ausleihen wollen. Wäre denn heute ihr freier Nachmittag gewesen?«

La Goulue nickte widerwillig. »Eigentlich schon. Aber den wollt ich ihr streichen, als mir einfiel, dass ihr heut vorbeikommt.«

»Also hat Denise das Kleid nicht gestohlen?«, insistierte Elise.

»Das ist mir so was von scheißegal«, wütete Louise aufs Neue. »Jedenfalls schmeiß ich sie raus. Sie packt grad ihre Sachen.«

»Du willst sie wegen so 'ner Lappalie rauswerfen?« Elise konnte das kaum glauben. »Da schimpft aber der Topf den Deckel schwarz! Du hast dir doch selbst dauernd fremde Kleider aus der Wäsche geliehen, die du ausliefern solltest, als du noch jung und arm warst. Und bist damit am Sonntagnachmittag in die Moulin de la Galette tanzen gegangen. Hast du das etwa schon vergessen?«

Einen Augenblick lang schien La Goulue verdutzt. Dann fand sie zu ihrer Haltung zurück. »Ich war jedenfalls nie so blöde, mich dabei erwischen zu lassen.«

»Ich schon«, entgegnete Elise leise. »Und war damals heilfroh, dass es einigermaßen glimpflich für mich ausging.«

»Also lass doch Gnade vor Recht ergehen!«, bat nun auch Lucienne. »Wer soll dich außerdem zurechtmachen, bevor du ausgehst? Wer soll dir die Wohnung sauber halten, einkaufen gehen und all die tausend Dinge tun, die so ein Dienstmädchen nun mal macht? So schnell kriegst du doch keinen Ersatz!«

»Und sei doch auch nicht so empfindlich! Denk nur mal an Henri. Der reagiert selbst auf Unverschämtheiten so gelassen, dass ich ihn nur bewundern kann.«

Elises Rechnung ging auf. La Goulue wurde neugierig.

»Was meinst du denn damit?«

»Stell dir vor, neulich saß ich kurz bei Henri an der Bar. Das war in der Pause, die die Kapelle während dem Publikumstanz macht. Und gleich nebenan saßen zwei Frauen und sprachen über die Stammbäume ihrer Hunde. Jawohl, ihr habt richtig gehört, über die Stammbäume ihrer Hunde!«

Elise machte eine Kunstpause und wurde mit den erwartungsvollen, aber noch verständnislosen Blicken Louises und Luciennes belohnt.

»›Dein Hund ist furchtbar hässlich‹, sagte die eine Frau«, fuhr Elise fort. »›Aber schau auf seine schwarze Schnauze‹, sagte die andere. ›Die ist ein Zeichen seines reinen Stammbaums.‹«

Elise machte eine weitere Pause.

»Und dann wandte diese Dame sich tatsächlich an Henri und fragte ihn: ›Ist es nicht so, mein Herr, dass jemand schrecklich hässlich sein kann und trotzdem einen sehr reinen Stammbaum hat?!‹ Und wisst ihr, was Henri ihr geantwortet hat?«

Elises Zuhörerinnen schüttelten den Kopf.

»Er blieb ganz gelassen und hat gesagt: ›Auf wen beziehen Sie sich denn, Madame?‹«

»Das ist nicht wahr!« Lucienne lachte. »So souverän geht er mit seinem Schicksal um? Absolut bewundernswert!«

»Den kann wirklich nix aus der Ruhe bringen«, ergänzte La Goulue. Auch sie grinste nun über das ganze Gesicht. »Aber ich hab auch noch ’ne tolle Neuigkeit für euch. Er ist mich und Valentin grad am Malen, wusstet ihr das? Während der naturalistischen Quadrille. Ich hab ihn neulich in seinem Atelier besucht, das Bild ist schon fast fertig. Joseph Oller will's ins Foyer hängen, gegenüber dem mit dem Zirkus, was da schon ist.«

»Na, siehst du!« Elise war zufrieden mit der Wirkung, die sie erzeugt hatte. Louise schien von ihrem Ärger über Denise abgelenkt. »Dann sieht ja jeder, der reinkommt, wer der größte Star im Moulin Rouge ist. Da kommt nicht mal Jane Avril mit.«

Kaum hatte sie die Worte ausgesprochen, merkte sie, dass es ein Fehler gewesen war. La Goulues Miene verfinsterte sich wieder.

»Hör mir bloß auf mit der!« Sie machte eine verächtliche Handbewegung. In diesem Moment klopfte es schüchtern an die Tür. Denise steckte den Kopf durch den Türspalt. Ihr Gesicht war vom Weinen inzwischen ganz geschwollen.

»Ich gehe dann jetzt, Mademoiselle Weber.« Sie zögerte.

»Ja, worauf wartest du noch?«, schnauzte La Goulue sie an.

»Mein Wochenlohn.« Denises Stimme war jetzt so leise, dass Elise sie kaum verstand. »Ich hab ihn für letzte Woche noch nicht bekommen«.

»Das bleibt auch so«, erwiderte Louise barsch. »Als Pfand, wenn du mir Flecken ins Kleid gemacht hast und ich's reinigen lassen muss.«

Das Mädchen wandte sich ab und schluchzte auf. »Warte, Denise!« Die Worte waren Elise entschlüpft, bevor sie darüber nachgedacht hatte. »Wenn Mademoiselle Beuze und ich die Wohnung übernehmen, behalten wir dich.«

La Goulue fiel die Kinnlade herunter. Bevor sie etwas einwenden konnte, sprang Lucienne Elise bei.

»Dann lass uns jetzt endlich die Wohnung besichtigen!«

Eine halbe Stunde später trafen sie sich wieder im Salon. Auf Anweisung La Goulues hatte Denise inzwischen Tee gekocht, den sie servierte, ohne einen Tropfen zu verschütten. Obwohl sie noch immer sichtlich nervös war.

»Also, mir gefällt die Wohnung sehr«, zog Lucienne das von Elise ersehnte Fazit. »Jede von uns hat ein großes Schlafzimmer, dazu der gemeinsame Salon. Das vierte Zimmer können wir zum Üben benutzen, wie du's auch gemacht hast, Louise. Und ich kann sogar wieder Tanzstunden geben. – Für das Dienstbotenzimmer unter dem Dach haben wir jetzt auch eine Verwendung.« Sie zwinkerte Elise zu. »Bisher wussten wir nämlich gar nicht, was wir damit anfangen sollen. Bis wir einziehen, wirst du Denise ja wohl dort noch wohnen lassen.«

»Ja, aber ich zahl ihr keinen Centime!«

Schon zwei Wochen später zogen Elise und Lucienne ein. Sie bereuten diesen Schritt nie. Ebenso wenig wie die Anstellung von Denise, die ihnen aus Dankbarkeit jeden Wunsch von den Augen ablas.

Kapitel 7

VOR DEM GESCHÄFT DES FARBENHÄNDLERS PÈRE TANGUY

17. MAI 1890

Valérie erkannte den Maler der beiden Bilder, die der Farbenhändler Père Tanguy im Schaufenster seines Geschäfts ausgestellt hatte, schon von Weitem. Sie hatte sie zwar noch nie gesehen, aber so malte nur einer. Die Signaturen bestätigten ihr, dass diese Gemälde von Vincent van Gogh stammten.

»Sind sie nicht wunderschön, Marie?«

Das Dienstmädchen, das Valérie bei jedem Ausgang begleitete, überlegte einen Moment lang. »Diese Bilder sind ganz anders, als Ihr verehrter Herr Gatte malt. Aber sie gefallen mir gut.«

»Ich habe vor einigen Jahren eine Zeit lang mit diesem Maler gemeinsam an der Akademie Cormon studiert.« Valérie überfiel eine plötzliche Wehmut, die ihre Stimme zittrig machte. Wie glücklich und unbeschwert sie damals gewesen war!

Dabei hatte sie all ihre Pläne, die sie in jener furchtbaren Hochzeitsnacht geschmiedet hatte, bislang erfolgreich in die Tat umsetzen können.

Zuerst hatte sie Baptiste ihre Bitte nach getrennten Schlafzimmern vorgetragen. Zu ihrer Überraschung war in seinem Stadtpalais gar nichts anderes für sie vorgesehen. »Das ist in vornehmen Häusern doch gang und gäbe«, beschied er ihre Bitte ein wenig von oben herab. Dann zeigte er ihr den mit kostspieligen Kirschholzmöbeln ausgestatteten Raum, dessen Wände mit einer hellblauen Seidentapete bespannt waren. »Mein Schlafzimmer liegt gleich nebenan. Es gibt eine Zwischentür, sodass ich dich jederzeit aufsuchen kann.«

Valérie bemerkte, dass die Tür von ihrer Seite aus über keinen Schlüssel verfügte. Aber die Erleichterung über Baptistes Entscheidung überwog. Wenigstens würde sie morgens nicht neben ihm aufwachen müssen.

Diese Hoffnung bewahrheitete sich. Zwar kam Baptiste nahezu jede Nacht zu ihr. Doch nach dem Akt, den sie nach wie vor als rau und lieblos empfand und passiv über sich ergehen ließ, während sie an Pascal dachte, zog er sich sofort wieder in sein eigenes Zimmer zurück.

Das hatte auch damit zu tun, dass es im Hause Germain zu den Pflichten der Dienerschaft gehörte, die Herrschaft jeden Morgen nach dem Aufwachen mit einer frisch gebrühten Tasse Tee zu begrüßen.

»Das ist ein englischer Brauch, den ich bei einem meiner vielen Besuche auf der Insel kennengelernt habe und seither schätze. Falls du es noch nicht wissen solltest, nicht nur der britische Hochadel, selbst das Königshaus gehört zu meinen Kunden.« Wie üblich ließ Baptiste die Gelegenheit nicht aus, mit seiner Berühmtheit zu prahlen. »Es wäre absolut undenkbar, dass mein Kammerdiener Gilbert oder dein Dienstmädchen Marie uns beide zusammen im Bett vorfinden.«

Ganz kurz hatte Valérie gegen ihr Bedürfnis ankämpfen müssen, sich dagegen zu verwahren, dass Baptiste seine eigenen Vorlieben auf sie übertrug, ohne nach ihrem Einverständnis zu fragen. Dann setzte sie gemäß ihrem Vorhaben, ihm gefällig zu sein, wo immer es möglich war, ohne dass es sie ihre Selbstachtung kostete, eine freudige Miene auf und stimmte zu.

Schnell stellte sie nicht nur fest, dass sie diese Sitte durchaus mochte, sondern auch, dass sie morgens viel später aufstand als Baptiste. Wenn sie zum Frühstück kam, hatte er das Haus meistens verlassen.

Auch zum Mittagessen kam er häufig nicht heim, und selbst so manches Souper nahm Valérie ohne ihn ein. Deshalb und weil die Köchin Gervaise ihr Handwerk ausgezeichnet verstand, hatte Valérie inzwischen wieder zugenommen und ihr Gewicht von vor der Verlobung erreicht.

Außer ihrem Schlafzimmer hatte Baptiste ihr einen eigenen Salon zugestanden, in dem sie sich tagsüber aufhielt, wenn sie nicht in ihrem Atelier war. Sowenig er es schätzte, wenn Valérie ihn in seinem Arbeitszimmer störte, so wenig betrat er ihr Damenzimmer unaufgefordert. Überhaupt schien er nur einen Bruchteil des Interesses an ihrer Person zu hegen, das er vor der Hochzeit gezeigt hatte.

»Er wollte dich offenbar einfach nur haben«, interpretierte Suzanne dieses Verhalten. »Jetzt hat er sein Ziel erreicht und verliert das Interesse an dir. So gehen viele Männer mit ihren Ehefrauen um.«

»Wäre das doch auch nachts der Fall«, seufzte Valérie. »Da sucht er mich regelmäßig heim.«

»Auch das wird mit der Zeit nachlassen«, prophezeite Suzanne. »Spätestens, wenn du das erste Kind erwartest.«

»Das wird hoffentlich noch eine Weile auf sich warten lassen.« Valérie erzählte Suzanne von Mariannes Tropfen.

»Dann genieße erst recht die Freiheiten, die er dir lässt.«

Es fiel Valérie nicht schwer, diesen Rat der Freundin zu befolgen. Fast täglich suchte sie den Louvre auf, um dort Bilder der alten Meister zu kopieren. Gerade versuchte sie sich an Leonardo da Vincis berühmter *Mona Lisa*. Um keinen Verdacht zu erregen, zeigte sie Baptiste die Ergebnisse ihrer Übungen regelmäßig. Er pflegte sie wie ein Schulmeister zu loben oder, häufiger noch, zu kritisieren. Leider legte er dabei auch den Finger auf ihre heimliche Wunde.

»Deine Technik lässt noch zu wünschen übrig. Nach dem *Raub der Sabinerinnen* hätte ich gedacht, du würdest die Pinselführung besser beherrschen.«

Valérie hatte gemerkt, dass sie errötete. Denn Henri de Toulouse-Lautrec hatte ihr damals bei der Fertigstellung des Abschlussgemäldes für ihr Kunststudium geholfen und ihren Pinselstrichen die geleckte Form verliehen, die die akademische Kunst verlangte. Sie durften nicht einmal in Ansätzen erkennbar sein, die Gemälde sollten wie Fotografien wirken. Valérie fiel diese Technik bis heute schwer.

Es war sehr unwahrscheinlich, dass Baptiste je von Henris Hilfe erfuhr. Denn die beiden verachteten sich als Maler gegenseitig zutiefst und vermieden jeden Kontakt. Außerdem hatte der Pariser Salon Valéries Werk damals trotz aller Mühe, die sie mit Henris Unterstützung darauf verwendet hatte, abgelehnt. Insofern spielte es eigentlich keine Rolle mehr.

»Wenn du willst, kann ich dir gelegentlich Unterricht geben«, hatte Baptiste bei der letzten Begutachtung ihrer Malversuche angeboten. Valéries Herzschlag setzte einen Moment lang aus. Doch Baptiste hatte den Vorschlag nur halbherzig gemacht, wie sie schon bei ihrer Entgegnung bemerkte.

»Ich bin einfach seit dem Ende meines Studiums aus der Übung, *cher mari*. Lass es mich zunächst allein versuchen! Ich melde mich, wenn ich Unterstützung benötige.«

Die Erleichterung auf seinem Gesicht war unverkennbar gewesen. Seither gab sich Valérie überhaupt keine Mühe mehr mit der Pinselführung, sondern konzentrierte sich bei ihren Kopien auf die Wiedergabe der Figuren, ihrer Körperhaltung und ihrer Emotionen sowie auf die die Hell-Dunkel-Effekte. Diese Elemente würden in ihren zukünftigen eigenen Gemälden, die sie nie im akademischen Stil malen wollte, eine Rolle spielen.

Da sich immer mehr Maler im wohlhabenden Teil von Montmartre ansiedelten, verfügte auch Baptistes Stadtpalais, wie viele der neuen Häuser am Boulevard de Clichy, im obersten Stockwerk über Räume mit großen Fenstern, die als Atelier genutzt werden konnten. Baptistes Atelier nahm den größten Teil der zur Verfügung stehenden Fläche ein. Nach Valéries Einzug hatte er einen kleineren Nebenraum, der ihm bislang als Lager gedient hatte, geräumt und als ihr Atelier eingerichtet. Sie fühlte sich dort sehr wohl und konnte darin weitgehend ungestört arbeiten.

Da Baptiste sie aufgrund ihrer mangelnden Fortschritte mit der Pinseltechnik als Malerin immer weniger ernst nahm, rechnete sie eigentlich nicht damit, dass er ihr Atelier in ihrer Abwesenheit betrat. Trotzdem ließ sie nur ihre kopierten Gemälde offen stehen. Ihre Skizzen versteckte sie sorgfältig. Wie sie gehofft hatte, saß Marie ihr Modell. Das Dienstmädchen erwies sich auch ansonsten als treue Verbündete und deckte unter anderem ihre regelmäßigen Treffen mit Suzanne.

Anfangs hatte Baptiste Valérie regelmäßig in sein eigenes Atelier eingeladen, um ihr seine neuesten Werke zu zeigen. Sie heuchelte geflissentlich Bewunderung dafür, mit Ausnahme der Sklavenmarktszenen, die sie nach wie vor als Motiv verabscheute. Leider verkauften sich diese Bilder immer noch besonders gut. Daher blieben ihr die Besuche im Atelier ihres Ehemanns in jüngster Zeit weitgehend erspart. Er arbeitete gerade an einem Großauftrag für das Winterpalais des russischen Zaren in St. Petersburg und ertrug ihre Ablehnung nicht.

Valérie war das natürlich nur recht. Auch die Malerei vertiefte die Beziehung zu ihrem Ehemann nicht, entgegen den Hoffnungen ihres Vaters Alphonse.

Jetzt zog sie vor dem Schaufenster von Père Tanguy eine Bilanz ihrer bisherigen Malversuche. Da die Gemälde der alten Meister überwiegend in dunklen Farben gehalten waren, hatte sie eigentlich ihren Vorrat an den zur Neige gehenden Braun- und Schwarztönen auffüllen wollen.

Die Leuchtkraft von Vincents Bildern beeindruckte sie jedoch zutiefst. Beide stellten nächtliche Szenen dar. Der Maler hatte dafür allerdings dunkle Blau- und Grüntöne verwendet. Die Gemälde wirkten dadurch viel lebendiger als selbst Rembrandts berühmte *Nachtwache*.

So und nicht anders möchte ich ab sofort malen, beschloss Valérie spontan. Mit kräftigen Farben und verwaschenen Konturen, wie ich es begonnen habe, als ich noch Henris Atelier benutzen durfte. Statt Schwarz und Braun werde ich ein paar zusätzliche Tuben Gelb, Orange und Rot erwerben. Davon war beim Hochzeitsgeschenk meines Vaters jeweils nur eine dabei. Zum Glück muss ich Baptiste keine Rechenschaft darüber ablegen, wofür ich mein monatliches Salär ausgebe. Solange ich damit auskomme.

Auch dieser Teil ihrer Pläne war aufgegangen.

Sie hatte den Knauf der Ladentür bereits in der Hand, als sie von innen aufgerissen wurde. Vor ihr stand Vincent van Gogh höchstpersönlich.

»Valérie!« Auch Vincent erkannte sie sofort. »Das ist ja eine Überraschung! Malst du denn noch?«

»Natürlich male ich noch. Warum sollte ich es nicht tun?«

»Weil … Theo hat erzählt …«, druckste Vincent herum. Dann holte er tief Luft. »Du hast geheiratet, hat er gesagt. Und zwar jemand, der einen ganz anderen Stil pflegt als wir in unserer ehemaligen Clique.«

Valérie durchfuhr ein Stich. »Das ist wahr und falsch zugleich. Baptiste ist Anhänger des akademischen Realismus, aber mich lässt er malen, was ich möchte«, bog sie die Wahrheit zurecht.

»Aber sag mir doch, seit wann bist du wieder in Paris?«, lenkte sie schnell auf ein anderes Thema. »Bleibst du jetzt hier?«

Vincent schüttelte den Kopf. Sein rotes Haar trug er länger als früher, den Schlapphut hatte er auffällig tief über die linke Seite des Kopfes gezogen. Wahrscheinlich, um sein verstümmeltes Ohr zu verbergen. Diese Verletzung hatte sich Vincent nach einem Streit mit Paul Gauguin in Arles selbst beigebracht, wie Valérie damals von Pascal erfahren hatte. Sonst schien Vincent ganz der Alte zu sein. Seine Kleidung wirkte verschlissen und schäbig, auch wenn er heute keinen verfleckten Malerkittel trug.

»Ich reise in ein paar Tagen wieder ab«, antwortete er. »Ich hab meinen Bruder und seine *Angetraute* besucht.« Das klang in Valéries Ohren merkwürdig steif. Später würde sie erfahren, dass Vincent und Jo, Theos Ehefrau, sich nicht besonders gut vertrugen. »Sie haben ein kleines Kind, einen Jungen. Theo hat ihn Vincent genannt, obwohl mir das gar nicht recht war. Aber die machen ja sowieso, was sie wollen.«

»Ich habe gerade deine Gemälde bewundert.« Valérie wollte auch Vincents Familienprobleme nicht mit ihm erörtern. »Bisher habe ich noch kein Bild von dir gesehen, auf dem es Nacht ist. Und trotzdem wirken beide nicht im Geringsten düster.«

Vincent biss an. »Ich hab sie schon im vorletzten Jahr gemalt, im Herbst, nachdem ich Paris verlassen hatte. Es sind Szenen aus Arles, wo ich damals gelebt hab. Ein Straßencafé bei Nacht und der Sternenhimmel über der Rhône.« Seine Miene verdüsterte sich. »Aber auch die hat der gute Père nicht verkaufen können.«

»Es sind Meisterwerke«, tröstete Valérie ihn ehrlichen Herzens. »Irgendwann wird man sie sehr zu schätzen wissen.«

Vincents blaue Augen begannen zu strahlen. »Das glaubt Theo auch. Ich hab sehr viel gemalt, seit ich weg bin von Paris. Und ihm immer mal wieder Bilder geschickt. Die Nacht hab ich erst spät als Motiv entdeckt. Wusstest du, dass auch im Dunkeln so viel Farbe ist?« Jetzt geriet er ins Schwärmen. »Die Nacht ist sogar noch reicher an Farben als der Tag. Schau her« – er wies auf das Bild mit dem Straßencafé – »das ist eine Nacht ohne Schwarz! Nur schönes Blau und Violett und Grün. In dieser Umgebung färbt sich der beleuchtete Platz schwefelgelb und zitronengrün. Theo sagt, die Hell-Dunkel-Effekte hab ich ganz wunderbar eingefangen.«

»Das ist wahr. Auch beim zweiten Bild. Die Sterne funkeln am Firmament, und die Lichter der Stadt spiegeln sich im dunklen Wasser. Sicher werden sich bald Käufer finden«, wiederholte Valérie.

Wie gern würde ich selbst eines der Gemälde erstehen, ging es ihr durch den Kopf. Kurz erwog sie die Idee. Könnte ich es vor Baptiste verstecken? Dann verwarf sie den Gedanken wieder. Es war zu riskant.

Über ihren Grübeleien hatte sie Vincents letzten Satz nicht gehört. Er blickte sie erwartungsvoll an.

»Entschuldige bitte, ich war einen Moment lang abgelenkt. Was hast du gerade gesagt?«

Vincent wirkte ein wenig gekränkt, als er antwortete. »Immerhin hat Theo eines meiner Bilder verkauft. Das erste überhaupt! Auch in Arles gemalt. Ein Weingarten ist das, aber bei Tag. Dreihundert Francs hat Theo dafür erzielt! Er meint, jetzt könnte mein Durchbruch kurz bevorstehen.«

»Ich wünsche es dir von Herzen!«

Vincents Miene verdüsterte sich. »Aber sein Dienstherr erlaubt ihm nicht, meine Bilder in der Galerie auszustellen. Überhaupt ist Theo ziemlich stark mit ihm über Kreuz. Er spielt mit dem Gedanken, eine eigene Galerie zu eröffnen. Ich soll dann sogar sein Partner werden und nur noch für ihn malen. Aber alles hängt davon ab, ob sein Schwager mitmacht. Denn der hat das Geld.«

»Das wäre wahrhaft großartig!« Valérie spürte einen Anflug von Neid. Wie viel einfacher hatten es männliche Maler doch im Vergleich zu ihr als Frau! Ihnen standen viel mehr Möglichkeiten offen, selbst wenn der Erfolg auf sich warten ließ.

»Aber jetzt muss ich weg«, sagte Vincent abrupt. »Die Bilder hier hol ich heut Nachmittag ab. Theo stellt sie im Salon des Indépendants aus. Ob sich das lohnt, werden wir sehen.«

»Im Salon des Indépendants? Der Ausstellung für unabhängige Maler? Das ist doch großartig.« Valérie versuchte, sich nicht anmerken zu lassen, wie wenig sie über diesen Salon wusste. »Also hat die Jury deine Bilder akzeptiert!«

Ihr Versuch, Kenntnisse zu heucheln, blieb vergeblich, ohne dass Vincent Anstoß daran nahm. Er schürzte die Lippen. »Da gibt's keine Jury. Man muss dafür bezahlen, wenn man mitmachen will. Deshalb wird da auch kaum was verkauft. Aber immer noch besser, als in einem Restaurant in Montmartre auszustellen.«

Mit dieser Methode hatten sich Vincent und auch Pascal und Henri vor ein paar Jahren als Maler in Paris zu etablieren versucht. Der Erfolg war bescheiden geblieben.

»Also, ich muss jetzt los«, wiederholte Vincent. Zu Valéries Überraschung nahm er sie kurz in die Arme und drückte ihr ein Küsschen auf jede Wange. »Ich hab mich sehr gefreut, dich zu treffen.«

Er war schon ein paar Schritte die Rue Clauzel hinuntergegangen, in der Père Tanguys Geschäft lag, als er sich noch einmal umdrehte. »Aber wenn Theo seine eigene Galerie hat und du noch so gut malst wie früher, stellt er dort vielleicht mal auch deine Bilder aus.«

Wie betäubt vor Erstaunen über dieses unerwartete Kompliment blickte Valérie ihm nach.

Kapitel 8

STADTPALAIS VON BAPTISTE GERMAIN

MONTAG, 19. MAI 1890

Valérie hatte gerade die Skizze des Blumenstraußes beendet, den Marie ihr heute Morgen besorgt hatte, als das Dienstmädchen nach kurzem Klopfen den Kopf zur Tür ihres Ateliers hereinstreckte.

»Ihr Gatte ist zum Souper eingetroffen, Madame Germain.« Selbst wenn Baptiste außer Hörweite, aber zu Hause war, sprach das Dienstmädchen Valérie wieder in aller Förmlichkeit mit dem Nachnamen an.

Valérie runzelte die Stirn. Noch am Vormittag hatte Baptiste ihr bei einem ihrer seltenen gemeinsamen Frühstücke mitgeteilt, dass er die restlichen Mahlzeiten auswärts einnehmen werde.

»Richten Sie Monsieur Germain bitte aus, dass ich mich erst noch umkleiden muss und es daher etwas später werden wird.« Auch sie siezte Marie, wenn Baptiste im Haus war. Auf gar keinen Fall durfte er den Grad der Vertrautheit zwischen den beiden Frauen bemerken.

Sie senkte die Stimme. »Und bitte Gervaise, auf die Schnelle noch etwas Besonderes zu zaubern. Ich wollte mich hier im Atelier mit einer Suppe begnügen.«

Zum Glück war die Köchin solche Situationen gewöhnt. Sie arbeitete schon seit seinem Einzug in dieses Stadtpalais für Baptiste, der nicht selten entgegen seinen Ankündigungen zu Mahlzeiten erschien, die er eigentlich außer Haus einnehmen wollte.

Trotzdem war Valérie ärgerlich. Denn ursprünglich hatte sie vorgehabt, nach einem frugalen Abendessen weiterzuarbeiten. Die Pfingstrosen welkten schnell, und sie sehnte sich danach, endlich wieder mit leuchtenden Farben zu malen.

Auf die Idee, einen Blumenstrauß als erstes Motiv zu wählen, war sie durch die Begegnung mit Vincent gekommen. Er hatte in seiner Pariser Zeit viele bunte Sträuße gemalt. Auch ihr erstes eigenes Gemälde war ein Dahlienstrauß gewesen, das Bild hatte sie als Zwölfjährige ihrer Mutter zum Geburtstag geschenkt.

Jetzt würde sie sich stattdessen mit Maries Hilfe in eine der unbequemen, wenn auch überaus eleganten Abendroben zwängen müssen, die alle Germains zum Souper selbst dann erwarteten, wenn keine Gäste zugegen waren.

»Du hast viel zu wenig Garderobe, liebe Valérie«, hatte ihre Schwiegermutter ihr schon kurz nach der Hochzeit bedeutet. »Eine vornehme Dame zieht sich mehrmals am Tag um. Sie erscheint weder in einer Tages- noch einer Besuchsrobe beim Souper.«

Und schon gar nicht in einem Malerkittel, dachte Valérie nun spöttisch, während sie die Treppen zu ihrem Schlafzimmer hinabeilte und dort schon mal den Inhalt des riesigen begehbaren Kleiderschranks musterte.

»Das Blauseidene«, murmelte sie. Sie hatte es wie etliche andere Kleider für alle Tageszeiten bei der Frühjahrsmodenschau ausgesucht, zu der Charles Worth in jeder Saison ausgewählte Kundinnen einlud. Die Damen der Familie Germain gehörten seit jeher dazu.

Auf den Preis hatte sie dabei nicht geachtet und gehofft, Baptiste werde sich über die sicherlich exorbitant hohe Rechnung ärgern. Doch er hatte die Kosten nie erwähnt.

Immerhin gefielen ihm die ausgesuchten Modelle. »Wie schön! Endlich kann ich mich überall mit dir sehen lassen«, hatte er ihre Wahl mit Gönnermiene gelobt. »Dein Geschmack hat seit unserer

Hochzeit deutlich gewonnen.« Wie so oft ließ er die Gelegenheit nicht aus, über Valéries Unbotmäßigkeiten während der Feier zu sticheln.

Eine halbe Stunde später hatte Marie sie angekleidet und frisiert. Valérie probte ihr Lächeln ein letztes Mal vor dem großen Spiegel und hoffte, dass Baptiste ihren Missmut nicht bemerken würde.

»Ich sehe, hier reißen recht merkwürdige Sitten ein, wenn ich nicht da bin«, begrüßte Baptiste Valérie wenig später, nachdem er sie flüchtig auf die Wange geküsst hatte.

Sie wunderte sich über seine schlechte Laune. Denn es war nicht das erste Mal, dass das Souper später als zur vorgesehenen Zeit um halb acht Uhr abends serviert wurde, wenn er überraschend dazustieß.

»Es tut mir leid, mein Lieber. Aber ich hatte die Zeit im Atelier ganz vergessen.«

»Soso«, murmelte er. »Dann hoffe ich, dass es sich wenigstens gelohnt hat.«

Er zerrte an seinem offenbar zu eng gebundenen Plastron über dem Hemd mit dem steifen Kragen. Auch Baptiste trug Abendgarderobe.

»Ärgerst du dich noch immer über diesen General Boulanger?«, schoss Valérie ins Blaue.

Erst gestern hatte Baptiste ihr empört berichtet, dass der inzwischen ins Ausland geflohene ehemalige Aufrührer nicht nur während seiner Zeit als Kriegsminister und Abgeordneter Staatsgelder veruntreut, sondern sich auch geweigert hatte, nach Frankreich zurückzukehren und sich der Justiz zu stellen. Stattdessen hatte er alle Ämter bei der nach ihm »Boulangisten« genannten Partei niedergelegt.

»Der Kerl ist und bleibt ein feiger Hund«, knurrte Baptiste. »Doch diesmal geht es um einen Skandal im Salon.«

Gerade trat der Diener Gilbert mit der Suppe ein. Während er servierte, dachte Valérie nach. Baptiste hatte ihr schon vor Wochen mit stolzgeschwellter Brust berichtet, dass erneut zwei seiner Gemälde im diesjährigen Pariser Salon ausgestellt werden würden. Seit der Eröffnung am 15. Mai war er jeden Tag dort gewesen. Anfangs, um sich von der angemessenen Präsentation der Bilder zu überzeugen, später, um die Reaktionen des Publikums zu beobachten. Auch gestern Abend hatte er zunächst recht zufrieden gewirkt und über die ersten positiven Kritiken berichtet. Erst danach hatte er sich über General Boulanger in Rage geredet.

»Um was für einen Skandal geht es denn?«, fragte Valérie pflichtschuldigst. Sie selbst war noch nicht in der Ausstellung gewesen und hätte sie auch aufgrund ihrer Abneigung gegen den Salon am liebsten gar nicht besucht. Doch Baptiste hatte ihr angekündigt, sie am kommenden Donnerstag mitnehmen zu wollen, wenn der Rummel der ersten Tage etwas abgeebbt war.

Als er ihr jetzt antwortete, fiel ihr der Suppenlöffel fast aus der Hand. »Was hast du gerade gesagt?« Valérie glaubte, ihren Ohren nicht zu trauen. »Eine Ausländerin hat ein Bild im Salon ausgestellt, das eine nackte männliche Leiche auf einem Seziertisch zeigt?«

»Ja, angeblich die Kopie einer Fotografie! Ein Ölgemälde! Kritiker und Publikum sind außer sich! Ich habe heute mit einem Reporter des *Figaro* gesprochen. Eine ›*makabere Leichenfantasie, ebenso unkünstlerisch wie unweiblich*‹, hat er dazu geschrieben. Und das ist für dieses Machwerk, gelinde gesagt, noch gemäßigt.«

»Seit wann … seit wann …« Valérie suchte nach den richtigen Worten. »Seit wann erlaubt die Jury denn ausländischen Malerinnen, im Salon auszustellen?«

Baptiste zuckte die Achseln. »Was weiß ich! Seit zehn Jahren mindestens. Wenn nicht noch länger!«

Valérie legte den Löffel ab. Der Magen war ihr wie zugeschnürt. Wirre Gedanken rasten durch ihren Kopf. Nur wie durch Watte hörte sie, wie sich Baptiste weiter echauffierte.

»Das liegt nur an dieser furchtbaren Akademie Julian. Die zieht diese Malweiber aus der ganzen Welt nach Paris. Engländerinnen, Schweizerinnen, sogar Amerikanerinnen. Vor ein paar Jahren hat man sogar posthum zwei Gemälde irgendeiner Russin ausgestellt.«

»Also … also …« – die Worte blieben Valérie fast im Halse stecken. »Also lehnt die Jury nur französische Malerinnen ab?«

»Wie bitte?« Baptiste sah sie über den großen ovalen Esstisch hinweg an, als hätte sie den Verstand verloren. »Wie kommst du denn auf so einen Unsinn?«

Als sie nicht antwortete, fuhr er fort. »Französische Malerinnen haben ihre Sache schon vor Jahrzehnten gut genug für den Salon gemacht. Denk doch nur an Madeleine Lemaire! Die hat vor Jahren sogar eine Auszeichnung für eines ihrer Rosenstillleben bekommen.«

»Eine Auszeichnung«, echote Valérie. Sie winkte ab, als Gilbert ihr den zweiten Gang servieren wollte.

Wie versteinert beobachtete sie, dass Baptiste sich schmecken ließ, was die Köchin in der Eile zubereitet hatte. Erst nach einer Weile fiel ihm auf, dass Valérie weder aß noch sprach.

»Was ist mit dir? Hast du keinen Hunger?«

»Nein«, hauchte sie. Baptiste musste sich irren, das konnte gar nicht sein. Aber er stellt schon seit Jahrzehnten im Salon aus, widersprach sie sich innerlich selbst. Er wird wissen, wovon er spricht.

Schließlich riss sie sich gewaltsam zusammen. »Monsieur Cormon hat nie geglaubt, dass der Salon mein Abschlussgemälde annehmen würde. Und so ist es ja auch gekommen. Ich dachte, weil man keine Werke von Frauen ausstellen will. Das hat er zumindest gesagt.«

Baptiste schüttelte ein wenig verächtlich den Kopf. »Da musst du etwas missverstanden haben, Valérie. Vielleicht hat der werte Kollege gemeint, dass es Ölgemälde mit historischen Szenen schwer haben, wenn eine Frau sie gemalt hat. Erst recht, wenn sie so pompös wie der *Raub der Sabinerinnen* sind. Das gilt als unweiblich.«

»Aber du hast doch soeben gesagt, dass die Jury dieses Sezierbild angenommen hat, obwohl es viel unweiblicher zu sein scheint als meine *Sabinerinnen*.«

Wieder zuckte Baptiste die Achseln. »Niemand weiß, was in die Jury gefahren ist«, wiederholte er. »Deine *Sabinerinnen* sind zwar hunderttausendmal besser gemalt, aber das Motiv ist viel zu komplex. Da entsteht leicht der Verdacht, dass eine Frau so ein Werk nicht ohne Hilfe zustande gebracht hat.«

Valérie durchfuhr es heiß und kalt. Hatte Henri sie doch verraten? Aber nein, sie hatten sich erst vor einem Jahr zerstritten, ihr Gemälde war aber schon vor drei Jahren abgelehnt worden.

»Hörst du mir überhaupt zu? Was ist denn nur mit dir los?«

»Entschuldige bitte! Was … Was hast du gerade gesagt?«

»Du hättest ein Stillleben einreichen sollen, im Stil von Madeleine Lemaire. Ich frage mich, warum Cormon dir nicht dazu als Abschlussgemälde geraten hat.«

Er dachte kurz nach. »Am besten fragst du ihn selbst. Schließlich war er nicht nur dein Lehrer, sondern auch dein Trauzeuge. Aber jetzt lass uns von etwas anderem sprechen!«

IN DER KUNSTAKADEMIE CORMON

MITTWOCH, 21. MAI 1890, ZWEI TAGE SPÄTER

Valérie klopfte das Herz bis zum Hals, als sie die Akademie Cormon betrat. Der Atelierdiener bat sie, noch einen Augenblick im Besucherzimmer Platz zu nehmen. Monsieur Cormon werde sie gleich empfangen.

Valérie warf einen Blick auf ihre goldene Damenuhr, ein Hochzeitsgeschenk von Baptistes Eltern. Sie war pünktlich zu dem Termin erschienen, den Cormon Marie gestern genannt hatte. Es war genau die Zeit der Vormittagspause. Jede Minute war daher kostbar, da Cormon danach wieder zu seinem Unterricht eilen müsste.

Endlich trat er ein. »Meine liebe Madame Germain!« Er streckte ihr beide Hände entgegen. »Was verschafft mir die Ehre Ihres Besuchs?« Sowohl sein Lächeln als auch sein gewollt herzlicher Tonfall wirkten unecht.

»Ich möchte noch einmal über mein Abschlussgemälde mit Ihnen sprechen«, kam Valérie sofort zur Sache. »Sie sagten mir damals, dass der Pariser Salon keine Gemälde von Frauen annehmen würde. Nun hat mir mein Gatte berichtet, dass Malerinnen schon seit Jahrzehnten dort ausstellen dürfen, in jüngster Zeit sogar ausländische Künstlerinnen.«

Cormons Lächeln gefror. »Aber liebe Madame Germain! Ihr Gatte hat mir schon gestern über dieses bedauerliche Missverständnis berichtet.«

Valérie stockte der Atem. Baptiste, dieser Schweinehund, dachte sie.

»Ich kann mich nicht daran erinnern, Ihnen je gesagt zu haben, dass Frauen nicht im Salon ausstellen dürfen. Nur mit Ölgemälden in dieser Größe ist es schwierig. Da treten Sie als Frau in unmittelbare Konkurrenz zu den männlichen Historienmalern und werden daher mit ganz besonders strengen Maßstäben gemessen. Daher fand Ihr Werk leider keine Mehrheit in der Jury.«

Valérie durchforstete ihr Gedächtnis. Sie war sicher, dass Cormon ihr das vor drei Jahren so nie gesagt hatte. Sie erinnerte sich auch daran, dass er ihr schon an ihrem ersten Studientag mitgeteilt hatte, die Jury des Salons werde ihr Abschlussgemälde nicht akzeptieren. Obwohl er damals noch gar nicht wissen konnte, welches Motiv sie wählen würde.

Doch er fuhr bereits fort. »Hätten Sie ein Stillleben oder ein Porträt eingereicht, wären Ihre Chancen größer gewesen«, wiederholte er sicher nicht zufällig zum Teil Baptistes Worte. »In diesen Genres malen die meisten Frauen. Doch Sie haben sich für das Wagnis eines historischen Ölgemäldes entschieden und sind leider damit gescheitert.«

»Und warum haben Sie mir nicht davon abgeraten?« Schon als sie die Frage stellte, wusste Valérie, dass sie sinnlos war.

Cormon lächelte maliziös. »Meine Liebe! Sie wollten nach meiner Erinnerung schon immer mit dem Kopf durch die Wand. Hätten Sie sich denn von Ihrem Motiv abbringen lassen?«

Valérie überlegte. Wahrscheinlich nicht, gab sie vor sich selbst zu.

Cormon schien ihre Gedanken zu erraten. »Was wären auch die Alternativen gewesen? Auch wenn es Frauen gibt, die es in den Salon geschafft haben, sind sie gewaltig in der Unterzahl. Erst recht im Bereich der Ölgemälde. Aquarelle in Wasserfarben, sogar Keramikmalereien werden von Frauen eingereicht. Doch Sie wollten Ihr Studium erfolgreich beenden, und dazu gehörte ein Abschlussgemälde in Öl.«

Valérie spürte, dass Cormon ihr gegenüber nicht ehrlich war und sich diese Aussagen vorher zurechtgelegt hatte.

»Dafür habe ich die zweitbeste Note der Klasse von Ihnen erhalten!«, wagte sie trotzig einen Einwand.

Cormon schürzte die Lippen. »Die Note hatten Sie auch verdient. Doch ich betone, Sie waren eine Kunst-*Studentin.* Eine Anfängerin! Viele Ihrer männlichen Kommilitonen haben es bis heute nicht in den Salon geschafft. Geschweige denn, mit ihrem Abschlussgemälde.«

Valéries Kloß im Hals wurde größer und größer und schnürte ihr die Luft ab. Noch bevor sie antworten konnte, zeigte eine Klingel das Ende der Pause an.

Cormon sprang sofort auf. »Meine Liebe, die Pflicht ruft. Ich muss mich jetzt leider verabschieden.« Er griff nach ihrer behandschuhten Hand und deutete einen Kuss an. An der Tür drehte er sich noch einmal um.

»Außerdem, was hätte Ihnen eine Ausstellung im Salon denn genützt? Ihr Vater, dem zuliebe ich Sie als einzige Studentin, die je bei mir gelernt hat, aufgenommen habe, wollte wohl kaum, dass Sie eines jener Malweiber werden, wie sie die Akademie Julian ausspuckt. Nun sind Sie glücklich verheiratet mit einem der größten lebenden Künstler unserer Zeit. Also, was wollen Sie mehr?«

Mit einer letzten Verbeugung verließ er den Raum. Zurück blieb eine völlig aufgewühlte Valérie.

IN DER KUNSTGALERIE DUMAS

21. MAI 1890, WENIG SPÄTER

»Vater! Sag mir die Wahrheit! Hast du gewusst, dass eine Frau im Pariser Salon kaum Chancen hat, wenn sie ein Ölgemälde mit einem historischen Motiv einreicht?«

Valéries Stimme überschlug sich fast. Sie wies auf den *Raub der Sabinerinnen*, den Alphonse Dumas noch immer in seiner Galerie an prominenter Stelle präsentierte.

»Valérie! Nun beruhige dich doch! Was ist denn in dich gefahren, dass du mich aus heiterem Himmel so aufgeregt überfällst?« Er blickte auf die Wanduhr über seinem Schreibtisch. »Müsstest du nicht bald zum Mittagessen zu Hause sein?«

»Das Mittagessen schert mich nicht!«

»Und wenn dein Gemahl dich dabei vermisst?«

»Das schert mich erst recht nicht! Der soll sehen, wo er bleibt!«

»Aber Valérie!« Dumas klang entsetzt. Dann bemerkte er den betretenen Gesichtsausdruck von Marie. Sie hatte Mühe gehabt, mit ihrer Herrin Schritt zu halten, die wie rasend durch die Straßen bis zur Galerie ihres Vaters in der Rue Laffitte geeilt war, und war noch ganz außer Atem.

»Marie, gehen Sie doch eine halbe Stunde spazieren. Ich möchte ein vertrauliches Wort mit meiner Tochter wechseln.«

Das Dienstmädchen ließ sich das nicht zweimal sagen und schlüpfte durch die Glastür hinaus. Alphonse drehte das Schild an der Tür auf *Fermée*. »Zum Glück erwarte ich keinen Kunden.«

Dann ergriff er Valéries Hand, zog sie zu einem Fauteuil und schenkte ihr ein Glas Wasser aus der Kristallkaraffe ein, die immer für Besucher bereitstand. Schließlich ließ er sich selbst ihr gegenüber nieder.

»Also, nun erzähl einmal, was sich zugetragen hat!«

Anfangs stockend, dann immer schneller berichtete Valérie von ihren Gesprächen mit Baptiste und Cormon. »Baptiste hat den Kerl vor mir gewarnt«, kam sie zum Schluss. »Er wusste genau, was ich heute wollte, und hat sich vorher überlegt, wie er mich am besten abwimmeln kann. Deshalb komme ich jetzt zu dir, damit du mir die Wahrheit sagst, bevor Baptiste dich ebenfalls beeinflusst!«

Sie trank einen Schluck Wasser. »Also, warum hast auch du geglaubt, dass mein Abschlussgemälde von der Jury des Salons nicht akzeptiert werden würde?«

Ihr Vater verzog schmerzlich die Lippen. Dann antwortete er ihr dasselbe wie Cormon. »Solche Gemälde von Frauen haben es bei der Jury schwer. Ich habe dir das schon damals zu erklären versucht. In der Jury sind viele Professoren der École des Beaux-Arts. Die weigert sich bis heute, weibliche Studenten aufzunehmen.«

»Und was hat mein Gemälde damit zu tun?«

Anders als damals ließ Alphonse die Katze nun aus dem Sack. »Die Kunst von Malerinnen gilt in konservativen Kreisen als der der Männer weit unterlegen. Ein Ölgemälde von einer Frau in dieser Qualität im akademischen Stil hätte diese Auffassung konterkariert. So mancher Kritiker hätte das mit großer Wahrscheinlichkeit öffentlich angemerkt. Ich war daher sicher, dass Cormon dies um jeden Preis verhindern wollte. Wäre das Bild angenommen worden, eventuell sogar ausgezeichnet, wäre er seinen eigenen Kollegen in den Rücken gefallen, weil er dich als Studentin akzeptiert hatte. Wie hätte die École des Beaux-Arts dann ihre eigene Ablehnung von Studentinnen in Zukunft begründen sollen?«

Valérie erinnerte sich. Tatsächlich hatte Cormon ursprünglich versucht, sie sogar von der Einreichung der *Sabinerinnen* abzubringen.

»Ich weiß es nur gerüchteweise«, fuhr ihr Vater fort. »Aber nach der Ablehnung habe ich gehört, Cormon hätte sich mit der Jury vorher abgesprochen. Er selbst und eine Minderheit der Juroren sollten sich enthalten, die Mehrheit dagegenstimmen. Wären alle dagegen gewesen, hätte Cormon als Akademieleiter ebenfalls sein Gesicht verloren, denn er muss die Qualität der Abschlussgemälde als ausreichend erachten, um die Einreichung zu befürworten. Sicher weißt du noch, dass nicht jedes Abschlusswerk eines Studenten von ihm akzeptiert wurde.«

Valérie erinnerte sich dumpf. Sie hatte sehr wenig Kontakt zu ihren Kommilitonen gehabt, nachdem Henri de Toulouse-Lautrec, Vincent van Gogh und Pascal die Akademie vorzeitig verlassen hatten.

»Du hast den guten Cormon also in ein erkleckliches Dilemma gebracht. Denn die zweitbeste Note der Klasse hatte er dir ja schon erteilt, bevor ich das Ölbild für dich eingereicht habe. Er konnte nicht riskieren, dass die erste und einzige Studentin, die je in einer konservativen Akademie studiert hat, der École des Beaux-Arts eine solche Nase dreht.«

Valérie fixierte ihn prüfend. »Also wurde die Jury manipuliert. Hast du das vermutet oder gewusst?« Das Herz schlug ihr bis zum Hals.

Alphonse presste die Lippen zusammen, bevor er antwortete. »Ich habe es vermutet, aber lieber nicht so genau nachgefragt. Manipulationen der Jury sind gang und gäbe.« Er wies auf den Ständer mit den *Sabinerinnen*. »Aber ich habe das Bild seither in der Galerie präsentiert. Und so manchen Interessenten abschlägig beschieden, der es erwerben wollte.«

»Es gab sogar potenzielle Käufer?« Valérie konnte es nicht fassen. »Warum hast du mir nie etwas davon gesagt?«

Ihr Vater blickte sie überrascht an. »Meines Wissens hast du mir nie den Auftrag erteilt, das Bild zu verkaufen.« Dann seufzte er. »Ich hätte dir allerdings auch davon abgeraten. Ein Verkauf hätte nämlich in eine Sackgasse geführt. Wenn der Markt auf dich aufmerksam geworden wäre, hätte man weitere Werke von dir erwartet. Doch wo hättest du sie herstellen sollen? Die meisten Frauen malen im häuslichen Umfeld, auch einige, die schon im Salon ausgestellt haben. Um solch große Ölgemälde wie die *Sabinerinnen* anzufertigen, braucht man ein Atelier.« Er atmete schwer. »Selbst wenn ich das Geld dafür gehabt hätte, um dir eines anzumieten, hätte deine Mutter das nie geduldet! Berufstätige Frauen sind ihr ein Gräuel!«

»Ein Gräuel«, wiederholte Valérie. Ihr Puls beschleunigte sich noch mehr. »Also hast auch du gewusst, dass Frauen schon seit Jahrzehnten im Salon ausstellen!«

Alphonse schaute sie verwundert an. »Natürlich! Ich habe nie etwas Gegenteiliges behauptet.«

Valérie zermarterte sich das Hirn. Doch sie konnte sich an nichts erinnern, das die Behauptung ihres Vaters Lügen gestraft hätte. Der Fehler lag bei ihr. Sie war einfach viel zu schnell davon ausgegangen, dass jede Frau an die gleichen Grenzen stieß wie sie selbst.

»Aber kaum eine Malerin kann davon profitieren! Eine Ausstellung im Salon ist nicht wie bei Männern die Grundlage für eine erfolgreiche Karriere. Die Werke von Frauen gehen in der Fülle der ausgestellten Objekte oft unter. Jedes Jahr werden mehrere Tausend Bilder ausgestellt. Die von Malerinnen landen oft in Ecken und Nischen, wo sie niemand zur Kenntnis nimmt. Hat dir Baptiste nie erzählt, wie wichtig die Platzierung eines Gemäldes bei der Ausstellung ist? Das ist die Voraussetzung, dass es einem Betrachter und allen voran den Kritikern überhaupt ins Auge fällt.«

»Und was wäre gewesen, wenn ich ein Stillleben oder ein Porträt eingereicht hätte? In Öl, wie es die Prüfungsordnung der Akademie Cormon vorsieht?«

Alphonse runzelte die Stirn. »Womöglich hättest du damit mehr Erfolg bei der Einreichung gehabt. Aber kaum bei der Prüfungsnote. Die zweitbeste deiner Klasse hättest du bei Cormon für solch ein Motiv nicht bekommen. Vielleicht hätte die Jury das Werk angenommen, aber dann unter einer Treppe versteckt.«

»Es gibt eine Malerin, sie heißt Madeleine Lemaire, die für ein Rosenstillleben sogar eine Auszeichnung erhalten hat.«

Alphonse lachte auf. »Das ist wahr! Ich glaube, es war das zwölfte Gemälde, das sie eingereicht hat. Und diese eine Auszeichnung ist auch schon mehr als ein Jahrzehnt her.«

Valérie merkte, dass sie so nicht weiterkam, und versuchte es anders. »Warum hast du mich damals bei Cormon angemeldet? Es gibt eine Akademie Julian, die seit Jahren sogar ausländische Künstlerinnen ausbildet!«

Jetzt reagierte ihr Vater ärgerlich. »Diese Akademie gilt als skandalös, da sie auch Frauen Aktmodelle malen lässt. Wohlgemerkt, beiderlei Geschlechts! Du hättest deinen guten Ruf verloren, wenn ich dich dort hätte hingehen lassen.«

»Aber Julians Schülerinnen stellen im Salon aus! Warum akzeptiert die Jury selbst umstrittene Werke? Wenn die Akademie einen zweifelhaften …«

Ihr Vater fiel ihr ins Wort. »Du spielst auf das diesjährige furchtbare Machwerk dieses Malweibs an? Mit der Darstellung einer Leiche auf einem Seziertisch? Dass dieses Bild akzeptiert und auch noch so gut platziert worden ist, dass man es zur Kenntnis nahm, kann nicht mit rechten Dingen zugegangen sein. Wahrscheinlich wurde die Jury bestochen! Aber was hat dieses Malweib nun davon? Die Kritiker zerreißen das Bild in der Luft! Wärst du an seiner Stelle, würde es deine Mutter umbringen, wenn unser guter Name so durch den Schmutz gezerrt würde!«

Er schnappte nach Luft. »Du weißt, dass sie schon gegen die Akademie Cormon viele Einwände hatte. Sie hat mir jahrelang Nadelstiche versetzt, weil ich dir diese Ausbildung ermöglicht habe. Und tut es bis heute, seit ihr zunehmend klar wird, dass du mein Vertrauen mit Heimlichkeiten während deines Studiums und danach schon genug missbraucht hast.«

Valérie wusste, dass ihr Vater damit recht hatte, und schwieg betroffen.

»Außerdem ist die Ausbildung bei Cormon sehr viel besser gewesen. Er betreut seine Schüler regelmäßig. Die Lehrer bei Julian, die sich für den Unterricht von Frauen hergeben, schauen höchstens einmal pro Woche über die Werke ihrer Studentinnen.«

Auch Cormon hat mich gegenüber den männlichen Studenten vernachlässigt, lag es Valérie schon auf der Zunge. Doch ihr Vater kam ihr mit einem letzten Argument zuvor.

»Ich habe das doppelte Studiengeld entrichtet, um dir deinen Herzenswunsch zu erfüllen. Ich habe Cormon sogar dazu überredet, dich wenigstens *weibliche* Akte zeichnen und malen zu lassen. Weil deine Ausbildung sonst unvollständig gewesen wäre. Wie hättest du sonst auch die Sabinerinnen anatomisch korrekt darstellen können, denen ihre Entführer schon die Kleidung zerrissen hatten? Sodass man ihre Arme und Beine sieht, obwohl du gut daran tatest, keine der Frauen nackt zu malen. Ein wenig Dankbarkeit wäre daher schon angebracht!«

Dass ich aus meiner Leidenschaft einen Beruf machen wollte, hast auch du also nie in Betracht gezogen, ging es Valérie voll Bitterkeit durch den Kopf.

»Was ist ein Malweib?«, wagte sie eine letzte Frage. Alle drei Männer hatten in den Gesprächen mit ihr diesen Ausdruck benutzt.

Alphonse schnaubte verächtlich. »Glaub mir, mein Kind, das willst du nicht wirklich wissen. Du hättest es jedenfalls gar nicht besser treffen können, was deine Liebe zur Malerei angeht. Du hast jetzt einen Gatten, der dir ein eigenes Atelier eingerichtet hat und bei dem du weiteren Unterricht nehmen könntest. Wenn du deinen Trotz besiegst und ihn nicht weiter vor den Kopf stößt. Dann könntest du bei einem der größten Pariser Künstler weiterlernen.«

Valérie gab auf. Auch mit ihrem Vater kam sie nicht weiter.

Ich muss mich erst einmal sachkundig machen, beschloss sie auf dem Heimweg. Ich war lange genug blauäugig und unwissend und habe alles für bare Münze genommen, was man mir eingeredet hat. Damit muss jetzt endgültig Schluss sein.

Kapitel 9

IM GARTEN DES MOULIN ROUGE

JUNI 1890

»Das ist eine sehr schöne Darbietung, Lucienne«, lobte Elise die Vorführung des zwölfköpfigen Mädchenballetts, die gerade auf der Bühne im Garten des Moulin Rouge stattfand.

Schon der Eigner Joseph Oller hatte vorgehabt, in den Sommermonaten ein Nachmittagsprogramm auf dem weitläufigen Grundstück anzubieten, das zur Mühle gehörte. Charles Zidler hatte die Umsetzung in die Hand genommen.

Er ließ die Bühne errichten, deren Form mit dem spitz zulaufenden Dach an eines der asiatischen Tempelchen erinnerte, die auf der Weltausstellung im vergangenen Jahr zu sehen gewesen waren. Die Malereien, die die Seitenwände und das Innengerüst schmückten, sahen von ferne wie Schnitzereien aus. Die hinteren Wände des Theaters waren mit einer Stofftapete ausgeschlagen, die einen Wald rund um eine romantisch wirkende Ruine zeigte.

Vor diesem Hintergrund fanden verschiedene Ballettnummern statt, im Wechsel mit Clowns und Zauberkünstlern aus der zweiten Garde, wie Zidler das nannte. Denn er hatte natürlich nicht vor, den Abendveranstaltungen nachmittags eine weitaus billigere Konkurrenz zu machen. Das galt insbesondere für den Cancan, den er durch klassisches Ballett ersetzt hatte.

Sobald Lucienne, mit der Elise nun seit ungefähr vier Wochen zusammenwohnte, von diesen Plänen erfuhr, bot sie Zidler ihre

Dienste als Ballettmeisterin an. Denn anders als La Goulue und Elise hatte Grille d'Égout eine Ausbildung in klassischem Ballett gemacht, bevor sie mit dem Cancan als Tänzerin bekannt geworden war. Zidler war sofort einverstanden gewesen.

Lucienne hatte die Mädchen ausgesucht und verschiedene Nummern mit ihnen einstudiert. Dafür zahlte Zidler ihr ein zusätzliches Honorar. Das tröstete Lucienne über den Verlust ihrer Position als Solotänzerin zu Jahresbeginn hinweg.

Die eigentliche Sensation des Gartens war jedoch ein riesiger Gipselefant, den Zidler als Relikt der Weltausstellung erworben hatte. Sein mächtiger Kopf mit den Hängeohren überragte das Dach der Bühne. Innen war er hohl. In einem seiner Beine führte eine Wendeltreppe zu einem kleinen Raum mit einem Podest, auf dem Bauchtänze vorgeführt wurden.

Heute am Sonntagnachmittag war der Garten besonders gut besucht. Fast alle der einfachen Holztische waren besetzt. Elise betrachtete den Feiertagsstaat der anwesenden Damen. Sie trugen Hüte in jeder denkbaren Form und Farbe zu ihren hochgeschlossenen Kleidern mit den bis zur Taille reichenden Jäckchen, die diese Saison in Mode waren.

Das Publikum ähnelte dem, das auch in der Moulin de la Galette auf dem Hügel verkehrte, wo Elise als junges Mädchen tanzen gelernt hatte. Es waren die eher einfachen Leute aus dem Volk, die sich die teuren Abendveranstaltungen im Moulin Rouge nicht leisten konnten. Der Eintritt in den Garten kostete nur einen halben Franc, ein Galaabend am Wochenende das Sechsfache.

Während die Balletttänzerinnen in ihren knielangen weißen Tutus artig knicksten und die kleine Kapelle vor der Bühne eine kurze Pause einlegte, wandten sich die Blicke des Publikums plötzlich alle zum Eingang. Verdutzt betrachtete Elise La Goulue, die in einem eleganten hellblauen Nachmittagskleid mit dunkelblauem Jackett durch den Garten schritt und dabei einen Ziegenbock an der Leine führte.

Grille d'Égout fand zuerst ihre Sprache wieder. »Was ist denn jetzt in dich gefahren, Louise?«

La Goulue zuckte gewollt gleichgültig die Achseln. »Die gute Sitte verlangt angeblich, dass eine Dame nur in männlicher Begleitung in der Öffentlichkeit erscheinen darf«, antwortete sie ungewöhnlich geziert. »*Voilà*, darf ich euch Guillaume vorstellen?«

Elise und Lucienne mussten lachen, zumal sich Guillaume als durchaus störrisch erwies und immer wieder zu den Blumenkübeln strebte, um dort an den Pflanzen zu rupfen. »Wo hältst du das Tier denn?«, fragte Elise, als sie sich wieder gefasst hatte.

»Natürlich im Stall. Ich hab euch doch gesagt, dass ich mir 'ne Kutsche zulegen will. Die hab ich jetzt. Das Pferd gleich dazu. Und im Stall ist auch noch Platz für den Bock.«

»Sag nur, du hast das Tier im Einspänner mitgebracht!«

Louise verzog den Mund. »Nee, das ging nicht. Er hat sich gewehrt. Deshalb bin ich den ganzen Weg marschiert.« Sie lüpfte ungeachtet der Blicke des Publikums den Rock bis zu den Knien und wies auf ihre hochhackigen Schuhe. »Ich hab mir bestimmt 'ne Blase gelaufen. Gut, dass wir heut Abend nur bei der Quadrille auftreten müssen. So hat das blöde Gesinge doch noch was Gutes.«

Zu den schier unerschöpflichen Ideen Zidlers gehörte neuerdings die Aufführung des Singspiels *Les Belles Orientales*, das schon dreimal anstelle des üblichen Galaprogramms vor der allabendlich um zehn Uhr beginnenden Quadrille gezeigt worden war. Während Elise und Lucienne sich über die unerwartete Freizeit freuten, hatte La Goulue bis jetzt nur darüber gemeckert. Wie sie es über alle Programmnummern tat, die ihr die Show zu stehlen drohten.

»He! Bändigen Sie gefälligst Ihr Vieh, Madame!«, ertönte plötzlich eine Männerstimme hinter La Goulues Rücken. Es stellte sich heraus, dass Guillaume gerade dabei war, das Jackett des eleganten Nachmittagsanzugs eines Herrn in mittleren Jahren anzufressen, der sich mühte, sich aus den Zähnen des Bocks zu befreien.

»Guillaume! Kusch!«, rief Louise und zerrte vergeblich an der Leine. Schließlich riss sie mit Gewalt an den Hörnern des Bocks, allerdings mit zweifelhaftem Erfolg. Mit einem ratschenden Geräusch behielt das Tier ein Stück des hellen Leinenstoffs im Maul.

Der junge Begleiter des Geschädigten schüttelte sich vor Lachen, während der mit grimmiger Miene den Schaden begutachtete. »Das hab ich jetzt davon, Percy«, knurrte er. »Du wolltest ja unbedingt noch mal hierher.«

»Nun reg dich doch nicht so auf, Georges!« Der junge Mann schnappte nach Luft. »Das war doch ein großer Spaß!« Er drehte sich zu den Damen um und verneigte sich. »Perceval de Chambières, Mesdemoiselles, zu Ihren Diensten. Und dies ist Georges de Cluny, mein Cousin.«

Mit sichtlichem Widerwillen verneigte sich auch der Letztgenannte.

»Darf ich den Herren ein Glas Champagner ausgeben? Um den Schaden wiedergutzumachen, sozusagen.« Ohne ihr Einverständnis abzuwarten, schnippte La Goulue mit den Fingern, um den Kellner herbeizurufen.

Obwohl Elise ihre Freundin Louise Weber seit Kindesbeinen kannte, war sie erneut verblüfft über deren Dreistigkeit. Natürlich ging La Goulues Kalkül auf.

»Das kommt überhaupt nicht infrage!«, wehrte der Percy genannte junge Herr ab. »So weit käme es noch, dass eine Dame uns ein Getränk bezahlt. Im Gegenteil! Dürfen wir die Demoiselles einladen?«

Natürlich stimmte La Goulue sofort zu und ließ damit auch Elise und Lucienne keine Wahl. Während sie auf die Erfrischung warteten, wandte sich Percy an Elise. »Ich hatte die große Freude, Sie gestern Abend tanzen zu sehen, Mademoiselle. Darf ich nach Ihrem Namen fragen? Ich habe ihn gestern nicht genau verstanden.«

»Ich bin La Goulue«, mischte sich Louise ungefragt ein. »Die Startänzerin im Moulin Rouge. Sicher haben Sie mich gestern Abend auch gesehn.«

»Das habe ich natürlich, Mademoiselle«, antwortete Percy, ohne sie anzusehen. »Ihre Vorstellung hat mich beeindruckt. Doch die Frage habe ich an diese Dame hier gerichtet.«

Endlich einmal ein grober Keil auf den groben Klotz, ging es Elise durch den Kopf. Noch nie hatte sie miterlebt, dass jemand La Goulue so unverblümt in ihre Schranken gewiesen hatte.

Gleichzeitig spürte sie, dass sie errötete. »Elise Lambert ist mein Name.« Ihre Stimme klang belegt. »Ich freue mich, dass meine Vorstellung Ihnen gefallen hat.«

Unter dem intensiven Blick aus den Augen ihres Gegenübers errötete sie noch stärker. Sie waren von einem leuchtenden Grün, wie es Elise vorher noch nie gesehen hatte. Zwar war sie es mittlerweile gewohnt, dass sich so manch ein Verehrer mit einem Blumenstrauß, an dem eine Einladung hing, nach der Vorstellung um ihre Gunst bemühte. Doch bislang war sie nie in Versuchung gewesen, dem nachzugeben.

»Monsieur Oller nennt das Moulin Rouge inzwischen eine Mischung aus Varieté und Bordell«, hatte Jane Avril eines Abends mit verächtlich gekräuselten Lippen in der Garderobe gesagt. Und dabei einen unmissverständlichen Blick auf La Goulue geworfen. Dass auch etliche Kolleginnen aus dem Ensemble von einem Gönner zum nächsten wechselten, war ebenfalls ein offenes Geheimnis.

Seit ihrer Trennung von André hatte Elise jedoch noch nie das Bedürfnis verspürt, ihn durch ein flüchtiges Abenteuer zu ersetzen. Erst recht nicht vor dem Hintergrund, dass sie schon jahrelang nichts von ihrer jüngeren Schwester Simone gehört hatte, die durch ihren Liebhaber und jetzigen Ehemann wahrscheinlich weiterhin zur Prostitution gezwungen wurde.

Bei dem jungen Mann, der sich als Perceval de Chambières vorgestellt hatte, spürte sie nun zum ersten Mal ein Flattern in der Magengrube. Er sah einfach unwiderstehlich gut aus mit seinen dunkelbraunen Locken, der schlanken Gestalt und vor allem den tiefgrünen Augen. Entgegen der gängigen Mode war er völlig glatt rasiert, was seine regelmäßigen Gesichtszüge zur Geltung brachte. Elise schätzte ihn auf Mitte zwanzig, also ungefähr so alt wie sie selbst.

Im Gegensatz dazu wirkte sein wesentlich älterer Begleiter eher grobschlächtig. Seine ganze untere Gesichtshälfte bedeckte ein dichter schwarzer Vollbart, der bereits von Silberfäden durchzogen war. Er war einen Kopf kleiner als Percy, seine Gestalt gedrungen.

»Und was führt die Herren nach Paris? Ich gehe doch recht in der Annahme, dass Sie nicht aus der Gegend stammen?« Lucienne war das im Gegensatz zu Elise nicht entgangen.

Percy bedachte Lucienne mit einem Lächeln. »Sie haben recht, Mademoiselle. Mein Cousin und ich stammen aus der Bretagne und halten uns nur kurz in Paris auf, bevor wir zu einer einjährigen Europareise aufbrechen.«

»Was ist denn in Europa so viel besser als in Paris?«, mischte sich La Goulue erneut ein.

»Das wird sich noch herausstellen, Mademoiselle. Vorläufig reisen wir weiter nach Nizza und von dort über die italienische Riviera nach Rom. Paris habe ich bereits im letzten Jahr während der Weltausstellung zur Genüge kennengelernt«, fügte Percy hinzu. Dann verzog er die Lippen bedauernd. »Zumindest habe ich es geglaubt. Damals gab es dieses wunderbare Varieté leider noch nicht.«

»Dann bleiben Sie doch einfach noch länger hier«, schlug La Goulue mit breitem Grinsen vor. »Das können Sie doch selbst bestimmen, oder nicht? Sie würden's nicht bereuen!« Sie zwinkerte ihm zu.

Elise wusste nicht, wohin sie ihren Blick richten sollte, so peinlich war ihr Louises Verhalten.

Auch Percys Cousin fand La Goulue offenbar aufdringlich. »Das wird leider nicht möglich sein, Mademoiselle.« Er warf einen bedeutungsvollen Blick auf Percy. »Unser Nachtzug verlässt Paris noch heute Abend.«

»Oh, das ist schade«, sprach La Goulue aus, was Elise fühlte. »Dann verpassen Sie ja die Quadrille. Ich hätt zu gern mal mit Ihnen getanzt.«

»Wir hatten schon gestern Abend das Vergnügen, die Vorstellung zu besuchen«, antwortete Georges de Cluny steif. »An einem Singspiel, wie es heute aufgeführt wird, wären wir außerdem nicht interessiert.«

»Das kann ich verstehn. Aber was wolln Sie denn heute Nachmittag hier?« Louise machte eine abschätzige Handbewegung in Richtung Bühne. »Dieses Gehopse ist doch viel langweiliger als der Cancan.«

Elise wäre vor Scham am liebsten im Boden versunken. Auch Lucienne hatte La Goulue inzwischen gründlich satt. Sie stand auf. »Ich muss mich jetzt leider verabschieden, meine Herren. Das Gehopse, wie meine werte Kollegin die Ballettaufführungen zu nennen beliebt, wird nämlich von mir geleitet.« Damit wandte sie sich brüsk ab und strebte der Bühne zu, wo die Tänzerinnen gerade wieder Aufstellung nahmen.

»Ist doch wahr!«, murmelte La Goulue, während Percy sie spöttisch, Georges sie finster betrachtete.

»Aber es soll doch auch noch eine andere Vorführung geben. Man sagte uns gestern Abend, hier in diesem Elefanten!« Percy wies auf das riesige Tier aus Gips. »Deshalb hab ich Georges überredet, noch mal herzukommen. Er fungiert sozusagen als mein Aufpasser. Damit ich nicht über die Stränge schlage.«

Georges de Cluny knurrte, La Goulue feixte. »Sie meinen den Bauchtanz! Da gibts nur wenig Plätze, die sind wahrscheinlich längst ausgebucht. Aber wenn Sie wolln, versuch ich mal mein Glück!«

Elise sah sie ungläubig an. Zur Bauchtanzvorführung waren ausschließlich Männer zugelassen. Sie kostete außerdem einen zusätzlichen Franc Eintritt pro Person.

»Das ist eine gute Idee!« Zum ersten Mal betrachtete Percy La Goulue wohlwollend. Er erhob sich und bot Elise den Arm. »Dann lassen Sie uns gehen.«

Einen Moment lang zögerte Elise. Auch sie war schon länger neugierig auf die Vorstellung der Bauchtänzerin, die sich La Tonkinoise nannte. Sie stammte allerdings keineswegs aus Asien. Ihr Vater war ein Geflügelhändler in Montmartre, hieß es.

Aber den Eingang ins Innere des Elefanten bewachte ein streng blickender Herr in steifem Anzug und Zylinder. Elise befürchtete, dass er sie und La Goulue zurückweisen würde.

Doch wieder einmal hatte sie Louise unterschätzt. Ohne einen weiteren Blick auf den Ziegenbock Guillaume, den sie achtlos neben einem inzwischen geplünderten Blumenkübel angebunden hatte, schritt sie mit hocherhobenem Kopf auf den Elefanten zu.

Sie flüsterte dem Wächter etwas ins Ohr und gab Percy dann einen Wink. Zehn Francs wechselten den Besitzer. Percy folgte La Goulue erwartungsvoll, Georges mit zusammengekniffenen Lippen die steile gewundene Treppe empor, auf der man nur hintereinander gehen konnte. Als Letzte folgte Elise, die sich ein wenig beklommen fühlte. Schließlich erreichten sie eine kleine Plattform. Ein schwerer Vorhang verdeckte den Eingang zum Bühnenraum.

»Die nächste Vorstellung beginnt in ein paar Minuten«, raunte La Goulue. »Erst müssen die andern Zuschauer raus.«

Elise hoffte, dass Percy nicht merkte, wie sehr sie seine körperliche Nähe gleichzeitig faszinierte und verwirrte. Sie stand dicht neben ihm, roch sein herbes Parfüm und spürte die Muskeln seines Arms, den er ihr wieder gereicht hatte. Sie senkte den Kopf, damit er im Dämmerlicht ihre Miene nicht erkennen konnte.

Endlich kamen die Zuschauer der jüngsten Vorstellung heraus. In der Enge stieß ein feister Herr fast mit Elise zusammen. *»Pardon!«* Dann musterte er sie einen Augenblick lang verblüfft, bevor er sein Gesicht rasch abwandte. Elise kam der Mann bekannt vor, ohne dass sie ihn gleich einordnen konnte.

Erst als sie hinter Percy in den Zuschauerraum trat, kam ihr ein Geistesblitz. Rasch drehte sie sich um, doch der Herr war bereits die Treppe hinuntergegangen. Ich hätte schwören können, das war Père Zacharie. Dann verwarf sie diesen absurden Gedanken wieder.

Ihr blieb keine Zeit, um weiter darüber nachzugrübeln. Vor der winzigen Bühne gab es nur fünfzehn dicht nebeneinanderstehende Stühle in drei Reihen. Es waren die gleichen wie im Garten. Elise schnitten die Metallstäbe der Lehne in den Rücken, als sie auf der geflochtenen runden Sitzfläche in der letzten Reihe Platz nahm. Der kleine Raum füllte sich rasch, die Herren nahmen ihre Hüte ab, um den Zuschauern hinter ihnen nicht die Sicht zu versperren.

Dann ertönte von irgendwoher orientalische Musik. Während der kleine Zuschauerraum weitgehend verdunkelt wurde, richtete sich ein kreisrunder Lichtstrahl auf die Bühne, in den nun eine spärlich bekleidete Frau trat. Sie trug durchsichtige türkisfarbene Pumphosen und ein reich mit silbernen Pailletten besticktes Oberteil, das Bauch, Rücken und Schultern anscheinend frei ließ. Erst bei näherem Hinsehen erkannte man das fleischfarbene Trikot, das die nackte Haut simulierte.

Nach einem eleganten Knicks vor dem Publikum begann La Tonkinoise zu tanzen. Sie schwenkte nicht nur die Hüften, sondern ihren ganzen Körper in fließenden Bewegungen, hob die Arme verführerisch über den Kopf und wirbelte mit wehenden offenen Haaren um die eigene Achse. Dabei präsentierte sie immer wieder ihr straffes Hinterteil, das der dünne Stoff gut zur Geltung brachte. Obwohl von völlig anderem Stil, erinnerten Elise ihre Tanzfiguren an die Verrenkungen, die Valentin, der Knochenlose, während des Cancans mit La Goulue zeigte.

Nach ungefähr zehn Minuten endete der Tanz nach einem letzten Sprung mit einem Fall auf die Unterschenkel, wobei La Tonkinoise den Kopf zwischen den Knien verbarg. Die Figur war sicher nicht so schwierig wie der Spagat, aber durchaus effektvoll.

Sobald der Applaus einsetzte, erhob sich die Bauchtänzerin, verneigte sich und zog dann hinter ihrem Rücken ein schimmerndes Tuch hervor, das sie wie eine Schale zwischen den Händen hielt. Ein letztes Mal drehte sie sich und bewegte ihr Hinterteil nach allen Seiten.

Percys Cousin Georges, der rechts neben Elise saß, atmete schwer. Seine Zungenspitze ragte unter dem Vollbart hervor, seine ganze Miene wirkte – lüstern, wurde Elise klar. Peinlich berührt wandte sie sich ab und wagte nicht, auch Percy ins Gesicht zu blicken, aus Sorge, den gleichen Ausdruck zu sehen.

Als sich La Tonkinoise ihnen wieder zuwandte und auffordernd ihr Tuch hob und senkte, sprangen die meisten Männer auf und warfen Münzen hinein. Etliche trafen die Tänzerin zuerst an ihren vollen Brüsten, was Elise nicht für einen Zufall hielt. Erst als keine Geldstücke mehr in Richtung Bühne flogen, verdunkelte sich der Lichtkreis, und die Gaslampen zu beiden Seiten des Auditoriums flammten auf. Die ganze Vorstellung hatte nicht länger als eine Viertelstunde gedauert.

Als Elise den Elefanten verließ, mussten sich ihre Augen erst wieder an das gleißende Licht der Spätnachmittagssonne gewöhnen. Sofort fiel ihr La Goulues finstere Miene auf. Doch schon wurde sie abgelenkt. Percy schlug seinem Cousin mit voller Wucht auf die Schulter. »Na, Georges, das hat sich doch auch für dich gelohnt. War den kaputten Anzug wert, oder nicht?«

Als er keine Antwort erhielt, wandte sich Percy an Elise. »Nichts gegen Ihre wunderbare Präsentation gestern Abend, meine Teuerste, aber dies hier war noch weitaus verführerischer.«

Elise war zum ersten Mal nach einer Äußerung Percys betreten. Louise zeigte sich robuster.

»Sie sollten doch noch 'n paar Tage bleiben, meine Herrn. Dann zeigen wir Ihnen, wie verführerisch der Cancan ist. Mit dem Hintern wackeln können wir auch, nicht wahr, Elise?«

Die spürte, wie ihr das Blut ins Gesicht schoss. Bevor ihr eine passende Antwort einfiel, sprang Percy für sie in die Bresche. »Sie sollten sich mäßigen!«, wies er La Goulue zurecht. »So benimmt sich keine Dame.«

Während La Goulue der Mund vor Verblüffung offen blieb, verneigte er sich vor Elise und zog ihre Hand an die Lippen. »Leider müssen wir jetzt gehen, *ma chère*. Aber seien Sie versichert, ich werde auf der Rückreise hier noch einmal Station machen, um Sie wiederzusehen. Nehmen Sie derweil meine Karte.« Er zog eine goldbedruckte Visitenkarte aus seiner Westentasche und reichte sie ihr.

»Kann ich auch eine haben?« Louise hatte sich wieder gefasst und zu ihrer alten Dreistigkeit zurückgefunden. Widerstrebend gab Percy ihr ebenfalls eine.

Georges de Cluny zückte demonstrativ eine schwere goldene Taschenuhr. »Wir müssen uns sputen, Perceval. Ich muss mich noch umziehen, wie du weißt« – er wies auf sein zerrissenes Jackett – »und kann nur hoffen, dass unser Gepäck schon weitgehend fertig ist, wenn wir ins Hotel zurückkehren. Unser Zug verlässt Paris in knapp drei Stunden.«

»Perceval nennt Georges mich nur, wenn er ärgerlich auf mich ist«, grinste Percy. Dann seufzte er theatralisch. »Aber leider hat mein Cousin recht, verehrte Mademoiselle Elise! Ich verabschiede mich bis zum nächsten Sommer um die gleiche Zeit! Geben Sie solange auf sich acht.«

»Der kommt nicht wieder«, prophezeite La Goulue, als sie den Herren mit finsterer Miene nachsah. »Jedenfalls nicht wegen dir«, fügte sie taktlos hinzu.

»Wegen dir aber auch nicht«, antwortete Elise schlagfertig.

»Das wolln wir ja mal sehn. Aber mit dem Zidler muss ich mal 'n ernstes Wort über meinen Lohn reden. Das bauchtanzende Weibsstück verdient mit dem ganzen Trinkgeld vielleicht sogar mehr als ich!«

Sie schnaubte. »Und meinen Hintern zeig ich jetzt auch, wie ich will. Da kann der Zidler sich auf den Kopf stellen. Was die kann, kann ich schon lange.«

Kapitel 10

IN DER GALERIE GOUPIL

ENDE JUNI 1890

»Monsieur van Gogh wird gleich Zeit für Sie haben, verehrte Madame Germain. Wenn Sie bis dahin hier Platz nehmen möchten?«

Der junge Mann, wahrscheinlich ein Assistent van Goghs, führte Valérie zu einer Sitzecke. Sein Angebot eines Getränks lehnte sie ab.

Eine kleine Weile beobachtete Valérie Vincents Bruder, der offenbar gerade mit einem Kunden verhandelte. Dann schweiften ihre Gedanken ab.

Die letzten Wochen hatte sie intensiv genutzt, um sich all das Wissen anzueignen, das ihr offenbar trotz ihres Kunststudiums entgangen war. Gleich am Tag nach dem Gespräch mit ihrem Vater hatte sie dazu als Erstes den gemeinsamen Besuch mit Baptiste im Pariser Salon genutzt.

Pflichtschuldigst betrachtete sie zunächst die beiden Ölgemälde von seiner Hand, die zur diesjährigen Ausstellung gehörten. Beide stellten nackte Frauen in Gegenwart bekleideter Männer dar. Ein Bild zeigte die Frau jedoch nur von hinten in einer Szene aus der griechischen Mythologie. Hier erwachte durch den Einfluss der Liebesgöttin Aphrodite angeblich gerade eine Statue zum Leben. Die Namen der Protagonisten konnte Valérie sich nicht merken.

Das zweite Bild stieß sie zutiefst ab, noch mehr als Baptistes ähnliche Gemälde zuvor. Es war erneut eine Szene auf einem Sklavenmarkt. Diesmal stand die entblößte Frau jedoch vor einem Kaufinteressenten, der ihre Zähne befühlte. Valérie hätte sich am liebsten vor Ekel geschüttelt, auch angesichts der lüsternen Blicke der Besucher ringsum. Aber sie beherrschte sich. Lediglich ihre Miene versteinerte.

Baptiste erkannte trotzdem ihren Abscheu und verstärkte ihn noch durch seine süffisante Bemerkung: »Du siehst, meine Liebe, dass solche Szenen aus dem Orientalismus so beliebt sind, wie ich es dir immer gesagt habe. Das Bild gehört zur Sammlung, die ich gerade für die Eremitage in St. Petersburg anfertige.« Er warf sich stolz in die Brust. »Aber ich hätte es in der kurzen Zeit der Ausstellung schon ein halbes Dutzend Mal anderweitig verkaufen können.«

Erst nachdem sich Valérie weitere Gemälde im akademischen Stil angesehen hatte, die Baptiste gefielen, war er bereit, sie auch zu Werken von Malerinnen zu führen. Er fand auf Anhieb allerdings nur das Skandalgemälde.

Valérie musste sich ehrlicherweise eingestehen, dass auch sie die Szene *Am Seziertisch* eher abstieß. Das Bild stammte von einer Deutschen namens Annie Hopf. »Eines dieser Malweiber von Julian«, kommentierte Baptiste es noch einmal verächtlich.

Erneut fühlte Valérie Erbitterung in sich aufsteigen. Sicher war das Gemälde der Deutschen ausdrucksstark, ihre Malweise gekonnt. Aber unter ästhetischen Gesichtspunkten konnte es mit Valéries abgelehntem Abschlussgemälde nicht mithalten. Wer würde sich ein Werk mit einem solchen Motiv in seinen Salon hängen?

Hätte sie sich vor ihrem Besuch nicht den diesjährigen Katalog des Salons angesehen, wäre es bei diesem einen Werk einer weiblichen Ausstellerin geblieben. So hatte sich Valérie wenigstens die Standorte dreier weiterer Malerinnen aus dem Katalog gemerkt.

Madeleine Lemaires diesjähriges Bild zeigte einen Wildblumenstrauß im akademischen Stil. Hübsch, aber nichtssagend, fand Valérie, als sie ihn mit Vincents vor Farben sprühenden Bildern verglich. Aber das Gemälde fiel auf, da es in der zweiten Reihe gleich auf Augenhöhe präsentiert wurde.

Länger musste sie nach dem Porträt einer norwegischen Sopranistin suchen, das von einer Schweizerin namens Louise Catherine Breslau stammte. Es hing in der fünften Reihe und war nur zu betrachten, wenn sie den Kopf so weit in den Nacken legte, dass sie fast ihren Hut verlor.

Ebenso wie das *Bildnis eines Malers in einem Pariser Atelier* von der Deutschen Ottilie Roederstein. Bemerkenswert daran war, dass der Maler Ottilie offenbar Modell gesessen hatte. Damit drehte die Künstlerin die traditionellen Rollen um, nämlich die zwischen weiblichem Modell und männlichem Künstler.

Natürlich hatte Baptiste auch dafür nur Verachtung übrig. »Niemals würde ich mich für so etwas hergeben.«

Valérie verzichtete auf den Hinweis, dass Frauen nicht nur regelmäßig in Baptistes Atelier Modell saßen, sondern dabei auch völlig nackt waren. Sie schlichen sich über die Hintertreppe ins Haus und blieben somit insbesondere für Valérie unsichtbar. Ein Schild an der Tür verbot jedem in solchen Situationen den Zutritt ins Atelier. Blieben die Frauen über Mittag, musste eines der Dienstmädchen ihnen ein Essenstablett vor die Tür stellen.

Nach dem Besuch im Salon hatte Valérie täglich Stunden damit verbracht, Baptistes Sammlung der Kataloge früherer Ausstellungen zu studieren. Sie begann mit dem Pariser Salon vom Vorjahr. Angesichts der mehrere Tausend Gemälde umfassenden Sammlung quälte sie sich stundenlang durch die schier endlose Menge der aufgeführten Kunstwerke. Sie suchte dabei auch gezielt nach den Namen der ihr inzwischen bekannten Malerinnen. Selbst die

Ausländerinnen hatten tatsächlich schon etliche Jahre hintereinander ausgestellt, auch die umstrittene Künstlerin mit der Sezierszene. Alle hatten ausschließlich Ölgemälde eingereicht, wie auch im diesjährigen Salon.

Ansonsten musste Valérie Baptiste widerwillig recht geben. Die meisten französischen Künstlerinnen hatten Aquarelle oder Keramikmalereien eingereicht, ihr Name tauchte in der Mehrzahl der Fälle nur einmal auf. Motive waren Stillleben aller Art und Porträts, ab und zu auch Mutter-Kind-Szenen. Sie fand kein einziges Werk einer Frau mit einem historischen Motiv.

Allerdings war ein Gemälde der Malerin Breslau im Jahr 1881 sogar lobend erwähnt worden. Eine solche *Mention honorable* war die Vorstufe zu einer der drei Medaillen in den Varianten Bronze, Silber und Gold, mit denen besonders gelungene Werke prämiert wurden.

Breslaus Gemälde *Porträt der Freunde* sprach Valérie zwar an, entsprach aber nicht dem klassischen akademischen Stil, den sie zumindest für eine solche Auszeichnung für erforderlich gehalten hatte. Sie verstand das System des Salons und der Jurys immer weniger.

Auch zwei Werke Baptistes waren ausgezeichnet worden. Sogar mit je einer Goldmedaille, zuletzt im Jahr 1882. Dieses Gemälde erkannte Valérie wieder, da ihr Vater es seinerzeit in seiner Galerie verkauft hatte.

Es war – wie nicht anders zu erwarten – erneut die Darstellung einer Frau, die splitternackt vor einer Horde bekleideter Männer stand, und zeigte angeblich eine Szene aus dem antiken Griechenland. Wieder hielt sich die gerade gewaltsam entblößte Frau vor Scham den Arm vor die Augen. Diese Pose hatte es Baptiste offenbar angetan. Valérie schauderte es.

Doch nicht nur der Jury und den Kritikern schienen solche

Motive zu gefallen. Aufgrund seiner ausgezeichneten Leistungen als Künstler war Baptiste im Jahr 1885 sogar zum Ritter der französischen Ehrenlegion ernannt worden. Ihr Vater hatte dies Valérie gegenüber seinerzeit als einen der Vorzüge ihres zukünftigen Gemahls angepriesen, erinnerte sie sich jetzt. Den dazugehörigen Orden trug Baptiste bei jeder festlichen Gelegenheit, an die linke Brustseite des Jacketts geheftet.

Erst als sich Valérie genügend informiert glaubte, um sich nicht erneut zu blamieren, suchte sie das Gespräch mit Suzanne Valadon und berichtete der Freundin von ihren Nachforschungen. Suzanne reagierte betroffen.

»Es tut mir so leid, Valérie. Aber ich hatte nicht die geringste Ahnung, dass du über die Verhältnisse im Pariser Salon so wenig Bescheid weißt.«

»Also war auch dir bekannt, dass Frauen dort schon seit langer Zeit ausstellen.« Valérie spürte einen bitteren Geschmack im Mund.

»Das habe ich zwar gewusst, aber es spielte für uns in Montmartre nie eine Rolle. Keiner von uns beabsichtigte, je ein Bild dort einzureichen, da die Jury es wegen unserer Malstile nicht akzeptiert hätte. Und Frauen wurden dort schon immer benachteiligt, das hast du eben selbst erwähnt.« Sie zögerte, sprach dann aber weiter. »Deshalb hat Henri« – es fiel ihr sichtlich schwer, den Namen auszusprechen – »dir mit den *Sabinerinnen* doch geholfen, damit du zumindest eine Chance hättest.«

»Wenn ich meinen Vater richtig verstanden habe, der ja von Henris Unterstützung nichts weiß, war die Qualität meines Gemäldes so gut, dass genau das der Grund war, es abzulehnen. Man wollte einer Frau nicht öffentlich zugestehen, so gut malen zu können.« Valérie spürte, dass ihr die Tränen kamen.

Suzanne griff tröstend nach ihrer Hand. »Die Jury des Pariser

Salons gilt als korrupt und intolerant«, wiederholte sie etwas, das Valérie schon wusste. »Schon als noch der französische Staat die Mitglieder bestimmt hat, ging es dort nicht mit rechten Dingen zu. Aber seit man vor zehn Jahren die Société des Artistes Français mit der Organisation betraut hat, werden selbst die konservativen Künstler in Paris immer unzufriedener mit dem alten Salon. Deshalb hat sich eine neue Gesellschaft gegründet, die Société Nationale des Beaux-Arts, die in diesem Jahr zum ersten Mal ihre eigene Ausstellung organisiert.«

»Aha!« Mehr brachte Valérie nicht heraus. Was war denn noch alles an ihr vorbeigegangen?

Suzanne betrachtete sie prüfend. »Warum ...« Sie brach ab. »Aber das spielt jetzt auch keine ...«

»Warum ich das alles nicht wusste?«, brach es aus Valérie heraus. »Weil ich mich all die Jahre wie ein dummes Schaf verhalten habe. Nun gut«, relativierte sie, »bis ich einundzwanzig war, hat meine Mutter mir nicht erlaubt, Zeitung zu lesen. Das durfte ich erst ab dem Sommer 1887. Da war der Salon, der mein Gemälde abgelehnt hat, schon vorbei.«

Sie schluchzte auf.

»Und danach hab ich vermieden, etwas über den Pariser Salon zu lesen oder anderweitig in Erfahrung zu bringen. Die Ablehnung der *Sabinerinnen* tat mir zu weh. Aber« – jetzt fiel ihr etwas ein – »als ich noch in der Galerie meines Vaters mitgearbeitet habe, äußerte manch ein Kunde sein Befremden darüber, dass die Jury das Gemälde zurückgewiesen hatte.« Sie schlug sich an die Stirn. »Allein das hätte mich stutzig machen müssen. Denn nie sagte jemand ›wie schade, dass der Salon keine Frauen zulässt‹, sondern nur ›mich wundert, dass dieses Werk nicht ausgestellt wurde‹ oder so ähnlich.« Valérie atmete tief durch. »Andererseits hätte mir die Wahrheit auch nicht geholfen, wenn ich sie früher erfahren hätte. Oder«, plötzlich kam ihr eine Idee, »darf man ein abgelehntes Gemälde noch einmal einreichen?«

Suzanne überlegte. »Das weiß ich nicht. Ob man auch über alle Ablehnungen Buch führt und diese Listen bei jeder neuen Einreichung prüft ...« Sie stockte. »Aber was würde dir das denn nützen? Du willst dich doch gar nicht im akademischen Stil als Malerin etablieren. Da hab ich eine viel bessere Idee!«

Und genau diese Idee hatte Valérie heute hierher in die Galerie Goupil zu Theo van Gogh geführt. Jetzt kam er strahlend auf sie zu.

»Was verschafft mir dieses unerwartete Vergnügen?«

Aufmerksam hörte er Valéries Anliegen an.

»Aber selbstverständlich bin ich bereit, mir ein Urteil über Ihr Abschlussgemälde zu bilden. Sie sagen, es ist in der Galerie Ihres Vaters ausgestellt? Wäre Ihnen ein Treffen dort morgen am Nachmittag recht?«

IN DER KUNSTGALERIE DUMAS

ENDE JUNI 1890, AM NÄCHSTEN TAG

»Wunderbar! Ganz wunderbar!« Theo van Gogh steckte die Lupe wieder ein, die er mitgebracht hatte. »Das Motiv, die Bildkomposition, die Maltechnik, alles ist perfekt. Das Gemälde ist fünfzigmal besser als viele, die im diesjährigen Salon präsentiert worden sind.«

Er wandte sich an Alphonse Dumas. »Hat man Ihnen denn nie ein Angebot für dieses fantastische Werk gemacht?«

Valéries Vater errötete. »Doch … schon«, antwortete er zögernd. »Aber wir wollten es nicht verkaufen«, schönte er die Wahrheit.

Theo wandte sich an Valérie. »Und wie ist das jetzt, Madame Germain?«

Valérie straffte den Rücken. »Jetzt wüsste ich zumindest gern, was man dafür bieten würde.«

Alphonse hob die Hand. »Dafür scheint mir mein Geschäft nicht der richtige Ort zu sein, Valérie. Als dein Vater könnte man mich für befangen halten, wenn ich einen Preis aushandle.« Theo fiel ein. »Das verstehe ich gut, mein lieber Dumas. Ist der Preis zu gering, könnte ein Käufer denken, Sie achten das Werk Ihrer Tochter nicht hoch genug. Verlangen Sie zu viel, könnte man glauben, dass Sie Valéries Kunst überbewerten. Also möchte ich Ihnen beiden einen Vorschlag machen.«

Er lächelte über das ganze Gesicht. »Was halten Sie davon, wenn ich das Werk bei Goupil in Kommission nehme? Ich könnte verschiedene Angebote sammeln und Ihnen zur Kenntnis geben, Madame Germain. Dann können Sie immer noch über einen Verkauf entscheiden.«

»Wie wunderbar!« Valérie klatschte vor Freude in die Hände. »Das ist eine ausgezeichnete Idee. Damit bin ich von Herzen einverstanden.«

Theo verbeugte sich. »Dann werde ich das Gemälde in den nächsten Tagen abholen lassen. Darf ich Sie und Ihr Mädchen noch nach Hause bringen, Madame Germain? Meine Droschke wartet draußen.«

Valérie fiel zwar auf, dass ihr Vater verhalten beim Abschied reagierte und sich sehr förmlich von Theo verabschiedete. Aber in ihrer Euphorie machte sie sich keine Gedanken darüber. Erst später würde sie begreifen, was es damit auf sich gehabt hatte.

Kapitel 11

IM FOYER DES MOULIN ROUGE

27. JULI 1890

Als Elise das Foyer des Moulin Rouge betrat, fiel ihr Henris neues Gemälde sofort ins Auge. Gestern Abend vor der Vorstellung hatte sie nur einen kurzen Blick darauf werfen können, da es von vielen Besuchern umringt gewesen war. Heute war sie eigens schon lange vor dem Beginn der Vorstellung eingetroffen, um es in Ruhe betrachten zu können.

Das Gemälde war noch größer als das an der gegenüberliegenden Wand hängende aus dem Zirkus Fernando, das der Eigner Joseph Oller schon zur Eröffnung des Moulin Rouge erstanden hatte. Die Szene auf dem neuen Bild spielte direkt hier im Varieté. Sie zeigte einen Ausschnitt aus der allabendlichen Quadrille, wobei im Zentrum des Gemäldes jedoch nur La Goulue mit ihrem Tanzpartner Valentin, dem Knochenlosen, abgebildet war. Elise unterdrückte einen Anflug von Eifersucht.

Valentin trug wie üblich seinen schwarzen Anzug mit Zylinder und wirkte noch dürrer als in Wirklichkeit. La Goulue war dagegen vor allem an ihrem Dutt zu erkennen, zu dem sie ihre rötlich blonden Haare vor jeder Vorstellung zusammenband. Er saß ihr aber diesmal nicht auf dem Oberkopf, sondern wie ein Pferdeschwanz am Hinterkopf.

Elise wunderte sich. Mit dieser Frisur behalf sich La Goulue eigentlich nur, wenn sie in der Öffentlichkeit einen Hut aufsetzen musste. Auch ihre Kleidung war keineswegs charakteristisch für ihre abendlichen Auftritte. Sie trug ein zwar kniekurzes, aber sehr schlichtes hellbraunes Kleid mit langen Ärmeln. Selbst die voluminösen Unterröcke waren nur angedeutet. Ins Auge fielen die knallroten Strümpfe. Sie verstießen sogar gegen die Kleiderordnung des Moulin Rouge, die schwarze Strümpfe vorschrieb. Rote hätte Charles Zidler selbst bei La Goulue nicht geduldet.

»Und, wie gefällt es dir?«

Elise fuhr herum. Sie hatte Henri de Toulouse-Lautrec nicht kommen hören.

»Es ist« – sie suchte nach dem richtigen Wort – »interessant.« Zwar glaubte sie heute nicht mehr, dass Henri gar nicht malen könne. Dennoch hatte sie mit seinem Stil noch immer ihre Probleme. Aber das wollte sie ihm um keinen Preis eingestehen.

Henris strahlende Miene wurde ernst. »Also gefällt es dir nicht?«

»Es ist ungewöhnlich. So habe ich Louise Weber noch nie auftreten sehen.«

Henri spitzte die Lippen. »Die Cancan-Figur heißt meines Wissens ›Gitarre‹. La Goulue zeigt sie jeden Abend gleich mehrere Male.«

»Natürlich, das meinte ich auch gar nicht. Aber ihre Kleidung …«

Henri lächelte spöttisch. »Joseph Oller bietet mir die beste Gelegenheit, meine Werke zu präsentieren, die ich jemals hatte. Da kommt keine der avantgardistischen Ausstellungen mit, an denen ich mich bisher beteiligen durfte. Jeden Abend gehen Hunderte von Besuchern hier vorbei. Wenn ich La Goulue so gemalt hätte, wie sie in Wahrheit auftritt, würde man das Gemälde als Verstoß gegen die guten Sitten betrachten. Du weißt doch, es gilt sogar als verpönt, wenn eine Dame ihre Fußknöchel zeigt. Und hier sieht man immerhin Louises Unterschenkel bis zum Knie.«

»Aber jeder Zuschauer weiß doch, was Louise während der Vorführungen wirklich trägt.«

Henri grinste breit über das ganze Gesicht. »Ist dir noch nie aufgefallen, wie bigott die sogenannte gute Gesellschaft ist? Nach außen wahrt man den Schein, nach innen frönt so mancher dem Laster.«

So wie du auch, lieber Henri, dachte Elise. Sie wusste, dass der kleinwüchsige, verkrüppelte Mann regelmäßiger Gast in Montmartres Bordellen war.

»Also hoffst du, dass du mit diesem Gemälde weitere Auftraggeber anlocken kannst?«, fragte sie stattdessen.

Henri zuckte die Achseln. Er musste den Kopf ein wenig in den Nacken legen, um Elise in die Augen schauen zu können. Sie überragte ihn beinahe um Hauptеslänge. »Das wird sich zeigen.« Dann wandte er sich erneut dem Gemälde zu. »Ist dir denn sonst gar nichts aufgefallen?« Als Elise nicht gleich reagierte, setzte er nach. »Kommt dir niemand anderes bekannt vor?«

»Doch!« Elise schlug sich an die Stirn. »Da, die vier Herren mit Zylinder, sind sie nicht ebenfalls regelmäßige Gäste hier?«

Henri nickte. Doch er sah sie weiterhin erwartungsvoll aus seinen dunkelbraunen Augen an. Obwohl er aufgrund seiner Kurzsichtigkeit einen Kneifer trug, waren sie das Schönste an seinem grob wirkenden Gesicht mit der zu großen Nase und dem zottigen dunklen Vollbart.

Elise sah noch einmal genauer hin. Wieder durchfuhr sie ein Stich. Im Hintergrund stand auch eine Dame im schwarzen Cape. Erst jetzt gestand sie sich ihre Eifersucht ein. Sie selbst war nicht abgebildet. Doch sie hätte sich eher die Zunge abgebissen, als sich bei Henri darüber zu beklagen.

Stattdessen zeigte sie mit dem Finger auf die Gestalt. »Ist das Jane Avril?«

Er nickte schmunzelnd.

»Aber Jane schaut doch niemals La Goulue bei der Quadrille zu. Schon gar nicht im Cape, als wolle sie gleich heimgehen.«

Henri schürzte die dicken Lippen. »Das nennt man künstlerische Freiheit, Elise.«

Doch er schien ihre Gedanken erraten zu haben. »Wenn ich noch mal ein Gemälde vom Tanz im Moulin Rouge anfertige, bist du auch drauf.«

Elise errötete. Dann schaute sie auf die große Uhr über dem Eingang in den Ballsaal. »Das wäre sehr nett. Aber jetzt muss ich mich sputen, um mich umzuziehen. Du weißt ja, wie Charles Zidler es hasst, wenn wir unpünktlich sind.«

Auf dem Weg in ihre Garderobe spürte sie Henris Blick in ihrem Rücken. Würde ich mich wirklich darüber freuen, wenn er mich malt? Auch wenn ich in Wahrheit gar nicht so aussehe wie auf dem Bild? Eine klare Antwort darauf fand sie nicht.

Zu diesem Zeitpunkt konnte sie nicht ahnen, dass Henri sein Versprechen erst fünf Jahre später einlösen würde.

IN DER GALERIE GOUPIL

28. JULI 1890

Valérie sah sich suchend um, konnte ihr Gemälde *Raub der Sabinerinnen* jedoch nirgends entdecken. Es stand nicht mehr an seinem ehemaligen Platz. Ein ungutes Gefühl beschlich sie.

Sollte Theo van Gogh es inzwischen verkauft haben? Aber nein, das würde er niemals tun, ohne mich vorher um mein Einverständnis zu bitten. Außerdem waren wir für heute verabredet.

Die Sache hatte sich zunächst sehr gut angelassen. Schon drei Tage nach ihrer Begegnung im Kunsthandel ihres Vaters hatte van Gogh ihr Gemälde abholen lassen und an prominenter Stelle in der Galerie Goupil ausgestellt. Vorher hatte Valérie mit ihm vereinbart, ihre Identität zunächst geheim zu halten. Sie wollte in Erfahrung bringen, ob und was potenzielle Kaufinteressenten für das Bild bieten würden, ohne zu wissen, dass es von einer Frau stammte. Vereinbarungsgemäß hatte Theo ihre Signatur VDumas verdeckt.

Vor einer Woche hatte Valérie ihn zuletzt aufgesucht. Tatsächlich hatten bereits fünf Kunden ihr Interesse angemeldet. Das höchste Angebot lag bei fünfhundert Francs.

»Das ist zwar immer noch viel zu wenig für ein Gemälde in dieser Qualität. Aber das liegt daran, dass die Leute von einem noch unbekannten Maler ausgehen. Und leider ist das Bild ja auch nicht im Pariser Salon vertreten gewesen.«

Trotzdem hatte sich Valérie über die Angebote gefreut. Sie hatten beschlossen, das Bild noch eine weitere Woche in der Galerie Goupil zu belassen. Erst dann wollte Valérie endgültig darüber entscheiden, ob es verkauft werden sollte oder nicht. Zu diesem Zweck war sie heute hierhergekommen.

Jetzt trat ein Angestellter der Galerie auf sie zu. »*Bonjour*, Madame Germain. Was kann ich denn noch für Sie tun?«

Noch für mich tun? Eine merkwürdige Frage! »Ich hätte gern Monsieur van Gogh gesprochen. Wir waren für heute verabredet.«

Der Gesichtsausdruck des Verkäufers trübte sich ein. »Es tut mir sehr leid, Madame Germain, aber Monsieur van Gogh musste gestern überraschend verreisen. Sein Bruder Vincent hatte einen Unfall.«

Valérie erschrak. »Einen Unfall? Was ist denn geschehen?«

Der Mann wich ihrem Blick aus. »Darüber bin ich leider nicht befugt, Ihnen Auskunft zu geben.«

Valérie überlegte. Soviel sie wusste, lebte Vincent schon lange nicht mehr in Arles, sondern in einem Ort namens Auvers-sur-Oise. Der lag zwar nicht weit von Paris entfernt, aber wenn Vincent sich schwer verletzt hatte, war mit einer Rückkehr Theos in den nächsten Tagen wohl nicht zu rechnen. Ein möglicher Verkauf des Gemäldes würde also auf sich warten lassen. Aber was spielte das für eine Rolle, wenn Theo schon wieder mit Sorgen um seinen älteren Bruder abgelenkt war?

»Ich hoffe, es ist Ihnen genehm, wenn mein Gemälde vorerst noch in der Galerie verbleibt. Wo hängt es denn jetzt?«

Nun wirkte der Mann überrascht. »Das Gemälde *Raub der Sabinerinnen*? Aber das hat Ihr werter Gatte doch schon in der vergangenen Woche abgeholt.«

IN DER KUNSTGALERIE DUMAS

28. JULI 1890, WENIG SPÄTER

»Was fällt ihm ein? Wie konntest du das zulassen?«

Valéries Stimme klang so schrill, dass ihr Vater beschwichtigend einen Finger auf die Lippen legte. »Nun beruhige dich doch, meine Liebe. Ein Kunde könnte hereinkommen und dich hören.«

»Ein Kunde?« Valéries Stimme überschlug sich fast. »Du hast mich verschachert, weil dir Kunden und Geld längst ausgegangen sind! Da kann es dir doch egal sein, ob jemand mitbekommt, was hier geschehen ist!«

Einen Moment lang huschte ein schmerzlicher Ausdruck über Alphonses Gesicht. Dann richtete er sich gerade auf. »*Hier* ist gar nichts geschehen«, betonte er. »Wenn ich einmal davon absehe, dass Baptiste mich Anfang letzter Woche zum ersten Mal seit längerer Zeit in der Galerie aufgesucht hat und dein Gemälde vermisste. Ich hatte es zwar befürchtet, war aber dennoch sehr betroffen darüber, dass er über deine Absprache mit Theo van Gogh nicht Bescheid wusste. Wie konntest du ihm das nur verheimlichen?«

»Es geht ihn nicht das Geringste an!«, schnappte Valérie.

Nun stand ihr Vater entschlossen auf und drehte das Schild an der gläsernen Eingangstür auf *Fermée.* Dann setzte er sich ihr gegenüber, nachdem er sie selbst in einen Sessel genötigt hatte.

»Was soll Baptiste nichts angehen? Liebste Valérie! Du scheinst tatsächlich nicht verstanden zu haben, dass du das Einverständnis deines Ehemanns zum Verkauf des Bildes gebraucht hättest. Nach dem *Code Civil* ist eine verheiratete Frau nicht selbst geschäftsfähig. Ich dachte, das wüsstest du inzwischen!«

»Aber ... aber ... Das Bild war mein Eigentum, bevor ich Baptiste geheiratet habe.«

Ihr Vater schüttelte resigniert den Kopf. »Das spielt vor dem Gesetz keine Rolle. Alles, was du besitzt, geht in die Verfügungsgewalt deines Gatten über. Also hätte Theo van Gogh immer Baptistes Zustimmung benötigt, um das Gemälde verkaufen zu können. Ja, sogar schon, um es in Kommission zu nehmen!«

Valérie stockte der Atem. Darüber hatte sie nie mit Theo gesprochen. Er war wahrscheinlich davon ausgegangen, dass sie die Angelegenheit einvernehmlich mit Baptiste geklärt hatte. Dafür sprach auch, dass er ihr keine Nachricht geschickt hatte, nachdem Baptiste das Bild abgeholt hatte.

Sie sog scharf die Luft ein und sprang auf. »Dann muss ich das mit Baptiste klarstellen. Denn so was lasse ich mir nicht gefallen. Er hat kein Recht, mich so zu behandeln.«

Sie war schon auf dem Weg zur Tür, als ihr Vater sie am Arm festhielt.

»Valérie! So beruhige dich doch! Baptiste mag zwar altmodisch sein, aber er ist kein schlechter Mensch! Du solltest ihn nicht so gegen dich aufbringen! Das ist eine solche Lappalie nicht wert! Bleib gelassen und diplomatisch! Dann frisst er dir bald wieder aus der Hand!«

STADTPALAIS VON BAPTISTE GERMAIN

28. JULI 1890, AM ABEND

Es war fast sieben Uhr, als Baptiste endlich nach Hause kam. Valérie, die bei geöffneter Tür wie eine Tigerin im Käfig in ihrem Damensalon hin und her gewandert war, stürzte in die Halle hinunter.

»Wo sind die *Sabinerinnen*?«, schnauzte sie ihn ohne Begrüßung an.

Baptiste musterte sie von oben bis unten. »An einem sicheren Ort«, antwortete er barsch. »Wo du keinen weiteren Missbrauch damit treiben kannst. Doch nun mäßige dich und zieh dich um. Das Souper wird in einer halben Stunde serviert.«

»Ich denke gar nicht daran! Du hast mir nichts zu befehlen! Bevor du mir mein Bild nicht zurückgegeben hast, lege ich auf deine Gesellschaft nicht mehr den geringsten Wert.«

Plötzlich fiel ihr Blick auf den Diener Gilbert, der gekommen war, um Baptiste Hut und Gehrock abzunehmen. Der Mann wirkte verängstigt und schüttelte unmerklich den Kopf.

Valérie verstand ihn auch ohne Worte. Sie wusste von Gilbert, dass Baptiste ihr Gemälde in seinem eigenen Atelier untergebracht hatte. Nun befürchtete der Diener wohl, sie würde Baptiste dies in ihrem Zorn vorhalten und ihn damit in Schwierigkeiten bringen.

Ihr Gatte folgte Valéries Blick und wies Gilbert mit herrischer Stimme an, im Dienstbotenzimmer zu warten. Dort hatten sich die Bediensteten bereitzuhalten, um jeden Wunsch ihrer Herrschaft zu erfüllen, sobald nach ihnen geklingelt wurde.

Dann fasste Baptiste Valérie grob am Arm, zerrte die sich Sträubende die gewundene Treppe hinauf in ihren Salon und stieß die Tür mit dem Fuß zu.

»Was fällt dir ein! Du tust mir weh!« Nachdem Baptiste sie auf die Chaiselongue gestupst hatte, rieb sich Valérie den Arm.

Er stellte sich mit vor der Brust gekreuzten Armen vor sie und fixierte sie. »Diese Frage muss eigentlich ich stellen. Was fällt *dir* ein, hinter meinem Rücken Geschäfte machen zu wollen und mich soeben so respektlos zu behandeln? Dazu noch vor den Ohren der Dienerschaft!«

»Das Gemälde ist mein Eigentum«, schleuderte ihm Valérie, nun schon wider besseres Wissen, entgegen. »Du hattest kein Recht …«

Baptiste verzog spöttisch die Lippen und fiel ihr ins Wort. »Darf ich dich auf zwei Dinge aufmerksam machen, meine Liebe! Zum Ersten« – seine Stimme troff vor Sarkasmus – »eine Ehefrau hat kein Eigentum. Ohne das Einverständnis ihres Gatten kann sie keinerlei Geschäfte tätigen«, wiederholte er die Vorhaltungen ihres Vaters. »Und zum Zweiten« – jetzt hob er den rechten Zeigefinger – »hast du mir mit der Trauformel Gehorsam geschworen. Damit war Schluss mit deinen Allüren rund um die Hochzeit. Hast du das schon vergessen?«

Noch gab Valérie nicht auf. »Und du hast mir versprochen, dass ich weiterhin als Malerin tätig sein darf. Dazu gehört auch das Verfügungsrecht über meine Werke. Sonst hätte ich dich niemals geheiratet.«

»Du vergisst, dass du dann schon bankrott auf der Straße säßest! Mein Vater hat meinem Wunsch nur widerstrebend nachgegeben, deiner Familie durch einen hohen zinslosen Kredit die Aufrechterhaltung ihres Lebensstandards zu ermöglichen. Das konnte ich nur erreichen, weil ich sein einziger Erbe bin und meinen Eltern Enkelkinder versprochen habe.«

Valérie unterdrückte ein Schaudern.

»Im Gegenzug haben meine Eltern von dir als meiner Ehefrau Hingabe und Dankbarkeit erwartet. Sie sind zunehmend indigniert darüber, dass du keines dieser Gefühle zu empfinden scheinst. Geschweige denn, aufrichtige Liebe zu mir! Außerdem machen sie sich Sorgen darüber, dass sich noch keine Schwangerschaft eingestellt hat. Das führen sie auf deine Gefühlskälte zurück. Schon mehrmals hat meine Mutter mir ins Gewissen geredet, dich zur Räson zu bringen. Bisher habe ich Abstand davon genommen, doch wenn du mir keine Wahl lässt …«, er ließ den Satz unvollendet.

Trotz ihres Zorns war Valérie gewarnt. In der Tat hatte sie sich bei Begegnungen mit Baptistes Eltern wenig Mühe gegeben, die glückliche Ehefrau zu spielen. Ohne auch nur einen Gedanken daran zu verschwenden, wie das auf ihre Schwiegereltern wirken könnte. Obwohl sie sich in der Hochzeitsnacht eigentlich etwas anderes vorgenommen hatte. Es ist mir offenbar nicht gelungen, gestand sie sich nun ein.

Sie ballte die Hände zu Fäusten und versuchte mühsam, sich zu beruhigen. Ohne auf seine Vorhaltungen einzugehen, fragte sie:

»Wo ist das Gemälde jetzt? Und mit welcher Begründung hast du es bei Goupil abgeholt?«

Baptiste lächelte schmal. »Die *Sabinerinnen* befinden sich in meinem Atelier. Theo van Gogh gegenüber habe ich natürlich behauptet, du hättest mich um die Abholung gebeten, da *wir*« – er betonte das Wort – »inzwischen von einem Verkauf absehen wollen. Van Gogh hat dies mit keiner Silbe infrage gestellt.«

Damit bestätigte sich Valéries Verdacht.

»Und was soll jetzt mit dem Bild geschehen?«

»Das liegt allein bei dir. Wenn du dich gut benimmst, habe ich vor, Gilbert zu bitten, es hier in deinem Damensalon aufzuhängen.« Er wies zur gegenüberliegenden Wand. »Wenn nicht, bleibt es bei mir unter Verschluss.«

»Ich hätte es lieber in meinem Atelier«, bat Valérie mit schwacher Stimme.

Baptistes Antwort entsetzte sie zutiefst. »Solange du dich nicht besser benimmst, bleibt auch dein Atelier unter Verschluss.«

Valérie spürte, dass alle Kraft von ihr wich. »Aber … Aber du hast versprochen …«, stammelte sie.

»Wenn du dein Versprechen des Gehorsams einhältst, halte ich mich ebenfalls an meine Zusagen. Doch ich muss sichergehen, dass du in deinem Atelier das Richtige tust. Daher habe ich beschlossen, dich regelmäßig zu beaufsichtigen, sofern du weiter malen möchtest. Ich biete dir sogar die Hilfestellung an, die du noch nötig hast.«

Valérie saß wie erstarrt. Sie spürte eine Gänsehaut am ganzen Körper.

Baptiste sprach ungerührt weiter. »Zuerst möchte ich an deine Ausbildung bei Cormon anknüpfen, nach der du offenbar einiges wieder verlernt hast. Du wirst möglichst naturgetreue Kopien der Gemälde anfertigen, die ich dir zur Verfügung stelle.«

»Welcher … welcher Gemälde?«

Baptiste erriet ihre Gedanken und lächelte überheblich. »Keine Szenen mit Aktdarstellungen. Da kann ich dich beruhigen. Das schickt sich sowieso nicht für eine Frau. Am besten beginnst du mit Stillleben im Stil von Madeleine Lemaire.«

Valérie nickte schwach. Sie spürte, dass Baptiste es bitterernst meinte. Wenigstens verlangt er keine Kopien dieser schrecklichen Sklavenmarktszenen!

»Aber meine Großzügigkeit ist an die Bedingung geknüpft, dass du fürderhin deine Pflichten als Ehefrau vorbildlich erfüllst. Weichst du weiterhin davon ab, werde ich andere Seiten aufziehen müssen! Doch wenn du dich zusammennimmst und fleißig übst, winkt dir am Ende sogar der Lorbeerkranz.«

»Der Lorbeerkranz?«, echote Valérie verständnislos.

»Die Annahme eines deiner Gemälde im Pariser Salon. Das ist doch dein Herzenswunsch, nicht wahr? Mit meiner Hilfe kannst du das vielleicht schon in wenigen Jahren erreichen.«

Er hob die Hand, als sie den Mund öffnete.

»Danke mir heute noch nicht! Vor dir liegt ein Stück harter Arbeit. Und nun zieh dich um! Die Köchin hat das Abendessen sicher schon lange fertig.«

IM MOULIN ROUGE

30. JULI 1890

»Was ist denn heute mit Henri los? Er sieht aus, als ob ihn etwas völlig niederdrückt. Dabei hat er sich doch gerade erst so sehr über sein neues Bild im Foyer gefreut.«

La Goulue hob gleichgültig die Schultern. »Keine Ahnung. Frag ihn doch, wenn du's wissen willst.«

In der nächsten Tanzpause folgte Elise diesem Rat. Zum ersten Mal, seit Charles Zidler die Quadrille um zehn Uhr abends eingeführt hatte, war sie nicht durch Henris begeisterten Ruf eingeleitet worden. Stattdessen saß er schon den ganzen Abend lang mit von der Tanzfläche abgewandtem Gesicht auf seinem Barhocker und starrte mit gesenktem Kopf auf die Theke. Dabei kippte er ein Glas Cognac nach dem anderen hinunter.

»Henri, was ist mit dir? So kennen wir dich ja gar nicht! Was für 'ne Laus ist dir über die Leber gelaufen?« Elise wählte bewusst eine burschikose Art der Anrede.

Henris Antwort traf sie wie ein Schlag in den Magen. »Vincent ist tot. Er hat sich vor drei Tagen mit einer Pistole in die Brust geschossen und ist gestern daran gestorben.«

»Was sagst du da?« Obwohl ihr Vincent van Gogh in seiner Zeit in Paris nie besonders sympathisch gewesen war, war Elise entsetzt. »Aber … Aber warum denn nur?«

»Jo Bonger, die Frau von Vincents Bruder Theo, meint, er habe den fehlenden Erfolg als Maler nicht verkraftet. Kannst du dir vorstellen, dass er achtzig Bilder in siebzig Tagen gemalt hat?«

»Achtzig Bilder? Warum denn so viele?«

»Er hat wohl gehofft, dass Theo sich selbstständig machen und dann in seiner Galerie endlich Vincents Werke verkaufen würde. Sein jetziger Chef Goupil hat es Theo ja verboten. Doch die Sache hat sich zerschlagen. Theo selbst hatte nicht genug Geld, und sein Schwager ist ausgestiegen.«

Elise war erschüttert. »Aber seine Gemälde haben mir immer gut gefallen.« Das war die reine Wahrheit, auch im Vergleich zu denen von Henri. »Hat er denn nie was verkaufen können?«

»Soviel ich weiß, nur ein einziges Bild. Das muss Vincent so erschüttert haben, dass er schließlich diesen fatalen Entschluss gefasst hat. Theo ist noch vor Ort und organisiert die Beerdigung.« Obwohl sich Henri, wie gewohnt, gewählt ausdrückte, lallte er leicht.

»Du solltest nicht so viel trinken, Henri!« In der Regel ignorierte Elise Henris immer exzessiver werdenden Alkoholkonsum. Aber heute Abend waren ihr die Worte spontan entschlüpft.

Wie immer zeigte sich Henri immun gegen solche Warnungen. Er verzog die Lippen zu einem grotesk wirkenden Lächeln und hob sein Glas. »Eines der größten Malergenies, die die Welt je gesehen hat, wenn nicht das größte Genie überhaupt, hat uns gerade verlassen. Wie soll man das ohne Cognac ertragen?«

Damit leerte er auch dieses Glas in einem Zug und winkte der Kellnerin an der Bar für eine neue Flasche.

TEIL 2

Hoffnung und Träume

Kapitel 12

ATELIER VON EDGAR DEGAS

11. FEBRUAR 1891

Valérie widerstand dem Impuls, ihre Hände zu Fäusten zu ballen, anstatt sie entspannt im Schoß liegen zu lassen, während Edgar Degas ihre Skizzen begutachtete. Zu viel hing heute für sie von seinem Urteil ab.

Hätte sie aufgeblickt, hätte sie gesehen, dass Suzanne Valadon, die sie ins Atelier des Künstlers in der Rue Victor Massé begleitet hatte, ihr beruhigend zulächelte. Doch sie war zu aufgeregt, ihr Herzschlag dröhnte ihr in den Ohren.

Was würde sein, wenn der Altmeister der Impressionisten, der sich inzwischen weit über Frankreich hinaus einen Namen gemacht hatte, ihre Werke für unzureichend erachtete? Zumal nach dem viel zu frühen Tod von Theo van Gogh, der seinem Bruder Vincent nur ein halbes Jahr später im Januar nach kurzer schwerer Krankheit ins Jenseits gefolgt war. Damit hatte Valérie einen der wenigen Verbündeten verloren, die ihr Talent als Malerin schätzten.

Wäre sie dann dazu verdammt, ihr Lebtag Kopien nach Fotografien von Gemälden anzufertigen, die ihr Baptiste aushändigte, wie er es im vergangenen Sommer begonnen hatte? Ironischerweise hatte er nämlich die gleiche Methode gewählt wie die von ihm verachtete Malerin Annie Hopf bei ihrem Werk *Am Seziertisch*, das ebenfalls eine Fotografie zur Vorlage hatte.

Zunächst hatte Baptiste ihr tatsächlich das Kopieren eines Rosenstilllebens von Madeleine Lemaire aufgetragen. Die Skizzen, die Kohlezeichnung und schließlich das Gemälde selbst waren Valérie noch leichtgefallen und hatten ihr sogar Spaß gemacht. Denn Blumensträuße hatte sie schon als kleines Mädchen gemalt und mit diesem Motiv auch nach ihrer Begegnung mit Vincent kurz vor dessen Tod wieder angefangen.

Deshalb konnte sie noch verhältnismäßig leicht darüber hinwegsehen, dass Baptiste sowohl ihre Farbauswahl als zu grell als auch ihre Maltechnik als zu wenig geleckt kritisiert hatte. Nachdem er schließlich nach diversen Versuchen mit dem Ergebnis einigermaßen zufrieden gewesen war, hatte er ihr Kopien seiner eigenen Gemälde aufgetragen. Beim ersten handelte es sich um das von Valérie schon während der Weltausstellung im Jahr 1889 als lächerlich empfundene Werk *Siegreicher Amor*, auf dem ein geflügelter bleicher Knabe eine Meute Raubkatzen beherrschte. Hier hatte Baptiste schon mehr auszusetzen, sowohl an ihrer Bildkomposition, die sie nach eigenem Geschmack ein wenig verändert hatte, als auch an ihrer Weigerung, den Hintergrund nur in dunklen Farben zu malen. Natürlich auch weiterhin an ihrer Pinseltechnik. Damit kämpfte Valérie seit ihrer Ausbildung an der Akademie Cormon. Sie bekam einfach den Kniff nicht heraus, wie man malte, ohne dass auch nur ein einziger Pinselstrich erkennbar war.

Das jüngste Werk brachte sie jedoch an den Rand der Verzweiflung. Es war ein sehr komplexes Gemälde, das das Ende eines Gladiatorenkampfs in einem römischen Amphitheater zeigte. Valérie erinnerte sich, dass ihr Vater dieses Bild schon vor vielen Jahren in seiner Galerie verkauft hatte. Es zählte zu denjenigen, mit denen Baptiste Germain berühmt geworden war. Sie selbst stieß die Grausamkeit der dargestellten Szene ab, bei der eine aufgehetzte Menge einschließlich dreier Vestalinnen forderte, dass der unterlegene Krieger getötet wurde. Gemäß der dazugehörigen Geste hatte Baptiste das Gemälde *Daumen nach unten* genannt.

Anfangs wehrte sie sich sogar gegen dieses Bild, da ihr das Motiv zu unerfreulich und die Komposition zu komplex erschien. Baptiste musterte sie verächtlich: »Ich dachte, du würdest allergrößten Wert darauf legen, Historiengemälde zu schaffen, die selbst dich als Frau eines Tages in den Pariser Salon bringen. Daher dünkt mich, diese Vorlage ist eine ausgezeichnete Übung, bis du so weit bist, eigene Bildkompositionen anzufertigen.«

Jeden Tag gab Baptiste ihr Aufgaben auf, die er am nächsten Tag kontrollierte. Daher war Valérie in den letzten Monaten nur sehr wenig Zeit geblieben, um sich in ihrer eigenen Malweise zu üben.

»Beginn am besten mit Porträts!«, hatte Suzanne ihr bei einem ihrer selten gewordenen Treffen geraten. »Ja, ja« – sie hob abwehrend die Hände – »das ist zwar ein typisch weibliches Motiv, aber es wird dir sicher nicht schaden, dich darin zu üben. Es kommt nämlich nicht darauf an, ein Gesicht so verklärt wie möglich abzubilden, sondern den Charakter der Person, die du malst oder zeichnest, oder zumindest ihren Gemütszustand zum Ausdruck zu bringen.«

Valérie hatte schließlich mit sich selbst begonnen. Ihre Kohlezeichnung stellte sie leicht schräg von vorn mit einem schmalen, hohen Hütchen dar, das ihre ovale Gesichtsform betonte. Das Porträt zeigte ihre Figur bis in Brusthöhe, mit einem dunklen, um den Hals geschlungenen Tuch und einer schwarzen Pelerine um die Schultern. Zu beiden Seiten hatten sich Haarsträhnen aus der Frisur gelöst.

Ohne dass sie es besonders darauf angelegt hätte, wirkte ihr Gesichtsausdruck ratlos, genau so, wie sich Valérie im Augenblick fühlte, wenn sie an ihre Zukunft als Malerin dachte.

Suzanne Valadon hatte sie dagegen ganz aus dem Gedächtnis im linken Profil gezeichnet, mit dem energischen Zug um den Mund, den sie in jüngster Zeit als so charakteristisch für ihre Freundin empfand. Marie wiederum hatte sie schüchtern abgebildet, im rechten Profil mit dem typischen Häubchen des Dienstmädchens auf der strengen Frisur.

Diese drei Skizzen hatte sie heute mitgebracht.

Endlich blickte Degas auf und musterte Valérie prüfend mit seinen dunkelbraunen, fast schwarzen Augen. »Suzanne hat recht, Sie haben zumindest Talent, Madame Germain. Ich freue mich, dass Sie heute endlich den Weg zu mir gefunden haben. Meines Wissens ist es schon einige Jahre her, dass ich Ihnen das Angebot gemacht habe.«

Trotz ihrer freudigen Erleichterung spürte Valérie, dass sie errötete. »Es tut mir leid, Monsieur Degas. Aber ich habe mich bislang nicht getraut.«

»Nicht getraut?«

Valérie senkte den Kopf. »Schließlich hat der Pariser Salon mein Abschlussgemälde abgelehnt. Und danach hatte ich kaum mehr etwas vorzuweisen.«

»Das stimmt doch gar nicht«, protestierte Suzanne. »Denk nur an die vier Ansichten von Montmartre, die Père Tanguy bis heute für dich in seinem Lager aufbewahrt.«

Zu Valéries grenzenlosem Erstaunen nickte Degas. »Ich hab sie mir angeschaut, nachdem Suzanne mir davon berichtet hatte. Allerdings wirkt Ihr Stil darauf noch unreif. Mit diesen Zeichnungen sind Sie auf jeden Fall auf einem besseren Weg.«

Widerwillig musste sich Valérie eingestehen, dass Baptistes Unterricht zumindest in dieser Hinsicht nicht umsonst gewesen war. Tatsächlich hatte sie einige seiner Ratschläge umgesetzt, was offenbar die Qualität ihrer Skizzen erhöht hatte.

»Allerdings hätte ich trotzdem noch ein paar Anmerkungen«, fuhr Degas fort. »Möchten Sie sie hören?«

»Natürlich! Deshalb bin ich doch heute hierhergekommen!«

»Nun, dann gehe ich davon aus, dass dies nur Entwürfe sind und ich direkt etwas hineinkorrigieren darf.«

Auch dem stimmte Valérie zu. Diese Methode war ihr aus ihrem Studium noch vertraut.

Atemlos hing sie an Degas' Lippen, mit denen er seine Änderungen kommentierte. Es handelte sich dabei hauptsächlich um die Proportionen der Gesichtszüge und um Möglichkeiten, den gewünschten Ausdruck noch stärker zu betonen.

»Sie sollten einmal in Erwägung ziehen, in eines der Damenateliers in Montparnasse einzutreten«, schloss Degas seine Ausführungen in völliger Unkenntnis ihrer Situation ab.

Valérie glaubte, sich verhört zu haben, und starrte den Maler verständnislos an. »Ein Damenatelier? Meinen Sie die Akademie Julian?«

Degas schüttelte den Kopf. »Eine Akademie haben Sie ja bereits besucht. Viele Künstlerinnen, die ich kenne, vervollkommnen ihre Ausbildung danach in einer solchen Damenklasse. Sie wird in der Regel von berühmten Malern geleitet. Kürzlich habe ich zum Beispiel gehört, dass Henri Gervex ein Damenatelier eröffnet hat.«

Künstlerinnen … Damenateliers … Henri Gervex? Der Maler, der ihr Talent schon gelobt hatte, als sie ein kleines Mädchen gewesen war? Die Gedanken überschlugen sich in Valéries Kopf. Suzanne bemerkte ihre Verwirrung.

»Valérie ist über Montmartre und die Akademie Cormon bisher nicht hinausgekommen, Edgar. Erklär ihr doch einfach, was du meinst.«

Der Maler betrachtete Valérie erstaunt. »Sie waren noch nie in Montparnasse?«

Suzanne legte ihm die Hand auf den Arm. »Nein, Edgar, darüber weiß sie noch gar nichts. Bitte erklär ihr, was es mit der Künstlerinnenszene in Paris auf sich hat. So wie mir neulich.«

Sie sah auf und blickte Valérie an. »Ich wusste nämlich auch kaum was darüber.«

Degas stand auf. »Haben Sie schon einmal etwas von der Malerin Louise Catherine Breslau gehört?«

Valérie nickte schwach. »Ja, eines ihrer Gemälde wurde sogar im Pariser Salon lobend erwähnt.« Sie war heilfroh, dass sie wenigstens darüber inzwischen Bescheid wusste.

Degas zeigte auf ein Bild, das eine junge Frau in einem Kleid mit ausladendem Spitzenkragen neben einem bunten Strauß Chrysanthemen darstellte. »Das ist das Porträt einer Freundin von Louise Catherine. Die Frau hat jedenfalls nicht nur Talent, sondern auch Schneid.« Er lächelte verschmitzt.

»Sie hat sich nämlich nicht gescheut, mein eigenes Bild *Frau neben einer Vase mit Blumen* als Vorlage für dieses Gemälde zu nehmen. Und um der Wahrheit die Ehre zu geben, ihr Bild gefällt mir besser als meins.« Er zeigte Valérie eine Fotografie davon.

Das hätte ich mich nie getraut, ging es ihr durch den Kopf. Edgar schien ihre Gedanken zu erraten. »Gerade als Frau muss man etwas riskieren. Wissen Sie, wie ich auf Louise Catherine aufmerksam geworden bin?«

Ohne Valéries Antwort abzuwarten, fuhr er fort: »Sie hat vor einigen Jahren meinen ehemaligen Nachbarn gemalt, den englischen Dichter Henry Davison. Dabei hat sie das klassische Rollenbild als erste Frau, die ich kenne, umgedreht: ein männliches Modell für eine weibliche Malerin.«

»Oh! Ein ähnliches Bild hab ich in diesem Jahr im Salon gesehen. Aber der Name der Malerin war …«

»Sie meinen die Deutsche Ottilie Roederstein«, fiel Degas ihr ins

Wort. »Das ist auch eine jener Damen aus der weiblichen Künstlerkolonie von Montparnasse. Viele Ausländerinnen kommen hierher, weil sie nur in der Akademie Julian und den ihr angeschlossenen Damenateliers eine Ausbildung ohne die Frauen auferlegten Einschränkungen erhalten können. In Paris geht es dabei sehr viel liberaler zu als zum Beispiel in Deutschland, wo Frauen fast nirgendwo zum Kunststudium zugelassen werden. Also sollten Sie wirklich einmal über…« – Mitten im Wort hielt er inne und betrachtete Valérie erneut prüfend. »Aber Sie wären wahrscheinlich heute nicht hier, wenn Ihr Gatte Ihre Malerei unterstützen würde.«

Valéries Augen wurden feucht. »Sie haben recht, Monsieur Degas. Baptiste und auch mein Vater lehnen bis heute alle avantgardistischen Malrichtungen ab.«

»Nun, das wäre eigentlich kein Hinderungsgrund, sich in einem Damenatelier einzuschreiben. Viele namhafte Künstler betreiben mittlerweile ein solches Atelier. Auch Rodolphe Julian hat es verstanden, bekannte Maler, die an der École des Beaux-Arts im klassischen Stil studiert haben, als Lehrer zu gewinnen. Wenn Sie den akademischen Stil beherrschen, ist das auf jeden Fall eine gute Grundlage, um danach erfolgreich mit Ihrer eigenen Malkunst davon abzuweichen.«

Er strich sich über seinen inzwischen fast weiß gewordenen, kurz geschnittenen Vollbart. »Aber es ist wahrscheinlich die Freizügigkeit, die in der Akademie Julian und in einigen Damenklassen herrscht, die Ihr Gatte und auch Ihr Vater ablehnen. Abends soll es sogar gemischte Klassen geben, die an Aktmodellen beiderlei Geschlechts üben.«

Valérie unterdrückte ein Schluchzen. »Deshalb hat mein Vater die Akademie Julian für mein Studium nie in Betracht gezogen. Bei Cormon durfte ich männliche Aktstudien nur anhand von Statuen betreiben.«

»Nun, trotzdem lag er mit seiner Auswahl grundsätzlich richtig«, entgegnete Degas zu ihrer Verblüffung. »Denn die Damenklassen bei Julian sind völlig überfüllt und die Ausbildung keineswegs so fundiert wie bei Cormon«, wiederholte er ein Argument, das auch ihr Vater Alphonse vorgebracht hatte. »Was Sie dort als Frau nicht durften, könnten Sie in Montparnasse nachholen.«

Suzanne räusperte sich vernehmlich. »Es tut mir leid, dass ich euch unterbrechen muss. Aber ich sollte jetzt gehen und Maurice bei meiner Mutter abholen.«

Valérie sah erschrocken auf. Es war schon fast sechs Uhr. Sie musste schleunigst heim, um vor Baptiste einzutreffen und sich zum Abendessen umzuziehen.

»Ich … Ich danke Ihnen von ganzem Herzen, Monsieur Degas. Und darf ich … darf ich …«

»Natürlich dürfen Sie wiederkommen, sobald Sie meine Anleitungen umgesetzt oder sogar etwas Neues gezeichnet haben. Aber nenn mich in Zukunft bitte Edgar.«

Obwohl Valérie, so rasch es ihr möglich war, nach Hause hastete, sah sie schon von Weitem, dass sie zu spät kam. Gerade spannte der Kutscher Clement den Wallach vor Baptistes Einspänner aus, um das Pferd in den hinter dem Stadtpalais gelegenen Stall zu bringen.

Drinnen erwartete Baptiste Valérie mit schlecht verhohlenem Zorn. Marie schlüpfte schnell in die Dienstbotenkammer, während Valérie sich sehr gerade aufrichtete.

»Wo kommst du denn jetzt erst her?«, schnauzte Baptiste sie ohne Begrüßung an.

»Ich habe Suzanne besucht«, flüchtete sich Valérie in eine Halbwahrheit und bemühte sich, Baptiste dabei fest in die Augen zu schauen. »Wir haben uns gegenseitig unsere Skizzen gezeigt«, fügte sie mit klopfendem Herzen hinzu, als sein Blick auf ihre Mappe fiel.

»Du solltest lieber in deinem Atelier arbeiten, anstatt deine Zeit mit solch unnützen Besuchen zu vergeuden.« Zum Glück ließ Baptiste es dabei bewenden.

»Und nun zieh dir schleunigst dein schönstes Abendkleid an! Prinz Alexei, der Cousin des russischen Zaren, hat uns für heute Abend ins Moulin Rouge eingeladen.«

Kapitel 13

IM MOULIN ROUGE

11. FEBRUAR 1891, ZWEI STUNDEN SPÄTER

Valérie sah sich mit einer Mischung aus Neugier und Traurigkeit um, als sie am Arm von Baptiste fast eineinhalb Jahre nach ihrer Verlobung das Moulin Rouge zum ersten Mal wieder betrat. Im Foyer fiel ihr sofort ein neues Gemälde auf, das nur von Toulouse-Lautrec stammen konnte. Sie erkannte seinen Stil auf Anhieb.

Auch Baptiste bemerkte es und äußerte sich verächtlich. »Was für ein schamloses Werk! Dieser Schmierfink scheut wirklich vor nichts zurück.«

Valérie fehlten die Worte. Schamlos?

Baptiste lieferte die Erklärung gleich nach. »Keine anständige Frau in Paris zeigt ihre Unterschenkel.«

Angesichts der nach Valéries Ansicht wirklich schamlosen Darstellung nackter Frauen auf vielen Gemälden Baptistes lag ihr eine scharfe Erwiderung schon auf der Zunge. Dann zügelte sie sich im letzten Moment. Ich muss diplomatisch sein, nahm sie sich, wie so häufig, vor. Schließlich ist Prinz Alexei ja genau wegen solcher Bilder nach Paris gekommen und trifft sich mit Baptiste.

Das hatte ihr Gatte ihr während des hastigen Imbisses erzählt, den sie anstatt des üblichen Soupers noch im Stadtpalais eingenommen hatten. »Auch dein Vater profitiert sehr davon. Ich habe den Prinzen heute in seine Kunstgalerie mitgenommen. Außer den beiden Bildern, die er vorher schon bei mir bestellt hat, hat er dort auch eine *Geburt der Venus* erworben.«

Gemeint war natürlich nicht das berühmte Werk von Alexandre Cabanel, das Valérie bereits aus der Akademie Cormon kannte, sondern eine andere der unzähligen Darstellungen dieses Motivs. Der Name des Malers sagte Valérie jedenfalls nichts, als sie Baptiste danach fragte.

Sobald sie den großen Saal betraten, war ihre Aufmerksamkeit abgelenkt. Ein livrierter Diener empfing sie, den Prinz Alexei offenbar eigens ausgeschickt hatte, um sie an seinen Tisch zu bringen. Es war ironischerweise die gleiche Nische, in der Baptiste Valérie damals seinen Heiratsantrag gemacht hatte.

»*Enchanté*, Madame Germain. Ich bin entzückt«, begrüßte sie der Prinz, der eigentlich ein Großherzog war, wie Baptiste erwähnt hatte. Nach dessen vorheriger Anweisung sank sie in einen tiefen Knicks. Alexei zog ihre Hand in dem weißen, bis zum Ellenbogen reichenden Handschuh an seine Lippen und drückte einen so kräftigen Kuss darauf, dass Valérie fast ins Straucheln geriet, als sie sich wieder aufrichtete. In letzter Sekunde befreite sie ihren Absatz, der sich in den Unterröcken ihres fliederfarbenen Abendkleids verfangen hatte. Sie ignorierte Baptistes ärgerliches Schnauben, mit dem er auf ihr Malheur reagierte.

Der Russe war ohne weibliche Begleitung im Moulin Rouge erschienen, stellte Valérie fest, als sie sich an dem Tisch niederließ, auf dem bereits Champagner, Kaviar und feines Weißbrot warteten. Da normalerweise keine Speisen im Varieté angeboten wurden, machte man anscheinend zu Ehren des hohen Gastes heute eine Ausnahme.

Unseligerweise mochte Valérie Kaviar überhaupt nicht und lehnte dankend ab, als der livrierte Diener ihr vorlegen wollte. Alexei bedachte sie mit einem anzüglichen Blick, der von ihrem

Gesicht zu ihrem freizügigen Dekolleté wanderte und einen Augenblick zu lange darauf verharrte.

»Die Damen haben es wahrlich nicht leicht in solch einer Garderobe. Sie verdirbt vielen den Appetit.«

Obwohl er es nicht direkt ansprach, begriff Valérie sofort, dass er auf die enge Schnürung ihres Korsetts anspielte, die diese Abendrobe erforderte. Sie errötete, senkte den Blick auf den Tisch und war froh darüber, dass sich die Konversation zwischen Baptiste und dem Großherzog schnell dem heutigen Programm zuwandte. Wie fast alle Mitglieder des russischen Adels sprach der Prinz nahezu akzentfrei Französisch.

Schon die Eröffnungsnummer erwies sich als anders als diejenige, die Valérie von ihrem ersten Besuch in Erinnerung hatte. Zuerst trat eine ihr noch unbekannte Tänzerin namens Jane Avril vor dem versammelten Corps als Solistin auf. Ihr folgte La Goulue, die Valérie sofort wiedererkannte, und zu ihrer Freude schließlich auch Elise Lambert, die sich offenbar als Solotänzerin behauptet hatte.

Obwohl Valérie alles andere als eine Expertin für Cancan war, den sie selbst noch nie getanzt hatte, bemerkte sie sofort, dass Elise sich als Tänzerin weiter vervollkommnet hatte. Sie freute sich darüber, da sie Elise schon zu den Zeiten sympathisch gefunden hatte, als diese ihren Lebensunterhalt noch als Aktmodell und Kellnerin verdient hatte, und gönnte ihr den Erfolg von Herzen.

Auch um sich von den weiterhin anzüglichen Blicken des Prinzen abzulenken, folgte sie dem Programm mit großem Interesse. Besonders gut gefiel ihr der Auftritt eines Bauchredners. Die Vorführung des Pétomanen löste gemischte Gefühle in ihr aus, da sie sich auch ein wenig davon abgestoßen fühlte. Als der Kunstfurzer zum Abschluss die Marseillaise intonierte, konnte sich Prinz Alexei vor Lachen kaum halten.

»Ihr Franzosen seid ein komisches Völkchen«, japste er. »In Russland würden wir jeden, der eine uns heilige Melodie dermaßen verunglimpft, sofort nach Sibirien verbannen.«

Baptiste nahm es mit einem säuerlichen Lächeln und ohne weiteren Kommentar zur Kenntnis.

Nach dem Pétomanen trat La Goulue mit einem Solo auf. Angewidert bemerkte Valérie den unverhohlen lüsternen Blick des Russen, als die Tänzerin mehrfach ihr Hinterteil präsentierte, das nur von einem durchsichtigen Schlüpfer mit einem aufgestickten rosa Herz bedeckt war. Obwohl dies die Aufmerksamkeit des Großherzogs eine Zeit lang von ihrem Dekolleté abgelenkt hatte, war sie erleichtert, als danach eine Sängerin die Bühne betrat. Ein Herr im Abendanzug, offenbar der Direktor, kündigte sie als Yvette Guilbert an, ein weiterer Star im Moulin Rouge.

Über den Text des Chansons lachte der Russe erneut, Baptiste stimmte gekünstelt ein. Das Lied, in einer Art Sprechgesang vorgetragen, der manchmal zu schrill klang, handelte von einer Kutsche, in der sich zunächst ein Liebespaar vergnügt, bis es zu einem tödlichen Unfall kommt, als das Gefährt einen Mann überrollt. Nachdem die Dame in der Kutsche entdeckt hat, dass es sich dabei um ihren Gatten handelt, freut sie sich, weil sie sich mit ihrem Geliebten jetzt nicht mehr verstecken muss. Sie gibt ihm den Auftrag, den Kutscher sogar mit einem Hundert-Sous-Stück zu entlohnen.

Während auch der Großteil des Publikums herzlich lachte, überlegte Valérie unwillkürlich, wie es ihr gehen würde, wenn Baptiste überraschend ein Unglück zustieße. Wäre sie danach auch erleichtert? Wünschte sie ihm wirklich den Tod? Schnell verdrängte sie den Gedanken.

Zum Glück beanspruchte das Programm wieder ihre Aufmerksamkeit. Nach ein paar weiteren Nummern, darunter ein zweites

Chanson von Yvette Guilbert, trat als letzte Solotänzerin noch einmal Jane Avril auf, deren ungewöhnliche Vorführung Valérie faszinierte. Sie hatte schon den Mund geöffnet, um ihre Bewunderung zum Ausdruck zu bringen, als der Prinz abfällig sagte: »Da ist mir die mit dem komischen Chignon auf dem Kopf lieber. Die zeigt wenigstens, was sie hat.« Tatsächlich brachte Jane Avril es fertig, eine überaus akrobatische und gleichzeitig künstlerische Tanznummer zu präsentieren, ohne dabei auch nur einen Streifen nacktes Fleisch zu zeigen. Doch offenbar traf dies nicht den Geschmack des russischen Fürsten.

Danach gab es eine kleine Pause. Die Uhr zeigte ein paar Minuten nach zehn. »Das Leben ist schön, hier kommt die Quadrille!«, hörte Valérie plötzlich eine ihr wohlbekannte Stimme rufen. Sie konnte Henri de Toulouse-Lautrec von ihrem Platz aus zwar nicht sehen, wusste aber sofort, dass er es war.

Doch statt einer Tanzvorführung geschah erst einmal etwas anderes. Wieder erschien der Moderator auf der Bühne. »Ich danke Ihnen sehr für Ihre Ankündigung der Quadrille, verehrter Comte de Toulouse-Lautrec.« Er verneigte sich nach rechts, wo Valéries ehemals bester Freund wohl saß. »Doch heute habe ich die außerordentliche Ehre, noch einen weiteren hochadeligen Gast im Moulin Rouge begrüßen zu dürfen. Es ist der Cousin des russischen Zaren Alexander III., Großherzog Alexei Romanow. Deshalb wird die Kapelle zunächst ein bekanntes russisches Tanzlied zum Besten geben, um unseren hohen Gast damit zu erfreuen. Die Melodie nennt sich *Kalinka.*«

Sofort begann die Kapelle eine Weise zu spielen, die langsam begann und sich, ähnlich wie viele Cancan-Melodien, zum Ende hin immer schneller bis zu einem furiosen Abschluss steigerte. Die Musik gefiel Valérie. Auch Prinz Alexei zeigte sich davon sehr angetan. Er sprang auf und klatschte, wie das restliche Publikum, im Rhythmus mit. Der Applaus war kaum verebbt, als er seinem livrierten Diener etwas zuflüsterte. Valérie verfolgte dessen Weg durch den leeren Tanzsaal bis hin zum Direktor, der sich unmittelbar in Richtung ihres Tisches begab.

»Monsieur Zidler«, begann der Prinz, »mit dieser Nummer haben Sie mich wahrlich außerordentlich erfreut. Noch mehr würde ich mich darüber freuen, wenn Ihr fantastisches Ensemble zu dieser russischen Melodie einen Tanz aufführen würde. Sicher sind die Tänzerinnen so versiert, dass sie dies auch ohne vorherige Übung vermögen.«

Der Angesprochene verbeugte sich tief. »Ich denke, es wird dem Ensemble eine große Freude sein, Eure Hoheit.«

Elise hatte bereits Aufstellung für die naturalistische Quadrille genommen, die wie jeden Abend den Publikumstanz einleiten sollte, als Charles Zidler zwischen sie und Valentin trat. Ungeduldig winkte er Grille d'Égout und La Goulue hinzuzukommen.

»Was gibt's denn?«, maulte Louise.

»Prinz Alexei, unser heutiger hoher Ehrengast vom Hof des russischen Zaren, hat den Wunsch geäußert, dass das gesamte Cancan-Ensemble einen Tanz zu der eben gespielten russischen Musik improvisiert. Ich denke, es sollte selbstverständlich sein, diesem Wunsch nachzukommen. Alle Tänzerinnen sind dazu routiniert genug, nur Sie, lieber Valentin …«

Er unterbrach sich, als La Goulue schallend zu lachen begann. »Wir solln 'nen Tanz zu so 'ner primitiven Volksmusik vorführen? Was lässt der Kerl denn dafür springen?«

Zidler musterte sie empört. »Was fällt Ihnen ein, Mademoiselle Weber? Dafür gibt es keinen zusätzlichen Lohn.«

Als Reaktion drehte sich Louise auf dem Absatz um und verließ die Tanzfläche.

Elise starrte ihr verblüfft nach. Doch seit der Affäre mit dem englischen Kronprinzen im vergangenen Jahr durfte sie sich fast alles erlauben. Elise erinnerte sich.

IM MOULIN ROUGE

25. OKTOBER 1890, ETWA VIER MONATE FRÜHER

»Guck mal, wer da sitzt! Den kenn ich von einem Zeitungsfoto. Das ist der englische Kronprinz Edward!«

Selten hatte Elise Grille d'Égout so aufgeregt erlebt. Allerdings wäre der britische Thronfolger der bisher prominenteste Gast, der das Moulin Rouge besuchte.

Unbemerkt war inzwischen auch La Goulue zu den beiden gestoßen. Sie war heute Abend besonders übel gelaunt.

Denn Yvette Guilbert, die Sängerin, die Charles Zidler schon vor etlichen Monaten engagiert hatte, feierte in jüngster Zeit nach ihrem Fehlstart als britisches Kindermädchen im Moulin Rouge einen Triumph nach dem anderen.

Das lag zunächst an ihrer völlig veränderten Aufmachung: Anstatt als Karikatur einer englischen Nurse in einen vom Hals bis zum Saum zugeknöpften Mantel gekleidet zu sein, mit einer züchtigen Haube, die jede Haarsträhne verdeckte, trug sie jetzt elegant geschnittene, tief dekolletierte Abendroben in Weiß oder Crème. Ihr erdbeerblondes Haar war aus der Stirn gekämmt und zu einer schicken Lockenfrisur gelegt, was ihre regelmäßigen Gesichtszüge und die mandelförmigen dunkelbraunen Augen zur

Geltung brachte. Wenn sie ihr strahlendes Lächeln aufsetzte, sah man über die zu groß geratene Nase hinweg.

Wie La Goulue mit ihrem Dutt auf dem Oberkopf und Jane Avril mit ihren Hüten, die sie bei jedem Auftritt trug, hatte Yvette sich inzwischen ebenfalls ein Markenzeichen zugelegt: schwarze ellenbogenlange Handschuhe.

Solche Handschuhe in Schwarz zu tragen, war völlig ungewöhnlich für eine Dame. Die klassische Farbe für dieses Accessoire war Weiß. Allerdings wusste Elise, dass Yvette Schwarz ursprünglich aus einem ganz pragmatischen Grund gewählt hatte. »Weiße Handschuhe muss ich dauernd reinigen lassen«, hatte sie vor ihrem ersten Auftritt in der neuen Ausstattung erwähnt.

Sie war außerdem von der naiv anmutenden Schauspielerei als Kindermädchen zum Gesang übergegangen. Inzwischen verfügte sie über ein umfangreiches Repertoire von Liedern, aus dem sie Abend für Abend unterschiedliche Stücke vortrug.

Von Anfang an hatte sie mit dieser völlig veränderten Vorstellung Erfolg gehabt, sehr zu La Goulues Missfallen, deren Solo unmittelbar vor Yvettes Nummer lag. Ihren Durchbruch verdankte die Sängerin, wie La Goulue seinerzeit auch, einem derzeit sehr populären Journalisten des Journals *Gil Blas*. Er hatte sie eines Abends im Moulin Rouge gesehen und einen begeisterten Artikel über sie verfasst. Die einzige Genugtuung für die wütende La Goulue bestand darin, dass es nicht auch noch jener Charles Desteuque gewesen war, der ihr einst selbst zum Durchbruch verholfen hatte.

Genau heute hatte Yvette einen weiteren Triumph gefeiert: Aufgrund des großen Publikumserfolgs hatte Charles Zidler ihr ab sofort zwei Auftritte pro Abend eingeräumt. Anders als die Solos von Jane Avril und La Goulue, die im Hintergrund vom Tanzcorps begleitet wurden, stand die Sängerin dabei allein auf der

Bühne und erfreute sich dadurch der ungeteilten Aufmerksamkeit der Zuschauer. Wenigstens hatte sie damit keine der Cancan-Nummern verdrängt, sondern lediglich die eines weiblichen Clowns.

Während Jane Avril Yvettes Erfolg gleichmütig hinnahm, reagierte Louise Weber mit großer Eifersucht. Heute Abend gab sie sich keinerlei Mühe, ihren Missmut zu verbergen.

Doch jetzt war ihre Aufmerksamkeit geweckt. »Der *Filou* da soll der Prince of Wales sein?« Sie zeigte mit dem Finger auf den dickbäuchigen Mann mit der Halbglatze und dem bereits ergrauten Vollbart. »Den hätt ich mir aber ansehnlicher vorgestellt. Der hat ja richtige Glubschaugen!«

In ihrer Begeisterung über den hohen Besuch gab Grille ihr ungewohnt offen Auskunft: »Man nennt ihn den ewigen Thronfolger. Es heißt, seine Mutter Victoria lässt ihn nicht mitregieren. Obwohl er jetzt schon mindestens fünfzig Jahre alt ist. Ob er deshalb so ein ausschweifendes Leben führt, weil er sonst nichts damit anfangen kann, oder einfach so ist, wie er ist, sei dahingestellt.«

»Was heißt denn ausschweifend?«, fragte La Goulue nach.

»Der hat eine Liebschaft nach der anderen«, antwortete Lucienne, bevor Elise an ihrem Stirnrunzeln erkannte, dass sie erst jetzt einen versteckten Sinn hinter Louises Frage vermutete. Und so war es auch.

Nach dem Ende der naturalistischen Quadrille verharrte La Goulue nicht in ihrer Position mit dem Bein hinter der Schulter, sondern drehte sich zuerst in dieser Pose mehrfach um die eigene Achse und tänzelte schließlich auf den Kronprinzen zu, dessen Tisch unmittelbar am Rand der Bühne stand.

»Hey, Wales«, rief sie so laut, dass es auch noch im hintersten Winkel des großen Saals zu hören war, »bezahlst du für den Champagner, oder tut's deine Mutter?«

Elise blieb vor Schreck fast das Herz stehen. Später würde sie erfahren, dass Charles Zidler in blankem Entsetzen sogar sein Taschentuch mitten entzweigerissen hatte. Doch zu jedermanns Erstaunen nahm der Kronprinz La Goulues Frechheit gelassen. Er hob sein Champagnerglas und prostete ihr zu.

Anders als beim späteren Besuch des russischen Großfürsten war Charles Zidler an diesem Abend noch nicht auf den Empfang eines Mitglieds aus einem regierenden Königshaus vorbereitet. Dennoch reagierte er spontan sehr geschickt, in der Absicht, den befürchteten diplomatischen Skandal noch zu verhindern.

»Ich begrüße heute Abend einen überaus hohen Gast in unserem bescheidenen Varieté!«, rief er mit ebenso lauter Stimme wie La Goulue. »Zu Ehren Seiner Majestät, des britischen Thronfolgers Prince Edward of Wales, spielen wir jetzt die englische Nationalhymne. Ich bitte alle Anwesenden, sich zu erheben.«

Zidlers Rechnung ging auf: Nicht nur die Kapelle konnte die Melodie aus dem Stand heraus korrekt spielen, auch das Publikum machte mit, erhob sich und klatschte schließlich frenetisch Beifall.

Obwohl der Skandal damit abgewendet schien, war Zidler nahezu rasend vor Zorn auf La Goulue. Doch als er sie während des Publikumstanzes suchte, war sie wie vom Erdboden verschluckt. »Sie hat eine Einladung des Prinzen erhalten«, erklärte Valentin dem völlig verblüfften Direktor. »Er hat sie in seine private Suite in sein Luxushotel mitgenommen.«

Tatsächlich brüstete sich La Goulue am nächsten Tag mit ihrem königlichen Liebhaber. »Ich nenn ihn Doudou, er nennt mich Loulou.«

»Und spendabel ist er auch!«, fügte sie hinzu.

Während seines gesamten restlichen Aufenthalts in Paris saß Edward Abend für Abend an seinem Tisch in der Nähe der Bühne und verschwand mit La Goulue unmittelbar nach der Quadrille.

Es ging das Gerücht, dass er Zidler vor seiner Abreise unter vier Augen gesagt habe, er hoffe, La Goulue bei seiner nächsten Parisreise noch immer im Moulin Rouge anzutreffen. Einen erneuten Besuch hatte er angeblich für das Frühjahr angekündigt.

Seither besaß La Goulue quasi Narrenfreiheit und konnte sich bei dem sonst so gestrengen Direktor fast alles erlauben. Er erhob weder Einspruch gegen ihre unzüchtige Aufmachung noch gegen ihre ordinäre Redeweise. Sie durfte sogar den Hut bei der Eröffnungsnummer weglassen und trug ihren Dutt von Anfang der Vorstellung an stolz zur Schau.

ZURÜCK IM MOULIN ROUGE DER GEGENWART

11. FEBRUAR 1891

Während Alexei ungeduldig mit den Fingern auf den Tisch zu trommeln begann und auch Valérie sich fragte, warum es nicht weiterging, näherte sich Monsieur Zidler mit allen Anzeichen der Verlegenheit und hochrot im Gesicht wieder dem Tisch. Er verneigte sich tief.

»Es tut mir sehr leid, Eure Majestät, doch das Ensemble fühlt sich zu müde, um Ihrem Wunsch nachzukommen. Deshalb befürchten die Damen, den Tanz nicht zu Ihrer Zufriedenheit ausführen zu können.«

»Da weiß ich Abhilfe«, rief der Prinz. »Lassen Sie der Kapelle und dem gesamten Tanzcorps Champagner reichen. So viel man mag. Und wenn die Damen sich genügend erfrischt haben, bin ich gern auch mit der Wiederholung der Eröffnungsnummer, also dem Cancan, zufrieden.«

Zidler lächelte erleichtert. Dann entfernte er sich nach einer weiteren tiefen Verneigung. Kurze Zeit später sah Valérie Kellner mit Tabletts voller Champagnerflöten umhereilen.

Doch erst einmal geschah wieder nichts.

Zidler wirkte etwas außer Atem, als er erneut hinter die Bühne eilte, wohin sich Valentin und die drei Tänzerinnen der naturalistischen Quadrille inzwischen zurückgezogen hatten. Das war ungewöhnlich für den sonst so souveränen Direktor.

»Es ist mir gelungen, den hohen Herrn davon zu überzeugen, dass Sie nicht auf die russische Musik tanzen, sondern lediglich die Eröffnungsnummer des Cancan wiederholen. Ich gehe davon aus, zumindest das wird nicht zum Problem werden.«

La Goulue leerte ihre Champagnerflöte in einem Zug. Dann zuckte sie mit den Schultern. »Die andern können's machen, ich tu's nicht.«

Zidlers Gesicht verfärbte sich puterrot. Er richtete sich hoch auf. »Mademoiselle Weber, Sie haben offenbar den Ernst der Lage noch nicht erkannt. Prinz Alexei ist ein enger Verwandter des Zaren, ein Großherzog am russischen Hof. Einem solch hochadeligen Herrn schlägt man keinen Wunsch ab.«

La Goulues Antwort zeugte gleichzeitig von ihrer Dreistigkeit und ihrer Unbedarftheit: »Was ist denn an einem Großherzog so Besonderes? Als ich klein war, sah ich viele von denen. In einem Käfig im Zoo.«

Zidler starrte sie ungläubig an und schnappte nach Luft. La Goulue setzte allem noch die Krone auf. »Und wenn es hier nicht gleich weitergeht, tanz ich auch nicht mehr in der Quadrille mit.«

Valérie schwante Ungutes, als sich Charles Zidler nach zehn Minuten erneut dem Tisch des Großherzogs näherte. Inzwischen war der Lärmpegel im Saal deutlich gestiegen. Das Publikum wartete ungeduldig auf die Fortsetzung des Programms, die nun fast eine halbe Stunde lang auf sich warten ließ.

»Es tut mir entsetzlich leid, Eure Hoheit. Aber eine der Solotänzerinnen, die Dame mit dem roten Dutt namens La Goulue, fühlt sich unpässlich.«

Valérie reagierte spontan. »Dann wünschen Sie La Goulue gute Besserung. Aber Sie haben doch einen ganz ausgezeichneten Ersatz! Lassen Sie Elise Lambert ihre Rolle übernehmen und den dritten Solopart die Tänzerin namens Grille d'Égout. Meiner Erinnerung nach hat sie beim Eröffnungsabend des Moulin Rouge ebenfalls ein Solo getanzt.«

An den russischen Fürsten gewandt, dessen Mund sich bereits unwillig verzogen hatte, fügte sie hinzu: »Außerdem bleibt uns dann der Anblick des überaus unzüchtig bekleideten Hinterteils der unpässlichen Dame erspart. Mir jedenfalls war das unendlich peinlich. Ihnen doch sicher auch, Eure Hoheit?«

Während Baptiste und Zidler verblüfft dreinblickten, stimmte Prinz Alexei wohl oder übel zu.

Erneut zog er Valéries Hand an seine Lippen. »So soll es dann sein«, stimmte er zu.

Elise hatte das Geschehen von Weitem beobachtet und dabei auch Valérie am Tisch des Großherzogs erkannt. Sie war überrascht, wie erleichtert der Direktor aussah, als er schließlich zurückkam.

»Mademoiselle Weber«, sprach er La Goulue ungewohnt scharf an. »Aufgrund Ihrer *Unpässlichkeit*« – er betonte das Wort, während Louise verdutzt die Augen aufriss – »sind Sie von der Wiederholung der Eröffnungsnummer entbunden. Ihre Rolle werde ich Mademoiselle Beuze übertragen. Der Großherzog ist schon ganz begierig darauf, deren Vorführung zu erleben.«

Nach diesem denkwürdigen Abend rückte das Verhältnis zwischen Zidler und La Goulue wieder in die Bahnen, in denen es nach seiner Einstellung zum Direktor gewesen war. Mit ihrer Frechheit hatte sich Louise ihre Sonderstellung weitgehend verscherzt und lief jederzeit Gefahr, dass Zidler erneut auf Grille zurückgreifen würde, wenn sie ihm querkam. Denn der Direktor rechnete, wie sich herausstellen sollte, zu Recht, weiterhin mit hochgestellten Gästen aus Europas Adel und Politik. Der Prinz von Wales war dabei nur einer von vielen. Dadurch verlor auch sein Wunsch nach besonderer Behandlung von La Goulue an Gewicht.

Denn Luciennes Vorführung vor dem russischen Fürsten gefiel diesem sehr gut und trug ihr und den beiden anderen Solotänzerinnen ein beachtliches Trinkgeld ein. Auch das Corps wurde großzügig bedacht. Elise und Lucienne lachten sich nach diesem Vorfall noch tagelang schadenfroh ins Fäustchen.

Dabei ahnte niemand, dass La Goulue begann, Rachepläne gegen Charles Zidler zu schmieden, die eines Tages erfolgreich sein würden.

Kapitel 14

IM BORDELL GRAND PLAISIR

APRIL 1891

Simone zählte die Glockenschläge der nahe gelegenen Kirche Notre-Dame-de-Lorette mit. Entgegen ihrer Hoffnung waren es nur neun. Also noch eine Stunde zu früh, um sich endlich von der harten Strohmatratze in dem engen Verschlag erheben zu dürfen, in dem sie mit ihrer Kollegin Claudette hauste.

Claudette hieß eigentlich Ernestine, was der Maîtresse des Bordells Grand Plaisir als Name allerdings zu profan erschienen war. Ebenso wie ihr eigener Vorname Simone. Glücklicherweise hatte sie wenigstens ihr schon früher benutztes Pseudonym Sylvie beibehalten dürfen.

Gerade in diesem Moment begann ihr rechter Unterschenkel unerträglich zu jucken. Zu gern hätte sie die Petroleumlampe entzündet, um nachzusehen, wie viele Wanzenbisse sie diesmal davongetragen hatte. Doch es war ihr streng verboten, vor zehn Uhr vormittags Licht zu machen. Außerdem schlief Claudette noch tief und fest, da sie bis zum Morgengrauen gearbeitet hatte.

Über Fenster verfügte die winzige Kammer nicht. Sie lag im Kellergeschoss des Bordells, die einzige Luke war mit Brettern vernagelt. Nur unter der Tür drang ein Lichtstrahl herein.

Nun verspürte Simone zu allem Ungemach auch noch ein menschliches Bedürfnis. Doch ihr Nachttopf, der unter ihrer niedrigen Pritsche stand, war bereits halb gefüllt. Sie wagte nicht, ihn ein weiteres Mal im Dämmer der Kammer zu benutzen, aus Sorge, den Inhalt über den fest gestampften Lehmboden zu verschütten.

Unwillkürlich erinnerte sie sich an das vergleichsweise feudale Zimmer, das sie im Bordell Chez Edmonde ganz allein bewohnt hatte. Zwar hatte das Mobiliar auch dort nur aus ihrem Bett bestanden, das allerdings frei von Ungeziefer und mit weichen Daunendecken bestückt gewesen war, sowie aus einem Schrank und einem Tisch mit Stuhl. Aber die Möbel waren stabil gewesen, nicht so schäbig und wacklig wie hier.

Sie seufzte. Obwohl es ihr in diesem Maison Close erspart blieb, sich nackt vor den Freiern zu präsentieren, sehnte sie sich immer öfter nach dem Bordell auf dem Montmartre zurück. Dort hatte es auch einen schönen Hintergarten gegeben, den die Mädchen im Sommer benutzen durften. Doch leider war ihre Zeit dort nach dem einzigen Besuch von Henri de Toulouse-Lautrec begrenzt gewesen.

Zwar hatte der Graf sie tatsächlich bei Madame Edmonde für ihre Dienste gelobt, dabei war es dann allerdings geblieben. Ihre Zuversicht, er werde wiederkommen und sogar ihr erster Stammkunde werden, hatte sich nicht erfüllt. Wahrscheinlich hatte Madame diese Hoffnung geteilt und sie nur aus diesem Grund noch drei weitere Monate im Haus behalten.

Doch als Toulouse-Lautrec sich bis Ende Juli nicht mehr blicken gelassen hatte und es Simone auch nicht gelungen war, andere Freier für sich zu begeistern, hatte Madame schließlich kurzen Prozess gemacht. »Deine Sylvie taugt nicht für dieses Haus«, hatte sie Luc kurz und bündig erklärt. »Ich gebe dir eine Woche Zeit, einen anderen Platz für sie zu finden, dann werfe ich sie hinaus.«

Luc hatte zwar vor Wut gerast, aber nicht gewagt, sie zu verprügeln aus Sorge, kein anderes Bordell würde sie nehmen. Seine Strafe für ihren Misserfolg war jedoch viel grausamer gewesen als alle Schläge. Er hatte sie in ein sogenanntes Schlachthaus gesteckt, eines jener Etablissements, die ganz am unteren Ende der Puffs rangierten. Dort musste sie drei entsetzliche Nächte lang die grobe, ungehobelte Masse der Freier, hauptsächlich Soldaten, Fischer und Tagelöhner, für einen Franc pro Stich im Zehn-Minuten-Takt bedienen und konnte sich zwischendurch nicht einmal waschen. Noch heute schreckte sie jede zweite Nacht aus den Albträumen hoch, die sie seit jener furchtbaren Zeit heimsuchten.

»Das ist dir hoffentlich eine Lehre«, hatte Luc ihr gedroht, als er sie endlich abholte. »Ich hab jetzt ein Puff in der Nähe von Notre-Dame-de-Lorette gefunden, wo die Kunden nur zehn Francs bezahlen müssen. Es gehört aber immer noch zu den besseren Häusern. Wenn du auch dort wieder rausfliegst, musst du ins Schlachthaus zurück.«

Inzwischen nahm Simone diese Drohung ihres Angetrauten nicht mehr ganz so ernst wie am Anfang. Denn rund um die Rue de la Notre-Dame-de-Lorette befand sich eine Vielzahl von Freudenhäusern, was sogar dazu geführt hatte, dass man als Synonym für Prostituierte in Paris den Begriff »Lorette« benutzte.

Da es hier zu ihren Pflichten gehörte, Kunden auch vor der Tür des Bordells anzuwerben, war sie ab und zu mit den Kolleginnen aus den Nachbarhäusern ins Gespräch gekommen und hatte dabei erfahren, dass in etlichen der *Maisons Closes* die Preise niedriger waren als im Grand Plaisir, ohne dass sie schon den Schlachthäusern ähnelten.

Dennoch trug Luc es ihr bis heute nach, dass sie nicht mehr bei Madame Edmonde arbeiten durfte. Dabei verdiente sie jetzt nicht einmal viel weniger. Hier behielt die Madame nur die Hälfte des Lohns für sich und überließ Simone beziehungsweise ihrem

Zuhälter die andere Hälfte. Bei Edmonde war es nur ein Drittel gewesen.

Doch die Zusatzkosten machten den Unterschied. Für fast alle Leistungen des Hauses, jedes Handtuch, warmes Wasser und Seife nach den jeweiligen Einsätzen und sogar die durchsichtige Unterwäsche, berechnete Madame eine Gebühr. Ebenso wie für eine bessere Unterkunft. Deshalb musste Simone in diesem Kellerloch hausen, denn das kostete nichts.

Trotzdem nahm Luc mit ihr ungefähr genauso viel ein wie in dem Edelpuff. Das einzige Mal, dass Simone gewagt hatte, dieses Thema anzusprechen, hatte sie sich jedoch eine solche Maulschelle eingefangen, dass sie drei Tage lang nicht einsatzfähig gewesen war.

Denn obwohl sie ihren Beruf mittlerweile von Herzen verabscheute und ihre ehemals große Liebe zu Luc inzwischen erkaltet war, hatte sie sich vorgenommen, im Grand Plaisir zu bestehen. Das war ihr gelungen. Zehn bis fünfzehn Freier besuchten sie regelmäßig. Trotz aller Scham über ihren Abstieg war Simone darauf sogar ein wenig stolz.

Endlich begann die Turmuhr von Notre-Dame-de-Lorette erneut zu schlagen. Gleich nach dem letzten Glockenton sprang Simone aus dem Bett und zündete die Lampe an. Alles war besser, als weiter in diesem verwanzten Loch zu hocken.

Zwölf Stunden später lag ein weiterer ereignisloser Tag hinter und der Rest der Nacht bis ungefähr zwei Uhr morgens vor ihr, wenn alles normal lief.

Nach dem Aufstehen hatte sie ein warmes Bad genossen. Diese Annehmlichkeit mussten alle Prostituierten zweimal pro Woche wahrnehmen, um ihren Körper zu pflegen. Natürlich gegen Gebühr. Auch die Mahlzeiten waren wie üblich schmackhaft und reichlich gewesen. Doch Simone hatte sich einen scharfen Tadel der Madame eingehandelt, weil sie während des Mittagessens mit ihrer Nachbarin getuschelt hatte. Denn während des Essens herrschte ein Schweigegebot.

Auch beim nachmittäglichen Kartenspiel hatte sie wenig Glück gehabt und mehrfach verloren. Allerdings spielte sie nur um Murmeln aus Glas, da sie über keinen Centime eigenes Geld verfügte. Auch die Trinkgelder, die sie in jüngster Zeit häufig erhielt, gingen wie bei Edmonde zur Hälfte ans Haus, die andere Hälfte strich Luc ein.

Schon um sieben Uhr abends war ihr erster Stammfreier erschienen, den sie wie üblich zu seiner Zufriedenheit bedient hatte. Der Mann wusste inzwischen, dass sie Geld nicht behalten durfte, und hatte ihr eine kleine Schachtel Pralinen mitgebracht, die sie an Ort und Stelle verzehrte. Das war der bisherige Höhepunkt des Tages gewesen.

Danach hatte sie in ihrem durchsichtigen Negligé auf dem mit dunkelrotem Samt bezogenen Sofa im Salon gewartet und schließlich zwei weitere, ihr noch unbekannte Freier gleichzeitig bedient. Die Praktiken, die die beiden verlangten, ließen sie inzwischen kalt. Denn die Männer zahlten den doppelten Preis. Dass Simone inzwischen auch solche »Künste« beherrschte, trug maßgeblich dazu bei, dass sie ihre Stellung im Haus mit der Zeit immer mehr gefestigt hatte.

Es war Montagabend. Wie so häufig an diesem Wochentag war im Bordell wenig los. Deshalb richteten sich die Blicke gleich vier ihrer Kolleginnen auf den gerade eintretenden Ankömmling. Auch Simone hatte schon ihr verführerisches Lächeln aufgesetzt, als ihr Herz einen Schlag aussetzte.

Der Mann, der an der Tür stand, war André, der ehemalige Verlobte ihrer Schwester Elise.

WOHNUNG VON ELISE AM BOULEVARD DE ROCHECHOUART

APRIL 1891, AM NÄCHSTEN ABEND

Elise wunderte sich, als es gegen sechs Uhr abends vernehmlich an der Haustür klopfte. In einer halben Stunde musste sie ins Moulin Rouge aufbrechen, alle ihre Bekannten und Freunde wussten das. Deshalb erhielt sie um diese Zeit in der Regel keinen Besuch mehr.

»Denise, schau nach, wer es ist, und wimmle die Person ab. Sie soll morgen früher am Tag wiederkommen«, bat sie das Dienstmädchen.

Zu ihrer Verblüffung hörte sie kurz danach schwere Schritte im Flur. Wenig später steckte Denise den Kopf durch den Türspalt. »Da ist ein Herr, der sich nicht abweisen lässt. Er habe etwas sehr Wichtiges mit Ihnen zu besprechen, Mademoiselle Lambert. Sein Name ist André Renard.«

Elises Herzschlag begann sich zu beschleunigen. André? Was kann der denn nur wollen? Hoffentlich ist nichts Schlimmes mit Marianne oder meiner Mutter passiert.

Sie legte die Bürste ab, mit der sie ihre schwarzen Locken gekämmt hatte, und eilte in Pantoletten in den Salon. Tatsächlich stand André am Fenster und kehrte ihr den Rücken zu. Wie lange hatten sie sich jetzt nicht mehr getroffen? Nachdem er sie nach ihrer Fehlgeburt rausgeschmissen hatte, waren sie sich selbst dann aus dem Weg gegangen, wenn sie sich zufällig nur von fern erblickt hatten.

Elise beschloss, die Contenance zu bewahren und sich ihre

Gefühlsverwirrung nicht anmerken zu lassen. Gegen ihren Willen spürte sie, dass ihr André mit seiner schlanken, muskulösen Figur, dem attraktiven Gesicht und den braunen Augen noch immer gefiel. Doch das sollte er um keinen Preis merken.

Auch André wirkte verlegen und drehte seine Schiebermütze in den Händen. »Es geht um Simone«, fiel er mit der Tür ins Haus.

Elise erstarrte. »Um Simone? Was weißt du von ihr?«

In letzter Minute fiel ihr ein, dass Denise noch anwesend war. »Darf ich dir etwas anbieten?«, fragte sie geistesgegenwärtig, um dann Denise anzuweisen, Wein und Gläser zu holen, ohne sein Einverständnis abzuwarten.

Kaum hatte das Mädchen die Tür des Salons hinter sich geschlossen, wies sie auf einen Fauteuil und ließ sich selbst auf dem Sofa gegenüber nieder. »Wo hast du Simone gesehen? Wie geht es ihr? Lässt sie mir etwas ausrichten?«

André hob die Hand, um ihrem Wortschwall Einhalt zu gebieten. Gleichzeitig färbten sich seine Wangen tiefrot.

»Ich … Ich hab gestern Abend das Etablissement Grand Plaisir in der Rue Notre-Dame-de-Lorette aufgesucht. Das … Das ist nicht so weit von Montmartre weg«, erklärte er überflüssigerweise. »Und … und« – er suchte offensichtlich nach Worten.

»Das ist ein Freudenhaus, nehme ich an«, kam ihm Elise zuvor.

Andrés Gesicht färbte sich noch röter. Er nickte. »Ja … ja … Bitte versteh, dass … Ich bin eben ein Mann mit …«

»… Bedürfnissen«, ergänzte Elise. »Das ist allein deine Sache, André, dafür musst du dich nicht vor mir rechtfertigen. Aber dort arbeitet Simone jetzt als Prostituierte?«

Er nickte wieder. »Ich hab sie gleich im Empfangssalon erkannt und gebucht – nein, nicht, was du denkst, ich hab natürlich nur mit ihr geredet. Ich hab sie nicht angerührt, das musst du mir glauben.«

In Elise kämpfte Bestürzung mit der Rührung über Andrés Verhalten. Sie holte tief Luft.

»Dann erzähl mir doch bitte, was du mit ihr gesprochen hast.«

In diesem Moment klopfte es an die Tür, Denise kam mit dem Wein herein. »Vielen Dank! Wir bedienen uns selbst!«, fertigte Elise das Mädchen ungewohnt kurz ab. Angesichts der betroffenen Miene von Denise nahm sie sich vor, sich später bei ihr zu entschuldigen. Aber jetzt gab es Wichtigeres.

»Simone hat mir erzählt, dass sie seit ihrer Heirat mit diesem Zuhälter Luc in verschiedenen Bordellen gearbeitet hat. In einem Luxusbordell hat man sie rausgeworfen, danach hat Luc sie furchtbar bestraft. Darüber wollte sie aber nicht reden. Jetzt ist sie seit ein paar Jahren in diesem Haus in der Nähe von Notre-Dame-de-Lorette und behauptet sich dort wohl ganz gut. Aber sie hat mich angefleht, weder dir noch deiner Mutter oder Marianne auch nur ein Sterbenswörtchen von ihr zu erzählen. Denn sie hat Angst, dass Luc sie sonst noch mal so schlimm bestraft.«

»Liebt sie ihn denn immer noch?«

André zuckte die Achseln. »Ich denk, sie ist nicht mehr so verblendet wie früher. Ich glaub, sie hat jetzt vor allem Angst vor ihm. Er lässt ihr keinen Centime von ihrem Verdienst. Aber sie weiß eben nicht, wohin, deshalb hat sie sich mit ihrem Schicksal abgefunden.«

Elise stand spontan auf, trat zu André und legte ihm die Hand auf die Schulter. »Bitte, bitte, geh noch mal zu ihr und sag ihr, sie kann noch immer zu Jeanne und Marianne nach Hause kommen. Von mir aus auch hierher« – sie stockte und überlegte kurz – »ich denke, Lucienne würde das verstehen.«

Als André zögerte, setzte sie nach. »Ich bezahl dir natürlich den Preis. Was kostet es denn?«

»Zehn Francs«, Andrés Gesicht wurde wieder rot, »aber das ist nicht mein Problem. Sie hat mich schwören lassen, dir nichts zu sagen. Ich hab schon mein Wort ihr gegenüber gebrochen.«

»Bitte! Bitte!«, flehte Elise. »Ich hoffe, sie wird verstehen, dass du dies gleichermaßen mir und ihr zuliebe tust.«

André starrte eine Weile auf den Boden. Dann gab er sich einen Ruck und sah auf. »Ich tu es, Elise. Um unserer vergangenen Liebe willen tue ich es. Aber die Gebühr für das Puff zahl ich selbst.«

Elises Hoffnung erfüllte sich nicht. Als André sie drei Tage später wieder aufsuchte, wirkte er niedergeschlagen.

»Sie will nicht«, vermutete Elise, kaum dass er ihren Salon betreten hatte.

André schüttelte den Kopf. »Das ist es nicht. Sie ist gar nicht mehr dort!«

»Gar nicht mehr dort?«

»Ihr Scheißkerl von Gatte hat sie in ein anderes Freudenhaus vermittelt. Die Madame wollte mir jedoch durchaus nicht sagen, wohin.«

Kapitel 15

TAVERNE DU BAGNE

MITTWOCH, 29. APRIL 1891

André sah sich aufmerksam nach bekannten Gesichtern um, als er an diesem Mittwochabend zum ersten Mal seit längerer Zeit das Hinterzimmer der Taverne du Bagne betrat. Nach wie vor fanden hier einmal wöchentlich die Versammlungen der Anarchisten von Montmartre statt.

André erkannte den weißbärtigen Maler, konnte sich aber nicht an seinen Namen erinnern. Außerdem viele Arbeiter und Handwerker von der Butte, denen er grüßend zuwinkte.

Zwei neue Gesichter fielen ihm auf: Eines gehörte einer jungen Frau, die er trotz ihrer schlichten Kleidung mit ihren dunkelblonden Haaren und graugrünen Augen auf Anhieb attraktiv fand.

Die andere Person, die er vorher noch nie gesehen hatte, war ein Mann mit Halbglatze und einem dichten Vollbart, in den sich bereits einige graue Haare mischten. Sein ausladender Schnauzer reichte ihm bis unter die Nase. Das Markanteste an seinem Gesicht waren die dunklen, stechenden Augen.

Später war André sehr erstaunt, als er erfuhr, dass der Mann mit dreißig Jahren ungefähr so alt war wie er selbst. Er wirkte deutlich älter, verhärmt und verbittert.

Zunächst drehte sich die Diskussion wieder einmal um das leidige Thema der Basilika Sacré-Coeur. Den alteingesessenen Bewohnern der Butte war das Bauwerk von Anfang an suspekt gewesen. Sie befürchteten, dass die Kirche, die schon jetzt viele Tausend Pilger pro Jahr anzog, spätestens nach ihrer Fertigstellung das alte Montmartre auf dem Hügel zerstören würde.

»Aber der Herrgott scheint dem Gebäude nicht allzu gewogen zu sein«, äußerte ein Mitglied der Versammlung spöttisch. »Habt ihr gelesen, dass die Kuppel 'ne völlige Fehlkonstruktion des ersten Architekten Paul Abadie ist? Sie muss ganz neu geplant werden. Das verzögert die Fertigstellung des Baus sicher um Jahre.«

»Schade, dass man das überhaupt gemerkt hat«, meldete sich ein anderer Teilnehmer zu Wort. »Denn die alte Konstruktion hätte das Gebäude womöglich zum Einsturz gebracht. Dann wären wir es ein für alle Mal losgeworden!«

Noch eine ganze Weile drehte sich die Diskussion um das Thema, das André bis zum Überdruss kannte. Man schimpfte über dieses »Symbol der Macht von Staat und Kirche über die Rebellen«, deren Verbrechen während des Pariser Aufstands der Kommune im Jahr 1871 durch den Bau der Basilika gesühnt werden sollten.

»Welche Verbrechen überhaupt!«, ereiferte sich ein weiterer Teilnehmer. »Die Schweine haben Zigtausende von uns um die Ecke gebracht! Die sollen sich nicht so anstellen wegen der beiden Generäle, die die Kommunarden exekutiert haben. Die waren mit ihren Truppen ausgesandt worden, um sie zu entwaffnen. Ihre Hinrichtung war reine Notwehr!«

»Den Erzbischof von Paris haben sie auch als Geisel erschossen«, gab ein anderer zu bedenken.

»Weil die Hunde schon viele von uns massakriert hatten«, erhob sich gleich von mehreren Seiten Gebrüll.

André begann bereits zu bereuen, dass er heute Abend hierhergekommen war, als Maxime Lisbonne, der Inhaber der Taverne und Leiter der Versammlung, die Hand hob.

»Kameraden! Lasst uns doch jetzt über ein viel aktuelleres und wichtigeres Thema sprechen. Übermorgen, am 1. Mai, finden in Frankreich und vielen anderen Ländern zum zweiten Mal Demonstrationen der Arbeiterschaft statt, um gegen ihre Ausbeutung zu protestieren. Leider hat die Regierung solche Kundgebungen in Paris verboten. Trotzdem hat sich eine Anarchistengruppe im Vorort Clichy zu einem Protestzug entschlossen. Die suchen noch Leute. Wer von euch will daran teilnehmen?«

Spontan schossen nur wenige Hände in die Höhe. Darunter waren die der hübschen Frau und des verhärmt aussehenden Mannes.

»Und du, Camille, willst du nicht mitgehen?«, sprach Lisbonne den weißbärtigen Maler an. Ach ja, jetzt fiel es André wieder ein, der Mann hieß mit vollem Namen Camille Pissarro.

Der winkte ab. »Für so was bin ich inzwischen zu alt.«

Zu Andrés Überraschung sprang nun die junge Frau auf. »Ich heiße Sandrine, das heißt ›die Kämpferin‹, und ich bringe morgen eine rote Fahne zur Demonstration mit. Will mich denn kaum einer von euch dabei begleiten?«

Ihr Blick fiel auf André, den sie so lange intensiv fixierte, bis er unwillkürlich nickte. Auch vier oder fünf weitere Teilnehmer ließen sich von ihr überreden.

»Also, ich zähle morgen auf dich«, sprach Sandrine André noch einmal persönlich an, als die Versammlung sich auflöste. Bislang hatte er vorgehabt, sich doch noch darum zu drücken. Schließlich würde er einen ganzen Arbeitstag verlieren. Doch da er die junge Frau gern wiedersehen und vor ihr nicht als Feigling dastehen wollte, stimmte er noch einmal zu.

IM PARISER VORORT CLICHY

1. MAI 1891

André fühlte eine leise Enttäuschung, als er Sandrine auch auf dem Bahnsteig von Clichy nirgendwo entdecken konnte. Wahrscheinlich hatte sie einen früheren Zug genommen.

Hinter ihm war Auguste Vaillant ausgestiegen, der verhärmte Mann, der sich vorgestern ebenfalls für die Demonstration gemeldet hatte. Sie hatten auf der harten Holzbank im Abteil dritter Klasse nebeneinandergesessen und waren ins Gespräch gekommen.

»Leider hab ich im Leben noch nie viel Glück gehabt«, berichtete Auguste. »Ich bin als Bastard geboren, wie's so schön heißt. Mein Vater war zwar Gendarm, hat sich aber nie um mich gekümmert. Deshalb musste ich schon mit zwölf Jahren auf eigenen Füßen stehen.«

Um seinen Lebensunterhalt zu fristen, hatte sich Auguste mit Bettelei und kleinen Diebstählen durchgeschlagen und war bereits als Jugendlicher mehrfach ins Gefängnis gekommen. Später hatte er geheiratet und war Vater einer jetzt siebenjährigen Tochter. »Das Pech ist mir treu geblieben. Inzwischen bin ich verwitwet. Sidonie ist mein Ein und Alles.« – »Sie ist übrigens in Clichy, wo wir heut sind, geboren.«

André hatte einen leichten Stich des Neids verspürt und einen Moment lang wehmütig an seine gescheiterte Beziehung zu Elise gedacht. Doch schnell erkannte er, dass es ihm im Vergleich zu Auguste immer recht gut gegangen war.

»Ich bin dann aus Frankreich weg. Drei Jahre hab ich versucht, in Südamerika Fuß zu fassen. Aber wen wunderts! Das ist mir auch nicht gelungen. Vor ungefähr einem Monat bin ich ohne einen Sou nach Paris zurückgekehrt.«

»Was bist du denn von Beruf?«

Auguste zuckte die Achseln. »Gar nix! Ich hab nie 'ne Lehre gemacht. Jetzt schlag ich mich als Verkäufer in 'nem winzigen Laden an der Place du Tertre durch. Die zwanzig Francs, die ich dort pro Woche verdiene, reichen hinten und vorn nicht zum Leben. Tagsüber passt meine versoffene Nachbarin auf Sidonie auf. Die haust neben mir in so 'ner Bretterbude im Maquis.«

André kam eine vage Idee, die sich jedoch bei Augustes nächsten Sätzen erst einmal verflüchtigte.

»Anarchist bin ich schon mein ganzes Leben lang«, erklärte er. »Deshalb geh ich auch heute mit. Wenn wir uns mit unserm Schicksal abfinden, wird sich am Elend der Arbeiterschaft nie was ändern.«

Wenig später erreichten sie das Café, das ihnen vorgestern als Treffpunkt genannt worden war. Jetzt sah André Sandrine sofort. Sie schwenkte tatsächlich eine rote Fahne, ihre Augen blitzten mutwillig. Fast hätte sie mit dem Tuch eine Tasse vom Tisch gewischt.

»Wie schön, dass ihr da seid!«, begrüßte sie André, Auguste und die anderen Neuankömmlinge. »Gleich ist es zwei. Dann gehn wir los.«

Zehn Minuten später reihten sich ungefähr dreißig Personen hinter Sandrine ein, die den Zug mit der Fahne anführte. André bedauerte, dass es doch nur so wenige Demonstranten geworden waren. Die übrigen Anarchisten aus Montmartre hatten sich offenbar nicht an ihre Zusage gehalten.

Wie alle anderen skandierte er die Parolen mit, die Sandrine anstimmte. »Nieder mit den Ausbeutern!« – »Gerechte Bezahlung für alle!« – »Wir fordern den Achtstundentag!« – »Es lebe die internationale Arbeiterbewegung!«

Ironischerweise hatte der Internationale Sozialistenkongress, auf dem diese Arbeiterbewegung ins Leben gerufen und auch der 1. Mai als »Tag der Arbeit« bestimmt worden war, vor zwei Jahren ausgerechnet in Paris stattgefunden. Vor diesem Hintergrund empfand es André als schäbig, dass die Obrigkeit jede Maidemonstration verboten hatte und die Arbeiterschaft sich das größtenteils klaglos gefallen ließ. Umso lauter rief er die Parolen des kleinen Protestzugs mit.

An einer Straßenkreuzung tauchten plötzlich uniformierte Gendarmen auf. Zunächst unternahmen sie nichts, außer den Zug auf seinem weiteren Weg bis zurück zum Ausgangspunkt zu begleiten.

Dort war Sandrine gerade dabei, die rote Flagge einzurollen, als ein Gendarm mit den Abzeichen des Sergeanten sie ihr ohne Vorwarnung aus der Hand riss. »He! Was soll das?«, rief sie empört.

»Die Flagge ist konfisziert«, beschied der Sergeant sie barsch.

»Die Flagge gehört mir!«, protestierte Sandrine und versuchte zu Andrés Bestürzung, sie dem Gendarmen wieder abzunehmen. Daraufhin schlug er ihr mit der Fahnenstange auf den Kopf. Sie schwankte und hielt sich vor Schmerz die Hand auf die getroffene Stelle. Blut sickerte hervor.

André sah rot. Mit erhobenen Fäusten stürzte er sich auf den Misshandler, neben sich Auguste und weitere Kameraden. Sie hatten den Burschen bereits am Kragen gepackt, als plötzlich ein Schuss ertönte.

»Zurück!«, schrie jemand. »Sonst schießen wir auf euch!«

Doch der Tumult vergrößerte sich daraufhin nur. Im nächsten

Moment erblickte André aus dem Augenwinkel, dass auch einer der Demonstranten eine Pistole in der Hand hielt und auf die Gendarmen zielte. Er traf einen der Polizisten, der sich vor Schmerz den Oberarm hielt.

Dann ging alles sehr schnell. Eine Hundertschaft von Gendarmen, die sich offenbar in den Nebenstraßen bereitgehalten hatte, stürzte auf die Demonstranten zu. Der Schütze wurde brutal zu Boden gerungen und mit Schlagstöcken traktiert. Auch André selbst wurde angegriffen. Von allen Seiten prasselten Schläge auf ihn ein. Weitere Schüsse ertönten.

Schließlich spürte er einen heftigen Schmerz am Hinterkopf. Dann wurde ihm schwarz vor Augen.

»He! Wach auf!«

Ein Schwall eiskalten Wassers ergoss sich über Andrés Kopf und Körper. Mühsam öffnete er die Augen. Das Licht stach ihn wie mit Nadeln, ihm war speiübel. Instinktiv hielt er sich die Hand vor den Mund.

»Kotz ihnen nur nicht hier auf die Wache! Sie schmieren dich sonst damit ein, oder du musst es sogar fressen.«

André erkannte Augustes Stimme neben sich und wandte mühsam den Kopf. Das Erste, was er sah, waren dessen aufgeplatzte Lippe und das linke zugeschwollene Auge, das sich bereits blau verfärbte.

»Wo ist Sandrine?«, flüsterte er.

Auguste hob die Schultern. »Hier jedenfalls nicht. Sie ist hoffentlich noch rechtzeitig abgehauen.«

Trotz seiner Schmerzen spürte André Erleichterung. »Was haben sie denn jetzt mit uns vor?«

Als er seine Umgebung nach und nach erkannte, begriff er, dass sie mit ungefähr zehn weiteren Demonstranten in einer vergitterten Zelle saßen. Alle Männer wiesen Blessuren auf, manche bluteten auch.

Eine geschlagene Stunde geschah nichts. Dann näherte sich ein Trupp der Gendarmen, einige ebenfalls mit blauen Flecken im Gesicht. Der Sergeant schloss die Gittertür auf. »Haut ab! Alle, bis auf die da!«

Es stellte sich heraus, dass drei der Männer in Haft bleiben mussten. Einer davon hatte sogar eine Schussverletzung davongetragen, die bis jetzt nicht versorgt worden war.

Auf dem Rückweg herrschte zwischen André und Auguste zunächst bedrücktes Schweigen. In der Bahn knirschte Auguste so laut mit den Zähnen, dass es deutlich zu hören war. »Das werden sie büßen«, murmelte er.

André legte ihm die Hand auf den Arm. Auguste zuckte zurück. »Bist du da auch verletzt?«, fragte André besorgt.

»Ich hoff nicht, dass es mehr als 'n blauer Fleck ist. Wenn ich mir was gebrochen hab, verlier ich meine erbärmliche Stelle, weil ich dort schwere Kisten schleppen muss. Dann kann ich mein kleines Mädchen nicht mehr ernähren und sitz mit ihr auf der Straße.« Jetzt war alle Wut aus Augustes Stimme verschwunden. Er klang verzweifelt.

André erinnerte sich an seine Idee auf der Hinfahrt. »Weißt du was? Eine gute Bekannte von mir wohnt mit ihrer alten Tante in 'ner viel zu großen Wohnung in der Rue Tourlaque. Das Klo ist sogar auf dem Flur. Früher haben sie eins der Zimmer untervermietet. Soll ich da mal für dich und Sidonie fragen?«

Auguste sah auf. In seinen Augen spiegelte sich eine Mischung aus Hoffnung und Verzagtheit. »Was soll das denn kosten?«

»Was bezahlst du denn jetzt für die Bretterbude?«

»Fünf Francs in der Woche.«

»Mehr wird Jeanne sicher auch nicht verlangen.« Und wenn

doch, leg ich den Rest eben drauf, beschloss André bei sich. Nur zu gut erinnerte er sich an die Zeit, als bei ihm das Geld aufgrund seiner Schulden, die ihm sein Onkel vererbt hatte, ebenfalls knapp gewesen war. Doch sein Onkel war in den letzten Jahren seines Lebens nicht mehr bei Verstand gewesen und hatte daher vergessen, dass er ein kleines Vermögen in einer Treppenstufe versteckt hatte. Das fand André eines Tages, seither ging es ihm gut.

»Ich dank dir auf jeden Fall.« In Augustes Augen schimmerten Tränen. »Du bist ein echter Freund.«

Nur wenige Tage später verließen Auguste und Sidonie die Bretterbude und zogen zu Jeanne und Marianne in die Wohnung. Die Miete war nicht teurer als auf dem Maquis, wie André es gehofft hatte. Außerdem entfiel für Auguste die Gebühr, die er der versoffenen Nachbarin für Sidonies Betreuung hatte bezahlen müssen. Marianne erklärte sich gern bereit, tagsüber auf die Kleine aufzupassen. Da Auguste auch seine Stelle behalten hatte, ging es den beiden jetzt im Vergleich zu vorher richtig gut.

Dies traf allerdings nicht auf die drei verhafteten Demonstranten zu, von denen nur der Verletzte vor Gericht freigesprochen wurde. Für einen der anderen forderte der Staatsanwalt sogar die Todesstrafe. Beide wurden von einem ebenfalls unnachsichtigen Richter schließlich zu mehrjähriger Zwangsarbeit verurteilt.

Und doch ging die »Affäre von Clichy«, wie man das Ereignis bald nannte, wesentlich glimpflicher aus als eine Demonstration, die zur gleichen Zeit in einem Ort namens Fourmies stattgefunden hatte. Dort waren neun Teilnehmer des Protestzugs, in der Mehrzahl Frauen und Kinder, von Soldaten erschossen worden.

Beide Ereignisse bewegten die Gemüter in den wöchentlichen Versammlungen der Anarchisten in Montmartre noch monatelang und sollten schlimme Folgen zeitigen.

Kapitel 16

AUF DEM WEG ZUM CABARET CHAT NOIR

20. JUNI 1891

Als Valérie auf dem Weg zum Cabaret am Haus vorbeifuhr, in dem Edgar Degas sein Atelier unterhielt und das wie das neue Chat Noir in der Rue Victor Massé lag, schlug ihr Herz schneller. Einen Augenblick lang ergriff die irrationale Furcht von ihr Besitz, Degas könnte aus dem Haus treten, sie in der vorbeifahrenden Kutsche erkennen und grüßen. Dies hätte unweigerlich kritische Fragen sowohl von Baptiste als auch von ihrem Vater Alphonse nach sich gezogen.

Denn keiner der beiden hatte auch nur die geringste Ahnung davon, dass Degas inzwischen im Abstand von wenigen Wochen Valéries Skizzen begutachtete und weiterhin mit eigener Hand korrigierte. Beim letzten Mal hatte er sie sehr für ihre Fortschritte gelobt. Schon bald würde sie mit dem ersten Ölgemälde in ihrem ganz eigenen neuen Stil beginnen können.

Aber ihre Furcht war natürlich unsinnig. Von Degas war weit und breit nichts zu sehen.

Wenig später hielt der Landauer, den sich Baptiste erneut von seinen Eltern ausgeliehen hatte, vor dem Gebäude, in dem der Besitzer Rodolphe Salis sein Etablissement jetzt untergebracht hatte.

Das dreistöckige Gebäude war sehr viel imposanter als das Fachwerkhaus, aus dem das Lokal vor sechs Jahren ausgezogen war. Im zweiten Stock befand sich der Veranstaltungssaal, in dem heute Abend das Schattentheaterspiel *Die Prozession zum Stern* gegeben wurde.

Valérie lächelte leise, als sie an die Verblüffung dachte, die das diesjährige Geburtstagsgeschenk ihrer Mutter zunächst bei ihr ausgelöst hatte. Heute war Valérie fünfundzwanzig Jahre alt geworden, und sie hatte am Nachmittag im Stadtpalais gefeiert. Baptiste hatte ihr eine protzige Brosche, besetzt mit Diamanten und einem großen Rubin, geschenkt, die zu dem Collier passte, das er ihr bereits zur Hochzeit überreicht hatte.

Von seinen Eltern, die sich nach dem Nachmittagskaffee verabschiedet hatten, war Valérie mit einer wertvollen Handtasche aus dem Leder eines exotischen Tiers namens Krokodil beschenkt worden. Valéries Vater hatte erneut Farben, Leinwand, Kohlestifte und Pinsel bei Père Tanguy für sie besorgt. Baptiste hatte das umfangreiche Paket mit einem missbilligenden Stirnrunzeln betrachtet. Wahrscheinlich fühlte er sich düpiert, weil Alphonse es für nötig hielt, seine Tochter mit diesen in seinem Haus in Hülle und Fülle vorhandenen Malutensilien auszustatten.

Den Vogel hatte jedoch Valéries Mutter Amélie abgeschossen. Ungläubig betrachtete Valérie die Eintrittskarte, auf der in großen Lettern der Name des Cabarets prangte. Ihre Mutter und das Chat Noir?

Erst als Valérie den Titel des heutigen Schattentheaterspiels las, ging ihr ein Licht auf. *Die Prozession zum Stern* handelte vom Stern von Bethlehem, der nach Christi Geburt über dem Stall aufgegangen war und dem nun allerlei verschiedene Gruppen aus der Bevölkerung folgten. Das wusste Valérie aus der Zeitung.

Anders als am ersten Standort war das Chat Noir heute nicht mehr wegen der Auftritte bekannter Chansonniers, damals allen voran Aristide Bruant, in ganz Paris bekannt, sondern wegen seiner Schattentheaterspiele. Über jede neue Premiere berichtete die

Presse inzwischen genauso ausführlich wie über ein neues Theaterstück mit der berühmten Schauspielerin Sarah Bernhardt in der Comédie Française.

Allerdings hätte Valérie die vorigen Stücke mit weltlichem Inhalt sehr viel interessanter gefunden als die heutige religiöse Aufführung. Obwohl Amélie es abstreiten würde, konnte Valérie sich denken, wieso ihre Mutter ihr dieses Geschenk gemacht und gleichzeitig drei weitere Karten für Baptiste, ihren Vater und sich selbst erworben hatte.

Das hing wahrscheinlich mit jener skurrilen Szene zusammen, die sich vor einigen Wochen in der Basilika Sacré-Coeur abgespielt hatte.

BASILIKA SACRÉ-COEUR

JUNI 1891, UNGEFÄHR ZWEI WOCHEN VORHER

»Valérie, ich möchte dich bitten, mich zum Gottesdienst anlässlich der Fertigstellung des Kirchendachs nach Sacré-Coeur zu begleiten.«

Valérie stöhnte vernehmlich. »Muss das denn sein?« Hätte sie geahnt, dass ihre Mutter dieses Ansinnen stellen würde, hätte sie auf den heutigen Besuch zum gemeinsamen Mittagessen verzichtet.

Ihre Mutter musterte sie mit zusammengezogenen Augenbrauen. »Ich möchte nicht nur in Begleitung eines Dienstmädchens dort erscheinen. Dein Mann befindet sich im Moment auf

Reisen, und mein eigener Ehegatte« – sie bedachte Alphonse mit einem finsteren Blick – »hält das heilige Bauwerk noch immer für überflüssig.«

»Vor allem für überteuert«, entgegnete Alphonse. »Erst recht, seit alle Welt weiß, dass der so hochgelobte Architekt Paul Abadie keineswegs so gut gearbeitet hat, wie man es bislang von ihm dachte.«

Dass es Fehlplanungen bei der Kuppel der Basilika gegeben hatte, war inzwischen überall in Paris bekannt.

»Hauptsache ist doch, das Kirchendach ist endlich fertig, und wir können den ersten Gottesdienst im Innern der Basilika feiern«, erwiderte Amélie. »Père Zacharie hat mir versprochen, uns die neuen Pläne ausführlich zu erläutern.«

»Jedenfalls hoffe ich, du hast die Unsummen an Spenden für diese Basilika nicht zum Fenster hinausgeworfen«, knurrte Alphonse. »Wenn diese Kirche denn jemals fertig wird.«

Die Antwort ihrer Mutter überhörte Valérie, da ihr gerade ein schelmischer Gedanke kam. »Wir werden also den Pater treffen?«, vergewisserte sie sich noch einmal bei ihrer Mutter. »Ja, außerdem seinen Neffen Pierre Lombard.«

Eigentlich legte Valérie auf ein Wiedersehen mit beiden Personen nicht den geringsten Wert. Père Zacharie, den Beichtvater ihrer Mutter, hatte sie noch nie leiden können. Sein Neffe Pierre Lombard war ihr ebenfalls auf Anhieb unsympathisch gewesen. Insbesondere, als er um sie zu werben begonnen hatte.

Doch da bin ich vom Regen in die Traufe gekommen, dachte sie wehmütig. Aber umso besser, dann wird der Neffe dabei sein, wenn ich seinen Onkel mit seinem höchst merkwürdigen Verhalten konfrontiere.

Darüber hatte ihr Elise Lambert berichtet, als sie sich vor ein paar Tagen zufällig bei einem Spaziergang auf dem Boulevard de Clichy getroffen hatten.

Die Basilika war mit Pilgern und Gläubigen aus ganz Paris überfüllt, als der Gottesdienst stattfand. Immerhin erwies sich das neue Kirchendach als dicht, denn während der Messe ging ein heftiges Gewitter über Montmartre nieder.

Wie ihre Mutter Amélie es angekündigt hatte, erwarteten Père Zacharie und sein Neffe Pierre die beiden Frauen nach dem Gottesdienst zu einem Gespräch.

»Es ist mir ein großes Anliegen, unsere großzügigsten Spender darüber zu unterrichten, welche großen Vorteile die Umsetzung der neuen Pläne mit sich bringen wird«, salbaderte der Pater. »Doch Pierre kann es den Damen besser erläutern als ich.«

Der Angesprochene verbeugte sich kurz, wich aber Valéries Blick beharrlich aus.

»Nun, der Segen Jesu Christi liegt tatsächlich über der Basilika«, begann er in gleicher Tonart wie sein Onkel. »Denn hätten wir die Kuppel des verehrten Meisters Abadie gemäß seinen Entwürfen gebaut, hätte das gesamte Gebäude einstürzen können. Diese Gefahr haben wir als Bauleiter jedoch rechtzeitig erkannt.« Er warf sich stolz in die Brust.

Valérie bezweifelte, dass Lombard selbst zur Entdeckung der fehlerhaften Planung beigetragen hatte.

»Doch der verehrte Meister hat sogar einen weiteren Fehler begangen, den wir gleich mit vermeiden können.« Er machte eine bedeutungsvolle Pause.

»Welchen denn?« Amélie tat ihm den Gefallen, nachzufragen.

»Sacré-Coeur mit ihrer so großen Bedeutung für die traditionellen Werte unseres Volkes sollte auch deshalb hier oben auf dem Hügel von Montmartre erbaut werden, damit man die Basilika in ganz Paris sehen kann. Doch stellen Sie sich vor, meine verehrten Damen, die ursprünglich geplante Kuppel wäre dafür zu niedrig gewesen. – Die Einzelheiten sind für die Damen sicher uninteressant«, fügte er hinzu. »Aber lassen Sie mich noch betonen, dass sich die Höhe der Kuppel von ursprünglich fünfundvierzig auf dreiundachtzig Meter beinahe verdoppelt.«

»Oh!«, machte Amélie und wirkte tatsächlich ergriffen.

Auf diesen Moment hatte Père Zacharie anscheinend gewartet. »Allerdings – allerdings, werte Madame Dumas, erfordern diese geplanten Baumaßnahmen zur Ehre Gottes und unserer Nation auch weitere Investitionen. Die in dieser Größenordnung natürlich nicht vorgesehen waren.«

Als Amélie nicht gleich reagierte, schaute er sie mit gespielter Betrübnis an. »Das könnte das heilige Vorhaben noch zum Scheitern bringen.«

»Also erwarten Sie weitere Spenden von meiner Mutter.« Valérie riss beim Geschwätz des Priesters der Geduldsfaden. »Dann sagen Sie das doch gleich!«

»Aber Valérie!« Amélie war entrüstet. »Wie sprichst du denn mit dem ehrwürdigen Père!«

Valérie blickte trotzig zu Boden.

Amélie setzte ein süßliches Lächeln auf. »Natürlich habe ich für Ihr Anliegen Verständnis, verehrter Pater. Ich werde sehen, was ich tun kann.«

Valérie verkniff sich ein spöttisches Grinsen. Ihr war bekannt, dass Alphonse ihrer Mutter inzwischen verboten hatte, größere Summen ohne sein Einverständnis auszugeben. Dies betraf sowohl ihre Garderobe als auch ihre ständige Bereitschaft, für die Basilika zu spenden.

»Sonst sehe ich mich gezwungen, die Unterstützung für deine Eltern wieder einzustellen«, war die Begründung ihres Vaters gewesen.

Diese Drohung hatte ausgereicht, um Amélie einzuschüchtern. Sie wusste zwar nicht, dass Alphonse völlig abhängig von dem zinslosen Kredit war, den Baptistes Vater ihm ab der Hochzeit gewährt hatte, und über keinerlei eigene Rücklagen mehr verfügte. Aber vor einem Jahr hatte zum ersten Mal der Gerichtsvollzieher vor der Tür ihrer Eltern gestanden, um eine überfällige Schuld einzutreiben. Seither sah sich Alphonse gezwungen, seine Schwiegereltern monatlich zu unterstützen, obwohl er mit der Galerie gerade genug verdiente, um Amélie ihren gewohnten Lebensstandard zu bieten.

Nun wandte sich Valérie an den Pater. »Verehrter Père Zacharie. Da gibt es noch etwas, das mich verwirrt.«

Der Priester sah sie erwartungsvoll an. »Vertrauen Sie sich mir an, meine Tochter!« Seit Valéries Heirat siezte er sie.

»Es ist … Es ist … mir recht peinlich«, stammelte sie mit gespielter Verlegenheit.

»Ist es vertraulich? Möchten Sie es mir in der Beichte sagen?«

Valérie schüttelte heftig den Kopf. »Nein, verehrter Pater, es betrifft nicht mich, sondern Sie.«

»Mich?«

»Ja, Sie kennen vielleicht Mademoiselle Elise Lambert. Sie ist Tänzerin im Moulin Rouge.«

Zu ihrer Genugtuung färbten sich die feisten Wangen des Priesters rötlich. Doch sie ließ sich nichts anmerken.

»Elise meint, sie hätte Sie schon einige Male bei den Abendvorstellungen in diesem Varieté gesehen. Kann das denn sein?«

Ihre Mutter sog scharf den Atem ein. »Valérie, was fällt dir ein?«

Inzwischen hatte sich das ganze Gesicht des Priesters puterrot gefärbt. Doch er straffte die Schultern und hob energisch den Kopf.

»Es ist wahr, dass ich dort einige Male hineingeschaut habe.« Sein Neffe Pierre und ihre Mutter starrten ihn ungläubig an. »Doch es hat ausschließlich mit meinem Priesteramt zu tun, dass ich dort war. In der Beichte ist mir vielfach zugetragen worden, dass es im Moulin Rouge höchst unzüchtig zugeht. Also sah ich mich als geistlicher Hirte der mir anvertrauten Schäfchen gezwungen, mich persönlich davon zu überzeugen, was sich dort abspielt. Gelegentlich haben sich sogar schon Pilger dorthin verirrt. Um die Absolution zu erteilen, muss ich die Eigenart der Sünden kennen, die mir in der Beichte anvertraut werden.«

Pierre sah weiterhin fassungslos aus, Amélie wirkte dagegen erleichtert.

»In diesem Varieté geht es wirklich so verderbt zu, wie man es mir berichtet hat. Das gilt jedoch nicht für jedes Etablissement in Montmartre. Im Gegenteil gibt es solche, die Vergnügen mit tiefer Frömmigkeit in Einklang bringen.«

Damit hatte er dieses Gespräch beendet. Doch Valérie war überzeugt, dass Amélie ihn bei der nächsten Gelegenheit gefragt hatte, worauf er mit dieser Bemerkung anspielte. Und dabei den Hinweis auf das Schattentheaterspiel im Chat Noir erhielt.

IM CHAT NOIR

20. JUNI 1891, NACH DER ANKUNFT

Sobald Valérie mit Baptiste und ihren Eltern das Cabaret betrat, erkannte sie, dass es auch innen weit vornehmer ausgestattet war als das ehemalige Lokal am Boulevard de Rochechouart. Die Einrichtung erinnerte an einen vornehmen Landgasthof, nicht an die eher schäbige Spelunke von damals.

Da sie etwas zu früh dran waren, war der Aufgang zum Theatersaal noch verschlossen. Nachdem Baptiste Getränke besorgt hatte, gab er zum Besten, was er über das Schattentheater wusste.

»Entdeckt hat es Henri Rivière, dem wir die Schattenspiele verdanken, durch einen reinen Zufall. Schon kurz nach der Eröffnung des Chat Noir am neuen Standort probte man ein Chanson im jetzigen Theatersaal, der ehemals als Tanzsaal geplant war. Eigentlich wollte man mit aus Karton ausgeschnittenen Soldaten das Lied nur illustrieren, indem man sie dazu hinter einer mit einer Gaslampe beleuchteten Leinwand bewegte. Schon die Probe fiel so eindrücklich aus, dass die Idee entstand, auf diese Weise ganze Theaterstücke vorzuführen. Heute werden die Figuren aus Zinkblech gefertigt, der Hintergrund wird mit farbigen Lichtern beleuchtet.«

»Haben Sie denn schon einmal ein solches Schattenspiel besucht?« Auch nach der Hochzeit siezten Valéries Eltern sich mit Baptiste, nannten sich jedoch gegenseitig beim Vornamen.

Er nickte. »Es war allerdings kein so moralisch hochwertiges Stück wie heute. Ganz im Gegenteil! Eine schlüpfrige Geschichte aus einem Harem mit dem Titel *Der Sohn des Eunuchen*.«

»Wie das?«, hakte Valéries Vater nach. »Ich dachte, Eunuchen wären gar nicht zur Zeugung von Kindern fähig.«

»Alphonse!«, zischte Amélie.

Erst jetzt schien Valéries Vater aufzugehen, dass sich ein solcher Satz in Gegenwart von Damen nicht gehörte. »Entschuldigt bitte«, sagte er zerknirscht zu seiner Gattin und seiner Tochter.

Was für eine Bigotterie, dachte Valérie. In deiner Galerie bietest du Gemälde von nackten Sklavinnen an und preist dies auch noch als hohe Malkunst. Sie hatte schon den Mund zu einer sarkastischen Bemerkung geöffnet, als ein Gong ertönte, der den nahenden Beginn des Schattenspiels ankündigte.

Der Saal war nicht allzu groß, fasste höchstens einhundert Zuschauer, schätzte Valérie. Kein Wunder, dass die Schattenspiele Abend für Abend und weit im Voraus ausverkauft waren. Da heute ein Samstag war, hatte Amélie die Karten nur durch Zufall erwerben können. Das Dienstmädchen, das sie losgeschickt hatte, war genau in dem Augenblick eingetroffen, als ein verhinderter Gast vier Eintrittskarten zurückgab.

Valérie hatte sich auf ein stummes Stück eingestellt, das lediglich von der Bewegung der Figuren hinter der Leinwand lebte. Sie war sehr überrascht, als der Pianist Erik Satie, der schon im ursprünglichen Chat Noir aufgetreten war, unter dem lauten Beifall des Publikums die Bühne betrat, auf der sich seitlich ein Flügel befand. Schon bei der ersten Szene lernte sie außerdem, dass es zu jedem Bild gesungene Texte gab. Anders als Satie blieb die Sängerin den Blicken des Publikums jedoch verborgen.

Obwohl Valérie erwartet hatte, sich aufgrund des religiösen Inhalts eher zu langweilen, war sie schon ab dem ersten Bild fasziniert. Es stellte die Hirten von Bethlehem dar, die dem Stern mit ihren Herden zur Krippe folgten. Auch in den weiteren neun Stationen wurden Szenen aus dem Leben Jesu illustriert, beleuchtet vom Stern von Bethlehem. Dem Lichtstrahl folgte immer eine andere Gruppe: Da gab es Kranke, Frauen, sogar Soldaten.

Hinter der Leinwand musste eine Menge von Personen tätig sein, die die Zinnfiguren bewegten. Denn Valérie zählte bis zu dreißig verschiedene Schatten in den einzelnen Bildern.

Die Zeit verging wie im Flug. Schon in der kurzen Pause wirkte Amélie wie verklärt. »Was für eine wunderbare Art, Jesu Leben in Szene zu setzen. Père Zacharie hatte recht, mir den Besuch dieses Stücks zu empfehlen«, bestätigte sie Valéries Verdacht. Doch anders als erwartet war auch sie mit dem Abend sehr zufrieden.

Als letzte Geburtstagsüberraschung hatte Baptiste einen Tisch im Café de la Paix für ein spätes Souper reserviert.

Während sie mit ihren Champagnergläsern anstießen und Valérie sich seit langer Zeit zum ersten Mal wieder wohl im Kreis ihrer Familie fühlte, ahnte sie nicht, dass dies vorerst das letzte Mal sein würde.

Kapitel 17

IM MOULIN ROUGE

JULI 1891

Es war heiß und schwül an diesem Sonntagabend im Juli. Obwohl die Türen zum Garten des Moulin Rouge offen standen, sodass sich die Gäste auch nach draußen begeben konnten, brachte dies keine Erfrischung in den großen Tanzsaal. Es wehte kein Windhauch, die Luft wurde immer stickiger.

Nach jeder Nummer fühlte Elise sich in Schweiß gebadet und war froh, dass sie alle Auftritte in einem neuen Kostüm absolvieren musste. Das empfand sie in der Regel als lästig, da das Umziehen geraume Zeit in Anspruch nahm.

Auch nach der abschließenden Quadrille lief sie zur Garderobe, um ihr Ersatzkleid anzuziehen, was sie sonst nach Möglichkeit vermied. Denn so mancher Herr steckte der Cancan-Dame, die ihn nach der Vorführung zum Tanz aufforderte, ein üppiges Trinkgeld zu. Inzwischen erkannten die Mädchen, welche Gäste nicht nur wohlhabend, sondern auch spendabel waren. Auch Elise hatte einen Blick dafür entwickelt.

Sie schnupperte an sich und hatte den Eindruck, dass sie schlecht roch. Deshalb verschwand sie noch rasch in der angrenzenden Toilette, um sich zumindest den Oberkörper zu waschen. Zum Glück war morgen ihr freier Abend. Die Wäscherinnen hätten also genügend Zeit, ihre Kleider in Schuss zu bringen.

Erst eine halbe Stunde später erschien sie wieder im großen

Tanzsaal. Erwartungsgemäß tummelten sich dort trotz der Hitze bereits viele Besucher. Die meisten Männer hatten auf der Tanzfläche ihre Zylinder aufbehalten und ihr Abendjackett höchstens aufgeknöpft. Wie heiß muss es denen erst sein, dachte sie flüchtig.

Gerade zog Môme Fromage, die ihren Spitznamen »Käsefratz« behalten hatte, obwohl sie inzwischen nicht mehr das jüngste Mitglied des Ensembles war, einen Herrn an der Hand hinter sich her, der auch Elise im Laufe des Abends aufgefallen war. Kurz danach erschien La Sauterelle, der »Grashüpfer«, mit einem weiteren Herrn, den Elise ins Auge gefasst hatte. In der unübersichtlichen Menge konnte sie darüber hinaus niemanden ausmachen, der noch auf eine Tänzerin wartete.

Auch gut, dachte sie, dann wechsele ich endlich mal wieder ein Wort mit Henri.

Sie fand den Maler wie üblich auf seinem Hocker an der Bar am Rand der Tanzfläche. Er war so in eine Skizze vertieft, dass sie ihm auf die Schulter klopfen musste, um sich bemerkbar zu machen. Zunächst sah er unwirsch auf. Doch als er Elise erkannte, lächelte er freudig.

»Wie schön, dich zu sehen. Aber warum tanzt du nicht?«

»Es ist mir heute Abend zu heiß.«

Sie wechselten noch einige belanglose Worte, bis Elises Blick auf die Zeichnung fiel, die Henri mit einem Kohlestift angefertigt hatte. »Oh, entwirfst du ein neues Gemälde mit La Goulue und Valentin?«

Sie verkniff sich die Bemerkung, dass Henri ihr schon im letzten Jahr angeboten hatte, sie ebenfalls in einem seiner Werke abzubilden.

Auch er selbst schien das vergessen zu haben. Nicht jedoch ihre Kritik an dem Gemälde, das nach wie vor im Foyer des Moulin

Rouge hing. »Diesmal kannst du Louise aber deutlich erkennen, nicht wahr?«

»Natürlich. Der Dutt auf dem Kopf ist nicht zu übersehen, die Strümpfe sind schwarz, und so eine gepunktete Bluse mit tiefem Rückenausschnitt trägt sie heute Abend.« Sie ärgerte sich selbst über den bitteren Unterton in ihrer Stimme.

Doch Henri schien auch das nicht zu merken. »Ich fertige im Moment eine ganze Reihe von Skizzen an. Aber nicht als Vorlage für Gemälde. Joseph Oller hat mich gebeten, ein Plakat für die Herbstsaison des Moulin Rouge zu entwerfen.«

»Ein Plakat?«

»Ja, es wäre mein erstes. Ich bin gerade dabei, mir die notwendige Technik anzueignen. Aber du weißt ja« – er zwinkerte ihr zu – »was ich mir in den Kopf gesetzt habe, schaffe ich auch.«

Elise schluckte, um den galligen Geschmack im Mund zu vertreiben. Von Anfang an hatte das Moulin Rouge mit Plakaten für seine Aufführungen geworben. Sie waren überall verteilt worden. Eine Tänzerin, die hier tatsächlich auftrat, war jedoch bislang nicht darauf zu sehen gewesen.

Also wird Louises Konterfei jetzt endgültig in ganz Paris bekannt werden. Elise zweifelte nicht daran, dass Henri mit seinem Plakat erfolgreich sein würde. Plötzlich hatte sie keine Lust mehr auf eine Fortsetzung des Gesprächs. Sie überlegte, ob Zidler es merken würde, wenn sie heute einmal früher nach Hause ginge.

Nach einem kurzen Abschiedsgruß drängte sie sich am Rand der Tanzfläche zurück durch die Menge. Schon von Weitem sah sie, dass zwei Herren noch an ihrem Tisch sitzen geblieben waren. Gerade näherte sich ihnen La Goulue mit einer Pirouette nach der anderen. Das linke Bein hielt sie hoch über den Kopf gestreckt und hielt es mit beiden Händen fest.

Elise wusste, was sie vorhatte. Zweifellos wollte sie einem der

Herren den Hut mit dem Fuß vom Kopf stoßen. Zidler hatte dies anfangs im Moulin Rouge verboten, nachdem La Goulue es an Silvester 1889 zum ersten Mal eigenmächtig getan hatte. Inzwischen ließ er es aber zu.

Deshalb ahmten viele Tänzerinnen La Goulue inzwischen nach. Es hatte sich sogar ein typischer Ablauf rund um diese, von Elise immer noch als Unart empfundene Gepflogenheit entwickelt. Sobald sie den Hut heruntergestoßen hatten, drehten die Mädchen sich um, hoben die Spitzenunterröcke und bückten sich tief hinunter, um ihr Hinterteil zu präsentieren. Dabei unterschieden sie sich von La Goulue nur dadurch, dass Zidler ihnen keine durchsichtigen Schlüpfer erlaubte.

Schon hatte sich Louise bis auf einen Meter dem Tisch der Herren genähert. Schon hatte Elise die beiden erkannt, ihr Herz begann heftig zu schlagen. Da geschah etwas Unerwartetes. An Louise vorbei drängte sich Nini Patte-en-l'air und hob ebenfalls das linke Bein. Sie traf mit dem Fuß allerdings nicht den Hut des Herrn, auf den sie gezielt hatte, sondern seine Nase.

Trotz der lauten Musik und des Lärms der Tanzenden hörte Elise ihn aufschreien. Unmittelbar danach strömte ihm Blut über das ganze Gesicht und befleckte seine steife Hemdbrust.

Jetzt war auch La Goulue an den Tisch gekommen und stieß Nini grob zur Seite. Dann nestelte sie nach einem Taschentuch, das sie dem Herrn reichte. Er lehnte es jedoch mit einem kurzen Kopfschütteln ab und zog sein eigenes Tuch aus der Jacketttasche.

In diesem Augenblick sah auch der zweite Herr am Tisch auf. Trotz der Verletzung seines Cousins Georges de Cluny winkte er Elise mit einem strahlenden Lächeln zu. Seine tiefgrünen Augen glänzten vor Freude wie Smaragde.

Es war Perceval de Chambières, der junge Graf aus der Bretagne, den sie im vergangenen Sommer kennengelernt hatte.

Eine selige halbe Stunde später hatte Elise die Hitze und Stickigkeit im Saal vollkommen vergessen. Immer wieder schwenkte Percy sie auf der Tanzfläche im Kreis und strahlte sie dabei an. Nach dem ersten Walzer waren sie beim Du.

Trotzdem fühlte sie sich schließlich ganz außer Atem und spürte auf einmal, wie durstig sie war. »Ich würde gern ein Glas Wasser trinken.«

»Wasser? Doch wohl eher Champagner zur Feier unseres Wiedersehens!«

»Beides wäre schön. Aber erst mal Wasser.«

Wenig später drängten sie sich durch die immer noch dichte Menge an die Bar. Während sie warteten, an die Reihe zu kommen, beobachtete Elise zwei Details, deren Bedeutung ihr erst viel später aufgehen würde.

Zuerst kamen sie an Henri vorbei. Elise winkte ihm fröhlich zu, Percy zog sogar den Zylinder. Doch Henri erwiderte den Gruß ohne ein Lächeln. Nur mit einem skeptischen Gesichtsausdruck und einem knappen Nicken.

»Kennt ihr euch?«, fragte sie Percy.

Er zuckte mit den Schultern. »Flüchtig. Ich weiß nicht mal mehr, woher.«

Sie waren gerade mit ihren gefüllten Gläsern auf dem Rückweg, als ihnen La Goulue begegnete. Sie ignorierte Elise und lächelte Percy an. Dann streckte sie die Hand aus, um ihm das gefüllte Champagnerglas abzunehmen und es auszutrinken. Das war eine weitere Unart, die sie schon seit vielen Jahren pflegte. Doch er brachte das Glas mit einer raschen Bewegung aus ihrer Reichweite.

»Oh, là là!«, kommentierte er das. »Den Champagner brauche ich noch, um mit der *Dame meines Herzens* anzustoßen.« Er betonte die Worte demonstrativ.

La Goulues Miene verfinsterte sich. Mit Erschrecken erkannte

Elise diesen Gesichtsausdruck wieder. So sah Louise aus, wenn sie sich über den Erfolg von Yvette Guilbert ärgerte. Die war mittlerweile in Paris so berühmt, dass sie jeden Abend nach ihrem Auftritt im Moulin Rouge für viel Geld auch noch im Café-Concert Divan Japonais sang.

Sie ist eifersüchtig oder neidisch, schoss es ihr durch den Kopf.

Doch schon blickte Percy sie wieder so freudig an, dass sie beide Beobachtungen sofort vergaß.

Mitternacht und damit das Ende des Publikumsballs kamen viel zu schnell. Schon kündigte Charles Zidler den letzten Tanz des Abends an.

Die Kapelle auf der Empore spielte keine Cancan-Musik, sondern einen langsamen Walzer. Die Gemüter sollten sich beruhigen, damit die Menge friedlich und ohne Protest nach Hause gehen würde.

»Außerdem ist das gut für die Liebespaare des Abends, um in romantische Stimmung zu kommen«, erinnerte sich Elise an Zidlers Erklärung, als sie sich in Percys Armen über das glatte Parkett bewegte. Er war ein ausgezeichneter Tänzer und führte sie sicher an allen Hindernissen vorbei.

»Und, *ma chère,* was machen wir jetzt?«, flüsterte er ihr auf einmal ins Ohr. Sie spürte seinen warmen Atem auf ihrem Hals und ein heftiges Kribbeln in ihrer Magengrube.

»Nun, es ist mitten in der Nacht!«, antwortete sie mit gespielter Burschikosität. Schon lag es ihr auf der Zunge, zu erklären, dass sie nach Hause müsse, um sich auszuschlafen. Doch dann erwiderte sie etwas ganz anderes. »Was schlägst du denn vor?«

»Ich würde sehr gern noch Zeit mit dir verbringen. Aber außer der Suite in meinem Hotel fällt mir leider nichts ein, wohin wir gehen könnten.«

In Elises romantische Gefühle mischte sich Ernüchterung. Percys Offerte war eindeutig. Doch noch nie hatte sie mit einem anderen Mann als André geschlafen. Schon gar nicht nach einem einzigen kurzen Abend des Kennenlernens. André und sie hatten jahrelang gewartet, bis sie ihrer Leidenschaft nachgegeben hatten.

Als sie überlegte, was sie erwidern sollte, fiel ihr ein Ausweg ein. »Wir könnten noch zur Nachfeier zu Charles Desteuque gehen. Das ist ein Journalist des Magazins *Gil Blas*. Er hat sich auf die Berichterstattung über die Demimonde spezialisiert und seinerzeit La Goulue zu ihrem ersten guten Engagement verholfen. Und damit indirekt auch mir. – Es ist gleich hier gegenüber«, versicherte sie ihm, als sie spürte, dass Percy sich leicht versteifte. »Desteuque hat auf der anderen Straßenseite zwei Räume gemietet und lädt jeden Sonntagabend zum Mitternachtssouper ein. Jedermann ist willkommen.«

Percy antwortete ihr erst nach einer kleinen Pause. »Warum eigentlich nicht? Es ist eine Ewigkeit her, dass ich etwas gegessen habe. Was gibt es denn dort?«

Elise überlegte angestrengt, was die Kolleginnen ihr von diesen mitternächtlichen Soupers erzählt hatten. Sie selbst war nämlich noch nie dabei gewesen, da sie nach der Vorstellung immer viel zu müde gewesen war. Ihr fielen nur wenige Einzelheiten ein.

»Ich glaube, es gibt ein Büfett. Monsieur Zidler, der Direktor des Moulin Rouge, teilt persönlich die Suppe aus. Mehr weiß ich leider nicht.«

Wieder überlegte Percy kurz. »Na, dann wird es Zeit, dass du es einmal kennenlernst. Also lass uns hinübergehen!«

Auch beim Souper bei Charles Desteuque verging die Zeit wie im Flug. Auch hier drängte sich eine dichte Menge durch die im Vergleich zum Moulin Rouge kleinen Räume. Hinter einem großen, auf einem Rechaud warm gehaltenen Suppentopf stand tatsächlich Monsieur Zidler mit einer weißen Kochschürze über seinem Abendanzug. Elise erkannte Musiker aus der Kapelle, mehrere Kellner und Kolleginnen sowie einige der Künstler, die vor der Quadrille aufgetreten waren.

Sie war erleichtert, dass sie weder La Goulue noch Nini entdeckte. Percys Cousin Georges war unmittelbar nach dem Malheur ins Hotel gefahren. »Ich hoffe, ich finde heute Nacht noch einen Arzt. Ich fürchte nämlich, die Nase ist gebrochen.«

Deutlicher hätte Georges eigentlich nicht ausdrücken können, dass er sich Percys Begleitung und Unterstützung erhoffte. Doch der hatte das glattweg ignoriert.

Sie fanden einen Platz an einem winzigen Tisch, an den nur zwei Personen passten. »Bleib hier sitzen, *chérie*! Ich seh mal, was es Gutes zu essen gibt.«

Es stellte sich leider heraus, dass Percy Elises Geschmack nicht auf Anhieb traf. »Das sind Austern«, erklärte er, als er ihren skeptischen Blick auf den Teller mit den geöffneten Muschelschalen registrierte. »In der Bretagne eine absolute Spezialität.«

Vorsichtig nahm Elise eine der glitschigen Austern in den Mund und bemühte sich unmittelbar danach, sie nicht wieder auszuspucken. Trotz der Zitrone, die sie auf Percys Rat darüber geträufelt hatte, fand sie den Geschmack furchtbar.

Percy lächelte amüsiert und vertilgte im Anschluss an seine eigene auch die für sie mitgebrachte Portion. Erst dann bot er an: »Soll ich dir etwas anderes holen?«

»Was gibt es denn?« Inzwischen hatte Elises Magen vernehmlich zu knurren begonnen.

»Hmm, die Suppe ist aus. Das Büfett ist schon ziemlich abgegrast. Vielleicht gebratenes Hühnchen? Ich glaube, das hab ich noch gesehen.«

Da sich die Schlange vor dem Büfett inzwischen aufgelöst hatte, kam Percy diesmal recht schnell zurück. Auf einem Teller lagen sechs knusprig gebratene Hühnerschenkel. Außerdem hatte er ein Körbchen mit Weißbrot mitgebracht.

Das war nun mehr nach Elises Geschmack. Sie griff bereits nach dem ersten Schenkel, als er seine Hand über ihre legte. »Lass mich mitessen!«

Dann hob er ihre Hand mit dem Schenkel an ihren Mund, näherte sich ihrem Gesicht und biss gleichzeitig mit ihr hinein. »In der Bretagne zeigt man so seine tiefe Verbundenheit.«

Elise würde nie erfahren, ob dies wirklich so war oder ob Percy sich das in diesem Moment ausgedacht hatte.

Doch die Nähe zu ihm, die sich mit jedem Hühnerschenkel intensivierte, verursachte ihr inzwischen wohlige Gänsehaut. Als nur noch die abgenagten Knochen übrig waren, legte Percy beide Hände über die ihren und sah ihr tief in die Augen.

»Weißt du eigentlich, dass ich mich in dem ganzen Jahr meiner Europareise jeden Tag nach dir gesehnt habe?« Seine Stimme klang heiser.

Durch Elises Körper fuhr ein Schauer.

»Wirklich?«, flüsterte sie. »Trotz all der faszinierenden Orte mit den sicher wunderschönen Frauen, die du besucht hast?«

»Man sagt, die Italienerinnen seien leidenschaftlich, die Spanierinnen sogar feurig. Die Griechinnen scheu, aber hingebungsvoll, wenn ein Mann sie erobert.«

Er fasste Elise unter das Kinn und hob ihren Kopf. »Aber das weiß ich nur vom Hörensagen. Denn keine der vielen Frauen, die mir auf meiner Reise begegnet sind, konnte mein Herz gewinnen. – Das habe ich nämlich hier in Paris gelassen.« Jetzt war seine Stimme nur mehr ein Wispern.

Elise konnte kaum glauben, was er ihr sagte. Er sah so gut aus, so unverschämt gut! Sollte er wirklich sie, die Tochter einer kleinen Wäscherin aus Montmartre, all den vornehmen Damen und reizvollen Frauen vorziehen, denen er sicherlich täglich begegnete? Konnte das wirklich wahr sein?

Doch schon fuhr er fort. »Hast du einmal von diesem seltenen Phänomen gehört, das man ›Liebe auf den ersten Blick‹ nennt? Wenn Georges mir nicht gedroht hätte, mich bei meinen Eltern zu verpfeifen, wäre ich schon auf dem Weg nach Nizza umgekehrt und zu dir zurückgekommen. Ich bin seit einer ganzen Woche wieder in Paris. Aber erst heute Abend habe ich mich getraut, ins Moulin Rouge zu gehen. Ich hatte furchtbare Angst, du seist nicht mehr dort oder hättest mich vergessen. Oder wolltest nichts mehr von mir wissen.«

Er zog ihre Hand an seine Lippen und küsste sie zärtlich. »Und als du nach der Quadrille dann auf einmal verschwunden warst, hatte ich schon alle Hoffnung aufgegeben, dich heute wiederzusehen.«

»Ich wollte tatsächlich schon heimgehen. Denn ich wusste ja gar nicht, dass du heute Abend da warst. Und hätte Nini deinem Cousin nicht die Nase zerschlagen …«

Er legte einen Zeigefinger auf ihren Mund. »Wir Bretonen sind abergläubisch. Sprich nicht aus, dass du mich fast nicht bemerkt hättest! Das Beste, was mir je in meinem Leben passiert ist, ist Georges' blutende Nase. So sind wir ganz unter uns.«

Damit zog er ihren Kopf zu sich heran und küsste sie leidenschaftlich.

Als er Elise eine halbe Stunde später fragte, ob sie ihn in sein Hotel begleiten würde, hatte sie seinem Wunsch nichts mehr entgegenzusetzen. Und wurde mit der wunderbarsten Liebesnacht belohnt, die sie je erlebt hatte.

Kapitel 18

IN VALÉRIES ATELIER

SEPTEMBER 1891

Valérie legte den Kopf schief, betrachtete ihr Werk und massierte sich dabei die Finger der rechten Hand. Erst jetzt spürte sie, dass sie durch die intensive Arbeit der letzten beiden Stunden verkrampft waren.

Doch heute war sie endlich mit dem Ölgemälde zufrieden, an dem sie bereits vor mehreren Wochen zu arbeiten begonnen hatte. Es war das Selbstporträt nach einer der ersten Skizzen, die sie Edgar Degas gezeigt und die der große Meister beständig korrigiert hatte, bis er damit zufrieden gewesen war.

Obwohl Degas sie bereits Anfang Juli ermutigt hatte, nun ein Gemälde aus der Skizze zu machen, hatte sich dies als schwieriger erwiesen, als Valérie geglaubt hatte. Denn ihre Skizzen, die sie in der Regel mit Kohlestift anfertigte, konnte sie jederzeit in ihrem Schrank einschließen. Ein Ölgemälde musste jedoch trocknen, damit die frische Farbe nicht wieder verschmierte.

Valérie malte zwar nur daran, wenn Baptiste außer Haus war. Doch nach wie vor war sie gezwungen, den Schein zu wahren und einen Teil der Zeit in ihrem Atelier mit der überaus lästigen Aufgabe zu verbringen, eine akzeptable Kopie des komplexen Gemäldes *Daumen nach unten* anzufertigen. Damit hatte Baptiste sie bereits vor etlichen Monaten beauftragt.

Dass sie dabei so wenige Fortschritte machte, lag zum einen

daran, dass sie diese Arbeit verabscheute. Zum anderen an ihrer immer noch unzureichenden Pinseltechnik sowie an der Tatsache, dass sie immer mehr Zeit auf ihre eigene Kunst verwendete. Doch ihre Hoffnung, dass Baptiste sie schließlich in Ruhe lassen würde und sie malen könnte, was sie wollte, ohne dass er sich weiter darum kümmerte, hatte sich bislang nicht erfüllt. Obwohl er sie inzwischen zunehmend für einen hoffnungslosen Fall hielt.

»Ich verstehe nicht, warum du immer noch solche Schwierigkeiten mit der geleckten Malweise hast, obwohl du sie bei Cormon doch gelernt hast und ich dir mittlerweile so viele Übungen dazu aufgetragen habe«, hatte er ihr noch am Abend vor Antritt seiner einwöchigen Reise nach England vorgehalten, von der er morgen im Laufe des Tages zurückerwartet wurde.

Hätte Valérie ihm ehrlich geantwortet, hätte dies so gelautet: »Da ich nicht die Absicht hege, weiterhin im akademischen Stil zu malen, vergeude ich nicht den geringsten Eifer auf diese Übungen zur Pinseltechnik, sondern bringe sie so rasch wie möglich hinter mich. Ich mache keine Fortschritte, weil ich darauf keinerlei Wert lege.«

Natürlich stellte sie sich lediglich in ihren Tagträumen vor, Baptiste derart Widerstand zu leisten. Stattdessen erledigte sie die Aufgaben, die er ihr auftrug, weiterhin lustlos und so rasch wie möglich, um die eingesparte Zeit für ihre eigene Kunst zu verwenden.

Die Anfertigung ihres Selbstporträts in Öl forderte sie allerdings auf neue Art heraus.

Zweimal machte sie die Erfahrung, dass die Konturen verwischt waren, weil sie das Bild zu früh in ihrem Schrank eingeschlossen hatte. Beim nunmehr dritten Versuch wagte sie nur noch, pro Tag einige wenige Elemente zu malen, damit die Farbe bis zu Baptistes Rückkehr trocknen konnte.

Daher war sie wie erlöst gewesen, als er ihr seine Englandreise angekündigt hatte. Bis dahin waren außer dem hellen Hintergrund das hohe Hütchen, der Schal und die restliche Kleidung des Brustbildes fertig geworden. Gerade war sie dabei gewesen, die zu beiden Seiten aus der Frisur gelösten Strähnen ihres rotbraunen Haares zu malen.

Für das Gesicht, den schwierigsten Teil des Gemäldes, hatte sie nun eine ganze Woche Zeit gehabt. Die Tage waren wie im Flug vergangen. Heute hatte sie die letzten Pinselstriche gemacht. Morgen Vormittag wollte sie das Bild Edgar Degas zeigen.

Den ursprünglich eher ratlos wirkenden Gesichtsausdruck hatte sie auf Anraten ihres Mentors so abgewandelt, dass der Blick aus ihren grauen Augen inzwischen neugierig wirkte. Als ob sie etwas ganz konzentriert betrachten würde.

Besonders stolz war sie darauf, dass ihr auch das Spiel von Licht und Schatten gelungen war. Die rechte Gesichtshälfte wurde beleuchtet, als ob sie seitlich vor einem Fenster säße, die linke Hälfte lag überwiegend im Schatten. In ihre Skizzen hatte sie diesen Kontrast nicht aufnehmen können, er blieb dem Gemälde vorbehalten.

Es klopfte. Das Dienstmädchen Marie öffnete die Tür. »Möchten Sie noch etwas essen, bevor Sie aufbrechen?«

»Oh! Ist es schon so spät?«

Marie lächelte. »Schon nach ein Uhr, Valérie. Sie wollten doch heute Nachmittag Ihre Großmutter besuchen.«

»Eine Suppe reicht mir. Sicher hat die Köchin so etwas auf Vorrat. Spätestens in einer Stunde will ich fahren. Ich habe meine Großeltern wochenlang nicht mehr besucht. Bitte sag dem Kutscher, er soll alles bereit machen.«

Marie hatte sich schon umgedreht, als Valérie sie noch einmal zurückrief. »Aber komm doch kurz herein, Marie, und schau dir das Gemälde an. Wie gefällt es dir?«

Diesmal überlegte Marie keinen Augenblick lang. »Es ist wunderschön geworden.« Ihr Blick wechselte zwischen Valérie und ihrem gemalten Konterfei hin und her.

Valérie freute sich. »Dann ist als Nächstes dein Porträt dran. Auch diese Skizze hat Edgar Degas längst abgesegnet.«

IN DER WOHNUNG IHRER GROSSELTERN AM BOULEVARD HAUSSMANN

SEPTEMBER 1891, ZWEI STUNDEN SPÄTER AM GLEICHEN TAG

Valérie erschrak, als sie ihre Großmutter Cecile Valbert erblickte, die im Salon ihrer Wohnung unter einer dicken Decke auf der Chaiselongue lag. Sie hatte sie schon im Hausflur husten gehört.

Vor zwei Wochen hatte sich Cecile trotz des warmen Sommerwetters erkältet, und seitdem hustete sie heftig, so erklärte sie ihrer Enkelin. Doch wie gewohnt wischte sie Valéries Besorgnis sofort vom Tisch. »Das wird schon wieder. Ein harmloser Brustkatarrh.« Sie ließ es sich auch nicht nehmen, aufzustehen und sich an den schon für die Besucherin gedeckten Kaffeetisch zu setzen.

Womöglich um von sich selbst abzulenken, brachte sie dann das Gespräch auf Valéries Ehe. »Wie geht es dir denn mit Baptiste?«

Einen Augenblick lang war Valérie versucht, ihre Großmutter zu belügen. Doch dann entschied sie, ihr reinen Wein einzuschenken. »Ich bin mit Baptiste nicht glücklich und werde es auch nie sein, *mamie*.«

Ihre Großmutter reagierte betroffen. »Ich hoffte doch, weil ihr beide Künstler seid und er dir ein eigenes Atelier …« Sie brachte den Satz nicht zu Ende, weil ihr ein neuer Hustenanfall den Atem raubte.

Valérie wartete ab, bis sie sich wieder gefangen hatte. Dann schüttelte sie heftig den Kopf. »Auch in meinem Atelier kann ich keineswegs tun, was ich möchte. Baptiste zwingt mich dazu, in seinem Kunststil zu malen, und unterrichtet mich sogar gegen meinen Willen darin. Dieser Stil gefällt mir aber gar nicht. Also male ich heimlich das, was ich will«, sagte Valérie, auch in dieser Hinsicht zur Ehrlichkeit entschlossen.

»Kommt ihr denn sonst einigermaßen miteinander aus?« Cecile Valbert stockte kurz und fuhr dann fort. »Vielleicht, wenn du ein Kind …«

Wieder schüttelte Valérie grimmig den Kopf, wieder hielt ihre Großmutter inne.

»Da sei Gott davor! Das weiß ich zu« – im letzten Moment korrigierte sie sich – »das wird nie geschehen.« Um ein Haar hätte sie verraten, dass sie weiterhin Mariannes Tropfen gegen eine Schwangerschaft nahm.

So scharfsinnig ihre Großmutter auch war, auf diesen Gedanken kam sie nicht. Stattdessen entwickelte sie eine andere Hypothese.

»Nun, mein Kind«, begann sie zögernd, »dein Mann ist sehr viel älter als du. Da lassen manche Fähigkeiten des Körpers …« nach, wollte sie eigentlich sagen, als ihr Valérie ins Wort fiel.

»Das wäre zu schön, um wahr zu sein. Das Gegenteil ist der Fall. Baptiste ist lüstern wie ein brünstiger Bock. Nacht für Nacht sucht er mich heim.«

Jetzt verfärbte sich Cecile Valberts Gesicht rot. Sie sah betreten auf den Kaffeetisch und hustete erneut. Dann legte sie ihre Hand auf die Valéries.

»Was muten wir dir alle zu, mein Liebes.« Ihre Stimme war nur mehr ein Flüstern. »Um unser eigenes Überleben zu sichern.«

Valérie hob überrascht den Kopf und musterte Ceciles Antlitz.

Die lächelte traurig. »Es ist zwar nur eine Vermutung, aber ich glaube inzwischen, dass dein Vater dich gedrängt hat, Baptiste des Geldes wegen zu heiraten.«

»Wie kommst du darauf?«

Das traurige Lächeln vertiefte sich. »Meinst du, dein Großvater und ich haben nicht gemerkt, dass Alphonse erst bereit war, uns in unserer finanziellen Misere zu unterstützen, nachdem du Baptiste Germain geheiratet hast? Daraus schließen wir, dass er es sich vorher nicht leisten konnte.«

Valérie schluckte schwer.

»Deine Mutter weiß nichts. Davon haben wir uns überzeugt. Deinen Vater wollten wir nicht darauf ansprechen. Wir sind nur zu dankbar, dass wir durch seine großzügige Unterstützung dem Bankrott entgangen sind und uns wieder ein Leben in bescheidenem Wohlstand leisten können. Sogar ein ständiges Dienstmädchen, das uns den Haushalt führt, anstatt eine simple Zugehfrau.«

Plötzlich schossen Valérie die Tränen in die Augen. »Du hast recht.«

Als wäre ein Damm gebrochen, flutete das ganze Unglück, das ihr Vater verursacht hatte, aus ihr heraus. Seine gigantische Fehlinvestition in das Panamakanalbauprojekt, das Geld, das er darüber hinaus an seine Kurtisanen verschleudert hatte, und der Handel, den Baptiste ihm vorgeschlagen hatte, um sie, Valérie, in seine Fänge zu bekommen.

Als sie endete, standen auch ihrer Großmutter Tränen in den Augen. »Mein armes, armes Kind.« Hilflos streichelte sie Valéries Hand. »Es tut mir so unendlich leid! Wir haben geahnt, dass es schlimm sein muss. Aber nicht, dass es so schlimm ist.«

Wieder hustete sie. »Doch wenn ich oder dein Großvater irgendetwas für dich tun können, zögere nicht, dich an uns zu wenden. Unsere Tür steht dir jederzeit offen.«

Zu diesem Zeitpunkt konnte Valérie noch nicht ahnen, wie bald sie auf dieses Angebot ihrer Großeltern zurückkommen würde.

IM STADTPALAIS

SEPTEMBER 1891, AM SPÄTEN NACHMITTAG DES GLEICHEN TAGES

Um fünf Uhr am Nachmittag hielt der Einspänner der Germains, den Valérie für die Fahrt zu ihrer Großmutter benutzt hatte, wieder vor dem Eingang des Stadtpalais. Ihre gute Stimmung vom Vormittag war verflogen. Das Geständnis, wie schlimm es um ihre Ehe stand, hatte sie nicht entlastet, sondern in eine tiefe Melancholie gestürzt. In letzter Zeit hatte sie jeden Gedanken an ihre unglückliche Ehe vermieden. Doch jetzt war ihr alles mit Macht wieder ins Bewusstsein gedrängt.

Sie sehnte sich nur nach ihrem Bett, in das sie ohne Abendessen kriechen wollte, als Marie die Haustür öffnete, bevor sie sie aufschließen konnte. Das Dienstmädchen musste in der Eingangshalle auf sie gewartet haben.

Sie legte verschwörerisch den Zeigefinger auf die Lippen. »Pst, Madame Germain. Ihr Gatte ist früher als geplant eingetroffen.«

Valérie fuhr der Schreck in alle Glieder. Nach einer längeren

Abwesenheit suchte Baptiste in der Regel zuerst sein eigenes Atelier auf, das im obersten Stockwerk an ihres grenzte. Sie hatte nicht nur die Tür zu ihrem Atelier offen gelassen, sondern auch das fertige Gemälde nicht verborgen.

»Wo ist er?«

Erwartungsgemäß deutete Marie nach oben.

Voll unguter Ahnungen stürmte Valérie die Treppen hinauf. Und tatsächlich, die Tür ihres Ateliers war geöffnet. Sie stürzte hinein und erwischte Baptiste gerade noch dabei, wie er ihre Skizzen mit beiden Händen in Stücke riss. Dann fiel ihr Blick auf die Staffelei mit ihrem Selbstporträt. Sie war leer.

Mit erhobenen Fäusten stürzte sie sich auf Baptiste und trommelte gegen seine Brust. »Was tust du hier? Wo ist das Bild?«

Er packte ihre Hände und hielt sie von sich ab. Dann machte er eine Kopfbewegung nach hinten. »Deine unsägliche Schmiererei findest du dort.«

Er stieß sie weg. Valérie drängte sich an ihm vorbei. Einen Wimpernschlag später starrte sie fassungslos auf das, was von ihrem ersten Kunstwerk im neuen Stil übrig geblieben war. Eine formlose Masse, die Baptiste offenbar mit Füßen getreten hatte. Es roch außerdem durchdringend nach Terpentin, mit dem man Ölfarben verdünnte und Pinsel reinigte. Das Gefäß war leer, das Gemälde völlig davon durchtränkt. Die Farben waren ineinandergeflossen, die Konturen verwischt.

»Du Schwein!«, schrie sie laut. »Du Barbar!«

In blinder Wut stürzte sie hinaus und rüttelte an der fest verschlossenen Tür von Baptistes Atelier. Er riss sie brutal an der Schulter zurück.

»Wage es nicht!«, zischte er. »Hier drin sind Meisterwerke eines prämierten Salonmalers. Keine dilettantischen *impressionistischen* Schmierereien« – er betonte das Wort – »wie das, was du fabriziert hast. Anstatt dich in der Kunst zu üben und zu verbessern, die ich dich mit so viel Mühe gelehrt habe.«

Wäre Valérie nicht so wütend gewesen, hätte sie sich sogar darüber gefreut, dass Baptiste ihren Stil »impressionistisch« nannte. Sie hatte zwar viel Wert darauf gelegt, dass ihr Gesicht auf dem Selbstporträt deutlich zu erkennen war, aber dennoch wichtige Elemente dieser Stilrichtung verwendet.

Stattdessen brüllte sie aus Leibeskräften weiter. »Ich hasse das, was du malst! Obszöne Darstellungen nackter Frauen, die du als Kunstwerke deklarierst. An denen sich deine sogenannten Kunden heimlich aufgeilen, bevor sie ihre bedauernswerten Ehefrauen bespringen.«

Ihre wütende Stimme war sicher im ganzen Haus zu hören. Wahrscheinlich versammelten sich die Dienstboten bereits, um zu lauschen. Eine vornehme Dame, die sich derart aufführte, war geradezu eine Sensation! Valérie selbst konnte sich nicht daran erinnern, jemals solche Worte in den Mund genommen zu haben.

Wahrscheinlich riss dieser Gedanke auch Baptiste aus seiner kurzen Erstarrung. An seiner Reaktion erkannte sie, dass sein konservatives Frauenbild einen solch ungehemmten Ausbruch nicht vorsah. Schon gar nicht die vulgäre Sprache, die sie benutzt hatte.

Weiß vor Zorn presste er ihr die Hand auf die Lippen. »Schweig still! Du blamierst dich und mich ja vor dem ganzen Haushalt«, murmelte er. »Ab heute werde ich andere Saiten aufziehen. Und nun beruhige dich! Sonst sperre ich dich bis auf Weiteres in deinem Schlafzimmer ein.«

Sie versuchte, ihn in die Hand zu beißen. Daraufhin stieß er sie erneut von sich und wandte sich der Treppe zu. Auf der ersten Stufe drehte er noch einmal den Kopf. »Ich bin und bleibe der Herr im Haus. Merk dir das! Also besinne dich darauf, was einer gehorsamen Ehefrau geziemt. Um Punkt halb acht erwarte ich dich zum Souper.«

Eine Stunde später hockte Valérie noch immer zitternd und weinend in ihrem Atelier. Baptiste hatte ihre Arbeit von Monaten zerstört. Ihre hilflose Wut konnte sie nicht einmal an den Fotografien seiner Gemälde auslassen, die er ihr zum Kopieren gegeben hatte. Baptiste hatte sie samt ihren eigenen Malversuchen aus ihrem Atelier entfernt, bevor er ihre Werke vernichtet hatte.

Das zaghafte Klopfen überhörte sie anfangs, bis die Tür sich langsam öffnete und Marie hereinsah. »Es ist schon fast sieben Uhr, Madame Germain. Ihr Gatte schickt mich zu Ihnen mit der Aufforderung, sich für das Abendessen umzuziehen.« Sowohl ihr Tonfall als auch ihr Gesichtsausdruck verrieten pures Mitgefühl.

»Den Teufel werde ich tun!« Valéries Niedergeschlagenheit wandelte sich wieder in flammenden Zorn. »An den Haaren muss er mich ins Speisezimmer schleifen, und was er mir in den Mund stopft, spucke ich ihm ins Gesicht.«

Marie sah sie mit einer Mischung aus Ängstlichkeit und Bewunderung an. Mit Worten ging sie nicht auf Valéries Drohungen ein. Stattdessen blickte sie sich im Atelier um. »Hier sieht es ja furchtbar aus. Soll ich während des Soupers sauber machen?«

Die Idee war plötzlich da, ohne dass Valérie auch nur eine Sekunde darüber nachgedacht hatte. Ihre rasende Wut wich berechnendem Zorn. »Das wäre gut, Marie. Aber hol Eimer und Putztücher am besten sofort. Ich schlafe nämlich ab heute hier oben.«

Valéries blitzschnell durchdachtes Kalkül ging auf. Als sie nicht zum Abendessen erschien und auch Marie nicht auffindbar war, kam Baptiste nicht selbst, um nach ihr zu suchen und damit einen neuen Streit vor den Ohren der Angestellten zu riskieren. Stattdessen schickte er den Diener Gilbert, um sie zu holen. Der fand Valérie in ihrem Schlafzimmer vor, wo sie einige Dinge für die Nacht zusammenpackte.

Als sie den mitleidigen Blick des Mannes bemerkte, der wie die gesamte Dienerschaft den Tumult mitbekommen hatte, fasste sie sich ein Herz. Sie bat ihn, mit ihr gemeinsam Matratze und Bettzeug in ihr Atelier zu schaffen. Obwohl Gilbert seine Stellung riskierte, wenn Baptiste davon Wind bekam, half er ihr.

Vorher war Valérie noch eine andere kühne Idee gekommen: Während Baptiste zum Souper auf sie wartete, schlich sie sich in sein Schlafzimmer und entwendete den Schlüssel zur Zwischentür. Die schloss sie allerdings nicht ab, sodass Baptiste erst bemerken würde, dass sie nicht in ihrem Bett schlief, wenn er sich trotz ihrer heftigen Auseinandersetzung nicht entblöden würde, nachts seine ehelichen Rechte einzufordern.

Nachdem sie ihr Atelier von innen abgeschlossen und die Türklinke zusätzlich mit einem Stuhl verrammelt hatte, sank sie auf ihre Matratze. Wie nach ihrer Hochzeit lag sie fast die ganze Nacht wach und überlegte, wie es nun weitergehen könnte. Und wieder hatte sie am nächsten Morgen einen Plan.

SEPTEMBER 1891, AM NÄCHSTEN MORGEN

Valérie saß schon am Frühstückstisch, ungewohnt früh für ihre Verhältnisse, als Baptiste das Speisezimmer betrat. Zu ihrer Genugtuung sah auch er übernächtigt aus.

Wie erwartet hatte er nachts keinen Versuch unternommen, gewaltsam in ihr Atelier einzudringen. Er hatte lediglich einmal an der verschlossenen Tür gerüttelt und war danach unverrichteter Dinge wieder abgezogen.

Das hatte sie in ihrer Absicht bestärkt, seine Achillesfersen, die sie nach über eineinhalb Jahren Ehe gut genug kannte, für ihre Zwecke auszunutzen. Nichts fürchtete Baptiste mehr als Skandale, die seinen guten Ruf in Mitleidenschaft ziehen könnten.

»Guten Morgen, meine Liebe«, wahrte er zunächst den Schein, solange Gilbert ihn bediente. Dann entließ er den Diener. »Ich klingele, wenn ich etwas brauche.«

»Was soll das?« Kaum hatte Gilbert die Tür geschlossen, da funkelte er sie wütend an, sprach aber mit gedämpfter Stimme. »Was fällt dir ein, im Atelier zu übernachten? Was sollen denn die Leute von uns denken? Oder glaubst du etwa, unsere Dienerschaft tratscht nicht mit dem Gesinde der Nachbarschaft? Du machst mich vor allen Leuten zum Gespött!«

Valérie verkniff sich ein hämisches Grinsen. In der Nacht hatte sie Baptiste richtig eingeschätzt. Er reagierte genau so, wie sie es sich vorgestellt hatte.

»Die Leute werden das Richtige denken«, entgegnete sie kühl. »Dass du ein furchtbarer Ehemann und Haustyrann bist. Nicht der joviale, beliebte Künstler, als den du dich so gern ausgibst.«

Sie trank einen Schluck Kaffee. »Ich werde von nun an jede Nacht im Atelier verbringen. Dass die Dienerschaft das merkt und was sie darüber bei den Nachbarn verbreitet, ist mir egal.«

»Aber mir ist es nicht egal!«, donnerte er, um sich gleich darauf mit der Hand auf den Mund zu schlagen.

Valérie lächelte süffisant. »Wenn du die Form wahren möchtest, sei dir als Erstes angeraten, mich in Zukunft nachts nicht mehr zu behelligen. Du ekelst mich seit unserer Hochzeitsnacht bis zum Erbrechen an!«

In seiner Mannesehre zutiefst verletzt, zuckte Baptiste zurück. *Fast könnte er mir leidtun, wäre er nicht so ein Scheusal!*

Ungerührt fuhr Valérie fort: »Das ist meine Bedingung, um

wieder in mein Schlafzimmer zurückzukehren. Hältst du dich nicht daran, schreie ich das ganze Haus zusammen, sobald du mein Zimmer betrittst. Außerdem werde ich meinen Eltern, meinen beiden Großelternpaaren und vor allem deinen eigenen Eltern berichten, welche Gefühle ich wirklich für dich hege und womit du meinen Vater erpresst hast, damit ich in diese Ehe einwillige. Übrigens auch jedem deiner Künstlerkollegen, der bereit ist, mich anzuhören.«

Das war keine leere Drohung. Im ersten Jahr ihrer Ehe hatte Baptiste Valérie regelmäßig zu gesellschaftlichen Ereignissen mitgenommen. Dabei pflegte sie kein Blatt vor den Mund zu nehmen, wenn die Gespräche ihr nicht gefielen.

Flüchtig erinnerte sie sich an die indignierten Mienen, als sie beim wöchentlichen Empfang der Malerin Madeleine Lemaire Pascals Kritik an Cabanels *Geburt der Venus* wiederholt hatte. Schon am ersten Tag in der Akademie Cormon hatte Pascal über die vorgeblich naturgetreue Darstellung der Wirklichkeit in vielen Gemälden im akademischen Stil gespottet. »Wie lässt es sich mit der Realität vereinbaren, dass die Venus auf den Wellen liegt, ohne unterzugehen?«

Nur die Gastgeberin selbst hatte gelächelt, wenn auch nichts weiter zu ihrer Bemerkung gesagt. An die erregte Diskussion der anwesenden Kunstmaler erinnerte sich Valérie noch wochenlang mit Vergnügen. Dass dies das letzte Mal gewesen war, dass Baptiste sie in einen solchen Zirkel mitgenommen hatte, war ihr nur recht gewesen.

Wie peinlich ihm solche Auftritte waren, hatte er zuletzt vor dem Besuch des diesjährigen Salons bewiesen. »Ich kann nicht darauf verzichten, dass du mich wenigstens einmal dorthin begleitest«, hatte er argumentiert. »Das würde auffallen und ein schlechtes Licht auf unsere junge Ehe werfen. Doch ich bitte dich inständig, dich mit jeder Form von Kritik an den ausgestellten Gemälden zurückzuhalten.«

Damals hatte sie sich um des lieben Friedens willen gefügt. Doch Baptiste hatte die Erfahrung gemacht, dass sie auch jederzeit davon abweichen konnte.

Da er jetzt also nur zu gut wusste, dass sie es ernst meinte, wurde er weiß wie eine gekalkte Wand. »Willst du mich erpressen?«

Valérie nickte kurz. »So kannst du es nennen, wenn du möchtest.«

Baptiste holte tief Luft und ballte die Hände zu Fäusten. »Wenn du mir meine ehelichen Rechte verweigerst, wäre das womöglich sogar ein Scheidungsgrund.«

Auf diese Drohung hatte Valérie nur gewartet. »Mit einer Scheidung oder zumindest einer Trennung von Tisch und Bett bin ich sofort einverstanden.«

»Das würde deiner Familie den finanziellen Boden entziehen!«

Valérie straffte die Schultern und blickte entschlossen auf. In der Nacht war ihr ebenfalls klar geworden, dass sie sich nicht mehr länger zum Opfer der Fehler ihres Vaters machen lassen wollte. Lediglich wenn sie an ihre Großeltern mütterlicherseits dachte, packte sie ein Anflug von Panik.

Andererseits rechnete sie gar nicht damit, dass Baptiste, zumal angesichts der noch kurzen Dauer ihrer Ehe, einen Skandal riskieren würde. Deshalb legte sie noch einmal nach.

»Du darfst eine Trennung vor deinen und meinen Verwandten gern damit begründen, dass ich nicht mehr bereit bin, dir wie eine käufliche Kokotte zugunsten der finanziellen Sicherheit meiner Familie zu Willen zu sein.«

Wieder zuckte er zusammen.

»Und solltest du daraufhin eine Scheidung in Erwägung ziehen«, ergänzte sie mit einem spöttischen Lächeln, »bedenke, dass dies in Frankreich noch immer eine ausgesprochene Seltenheit ist. Meines Wissens existiert diese Möglichkeit überhaupt erst wieder seit ein paar Jahren. Aber ich habe gehört, dass die Zeitungen, insbesondere die Sensationsblätter und die Satiremagazine, sich geradezu darum reißen, von solchen Ereignissen zu berichten. Vor allem, wenn es prominente Paare betrifft.«

Baptiste griff nach der Kaffeetasse. Seine Hand zitterte so sehr, dass sich die braune Brühe teilweise über das blütenweiße Tischtuch ergoss. Eine ganze Weile sagte er nichts.

Derweil verzehrte Valérie genüsslich ein Croissant. Sie spürte, dass sie auf dem richtigen Weg war, und hatte auf einmal nach dem ausgefallenen Souper am Vorabend großen Appetit.

Schließlich hatte Baptiste sich wieder einigermaßen gefasst. »Ich werde dir den Zugang zu deinem Atelier verwehren«, kündigte er an. »Du wirst keinen Platz mehr zum Malen in diesem Haus haben.«

Valérie durchfuhr ein Stich, obwohl sie mit dieser Konsequenz gerechnet hatte. »Da ich an der Art von Malerei, wie du sie ausübst, nicht das allergeringste Interesse habe und du meine Werke vernichtet hast, brauche ich kein Atelier mehr«, entgegnete sie so kühl, wie es ihr möglich war.

»Ich werde dir das großzügige Taschengeld entziehen, das ich dir bisher monatlich zur Verfügung gestellt habe. Du wirst lediglich das Haushaltsgeld erhalten und mir über jeden Centime Rechenschaft ablegen.«

Auch damit hatte Valérie gerechnet und vorsichtshalber am gestrigen Abend den gesamten wertvollen Schmuck an sich genommen, den Baptiste ihr geschenkt hatte. Da sie Marie völlig vertraute, beabsichtigte sie, ihn dem Dienstmädchen zur Aufbewahrung zu geben. In deren Kammer würde Baptiste nie danach suchen.

In weiser Voraussicht hatte sie außerdem Monat für Monat einige Louisdor für schlechte Zeiten zurückgelegt. Den Beutel mit Geld hatte sie in dem Schrank in ihrem Atelier versteckt und ebenfalls gestern Nacht an sich genommen. Wohin damit, wusste sie im Augenblick noch nicht. Ein eigenes Konto durfte sie ohne Einwilligung ihres Gatten nicht eröffnen. Darüber hatte sie sich bereits vor Monaten in der Hausbank ihres Vaters informiert.

Sollten ihre finanziellen Reserven schließlich aufgebraucht sein, beabsichtigte sie, ihren Vater um regelmäßige Zuwendungen anzugehen. Ebenfalls mit der Drohung, insbesondere seinen Eltern von dem Handel zu berichten, den sie seinetwegen eingegangen war.

Jetzt nickte sie gleichgültig. »Für meine Ausstattung wirst du weiterhin aufkommen müssen, Baptiste. Schon weil es deine Eitelkeit gar nicht zulassen würde, dass ich mit Kleidern aus der vergangenen Saison in der Öffentlichkeit oder zum Tee bei deinen Eltern erscheine. Und ein persönliches Taschengeld brauche ich nicht mehr, um Malutensilien davon zu erwerben.« Bisher hatte sie von dem Geld Material bei Père Tanguy gekauft, das ihr eigener Malstil erforderte und das Baptiste daher nicht im Haus hatte. »Rechnungen für Einkäufe im Printemps oder anderen Geschäften lasse ich einfach zu deinen Händen senden. Ebenso wie für neue Roben bei Charles Worth.«

Auch dagegen konnte Baptiste nichts unternehmen, ohne zumindest Unstimmigkeiten zwischen ihm und seiner jungen Ehefrau offenzulegen. Wieder ging ihr Kalkül auf. Baptiste schwieg.

Doch nun kam der wichtigste Punkt, den sie mit ihm verhandeln musste. Er betraf ihre persönliche Freiheit. Sie blickte ihn herausfordernd an und versuchte, ihre aufkommende Furcht zu verbergen.

»Ich verlange außerdem von dir, dass ich das Haus, so wie bisher, tagsüber in Begleitung von Marie verlassen kann, um Besorgungen zu erledigen, Freundinnen zu treffen und meine Verwandten zu besuchen.«

Zu ihrer Erleichterung hatte Baptiste auch dagegen keine Einwände.

»Das sind meine Bedingungen, die ich dir stelle, um in mein Schlafzimmer zurückzukehren, damit es kein weiteres Aufsehen bei der Dienerschaft gibt. Im Gegenzug akzeptiere ich deine Bedingungen.«

Baptiste sah zunächst aus, als würde er an einer Kröte würgen. Doch wie sie erwartet hatte, gab er schließlich nach. »Ich bin mit deinen Forderungen einverstanden, sofern du mir garantierst, dass du gegenüber der gesamten Familie, deiner und meiner, absolutes Stillschweigen darüber wahrst, dass du deine ehelichen Pflichten in Zukunft verweigerst. Und nach außen hin den Schein einer glücklichen Ehefrau aufrechterhältst.«

»Damit bin ich einverstanden.«

Am gleichen Tag zog Valérie in ihr Schlafzimmer zurück. Doch ihre Vorsichtsmaßnahme erwies sich bereits in der folgenden Nacht als unverzichtbar.

Was auch immer er sich davon versprochen hatte, trotz ihrer Abmachung versuchte Baptiste, durch die Zwischentür in ihr Zimmer einzudringen. Diesmal hatte Valérie sie mit dem zuvor entwendeten Schlüssel abgeschlossen, ebenso wie ihre eigene Schlafzimmertür zum Flur hinaus. Baptiste mühte sich mit dem Ersatzschlüssel vergeblich ab, die Zwischentür zu öffnen.

»Wenn du das noch ein einziges Mal wagst oder gar das Schloss auswechseln lässt, fühle ich mich an meinen Teil der Vereinbarungen nicht mehr gebunden«, drohte sie ihm am nächsten Morgen beim gemeinsamen Frühstück.

Baptiste setzte ein spöttisches Grinsen auf, um seine Demütigung zu kaschieren. Womöglich hatte er tatsächlich vorgehabt, sie zu verführen und damit ihr Wohlwollen zurückzugewinnen.

»Ach, weißt du was, Valérie. Paris wimmelt nur so von schönen Frauen, die einem Mann wie mir jederzeit zu Diensten sein werden. Leidenschaftlicher und erotischer, als du es je gewesen bist. Daher kann ich mit Leichtigkeit auf dich verzichten.«

Wenn er beabsichtigt hatte, sie damit zu treffen, hatte er sich geirrt.

»Das freut mich für dich, Baptiste«, entgegnete sie kühl. »Denn damit ist uns beiden gleichermaßen gedient.«

Kapitel 19

IM MOULIN ROUGE

OKTOBER 1891, AM SPÄTEN ABEND

»Kennst du den schlaksigen Mann, der da neben Henri de Toulouse-Lautrec an der Bar steht?«, fragte Elise Percy. »Den hab ich noch nie hier gesehen.«

Perceval de Chambières folgte ihrem Blick. Beide hatten sich vor der Theke angestellt, da sie nach der letzten Stunde, die sie durchgetanzt hatten, durstig geworden waren.

Percy runzelte die Stirn. »Das ist Henris Vetter, er heißt Gabriel, glaube ich. Jedenfalls sieht Henri neben ihm aus wie ein Zwerg.«

Der Mann, den Percy Gabriel genannt hatte, war mindestens genauso groß wie Valentin, der Knochenlose. Vielleicht sogar noch größer. Er war sehr schlank, hatte dunkle Haare und einen kleinen Schnurrbart in gleicher Farbe. Der Kneifer auf seiner Nase war die einzige Ähnlichkeit mit Henri.

»Angeblich ist Gabriel nach Paris gekommen, um Medizin zu studieren«, ergänzte Percy.

»Du kennst dich ja doch ganz gut mit Henri und seiner Familie aus.« Bisher war Percy bei seiner Behauptung geblieben, die Bekanntschaft mit Henri sei flüchtig. Obwohl er bei seinen Aufenthalten in Paris fast jeden Abend im Moulin Rouge verbrachte, hatte Elise die beiden noch nie miteinander sprechen sehen. Es erschien ihr im Gegenteil fast so, als gingen sie sich absichtlich aus dem Weg.

Percy zuckte gleichgültig die Achseln. »Jedes Mal, wenn ich zu Hause bin, überschüttet mich meine Mutter mit dem neuesten Klatsch. Wahrscheinlich weiß ich es daher.«

Elises Herzschlag beschleunigte sich. »Wann musst du denn wieder fort?«

Percy seufzte. »Leider schon übermorgen. Ich weiß jetzt schon nicht, wie ich es wochenlang ohne dich aushalten soll.«

»Ich auch nicht«, flüsterte Elise und spürte ihre Kehle eng werden.

Nach ihrer ersten herrlichen Liebeswoche im Juli war Percy bislang nur zweimal wieder in Paris gewesen. Einmal im September und jetzt im Oktober. Jedes Mal hatten sie ein stürmisches Wiedersehen gefeiert und die Nächte gemeinsam in Percys Luxushotel verbracht. An Elises freiem Tag hatten sie Ausflüge in die Umgebung von Paris gemacht und sich zweimal sogar im Freien geliebt.

»Wann wirst du wiederkommen?«

Percy küsste sie trotz der vielen Zuschauer, die sie umgaben, auf den Mund. »So schnell ich kann, *mon grand amour*«, entgegnete er zärtlich, aber vage.

Aus früheren vergeblichen Versuchen, ihn diesbezüglich zu einer klaren Aussage zu bewegen, wusste Elise, dass es aussichtslos war.

»Ich bin noch finanziell abhängig von meinen Eltern«, argumentierte Percy bei solchen Gelegenheiten. »Leider! Mein Vater erwartet von mir, dass ich mich in die Verwaltung unserer Ländereien einarbeite, meine Mutter, dass ich an allen gesellschaftlichen Ereignissen in der Region teilnehme. Beides kann ich nicht immer vorhersehen.«

»Wirst du mir denn wenigstens regelmäßig schreiben?«

»Ich versuche es, *chérie*. Aber oft bin ich abends zu müde dazu.«

»Aber wenigstens einmal pro Woche?«, drängte Elise. »Das hast du mir doch versprochen.«

Gerade kamen Percy und sie mit ihren Getränkebestellungen endlich an die Reihe. Ist er dadurch abgelenkt, weil er mir nicht antwortet?, überlegte Elise, während er eine Flasche Champagner und auf ihren Wunsch hin auch einen Krug eisgekühltes Zitronenwasser bestellte.

Aber sie wollte sich um keinen Preis noch einmal mit ihm darüber streiten. Denn vor zwei Tagen hatte er ihr das schönste Liebesgeständnis gemacht, das eine Frau sich nur wünschen konnte.

»Was dich angeht, bin ich wie General Boulanger, der sich am Grab seiner Geliebten das Leben genommen hat«, hatte Percy ihr versichert, nachdem sie ihm vorgeworfen hatte, er denke nicht mehr an sie, sobald er Paris verlasse. »Denn ohne dich wäre mein Leben öde und leer.«

Der Selbstmord des ehemals aufrührerischen Generals, der nach dem Ende seiner politischen Karriere ins Exil gegangen war, hatte tagelang die Schlagzeilen der Pariser Gazetten gefüllt.

Bevor sie sich jetzt darüber schlüssig wurde, ob sie ihre Bitte wiederholen sollte, geschah etwas Unerwartetes.

La Goulue näherte sich ihrem Tisch. Wie immer in den letzten Tagen war sie mit einer gepunkteten Bluse und einem weiten schwingenden Rock genau so gekleidet wie auf dem inzwischen fertigen Plakat von Toulouse-Lautrec. Elise hatte gehört, dass es dreitausendmal in Paris aufgehängt worden war.

Das Plakat hatte nicht nur den Künstler selbst aus der Anonymität ins Rampenlicht geholt, da er seine Signatur »Lautrec« diesmal offen in die linke untere Ecke geschrieben hatte. Sondern auch La Goulue über ihre bisherige Bekanntheit hinaus zu einer noch nie da gewesenen Popularität verholfen.

Im Vordergrund des Plakats war die Silhouette von Valentin abgebildet, wie üblich mit dem Zylinder auf dem Kopf und im Kontrast zur farbigen Darstellung von La Goulue und den grellroten Reklameaufschriften in Grau gehalten. Das rückte die Tänzerin optisch in den Mittelpunkt. Sie tanzte ausgelassen und schwenkte dabei ihre voluminösen Spitzenunterröcke. Obwohl außer dem Rückenausschnitt kein Stück ihrer blanken Haut zu sehen war, strahlte die Komposition eine gewisse Sinnlichkeit aus.

Dieser Eindruck wurde noch verstärkt durch die zahlreichen Zuschauer, die Lautrec im Hintergrund wie die Schattenfiguren im Chat Noir ganz in Schwarz dargestellt hatte. An ihrem auffälligen Hut hatte Elise Jane Avril erkannt. Und der lange Lulatsch ganz links am Rand könnte sein Cousin Gabriel sein, war es ihr an der Theke flüchtig durch den Kopf gegangen.

Zu Elises Unmut blieb Louise dicht neben Percys Stuhl stehen. Sie blickte von oben auf ihn hinunter und setzte die arrogante Miene auf, die sie zur Schau trug, seitdem ihr Konterfei an jeder Straßenecke zu bewundern war.

Dann leckte sie an ihrem Zeigefinger und strich Percy damit über die Wange. »Na, mein Süßer, dein Ruf eilt dir ja inzwischen voraus. Ich bin jetzt auch ganz berühmt. Wie wär's dann mal mit uns zweien?«

Elise stockte der Atem.

La Goulue warf ihr einen provozierenden Blick zu. »Oder einem flotten Dreier! Vielleicht machst du ja diesmal mit.« Sie spielte auf Elises Weigerung vor zwei Jahren an, mit ihr und dem Schah von Persien gemeinsam ins Bett zu gehen.

Die Wut schoss wie ein Geysir in Elise hoch. »Was fällt dir ein, du niederträchtiges Luder!« Automatisch hatte sie ihre Finger wie Krallen gebogen, als wollte sie Louise die Augen auskratzen.

Doch bevor sie aufspringen konnte, griff Percy ein. Er fixierte

Louise, was die einen kurzen Moment lang als Zeichen von Interesse deutete. Denn sie grinste schadenfroh.

Das Lachen verging ihr jedoch rasch, als Percy demonstrativ ein Taschentuch zückte und sich damit die Wange an der Stelle abwischte, wo La Goulue ihn berührt hatte.

»Dass Ihre Beine in ganz Paris zu sehen sind, ist für mich noch kein Grund, Sie attraktiv zu finden«, antwortete er dann sarkastisch. »Wenn ich jemand wie Sie treffen wollte, ginge ich ins Bordell. Oder« – er machte eine Kunstpause und lächelte süffisant – »sind Sie da sogar schon zu finden?«

Unter der hellen Schminke, die La Goulue aufgetragen hatte, schimmerte es blutrot.

»Du unverschämter Rüpel!«, zischte sie. »Tust hier so scheinheilig und bist doch in Wahrheit …«

Weiter kam sie nicht, denn Percy schlug sie mit der flachen Hand auf den Mund. Nicht so fest, dass es eine Schwellung geben würde, aber fest genug, um sie zum Schweigen zu bringen.

»Heben Sie sich hinweg!« Er sprang auf, packte La Goulue am Arm, drehte sie um und stieß sie so heftig von sich weg, dass sie stolperte. »Sonst beschwere ich mich bei den Messieurs Zidler und Oller persönlich über Sie und Ihr ordinäres Gerede.«

Er baute sich drohend vor ihr auf und schirmte Elise damit vor La Goulues Blicken ab.

Mittlerweile waren auch einige umstehende Männer auf die Szene aufmerksam geworden und näherten sich Percy mit zu Fäusten geballten Händen. Schon befürchtete Elise, dass es zu einer Schlägerei kommen würde, als La Goulue ihre Helfer zurückrief.

»Der lohnt die Mühe nicht, meine Herren. Dem zahl ich es auf andere Weise heim!«

Dabei warf sie Elise einen mörderischen Blick zu, der sie bis ins Mark erschauern ließ.

Das war mal meine beste Freundin, dachte sie, als sie La Goulue nachblickte, die zwei ihrer Unterstützer untergehakt hatte. Jetzt ist sie zu meiner schlimmsten Feindin geworden.

IN DER GARDEROBE DES MOULIN ROUGE

OKTOBER 1891, EINE WOCHE SPÄTER

La Goulue stieß Elise rüde zur Seite, als sie, bereits fertig umgekleidet, die Garderobe verließ. In den letzten Tagen war sie ungewohnt früh im Moulin Rouge erschienen und entgegen ihrer Angewohnheit die Erste in der abendlichen Parade, die Charles Zidler nach wie vor abhielt, um die Aufmachung der Tänzerinnen vor jeder Vorstellung zu inspizieren.

Merkwürdig, dachte Elise wie schon an den Vorabenden. Einen Reim konnte sie sich nicht darauf machen und Louise auch nicht danach fragen. Denn seit der Szene vor einer Woche behandelte La Goulue sie wie Luft.

Außer ihr war nur noch Jane Avril im Raum. Lucienne hatte auf La Goulues Betreiben schon vor Monaten in die Garderobe für das restliche Ensemble wechseln müssen. »Dieser Raum ist nur für die reinen Solotänzerinnen.« La Goulue war Zidler so lange auf die Nerven gefallen, bis der schließlich nachgegeben hatte.

Auch Jane war schon fertig angekleidet, machte aber keine Anstalten, die Garderobe zu verlassen. Bisher war Elises Verhältnis zu ihr freundlich, aber distanziert geblieben. Jane war im Moulin Rouge eine Einzelgängerin und hielt sich eher für sich. Außer

»Guten Tag« und »Guten Weg« hatte Elise nur wenige Worte mit ihr gewechselt.

Jetzt kam Jane, deren Spind am anderen Ende des Raums lag, auf Elise zu. Sie grüßte sie freundlich und sagte dann zu deren großem Erstaunen: »Lass mich mal was nachsehen!« Dann zog sie an der Tür von Elises Spind, der aufgrund der voluminösen Röcke der Cancan-Kostüme eher ein Schrank war. Sie ließ sich nach kurzem Rütteln öffnen.

»Hast du gestern Abend abgeschlossen?«

Elise nickte verdattert. »Natürlich! Zumindest hab ich das gedacht.«

Jane holte tief Luft. »Irgendwas hat Louise hier gerade gemacht. Ich konnt's nicht genau sehen, hab sie nur im Spiegel von hinten beobachtet. Sie hat sich schon an was zu schaffen gemacht, als ich reingekommen bin. Und ist zusammengezuckt, als hätt ich sie bei was ertappt.«

»Meinst du, sie wollte was aus meinem Spind stehlen?« Dann schüttelte Elise, trotz ihres inzwischen eisigen Verhältnisses zu Louise beschämt über ihren Verdacht, den Kopf. »Hier drin gibt's aber nichts Wertvolles. Auf jeden Fall keinen Schmuck. So was besitze ich gar nicht.«

»Vielleicht dachte sie, Percy hat dir inzwischen was geschenkt«, vermutete Jane. Natürlich wusste auch sie von der Liebesbeziehung der beiden.

Elise verneinte erneut. »Das hat er nicht«, beteuerte sie. »Er hat ja noch nicht so viel eigenes Geld«, fügte sie zur Erklärung hinzu.

Jane musterte sie mit einem undefinierbaren Gesichtsausdruck. »Aha«, machte sie nur. Dann wechselte sie das Thema.

»Vielleicht hat dir Louise was auf deine Kostüme geschmiert. Du erinnerst dich sicher, das hat sie schon mal bei Nini getan.«

»Behauptet Nini«, verteidigte Elise ihre ehemalige Freundin

instinktiv. »Vielleicht wollte sie Louise auch nur anschwärzen.« Das hatte La Goulue jedenfalls damals behauptet.

Nach einer heftigen Auseinandersetzung über ihr gemeinsames Duo mit La Goulue waren Ninis Kostüme am nächsten Abend mit stinkender Hundekacke beschmiert gewesen. Nini hatte sich bei den übrigen Kolleginnen des Ensembles die Kleider für ihre Auftritte leihen müssen.

»Immerhin hat der ›Grashüpfer‹ La Goulue aus der Garderobe des Ensembles kommen sehen«, entgegnete Jane. »Was hatte sie dort verloren?«

Letztlich war der Vorfall nie aufgeklärt worden. Charles Zidler hatte jedoch die gesamte Belegschaft gewarnt. Wer bei einer solchen Sache auf frischer Tat ertappt würde, wäre sofort gefeuert.

»Schau auf jeden Fall mal nach, ich helf dir dabei.«

Gemeinsam inspizierten sie Elises Kostüme, fanden zu deren Erleichterung jedoch nichts Ungewöhnliches. Hastig, da sie schon spät dran war, zog Elise danach das Kleid für ihren ersten Auftritt an. Dann griff sie nach ihren hochhackigen schwarzen Tanzschuhen, die sie am Abend zuvor auf dem Boden des Schranks abgestellt hatte.

Sie streifte sie über und machte eine spielerische Pirouette. Plötzlich geriet sie ins Straucheln und fand erst in letzter Sekunde Halt.

»Was ist das denn?«

Jane ließ sich auf der Bank nieder und streckte die Hand aus. »Leg den rechten Fuß mal neben mich!« Dann zog sie am Absatz des Pumps. Er ließ sich hin und her bewegen und saß offenbar nicht mehr fest. Schließlich ratschte es, und Jane hielt ihn in der Hand.

Elise fuhr der Schreck in alle Glieder. Schon einmal hatte sich ein Absatz ihrer Pumps während einer Nummer gelockert. Dies hatte sie mit einer tagelang anhaltenden Verstauchung bezahlt, da sie nach einem Sprung falsch aufgekommen war. Doch das hier war noch eine ganz andere Sache. Wäre der Absatz inmitten des Tanzes abgegangen, hätte sie sich im schlimmsten Fall schwer verletzen können.

Deshalb hatte Zidler eigentlich allen Tänzerinnen befohlen, ihre Schuhe vor jeder Aufführung sorgfältig zu prüfen. Doch bisher hielt sich keines der Mädchen daran.

Jane zog ein Tuch aus der Tasche ihres roten Kleids und wischte über den oberen Teil des Absatzes. Wenig später war das Tuch mit schwarzen Schlieren übersät. Der Absatz selbst wies deutliche Sägespuren auf und eine Bruchstelle, wo er vorher noch mit der Sohle verbunden gewesen war.

»So ein Miststück!«, schimpfte Jane. »Das hier ist weder Zufall noch Abnutzung. Das ist Sabotage. Sie hat die Sägespuren mit schwarzer Schuhcreme verdeckt, damit du nichts merkst. Und der Absatz saß noch so fest, dass es dir beim bloßen Gehen wahrscheinlich nicht aufgefallen wäre.«

Elise schlug das Herz bis zum Hals. Der hasserfüllte Gesichtsausdruck La Goulues, nachdem Percy sie so rüde behandelt hatte, erschien wieder vor ihrem inneren Auge. Ja, kam sie schließlich zum traurigen Schluss, ich trau es ihr zu. Das gestand sie Jane auch ein.

»Du musst es Zidler sagen! Und das Schloss an deinem Spind auswechseln lassen.«

»Aber Louise wird alles abstreiten.«

»Ich hab gesehen, dass sie sich vor deinem Schrank an was zu schaffen gemacht hat. Und jetzt fällt mir ein, sie hat sich eine Haarnadel in die Frisur gesteckt, als ich reinkam. Damit wird sie das Schloss aufgehebelt haben.«

»Das sind leider keine Beweise, Jane.« Elise holte tief Luft.

»Aber ich werde in Zukunft besser auf der Hut sein, das verspreche ich dir.«

Die Vorführung verlief perfekt wie immer. Da La Goulue ihr demonstrativ aus dem Weg ging, konnte Elise nicht beobachten, ob sie besonders enttäuscht oder missgünstig aussah.

Zu ihrem Trost fand sie nach ihrer Rückkehr in die Wohnung am Boulevard de Rochechouart einen besonders liebevollen Brief von Percy vor. Darin kündigte er seine Rückkehr nach Paris noch in der Adventszeit an.

Da es außerdem keinen weiteren Zwischenfall mehr mit La Goulue gab, verblasste die Erinnerung an den womöglich versuchten Anschlag allmählich wieder.

Kapitel 20

IM ATELIER VON DEGAS

OKTOBER 1891, VIER WOCHEN NACH VALÉRIES STREIT MIT BAPTISTE

»Was hat dein Gatte getan?«

Die Fassungslosigkeit, die aus Edgar Degas' Stimme sprach, war zu viel für Valérie. Ihre mühsam aufrechterhaltene Beherrschung brach zusammen, sie begann, hemmungslos zu schluchzen.

Hilflos streichelte ihr Suzanne über den Rücken. »Valérie hat monatelang an den Skizzen gearbeitet. Ihr Selbstporträt in Öl war nahezu fertig.«

»So ein Schuft!« Degas klang sehr wütend. »Also deshalb hast du dich hier so lange nicht sehen lassen!«

»Sie hat sich zu sehr geschämt«, antwortete Suzanne an ihrer statt.

Degas furchte die Stirn. Dann seufzte er schwer. »Leider bist du mit ihm verheiratet, Valérie. Er hat die Macht über dich. Dagegen kannst du wahrscheinlich nichts tun.«

Valéries Tränen versiegten so rasch, wie sie gekommen waren. In einer Aufwallung von Trotz hob sie den Kopf. »Doch, Edgar, das kann ich. Baptiste lässt mich zwar nicht mehr in seinem Haus malen, dagegen bin ich wirklich machtlos. Außerdem habe ich außer etwas Erspartem und ein wenig Schmuck kein eigenes Vermögen. Aber als Ehemann kommt er nicht mehr auf seine Kosten, wenn du verstehst, was ich meine. Trotz des hohen Preises, den er für mich entrichtet hat.« Unwillig bemerkte sie, dass sie errötete, und senkte den Kopf.

Degas' fragenden Blick bemerkte sie erst, als Suzanne darauf reagierte. »Ich weiß, was sie meint, Edgar. Aber das muss sie dir selbst erzählen.«

Nachdem sich Valérie zuerst ihrer Großmutter Cecile anvertraut hatte, die es ihrem Großvater Bernard weitergegeben hatte, war es ihr nicht mehr schwergefallen, auch Suzanne ins Vertrauen zu ziehen. Nun erzählte sie die Hintergründe ihrer Eheschließung auch ihrem Mentor.

Der schüttelte, nun wieder fassungslos, den Kopf. »Du armes Ding. Du hast nicht nur deine Kunst, sondern auch dich selbst den Interessen deiner Familie geopfert. Kein Wunder, dass keines der sogenannten Malweiber je an die Ehe gedacht hat.« Aus Degas' Mund klang die sonst als Schimpfwort benutzte Bezeichnung eher bewundernd.

»Einige von ihnen verdienen sich mit ihrer Kunst inzwischen sogar ihren Lebensunterhalt«, fügte er hinzu.

»Was gibst du Valérie denn nun für einen Rat?«

Degas überlegte eine ganze Weile. Dann seufzte er noch einmal schwer. »Ein Atelier, also einen Platz zum Malen, können wir beide dir nicht anbieten. Suzannes Wohnung ist zu klein, sie reicht gerade für ihre eigene Malerei aus. Und ich« – er hielt inne und machte eine ausholende Handbewegung, die den ganzen, recht großen Raum umfasste – »ich … ich«, aus irgendeinem Grund brachte er die Worte nicht über die Lippen.

»Edgar kann nicht in Gegenwart anderer malen«, sprang Suzanne für ihn in die Bresche.

»Ich hab es früher ein paarmal versucht. Aber Suzanne hat recht.«

Eine Weile schwiegen alle drei beklommen.

»Wie viele persönliche Freiheiten lässt dir dein Gatte denn noch?«, ergriff Edgar als Erster das Wort. »Darfst du das Haus tagsüber verlassen?«

»Das hab ich mir unter anderem ausbedungen.«

Edgar spitzte die Lippen. »Dann kommt mir eine Idee. Kennst du den Maler Henri Gervex? Ich hab ihn, glaub ich, schon mal erwähnt.«

Valérie nickte. »Ich kenne ihn schon lange. Er hat mich sogar als kleines Mädchen für mein erstes Bild gelobt. Ach ja«, fiel es ihr wieder ein, »ihr kennt euch doch auch schon lange. Hast du ihm nicht dazu geraten, sein Skandalbild *Rolla* genau so zu malen, wie er es später tat? Der Salon hat es abgelehnt, aber mein Vater hat in seiner Kunstgalerie einen exorbitant hohen Preis dafür erzielt.«

Degas grinste spöttisch. »So ist es. Die bigotte Jury hat sich daran gestört, dass Rollas Geliebte ihre Kleider vor dem Geschlechtsakt in wildem Durcheinander neben das Bett geworfen hat. An der Nacktheit der Kurtisane hatte niemand etwas auszusetzen. Nur an der erotischen Tatsache des vorher ausgezogenen Mieders.«

Er lachte bei der Erinnerung auf. »Es war ein genialer Streich, den Gervex der prüden Akademie auf meinen Rat hin gespielt hat. Seit dieser Zeit sind wir immer freundschaftlich miteinander verbunden geblieben. Wie lange ist das jetzt her?« Er nahm beim Rechnen die Finger zu Hilfe. »Ungefähr dreizehn Jahre.«

»Ich durfte damals in der Galerie meines Vaters mein erstes Ölbild malen, einen Blumenstrauß als Geburtstagsgeschenk für meine Mutter. Henri Gervex hat mir empfohlen, es ein wenig anders zu gestalten, als ich es ursprünglich vorhatte.«

»Wahrscheinlich nicht so geordnet und konservativ, wie es der Mode entsprach, sondern wilder?«, schloss Degas messerscharf.

Valérie bestätigte das. »Meiner Mutter hat es trotzdem gefallen. Das Bild hängt bis heute in ihrem Damensalon.«

»Nun, dann erinnert sich Gervex wahrscheinlich sogar an dich. Er trägt sich gerade mit dem Gedanken, an jedem zweiten Nachmittag zwischen Montag und Freitag eine Damenklasse für Freizeitmalerinnen zu eröffnen. Damit lässt sich auf leichte Art und Weise viel Geld verdienen.«

Valéries kurz aufgeflammte Hoffnung wich der Enttäuschung. »Hältst du mich denn für eine Freizeitmalerin?«

Degas sah sie ungläubig an. »Wie kommst du denn darauf?« Dann schüttelte er heftig den Kopf. »Ich hab was ganz anderes im Sinn. Henris reguläre Damenklassen sind ganztägig. Daran wirst du also nicht teilnehmen können, ohne dass dein Mann etwas merkt. Aber wenn du an diesen drei Nachmittagen pro Woche eine glaubhafte Entschuldigung dafür findest, von daheim weg zu sein, könntest du dort wieder deine Skizzen herstellen. Das dürfte dir nicht allzu schwerfallen, du hast ja recht viel Übung darin. Ich würde vorher mit Henri reden, warum du im Moment keine Alternative zu dieser Damenklasse hast, wenn du es mir gestattest. Und ihn bitten, dich genauso professionell zu betreuen wie ich.«

Valérie überlegte nicht lange und stimmte zu.

Degas stand auf und ging zu einem großen Schrank. Mit einem Stapel Skizzenpapier und einem Bündel Kohlestifte kam er zurück. »Hier hast du zunächst einmal eine Grundausstattung fürs Zeichnen. Suzanne könnte sie für dich aufbewahren, nicht wahr?«

»Das mache ich gern.«

»Ein paar Stifte und zwei bis drei Blatt leeres Papier kannst du sicher auch im Stadtpalais verstecken?«

Valérie nickte. »Da Baptiste mir versprochen hat, mein Schlafzimmer nicht mehr zu betreten, ist das kein Problem.«

»Und die begonnenen Skizzen lässt du einfach bei Gervex. Das tun seine anderen Schülerinnen ja auch.«

Plötzlich kam Valérie eine Idee. »Ich werde meine Großeltern um Unterstützung bitten. Sie wissen über meine Ehe Bescheid und haben mir vor ein paar Wochen versprochen, zu helfen, wenn ich sie brauche.«

»Dann ist das zumindest ein neuer Anfang, Valérie. Sobald ich mit Henri gesprochen habe, melde ich mich.«

Schon drei Tage später überbrachte Marie Valérie einen Brief von Degas. Sie hatte ihn aus der silbernen Schale in der Empfangshalle stibitzt, in die sämtliche Post gelegt werden musste, bis Baptiste sie überprüft hatte.

Henri Gervex weiß Bescheid und erwartet dich ab der nächsten Woche in seiner Hobbyklasse für Damen. Ich wünsche dir allen erdenklichen Erfolg. Dein Edgar

IN DER WOHNUNG VON VALÉRIES GROSSELTERN

OKTOBER 1891, EIN PAAR TAGE SPÄTER

»Und deshalb möchte ich euch beim Wort nehmen und um eure Hilfe bitten, *mamie, papi.*« Valérie nannte ihre Großeltern mütterlicherseits bewusst bei den Kosenamen, mit denen sie die beiden als kleines Mädchen angesprochen hatte.

Die Reaktionen fielen zunächst unterschiedlich aus. Während

ihre Großmutter nickte, runzelte der Großvater die Stirn. »Wie genau stellst du dir das denn vor, Valérie?«

»Die Damenklasse, an der ich teilnehmen möchte, findet dreimal wöchentlich nachmittags zwischen drei und fünf Uhr statt. Dazu muss ich nach Montparnasse fahren. Für die Strecke brauche ich ungefähr jeweils dreißig Minuten. Ihr müsstet also gegenüber meiner Mutter und vor allem gegenüber Baptiste behaupten, ich hätte euch an diesen Nachmittagen besucht. Solltet ihr danach gefragt werden.«

»Hmmm«, überlegte Valéries Großvater Bernard. »Dein werter Gatte Baptiste war noch nie hier. Von ihm ist also nicht zu befürchten, dass er eines Tages aufkreuzt und dich zu treffen erwartet, obwohl du gar nicht da bist. Deine Mutter kommt zwar selten, aber ab und zu doch vorbei. Meistens überraschend.«

»Seit ich erkrankt bin, war sie noch kein einziges Mal da«, wandte Cecile Valbert ein. »Sie hat viel zu große Angst davor, sich anzustecken.«

Leider hatte sich die schlimme Erkältung ihrer Großmutter inzwischen zu einer chronischen Krankheit entwickelt. Insgeheim befürchtete der Hausarzt sogar, dass sie an Schwindsucht leiden könnte, das wusste Valérie von ihrem Großvater. Vor Cecile hielten es beide geheim.

Auch jetzt schüttelte sie ein neuer Hustenanfall. Valérie warf einen ängstlichen Blick auf das weiße Spitzentaschentuch, das sie sich vor den Mund hielt. Zu ihrer Erleichterung konnte sie keine Blutstropfen darin entdecken.

Doch gerade weil ihre Mutter jeden Besuch in jüngster Zeit vermied, gab ihr das gegenüber Baptiste die Begründung, selbst nach den Großeltern sehen zu wollen, falls er ihre häufige Abwesenheit überhaupt bemerkte. Denn seit ihrem Streit ging er ihr häufig aus dem Weg. Die Tage verbrachte er entweder in seinem

Atelier, wo er sich auch die Mittagsmahlzeiten servieren ließ, oder ganz außer Haus.

Allerdings, sie stutzte, auch sie würde ihre Großeltern ja an den besagten Nachmittagen nicht sehen. Obwohl sie sich zunehmend Sorgen um ihre Großmutter machte.

»Wir machen es noch einmal anders, *mamie*«, schlug sie vor. »Ich werde Baptiste sagen, dass ich aus Sorge um dich jeden Tag vorbeikommen möchte, solange du so krank bist. An den freien Nachmittagen besuche ich euch tatsächlich hier. Nur den Sonntag muss ich aussparen, da Baptiste an diesem Tag häufig etwas mit mir unternehmen will, um den Schein zu wahren. Meistens treffen wir sonntags seine oder meine Eltern.«

»Und wenn Amélie doch einmal unangekündigt hereinschneit, wenn du nicht da bist, und hofft, dich zu sehen, hast du dich an diesem Tag einfach früher verabschiedet, um einkaufen oder spazieren zu gehen«, spann Cecile den Faden weiter. Dann hustete sie wieder heftig. »Ist dein Dienstmädchen zuverlässig?«, krächzte sie und rang mühsam nach Luft.

»Auf Marie kann ich mich völlig verlassen.«

»Aber wenn Amélie doch Verdacht schöpft und Baptiste unterrichtet, dass du gar nicht hier warst?«, warf der Großvater ein.

Valérie holte tief Luft. »Das Risiko muss ich eingehen. Wer nicht wagt, der nicht gewinnt. Außerdem kann ich mir eine Ausrede ausdenken.«

Insgeheim hoffte sie darauf, dass Baptiste selbst in diesem Fall den von ihr angedrohten innerfamiliären Skandal zu sehr fürchten würde, um sie ernsthaft zu bestrafen. Wo sie wirklich gewesen war, konnte er außerdem nicht nachprüfen. Und würde es sicher nicht einmal ahnen.

»Wenn ich mein Talent als Kunstmalerin nicht brachliegen lassen will, habe ich keine andere Wahl«, fügte sie hinzu.

Noch einmal hustete Cecile stark. Als sie wieder zu Atem kam, machte sie einen Vorschlag. »Anstatt stundenlang bei alten langweiligen Leuten zu sitzen, könntest du doch auch hier malen.«

Valérie war gerührt. Daran hatte sie noch gar nicht gedacht. »Skizzieren könnte ich wirklich hier. Der Esstisch ist groß genug, und wir können ihn mit einer Decke vor Flecken schützen.« Dann sah sie sich in dem recht vollgestellten Zimmer um, das charakteristisch für die ganze Wohnung war.

»Aber Platz für Ölmalereien habe ich hier nicht. Denn dabei entsteht eine Menge Schmutz. Außerdem ist kein Zimmer hell genug, um als Atelier zu dienen.«

»Wo hast du eigentlich gemalt, bevor du Baptiste geheiratet hast?«, erkundigte sich ihr Großvater. »Ich meine, nach deinem Studium oder in deiner Freizeit.«

Valérie spürte einen Kloß im Magen. »Das war im Atelier des Kunstmalers Henri de Toulouse-Lautrec. Er war ein Studienkamerad und Freund.«

»Ist das der, der dieses skandalöse Plakat für das Moulin Rouge fabriziert hat?« Ihr Großvater zog missbilligend die Augenbrauen zusammen.

»Genau der. Er wohnt und arbeitet noch immer in Montmartre.«

Offenbar focht ihr Großvater einen kleinen inneren Kampf mit sich aus. »Ach, was solls!«, beschwichtigte er sich dann selbst. »Warum fragst du diesen Maler denn nicht, ob du wieder in seinem Atelier arbeiten darfst, wenn ihr doch einmal befreundet wart?«

Valérie schluckte schwer. »Wir haben uns vor einigen Jahren zerstritten.«

Bernard Valbert, der seit jeher für seinen Pragmatismus bekannt war, winkte ab. »Aber so was lässt sich doch kitten, Kind. Ich bin sicher, da wird dir irgendwas einfallen.«

Im ersten Moment verwarf Valérie den Gedanken ihres Großvaters als absurd. Trotzdem dachte sie in den nächsten Wochen und Monaten immer wieder darüber nach.

Kapitel 21

ELISES WOHNUNG AM BOULEVARD DE ROCHECHOUART

HEILIGABEND 1891

Mein über alles geliebter Schatz,
was gäbe ich darum, heute und morgen am schönsten Fest des Jahres bei Dir zu sein. Dich zu umarmen und Deine weiche Haut zu liebkosen, Deine wunderschönen blauen Augen zu küssen, Dich am ganzen Körper zu streicheln und schließlich gemeinsam mit Dir die wunderbarsten Höhen der Gefühle zu erklimmen, die ich je gekannt habe.

Doch nein, es soll noch nicht sein.

Elise stiegen die Tränen in die Augen, sodass Percys elegante Handschrift vor ihren Augen verschwamm. Schon vor mehreren Wochen, nach dem zweiten Advent, war er nach nur dreitägigem Aufenthalt in Paris wieder in die Bretagne abgereist. »Meine Mutter ist leider an einer schweren Erkältung erkrankt. Mein Vater befürchtet, dass eine Lungenentzündung daraus erwachsen könnte. Leider muss ich umgehend nach Hause fahren.«

In diesem Augenblick fühlte Elise nur bodenlose Enttäuschung. So sehr hatte sie sich auf die nächsten Wochen mit Percy gefreut, der eigentlich bis kurz vor dem Weihnachtsfest hatte bleiben wollen.

Sie wischte sich die Tränen aus den Augen und von den Wangen, schluchzte noch einmal auf und las weiter.

Niemals zuvor hat eine Frau solche Gefühle in mir erweckt wie Du. Wenn ich nicht bei Dir sein kann, sticht mich die Einsamkeit wie ein Stachel ins Herz. Nichts kann mich dann trösten.

Trotzdem muss ich den Schein wahren. Denn noch darf niemand aus meiner Familie von Dir, meiner großen Liebe, auch nur etwas ahnen. Insbesondere meine Mutter ist sehr auf unsere gesellschaftliche Stellung bedacht. Für sie ist es jetzt noch nicht vorstellbar, ihren einzigen Sohn an eine Tänzerin zu verlieren.

Elises Brust durchfuhr ein Stich. Zum ersten Mal hatte Percy angedeutet, dass er sich eine gemeinsame Zukunft mit ihr vorstellen könnte. Gleichzeitig standen die Standesdünkel seiner Familie ihrer Liebe wie eine Dornenhecke im Weg.

Deshalb müssen wir geduldig sein, mein Augenstern. Ich fürchte mich jeden Tag davor, dass Du einen anderen Mann treffen könntest und nicht auf mich warten willst. Der Gedanke ist unerträglich für mich, und unwillkürlich fällt in solchen Momenten mein Blick auf eine Pistole oder ein scharfes Jagdmesser.

Elise erschrak bis ins Mark. Wie gern hätte sie Percy jetzt geantwortet, dass seine Befürchtungen völlig grundlos seien. Aber sie hatte keine Möglichkeit, ihn zu erreichen. Briefe durfte sie ihm nach Hause nicht schreiben, damit seine Eltern keinen Verdacht schöpften. Wieder schossen ihr Tränen in die Augen.

Seinen eigenen Brief hatte Percy ihr zusammen mit einer kleinen, in Seidenpapier verpackten und mit einer großen goldenen Schleife geschmückten Schachtel gegeben. Er hatte ihn in der Nacht vor seiner Abreise verfasst.

»Aber du darfst ihn erst an Heiligabend lesen«, ließ er sie schwören. »Und auch erst dann mein Geschenk für dich öffnen.«
Genau dazu forderte er sie mit seinen nächsten Worten auf.

Wenn Du Dein Versprechen erfüllt hast, das Du mir gegeben hast, ist jetzt Heiligabend. Also bitte ich Dich, die kleine Schachtel zu öffnen und über Deinem Herzen zu tragen, was sie enthält, bis wir uns wiedersehen.

Elises Pulsschlag beschleunigte sich. Dass das Geschenk ein Schmuckstück sein würde, hatte sie bereits an der Verpackung erkannt. Jetzt deutete Percy an, dass es eine Kette sein könnte. Was sollte sie sonst über dem Herzen tragen?

Mit zitternden Fingern versuchte sie, die Schleife zu lösen, was ihr erst nach einer Weile gelang. Trotzdem nahm sie ein Messerchen zu Hilfe, als sie erkannte, dass das Geschenkpapier rund um die Schachtel geklebt war. Um nichts in der Welt hätte sie es einfach aufgerissen.

Nach weiteren fünf Minuten sah sie, was das Papier verhüllt hatte. Die kleine Schachtel war nicht mit Samt oder einem anderen wertvollen Stoff überzogen, sondern bestand aus schlichtem Holz. Als sie sie rüttelte, klapperte etwas darin, sie war anscheinend auch nicht gefüttert.

Elise versuchte, das leichte Gefühl der Enttäuschung zu unterdrücken. Natürlich hatte sie erwartet, dass Percy etwas bei einem der bekannten Pariser Juweliere für sie erstanden hätte. Schließlich war es das erste Geschenk, das er ihr machte. Andererseits hatte sie ihm gar kein Weihnachtsgeschenk geben können, als er so überstürzt abreisen musste.

Sie betrachtete die Schachtel eine Weile, bis sie sie mit zitternden Fingern öffnete. Darin lag ein Silberkettchen mit einem herzförmigen Anhänger. Ihre Kehle verengte sich. Das Schmuckstück konnte nicht mehr als fünf Francs gekostet haben. Elise kannte einige Frauen und Mädchen in Montmartre, die die gleiche Kette besaßen.

Hatte Percy wirklich so wenig Geld? Aber er bestellte doch jeden Abend Champagner im Moulin Rouge und wohnte in einem der teuersten Hotels von Paris. Wie passte das zusammen?

Natürlich fiel ihr sofort eine Erklärung ein. Percy hatte gar keine Zeit gehabt, ihr etwas Wertvolleres zu kaufen. Denn die Aufforderung zu seiner Abreise hatte ihn völlig überrascht. Sicherlich würde er nachholen, was er versäumt hatte, wenn er das nächste Mal nach Paris käme.

Mit klopfendem Herzen las sie die restlichen Zeilen in der Hoffnung, dort würde er ein Datum oder zumindest einen Zeitraum nennen.

Nun muss ich mich leider von Dir verabschieden, mein herzallerliebster Schatz. Ich hoffe und bete, dass meine Mutter rasch gesundet, damit ich so schnell wie möglich nach Paris kommen und Dich wiedersehen kann. Ich melde mich bei Dir, sobald ich es weiß.

Auf jeden Fall wünsche ich Dir ein fröhlicheres Weihnachtsfest im Kreise Deiner Familie, als ich es haben werde. Denn meine Traurigkeit, dass ich nicht bei Dir sein kann, wird mich die gesamten Feiertage begleiten.

Bleib mir treu, ma chère, und denk ab und zu an mich.
In unsterblicher Liebe
Dein Percy

Ein leises Klopfen an der Tür riss Elise aus ihren Gedanken. Das Dienstmädchen Denise schaute schüchtern herein.

»Wann willst du aufbrechen, Elise?« Längst waren sie eher Freundinnen geworden und duzten sich gegenseitig, wenn sie unter sich waren.

Am Heiligen Abend hatte das Moulin Rouge geschlossen. Lucienne war deshalb schon am frühen Nachmittag zu ihrer Familie aufgebrochen. Damit Denise, die in Paris keine Verwandten hatte, den Weihnachtsabend nicht allein verbringen musste, hatte Elise sie eingeladen, sie zu ihrer Mutter Jeanne und Marianne zu begleiten. Dort würde nach dem Kirchgang ein deftiges Abendessen auf sie warten.

»Wie viel Uhr ist es denn, Denise?«

»Gleich sechs. Die Messe in Saint-Pierre beginnt in einer halben Stunde.«

Elise sprang auf, drehte Denise kurz den Rücken zu und versteckte die Schmuckschachtel und den Brief unter ihrem Kopfkissen. Glücklicherweise war sie bereits fertig angekleidet. »Dann sollten wir uns sputen. Die Kirche wird rappelvoll sein. Selbst wenn wir etwas zu spät kommen, wird es niemand bemerken.«

WOHNUNG VON ANDRÉ RENARD IN DER RUE CAULAINCOURT

HEILIGABEND 1891

Der Klang der Glocken von Saint-Pierre drang bis ins Häuschen von André Renard, in dem er seit der Trennung von Elise allein lebte. Das letzte Weihnachtsfest hatte er überwiegend in den Kneipen von Montmartre verbracht, da er die Einsamkeit zu Hause nicht aushielt.

Doch heute Abend würde er Gäste haben. Auguste Vaillant, der Anarchist, den er im Frühjahr kennengelernt hatte, würde mit seiner kleinen Tochter Sidonie zu ihm kommen. Auf der letzten Anarchistenversammlung hatte er beide spontan eingeladen, als Auguste das bevorstehende Fest ansprach.

»Jeanne Lambert hat mir gesagt, dass sie am Weihnachtsabend ihre Tochter Elise erwartet, die auch ihr Dienstmädchen mitbringen will. Für ein Festmahl mit sechs Personen ist die Küche jedoch zu klein. Außerdem gehöre ich nicht zur Familie und möchte daher nicht stören. Sidonie und ich werden also auf unserem Zimmer bleiben.«

»Auf gar keinen Fall«, hatte André spontan widersprochen. »Ihr kommt zu mir!«

Das hatte sich Auguste nicht zweimal sagen lassen und fröhlich zugestimmt. Seither freute sich André auf die kleine Feier. Um Augustes Tochter eine Freude zu machen, hatte er die Wohnstube mit Stechpalmenzweigen geschmückt und sogar ein Tannenbäumchen gekauft und mit Kerzen und Strohsternen dekoriert.

Nun stand er am Herd und kochte echten Kakao für Sidonie. Auguste wollte Rotwein mitbringen, da er sich Champagner nicht leisten konnte. André hatte daher eine Flasche erworben, die er nach dem Essen als Überraschung servieren wollte. Der mit Pflaumen gefüllte Kapaun, den André vor einer halben Stunde in einer nahe gelegenen Garküche abgeholt hatte, duftete köstlich. Dazu würde es Kartoffeln und einen Salat geben.

Auch das traditionelle Dessert, ein Stück Weihnachtsbaumkuchen, hatte er besorgt. Einer fröhlichen Feier stand nichts mehr im Wege.

Allerdings würde die kleine Sidonie das Püppchen, Andrés

Weihnachtsgeschenk, erst am nächsten Morgen in Jeannes Wohnung vorfinden, nachdem sie ihren Stiefel vor die Zimmertür gestellt hätte. Sie glaubte noch an *Père Noël,* der den Kindern seine Gaben in der Christnacht brachte.

Er hatte gerade den Tisch fertig gedeckt, als es klopfte. Freudig eilte er zur Tür. Um gleich darauf überrascht auf den Gast zu starren, der davorstand.

»Oh! Bin ich zu früh?«, fragte Sandrine angesichts von Andrés Miene. Sie zögerte. »Oder hat dir Auguste gar nicht gesagt, dass er mich mitbringen wollte?«

Da André noch immer die Worte fehlten, missverstand sie ihn. »Es tut mir leid, dass ich an einem solchen Abend ungebeten hier reinschneie. *Pardon*, ich wollte dich nicht belästigen.«

Sie nestelte etwas aus ihrer Schultertasche. Es war ein in Wachspapier gewickeltes Päckchen, das sie André hinhielt. »Nimm dies als Entschuldigung. Es ist ein wenig Käse, der fürs Abendessen gedacht war. Ich wollte nicht mit leeren Händen kommen.«

»Aber nein!« André schrie die Worte fast, nachdem er sich endlich aus seiner Erstarrung gelöst hatte. »Auguste hat dich zwar nicht angekündigt, aber du bist mir herzlich willkommen. Das Essen reicht für alle, gleich wird er mit Sidonie hier sein.«

Als Sandrine noch immer zögerte, griff er sie kurzerhand am Arm und zog sie herein. »Wie kommt es denn … also, wie … warum?«, stotterte er. »Ich dachte, du bist mit Guillaume …«

In Sandrines graugrüne Augen trat ein harter Glanz. »Guillaume ist ein Schuft. Schau her!« Sie zog den Ärmel ihres schlichten Wollkleids über den Ellenbogen und zeigte André ein paar blaue Flecke. »Ob er sich nun Anarchist schimpft oder nicht, ich lass mich nicht weiter prügeln. Er kann sich zum Teufel scheren.«

André erinnerte sich an seine Enttäuschung, als Sandrine kurz nach den Ereignissen am 1. Mai in Clichy zu den Versammlungen in Montmartre in Begleitung eines hochgewachsenen, gut aussehenden Mannes gekommen war. Sie hatte sehr verliebt auf ihn gewirkt.

Allerdings, wenn er sich recht besann, in letzter Zeit nicht mehr.

Jetzt kämpften widersprüchliche Gefühle in seiner Brust. Da war der Zorn über ihre Misshandlungen, gepaart mit Mitgefühl. Da glomm jedoch auch das Fünkchen Hoffnung wieder auf, das er schon rund um den 1. Mai gespürt hatte. »Ich bin sehr froh, dass du da bist«, sagte er leise.

Wenig später trafen Auguste und Sidonie ein. Es wurde die fröhlichste Weihnachtsfeier, an die André sich seit Jahren erinnern konnte. Kurz vor Mitternacht verabschiedete sich Auguste mit seiner inzwischen schlafenden Tochter auf dem Arm.

»Ich wünsche euch noch eine wunderbare Heilige Nacht.« Er zwinkerte André und Sandrine zu.

Am nächsten Morgen, als sie eng umschlungen nebeneinander aufwachten, war Augustes Wunsch in Erfüllung gegangen.

IM BORDELL PAPILLON JAUNE IN DER RUE D'AMBOISE

HEILIGABEND 1891

Henri de Toulouse-Lautrec plagte noch immer das schlechte Gewissen, als er vor dem Bordell Papillon Jaune aus der Mietdroschke stieg. Der traurige Blick seiner Mutter, die er unmittelbar nach dem Weihnachtsessen verlassen hatte, ging ihm nicht aus dem Sinn. Davon profitierte der Kutscher, dem Henri ein besonders großzügiges Trinkgeld gab.

Denn heute, am Heiligen Abend, hätte er es in Gegenwart von *maman* keine Minute länger ausgehalten. Seine Mutter hatte ihn immer durchschaut und ahnte oder kannte inzwischen sogar seinen zweifelhaften Lebenswandel. Ganz sicher missbilligte sie auch das Plakat, das er zur Eröffnung der Herbstsaison für das Moulin Rouge hergestellt hatte, obwohl es ihm als Künstler endlich zum Durchbruch in Paris verholfen hatte.

Schon während des Hauptgangs war ihnen der Gesprächsstoff ausgegangen. Seine Mutter war sehr religiös, ihre Schilderung der Heiligen Messe im Rohbau von Sacré-Coeur langweilte ihn. Und was hätte er ihr von seinem Leben erzählen sollen, ohne sie zutiefst zu schockieren?

Dass er sich jeden Abend in irgendeinem Varieté oder Theater von zweifelhaftem Ruf herumtrieb? Dass er seine Nächte immer häufiger in Bordellen verbrachte? Dass er einsam und unglücklich war und inzwischen manchmal sogar bereute, Suzanne Valadon so brutal verstoßen zu haben? Nein, all das waren keine Themen für ein Gespräch mit seiner Mutter.

Aber heute, an diesem vertrackten Abend, stand ihm kaum eine Alternative zum Bordell zur Verfügung. Nicht nur das Moulin Rouge oder das Ély, auch alle anderen ihm bekannten Etablissements in Paris hatten geschlossen. In den wenigen Kneipen, die die ganze Nacht geöffnet hatten, versammelten sich all die Einsamen und Ausgestoßenen, die keine Familie hatten, mit der sie feiern konnten. Obwohl Henri wusste, dass er einer von ihnen war, wollte er sich doch nicht mit ihnen gemeinmachen.

Das Papillon Jaune hatte erst im Frühjahr eröffnet. Bisher war er noch nicht dort gewesen. Doch die Maîtresse, Madame Blanche d'Egmont, führte das Haus offenbar sehr erfolgreich. Warum heute Abend nicht einmal dort hineinschauen?

Sobald Henri den Salon betrat, erwartete ihn eine große Überraschung.

Lustlos räkelte sich Simone Colbert auf dem roten Sofa im Salon des Papillon Jaune. Bis zuletzt hatte sie darauf gehofft, wenigstens den Heiligabend mit ihrem Gatten Luc verbringen zu können. Doch wieder einmal hatte er ihre Hoffnungen zunichtegemacht.

»An Heiligabend ist in den luxuriösen Puffs besonders viel los, *chérie*«, hatte er ihr erklärt. »Die Preise sind doppelt so hoch wie sonst. Denn all die einsamen Kerle, die ihre Gattin satthaben oder gar nicht verheiratet sind, wollen genau in der Nacht nicht gern allein sein. Du wirst sehn, dein Einsatz lohnt sich.«

Bislang war Lucs Vorhersage jedoch nicht eingetroffen. Gut, es war erst kurz nach neun Uhr, die turbulenteste Zeit begann in zwei Stunden. Aber Simone hatte erst einen Freier bedient, der mit einem einzigen Stich zufrieden gewesen war. Er hatte ihr nicht mal ein Trinkgeld gegeben, und das an Weihnachten.

Im Gegensatz zu früher war dies ungewöhnlich für Simone. Denn sie hatte inzwischen ihre Lektion gelernt. Wenn ihr schon kein anderes Leben offenstand, wollte sie aus dem, das sie hatte, das Beste machen. Die Chance, die sich ihr im Papillon Jaune bot, wohin Luc sie gleich nach der Eröffnung vermittelt hatte, beschloss sie, besser zu nutzen als damals im Chez Edmonde.

Daher gehörte Sylvie, wie sie sich weiterhin nannte, zu den am meisten gebuchten Dirnen in diesem luxuriösen Freudenhaus. Und Madame Blanche, die freundlichste Puffmutter, der Simone je begegnet war, achtete nicht nur bei ihr, sondern bei jedem ihrer Mädchen sehr darauf, dass sie sich pflegten, und ließ ihnen jeden Komfort zukommen, der sie bei Laune hielt.

Vorbei waren die Zeiten in den Bretterverschlägen mit den verwanzten Matratzen wie zuletzt im Grand Plaisir. Jedes Mädchen hatte eine kleine Kammer ganz für sich allein. Das Mobiliar darin war natürlich nicht so kostbar wie in den Gesellschaftsräumen oder den Zimmern, in denen sie es mit den Kunden trieb. Aber das Räumchen war gemütlich, und sie durfte ihm ihre eigene Note verleihen.

Außerdem hatte Madame Blanche offenbar keinen Narren an Luc gefressen, wie sämtliche Maîtresses vorher. Sein dubioser Charme ließ sie kalt. Deshalb überließ sie Simone ein Drittel des Trinkgelds, das sie einnahm. Die anderen beiden Drittel teilte sie zwischen Luc und dem Haus auf, wobei Luc davon ausging, dass Simone nicht mehr erhalten hatte. Inzwischen besaß sie fast zweihundert Francs, die sie in einem alten Strumpf unter ihrer Matratze versteckt hielt.

Längst bezweifelte sie, dass Luc sie noch liebte. Er beteuerte es ihr nur, wenn sie ihn direkt danach fragte. Nie brachte er ihr irgendein Präsent mit oder war von sich aus zärtlich zu ihr. Darüber dachte sie immer häufiger nach.

Außer ihr waren nur drei andere Mädchen im Salon. Madame Blanche hatte jeder Kollegin freigegeben, die ihre Familie besuchen wollte und dort noch willkommen war.

Jetzt öffnete der livrierte Diener die Tür. Der kleine Mann in Zylinder und Abendanzug, der gerade eintrat, war Simone nur allzu bekannt.

Auch er erkannte sie sofort. Einen Moment lang sah es so aus, als wolle Henri de Toulouse-Lautrec auf dem Absatz kehrtmachen und wieder verschwinden. Doch dann besann er sich offenbar anders und kam auf sie zu.

»Hallo, Simone. Wie geht es dir?«

»Wie solls mir gehen?« Seit seinem gebrochenen Versprechen

im Chez Edmonde hatte sie ein Hühnchen mit ihm zu rupfen. »Ich hätte dich früher zurückerwartet und in einem anderen Haus«, ergänzte sie spitz. »Das hätte mir sehr geholfen.«

Mit einiger Genugtuung bemerkte sie, dass Henri errötete. »Es tut mir leid, Simone. Aber damals war ich einfach zu feige, um wiederzukommen.«

»Und was hat sich heute daran geändert?«

Er schüttelte resigniert den Kopf. »Wahrscheinlich gar nichts. Trotzdem würde ich diese Nacht gern mit dir verbringen. Bist du einverstanden?«

Einen Moment lang war Simone verblüfft. Denn selbst in diesem großzügig geführten Haus fragte kein Kunde um ihre Erlaubnis, ihm zu Diensten zu sein. Henri zückte eine lederne Börse.

»Dein Schaden soll es nicht sein.«

»Nun gut«, stimmte sie zu. Dabei spürte sie, dass ihr Groll auf ihn verrauchte. Sie erinnerte sich an seine Großzügigkeit, mit der er ihr damals bei Chez Edmonde ein Trinkgeld geben wollte. »Und du wirst es nicht glauben, in diesem Haus darf ich ein Drittel von dem behalten, was Kunden mir zukommen lassen, wenn alles nach ihrem Geschmack war.«

Henri sollte seinen Besuch im Papillon Jaune nicht bereuen. Als er am nächsten Morgen zufrieden erwachte, schien eine strahlende Wintersonne durchs Fenster. Neben ihm schlief Simone tief und fest. Er legte zehn Louisdor aufs Kopfkissen, zog sich leise an und schlich hinaus.

Draußen trat ihm Madame Blanche in den Weg. »Verehrter Monsieur de Toulouse-Lautrec. Gestern Abend wollte ich Sie auf keinen Fall stören. Aber heute erlaube ich mir eine Bitte. Könnten Sie sich vorstellen, diesen Salon« – sie machte eine ausholende Handbewegung – »mit Bildern meiner Mädchen zu verschönern?

Das wäre großartig, und ich würde Sie selbstverständlich gut entlohnen.«

Henri überlegte kurz. Eine solche Aufgabe hatte ihm noch nie jemand angetragen. Aber warum nicht?

»Ich müsste aber täglich hierherkommen, um die Damen porträtieren zu können.«

»Natürlich! Sie wären mir höchst willkommen. Und den Mädchen wird es sicher gefallen, von einem so berühmten Künstler wie Ihnen gemalt zu werden.«

IM STADTPALAIS

HEILIGABEND 1891

»Wird der Truthahn rechtzeitig fertig werden?« – »Ist die Gänseleberpastete schon auf den Vorspeisetellern angerichtet?« – »Steht der *Bûche de Noël* bereit?«

Bekleidet mit einer überdimensionalen Kittelschürze über ihrer Abendrobe, wuselte Valérie durch die Küche.

»Aber verehrte Madame Germain«, fasste sich die Köchin schließlich ein Herz. »Das ist nicht das erste Weihnachtsessen, das ich zubereitet habe.«

»Entschuldigen Sie bitte, Gervaise«, hielt Valérie beschämt inne. »Aber meine Schwiegereltern sind zu diesem Anlass das erste Mal zu Gast. Im vergangenen Jahr waren wir bei ihnen eingeladen.«

»Das weiß ich doch«, besänftigte sie die Köchin. Dann öffnete sie das Ofenrohr, aus dem ein verführerischer Duft drang und die ganze Küche erfüllte. »Der Truthahn schmort bereits seit dem frühen Nachmittag und wird außen knusprig und innen butterzart werden.« Sie nahm einen Löffel mit langem Stiel und fischte eine Marone heraus. »Möchten Sie einmal kosten?«

»Nein, nein«, wehrte Valérie ab. »Ich glaube Ihnen. Ich sollte mich jetzt um die Tafel kümmern. Wenn ich länger hierbleibe, bin ich am Ende noch ganz verschwitzt.«

Auch im Speisezimmer hatte Gilbert tadellose Arbeit geleistet. Trotzdem hob Valérie einige der schimmernden Kristallgläser ins Licht der unzähligen Kerzen, die in großen Kandelabern auf den Büfetts an beiden Längswänden standen. Dann rückte sie hier eine Gabel, da ein Buttermesser zurecht.

Wenn das diesjährige Weihnachtsessen nicht vollständig gelang, würde ihr das sowohl den Tadel ihrer Schwiegereltern als auch ihrer Mutter und vor allem den von Baptiste eintragen. Ihre Mutter würde vor aller Ohren bedauern, dass Valérie auf die erste Christmesse in der heiligen Basilika Sacré-Coeur verzichtet hatte, um sich derart unzulänglich um das Festsouper zu kümmern. Die Schwiegermutter würde ihre Kritik lediglich mit hochgezogenen Augenbrauen, der Schwiegervater mit finsteren Blicken zum Ausdruck bringen. Auch Baptiste würde schweigen, bis alle Gäste das Haus verlassen hatten. Um sich dann umso ausführlicher darüber zu beschweren, dass sie seinem Wunsch, heute Abend die perfekte Ehefrau zu spielen, nicht nachgekommen sei.

Valérie ärgerte sich über sich selbst, dass ihr diese düsteren Aussichten solche Furcht einjagten. Doch der Malkursus, den sie seit einigen Wochen bei Henri Gervex belegte, machte ihr so viel Spaß, dass sie Baptiste auf keinen Fall noch mehr verärgern wollte, als er es ohnehin schon war. Denn wenn er auf den Gedanken käme, ihr die vielen Ausgänge zu verbieten, damit sie zumindest ihren *häuslichen* Pflichten als Ehefrau besser gerecht würde, könnte sie wenig dagegen tun. Bislang stellte er nicht infrage, dass es die Sorge um ihre immer noch kranke Großmutter Cecile war, die Valérie Tag für Tag veranlasste, aus dem Haus zu gehen.

Entgegen ihrer Hoffnung war ihm ihre häufige Abwesenheit längst aufgefallen. Hatte er sie anfangs toleriert, hatte es vor einigen Tagen die erste Auseinandersetzung darüber gegeben. Ausgelöst dadurch, dass bei der Wäsche eines seiner Hemden gefehlt hatte und ihre letzte Haushaltsabrechnung fehlerhaft gewesen war.

»So geht das nicht, Valérie«, hatte er ihr vorgehalten. »Es tut mir leid, dass deine Großmutter so krank ist. Aber darunter darf deine Haushaltsführung nicht leiden. Zumal unsere Ehe jetzt nur noch auf dem Papier besteht.«

Obwohl Baptiste solche Anspielungen bei jeder sich bietenden Gelegenheit machte, war Valérie der Schreck in alle Glieder gefahren. Ohne Widerrede hatte sie Besserung gelobt, und tatsächlich bemühte sie sich seither, ihren Haushalt besser zu kontrollieren.

Denn das Einzige, was ihr Lebensmut und Freude schenkte, war Gervex' wöchentlich steigende Bewunderung für ihr Können und ihr Talent. »Ich würde Sie gern in meine professionelle Damenklasse aufnehmen. Dort könnten Sie sogar Aktstudien betreiben, um Ihre Fertigkeiten zu vervollkommnen. Denn glauben Sie mir: Eine gute Grundausbildung in allen akademischen Fertigkeiten wird Ihrem eigenen Malstil zugutekommen.«

»Mein Gatte wird es mir nicht erlauben.«

»Ach was. Lassen Sie mich einmal mit Baptiste sprechen. Wenn er erfährt, wie gut Sie sind, wird er auch Ihren impressionistischen Neigungen nicht mehr im Wege stehen. Jeder Mann hat mal einen Wutanfall. Bestimmt tut es ihm leid. Er ist doch kein schlechter Kerl.«

Nun wusste sie, was Edgar Degas Gervex als Grund für ihre Aufnahme in den Kurs der Freizeitmalerinnen genannt hatte. Das meiste hatte er ihm verschwiegen, offenbar auch, dass sie ohne Baptistes Wissen die Klasse besuchte.

»Ich denke darüber nach, Henri«, antwortete sie ausweichend. Seine Schülerinnen nannten den Künstler beim Vornamen, aber man siezte sich. »Bitte sprechen Sie ohne mein Einverständnis auf gar keinen Fall mit ihm.«

»Natürlich nicht«, hatte Gervex ihr versichert. »Aber bald ist Weihnachten. Vielleicht haben Sie ja noch einen Wunsch frei.«

Valérie war noch ganz in diese Gedanken versunken, als sie Stimmen in der Eingangshalle hörte. Wenig später eilte ihre Mutter allen voran die Treppe empor in den ersten Stock, wo die Gesellschaftsräume lagen.

Sie strahlte, ihre Wangen waren vor Aufregung und der Dezemberkälte gerötet. »Es war eine ganz wunderbare Christmesse. Du hättest unbedingt dabei sein müssen. Père Zacharie ist über sich hinausgewachsen. Das war die beste Predigt, die ich je von ihm gehört habe.«

»Wird er auch die Messe am Weihnachtstag halten?«

»Selbstverständlich. Die Basilika wird aus allen Nähten platzen! Du und Baptiste solltet früh dran sein. Schließlich ist das Gotteshaus nur zu besonderen Anlässen für solche Feiern geöffnet, solange es noch nicht fertiggestellt ist.«

Valérie wandte ihr Gesicht ab, damit ihre Mutter ihre mangelnde Begeisterung nicht sah. Mit ausgestreckten Händen ging sie auf ihre Schwiegermutter zu. »Wie schön, dass ich Sie heute in unserem Hause begrüßen darf, *maman*.« Während Baptiste ihre eigenen Eltern beim Vornamen nannte, hatte er auf diese Anrede seiner Mutter durch Valérie bestanden.

Eleonore Germain nickte freundlich. »Ich freue mich auch darüber.« Dann musterte sie Valéries Figur prüfend, was diese schon kannte. »Ein schöneres Weihnachtsgeschenk könntest du mir nicht machen, liebes Kind«, raunte sie so leise, dass die hinter ihr stehenden Männer es nicht verstehen würden.

Valérie schüttelte mit einer Mischung aus schlechtem Gewissen und Erleichterung unmerklich den Kopf. »Leider noch nicht, *maman.*« Sie wich dem enttäuschten Blick ihrer Schwiegermutter aus.

»Doch nun lasst uns alle zur Feier des Tages erst einmal im Salon mit Champagner anstoßen. Derweil wird Gilbert die erste Vorspeise bereitstellen.«

Zwei Stunden später hatte sich das Weihnachtssouper als voller Erfolg herausgestellt. Die Gänseleberpastete zerging auf der Zunge, der Lachs erwies sich als grätenfrei, der Truthahn war so köstlich, wie ihn die Köchin beschrieben hatte. Nun waren sie beim Weihnachtsbaumkuchen angelangt, der als Dessert zu jedem französischen Christmahl gehörte.

»Ich glaube, ich brauche eine kleine Pause.« Valéries Vater Alphonse strich über seinen prallen Bauch, der sich deutlich unter dem Abendjackett abzeichnete. Dann machte er einen Vorschlag. »Wir sind ja alle keine Kleinkinder mehr, die darauf warten, dass *Père Noël* in der Weihnachtsnacht die Stiefel füllt. Also lasst uns schon jetzt zur Bescherung schreiten!«

»Das ist eine gute Idee«, stimmte Baptistes Vater Albert zu. »Den *Bûche de Noël* verzehren wir dann zum krönenden Abschluss des Abends.«

Da auch die Damen keine Einwände hatten, fanden sich alle wenig später im Salon ein. Dort hatte Gilbert bereits die Kerzen an dem mit goldenen Kugeln, silbernen Sternen und allerlei Konfekt geschmückten Weihnachtsbaum entzündet.

»Ich möchte mit meiner geliebten Ehefrau beginnen«, verkündete Baptiste. Dann zog er zunächst ein blausamtenes Schächtelchen hervor. Es enthielt das passende Armband zu dem Collier und der Brosche, die er Valérie bereits zu anderen Anlässen geschenkt hatte.

Während sie ein unechtes strahlendes Lächeln aufsetzte und hoffte, dass ihr niemand die Schauspielerei ansehen würde, überschlug sie, wie viel Geld sie wohl im Pfandhaus für dieses Schmuckstück erhalten würde. Das Collier und die Brosche trug sie heute Abend, die Rubine passten zu ihrer roten Seidenrobe. Bisher hatte sie die Kosten für den Kurs bei Gervex von ihren Ersparnissen bestritten und noch nicht gewagt, eines der Schmuckstücke zu veräußern. Aber sie hatte sie in einem Pfandhaus auf der Butte von Montmartre, wo sich niemand um die Erlaubnis eines Ehemanns scherte, schätzen lassen. »Zweitausend Francs«, hatte ihr der Geschäftsinhaber mitgeteilt. Wahrscheinlich war der Schmuck ein Vielfaches wert. Trotzdem hatte sich Valérie gefreut.

Auch jetzt umarmte sie Baptiste und küsste ihn auf beide Wangen. Er wiederum suchte ihre Lippen, was sie vor so vielen Zeugen nicht abwehren konnte.

Als er sie endlich losließ, zeigte sich, dass er noch ein zweites Geschenk für sie hatte. Es bestand aus einem Umschlag, auf dem als Absender die Jury des Pariser Salons abgedruckt war.

Verwundert öffnete Valérie das Schreiben. Bevor sie es entfaltete, glaubte sie, dass Baptiste sie und die übrige Festgesellschaft damit überraschen wollte, welches seiner Gemälde zum Salon im nächsten Mai angenommen worden war. Doch die Nachricht enthielt etwas ganz anderes.

Verehrter Monsieur Germain,
als Vorsitzender der Jury des nächstjährigen Salons freue ich mich, Ihnen mitteilen zu dürfen, dass wir das Gemälde Raub der Sabinerinnen *Ihrer Gattin Valérie Germain zur Ausstellung angenommen haben.*
Hochachtungsvoll
Fernand Cormon

TEIL 3

Harte Wahrheiten

Kapitel 22

BLUMENKORSO BEIM KARNEVAL VON NIZZA

MARDI GRAS, 1. MÄRZ 1892

Am vierzehnten Tag des Karnevals von Nizza hatte Elise die Veranstaltungen gründlich satt. Die Arme taten ihr weh vom dauernden Winken und Werfen der Mimosensträußchen in die jubelnde Menge, die die Promenade des Anglais säumte. Ihre Mundwinkel schmerzten vom ununterbrochenen Lächeln. Außerdem fror sie heute am Abschlusstag, dem *Mardi Gras*, in ihrem dünnen Cancan-Kostüm noch erbärmlicher als an den Tagen zuvor.

Aber es half nichts, sie musste noch bis zum Abend durchhalten. Dann würde der prächtigste und farbenfroheste Umzug stattfinden, bei dem ihr Wagen natürlich ebenfalls mitfuhr. Auf der Place Massena würde als Höhepunkt der König des Karnevals, eine große, grell bemalte Pappfigur, verbrannt werden, was symbolisch das Ende des Winters anzeigen sollte. Danach würde es noch ein spektakuläres Feuerwerk geben.

Doch schon jetzt sehnte sich Elise nur nach ihrem Bett. Obwohl ihr Luxushotel, auf dem La Goulue bestanden hatte, als Charles Zidler sie für diesen Umzug engagierte, genau an diesem Platz lag. In den ersten Nächten hatte Elise trotz des Komforts daher kaum ein Auge zugetan. Bis ein freundliches Zimmermädchen ihr geraten hatte, sich Wachspfropfen in die Ohren zu stecken.

Der beim Publikum sehr beliebte Blumencorso, der heute zum letzten Mal die Promenade des Anglais entlangfuhr, bestand aus mindestens zwanzig üppig mit Blumen aller Art geschmückten Wagen. Wie bei ihrem beträchtlichen Honorar hatte sich Charles Zidler auch hierbei nicht lumpen lassen: Für jeden neuen Umzug stellte die Floristin, die er eigens zu diesem Zweck engagiert hatte, den Schriftzug des Moulin Rouge mit frischen roten Rosen nach, ebenso wie die Tänzerinnen in verschiedenen Posen und bunten Kleidern mit Nelken, Lilien, Rosen und den allgegenwärtigen Mimosen.

Das Moulin Rouge teilte sich den Wagen mit den Folies Bergère und dem Café des Ambassadeurs, anderen bekannten Pariser Varietés. Auf diese Weise wollte man jenseits der heimischen Konkurrenz gemeinsam Werbung für Paris als Hochburg des Vergnügens machen. Trotzdem verschluckte die Teilnahme an diesem riesigen Volksfest sicher ein Vermögen.

Zidler hatte sich über die Kosten in Schweigen gehüllt, als La Goulue ihn unverblümt darauf angesprochen hatte. »Es ist das größte Karnevalsfest in ganz Frankreich«, hatte er lediglich geantwortet und, ohne mit der Wimper zu zucken, ihre Honorarforderung von eintausendzweihundert Francs akzeptiert.

Die gleiche Summe hatte er Jane Avril angeboten, die jedoch nicht dazu zu bewegen gewesen war, an der Veranstaltung teilzunehmen. Noch immer ärgerte sich Elise darüber, dass sie selbst nur tausend Francs erhalten sollte. Außerdem hatte Zidler sie regelrecht erpresst.

»Jede Teilnehmerin aus unserem Hause erhält ein volles Monatsgehalt. Nicht mehr und nicht weniger. Sie stehen in der Reihe der Startänzerinnen des Moulin Rouge an dritter Stelle, Elise. Aber Sie gehören zu den drei Solotänzerinnen. Lehnen Sie meine Offerte ab, werde ich mich gezwungen sehen, Lucienne oder Nini zu fragen. Der ich dann auch Ihre Rolle im Ensemble anbieten werde. Damit das Publikum aus Nizza sie wiedererkennt, wenn es wegen des Moulin Rouge eigens nach Paris kommt. Schließlich erhoffen wir uns, die Kosten auf diese Weise zumindest zum Teil wieder einzuspielen.«

La Goulues hämisches Grinsen hatte Elise allerdings weit weniger ausgemacht als ihre Befürchtung, Percy würde ausgerechnet in ihrer über zweiwöchigen Abwesenheit zum ersten Mal in diesem Jahr wieder nach Paris zurückkehren. Er hatte ihr seit Weihnachten nur ein einziges Mal geschrieben und dabei angedeutet, dass er frühestens im Februar kommen könne. Was würde er tun, wenn er Elise gar nicht anträfe? Dieser Gedanke ging ihr nicht aus dem Kopf.

Auch jetzt dachte sie daran und nahm die vielen begeisterten Zuschauer am Straßenrand nur schemenhaft wahr. Mechanisch griff sie in den Weidenkorb, um neue Mimosensträußchen hervorzuholen, und fand ihn leer. Sie winkte der Floristin, die mit auf dem Wagen fuhr, um sich den Vorrat auffüllen zu lassen.

Die kurze Pause nutzte sie, um sich ihre schmerzenden Arme und Schultern zu reiben. Dabei glitt ihr Blick unwillkürlich über die Menge. Plötzlich stutzte sie. Konnte das sein?

Der Mann, der dort Arm in Arm mit einer als Rokoko-Dame verkleideten Frau direkt am Straßenrand stand, sah Percy sehr ähnlich. Jetzt lächelte er die Frau neben sich an und küsste sie zärtlich auf den Mund. Dann hob er den Kopf zum Wagen empor und streckte die Hände aus, um eines der Sträußchen zu ergattern.

Elise erstarrte zu Eis. Der Mann sah Percy nicht nur ähnlich. Er musste es sein!

An die nächsten Minuten erinnerte sich Elise im Nachhinein nur undeutlich. Sie wusste später nicht mehr, wie sie aus dem Blumenwagen gekommen war, wahrscheinlich bei einem der vielen Halts auf der Strecke.

Blaue Flecke am ganzen Körper deuteten darauf hin, dass sie sich rüde durch die Menge gedrängt haben musste und dabei etliche Püffe eingesteckt hatte. Ihre bewusste Wahrnehmung setzte erst wieder ein, als sie vor dem Paar stand.

Es war nicht besonders schwer gewesen, die beiden zu finden, denn trotz der vielen Zuschauer stach das Kostüm der Dame hervor. Der riesige Reifrock ihres über und über bestickten Gewands erforderte viel Raum. Und die hoch aufgetürmte grauweiße Perücke, wie sie zu Zeiten der Königin Marie-Antoinette Mode gewesen war, überragte so manchen Zylinder.

Schließlich hatte Elise das Paar erreicht. Ihr letzter Hoffnungsfunke erlosch. Obwohl Percy ebenfalls im Stil des Rokoko gekleidet war, trug er keine gepuderte Perücke. Mit seinen dunkelbraunen Locken und den tiefgrünen Augen hätte Elise ihn unter Tausenden wiedererkannt.

Er musterte sie kühl, ohne ein Wort zu sagen. Das tat stattdessen die Dame an seiner Seite. »Wer ist diese impertinente Person, *mon cher*? Sie sieht aus, als würde sie dich kennen.« Dabei furchte sie misstrauisch ihre weiß geschminkte Stirn.

Percy drehte sich ihr mit dem gleichen Lächeln zu, bei dem Elise immer dahingeschmolzen war. »Aber was denkst du denn von mir, *mon amour*! Woher sollte ich ein leicht bekleidetes Flittchen in Nizza kennen?«

Elise hörte die Worte wie gelähmt. Jetzt blickte er sie wieder an. Auch diesen Gesichtsausdruck erkannte sie wieder. So hatte er ausgesehen, als er La Goulue in ihre Schranken gewiesen hatte.

»Heben Sie sich nun hinweg, Mademoiselle!« Er betonte das Wort verächtlich. »Sie belästigen meine Gattin und mich in den Flitterwochen.«

Grenzenlose Wut schoss in Elise empor wie ein Vulkan. Rote Flammen tanzten vor ihren Augen. Sie riss sich das Silberkettchen, sein erbärmliches Weihnachtsgeschenk, vom Hals und warf es der Rokokodame mitten ins Gesicht. Es traf sie am Auge, sie jaulte auf.

Bevor Percy reagieren konnte, holte sie aus und schlug ihm mit aller Kraft, die sie aufbringen konnte, auf die linke Wange.

Dann drängte sie sich, inzwischen fast blind vor Tränen, durch die Menge der Schaulustigen, die vor ihr zurückwichen, davon.

IM MOULIN ROUGE

MÄRZ 1892, ZEHN TAGE SPÄTER

»Elise! So warte doch und bleib einmal stehen!«

Henri de Toulouse-Lautrec griff nach ihrem Arm. Er saß wie üblich an der Bar vor einem Glas Cognac.

»Lass mich«, wehrte Elise ab. »Ich muss noch eine ganze Stunde lang durchhalten, bis der Ball zu Ende ist.«

»Aber ich möchte ein Wort mit dir reden!« Henri klang ungewohnt energisch.

»Charles Zidler ist ohnehin schon wütend auf mich. Wenn ich mir jetzt auch noch hier während meiner Dienstzeit herausnehme …« Elise ließ den Satz unbeendet.

»Dann spreche ich mit ihm. Der Mann ist zwar streng, aber kein Ungeheuer. Und ich bin einer seiner wichtigsten Gäste.«

Elise merkte auf. »Hast du dafür gesorgt, dass ich trotz meines Ausfalls am letzten Tag des Karnevals in Nizza mein volles Honorar bekam? Zidler wollte es um zweihundert Francs kürzen.«

Henri schüttelte den Kopf. »Nein, dafür hat Jane Avril gesorgt. Obwohl ich es auch getan hätte.«

»Jane Avril? Sie wusste also auch die ganze Zeit über Percy Bescheid?«

»Sicher nicht so gut wie ich, Elise. Aber wir beide kannten ihn als Weiberhelden und Schuft. Und hätten dir gern diese schlimme Erfahrung erspart.«

»Und warum habt ihr es nicht getan?« Unwillkürlich hob Elise die Stimme.

Henri legte einen Zeigefinger auf seinen Mund. »Nicht so laut! Auch wenn ich weiß, was du durchmachst.«

Du? Woher denn?, lag es Elise schon auf der Zunge. Aber trotz ihres Kummers, der Ströme von Tränen, die sie seit jenem furchtbaren *Mardi Gras* vergossen hatte, spürte sie, dass Henri es gut mit ihr meinte.

»Gib mir ein Glas Cognac«, bat sie stattdessen.

Henri musterte sie prüfend. »Bist du sicher?« Sie nickte. »Aber wirklich nur ein einziges Glas. Glaub mir, Cognac löst kein Problem.«

Elise betrachtete die Flasche, die Henri an einem einzigen Abend schon fast ausgetrunken hatte. Wieder verkniff sie sich eine sarkastische Bemerkung.

Bisher hatte sie nicht die Kraft gehabt, sich die Fakten über Percy, ihre vermeintlich große Liebe, anzuhören. Aber jetzt will ich es wissen, beschloss sie.

»Also, woher kennst du den Kerl?«

»Er ist ein in ganz Paris und weit darüber hinaus bekannter Schürzenjäger. Er schwört den Frauen ewige Liebe und lässt sie später fallen wie eine heiße Kartoffel. Außerdem ist er geizig und dreht jeden Centime dreimal um. Es sei denn, es geht um seinen eigenen Luxus und das Bild, das er bei anderen von sich erzeugen will.«

Elise schwieg und kämpfte erneut mit den Tränen.

»Kannst du was damit anfangen, was ich bislang gesagt habe?«

Sie nickte. Ihre Kehle fühlte sich zu rau für eine Antwort an. Sie trank einen Schluck von dem Cognac, den Henri ihr inzwischen eingegossen hatte.

Dann ballte sie unwillkürlich die Hände zu Fäusten. »Mir hat er gesagt, er sei noch völlig abhängig von seinen Eltern.«

Jetzt wirkte sogar Henri erstaunt. »Seine Eltern sind seit Jahren tot. Er ist der einzige Sohn und uneingeschränkter Herr über seinen Besitz.«

Wieder brachte Elise kein Wort heraus.

»Also das hat er dir vorgelogen«, konstatierte Henri beißend. »Diese Masche war mir neu.«

»Woher kennst du ihn überhaupt?«, presste Elise hervor.

»Wie ich dir schon sagte, sein Ruf eilt ihm voraus. Aber in meiner Kindheit haben seine und meine Eltern sich ab und zu im Sommer besucht. Schon damals war Percy ein furchtbares Kind. Wenn er etwas nicht haben konnte, was er begehrte, machte er es kaputt. Doch seine Eltern hatten einen Narren an ihm gefressen und verwöhnten ihn nach Strich und Faden. Schließlich brach der Kontakt zwischen unseren Familien ab.«

Elise stutzte. »Ihr habt euch öfter besucht, obwohl die Bretagne so weit von Albi entfernt liegt?«

Wieder wirkte Henri verdutzt. »Wir waren Nachbarn. Die Ländereien seiner Eltern grenzten an unsere eigenen.«

Elise ging ein Licht auf. »Ach, deshalb durfte ich ihm nie schreiben! Er hätte mir ja eine falsche Adresse in der Bretagne geben müssen.« Sie schluchzte auf und riss sich dann zusammen. Der Schweinehund hatte sie nach Strich und Faden belogen. Sie holte tief Luft. »Woran sind seine Eltern gestorben?«

Henri zuckte die Achseln. »Angeblich bei einem Unfall ihrer

Kutsche. Doch die Umstände wurden nie genau aufgeklärt. Ein Rad brach in voller Fahrt, es ging das Gerücht, jemand habe es angesägt.«

»Angesägt? Du meinst ...« Sie brachte den Satz nicht zu Ende.

»Ob Percy etwas damit zu tun hat, weiß ich nicht. Ich würde es ihm zwar zutrauen, aber er geriet nie in Verdacht. Man beschuldigte stattdessen den Kutscher, das Fahrzeug nicht ordentlich gewartet zu haben.«

»Und warum verdächtigst du ihn?«

»Nun, er war gerade volljährig und damit erbberechtigt geworden. Und fing unmittelbar danach mit diesem Lotterleben an, das seine Eltern trotz aller Nachsicht nie geduldet hätten.«

Elise schwieg eine Weile, um das Gesagte zu verarbeiten. Dann fragte sie: »Und wer war die Frau in Nizza? Ist er wirklich mit ihr verheiratet?«

Wieder hob Henri die Schultern. »Das könnte Aline gewesen sein, eine Erbin aus reichem, aber bürgerlichem Hause. Meine Mutter hat so etwas bei unserem Weihnachtstreffen erzählt. Angeblich wollten sie im Januar heiraten.«

Wieder brach sich die Erbitterung in Elise Bahn. »Und selbst da hast du mir nichts gesagt?« Sie stürzte den restlichen Cognac in ihrem Glas in einem Zug hinunter.

Henri blickte betreten drein. »Du warst so verliebt in Percy. Hättest du mir so was denn überhaupt geglaubt?«

Elise durchfuhr es heiß und kalt. Unwillkürlich dachte sie an ihre Schwester Simone, die in ihrer blinden Schwärmerei für den Zuhälter Luc ebenfalls keinem Argument zugänglich gewesen war.

»Ich weiß es nicht«, gab sie schließlich zu. Sie dachte an die letzten Liebesbriefe, vor allem an den zu Weihnachten, den Percy ihr geschrieben hatte. »Er hat geschworen, immer wieder geschworen, ich sei die große Liebe seines Lebens.«

Henri nickte traurig. »Genau davor hatte ich Angst. Dass unsere Freundschaft zu Ende wäre, wenn ich dir reinen Wein über ihn einschenken würde. Denn niemand weiß, wie lange er dich noch hinters Licht geführt hätte, wenn du ihm nicht zufällig in Nizza begegnet wärst.«

Elise fiel der misstrauische Gesichtsausdruck ein, mit dem die Rokokodame sie angesehen hatte.

»Ich habe ihn sogar in deiner Abwesenheit zwei-, dreimal hier im Moulin Rouge gesehen«, fügte Henri hinzu.

»Also ist er wirklich genau in diesen zwei Wochen wieder nach Paris gekommen«, murmelte Elise. Sie fühlte sich völlig elend. Wie lange hätte Percy sie noch mit seinen Liebesschwüren belogen? Und warum taten Männer so etwas?

Diese Frage stellte sie auch Henri. Seine Antwort kam wie aus der Pistole geschossen.

»Sie übertünchen damit ihr eigenes Gefühl, minderwertig zu sein. Es ist nicht die Liebe, die sie zu so vielen Frauen treibt, sondern der Wunsch nach Macht.«

Elise dachte plötzlich an Vivienne Boucher, die letzte Kurtisane ihres Vaters, die einen erheblichen Anteil an seinem finanziellen Ruin gehabt hatte.

»Ich glaubte bisher, es seien die Frauen, die auf diese Weise Macht über Männer ausüben.«

»Solche Frauen gibt es auch«, bestätigte Henri. »Doch für die hege ich nur Bewunderung. Denn sie verstehen es, ihr Leben so zu leben, wie sie es möchten. Das ist im heutigen Frankreich eine seltene Gabe.«

Kapitel 23

IM BORDELL PAPILLON JAUNE IN DER RUE D'AMBOISE

MÄRZ 1892

»Oje! Mein Nacken schmerzt höllisch. Wenn das nicht besser wird, krieg ich heut Abend Probleme, wenn ich's 'nem Freier mit dem Mund machen soll.«

Simone grinste. »Nun stell dich mal nicht so an, Fantine! Komm her, ich massier dich ein bisschen.«

Die junge Prostituierte ließ sich das nicht zweimal sagen. Sie setzte sich neben Simone auf einen der nur mit einem Kissen gepolsterten Stühle im Aufenthaltsraum, der auch als Esszimmer diente. Der viel luxuriöser eingerichtete Salon war nur für die abendlichen Begegnungen mit den Kunden vorgesehen.

Während Simone Fantines Nacken zu kneten begann und die lustvolle Geräusche von sich gab, fragte sie: »Wie lange wird Henri denn noch für deine Miniatur brauchen?«

»Hoffentlich nicht mehr allzu lang«, murmelte Fantine. »Das dauernde Stillsitzen macht mich noch wahnsinnig.«

»Aber es lohnt sich doch. Denk an die fertigen Bilder!«

Inzwischen hatte Henri sechs der sechzehn Mädchen gemalt, die im Maison Close in der Rue d'Amboise als Prostituierte arbeiteten. Simones Bild war das zweite gewesen, das fertig geworden war. Auch ihr war das Modellsitzen nicht leichtgefallen, aber das Ergebnis konnte sich sehen lassen.

Henri hatte sich dafür entschieden, die Porträts wie übergroße Miniaturen zu gestalten. Das ovale Bild zeigte Simone im Profil. Ihr braunes Haar fiel ihr weit über die Schulter und wurde auf halber Höhe von einer lose gebundenen braunen Schleife gehalten. Es war seitlich gescheitelt, der Pony fiel ihr in einer Welle bis zur Mitte der Stirn.

Obwohl Simone ihre Haare früher häufig hochgesteckt hatte, gefiel ihr die von Henri gewählte Frisur so gut, dass sie jetzt auch abends im Salon so auftrat. Seither hatte sich die Anzahl ihrer Kunden noch einmal erhöht.

Womöglich trug dazu auch das sehr erotisch wirkende Dekolleté in ihrer Abbildung bei, das wenig zeigte, aber viel versprach. Hals, die andere Schulter und der Brustausschnitt waren nackt, ohne Schmuck, obwohl viele der Mädchen in diesem Haus abends Ketten oder Ohrringe trugen. Die Spalte zwischen den Brüsten war nur durch einen winzigen Strich angedeutet, trotzdem verhieß das Gemälde einen volleren Busen, als Simone ihn eigentlich vorzuweisen hatte.

Damit Henris Werke zur üppigen Einrichtung des Kundensalons passten, hatte die Maîtresse Blanche d'Egmont sich auch bei den quadratischen, mit vergoldeten Schnitzereien reich verzierten Rahmen nicht lumpen lassen. Sie beeinträchtigten das in einem ovalen Ausschnitt platzierte Porträt in seiner Wirkung nicht. Stattdessen brachten die Rahmen die Gemälde noch besser zur Geltung.

Jedes fertige Bild wurde, kaum dass die Farbe getrocknet war, im Salon aufgehängt. Zum großen Vergnügen der Madame und der Mädchen betrachteten die Freier zunächst die Porträts, bevor sie sich meistens für eine der bereits gemalten Damen entschieden, so sie denn gerade zur Verfügung stand.

Auch Henri de Toulouse-Lautrec hatte inzwischen Gefallen

an dieser ungewöhnlichen Aufgabe gefunden. Mit wenigen Ausnahmen wohnte er inzwischen sogar im Bordell und verließ es nur abends, um das Moulin Rouge aufzusuchen. Das hatte für Madame d'Egmont natürlich den Vorteil, dass sie ihm Kost und Logis von seinem Lohn abziehen konnte. Die Kosten seines Aufenthalts waren durchaus mit denen eines teuren Hotels vergleichbar.

Auch dass Henri nahezu jede Nacht zumindest stundenweise im Bett einer der Dirnen verbrachte, vorzugsweise bei Simone, senkte den Preis für die Bilder. Henri selbst schien das nicht das Geringste auszumachen. Sein Trinkgeld, das er Simone jedes Mal gab, blieb großzügig.

Auch deshalb war sie in jüngster Zeit sogar leichtsinnig geworden. Die langweiligen Nachmittage, deren Stunden sich oft unendlich hinzogen, verbrachten die Damen vorzugsweise mit Karten- und anderen Glücksspielen. Erst nachdem Simone binnen weniger Tage mehr als zweihundert Francs ihres kostbaren Ersparten verloren hatte, war sie vorsichtiger geworden.

Jetzt warf sie einen sehnsüchtigen Blick durch das Fenster des Aufenthaltsraums, das auf einen kleinen Garten hinausging. »Hoffentlich wird es bald wärmer«, seufzte sie. »Damit ich mich nachmittags ein wenig in die Sonne legen kann.«

Obwohl bereits Schneeglöckchen und Krokusse sprossen, war es draußen noch empfindlich kühl.

»Bist du auch gespannt auf die Neue?«, fragte Fantine.

Simone zog ihre Hände vom Massieren zurück, und ihre Kollegin zeigte ihr eine enttäuschte Schnute.

»Eigentlich nicht. Das Ding soll blutjung sein. Viele Freier stehen auf so was. Möglicherweise zu unserem Nachteil.«

»Dafür hat die Kleine sicher kaum Erfahrung.« Fantine senkte die Stimme. »Angeblich ist sie erst sechzehn. Wenn das bei der

Sitte rauskommt, wird Madame 'ne deftige Strafe berappen müssen.«

Simone durchfuhr ein Stich. Auch sie war erst siebzehn gewesen, als sie Luc zuliebe zum ersten Mal auf den Strich gegangen war.

»Aber die Sitten-Spürhunde wissen das wahrscheinlich schon längst. Nirgendwo anders ist die Polizei so bestechlich«, ergänzte Fantine.

Eine halbe Stunde später hatte Simone trotz ihrer guten Vorsätze erneut zehn Francs beim Würfeln verloren. Ihre Laune hatte sich dadurch nicht verbessert. Aber nachmittags war die Langeweile oft nicht zu ertragen. Nur an hohen Feiertagen durften die Mädchen das Bordell einmal für ein paar Stunden verlassen, um ihre Familie zu besuchen. Auch wenn es im Papillon Jaune großzügiger zuging als in anderen Freudenhäusern, in denen Simone gearbeitet hatte, galt diese Regel auch bei Madame Blanche.

»Da draußen lauern Zuhälter und anderes Gesindel«, war die Simone altbekannte Begründung. »Wenn die euch schnappen, geht es euch schlecht.«

Dagegen stand es den Prostituierten frei, das Bordell für immer zu verlassen, wenn sie es wollten. Anders als in vielen vergleichbaren Häusern ließ Blanche solche Frauen gehen und verlangte nur einen Abschlag für den Verdienstausfall. »Reisende soll man nicht aufhalten«, hatte sie lapidar bei der einzigen Gelegenheit geäußert, wo das vorgekommen war, seit Simone dort wohnte.

Das war erst vor einem Monat gewesen. Mittlerweile hatte sich Blanche nach einem Ersatz umgesehen. »Glücklicherweise hat Monsieur de Toulouse-Lautrec Brigitte nicht schon gemalt«, hatte sie der versammelten Gruppe erklärt.

Genau in diesem Moment ertönte der Gong, der normalerweise

zu den Mahlzeiten rief. Aber es war erst vier. Das Abendessen begann um fünf. Also musste die Neue angekommen sein.

»Meine Damen, darf ich euch vorstellen: Das ist unsere neue Brigitte.«

Das Mädchen hieß wahrscheinlich ganz anders, womöglich Clementine oder Marianne, Vornamen, die nicht zu einer Prostituierten in einem Luxusbordell passten. Brigitte war dagegen ein typischer Name in einem Freudenhaus und gerade vakant geworden.

»Die sieht sogar noch viel jünger aus als sechzehn«, flüsterte Amande neben Simone, was ihr ein ärgerliches »Pscht« der Madame eintrug.

Die Neue hatte die Straßenkleidung bereits abgelegt und trug einen Teil der typischen Garderobe, mit der die Prostituierten im Papillon Jaune abends vor Kunden auftraten. Das waren schwarze, bis zu den Oberschenkeln reichende Seidenstrümpfe und hochhackige Schuhe von gleicher Farbe. Darüber präsentierten sich die erfahrenen Prostituierten in der Regel in einem durchsichtigen Negligé. Das Mädchen war dagegen in ein weißes Seidentuch gehüllt, das knapp über seinen Hüften endete und das Madame jetzt über die Brüste herunterzog.

»Ist sie nicht hübsch, meine Damen?«

»Oui, très jolie«, ertönte es verhalten aus dem Kreis der Zuschauerinnen.

»Und nun dreh dich um, *ma chère*, damit ich deinen entzückenden Popo zeigen kann.«

Das Mädchen befolgte die Aufforderung willig. Bislang hatte Simone weder Ängstlichkeit noch Widerstand in seinem Gesicht erkennen können.

Während es wieder verhaltenen Beifall der Zuschauerinnen gab, fragte Simone: »Was geht hier eigentlich vor sich?« Auf einmal verstand sie die ganze Prozedur nicht mehr. Warum stellte Madame die Neue nicht einfach vor, sondern präsentierte auf diese Art ihre Reize?

Amande zuckte die Achseln. »Man merkt, dass du auf der Straße begonnen hast. So wird die Maîtresse Brigitte ihren ersten Freiern vorführen. Sich im durchsichtigen Negligé verführerisch im Salon zu zeigen, muss sie erst noch lernen.«

Die Abschlussworte von Blanche d'Egmont bestätigten Amandes Worte. »So geht es auch heute Abend zu, Brigitte. Das hast du sehr gut gemacht. Und ich verspreche dir, dafür zu sorgen, dass du heute nur nette Kunden bedienen musst.«

Das Mädchen nickte lächelnd. »Danke, Madame.«

Aus unerfindlichen Gründen tat das Mädchen Simone auf einmal sehr leid. Was bewog ein so junges Ding, sich für so etwas herzugeben? Welcher Zuhälter hatte sie in dieses Bordell vermittelt?

Die Gelegenheit, Brigitte danach zu fragen, ergab sich gleich beim anschließenden Abendessen. »Ich tu das nur Luc zuliebe«, erklärte die Kleine. »Er braucht das Geld, weil er Schulden bei schlimmen Leuten hat. Die schlagen ihn sonst zusammen.«

Luc? Einen Moment durchfuhr es Simone heiß und kalt. Dann rief sie sich selbst zur Ordnung. Unsinn, Luc ist ein Allerweltsname. Viele Männer in Paris heißen so.

»Und du machst das heute wirklich zum ersten Mal?«, fragte sie trotzdem noch einmal nach.

Brigitte nickte so heftig, dass ihre dunklen Locken flogen. Ihre tiefbraunen Augen strahlten.

»Denn wenn ich genug Geld verdient hab, wird Luc mich heiraten. Ich muss das hier höchstens ein paar Wochen lang machen. Das hat er versprochen. Und dann sind wir das glücklichste Paar der Welt.«

Simone war verstört. Kam ihr das nicht bekannt vor? »Wie alt ist dein Luc denn? Und wie heißt er mit Nachnamen?«

Brigittes Antworten zerstreuten ihre Bedenken zunächst. »Luc ist zweiundzwanzig. Mit Nachnamen heißt er Martin.«

»Und wo kommst du her?«, fragte Simone zur Vorsicht noch einmal nach.

»Ich bin gar nicht von hier. Ich komm aus Marseille«, erklärte Brigitte. »Ich wollt eigentlich als Dienstmädchen arbeiten. Aber gleich am Bahnhof hab ich den Luc kennengelernt.«

Wahrscheinlich benutzen diese Kerle alle die gleiche Masche, um ihre Liebchen auf den Strich zu kriegen, dachte Simone resigniert. Daher die Ähnlichkeit zu meinem Luc. Aber das hier hat auf gar keinen Fall was mit ihm zu tun.

Kapitel 24

IM ATELIER VON EDGAR DEGAS

APRIL 1892

»Also, ich kann meinem Kollegen Henri Gervex nur beipflichten. Die Qualität deiner Skizzen ist ganz ausgezeichnet.« Edgar Degas zog den Kneifer ab und rieb sich die offenbar schmerzende Stelle auf seiner Nase. »Du hast dich noch einmal im Vergleich zu deinen Versuchen im vergangenen Jahr verbessert, Valérie.«

»Vielen lieben Dank, Edgar! Das freut mich über die Ma…«

Valérie hielt inne, als Degas die Hand hob. Bei seinen nächsten Worten wich ihre Euphorie der Ernüchterung.

»Aber ich stimme Henri auch zu, dass er dich in einer Nachmittagsklasse für Freizeitmalerinnen nicht noch mehr lehren kann, als er es bisher möglich gemacht hat. Obwohl er dir dort die meiste Zeit gewidmet hat. Dazu müsstest du seine regulären Klassen besuchen und dich in verschiedenen Disziplinen weiterbilden. Unter anderem in der Aktmalerei. Gervex ist einer der wenigen Inhaber eines Damenateliers, die das überhaupt anbieten. Wenngleich seine männlichen Modelle noch kurze Unterhosen tragen. Aber im Umfeld der Akademie Julian, mit der Henri zusammenarbeitet, wird auch die Freilichtmalerei gelehrt. Zusätzlich gibt es theoretische Fächer wie Anatomie oder Kunstgeschichte. Oder kennst du das schon von Cormon?«

Valérie fühlte sich ganz verzagt. »Diese Fächer gab es zwar, aber mein Studium ist fünf Jahre her. Insbesondere Anatomie müsste ich auffrischen. Du weißt doch, Edgar, dass mir das nicht möglich ist.«

Degas ließ sich nicht beirren. »Kommt Zeit, kommt Rat. Jetzt ist es vielleicht noch nicht möglich, also musst du dein Talent auf andere Weise weiterentwickeln. Du brauchst einen Platz, wo du Gemälde anfertigen kannst.«

»Baptiste wird es mir im Stadtpalais auf gar keinen Fall mehr erlauben.«

»Und wenn du dir ein Atelier mit Kunstmalerinnen in Montparnasse teilen würdest? Wie wäre das denn?«

Valérie überlegte noch, ob das eine Möglichkeit sein könnte, als Suzanne Valadon einen unerwarteten Vorschlag machte.

»Du hast doch früher in Toulouse-Lautrecs Atelier gemalt. Er wohnt zwar nicht mehr im gleichen Haus, hat aber sein Atelier behalten und sogar noch vergrößert.«

»Das ist eine ausgezeichnete Idee!«, fiel Degas ihr ins Wort. »Lautrec ist ein sehr talentierter Kollege und hat meines Wissens schon vielen berühmten und weniger berühmten Malern erlaubt, sein Atelier mitzubenutzen.« Er stutzte. »Er war doch ein Studienkollege von dir, nicht wahr?«

Valérie spürte, dass ihr die Tränen kamen. »Aber wir sind seit ungefähr drei Jahren zerstritten.« Ihre Stimme war so leise geworden, dass sie ihre Worte wiederholen musste, bis Degas sie verstand.

»Zerstritten? Seit drei Jahren? *Parbleu*, aus welchem Grund denn?«

Valérie schluchzte auf. Bevor sie antworten konnte, kam Suzanne ihr zuvor. »Das ist meine Schuld, Edgar.« Sie sah dem Maler gerade in die Augen. »Oder wenn man es recht bedenkt, hast sogar du einen Anteil daran.«

»Ich?« Degas war völlig verblüfft.

»Lass mich erklären.«

In kurzen Worten berichtete Suzanne von ihrer dramatischen Trennung von Henri und den Folgen. »Ich habe damals kein gutes Haar mehr an ihm gelassen«, gestand sie ein. »Wahrscheinlich aus Rache hat er dann diese Zeichnung für den *Courrier français* gemacht …«

»Ich erinnere mich, von dieser verkommenen Absinth-Trinkerin, der er dein Gesicht verliehen hat. Ich habe mich immer gefragt, warum …«

Diesmal fiel Suzanne ihm ins Wort. »Einverstanden war ich damit nie. Und Valérie hat meine Partei ergriffen und Henri mit dieser schändlichen Tat konfrontiert. Das hat er ihr nie verziehen, obwohl sie viele Versöhnungsversuche gemacht hat.«

»Ja, nachtragend war er schon immer, wie man so hört. Aber was habe ich damit zu tun?«

»Er war eifersüchtig auf mich, weil du schon damals mein Mentor warst und ihn links liegen gelassen hast.«

Degas schnaubte. »Als Mentor hat Lautrec mich beim besten Willen nicht gebraucht! Ich habe ihn schon immer für einen begnadeten Künstler gehalten.«

»Aber du bist nie einer Einladung zu seinen Freitagstreffen im Atelier gefolgt. Das hat er wohl als Missachtung aufgefasst.«

Degas schnaubte. »Solche Veranstaltungen sind mir zuwider!« Dann überlegte er eine Weile. »Gut, dann muss ich eben etwas dagegen tun. Damit unserer Valérie weitergeholfen wird.«

IM ATELIER VON TOULOUSE-LAUTREC

APRIL 1892, EIN PAAR TAGE SPÄTER

»Aber ich bitte Sie, Mademoiselle …?«

Der riesige Mann, der ihr die Tür von Henris Atelier geöffnet hatte, hob fragend die Stimme. Er überragte sie um mehr als eine Haupteslänge, sodass Valérie zu ihm hinaufschauen musste.

»Ich bin Madame Germain«, antwortete sie leise.

»Oh *pardon*, Madame. Da Sie sich als Kunstmalerin vorgestellt hatten, dachte ich, Sie seien unverheiratet.«

Valérie hatte ihren Namen mit Absicht nicht genannt, als der große Mann mit dem schwarzen Schnauzer aufgemacht hatte. Sie befürchtete, dass Henri sie sonst nicht vorlassen würde. Nun stellte sich heraus, dass er gar nicht im Atelier war.

»Kommen Sie doch herein«, forderte der Mann sie ein zweites Mal auf. »Henri wird jeden Moment wieder da sein.« Er schlug sich an die Stirn. Fast kam sein Kneifer ins Rutschen. »Ich muss mich noch einmal entschuldigen, denn ich habe mich selbst noch nicht vorgestellt. Mein Name ist Gabriel Tapié de Céleyran. Ich bin Henris Cousin.«

»Bringen Sie Ihr Dienstmädchen mit herein. Bei diesem stürmischen Aprilwetter auf der Straße zu warten, ist wahrlich kein Vergnügen.«

Damit wischte er Valéries Angebot, ein anderes Mal wiederzukommen, endgültig vom Tisch.

»Darf ich Ihnen einen Tee anbieten?«

Da Valérie, die den Weg zu Henris Atelier zu Fuß zurückgelegt hatte, durchgefroren war, nahm sie dankend an. Dass Henris Cousin Gabriel genauso wenig dünkelhaft war wie er selbst, erwies sich, als er auch Marie eine Tasse mit dem dampfenden Getränk brachte.

In den folgenden Minuten machten sie leichte Konversation. Valérie erfuhr, dass Gabriel aus Henris mütterlicher Linie stammte und nach Paris gekommen war, um Medizin zu studieren.

»Aber Henri macht es mir nicht leicht, mit meinem Studium voranzukommen«, ergänzte Gabriel mit einem ironischen Lächeln. »Abend für Abend schleppt er mich ins Moulin Rouge. Tagsüber bleibt er oft im Bordell … Oh, *pardon*«, entschuldigte er sich erneut, wobei sich sein Gesicht blutrot verfärbte.

Wider Willen musste Valérie schmunzeln. »Ich kenne Henris Gewohnheiten seit unserer gemeinsamen Zeit an der Akademie Cormon. Sie müssen sich daher nicht genieren, Monsieur Tapié de …« Ihr fiel der zweite Teil des Nachnamens nicht mehr ein.

So etwas schien Gabriel bereits zu kennen. »Nennen Sie mich einfach Gabriel, Madame …«

»Und Sie mich Valérie«, unterbrach sie ihn rasch.

In diesem Augenblick drehte sich der Schlüssel geräuschvoll im Schloss. Wenig später hinkte Henri de Toulouse-Lautrec herein. Er drehte ihnen zunächst den Rücken zu, ohne Valérie zu bemerken.

»Was für ein Sauwetter, Gabriel«, schimpfte er. »Da jagt man keinen Hund vor die Tür. Wenn das so weitergeht, wird heute Abend im Papillon wenig Betrieb sein. Dann bleibe ich dort und male das letzte Porträt. Und du kannst endlich mal wieder für deine Prüfungen ler…«

Als er sich umdrehte und Valérie erblickte, blieb ihm das Wort im Halse stecken.

Das war der Augenblick, vor dem sie sich seit Tagen gefürchtet hatte. Würde Henri sie hinausweisen, bevor sie ihm das Empfehlungsschreiben von Edgar überreichen konnte?

Sie riss sich zusammen und trat energisch auf ihn zu. Was hatte sie denn zu verlieren?

»Ich soll dir herzliche Grüße von Edgar Degas ausrichten, Henri. Er hat mir dieses Schreiben für dich mitgegeben.«

Ohne ein Lächeln streckte er wortlos die Hand aus. Dann brach er das Siegel rüde auf und zog das auf feinem Büttenpapier verfasste Schreiben hervor.

Valérie beobachtete ihn, während er es las. Sie selbst besaß eine Abschrift, die ihr der Kunstmaler vorgelegt hatte, um ihr Einverständnis zu erlangen. Mittlerweile hatte sie den Brief so oft gelesen, dass sie ihn auswendig kannte.

»Glaubst du, das wird ihn erweichen können?«, hatte Degas sie gefragt.

»Wenn diese Worte nicht ausreichen, gibt es fürwahr keine Hoffnung mehr«, hatte Valérie geantwortet.

Jetzt las sie im Geiste mit.

Lieber verehrter Henri,
ich wende mich heute an Dich, um Dir eines der größten Malerinnentalente ans Herz zu legen, dem ich je begegnet bin. Du kennst die Dame bereits sehr gut, die Dir dieses Schreiben überbringen wird. Es ist Deine Studienfreundin Valérie Dumas, die aus Gründen, die sie Dir selbst schildern wird, die Ehe mit Baptiste Germain eingegangen ist. Nicht freiwillig, möchte ich bereits an dieser Stelle betonen.

Wir, die wir unverheiratet geblieben sind, haben nie von unseren Rechten als Eheherren Gebrauch gemacht. Deshalb konnte ich mir kaum vorstellen, was dieser Mensch Valérie angetan hat. Er hat ihr bei der Hochzeit versprochen, dass er ihr in seinem Haus ein Atelier zur Verfügung stellen wird, in dem sie malen kann, was sie möchte.

Doch als er entdeckt hat, dass dies nicht im akademischen Stil geschehen wird, dem weder Du noch ich anhängen, hat er alles vernichtet, was sie bis dahin geschaffen hat. Mit Ausnahme ihres Abschlussgemäldes an der Akademie Cormon. Das wird sogar im diesjährigen Salon ausgestellt werden, obwohl man es unmittelbar nach Ende ihres Studiums abgelehnt hatte. Aber Germain scheint seinen Einfluss geltend gemacht zu haben.

Trotzdem will Valérie in ihrem eigenen Stil weitermalen. Darin finden sich Anklänge an den Impressionismus, aber auch ihre eigene unverwechselbare Art, sich auszudrücken. Das weiß ich allerdings nur vom Hörensagen, denn das erste Ölgemälde, ein Selbstporträt, das sie nach ihrer Heirat fertiggestellt hat, hat ihr engstirniger Gatte zerstört, wie ich schon oben erwähnt habe.

Da ich Valérie aus Eurer gemeinsamen Studienzeit kenne, hat sie sich an mich um Hilfe gewandt. Leider kann ich ihr keinen Platz in meinem Atelier einräumen, da ich dort beim Malen absolute Ruhe brauche. Aber in Deinem Atelier hat Valérie schon früher gemalt, wie sie mir mitgeteilt hat. Und nach wie vor benutzen einige Kollegen die Räume, zu denen Du ihnen so großzügig Zutritt gewährst, wie ich weiß.

Ihre Fertigkeiten aus dem Studium hat Valérie kürzlich in einem Kurs bei Henri Gervex aufgefrischt, der ihr Talent schon erkannt hat, als sie ein kleines Mädchen war. Doch sie konnte nur eine zweistündige Nachmittagsklasse für Freizeitmalerinnen besuchen. Gervex hat in dieser Zeit getan, was er konnte, um sie zu fördern. Trotz der kurzen Zeit hat es sich mehr als gelohnt.

Nun appelliere ich an Dich, mein Freund Henri, als einen der größten lebenden Meister der Malerei und sogar der Lithografie, wie Du überaus beeindruckend anhand des Plakats zur Eröff-

nung der letztjährigen Herbstsaison des Moulin Rouge bewiesen hast. Lass uns gemeinsam Mentoren dieser wunderbaren jungen Frau sein! Gerne tausche ich mich mit Dir und ihr regelmäßig über ihre Fortschritte aus.

Daher hoffe ich, Du wirst mir meine Bitte nicht abschlagen.

Mit herzlichen Grüßen

Edgar

Valérie beobachtete scharf, wie Henri auf Degas' Schreiben reagierte. Je mehr er las, desto mehr entspannten sich seine vorher starren Gesichtszüge, desto mehr Hoffnung wallte in ihr auf.

Schließlich ließ er den Brief sinken. »Ich habe mich damals gewundert, dass du nicht auf Pascal warten wolltest, sondern diesen unsäglich arroganten Germain geheiratet hast. Willst du mir sagen, warum, wie Edgar es vorgeschlagen hat?«

»Das will ich.«

Mit dürren Worten berichtete Valérie, wie es zu dieser Eheschließung gekommen war. »Und nun bin ich Baptiste in vielerlei Hinsicht hilflos ausgeliefert. Wenn auch nicht in jeder. Unsere Ehe besteht nur noch auf dem Papier, wenn du verstehst, was ich meine. Aber die Malerei kann er mir leider verbieten.«

»Das ist jammerschade«, ließ sich nun Gabriel vernehmen, dessen Anwesenheit Valérie völlig vergessen hatte. Ein rascher Blick in sein Gesicht zeigte ihr jedoch, dass Henris Cousin sie nicht verurteilte, sondern vielmehr starkes Mitgefühl empfand. »Ich kann Valérie das Atelier öffnen, wenn du nicht da bist, Henri«, bot er an.

Schließlich kamen sie überein, die gleichen Zeiten wie für den Kurs von Gervex an drei Nachmittagen pro Woche für Valéries Aufenthalte in Henris Atelier zu nutzen.

Als Valérie und Marie das Atelier verließen, stahlen sich die ersten Sonnenstrahlen durch den bis dahin dunkelgrauen Himmel. Auch der Sturm war abgeebbt. Das hielten beide für ein gutes Zeichen.

Kapitel 25

RESTAURANT VÉRY AUF DEM BOULEVARD MAGENTA

25. APRIL 1892

»Schau, da vorn ist das Schild! In diesem Restaurant hat man ihn verhaftet.«

Sandrine, die vorher Arm in Arm mit André den Boulevard Magenta entlanggegangen war, löste sich von ihm und ging schnellen Schrittes voran. Ein wenig beunruhigt folgte er ihr, bis er sie wieder eingeholt hatte.

»Willst du dort wirklich mit mir zu Mittag essen?« Sein mulmiges Gefühl, mit dem er bereits von Montmartre aufgebrochen war, verstärkte sich. Nicht nur, dass er an einem gewöhnlichen Montag seine Arbeit in der Werkstatt ihr zuliebe unterbrochen hatte, machte ihm zu schaffen. Seit sie sich an Weihnachten ineinander verliebt hatten, konnte er Sandrine kaum einen Wunsch abschlagen.

Aber dass sie die Attentate des Mannes, den man trotz seines bürgerlichen Namens François Claudius Koenigstein in ganz Frankreich inzwischen Ravachol nannte, guthieß, belastete ihn sehr. Nur um ihre noch junge Liebe nicht zu gefährden, hatte André manch eine ihrer heftigen Diskussionen in den letzten Wochen beendet und scheinbar nachgegeben.

Ravachol stammte gar nicht aus Paris. Er war aus seinem Provinzkaff Saint-Chamond im Departement Loire erst nach den Ereignissen in Clichy am 1. Mai 1891, mit denen er jetzt seine beiden Anschläge rechtfertigte, in die Hauptstadt gekommen. Gerüchteweise hatte er allerdings ohne jegliches politische Motiv aus reiner Habgier bereits Verbrechen in seiner Heimatstadt begangen, darunter sogar einen Mord.

»Moralisch ist dieser Mensch also nicht als Vertreter, geschweige denn als Rächer der berechtigten Sache der Arbeiterschaft anzusehen«, hatte André während einer heftigen Debatte der Anarchistenversammlung in der Taverne du Bagne schon nach dem ersten Attentat argumentiert. Er war regelrecht niedergeschrien worden.

»Das sind doch alles nur widerliche Gerüchte, um die ehrenwerten Motive von Ravachol in den Schmutz zu treten.«

»Es ist keineswegs ehrenhaft, ein Bombenattentat auf ein Wohnhaus zu machen, bei dem auch unschuldige Menschen hätten ums Leben kommen können.«

»Die gute Sache fordert nun mal Opfer! Das ist schon in der Pariser Kommune, ach Unsinn, schon in der Französischen Revolution so gewesen.«

Danach hatte André sich entschieden, die Versammlungen in der Taverne du Bagne nicht mehr zu besuchen.

Doch auch zu Hause hatte er keinen Frieden gefunden. Sandrine war inzwischen bei ihm eingezogen und führte ihm den Haushalt. In den ersten Wochen hatten sie unter Schlafmangel gelitten, so leidenschaftlich liebten sie sich Nacht für Nacht.

Bis zum ersten Attentat Mitte März fühlte sich André wie im siebten Himmel. Nach der großen Enttäuschung mit Elise hatte er gar nicht mehr auf ein solches Glück zu hoffen gewagt.

Auch Sandrine stammte nicht aus Paris, sondern aus Burgund. Sie war schon mit sechzehn Jahren von daheim ausgerissen, da sie die schwere Arbeit auf dem kleinen Weingut ihrer Eltern, die sie ohne Lohn verrichten musste, nicht länger machen wollte. In

Paris hatte sie eine Zeit lang als Dienstmädchen gearbeitet, bis der Hausherr zuerst versuchte, sie zu verführen, und später, sie zu vergewaltigen.

»Die meisten Männer sind einfach Schweine«, gestand sie André schon nach ihrer ersten Liebesnacht. »Da gibts nur 'n paar Ausnahmen. Dazu gehört Maxime Lisbonne, der mich in seiner Taverne in der Küche beschäftigt hat, damit ich nicht Hungers sterbe oder auf den Strich gehn muss. So hab ich dann auch die Anarchisten kennengelernt.« Sie lächelte mit einer Mischung aus Traurigkeit und Sarkasmus. »Und hab geglaubt, diese Kerle sind besser zu ihren Frauen als andre Männer. Hab schnell gemerkt, dass es da wenig Unterschiede gibt.«

Sie spielte auf ihren ehemaligen Geliebten Guillaume an, der sie zuletzt immer wieder geschlagen hatte.

»Ich bin anders, *chérie*! Das musst du mir glauben«, hatte André ihr versichert.

Sandrines Angebot, durch eigene Arbeit etwas zum Lebensunterhalt beizutragen, lehnte er von Anfang an ab. »Ich hab ein bisschen Geld von meinem Onkel geerbt. Und wär nur zu froh, wenn ich abends heimkäme und ein warmes Essen auf dem Tisch steht. Ich war viele Jahre lang mit einer Varietétänzerin zusammen. Da gabs so was so gut wie nie.«

So war seine und Sandrines Welt rosarot gewesen, bis Ravachol am 11. März eine Bombe ins Treppenhaus des feudalen mehrstöckigen Wohnhauses gelegt hatte, in dem der Gerichtspräsident Benoît wohnte.

Der hatte entgegen dem Votum der Jury, die für die beiden nach der Maidemonstration in Clichy verhafteten Arbeiter milde Strafen vorgeschlagen hatte, mehrere Jahre Zwangsarbeit gegen die Angeklagten verhängt.

»Das war so gemein und ungerecht!«, echauffierte sich Sandrine nach dem Attentat wie seinerzeit nach dem Urteil. »Die Familien der *Märtyrer von Clichy*« – wie man die Verurteilten inzwischen nannte – »wären ins Elend geraten, wenn nicht Arbeiter in ganz Paris und sogar drum herum für sie gesammelt hätten.« Auch André hatte damals sein Scherflein beigesteuert.

»Außerdem musste einmal ein Zeichen gesetzt werden«, schloss sich zu Andrés Frustration auch Auguste Vaillant, mit dem er mittlerweile ebenfalls eng befreundet war, Sandrines Meinung an. »So was nennt man Propaganda der Tat.«

»Was soll das heißen?« André hatte den Begriff noch nie gehört.

»So nennt man Taten mit Vorbildcharakter. Sie sollen die Gesellschaft wachrütteln und Sympathien in der Bevölkerung erzeugen.«

»Mit gewalttätigen Handlungen? Bei denen auch Unschuldige zu Schaden kommen könnten?«

Auguste wirkte gleichgültig, als er mit dem gleichen Argument die Achseln zuckte, das André inzwischen anwiderte. »Für unsere Sache müssen eben auch Opfer gebracht werden. Denk doch nur an Fourmies! Da sind am letzten 1. Mai sogar neun Demonstranten von den Herrschenden abgeknallt worden.«

»Außerdem regst du dich völlig umsonst auf, André!«, mischte sich Sandrine in das Streitgespräch ein, das während des Abendessens in Andrés Küche stattfand. »In diesem stinkvornehmen Haus am Boulevard Saint-Germain ist doch nur Sachschaden entstanden. Niemand ist verletzt oder sogar getötet worden.«

»Reiner Zufall! Und außerdem ist die einzige Wohnung, die nicht beschädigt wurde, ausgerechnet die des Gerichtspräsidenten! Wahrhaftig – eine hervorragende Propaganda der Tat.«

Um ihre Freundschaft zu erhalten, hatten Auguste und André seit diesem Streit erst einmal nicht mehr über das Attentat gesprochen. Doch dann hatte Ravachol ein zweites Mal zugeschlagen.

Diesmal galt sein Bombenanschlag dem Haus des Staatsanwalts Bulot in der Rue de Clichy, der die überaus harten Strafen für die *Märtyrer von Clichy* gefordert hatte. Das Attentat war nicht so glimpflich ausgegangen wie das erste am Boulevard Saint-Germain.

»Dem Staatsanwalt selbst, der ist ein Schuft, das glaub ich auch, ist gar nix passiert. Aber fünf Menschen sind schwer verletzt worden, auch ein kleines Mädchen! Das wär fast gestorben!« André war empört.

Diesmal hatte auch Sandrine betroffen reagiert. Trotzdem war sie zunächst bei ihrer Ansicht geblieben, dass die Attentate als Rache für die ungerechten Urteile richtig gewesen seien.

Dann überschlugen sich die Ereignisse. Ravachol lieferte sich sozusagen selbst ans Messer. Denn unmittelbar, nachdem er die Bombe im Haus des Staatsanwalts gezündet hatte, war er seelenruhig ins Restaurant Véry am Boulevard Magenta gegangen, um zu Mittag zu essen.

Dem Kellner, der ihn bediente, erzählte er, es habe eine weitere, viel größere Explosion in der Rue de Clichy gegeben als zwei Wochen vorher auf dem Boulevard Saint-Germain. Mit einigem Stolz behauptete er auch, diesmal habe es Opfer gegeben.

Der Kellner nahm die Informationen zunächst nur zur Kenntnis. Erst nachdem Ravachol das Lokal verlassen hatte, tauchten Zeitungsjungen auf dem Boulevard auf, die Extrablätter über die Explosion anpriesen. Der Kellner zählte zwei und zwei zusammen. Er gelangte zu der Auffassung, dass der Gast, der ihm von den Ereignissen berichtet hatte, diese Informationen nur so früh gehabt haben konnte, weil er selbst an dem Attentat beteiligt gewesen war. Umgehend informierte er die Polizei.

Die überwachte das Restaurant in den folgenden Tagen unauffällig, bis der Anarchist tatsächlich drei Tage später wieder auftauchte. Angeblich waren zehn Gendarmen erforderlich, um ihn in Gewahrsam zu nehmen.

Das war nun über drei Wochen her. Seitdem bat Sandrine André beständig, sich die Tatorte einmal gemeinsam anzusehen. Widerwillig hatte er mit ihr zunächst die beschädigten Häuser des Gerichtspräsidenten und des Staatsanwalts besichtigt. Doch damit war Sandrine noch nicht zufrieden gewesen.

»Ich möchte auch das Restaurant sehen, in dem man Ravachol verhaftet hat.«

»Ich glaube nicht, dass ich dort einen Bissen runterbekäme«, hatte André gesagt und sich zunächst geweigert. Bis ihn Sandrine mit ihrem beständigen Betteln schließlich doch so weit brachte, heute hierherzukommen.

Den Sonntag, seinen einzigen arbeitsfreien Tag, hatte André nicht dafür opfern wollen. Gestern waren sie stattdessen bei herrlichem Frühlingswetter in einer der Gartenwirtschaften auf der Butte gewesen, den *Guinguettes*. Der heutige Montag hatte sich für ihn allein deshalb angeboten, weil er einige Vorarbeiten für die Wandverkleidung einer Gaststätte erledigen wollte. Diese Lokale schossen nach wie vor in Montmartre wie Pilze aus dem Boden. In seiner Werkstatt war er, anders als auf den Baustellen, sein eigener Herr. Also waren sie gegen zwölf Uhr mittags aufgebrochen.

Je näher sie jetzt dem Restaurant kamen, desto mulmiger wurde André zumute. In den Gazetten stand, dass das Restaurant seit Ravachols Verhaftung eine Reihe von Drohbriefen erhalten hatte. Schon von Weitem sah er, dass die Außenwände mit Parolen wie »Verräter« oder »Schämt euch!« beschmiert waren.

Im Innern befanden sich nur wenige Gäste. Eine Familie mit zwei Kindern saß in einer Ecke, drei weitere, einfach gekleidete Männer, wahrscheinlich Arbeiter, verzehrten ihr Essen allein.

Instinktiv wählte André für sich und Sandrine einen Tisch, der möglichst weit weg von der Eingangstür und dem großen Fenster war, die beide auf den Boulevard Magenta führten. Ein Kellner, André wusste nicht, ob es der sogenannte Verräter war, näherte sich ihnen mit allen Anzeichen von Freude und Demut. »*Bonjour, Madame et Monsieur*. Ich kann Ihnen unser ausgezeichnetes Kaninchen empfehlen. Das Restaurant ist berühmt für dieses Gericht. Heute ist außerdem Ihr Glückstag. Alle Speisen erhalten Sie zum halben Preis.«

O Gott, dachte André bei sich. Dieses Lokal hat offensichtlich zu büßen, dass es den Attentäter gemeldet hat.

Sandrine zeigte sich forscher. »Sind Sie der Kellner, der zur Verhaftung von Ravachol beigetragen hat?«

Der Mann schüttelte betrübt den Kopf. »Marcel hat uns schon vor zwei Wochen verlassen. Er fühlte sich hier seines Lebens nicht mehr sicher.« Er machte eine leichte Verbeugung. »Nein, Madame. Ich bin der Wirt.«

Er atmete hörbar ein. »Morgen beginnt der Prozess gegen diesen Kerl. Ich hoffe, sie verurteilen ihn zum Tode.«

Dies war nicht dazu angetan, André zu beruhigen. Vorübergehend spielte er mit dem Gedanken, das Restaurant sofort wieder zu verlassen. Doch er fürchtete eine Szene mit Sandrine und schwieg.

Nach einer schmackhaften *Bouillabaisse* als Vorspeise ließ seine unbestimmte Furcht bereits nach. Das ausgezeichnete Fleischgericht verdrängte die vermeintliche Gefahr dann völlig. Nach und nach entspannte er sich. So preiswert war er schon lange nicht mehr an solch köstliches Essen gekommen.

Zum Nachtisch wählten sie eine Vanillecreme. Dazu gönnten sie sich eine Tasse echten Bohnenkaffee.

Der Wirt brachte die Speisen gerade aus der Küche, als ein

vermummter Mann vor dem großen Fenster auftauchte. Er hielt etwas in der Hand, das einem Kochtopf glich.

André reagierte sofort. Er hatte einmal von Bomben gelesen, die so ähnlich aussahen.

»Zu Boden! Zu Boden!«, schrie er, sprang gleichzeitig auf und packte Sandrine. Sie hatten sich gerade mit den Köpfen zwischen den Knien unter ihrem Tisch zusammengekauert, als die Fensterscheibe krachend zersplitterte und der Gegenstand mitten im Raum landete. Im gleichen Augenblick gab es eine ohrenbetäubende Explosion.

Die Druckwelle warf André und Sandrine hart gegen die Wand, wo sie sich weiter stöhnend zusammenkauerten, während ringsherum Trümmer des Mobiliars niedergingen. Ihre Ohren waren taub. Nur an den weit geöffneten Mündern der anderen Gäste erkannten sie deren Schreie.

Sandrine hielt sich mit beiden Händen den Bauch. »Bist du verletzt?« Obwohl André die Frage dicht an ihrem Ohr stellte, musste er sie brüllen, bis sie den Kopf schüttelte. »Ich glaube nicht.« Die Worte musste er ihr von den Lippen ablesen.

Erst nach einer schieren Ewigkeit – tatsächlich waren es wohl nur wenige Minuten – wagte André, den Kopf zu heben. Den Anblick würde er für den Rest seines Lebens nicht vergessen.

In der Mitte des Raums lag der Wirt in einer riesigen Blutlache zwischen den Scherben des Geschirrs, in dem er ihnen gerade Nachtisch und Kaffee hatte servieren wollte. Sein Leib war weit aufgerissen, die Gedärme quollen hervor. Er starrte blicklos zur Decke und war offensichtlich tot. Erst aus der Zeitung würde André später erfahren, dass der Mann auch an allen Gliedmaßen verstümmelt worden war.

Noch furchtbarer war der Anblick des Vaters, der sich schützend über seine Familie geworfen hatte. Ein Splitter der Bombe hatte ihn am Kopf getroffen. Der halbe Schädel war weggerissen, der tote Leib auf den Tisch gesunken.

»Raus hier!«, befahl André Sandrine gestikulierend und wies auf die aus den Angeln gerissene Tür. Mit den Lippen formte er die Worte »Hol Gendarmen und Sanitäter!«. Sie begriff und eilte gebückt, als ob ihr immer noch Gefahr drohe, hinaus.

Um André herum hielten sich die Gäste die Hände auf ihre blutenden Verletzungen. Wie durch ein Wunder waren die Kinder, die ihren Vater gerade auf so furchtbare Weise verloren hatten, nicht von Bombensplittern getroffen worden. Sie bluteten lediglich aus den Ohren. Ihre Trommelfelle waren durch den Knall geplatzt, da sie näher an der Explosion gesessen hatten als André und Sandrine.

Aus der Küche rannten Köche mit Tüchern, die sie in Streifen rissen. Sie löschten mit Töpfen voll Wasser die wenigen Stellen, an denen Flammen aufzüngelten. André half ihnen, verwundete Gliedmaßen abzubinden und Verletzungen zu versorgen. Bis die Gendarmerie und die ersten Krankenwagen eintrafen, blieb er an Ort und Stelle. Erst danach suchte er nach Sandrine.

Er fand sie, fassungslos weinend, auf einer Bank, die unter einem blühenden Mandelbaum stand. Wortlos nahm er sie in die Arme, wobei ihm selbst die Tränen kamen.

Eine Weile schluchzten sie eng umschlungen, während die Verletzten abtransportiert und die Leichen geborgen wurden. Überall wimmelte es jetzt von Gendarmen und Sanitätern.

Sandrine war die Erste, die zu weinen aufhörte. »Verzeih mir, André!« Da seine Ohren noch immer betäubt waren, verstand er sie zunächst nicht. »Verzeih mir! Niemals hätte ich so was gutheißen dürfen. Ich hab nicht geahnt, wie entsetzlich es ist!«

Sie rückte auf der Bank ein Stück von ihm ab und legte sich beide Hände auf den Bauch. »Ich hoffe, dem Kleinen ist nichts passiert.«

Auf diese Weise erfuhr André an diesem furchtbaren Tag, dass sein sehnlichster Wunsch in Erfüllung gehen würde. Bald wäre er endlich Vater.

Kapitel 26

IM MOULIN ROUGE

AN EINEM SONNTAG IM MAI

Elise weinte noch immer bitterlich, als Jane Avril nach dem Publikumsball die Garderobe betrat.

»Was ist denn geschehen?« Janes Augen drückten nur Mitgefühl aus.

Trotzdem versuchte Elise rasch, sich zusammenzureißen. Jeden Augenblick konnte auch La Goulue hereinkommen. Die sollte nicht sehen, wie schlecht es ihr ging.

Jane erriet ihre Gedanken. »Louise hat noch draußen zu tun.« Ihre Stimme klang sarkastisch. »Sie ist dabei, sich den nächsten Liebhaber an Land zu ziehen.«

»Möchtest du mir anvertrauen, warum du so traurig bist?«, fragte sie, als Elise, immer noch schluchzend, schwieg. »Aber du musst es natürlich nicht.«

»Es ist … Es ist wegen André.«

»André?«, echote Jane. »Ach, du Ärmste! Hattest du schon wieder so ein Pech wie mit diesem furchtbaren Percy?«

»Du hast es auch die ganze Zeit gewusst.« Anstatt die Frage zu beantworten, machte Elise Jane den gleichen Vorwurf wie Henri.

Jane seufzte tief. »Ich hab es zumindest geahnt«, gab sie zu. »Weißt du, mir ging es vor einigen Jahren genauso. Aber bis dieser Schuft sein wahres Gesicht zeigte, hätt ich niemand geglaubt, dass er mich nur ausnutzt.«

Auch dieses Argument ähnelte dem von Henri. Wieder musste Elise sich eingestehen, dass es mit hoher Wahrscheinlichkeit stimmte. Sie hätte Percy wohl mit Zähnen und Klauen verteidigt, anstatt misstrauisch zu werden.

Jetzt wischte sie sich die Tränen von den Wangen. »André war der erste Mann, mit dem ich zusammen war. Sogar viele Jahre lang. Unsere Beziehung ging in die Brüche, als ich meine Karriere im Moulin Rouge nicht aufgeben wollte, um ihn zu heiraten.«

Wieder stiegen ihr Tränen in die Augen. »Und nun ... und nun ... Heute hab ich meine Mutter besucht. Sie hat mir erzählt, dass André demnächst heiraten wird. Er hat sie zu seiner Hochzeit eingeladen. Das Mädchen heißt Sandrine und ist bereits schwanger. André hat sich schon immer Kinder gewünscht.«

Jane legte tröstend den Arm um sie. Elise konnte kaum glauben, was ihr geschah. Denn in der Regel hielt die Tänzerin sich im Moulin Rouge ganz für sich. Unter anderen Umständen hätte sie das Varieté um diese Zeit wahrscheinlich bereits verlassen.

Doch nun machte sie Elise einen überraschenden Vorschlag. »Was hältst du davon, wenn wir beide noch zum Mitternachtssouper zu Charles Desteuque auf die andere Straßenseite gehen? Keine Sorge« – sie hob die Hand, als vom Gang vor der Tür gerade La Goulues Stimme erklang, im Wechsel mit dem tiefen Bass eines Mannes – »Louise wird nichts anbrennen lassen. Sie ist heute Abend bestimmt nicht da. Und selbst wenn, suchen wir uns ein ruhiges Eckchen, wo wir ungestört sind.«

Wenig später saßen die beiden an einem Zweiertisch in einer Nische, die durch eine große Topfpalme abgeschirmt war. Da Jane zum ersten Mal eines dieser sonntäglichen Treffen besuchte, hatte ihr Erscheinen zunächst einiges Aufsehen erregt. Doch mit ihrer unnachahmlich distanziert-freundlichen Art hatte sie sowohl den Gastgeber als auch die anwesenden Gäste sofort in ihre Schranken gewiesen und darum gebeten, ungestört zu bleiben.

Da weder Jane, deren magere Figur verriet, dass sie nur wenig aß, noch Elise Hunger verspürten, begnügten sie sich mit einem Glas Weißwein, das ihnen einer der Kellner auf Janes Bitte hin an den Tisch brachte. So mussten sie sich nicht an der Theke anstellen.

Jane begann das Gespräch behutsam. »Bereust du die Trennung von André?«

Elise stutzte. »Eigentlich nicht.« Für einen Moment war sie verwirrt über sich selbst. »Ich habe André einmal sehr geliebt und war auch eine Zeit lang sehr glücklich mit ihm. Aber das wären wir nicht geblieben, wenn ich das Tanzen aufgegeben hätte.«

Sie überlegte, während Jane rücksichtsvoll schwieg.

»Daher gönne ich ihm eigentlich sein Glück von Herzen. Meine Mutter sagt, er und seine zukünftige Ehefrau lieben sich innig.«

Jetzt kamen ihr doch wieder die Tränen, die sie mit einer unwilligen Handbewegung wegwischte. »Innige Liebe«, sagte sie zynisch, »daran hab ich leider bei diesem Drecksack Percy auch mal geglaubt. Nur weil er so schöne Worte zu machen verstand. Viel schönere, als André sie mir jemals gesagt hat. Aber mit Liebe hatte das offenbar gar nix zu tun.«

»Also bedauerst du gar nicht, dass du und André euch getrennt habt, da euer Glück nicht von Dauer gewesen wäre«, fasste Jane zusammen. »Sondern Andrés bevorstehende Heirat hat dich an deine eigenen geplatzten Träume erinnert. Das macht dich so traurig.«

Elise spürte, dass Jane recht hatte. Ihre Tränen versiegten.

Jane strich über Elises Hand. »Das kann ich sehr gut verstehen.

Aber wenigstens hast du nicht dein Zuhause durch Percy verloren.« Jetzt klang auch sie traurig.

Elise merkte auf. »Du hast eben gesagt, dass du auch schon mal auf so 'nen Windhund reingefallen bist. Aber was war mit deinem Zuhause?«

Jane lächelte schmerzlich. »Du wirst es nicht glauben. Mein geliebtes Zuhause war damals eine Klinik für Nervenkranke. Es gibt sie noch immer. Sie heißt *Hôpital Salpêtrière*.«

Elise erinnerte sich an die hämischen Schmähungen von La Goulue über Jane, dass sie einmal in einem Irrenhaus gewesen sei. Sie hatte das damals für loses Geschwätz gehalten, aber offenbar war etwas dran.

»Wieso … warum …?« Sie fand nicht die richtigen Worte und wollte um keinen Preis taktlos klingen.

»Das ist eine lange Geschichte. Möchtest du einen Teil davon hören?«

Elise nickte. »Was auch immer du mir anvertrauen möchtest.«

Jane holte sichtbar Luft. »Du hast gerade gesagt, dass du heute Nachmittag deine Mutter besucht hast. Ich gehe meiner seit vielen Jahren aus dem Weg.«

Zunehmend erschüttert, lauschte Elise Janes Bericht über ihre tragische Kindheit.

»Ich bin die uneheliche Tochter einer ehemals sehr bekannten Pariser Kurtisane. Sie nannte sich *La Belle Elise* und war vor meiner Geburt unter anderem mit einem italienischen Grafen liiert. Als sie von ihm schwanger wurde, gab er sofort Fersengeld.

Da meine Mutter zu dieser Zeit noch erfolgreich war, schickte sie mich zu meinen Großeltern aufs Land. Das war die glücklichste Zeit meines Lebens. Doch sie währte nicht lange. Zuerst starb meine Großmutter, kurze Zeit später mein Großvater. Er verfügte noch, dass ich in dem Nonnenkonvent bleiben sollte, in dem ich zur Schule ging. In kluger Voraussicht hatten meine Großeltern meine Mutter von mir ferngehalten. Deshalb wusste sie zuerst nicht, was nach dem Tod ihrer Eltern aus mir geworden war.

Doch als ich neun Jahre alt war, spürte sie mich auf. Ihre Schönheit war inzwischen verblichen, sie war fett geworden und opiumsüchtig. Da sie selbst nicht einmal mehr genügend Freier aus ärmeren Schichten anzog, kam sie auf den Gedanken, mich zur Prostituierten zu machen.«

»Dich?« Elise stockte der Atem. »Aber du warst doch noch ein Kind!«

Jane lächelte wieder zynisch. »Natürlich war das illegal. Aber das reizte manche Freier ganz besonders.«

»Wie furchtbar!« Jetzt griff Elise nach Janes Hand, sie zog sie jedoch zurück.

Meine Mutter hat sich mit ihren bloßen Händen als Wäscherin aus dem Elend des Maquis herausgearbeitet, um Simone und mich anständig durchzubringen, ging es Elise durch den Kopf. Sie spürte eine große Dankbarkeit gegenüber Jeanne.

Doch schon sprach Jane weiter. »Darüber hinaus musste ich den Haushalt besorgen und wurde täglich geschlagen. An manchen Tagen sogar zweimal, wegen jeder noch so geringen Kleinigkeit. Mit dreizehn Jahren hatte ich es satt und floh.«

Sie machte eine kleine Pause und trank einen Schluck Wein.

»Erst mal kam ich vom Regen in die Traufe. Als Dreizehnjährige auf der Straße ist man der Willkür jedes räuberischen Mannes ausgesetzt, der sich einfach nimmt, was er begehrt.«

Auf einmal erschien Elise ihr eigenes Unglück klein und unbedeutend. »Und wie …?« Wieder fehlten ihr die richtigen Worte.

Jane hatte die Frage auch so verstanden. »Eine freundliche Frau, eine ehemalige Bekannte meiner Mutter, nahm mich schließlich bei sich auf. Doch sie brachte in Erfahrung, dass meine Mutter auf der Suche nach mir war und mich um jeden Preis wieder in ihre Fänge bekommen wollte.«

Wieder machte sie eine Pause.

»Und dann hat die Frau dich zurück auf die Straße gesetzt?«

Jane schüttelte heftig den Kopf. »O nein! Dafür war sie viel zu gutmütig. Ich selbst war so verängstigt und angespannt, dass ich davon nervenkrank wurde. Ich bekam ständig Krampfanfälle, die sich in wilden Zuckungen meines ganzen Körpers äußerten. So wurde ich schließlich in die *Salpêtrière* eingeliefert.«

Der Veitstanz! Elise erinnerte sich erneut an eine höhnische Bemerkung von La Goulue.

»Aber du bist doch nicht nervenkrank!«

»Zum Glück nicht mehr. Die Krämpfe hielten noch eine Weile an. Manche der Bewegungen, die mir den Spitznamen *Jeanne La Folle* eingetragen haben – Jeanne ist mein wahrer Vorname –, stammen noch aus jener Zeit. Nur kann ich sie heute bewusst ausführen und profitiere davon. Denn so wie ich tanzt keine andere.«

Jane sagte das mit einigem Stolz, jedoch ohne Angeberei.

»Die Heilanstalt *Salpêtrière* gilt als sehr fortschrittlich. Das betraf auch die Behandlung der Patienten. Es wurden sogar Bälle abgehalten, man nannte sie *Bal des Folles,* an denen nicht nur die zahlreichen Studenten, sondern auch auswärtige Gäste teilnahmen. Schließlich zeigte sich, dass ich nicht geisteskrank war, sondern nur überbelastet durch die Quälereien und Misshandlungen in meiner Kindheit und Jugend. Insgesamt verbrachte ich zwei gute Jahre in diesem Hospital.«

Jetzt trat zum ersten Mal ein feuchter Glanz in Janes grünbraune Augen. Sie verzog schmerzlich die Lippen und atmete hörbar ein und aus.

»Und dann« – sie setzte wieder jenes sarkastische Lächeln

auf, das jetzt jedoch aufgesetzt wirkte – »dann kam *mein* Drecksack.«

Elise erfuhr, dass einer der jungen Assistenzärzte Jane zu umschwärmen begann und ihr ewige Liebe schwor. Da Beziehungen zwischen Angestellten und Patientinnen auf das Allerstrengste verboten waren, stellte man natürlich beide zur Rede, als die Affäre aufflog. »Da behauptete dieser Mensch, ich hätte ihn verführt, ihm so lange keine Ruhe gelassen, bis er meinem Charme schließlich erlegen wäre. Das läge an meiner unheilbaren Hysterie, mit der ich ihm permanent nachgestellt hätte.«

»Natürlich war es in Wirklichkeit umgekehrt, nicht wahr?«, vermutete Elise bitter. Jane nickte kurz. »Und warum musstest *du* dann gehen? Er war doch der Arzt und damit verantwortlich.«

Jane stieß die Luft aus. »Er war der Sohn reicher Eltern, sein Vater außerdem ein einflussreicher Kollege des Klinikleiters. Ich kann von Glück sagen, dass man mich nicht in die geschlossene Abteilung sperrte, sondern nur wieder mittellos auf die Straße warf. Damals war ich sechzehn.«

»Aber du hast dich erfolgreich durchgeschlagen«, sagte Elise bewundernd. »Wie La Goulue. Die hatte zwar eine liebevolle Mutter, der sie dauernd eine Nase gedreht hat, aber ihre Laufbahn begann ungefähr im gleichen Alter.« Und meine eigene nur wenig später, dachte sie, ohne es auszusprechen. So schwer wie Jane hab ich es nie gehabt.

Die fuhr mit ihrer Schilderung fort. »Zunächst hatte ich ein weiteres Mal Glück. Da ich auf keinen Fall zu meiner Mutter zurückwollte, verbrachte ich die ersten Nächte in Theaterfoyers, in denen ich mich nach den Vorstellungen versteckte. Doch eines Abends entdeckte mich ein betrunkener Vagabund, der dort ebenfalls untergeschlüpft war, und wollte mich vergewaltigen. Ich floh in Panik hinaus auf die Straße und rannte genau in eine Gruppe von Bordsteinschwalben, die auf Kunden warteten. Aber die Damen hatten ein großes Herz. Sie beschützten mich zunächst vor dem Wilden und brachten mich dann zu ihrer Madame ins Bordell. – Nein, nein! Dort musste ich nie als Nutte arbeiten«, reagierte Jane auf Elises entsetzte Miene. »Ganz im Gegenteil! Ich wurde verwöhnt wie ein Schoßhündchen. Ich bekam zu essen und hatte ein weiches Bett. Ohne einen Centime dazu beisteuern zu müssen. Erst bei der Madame entdeckte ich, was Mütterlichkeit bedeuten kann.«

»Und wie kamst du zum Tanzen?«

Jane lächelte erneut, jetzt wirkte es fröhlich. »In der Nähe des Bordells gab es ein Tanzlokal mit einer großen Fläche im Freien. Ähnlich wie bei der Moulin de la Galette. Dorthin nahmen die Damen mich mit, wenn sie auf Kundensuche gingen. Aber ich durfte mich lediglich amüsieren und begann eines Abends zu tanzen. Dabei kam mir zugute, dass ich aufgrund meiner einstigen Krämpfe Figuren beherrschte, die das Publikum noch nie gesehen hatte. Das trug mir dann erste Engagements in verschiedenen Varietés ein. Zum Beispiel im neuen Chat Noir von Rodolphe Salis. Hast du schon mal davon gehört?«

»Ja. Am neuen Standort des Café-Concerts war ich allerdings nie. Nur einmal mit Henri am Boulevard de Rochechouart.« Unwillkürlich dachte Elise an ihre Schwester Simone. »Doch daran habe ich keine gute Erinnerung, was nicht an dem Cabaret liegt. Seither meide ich das Chat Noir.«

»Das solltest du dir noch mal überlegen«, riet Jane. »Die Schattentheaterspiele sind ganz fantastisch.«

»Und wie kamst du ins Moulin Rouge? Dazu noch als Startänzerin?«, lenkte Elise ab.

Zum ersten Mal überraschte Janes Antwort sie nicht. Denn davon hatte sie schon gehört. »Ich sagte schon, dass ich viele Engagements hatte, zuletzt als Kunstreiterin im Hippodrom, wo Charles Zidler Direktor war. Er verschaffte mir meinen Platz im Moulin Rouge. Damals trug ich schon meinen Künstlernamen Jane Avril. – Aber nun verrate ich dir etwas, das noch niemand weiß: Ich werde wie Yvette Guilbert in einem weiteren Varieté auftreten, dem Jardin du Paris. Vielleicht sogar im Divan Japonais, ebenfalls wie sie. Henri de Toulouse-Lautrec hat mir versprochen, mir dafür auch ein Plakat zu malen.«

Elises Lächeln gefror. Sie ärgerte sich über sich selbst, weil ihr ein Stich durch die Brust fuhr. Aber anscheinend würde Henri sie erneut übergehen, obwohl sie ihn viel länger kannte als Jane.

Sie wischte die unangenehmen Gedanken beiseite. Das sollte Jane nie erfahren. Elise war ihr viel zu dankbar für ihre Offenheit und ihr Vertrauen.

Sie machten schon Anstalten, aufzubrechen, da es draußen zu dämmern begann, als Jane Elise eine letzte überraschende Frage stellte.

»Hättest du Percy denn geheiratet, wenn er um deine Hand angehalten hätte? Und ihm damit deine Karriere geopfert, anders als bei André?«

Darüber hatte Elise noch nie nachgedacht. Bevor sie eine Antwort gefunden hatte, fügte Jane, jetzt wieder mit einem ironischen Lächeln, hinzu: »Du musst wissen, mein jetziger *Chouchou* will mich unbedingt aufs Standesamt führen. Er ist zwar selbst Künstler, sogar ein bekannter Schriftsteller, aber dass ich als seine Ehefrau weiter tanze, käme für ihn überhaupt nicht infrage. Deshalb habe ich jeden seiner Anträge abgelehnt. Allerdings gibt er nicht so schnell auf.« Sie zwinkerte Elise zu. »Sind Männer im Grunde genommen nicht überaus lästig?«

Schon auf dem Heimweg zu ihrer Wohnung spürte Elise, dass sie Percy mehr und mehr hinter sich ließ. Ein vager Gedanke begann, Gestalt anzunehmen.

Ihre Unabhängigkeit wollte sie auf keinen Fall verlieren. Doch noch schreckte sie vor diesem Schritt zurück.

Kapitel 27

IM BORDELL PAPILLON JAUNE IN DER RUE D'AMBOISE

MAI 1892

An diesem Tag schien die Maisonne besonders strahlend vom Himmel. Simone rekelte sich genüsslich auf ihrem bequemen Liegestuhl und genoss die Wärme auf ihrer Haut.

In diesem Jahr hatte der Frühling lange auf sich warten lassen. Doch jetzt grünte und blühte es im Garten hinter dem Haus in der Rue d'Amboise in allen Farben. Narzissen und Tulpen waren inzwischen verwelkt, doch die ersten Rosenknospen öffneten sich und verbreiteten einen betörenden Duft.

Ab und zu hat auch dieses Leben seine glücklichen Momente, dachte Simone. Mit ihrer Tätigkeit als Prostituierte hatte sie sich längst abgefunden, Henri de Toulouse-Lautrec war nach wie vor einer ihrer Stammkunden. Aber auch von anderen Männern, mit denen sie für ein oder zwei Stunden das Bett teilte, erhielt sie großzügige Trinkgelder. Ihr kleines Vermögen war wieder auf dreihundert Francs angewachsen, wobei sie sorgfältig darauf achtete, das Geld nicht mehr beim Glücksspiel zu verschleudern.

»Hast du keine Angst vor Sommersprossen?«, ertönte plötzlich die helle Stimme von Brigitte neben ihr. Simone öffnete die Augen und beschattete sie vor der grellen Sonne.

»Nein. Ich hab noch nie Sommersprossen bekommen.« Sie sah, dass Brigitte jeden Zipfel ihrer Haut sorgfältig mit ihrem Morgenmantel bedeckt hatte und zum Schutz des Gesichts einen breitkrempigen Strohhut trug.

»Du Glückliche«, seufzte sie nun. »Ich krieg sofort Sommersprossen. Bevor Luc mich hergebracht hat, hab ich literweise Buttermilch gebraucht, um sie wieder loszuwerden.«

Unwillkürlich verengte sich Simones Kehle. Wie immer, wenn Brigitte Luc erwähnte, was andauernd der Fall war. Sie bemerkte Brigittes sehnsüchtigen Blick, mit dem sie die hohe Mauer betrachtete, die den Garten umschloss.

»Ich würd zu gern mal draußen spazieren gehn.« Sie seufzte. »Aber wie's aussieht, muss ich noch 'nen ganzen Monat hierbleiben.«

Simone wunderte sich. »Wie kommst du auf einen Monat?« Jedermann wusste doch, dass der Aufenthalt in diesem Haus unbefristet war. Außerdem hatte Henri auch Brigitte inzwischen gemalt, ihr ovales Bild hing neben allen anderen im Salon.

Zu ihrer Überraschung wurden Brigittes Augen feucht. »Das hat Luc mir diesmal beim Leben seiner *maman* versprochen. Eigentlich sollt ich doch nur 'n paar Wochen als Freudenmädchen arbeiten. Dann wollt er mich heiraten.«

Simone musste sich beherrschen, um die Augen nicht zu verdrehen. Natürlich wussten sie und alle anderen Mädchen, dass Brigitte von ihrem Zuhälter immer noch hinters Licht geführt wurde. Sie hatten ihre Geschichte wahrlich oft genug gehört.

»In Wirklichkeit heiß ich Babette«, hatte ihnen Brigitte schon nach wenigen Tagen mitgeteilt. Damals hatten Simone und die anderen noch nachgefragt, wie sie hierhergekommen war.

»In Marseille hab ich bei so 'ner Agentur für Dienstboten nach 'ner Stelle gefragt«, erzählte Babette-Brigitte. »Ich hatt es satt, daheim im Haushalt zu schuften und meine kleinen Geschwister zu hüten. Meine Mutter hat fast alles versoffen, was sie verdient hat.

Und uns dazu noch dauernd geschlagen. Da bin ich eines Tages abgehaun. Soll sie doch sehn, wo sie bleibt.« Sie klang trotzig.

»Und warum hast du keine Stelle in Marseille angetreten?«

Brigitte zuckte die Achseln. »Die Inhaberin von der Agentur hat gleich gemerkt, dass ich nicht volljährig bin. Da würd ich die Erlaubnis meiner Mutter für brauchen, hat sie gesagt. Aber wenn ich nach Paris geh, wär das nicht nötig. Da hab ich gleich Ja gesagt, denn nach Paris wollt ich schon immer.«

Es war die gleiche Geschichte, die Simone schon von anderen Leidensgenossinnen kannte. In Paris war Brigitte kaum aus dem Zug gestiegen, als sich ihr Luc, der Zuhälter, näherte. Seinen Schmeicheleien war Babette-Brigitte auf der Stelle verfallen.

»Ich bin die Frau seines Lebens, hat er geschworn. Er würd mich am liebsten auf der Stelle heiraten. Dann müsst ich nur noch unsern Haushalt führn. Das ist doch viel besser als dreckige Aborte fremder Leute schrubben und früh morgens Kohlen schleppen. Er ist meine ganz große Liebe!«

Eine Weile hatte sie im siebten Himmel geschwebt. Bis ihr Luc dann gestanden hatte, dass er um sein Leben fürchtete, wenn er nicht rasch seine Spielschulden bezahlen würde. Also war sie schließlich in diesem Bordell gelandet.

»Da waren garantiert die Fleischhändler am Werk«, glaubten die übrigen Mädchen. »Die Achse Marseille–Paris taugt besonders gut, um junge naive Dinger zu verscherbeln.« – »Und weil Babette wohl noch Jungfrau war, hat sie wahrscheinlich 'ne Menge gekostet. Das muss dieser Pimp jetzt wieder reinholen.« – »Mindestens dreihundert Francs werden's gewesen sein.« – »Aber die wissen immer noch nicht, was sie erwartet, auch wenn die Luden sie selbst gepoppt haben.«

Natürlich waren diese Gespräche sofort verstummt, wenn Brigitte hinzukam.

»Wenigstens hab ich jetzt ein Foto von ihm«, sagte sie jetzt zu Simone. »Aber das darf keiner wissen.«

»Ein Foto?« Simones Herz schlug schneller. »Warum darf das denn keiner wissen?«

»Das stand in dem Brief, den er der Madame für mich gegeben hat. Ins Haus darf er ja nicht rein. Deshalb können wir uns nicht sehn.«

Simone war verblüfft. »Warum darf er nicht ins Haus?« Wie soll er denn sonst an sein Geld kommen, lag es ihr schon auf der Zunge. Sie selbst sah ihren Luc immer, wenn er ihren Verdienst einstrich. Im Haus gab es ein Extrazimmer für solche Begegnungen. Allerdings in Gegenwart von Jules, dem muskelbepackten Faktotum fürs Grobe, den Madame d'Egmont beschäftigte.

Jules warf betrunkene, zudringliche oder gewalttätige Freier hinaus und sorgte dafür, dass die Zuhälter bei den Treffen ihren Pferdchen keine Verletzungen zufügten, die ihren Preis minderten. Jenseits dieser Pflichten arbeitete Jules beim Empfang der Kunden als livrierter Diener, in der übrigen Zeit als Hausmeister und Gärtner, und er kutschierte Madame in ihrem Einspänner durch die Stadt.

»Madame d'Egmont will nicht, dass Luc reindarf, hat er mir geschrieben. Warum, weiß ich nicht«, beantwortete Brigitte Simones Frage. »Deshalb hat er mir ja das Foto geschickt. Damit ich ihn nicht vergesse! Aber das würd ich auch ohne Foto nicht tun.«

Sie überlegte kurz. »Ich darf's ja eigentlich nicht. Aber willst du es trotzdem mal sehn?«

Simone nickte mechanisch.

Brigitte nestelte einen Umschlag aus der Tasche ihres Morgenmantels. Ein spitzbübisches Lächeln erschien auf ihrem Gesicht. Dadurch sah sie noch viel jünger als sechzehn Jahre aus.

In der Tat war ihre Jugend Brigittes höchstes Gut in diesem

Freudenhaus. Obwohl sie sich bei Weitem noch nicht so geschickt bei der Befriedigung ihrer Kunden anstellte wie ältere erfahrene Dirnen, wurde sie inzwischen gut gebucht.

»Aber du darfst mich nicht verpetzen!« Sie legte einen Zeigefinger auf ihre Lippen und zog die Fotografie aus dem Umschlag. »Ist er nicht süß?«

Ihre letzten Worte hörte Simone nur wie durch Watte. Sie blickte direkt in das Antlitz ihres Gatten Luc Colbert.

»Madame Blanche, wussten Sie, dass mein Ehemann Brigitte ins Haus geschafft hat?«

Simone stürmte, ohne anzuklopfen, ins Kontor der Maîtresse und fragte in schrillem Ton, ohne Madame zu begrüßen oder ihr den nötigen Respekt zu bezeigen.

Doch Madame Blanche wies Simone nicht zurecht. Stattdessen blickte sie sie erstaunt an. »Soll das heißen, du wusstest das nicht?«

Simone schüttelte heftig den Kopf. »Natürlich nicht! Er ist *mein* Gatte!«

Madame stand hinter ihrem Schreibtisch aus Mahagoniholz auf, ging auf Simone zu und drückte sie sanft in einen brokatbezogenen Sessel. Dann schenkte sie ihr aus einer Kristallkaraffe ein Glas Cognac ein.

»Trink das erst mal und beruhige dich.«

Obwohl Simone Cognac nicht mochte, befolgte sie den Rat und stürzte das Glas in einem Zug hinunter.

»Luc Colbert hat mir zwar gesagt, dass ihr verheiratet seid, bevor er dich in mein Haus vermittelt hat. Aber er hat behauptet, eure Ehe bestünde nur noch auf dem Papier.«

Simone schluchzte auf. »Damit hat der Schuft sogar die Wahrheit gesagt! Er hat mich seit Jahren nicht mehr angerührt! Ich durfte die Freudenhäuser ja nie verlassen, in denen ich arbeiten musste.«

Blanche d'Egmont sah Simone mitfühlend an. »Hätte er von mir verlangt, dich manchmal außerhalb des Hauses zu treffen, und mir gleichzeitig versichert, dass er dir dabei nichts antut, hättest du einen Tag und eine Nacht pro Monat mit ihm verbringen dürfen. So habe ich es immer mit meinen verheirateten Damen gehalten. Aber Colbert hat darauf nie Wert gelegt.«

Bevor Simone diese Information verdaut hatte, traf es sie noch härter. »Er hat mir außerdem versichert, dass du von Anfang an gewusst hast, dass er mehrere Pferdchen am Laufen hat. Babette ist nur das letzte Mädchen, das er dazu gebracht hat, auf den Strich zu gehen oder in einem Bordell zu arbeiten.«

»Das … Das letzte Mädchen?« Vor Simones Augen drehte sich alles.

»Luc Colbert ist in einschlägigen Kreisen ein recht bekannter Pimp. Du bist nicht die Erste, die für ihn arbeitet. Er war auch schon vorher im Geschäft. Früher hat er die jungen Dinger in der Moulin de la Galette aufgetrieben. Heute kauft er sie in der Regel den Fleischhändlern ab.«

»Was … Was soll ich denn jetzt nur tun?« Simones Kopf war wie leer gefegt.

Wieder bewies Madame Blanche eine für die Leiterin eines Bordells unübliche Güte. »Ruh dich erst einmal aus und denk in Ruhe darüber nach. Heute Abend kommen wir auch mal ohne dich aus.«

Simone lag noch immer wie betäubt auf dem Bett in ihrer Kammer, als es leise an ihre Tür pochte. Draußen war es längst dunkel.

Sie schreckte auf. Wollte Madame sie jetzt doch noch zum Dienst holen? Stattdessen streckte Henri de Toulouse-Lautrec seinen Kopf herein. »Darf ich eintreten?«

Simones schwache Handbewegung wertete er als Zustimmung.

»Madame hat mir alles erzählt, als ich dich heute Abend nicht im Salon vorfand. Das tut mir unendlich leid.«

Endlich löste sich der Stein in Simones Brust. Sie begann, hemmungslos zu weinen. Henri zog einen Stuhl neben ihr Bett und streichelte ihr tröstend über den Kopf.

Nach einer halben Ewigkeit versiegten ihre Tränen. »Ich muss hier raus«, war der erste klare Gedanke, den Simone fassen konnte. »Hier kann ich nicht bleiben. Dieser Lump soll keinen Centime mehr an mir verdienen.«

»Das sehe ich auch so. Du weißt ja, dass Madame Blanche jedes Mädchen gehen lässt, das nicht mehr für sie arbeiten möchte.«

»Ich kann ihr auch den Abschlag zahlen. Ich hab ungefähr dreihundert Francs zusammengespart.«

Die Frage, was aus ihr werden sollte, wenn sie ohne Geld auf der Straße stand, kam ihr in diesem Moment nicht in den Sinn.

Doch Henri hob die Hand. »Da dich dein sauberer Gatte von Anfang an hinters Licht geführt hat, wie Madame Blanche meint, will sie kein Geld. Nicht mal von mir, ich habe ihr nämlich etwas angeboten.«

Neue Tränen strömten über Simones Wangen, diesmal aus Rührung, nicht aus Verbitterung. Dann holte die Wirklichkeit sie wieder ein. »Aber wohin soll ich gehn? Ich hab doch niemand mehr auf der Welt.«

Henri sah sie mit einem merkwürdigen Gesichtsausdruck an. »Du hast eine Schwester und eine Mutter. Sogar noch eine alte Tante, wenn ich recht unterrichtet bin.«

»Aber die verachten mich doch bloß! Elise wird mir sicher nicht mehr helfen. Das hat sie schon ein paarmal versucht, und ich hab sie jedes Mal abblitzen lassen.«

Henris Lippen verzogen sich zu einem Lächeln. »Da wäre ich mir nicht so sicher, Simone. Jedenfalls weiß jetzt auch Elise, wie ein schlechter Kerl einer Frau völlig den Kopf verdrehen kann. Einen Versuch wäre es wenigstens wert.«

Als Elise und Lucienne nach Mitternacht vom Moulin Rouge in ihre Wohnung zurückkehrten, wartete eine Mietdroschke vor dem Eingang des Gebäudes.

»Wer mag das sein?«, wunderte sich Lucienne.

In diesem Moment öffnete sich der Kutschenschlag. Elise glaubte, ihren Augen nicht zu trauen, als hinter Henri de Toulouse-Lautrec Simone aus dem Wagen stieg.

»Kannst du deine Schwester für eine Nacht bei dir aufnehmen? Um diese Uhrzeit dürfte es schon zu spät sein, um sie nach Hause zu eurer Mutter zu bringen.«

Elise nickte wie betäubt. Lucienne, die die Situation nicht einordnen konnte, trat mit ausgestreckter Hand auf Simone zu. »Wie schön! Endlich lerne ich einmal Elises Schwester kennen.«

Dann wandte sie sich in vorwurfsvollem Ton an ihre Mitbewohnerin. »Warum hast du mir nie erzählt, dass du eine Schwester hast?«

»Das ist eine lange Geschichte«, murmelte Elise. »Zu lang für den Rest der Nacht.«

Ganz langsam stieg ein warmes Gefühl in ihr auf und verdrängte die Starre, die sie zunächst bei Simones Anblick verspürt hatte. Sie trat auf ihre Schwester zu und nahm sie fest in die Arme. »Endlich kommst du nach Hause.«

Als die beiden am nächsten Morgen den steilen Hügel zur Rue Tourlaque hinaufstiegen, lag eine schlaflose, aber glückliche Nacht hinter ihnen.

»Mutter darf nicht erfahren, dass du nach deiner Heirat noch immer als Prostituierte gearbeitet hast«, schärfte Elise Simone noch einmal ein. »Ich hab ihr immer vorgemacht, du wärst glücklich verheiratet, aber würdest dich zu sehr schämen, um sie zu besuchen.«

»Ich werd ihr sagen, dass Luc mich zuletzt geschlagen und mit anderen Frauen betrogen hat und ich ihn deshalb verlassen hab.« Simone lächelte schmerzlich. »Das ist zwar nicht die ganze Wahrheit, aber immerhin die halbe.«

Kapitel 28

IM ATELIER VON EDGAR DEGAS

FREITAG, 3. JUNI 1892

Valérie konnte ihr Glück noch immer nicht fassen, als sie die Rue Victor Massé entlang bis zum Atelier von Edgar Degas eilte.

Heute Morgen war Baptiste tatsächlich abgereist. Er würde für drei volle Monate in Russland weilen. Dort wollte er seine bisherigen Auftraggeber in Moskau und St. Petersburg besuchen und bei dieser Gelegenheit weitere Kunden gewinnen.

»Ich fände es angemessen, wenn du mich als meine Ehefrau begleiten würdest«, so hatte er Valérie in den vergangenen Wochen immer wieder bedrängt. Erst recht, als sie für das ohne ihr Wissen eingereichte Historiengemälde *Raub der Sabinerinnen* eine »ehrenvolle Erwähnung« von der Jury des Pariser Salons zugesprochen erhielt, eine *Mention honorable*.

Was hätte sie vor fünf Jahren nach dem Abschluss ihres Studiums an der Kunstakademie Cormon nicht für eine solche Ehrung gegeben! Doch heute ließ sie das völlig kalt. Sie ärgerte sich im Gegenteil sogar darüber, dass Baptiste ihre Signatur eigenmächtig von »VDumas« in »VGermain« geändert hatte.

Abgesehen davon, dass sie Baptiste unterstellte, er hätte auf der langen Reise nur gemeinsame Schlafzimmer gebucht, glaubte sie, er habe auch damit protzen wollen, dass sogar seine Ehefrau eine vom Pariser Salon anerkannte Malerin sei. Um dadurch leichter an neue Aufträge zu kommen.

Sie hatte sein Ansinnen selbst dann noch abgelehnt, als er es mit einem Köder versucht hatte: »Wenn du mich begleitest, stelle ich dir dein Atelier im Stadtpalais wieder zur Verfügung und erteile dir weiter Unterricht im akademischen Stil. Dann hast du gute Chancen, in einem der nächsten Salons nicht nur erneut auszustellen, sondern sogar eine Medaille zu gewinnen.« Doch sie war standhaft geblieben.

Mit schlecht verhohlener Wut hatte sich Baptiste daher heute Morgen zum Gare de l'Ouest fahren lassen, um seine Reise anzutreten.

Erst als der Kutscher Clement mit dem Einspänner zurückgekehrt war und Valérie versicherte, dass er Baptiste persönlich das Gepäck in den Zug getragen hatte, machte sie sich zu Edgar Degas auf.

Zu ihrer Erleichterung war der Maler schon im Atelier und plauderte mit einem Gast. Sie nahmen offenbar gerade ein Frühstück mit Croissants und Kaffee ein.

»Darf ich dir Louise Catherine Breslau vorstellen? Ich habe dir doch sicher bereits von ihr erzählt.«

Valérie nickte und betrachtete die Malerin neugierig. Sie erinnerte sich besser als Edgar daran, dass er ihr von seiner bereits jahrelangen Freundschaft zu der Schweizerin berichtet hatte. Sie stellte jedes Jahr im Salon aus und hatte schon 1881 eine *Mention honorable* erhalten. Inzwischen zählte sie zu den bekanntesten Kunstmalerinnen in Paris. Ihren Lebensunterhalt finanzierte sie hauptsächlich durch Auftragsporträts.

Valérie unterdrückte einen Anflug von Neid, der ihr angesichts der Herzlichkeit, mit der Louise Catherine ihr die Hand entgegenstreckte, unangemessen vorkam. Sie wusste, dass die Malerin ungefähr zehn Jahre älter war als sie selbst, also die Mitte der dreißig bereits überschritten hatte.

Sofort fiel ihr Louise Catherines eher männlicher Stil ins Auge. Ihr schlichtes Kleid aus schwarzer Wolle mit einem schmalen weißen Kragen wies keinerlei Zierrat auf und erinnerte Valérie an eine Lehrerinnentracht. Die Malerin war völlig ungeschminkt und gab sich keine Mühe, die etwas unreine Haut ihres Gesichts zu kaschieren. Die Haare trug sie nachlässig zurückgebunden, sodass sich einige Strähnen gelöst hatten. Ihre zu groß geratene Nase dominierte die wenig attraktiven Gesichtszüge. Die hellbraunen Augen wirkten jedoch intelligent und gaben ihr ein scharfsinniges Aussehen.

»Edgar hat schon so viel von dir erzählt, Valérie«, duzte die Malerin sie wie selbstverständlich. »Er glaubt, du hast außerordentlich viel Talent.« Ihr Gesichtsausdruck wurde ernst. »Aber du bist einem Eheherrn unterworfen, der dir kaum Freiheiten lässt. Aus diesem Grund hat kaum eine von uns je eine Heirat in Betracht gezogen.«

Valérie war im ersten Moment irritiert darüber, dass Edgar der Malerin solche intimen Einzelheiten über sie erzählt hatte. Louise Catherine erriet ihre Gefühle. »Du musst wissen, dass ich Edgar schon mehrmals angeboten habe, dich in die Künstlerinnenszene von Montparnasse einzuführen. Und dich unseren besten Lehrern zu empfehlen. Hast du schon einmal etwas von Carolus-Duran gehört?«

»Ja, natürlich. Er ist einer der bekanntesten Porträtmaler in Paris und hat bereits unzählige Ehrungen erhalten. Kennst du ihn persönlich?«

Louise Catherine lächelte. »Was glaubst du, wem ich meine eigenen Fortschritte in der Porträtmalerei verdanke?«

»Aber was führt dich eigentlich so früh am Tag hierher?«, fragte Degas.

Kurz erzählte Valérie von Baptistes dreimonatiger Abwesenheit. »Das lässt mir jetzt natürlich einige Freiheiten. Ich wollte dich um deinen Rat bitten, wie ich diese Zeit am besten für mich nutzen kann.«

»Nun«, überlegte Louise Catherine. »Drei Monate sind nicht allzu lang.«

»Du vergisst, dass Valérie bereits ein gesamtes Kunststudium absolviert hat«, warf Degas ein.

»Welche deiner Fertigkeiten würdest du denn am liebsten vertiefen?«

»Einige Stunden bei Monsieur Carolus-Duran wären fantastisch«, sagte Valérie ohne viel Hoffnung.

»Nun, das lässt sich sicher einrichten, wenn sowohl Edgar als auch ich dich empfehlen. Er unterrichtet jedoch nur zweimal pro Woche in seinem Atelier am Boulevard du Montparnasse. Jeweils dienstags und freitags vormittags. Er ist auch nicht billig und verlangt zwanzig Francs pro Woche von seinen Schülern. Kannst du das aufbringen?«

Valérie schluckte. Sie hatte seit ihrer Weigerung, mit Baptiste zu schlafen, nur siebzig Francs pro Woche für den Haushalt zur Verfügung, über die sie in einem Haushaltsbuch Rechenschaft ablegen musste. Während seiner Abwesenheit musste sie diese Summe jeden Montag im Bankhaus seines Vaters abholen. Ihre Ersparnisse waren weitgehend aufgebraucht. Also musste sie jetzt einen Teil ihres Schmucks versetzen. Baptiste würde natürlich nach seiner Rückkehr irgendwann merken, dass etwas davon fehlte. Aber ich mache das trotzdem, entschied sie bei sich. Eine solche Gelegenheit kommt so schnell nicht wieder.

»Sehr gern würde ich diese Vormittage bei Carolus-Duran belegen.«

Louise Catherine nickte. »Heute ist Freitag. Kannst du nächsten Dienstag anfangen?«

Wilde Freude wallte in Valérie auf. »Natürlich kann ich das.«

»Dann lasst uns nun überlegen, was für die restliche Zeit infrage kommt«, schlug Degas vor.

»Am liebsten würde ich Aktstudien betreiben. Seit meinem Studium konnte ich mich darin kaum mehr üben.«

»Nun, da bietet sich Henri Gervex an, den du ja bestens kennst. Meines Wissens erteilt er in seinem Damenatelier an den späten Nachmittagen von Montag bis Donnerstag Aktunterricht. Sowohl mit gänzlich unbekleideten weiblichen als auch mit männlichen Modellen, die …«

»… eine Unterhose tragen«, ergänzte Valérie lächelnd. »Das hast du mir vor einiger Zeit schon einmal gesagt.«

»Ich bin sicher, Gervex wird dir den Quereinstieg in seine Damenklasse ermöglichen. Auch wenn es nur in Teilzeit ist. Er weiß ja, dass du die Grundlagen nicht mehr erlernen musst.«

»Sagtest du mir nicht einmal, du hättest auch Interesse daran, dich in der Freilichtmalerei zu üben?«, ergänzte Degas nach einer kurzen Pause.

»Dann trifft es sich gut, dass die Akademie Julian inzwischen eine Dependance in der Rue Fontaine am Fuß von Montmartre unterhält«, mischte sich Louise Catherine ein. »Was glaubst du, wer dort dreimal pro Woche Unterricht in dieser Disziplin erteilt?«

Valérie hob die Schultern.

»Pierre-Auguste Renoir persönlich. Niemand wird dir besser vermitteln können, wie du im Freien Licht und Schatten kombinierst. Das Haus in der Rue Fontaine hat einen wunderbaren Garten. Der eignet sich hervorragend als Motiv.«

Es erwies sich als Glücksfall, dass Renoirs Unterricht nicht parallel zu den Stunden von Carolus-Duran und Gervex stattfand.

»Aber etwas gibt es doch noch zu bedenken«, überlegte Degas. »Viel Zeit bleibt dir zwischen den Unterrichtseinheiten zwar nicht. Aber einen Platz zum Üben brauchst du trotzdem. Denn alle drei der genannten Lehrer geben zumindest ab und zu Hausaufgaben, soviel ich weiß.«

»Außerdem macht nur Übung die Meisterin«, stimme Louise Catherine zu. »Hast du denn einen Platz dafür?«

»Henri de Toulouse-Lautrec lässt mich wieder in seinem Atelier malen.« Plötzlich legte sich ein dunkler Schatten über Valéries bislang überschäumende Freude. »Aber wenn ich bis auf die Freitagnachmittage nahezu täglich nach Montparnasse fahre und dort bis in den Abend hinein bleibe, kann ich dieses Angebot leider nicht mehr nutzen.«

Zu ihrem Erstaunen lächelte Louise Catherine strahlend, was ihre eher harten Gesichtszüge weiblich und anziehend wirken ließ. »Dann kommst du einfach mit in Ottilie Roedersteins Atelier. Das liegt auch am Boulevard du Montparnasse. Sagt dir der Name etwas?«

»Ja, ich habe auch von ihr schon gehört.« Sie erinnerte sich, dass Degas sie seinerzeit kurz erwähnt hatte.

»Ottilie ist zwar meistens wieder in Deutschland, hat ihr Pariser Atelier jedoch behalten. Und stellt es jeder Kollegin zur Verfügung, die sich kein eigenes leisten kann.«

OTTILIE ROEDERSTEINS ATELIER IN MONTPARNASSE

JUNI 1892, ZWEI WOCHEN SPÄTER

»Schau einmal, Madeleine, hab ich die Proportionen einigermaßen richtig getroffen?«

Valérie streckte ihrer Malerkollegin die Skizze entgegen, die sie während der letzten Aktstudie bei Henri Gervex am Vortag angefertigt und noch einmal nachgebessert hatte.

Die junge Französin runzelte konzentriert die Stirn. Dann wies sie auf das Hinterteil des mit dem Rücken zum Betrachter stehenden jungen Mannes. »Ich glaube, das ist ein wenig zu flach geraten.«

Valérie seufzte. »Es ist aber auch schwierig, den Unterkörper korrekt abzubilden, wenn die männlichen Modelle eine Hose tragen.«

Madeleine musste lachen. »Stimmt, Valérie. Aber ich lasse mich einfach nicht beirren und übertrage das, was ich bei weiblichen Aktmodellen sehe, zumindest zum Teil auf die Männer.«

»Am besten zeigst du die Skizze nachher Monsieur Gervex.« Unbemerkt von Valérie war Ida Gerhardi hinzugetreten, die deutsche Malerin blickte Madeleine und ihr über die Schulter. »Schließlich besuchst du seinen Unterricht ja nicht, weil du bereits perfekt bist.«

»Das ist wahr. Aber so gut wie ihr werde ich in den paar Wochen, die mir noch bleiben, sicher nicht werden.«

Madeleine und Ida schauten Valérie mitfühlend an, äußerten sich aber nicht dazu. Valérie hatte ihren Kolleginnen, die sie immer wieder im Atelier von Ottilie Roederstein traf, bereits in der ersten Woche grobe Details über ihre Ehemisere anvertraut.

Wie schon Louise Catherine Breslau gesagt hatte, gab es keine einzige verheiratete Künstlerin unter den Malerinnen in Montparnasse. Madeleine Smith war trotz ihres englisch klingenden Nachnamens die einzige Französin.

Die übrigen Frauen kamen vor allem aus Deutschland und der Schweiz, aber auch aus Polen, England und sogar von Übersee. Alle schwärmten von den nahezu unbegrenzten Möglichkeiten, die sie als malende Frauen in Paris hatten.

»Das ist überhaupt nicht mit Deutschland zu vergleichen«, hatte Ida Gerhardi Valérie schon bei ihrem ersten Treffen gesagt. »Dort werden Frauen an keiner einzigen Akademie zum Studium zugelassen. Es gibt zwar das ein oder andere privat geführte Damenatelier, aber die Möglichkeiten sind viel schlechter als hier in Paris. Die Räume sind im Vergleich zu denen der Männer abgelegen und dunkel, der Unterricht sehr viel oberflächlicher und trotzdem teurer. Paris ist dagegen der Himmel auf Erden.«

Für Valérie war das schwer nachvollziehbar. Denn auch die renommierte École des Beaux-Arts nahm nach wie vor keine Frauen auf. Des Weiteren war ihr nicht bekannt, dass Fernand Cormon nach ihr noch einmal eine Studentin angenommen hätte.

»Eine Institution wie die Akademie Julian, die hier schon seit Jahrzehnten besteht, ist woanders nicht denkbar, habe ich mir sagen lassen«, fügte Madeleine hinzu. »Dort gibt es inzwischen sogar gemischte Klassen, in denen Aktzeichnen gelehrt wird.«

»Genau deshalb hat mein Vater diese Akademie für mich nie in Betracht gezogen«, erklärte Valérie mit einem Anflug von Bitterkeit.

»Auch Rodolphe Julian bekam anfangs viel Gegenwind. Aber

er hat sich um das bigotte Geschwätz nie gekümmert.« Madeleine lachte wieder. »Kannst du dir vorstellen, dass die Gazetten es nicht nur zu einem Skandal erklärten, dass Frauen andere nackte Frauen malen? Eine Schlagzeile lautete sogar: *Erröte, Paris, Hauptstadt der Tugend!*«

»Paris als Hauptstadt der Tugend?« Darüber war auch Valérie bass erstaunt.

»Allerdings darf man in Frankreich nicht heiraten.« Ida war sich ihrer Taktlosigkeit offenbar nicht bewusst. »Denn dann hat eine Frau sogar noch weniger Rechte als im Deutschen Reich.«

»Aber Ida«, tadelte Madeleine. Erst jetzt wurde der Deutschen bewusst, was sie gerade gesagt hatte.

»Oh, *pardon*, liebe Valérie …«

Die winkte ab und unterdrückte die aufsteigenden Tränen. »Du hast ja recht, Ida. Du durftest im letzten Jahr allein nach Paris kommen. Und du, Madeleine, malst schon jahrelang, was du möchtest. Vor drei Jahren hast du zum ersten Mal im Salon ausgestellt. Dabei bist du nur zwei Jahre älter als ich.«

Ihre diesjährige verspätete eigene Ehrung hatte Valérie den Kolleginnen verschwiegen.

Madeleine legte ihr tröstend die Hand auf den Arm. »Ich hatte mit Ottilie Roederstein aber auch eine ganz ausgezeichnete Lehrerin. Doch nun zu etwas anderem! Wie war es heute im Unterricht bei Carolus-Duran?«

Valérie wurde das Herz noch schwerer. »Ich glaube, ich habe seine Methode noch nicht verinnerlicht. Er hält nichts von Skizzen, so wie ich die Porträtmalerei bei Cormon gelernt habe. Stattdessen beginnt er nach einer groben Kohlezeichnung, die die einzelnen Flächen des Gemäldes markiert, sofort, mit Farben zu arbeiten. Daran muss ich mich erst noch gewöhnen.«

»Das ging mir anfangs ganz genauso, Valérie.« Louise Catherine

Breslau hatte beim Eintritt ins Atelier ihre letzten Worte gehört. »Als ich einmal in Tränen ausbrach, weil ich mich so unzulänglich fühlte, hat er mir einen der wichtigsten Sätze meiner künstlerischen Laufbahn mitgegeben: *Ihr Frauen müsst lernen, Kritik ohne Tränen anzuhören und daraus das Beste zu machen.*«

»Und damit hat der große Meister völlig recht«, sagte Madeleine. »Oder habt ihr schon jemals einen männlichen Studenten weinen gesehen, weil etwas an seinem Werk bemängelt wurde? Wenn wir also mit den Männern mithalten wollen, die auf unsere Kunst häufig verächtlich herabsehen, müssen wir ihre Verhaltensweisen übernehmen. Und trotzdem dabei Frau bleiben.«

Das Letztere setzte Madeleine allerdings viel besser um als Louise Catherine oder Ottilie Roederstein, von der Valérie inzwischen eine Fotografie gesehen hatte. Beide wirkten eher maskulin. Madeleine dagegen, mit ihrem aparten Gesicht, das zum Kinn hin spitz zulief, den schwarzen Augen und den dichten schwarzen Haaren, versteckte ihr attraktives Aussehen nicht.

»Also, lass dich nicht unterkriegen!« Der Schlag auf den Rücken, den Louise Catherine Valérie verpasste, war wieder eine eher männliche Geste. »Carolus-Duran hätte es gar nicht nötig, uns zu unterrichten. Für sein Gemälde *L'Assassiné* über den Mord an einem jungen Mann hat er schon 1866 eine Goldmedaille im Pariser Salon gewonnen. Und nur drei Jahre später eine weitere für *Die Dame mit dem Handschuh*, ein Porträt seiner Frau.«

»Ist er inzwischen nicht sogar zum Großoffizier der Ehrenlegion ernannt worden?«, fragte Madeleine.

Louise Catherine nickte. »Eine höhere Ehre ist kaum einem Maler jemals zuteilgeworden. Drei Ränge über dem Ritter, mit dem die allermeisten Künstler schon hochzufrieden sind.«

Valérie hörte staunend zu. Nun wunderte sie sich zum einen

nicht mehr über die exorbitant hohe Gebühr, die Carolus-Duran für seinen Unterricht verlangte. Zum anderen fühlte sie sich selbst geehrt, von einem solchen Genie unterrichtet zu werden.

»Wie geht es denn mit der Freilichtmalerei bei Renoir voran?«

Valérie lächelte. »Das fällt mir bislang am leichtesten. Denn mit dem Spiel von Licht und Schatten, wie es die Impressionisten lieben, habe ich mich schon früher beschäftigt. Mein erstes Bild ist schon fertig.«

»Das musst du uns unbedingt einmal zeigen!«

Valérie schüttelte bedauernd den Kopf. »Ich habe es in der Akademie gelassen. Es ist zu sperrig, um es die lange Strecke bis nach Montparnasse mitzunehmen.«

Von Weitem schlug eine Kirchturmuhr. »Ach, du meine Güte, es ist bereits Viertel vor fünf! Jetzt haben wir uns aber gründlich verquatscht.«

Madeleine griff hastig nach ihrem Hut, den sie kaum aufsetzen konnte, so dick war ihr Dutt am Hinterkopf. »Valérie, wir müssen uns sputen! Gervex sieht es nicht gern, wenn wir zu spät dran sind.«

Sie eilten die kurze Strecke auf dem Boulevard du Montparnasse entlang.

»Kommst du danach noch mit uns ins Café des Anges?«

Verblüfft verharrte Valérie einen Moment lang. »Ihr geht als Frauen allein in ein Restaurant?«

»Natürlich! Solange wir mindestens zu zweit sind, nimmt daran in Montparnasse niemand Anstoß.«

Kapitel 29

IN EINER GARTENWIRTSCHAFT IN MONTMARTRE

JULI 1892

»Zweifellos stellt der Schuft mir nach. Vor ein paar Wochen hat er mich zum ersten Mal angesprochen. Er sei mein Ehemann und ich müsse tun, was er will. Ich hab ihn weggestoßen, als er mich packen und mit sich ziehen wollte. Zum Glück kam Auguste grade von der Arbeit und hat mir geholfen, ihn loszuwerden. Aber seither hab ich ihn immer wieder hier rumschleichen sehn.«

Sorgenvoll rührte Elise in ihrem Milchkaffee, während sie Simones Bericht lauschte. Das klang nicht gut, was ihre Schwester erzählte.

Nun bereute sie, dass sie ihrer Mutter nicht die Wahrheit gesagt hatten, als Simone nach Hause zurückkehrte. Doch Jeanne war so überglücklich gewesen, dass Elise es nicht übers Herz gebracht hatte.

Dagegen hatte Marianne ihr und Simone die Geschichte von Anfang an nicht abgenommen. Sie war inzwischen in Simones wahre Vergangenheit eingeweiht. Aber übervorsichtig geworden durch Jeannes frühere Absinthsucht, sprach auch sie sich dagegen aus, ihrer Ziehtochter reinen Wein einzuschenken.

»Es könnte sein, dass sie dir dann gar nichts mehr glaubt, Elise«, gab sie zu bedenken. »Schließlich hast du deine Mutter jahrelang über Simones Schicksal belogen.«

»Sonst hätte sie doch längst wieder zu saufen begonnen«, wandte Elise ein.

Das konnte Marianne nicht von der Hand weisen. Deshalb war jetzt eine Art Pattsituation entstanden. Die Misshandlungen, denen Simone durch Luc jahrelang ausgesetzt gewesen war, gehörten eigentlich zu den wenigen anerkannten Scheidungsgründen in Frankreich. Elise hatte sogar einen Advokaten konsultiert, den ihr Henri empfohlen hatte, um sich zu erkundigen.

Aber der war nicht allzu optimistisch gewesen. »Wenn Ihre Schwester viele Jahre lang damit einverstanden war, für ihren Liebhaber und späteren Mann auf den Strich zu gehen, wird kein Richter dies als Scheidungsgrund gegen den Willen des Gatten gelten lassen. Für die Misshandlungen gilt das Gleiche. Das alles hat ja schon vor der Ehe begonnen, und sie hat ihn trotzdem geheiratet. Ein Richter wird deshalb argumentieren, sie habe doch gewusst, worauf sie sich einlässt.«

Eine Scheidung, die sowieso die ganze Wahrheit ans Licht gebracht hätte, kam also nicht infrage. Auch deshalb war es sinnlos, Jeanne einzuweihen und damit einen Rückfall in ihre Alkoholsucht zu riskieren, wenn die Schuldgefühle sie wieder übermannten. Es blieb nur zu hoffen, dass Luc, der auch andere Pferdchen laufen hatte, irgendwann das Interesse an Simone verlor.

Bis jetzt sah es allerdings nicht danach aus. Ein schwacher Trost war, dass Auguste mit seiner Tochter Sidonie auch nach Simones Rückkehr weiterhin in der Rue Tourlaque wohnte. Er selbst hatte sofort angeboten, sich etwas Neues zu suchen. Wegen der bevorstehenden Geburt von Andrés Kind war leider auch kein Platz in dessen Häuschen für ihn.

Da hatte Marianne vorgeschlagen, mit einem Nachtlager in der Küche vorliebzunehmen, damit Simone und Jeanne sich das zweite Schlafzimmer teilen konnten. Ihre Begründung war ganz pragmatisch. »Wenn uns Augustes Miete fehlt und wir gleichzeitig einen Mund mehr durchfüttern müssen, wird es zu knapp.«

Zwar hatte Elise von Anfang an angeboten, ihr Scherflein aus ihrem üppigen Verdienst beizusteuern. Aber das hatte Jeanne nur als Übergangslösung akzeptiert.

»Simone kann mir bei der Wäsche helfen«, schlug sie vor. »Dann reicht unser Lohn zusammen mit Augustes Miete auf jeden Fall zum Leben.«

Doch dadurch stellte sich schon wieder ein neues Problem. Natürlich erwartete Jeanne, dass die fertige Wäsche bei den Kundinnen ausgeliefert wurde. Das tat Simone jetzt unter immer größeren Ängsten. Denn wenn sie Luc dabei in die Hände fiele, könnte er die saubere Wäsche in die Gosse schmeißen, und Jeanne würde die betroffenen Kundinnen verlieren.

Es war eine vertrackte Situation. Als Notlösung hatte sich Auguste bereit erklärt, Simone nach seinem Feierabend zu begleiten. Er wusste nur, dass sie sich vor ihrem gewalttätigen Ehemann fürchtete, der ihr nachstellte. Aber Auguste arbeitete abends bis acht. Manche Kundinnen ärgerten sich darüber, dass sie ihre Wäsche erst am späten Abend zurückerhielten.

Jetzt kam Elise eine Idee. »Wir müssen *maman* gestehen, dass Luc dir bereits auflauert, ohne ihr seine wahre Rolle zu verraten. Sie wird nicht wollen, dass dir was passiert. In der großen Wäscherei auf dem Boulevard de Clichy, wegen der unsere Mutter damals ihre Stelle verlor, hat der Inhaber seinerzeit Laufburschen beschäftigt, die die Wäsche austrugen. So jemand könnten wir auch engagieren.«

Simone wiegte den Kopf. »Das waren wohlhabende Kundinnen, die sich darüber nicht gewundert haben. Aber hier oben auf der Butte wird man denken, so ein Luxus treibt die Preise hoch.«

Elise überlegte. »Dann soll der Mann dich wenigstens begleiten und vor Luc beschützen, wenn er dich wieder bedrängt. Bei den Kundinnen muss er ja nicht auftauchen.«

»Und wer soll das bezahlen?«

»Ich natürlich! Wer sonst?«

IM MOULIN ROUGE

JULI 1892, AM GLEICHEN TAG NACH DEM PUBLIKUMSBALL

»Bitte, Elise! Ich bitte dich ganz, ganz herzlich! Du warst immer freundlich zu mir! Bitte sei meine Sekundantin bei diesem Duell!«

Elise stöhnte auf. Das hatte ihr nach dem anstrengenden Tag und dem belastenden Gespräch mit Simone gerade noch gefehlt. »Ich bin müde, Aicha. Und ich frag mich, warum du dich überhaupt auf so was einlässt!«

Aicha schürzte ihre vollen Lippen trotzig. »La Goulue hat mich vom ersten Tag an schikaniert, das weißt du doch! Sie hat sogar die Absätze meiner Tanzschuhe locker gemacht, damit ich stürze und mir die Beine breche. Und sie beschimpft mich tagein, tagaus als dreckige Mulattin, die zurück in die Wüste verschwinden soll.«

In Aichas fast schwarze Augen trat ein verdächtiger Glanz. »Dabei bin ich in Paris aufgewachsen. Meine Eltern sind ehrliche Leute. Sie stammen aus Algerien, aber das gehört doch auch zu Frankreich, nicht wahr?« Ihre Stimme zitterte. Sie ballte die Hände zu Fäusten.

Bei ihren letzten Sätzen hatte Elise kaum mehr zugehört. Dieses Miststück, dachte sie bei sich. Es war noch nicht lange her, dass

Louise auch Elises Absätze manipuliert hatte, um sie während des Cancan zu Fall zu bringen. Damals hatte Jane Avril das beobachtet und sie gewarnt.

Apropos Jane Avril. »Wird Jane mitkommen? Sie steht doch auch auf deiner Seite!«

Aicha schüttelte traurig den Kopf. »Mit so 'nem Kampf will sie nix zu tun haben. Und Öl ins Feuer gießen mit La Goulue will sie erst recht nicht.«

Dafür hatte schon Henri de Toulouse-Lautrec gesorgt. Mit einer Mischung aus Spott und Betroffenheit über die offene Feindseligkeit, mit der La Goulue Jane Avril seither behandelte, erinnerte sich Elise an die kleine Vernissage, zu der Henri am vergangenen Freitag in sein Atelier geladen hatte. Zu ihrer Überraschung war auch Jane da gewesen, die solche Veranstaltungen, zumal kurz vor der Abendvorstellung im Moulin Rouge, in der Regel mied.

Nach langer Zeit hatte Elise dort auch Valérie Dumas, jetzt Madame Germain, wiedergetroffen. Sie hatte das ausgezeichnete Selbstporträt bewundert, das Valérie in Henris Atelier angefertigt hatte. Sowie zwei weitere Bilder mit Szenen in einem Garten.

Die Sensation an diesem Abend waren jedoch die Gemälde von La Goulue und Jane Avril gewesen, die Henri erst kürzlich fertiggestellt hatte. Sie hätten nicht unterschiedlicher sein können.

Beide zeigten die Tänzerinnen beim Betreten des Moulin Rouge. In seiner unnachahmlichen Weise hatte Henri es jedoch verstanden, den völlig unterschiedlichen Charakter der beiden Frauen herauszuarbeiten.

La Goulue wirkte auf dem Gemälde ausgesprochen ordinär. Sie war umrahmt von zwei Frauen, eine davon die Tänzerin Claire, genannt Môme Fromage, zu der sie angeblich ein lesbisches Verhältnis unterhielt. Ihre Begleiterinnen waren ganz in schwarze hochgeschlossene Gewänder gekleidet.

Der Ausschnitt von La Goulues hellblauer Robe reichte ihr dagegen fast bis zum Bauchnabel. Er bedeckte ihre Brüste, die schlaff herunterhingen, nur teilweise. Wenigstens hatte Henri noch ihrer Figur geschmeichelt, denn Louise hatte in den letzten Jahren beständig an Gewicht zugelegt. Ihr Gesichtsausdruck war nur als arrogant zu bezeichnen.

Ganz im Gegensatz dazu hatte Lautrec Jane Avril im blauen Mantel mit Pelzkragen, Hut und Handschuhen gemalt. Außer dem Gesicht war kein Stück Haut zu sehen.

Auch die für Jane typische Stimmung hatte der Maler gut eingefangen. Sie sah traurig und einsam aus, ganz die Außenseiterin, die sie im Moulin Rouge zweifellos war. Allerdings wirkte sie viel älter als dreiundzwanzig Jahre.

Der Vergleich zwischen den beiden Frauen sprach eindeutig zugunsten von Jane.

»Warum hast du mich denn so hässlich gemacht?«, fuhr La Goulue Henri vor all seinen Gästen an. »Sieh zu, dass dieses Geschmiere in der Versenkung verschwindet!«

Henri ließ sich nicht beirren. »Ich male, was und wie ich es sehe, Louise«, wies er sie zurecht.

Wutschnaubend hatte La Goulue die Vernissage daraufhin vorzeitig verlassen und ignorierte Jane Avril seither vollständig. Sie setzte das Gerücht in die Welt, Jane wäre eine unehrenhaft entlassene Lehrerin, also eine Person, deren Liederlichkeit der einer Nutte kaum nachstand. Außerdem hatte sie Charles Zidler mehrfach bedrängt, auch ihr die farbige Unterwäsche zu gestatten, die Jane bislang als einzige Tänzerin tragen durfte. Dabei hatte sie bei dem Direktor jedoch auf Granit gebissen.

»Bitte!«, flehte Aicha Elise jetzt ein weiteres Mal an. Mit einem unguten Gefühl gab sie schließlich nach.

Eine Viertelstunde später erreichten sie die Brücke, die über den Cimetière Montmartre führte. Elises schlimme Vorahnungen verstärkten sich, als sie die große Schar männlicher Verehrer sah, die La Goulue um sich geschart hatte. Ihre Sekundantin war Môme Fromage. Aber auch andere Tänzerinnen, allen voran Nini Patte-en-l'air, waren auf ihrer Seite. Elise hielt als Einzige zu Aicha.

»Was ist denn meine Rolle als Sekundantin?«, raunte sie, als sie die Brücke betraten, auf der der Zweikampf stattfinden sollte. Sie wusste nur, dass die beiden Frauen miteinander ringen wollten, bis eine die Oberhand gewann.

Aicha zuckte die Achseln. »Das weiß ich auch nicht so genau. Wahrscheinlich aufpassen, dass ich nicht am Ende tot auf der Strecke bleibe.«

Elise fuhr der Schreck in alle Glieder. »Ist so was denn schon mal vorgekommen?«

Wieder hob Aicha die Schultern. »Keine Ahnung. La Goulue hat den Ringkampf vorgeschlagen. Sie macht das wohl nicht zum ersten Mal.«

Jetzt war Elise völlig entsetzt. »*Mon Dieu!* Warum lässt du dich auf so was ein?«, wiederholte sie.

»Damit das Miststück endlich lernt, wo ihre Grenzen sind.«

Vor Elises innerem Auge erschienen die Gesichter zweier Tänzerinnen, die jeweils nur wenige Wochen im Moulin Rouge geblieben waren, bevor Zidler sie gefeuert hatte. Sie erinnerte sich, dass eines der Mädchen ein zugeschwollenes Auge gehabt hatte, als es eines Abends zur Vorstellung gekommen war. Zidler hatte sie in diesem Zustand nicht auf die Bühne gelassen und ihr befohlen, auf der Stelle ihre Sachen zu packen.

»Du weißt, dass der Direktor dich entlassen wird, wenn La Goulue dir ein blaues Auge verpasst oder sogar einen Zahn ausschlägt!«

»Das wolln wir mal sehn.«

Elise wunderte sich über Aichas Courage. Sie schien nicht die geringste Angst vor La Goulue zu haben, sondern nur wütend auf sie zu sein. Erst jetzt fielen ihr die muskulösen braunen Oberarme der Tänzerin auf. Ihre Bewegungen auf der Bühne waren graziös. Doch mit einem Mal hatte sie etwas Bezwingendes an sich.

La Goulue gab sich jedoch siegessicher. »Komm her, du feiges Luder! Wenn du dich traust!«

»Und ihr«, wandte sie sich an ihr Publikum, »fangt schon mal mit dem Beifallklatschen an!«

Dass Louise keine Gebote der Fairness beachtete, zeigte sich in dem Augenblick, als Aicha ihr gegenübertrat. Blitzschnell schlug sie ihr die geballte Faust ins Gesicht. Aichas Lippe platzte auf, Blut lief ihr übers Kinn. La Goulues Anhänger johlten.

Doch sie hatten die Rechnung ohne die Wirtin gemacht. Plötzlich glich Aicha einem gefährlichen Raubtier. Ihre schwarzen Augen funkelten, ihre Hände bogen sich zu Klauen. Bevor La Goulue eine weitere Bewegung machen konnte, trat sie ihr mit voller Wucht in den Unterleib.

Mit einem lauten Schrei krümmte Louise sich zusammen. Schon war Aicha über ihr, warf sie flach auf den Rücken und setzte beide Knie auf ihre Arme. Dann schlug sie ihr mehrfach rechts und links ins Gesicht.

»Ergib dich, Miststück!«, hörte Elise sie rufen. La Goulues Sekundantin Claire stand wie versteinert dabei. Auch die Männer krakeelten nicht mehr und glotzten bewegungslos auf die Szenerie.

»Sag Ent-schul-di-gung, Schlam-pe!«, mit jeder Silbe schlug Aicha La Goulue weiter ins Gesicht. Mittlerweile blutete Louise aus der Nase, ihr rechtes Auge begann zuzuschwellen. Doch sie gab keinen Laut von sich.

»Dann eben anders!« Knurrend wie eine Löwin sprang Aicha auf und zerrte La Goulue brutal an beiden Armen auf die Füße. Dann umklammerte sie ihren Hals von hinten und schob sie auf die Brüstung der Brücke zu. Wollte sie sie etwa auf den Friedhof hinunterwerfen?

»Nein! Halt ein!«, schrien Elise und Môme Fromage wie aus einem Munde. Doch Aicha schien taub geworden zu sein.

Schon hatte sie La Goulues Oberkörper über das Gelände gehievt, da griffen endlich die Männer ein und rissen Aicha zurück. Vier von ihnen waren nötig, um sie zu bändigen. Was sie an Blessuren davontrug, stammte größtenteils nicht von La Goulue, sondern aus diesem Kampf.

Elise wusste später selbst nicht mehr, woher sie die Kraft genommen hatte, den Männern entgegenzutreten, die nun ihrerseits Anstalten machten, die Tänzerin zu verprügeln.

»Halt!«, schrie sie, so laut sie konnte. »Ich bin eine der Sekundantinnen und erkläre hiermit den Kampf für beendet. Gewonnen hat Aicha!«

Zu ihrer eigenen Verwunderung akzeptierten die Burschen ihre Rolle und ließen Aicha los. Elise zog sie so rasch von der Brücke, wie sie konnte. Denn inzwischen humpelte Aicha von einem Tritt.

»Na, der hast du's aber gründlich gezeigt!« Wie aus dem Nichts tauchte Nini an Aichas Seite auf. Sie hielt ihr sogar die Hand hin, um zu gratulieren. »Das war längst mal überfällig.«

Elise kam aus dem Staunen nicht mehr heraus. War Nini nicht als Verbündete von La Goulue auf der Brücke erschienen? Plötzlich erkannte sie, dass das nur ein Zweckbündnis gewesen sein konnte. Offenbar hatte Nini ihre ausgesprochene Antipathie gegen La Goulue über die Jahre im Moulin Rouge nur gut verborgen.

Was für eine widerliche Opportunistin, dachte Elise. Doch in der heutigen Nacht hatte es genug Streitereien gegeben. Deshalb behielt sie diese Gedanken für sich.

Da weder La Goulue noch Aicha am nächsten Abend einsatzfähig waren, tobte Charles Zidler vor Wut. Sie richtete sich erstaunlicherweise vor allem gegen Louise. »Habe ich Ihnen nicht strengstens verboten, solche Zweikämpfe auszufechten, Mademoiselle Weber?« Seine Stimme war bis in die Garderobe zu hören, obwohl die Auseinandersetzung in seinem Kontor am anderen Ende des Flurs stattfand. »Diesmal kommen Sie mir nicht ungeschoren davon! Ich erlege Ihnen eine Geldstrafe von fünfhundert Francs auf und erteile Ihnen Auftrittsverbot ohne Lohn, bis Ihr Gesicht wieder vorzeigbar ist. Ihr Solo bei der Eröffnung übernimmt Lucienne Beuze, ihr zweites Solo Elise Lambert.«

Zu jedermanns Erstaunen entließ Zidler Aicha nicht, obwohl sie erst seit wenigen Wochen zum Ensemble gehörte. Aber auch sie musste eine erkleckliche Geldstrafe zahlen, die allerdings weit geringer ausfiel als die La Goulues.

»Das wird dieser Kerl mir büßen!«, nuschelte Louise mit ihren geschwollenen Lippen, als sie in die Garderobe zurückkehrte, um ihre Sachen zu holen. Sie würdigte weder Jane noch Elise eines Blickes.

Beide nahmen La Goulues Drohung nicht ernst. Doch nur wenige Wochen später sollten sie erkennen, dass sie sich gründlich geirrt hatten. Noch war La Goulue diejenige, die zuletzt lachte.

Kapitel 30

IM STADTPALAIS

MITTE AUGUST 1892

Valérie war noch ganz beschwingt von den wunderbaren Gesprächen und Erlebnissen dieses Tages, als die Mietdroschke sich dem Stadtpalais am Boulevard de Clichy näherte. Es war gegen neun Uhr abends.

Am Vormittag hatte Carolus-Duran ihr ein großes Kompliment für ihr jüngstes Porträt gemacht. »Sie machen wirklich Fortschritte, Valérie. Sie haben nicht nur das Gesicht des Modells getroffen, sondern auch einige charakteristische Persönlichkeitszüge zum Ausdruck gebracht.«

Den ganzen Nachmittag hatte Valérie danach im Atelier von Ottilie Roederstein an ihrem ersten Aktbild in Öl gearbeitet. Als Malerin würde sie es zwar nie in der Öffentlichkeit zeigen können, aber es war ihr wichtig, über die Skizzen hinaus zum Gemälde zu kommen.

Insbesondere die deutsche Kollegin Ida Gerhardi beschäftigte sich gerade ebenfalls mit solchen Motiven. Am freien Wochenende wollte Valérie außerdem Suzanne Valadon besuchen, die kürzlich ihren ersten Akt gemalt hatte.

Den Abend hatte sie mit Louise Catherine Breslau, Madeleine Smith und Ida dann im Café des Anges verbracht. Die Frauen hatten darauf bestanden, dass Marie, die Valérie täglich begleitete, mit am Tisch saß.

Als Valérie das Stadtpalais erblickte, fiel ihr auf, dass das ganze Haus hell erleuchtet war. Das war ungewöhnlich, obwohl es bereits dunkelte. Denn Valérie hatte allen Dienstboten während Baptistes Abwesenheit erlaubt, sich ab dem Nachmittag freizunehmen, wenn die Arbeit getan war.

Ihr ungutes Gefühl verstärkte sich, als die Droschke vor dem Eingangsportal hielt. Sie suchte in ihrer Handtasche gerade nach dem Hausschlüssel, als die Tür aufgerissen wurde. Vor ihr stand Baptiste. Das Gesicht von Wut verzerrt.

Ohne einen Gruß zerrte er Valérie hinein und schlug Marie die Tür vor der Nase zu. »Wo kommst du jetzt her?«, herrschte er sie an. »Und wo sind Gilbert und die Köchin? Im Haus habe ich nur den Kutscher Clement vorgefunden.«

Valérie rang nach Luft. »Ich ... Ich habe ihnen heute freigegeben«, keuchte sie. Dann versuchte sie sich mühsam an einem Lächeln. »Warum hast du mir nicht geschrieben, dass du früher zurückkommen würdest?«

Baptiste schnaubte und stieß sie die Treppe hinauf vor sich her in den großen Salon. »Das könnte dir so passen! Damit ich dir nicht auf die Schliche komme.«

Valérie bekam am ganzen Körper Gänsehaut. Sie versuchte gewaltsam, sich zusammenzureißen und eine unschuldige Miene aufzusetzen. »Was meinst du denn damit? Ich ... Ich bin heute Abend ausgegangen, weil ich mich mit ein paar Freundinnen getroffen habe. Wir haben in einem Restaurant zu Abend gegessen. Marie hat mich begleitet.«

»Hör auf, mich zu belügen!« Baptistes blassblaue Augen funkelten wie Eis. »Ich weiß ohnehin über alles Bescheid, was du hinter meinem Rücken getrieben hast.«

Valérie fehlten die Worte. Woher kann er etwas wissen? Sie konnte sich keinen Reim darauf machen.

Baptiste beobachtete sie scharf und setzte nun ein teuflisches Grinsen auf. »Schon vor zwei Wochen hat mich eine Depesche von meinem guten Freund Fernand Cormon erreicht. Er hat seinerseits Auguste Renoir getroffen, der sich inzwischen nicht entblödet, Freilichtmalerei an der Akademie Julian zu lehren. Renoir hat ihm erzählt, dass du seine Schülerin bist. Daraufhin fühlte Cormon sich bemüßigt, mich brieflich zu fragen, warum er sich denn für die *Mention honorable* deines Gemäldes beim diesjährigen Salon eingesetzt habe. Wenn du danach nichts Besseres zu tun hast, als impressionistische Klecksereien herzustellen.«

Er ballte die Hände zu Fäusten. »Das schade sowohl meinem wie seinem guten Ruf, hat er hinzugefügt. Also, was hast du zu deiner Verteidigung zu sagen?«

Valéries Schock verwandelte sich in Zorn. »Gar nichts muss ich zu meiner Verteidigung sagen! Du hast mir nicht zu befehlen, was ich male. Die *Sabinerinnen* hast du ohne mein Wissen und meine Zustimmung beim Salon eingereicht. Auf die *Mention honorable* lege ich nicht den geringsten Wert.«

»Soso.« Baptiste klang nun gefährlich ruhig. »Weißt du eigentlich, dass ich Cormon versprechen musste, mich auf meiner Russlandreise auch für seine Gemälde einzusetzen? Als Gegenleistung für diese Ehre, auf die du nun gar keinen Wert legst?«

»Also hast du ihn bestochen.« Valérie spürte nichts als Verachtung. »Was seid ihr nur für eine verlogene Clique!«

Vor der nackten Wut in Baptistes Antlitz schreckte sie zurück. Einen Moment lang glaubte sie, er wolle sie schlagen.

»Verlogen nennst du uns? Dann will ich einmal sehen, ob *du* mir die Wahrheit sagst. Renoir hat mir nämlich alles erzählt!«

Renoir? Wann war Baptiste denn eingetroffen? Täuschte er sie, oder hatte er wirklich mit dem Maler gesprochen?

Sie entschloss sich zur Flucht nach vorn. »Ich habe auch in

Montparnasse Kurse belegt. Bei Carolus-Duran und Henri Gervex.«

»Also hatte Renoir recht. Wie tief sind diese hoch angesehenen Salonmaler gesunken. Erbärmlich! Geben sich jetzt mit Malweibern ab!«

Wieder wandelte sich Valéries Furcht in Zorn. »Du nennst Carolus-Duran erbärmlich? Er ist der bekannteste Porträtmaler in Paris. Und erst vor zwei Jahren zum Großoffizier der Ehrenlegion ernannt worden! Drei Ränge über dir als Ritter. Und immer noch zwei, wenn man dich dieses Jahr wirklich zum Offizier macht.«

Jetzt mischte sich der Anflug eines anderen hässlichen Gefühls in Baptistes wütende Miene. Neid!, erkannte Valérie mit Genugtuung.

»Also hast du seine Kurse in Porträtmalerei besucht.« Sein Blick bekam etwas Lauerndes. »Und bei Gervex?«

»Auch Gervex ist bereits Offizier der Ehrenlegion«, wich Valérie zunächst aus.

»Umso schlimmer, was er treibt! Also, was …?«

Valérie hob trotzig den Kopf. »Aktstudien!«

Baptiste knirschte mit den Zähnen. »Auch von männlichen Modellen?«

»Ja, aber sie trugen eine Unterhose.«

Baptiste spie auf den kostbaren Perserteppich. »Pfui Teufel! Hast du denn gar kein Schamgefühl?«

Jetzt sah Valérie rot.

»Schamgefühl? Ausgerechnet du musst das sagen? Wo du nackte Frauen in den entwürdigendsten Szenen und Posen malst, die man sich nur vorstellen kann. Und das noch als hohe Kunst verkaufst! Damit sich dein Zar und deine russischen Großfürsten und wer weiß noch alles daran aufgeilen können!«

Wieder sah Baptiste einen Augenblick lang so aus, als wolle er

Valérie schlagen. Dann senkte er die bereits erhobene Hand und schürzte verächtlich die Lippen.

»Damit verdiene ich gutes Geld. Mein Auftragsbuch ist voll. Und wäre noch voller geworden, wenn ich auch die beiden Landgüter besucht hätte, auf die man mich eingeladen hat. Allein wegen dir habe ich die Reise abbrechen müssen.«

Er machte eine kurze Pause, wie um die Spannung zu erhöhen. »Aber das bringt mich noch mal zu Carolus-Duran. Ob er der beste Porträtmaler in Paris ist, darüber ließe sich streiten. Unbestritten ist jedoch, dass er der teuerste Lehrer ist. Auch Gervex ist nicht gerade billig. Wovon hast du die Stunden bezahlt?«

Die Gedanken rasten durch Valéries Kopf. »Ich hatte ein paar Ersparnisse.« Sie hörte selbst, wie wenig überzeugend sie klang.

»Ersparnisse. Aha.« Baptiste holte tief Luft. »Und wo ist der Schmuck, den ich dir geschenkt habe? In deinem Frisiertisch jedenfalls nicht.«

Valérie durchfuhr es heiß und kalt. »Ich habe ihn Marie zur Aufbewahrung gegeben. Weil ich tagsüber oft nicht da war«, gab sie zu, weil sie das für das kleinere Übel hielt.

Doch Baptiste ließ sich nicht beirren. Er riss mehrmals am Klingelzug. Wenig später klopfte es zaghaft an die Tür des Salons. Marie stand davor. Sie war durch den Dienstboteneingang ins Haus gelangt.

»Holen Sie mir den Schmuck meiner Frau!«

Baptiste klang so barsch, dass Marie auf dem Absatz kehrtmachte. Wenig später kam sie mit der samtbezogenen Schatulle zurück.

Baptiste brach sie mit Gewalt auf. »Wo ist das Collier?«

Diese Frage hatte Valérie befürchtet. »Es tut mir sehr leid, Baptiste. Ich … Ich hab es verloren.«

»Verloren?« Jetzt brüllte er so laut und stampfte gleichzeitig mit dem Fuß auf, dass die Glastüren der Vitrinen bebten. Dann holte er aus und schlug Valérie mit voller Kraft ins Gesicht.

»Du verlogenes Miststück! Und was ist das hier?« Er zog das Collier aus der Tasche. »Das hab ich beim Pfandleiher oben auf der Butte ausgelöst. Für zweitausend Francs!«

Er schoss zu Marie herum. »Sie verlassen noch heute Nacht das Haus.«

Marie begann zu weinen. »Aber Monsieur, ich flehe Sie an. Es ist schon nach zehn Uhr. Wohin soll ich gehen?«

»Das hättest du dir früher überlegen müssen, du Schlampe! Hinaus!« Er wies mit ausgestrecktem Arm auf die Tür.

Valérie hielt sich die schmerzende Wange. Ihr Kopf dröhnte. Das hier war ein einziger Albtraum. Aber weinen konnte sie später. Jetzt musste sie Marie helfen. Die hatte Baptistes Zorn nicht verdient.

»Geh zu Suzanne Valadon! Sie wird dich sicher beherbergen. Und morgen zu den netten Leuten, die wir manchmal besucht haben. Vielleicht gibt es da eine Stelle für dich.«

Sie hoffte, dass Marie den Wink mit dem Zaunpfahl verstand. Sie meinte natürlich ihre Großeltern.

Marie war kaum hinausgehuscht, da packte Baptiste sie grob am Arm. »Und du kommst jetzt mit!«

Er zerrte Valérie jedoch weder in ihr noch sein eigenes Schlafzimmer, wie sie befürchtet hatte. Stattdessen die Treppe hinauf ins oberste Stockwerk. Dort stand die Tür zu ihrem ehemaligen Atelier offen.

Im Gaslicht erblickte Valérie eine Pritsche mit einer dünnen Decke und einem Nachttopf darunter.

»Hier bleibst du, bis ich entschieden habe, was ich mit dir anfangen werde.«

Baptiste stieß sie so brutal hinein, dass sie stolperte und auf die

Knie fiel. Es tat fast so weh wie die Ohrfeige. Wie betäubt hörte sie, dass sich der Schlüssel im Schloss drehte.

Als seine polternden Schritte auf der Treppe verklangen, brach Valérie in Tränen aus. Sie weinte die ganze Nacht hindurch. Erst als es bereits zu dämmern begann, fiel sie in einen Schlaf der Erschöpfung.

AUF DER AVENUE TRUDAINE

EIN SPÄTER SONNTAGABEND IM AUGUST 1892

»Es tut mir leid, Elise, dass Alphonse wieder so ein Gewese um unsere Heirat gemacht hat, die nie stattfinden wird«, sagte Jane Avril. »Aber im Großen und Ganzen war es doch ein netter Abend, nicht wahr?«

Elise suchte nach einer taktvollen Antwort. »Jedenfalls netter, als wenn wir noch zum Mitternachtssouper zu Charles Desteuque gegangen wären. Ich bin sicher, La Goulue hätte wieder irgendwas gefunden, um uns den Abend zu verderben.«

»Da magst du recht haben.« Jane hakte sich bei Elise unter. »Sie wird weder dir noch mir noch Zidler jemals verzeihen, so viel steht fest.«

»Dabei ist es doch ihre eigene Schuld.«

Jane grinste spöttisch. »Wenn es einen Menschen auf Erden gibt, der außerstande ist, sich selbst je infrage zu stellen, dann ist das Louise Weber.« Sie drückte Elises Arm. »Aber lass dich dadurch nicht beirren! Du hast diesen Erfolg verdient.«

In der Tat hatte La Goulues Prügelei mit Aicha unerwartete Konsequenzen für sie gehabt. Zidler hatte Louise volle drei Wochen nicht mehr auftreten lassen, bis auch die letzten Schatten der blauen Flecke in ihrem Gesicht und an den Armen verblasst waren.

In dieser Zeit hatte Elise La Goulues zweites Solo getanzt, wie der Direktor es angekündigt hatte. Das war die Nummer, bei der Elise sich nicht, wie bei der Eröffnungsnummer, mit Jane und La Goulue abwechselte, sondern ganz allein im Rampenlicht stand. Während Grille d'Égout, die La Goulue beim Einstiegs-Cancan vertreten hatte, nach deren Rückkehr wieder ins zweite Glied zurücktreten musste, war das bei Elise anders.

Durch die wunderbare Darbietung ihres zweiten Solotanzes hatte sie das Publikum stärker begeistert denn je. Deshalb hatte Zidler Elise diesen Auftritt gelassen und ihn zusätzlich ins Programm aufgenommen. Damit war sie jetzt mit Jane und La Goulue gleichgezogen. Zidler hatte auch ihr Honorar erhöht. Alle drei verdienten jetzt dreihundertfünfzig Francs pro Woche.

Der Preis für Elises unerwarteten Aufstieg im Moulin Rouge war, dass La Goulue nun auch an ihr kein gutes Haar mehr ließ. Wie seinerzeit Jane Avril unterstellte sie ihrer ehemals besten Freundin, mit Zidler ins Bett zu gehen.

Auch über den Direktor selbst führte sie ununterbrochen Klage. Gerüchteweise hatte sie sich schon mehrfach beim Eigner, Joseph Oller, über ihn beschwert.

Obwohl der Abend in dem teuren Restaurant, in das Jane Avrils heiratswütiger Verehrer, der Schriftsteller Alphonse Allais, sie eingeladen hatte, streckenweise recht lustig gewesen war, hatte es auch eine Kehrseite gegeben. Sowohl Allais als auch der Freund, den er mitgebracht hatte, sprachen während des Menüs dem Rotwein und ab dem Dessert dem Absinth übermäßig zu. Das hatte zu einigen peinlichen Szenen geführt:

Vor allen Gästen war Allais vor Jane Avrils Stuhl auf die Knie gefallen und hatte sie erneut angefleht, seine Frau zu werden. Sie hatte das zwar lachend zu überspielen versucht, es war ihr jedoch höchst unangenehm gewesen. So gut kannte Elise Jane inzwischen. Denn La Goulues offene Feindseligkeit hatte auch einen positiven Effekt gezeitigt: Jane und sie waren zu echten Freundinnen geworden.

»Ich verspreche dir außerdem, dass ich Alphonse bitten werde, diesen merkwürdigen Comte Regnier kein weiteres Mal mitzubringen«, sagte Jane nun.

Der ältliche verlebte Mann, Elise schätzte ihn auf mindestens fünfzig Jahre, hatte ihr ununterbrochen mit schlüpfrigen Komplimenten den Hof gemacht und war ihr mehrmals auch körperlich zu nahe gekommen. Kurz bevor sie das Restaurant verließen, hatte er ihr sogar angeboten, ihn in sein Hotel zu begleiten. »Das werden Sie nicht bereuen«, tönte er großspurig.

Obwohl Elise sich in jüngster Zeit ab und zu mit dem Gedanken getragen hatte, sich reiche Liebhaber zu suchen, an die sie selbst keine Gefühle verschwenden wollte, hatte sie ihn abblitzen lassen. Für so einen Kavalier war sie sich denn doch zu schade, mochte er auch noch so viel springen lassen.

Jetzt fragte sie Jane, ob Regnier mit seinem Versprechen seinen Geldbeutel oder nur seine Manneskraft gemeint hatte.

Die zuckte die Achseln. »Wahrscheinlich beides. Als Knauser gilt er jedenfalls nicht. Sehr wohl jedoch als Schürzenjäger. Er hält mindestens drei stadtbekannte Kurtisanen aus.«

Dies bestätigte Elise in ihrem Entschluss.

Die Nacht war mild, der Himmel sternenklar, es wehte ein laues Lüftchen. Beide Frauen genossen ihren Heimweg über die fast menschenleere Avenue Trudaine. Romantische Sehnsüchte weckte die späte Stunde in ihnen allerdings nicht.

»Und wie geht es jetzt weiter mit dir und Alphonse?«

Jane seufzte. »Ich würde sehr gern mit ihm befreundet bleiben. Wenn er nüchtern ist, ist er ein brillanter Geist. Doch ich fürchte …«

In diesem Augenblick trat Allais hinter einer Straßenlaterne hervor. Obwohl sie sich vorhin von ihm verabschiedet hatten, war er Jane offensichtlich gefolgt.

Wieder breitete er theatralisch die Arme aus, wieder sank er vor ihr auf die Knie. »Jane! Ohne dich kann ich nicht leben! Heirate mich, sonst ist es unser beider Tod.«

Elise erschrak zutiefst, als sie im Mondlicht eine Pistole in seiner Hand erblickte. Mit der anderen klammerte er sich an Janes Rock.

»Erhöre mich!«, flehte er noch einmal. »Sonst sterben wir hier und heute!«

Trotz der Bedrohung behielt Jane die Fassung und schüttelte den Kopf. »Wir passen überhaupt nicht zusammen. Ich bin gerade erst vierundzwanzig geworden und damit vierzehn Jahre jünger als du! Du schreibst Romane, ich tanze. Du sitzt an deinem Schreibtisch und denkst – ich stehe jeden Abend auf der Bühne.«

Dann riss sie sich los. »Also lass mich bitte in Zukunft in Ruhe!« Sie rannte halb lachend, halb weinend davon.

Allais folgte ihr mit dem Revolver. Elise beobachtete das Geschehen wie betäubt.

Der Schriftsteller hatte Jane fast eingeholt, als sie stehen blieb und sich umdrehte. »Du bist völlig betrunken, Alphonse.« Sie streckte die Hand aus. »Gib mir die Pistole.«

Als er sich nicht rührte, griff sie danach und entwand sie ihm. »Glaub mir, wir beide würden nur unglücklich miteinander werden.«

Sie steckte die Waffe in ihre Handtasche und winkte einer Mietdroschke, die gerade des Weges kam.

»Bringen Sie diesen Herrn wohlbehalten nach Hause und begleiten Sie ihn in seine Wohnung!« Sie fischte einen Schlüssel aus Alphonses Jackett und überreichte ihn dem Kutscher, zusammen mit einem Louisdor.

»Was sind diese Mannsbilder für ein verrücktes Volk«, sagte sie, als sie der Kutsche nachblickten.

Dann wandte sich Jane an Elise. »Versprich mir eins, *ma chère*! Mach dich nie wieder abhängig von einem Mann! Wir Frauen sind dazu geschaffen, *sie* zu beherrschen. Nicht umgekehrt. So war es schon bei Adam und Eva.«

Kapitel 31

IM STADTPALAIS

ANFANG SEPTEMBER 1892, ETWA ZWEI WOCHEN SPÄTER

Es klickte. Endlich! Valérie hatte die letzten Stunden damit verbracht, mithilfe einer Haarnadel das alte Schloss der Tür zwischen ihrem ehemaligen Atelier und dem von Baptiste zu öffnen.

Fast zwei Wochen hielt er sie nun schon in diesem Raum gefangen. Dreimal pro Tag servierte die Köchin Gervaise ihr eine schmackhafte Mahlzeit. Doch Valérie rührte so gut wie nichts an. Sie verspürte kaum Hunger.

Erst nach einigen Tagen wagte die Köchin, sie darauf anzusprechen. »Es ist mir eigentlich streng verboten, das Wort an Sie zu richten, Madame Germain. Doch ich selbst und auch Gilbert und Clement, wir machen uns langsam ernsthaft Sorgen um Sie. Wir stehen auf Ihrer Seite, das sollten Sie wissen, und heißen nicht gut, was Ihr Gemahl Ihnen gerade antut. Doch leider sind wir machtlos. Aber ich flehe Sie an, Madame, essen Sie etwas! Sonst werden Sie am Ende hier oben noch krank.«

Valérie war von der Anteilnahme der Dienstboten gerührt. Sie bedankte sich bei Gervaise und ließ allen Grüße ausrichten. »Aber essen kann ich trotzdem kaum etwas, meine Liebe.«

Kopfschüttelnd verließ die Köchin mit Valéries Nachttopf den Raum. Zu ihren Pflichten gehörte es, ihn dreimal täglich zu leeren. Ebenso wie ihr morgens Waschwasser und Kleidung zum Wechseln zu bringen.

In den ersten Tagen hatte Valérie nur apathisch auf ihrer Pritsche gelegen. Sie fragte sich, was Baptiste ihren Eltern und Großeltern wohl erzählt hatte, da niemand sie zu vermissen schien.

Er selbst hatte sich nur einmal blicken lassen und angekündigt, sie werde so lange eingesperrt bleiben, bis sie ihn auf Knien um Verzeihung anflehen und sich außerdem bereit erklären würde, ihre ehelichen Pflichten wieder zu erfüllen. Wenn sie so weit sei, solle sie ihn über die Köchin rufen lassen.

Doch darauf kann er lange warten, beschloss Valérie sofort. Demgemäß richtete sie sich mehr und mehr auf eine unbegrenzte Zeit der Gefangenschaft ein. Irgendwann würden ihre eigenen und Amélies Eltern beginnen, Baptiste sehr unangenehme Fragen zu stellen. Selbst wenn Marie es nicht geschafft haben sollte, bei ihren Großeltern am Boulevard Haussmann unterzukommen und sie von den jüngsten Ereignissen zu unterrichten.

Als die Langeweile unerträglich wurde, ging Valérie auf die Suche nach Malsachen, die bei der Räumung des Ateliers vielleicht übersehen worden waren. Denn Baptiste gestand ihr nicht einmal Bücher zu.

Dabei hatte sie vor einigen Tagen den alten Schrank, in dem sie ihre Utensilien aufbewahrt hatte, zur Seite gerückt, in der Hoffnung, vielleicht zumindest einen Kohlestift zu finden, der hinuntergefallen und vergessen worden war. Zu ihrem Erstaunen befand sich an der Wand dahinter eine Holztür. Sie erinnerte sich daran, dass ihr Gefängnis Baptiste einmal als Lagerraum gedient hatte. Wahrscheinlich hatte er den Schrank vor die Tür geschoben und ihr dann erst den Raum als Atelier überlassen.

Die Tür war allerdings verschlossen. Erst heute war sie auf die Idee gekommen, zu versuchen, das Schloss mit zurechtgebogenen Haarnadeln zu öffnen. In den letzten Tagen hatte sie an den Geräuschen erkannt, dass Baptiste in seinem Atelier arbeitete. Heute war er anscheinend nicht da. Vielleicht hatte er das Atelier ja nicht abgeschlossen, und sie könnte auf diese Weise durch den Dienstboteneingang aus dem Haus entwischen.

Ihre Befürchtung, dass die Zwischentür auch von Baptistes Seite aus zugestellt war – schließlich hatte sie sie vorher noch nie bemerkt –, erfüllte sich nicht. Er hatte sie stattdessen mit einem Gobelin verhängt. Freudig hastete sie zum Ausgang, fand ihn zu ihrer Enttäuschung aber wie ihre eigene Ateliertür von außen verriegelt vor. Sie wusste, dass die Riegel mit einem zusätzlichen Bügelschloss gesichert waren. Hier war mit einer Haarnadel nichts auszurichten.

Voll ohnmächtigem Zorn drehte sie sich um. Ihr Blick fiel sofort auf eines jener widerlichen Gemälde, das eine weitere Sklavenmarktszene zeigte. Diesmal wurden jedoch nicht die Zähne, sondern die Brüste der nackten Frau von einem Kaufinteressenten befühlt. So weit war Baptiste mit Bildern ähnlicher Art bisher noch nicht gegangen. Wahrscheinlich gehörte dieses Machwerk zu den Privataufträgen, die er aus Russland mitgebracht hatte, und sollte nie in Paris gezeigt werden. Denn hier hätte man es sicher sofort verboten.

Das Bild sah nahezu fertig aus. Offen an der Wand lehnte außerdem ein weiteres Gemälde, das einen Amor zwischen wilden Tieren zeigte. Diesmal waren es keine Raubtiere, sondern Elefanten, Giraffen und Zebras. Sie knieten demütig vor der Macht des kleinen Liebesgotts nieder. Wie lächerlich!

Valéries Wut kühlte sich so schnell ab, wie sie gekommen war, und wich einem kalten Rachedurst. Jetzt würde sie es diesem Scheusal endlich heimzahlen! Sogar mit den gleichen Waffen, mit denen er ihre eigenen Werke vernichtet hatte.

Neben seinen Pinseln und Paletten stand eine Flasche Terpentin. Valérie ignorierte die leise warnende Stimme in ihrem Kopf.

Sie öffnete die Flasche und schleuderte den gesamten Inhalt auf die Sklavenmarktszene. Sofort verwischten die Farben und Konturen, wie damals bei ihrem von Baptiste zerstörten Selbstporträt.

Schließlich griff sie zu der Palette mit den Resten der angemischten Ölfarben und drückte sie mit voller Kraft auf das bereits fertige Gemälde mit dem geflügelten Liebesgott. Triumphierend betrachtete sie die Flecken und Streifen flüssiger Farbe, die an dem Bild hinabrannen.

Dann huschte sie zurück in ihr Gefängnis und schob den Schrank wieder vor die Zwischentür. Noch während sie sich Baptistes Miene vorstellte, wenn er die beschädigten Gemälde sah, fiel sie zum ersten Mal seit dem Beginn ihrer Gefangenschaft in einen tiefen Schlaf.

Sie schreckte erst auf, als Baptiste in ihr Zimmer stürmte und dabei auf das Tablett mit der Mahlzeit trat, die die Köchin ihr offenbar als Abendessen gebracht hatte.

Noch bevor sie ein Wort äußern konnte, riss er sie brutal von der Pritsche und schlug ihr mit voller Wucht ins Gesicht. Diesmal nicht mit der flachen Hand, sondern der Faust.

Valérie hörte ein knackendes Geräusch, der Schmerz schoss ihr bis ins Gehirn. Später würde sie erfahren, dass er ihr bereits mit diesem Schlag die Nase gebrochen hatte.

Dann warf er sie zu Boden und trat auf sie ein. Valérie krümmte sich zusammen und klammerte die Arme schützend um ihren Kopf, während sie gellend schrie. Undeutlich hörte sie Schritte auf der Treppe, doch niemand eilte ihr zu Hilfe. Baptistes Faustschläge und Tritte prasselten weiter auf ihren ganzen Körper ein.

Halb bewusstlos nahm sie schließlich wahr, dass er an ihren Röcken zerrte. »Nein«, wimmerte sie und versuchte vergeblich, ihren Schlüpfer festzuhalten. Da sie damit ihr Gesicht bloßlegte, schlug Baptiste ihr mit beiden Händen abwechselnd auf die Wangen.

Ein Blick aus ihren zuschwellenden Augen zeigte ihr kein menschliches Wesen, sondern ein Ungeheuer. Baptistes Augen glühten wie die des Leibhaftigen, er fletschte die Zähne wie ein Raubtier.

Als Valérie ihre Hand auf den inzwischen entblößten Schoß presste, riss er ihren Arm so brutal zur Seite, dass sie es ein zweites Mal knacken hörte.

Das Letzte, was sie sah, war sein hoch aufgerichteter Penis, als er über ihr kniete. Das Letzte, was sie spürte, war ihre zerrissene Scham, als er gewaltsam in sie eindrang.

Dann fiel sie in eine gnädige Ohnmacht.

»Madame Germain, Madame Germain! Können Sie mich hören?«

Eine Hand klopfte ihr sanft auf die Wange. Trotzdem stöhnte Valérie vor Schmerzen auf. Wie durch einen Schleier erkannte sie die Köchin Gervaise. Neben ihr kniete Marie.

»Haben Sie Durst?«

Selbst das Nicken tat furchtbar weh. Tonlos öffnete sie die Lippen. Als Marie sanft ihren Kopf hielt, damit Gervaise ihr etwas Wasser einflößen konnte, wurde die Pein nahezu unerträglich. Trotzdem trank sie begierig von dem kühlen Nass.

»Wie … wie?« Sie versuchte, zu sprechen, als Marie ihr sanft die Hand auf den Mund legte. »Schonen Sie sich, Valérie! Gervaise ist den ganzen Weg zum Boulevard Haussmann gelaufen, um mich zu holen und Ihre Großeltern zu benachrichtigen. Gilbert hat Ihrem Scheusal von Gatten Laudanum in den Cognac gemischt. Deshalb schnarcht er jetzt in seinem Herrenzimmer und wird auch nicht aufwachen, während Clement anspannt, um Sie zu Ihren Großeltern zu bringen. Sie sind in tödlicher Sorge um Sie.«

»*Merci, merci!*«, stammelte Valérie. »Aber ihr alle ...«

Diesmal hob die Köchin die Hand. »Schonen Sie sich, Madame Germain. Ich hab Ihnen doch schon einmal gesagt, dass alle Dienstboten zu Ihnen halten. Wir können Sie doch nicht in diesem Zustand verrecken lassen! Womöglich hat dieser Kerl Sie lebensgefährlich verletzt. Was aus uns wird, liegt in Gottes Hand.«

Jetzt spürte Valérie bei jedem Atemzug ein heftiges Stechen in der Brust. Vielleicht hatte dieser Unmensch ihr auch Rippen gebrochen.

Gerade streckte der Diener Gilbert den Kopf durch den Türspalt. »Wir wären dann so weit«, raunte er.

»Valérie, Sie müssen jetzt sehr tapfer sein«, sagte Marie mit Tränen in den Augen. »Es gibt keine Trage im Haus, deshalb müssen die Männer Sie in einem Leintuch hinunterbringen. Das wird Ihnen wahrscheinlich sehr wehtun.«

Trotz ihrer Schmerzen griff Valérie nach Maries Hand. Anfangs verstand das Dienstmädchen sie nicht. »Arzt«, krächzte sie noch einmal.

»Wo sollen wir denn um diese Uhrzeit einen Arzt herbekommen?« Das war Gilberts Stimme. »Wenn wir sie ins Hospital bringen, wird ihr gewalttätiger Gatte sie kraft seines Status als Eheherr schon morgen wieder hierherschaffen lassen. Da wir dann alle gekündigt sind, hat sie niemand mehr, der ihr beisteht.«

»Ich hab 'ne Idee«, hörte Valérie Maries aufgeregte Stimme. »Bei dem Maler Toulouse-Lautrec haben wir neulich seinen Cousin getroffen. Er studiert Medizin und wohnt bei ihm. Schickt ein Stoßgebet zum Himmel, dass ich ihn antreffe. Er kennt Valérie und wird ihr zumindest Erste Hilfe leisten.«

WOHNUNG IHRER GROSSELTERN AM BOULEVARD HAUSSMANN

ANFANG SEPTEMBER 1892, ZWEI STUNDEN SPÄTER

Valérie erwachte das nächste Mal aus der gnädigen Ohnmacht, in die sie wieder gefallen war, während die Dienstboten sie die Treppe hinunter in die Kutsche geschafft und bis in die Wohnung ihrer Großeltern gebracht hatten, als sie die tastenden Hände von Henris Cousin Gabriel spürte.

Er wirkte überaus zornig und presste die Lippen während der Untersuchung zusammen. Dann wandte er sich an Cecile Valbert, die händeringend im Morgenmantel neben dem Bett stand, in das man Valérie gelegt hatte. Es war wohl ihr eigenes.

»Die Nase, das linke Handgelenk und wahrscheinlich zwei bis drei Rippen sind gebrochen. Außerdem hat sie Prellungen am ganzen Körper und womöglich eine Gehirnerschütterung. Und dort« – er zeigte auf etwas, das Valérie nicht sehen konnte – »blutet sie auch. Der Schuft hat ihr wahrscheinlich Gewalt angetan.« Selbst in ihrem Zustand bemerkte Valérie, dass seine Stimme zitterte.

»Morgen werde ich mit Henris Hilfe die besten Ärzte an ihr Bett schaffen, die wir auftreiben können. Aber so lange können auch diese Wunden nicht warten, bis sie gereinigt und verbunden werden. Ich als Mann möchte allerdings davon Abstand nehmen, das verstehen Sie sicher, Madame.«

»Natürlich, Monsieur Tapié de Céleyran. Wir werden tun, was wir können. Doch warten Sie bitte im Salon, falls wir der Verletzungen nicht Herr werden. Dann müssen Sie trotzdem helfen.«

Das war glücklicherweise nicht nötig. Die Jodtinktur, die die Großmutter nach der sanften Wäsche durch die Köchin Gervaise und Marie auftrug, brannte zwar höllisch. Aber sie verhinderte, dass an dieser sensiblen Stelle auch noch Wundbrand entstehen konnte.

Valérie biss die Zähne zusammen und entdeckte in einem kurzen Moment der Erleichterung, dass Baptiste ihr zumindest keinen davon ausgeschlagen hatte.

Nachdem ihr Gabriel noch etwas Laudanum eingeflößt hatte, schlief sie endlich ein.

WOHNUNG IHRER GROSSELTERN AM BOULEVARD HAUSSMANN

ANFANG SEPTEMBER 1892, ZWEI TAGE SPÄTER

»Wie geht es dir heute, *ma chère*?«

Noch bevor Valéries Blick sich fokussierte, erkannte sie ihre Freundin Suzanne Valadon an der Stimme.

»Gabriel hat mir alles erzählt, danach bin ich heute sofort hergekommen. Was ist dein Mann für ein elender Schuft!«

Valérie nickte kraftlos. Doch schon Suzannes nächste Worte waren dazu angetan, sie etwas aufzuheitern.

»Stell dir vor, Henri bezahlt all die teuren Professoren, die sein Cousin Gabriel an dein Bett geschleppt hat.«

Nur undeutlich konnte Valérie sich an die erst in schwarze Anzüge, dann weiße Kittel gekleideten Männer erinnern, die sie untersucht, ihre Nase gerichtet und ihren linken Arm in Gips gelegt hatten. Auch um die Brust trug sie eine feste Bandage.

»Richte ihm meinen herzlichsten Dank aus«, flüsterte sie.

»Aber jetzt musst du dich scheiden lassen!« Suzannes Stimme wurde energisch. »Das französische Scheidungsrecht sieht nur wenige Gründe für eine Trennung von Ehegatten vor. Aber Misshandlung und Vergewaltigung mit so schwerwiegenden körperlichen Folgen gehören dazu. Außerdem hat der Kerl dich mehrere Wochen lang eingesperrt, hat mir Marie gesagt.«

»Baptiste wird die besten Anwälte in ganz Paris engagieren«, wandte Valérie mit wenig Hoffnung ein. »Bisher hatte ich vor, wieder zu meinen Eltern zu ziehen und es dabei bewenden zu lassen.«

»Das kommt überhaupt nicht infrage! Sowohl Gabriel als auch die Professoren werden zu deinen Gunsten aussagen. Ebenso wie alle Dienstboten aus Baptistes Haushalt. Er wird keine Zeugen beibringen können, die deren Aussagen entkräften.«

»Aber so ein Prozess wird erst in Monaten stattfinden und möglicherweise sehr lange dauern. Bis dahin sind meine Verletzungen hoffentlich schon geheilt. Aber werden die Richter mir und den Ärzten dann noch glauben?«

Suzanne schwieg eine Weile. »Dann sollten wir einen Fotografen bestellen, der deine Verletzungen aufnimmt. Ich bin sicher, Henri bezahlt auch dafür.«

Valérie ließ sich das durch den lädierten Kopf gehen und spürte den ersten Hoffnungsschimmer. »Kennst du denn jemand Geeigneten?«

»Ich nicht, aber Henri kann La Goulue fragen, mit der er ja regelmäßig Kontakt hat. Sie hat sich meines Wissens schon als junges Mädchen nackt bei einem Fotografen ablichten lassen.«

»Und … Und müssen alle Verletzungen dokumentiert werden?«

Bei der Vorstellung, ihre intimsten Stellen vor einem Mann entblößen zu müssen, damit er sie fotografierte, schauderte Valérie zusammen.

Wieder überlegte Suzanne eine Weile. »Ich biete dir an, beim Besuch des Fotografen dabei zu sein. Dann will ich mir von ihm zeigen lassen, wie man solche Aufnahmen herstellt. Damit hättest du es bei deinen Verletzungen an der Scham nur mit mir als Fotografin zu tun, sofern du einverstanden bist.«

»Das wird er sich sicher extra bezahlen lassen.«

Valérie spürte mehr, als sie sah, dass Suzanne lächelte. »Mach dir darum mal keine Sorgen! Gabriel hat mir erzählt, dass Henri vor Wut getobt hat, als er erfuhr, was dieses Schwein dir angetan hat. Ich bin sicher, er wird alle Unkosten übernehmen.«

Kapitel 32

IN ELISES WOHNUNG AM BOULEVARD DE ROCHECHOUART

4. SEPTEMBER 1892

»Habt ihr das schon gesehen?«

Jane Avril, die Elise und Lucienne vor der abendlichen Vorstellung zum Nachmittagskaffee besuchte, schwenkte eine Ausgabe von *Gil Blas illustré*, der Sonntagsbeilage des bekannten Magazins. Sie hatte noch nicht einmal ihren leichten Mantel abgelegt, da beugten sich die drei Frauen gemeinsam über das Titelbild.

Darauf prangte unverkennbar La Goulue mit der roten Mühle im Hintergrund. Über ihr ragte drohend das Konterfei von Charles Zidler auf. Er stand mit einem Fuß auf dem Rücken eines Mannes, dessen Gesicht unzweifelhaft das des Eigners Joseph Oller war.

Aufgeregt lasen die drei den dazugehörigen Leitartikel. Er stammte aus der Feder von Charles Desteuque, der Louise seinerzeit zum Durchbruch verholfen hatte und jeden Sonntagabend nach der Vorstellung zum Mitternachtssouper einlud.

Von Mauscheleien und Schikanen im Moulin Rouge

Wie wir aus sehr gut unterrichteten Kreisen, nämlich von La Goulue, der Startänzerin des Moulin Rouge, persönlich erfuhren, herrschen dort hinter den Kulissen gewaltige Missstände.

Der Direktor Charles Zidler nutzt seine hervorgehobene Stellung schamlos aus, um seine eigenen Günstlinge zu protegieren. Schon lange ist anscheinend nicht mehr der Besitzer Joseph Oller, sondern Zidler der eigentliche Chef des Varietés.

Denn allein Zidler bestimmt das Programm. Oller hat in seinem eigenen Etablissement nichts mehr zu sagen. Zidler stellt Künstler und Tänzerinnen nach seinem Belieben ein und entlässt sie wieder, wenn sie ihm nicht mehr genehm sind. Und das kann schnell gehen:

Wer auch nur im Geringsten gegen seine strengen Vorschriften verstößt, wird mit gewaltigen Geldbußen belegt, wochenlang ohne Lohn von Auftritten ausgeschlossen oder sogar von heute auf morgen entlassen. Natürlich ohne Rücksprache, wahrscheinlich sogar ohne Kenntnis von Joseph Oller.

Zidler kontrolliert die Cancan-Tänzerinnen und alle anderen Künstler bis hin zu Kleinigkeiten: ob alle Knöpfe an den Kostümen ordnungsgemäß geschlossen sind, die Schuhe fleckenlos geputzt, die Schnürsenkel korrekt geknotet. Wer Widerspruch gegen diese Schikanen wagt, wird vor allen anderen Mitgliedern des Ensembles angeschnauzt und öffentlich gedemütigt. Die Stimmung im Varieté hängt nur noch von seinen Launen ab.

Nicht einmal vor dem weit über Paris und sogar Frankreich hinaus bekannten Star La Goulue macht Zidler halt. Er setzt sie gegenüber anderen, viel weniger begabten Tänzerinnen zurück, mit denen er offen poussiert.

»Wenn sich diese Missstände nicht bald ändern, werde ich das Moulin Rouge verlassen und zu den Folies Bergère überwechseln«, kündigt La Goulue in dem Exklusivgespräch an, das sie nur dem Gil Blas *gewährt hat. Aus Dank, dass unser Magazin sie schon in den Anfängen ihrer schwindelerregenden Karriere unterstützt hat.*

Wer La Goulue jedoch einmal tanzen gesehen hat, weiß, dass das Moulin Rouge einen unersetzlichen Verlust erleidet, wenn sie dort die Segel streicht. Denn auch ihr bekannter Tanzpartner Valentin,

»der Knochenlose« genannt, wird sie selbstverständlich in ihr neues Etablissement begleiten und nicht mehr im Moulin Rouge auftreten.

Was soll dann aus der naturalistischen Quadrille werden, dem Höhepunkt eines jeden Abends, mit dem der Publikumsball eingeleitet wird? Sie wird ohne Louise Weber, wie sie mit bürgerlichem Namen heißt, nie wieder dieselbe sein wie zuvor!

Was nutzt dem Moulin Rouge dann noch das fantastische Plakat, das der bekannte Maler und Grafiker Henri de Toulouse-Lautrec zur Eröffnung der letzten Herbstsaison gestaltet hat? »Ich weiß von Henri persönlich, dass er keine Werke mehr für das Moulin Rouge anfertigen wird, wenn ich es verlasse«, sagt La Goulue.

Wir vom Blatt Gil Blas illustré *können daher nur an den Eigner Joseph Oller appellieren, seinen größten Star, dem das Moulin Rouge seinen Ruhm von der ersten Stunde an verdankt, nicht zu vergraulen.*

Deshalb rufen wir Ihnen zu: Seien Sie schlau, Monsieur Oller, und weisen Sie Charles Zidler endlich in seine Schranken!

»Ach, du meine Güte!« Lucienne schlug die Hände über dem Kopf zusammen. »Das wird Joseph Oller nicht ungerührt lassen. Jetzt fürchte ich zum ersten Mal, dass Zidlers Tage im Moulin Rouge tatsächlich gezählt sind.«

»Dieses widerliche verlogene Miststück.« Elise knirschte vor Wut mit den Zähnen. »Unterstellt mir und dir, Jane, in aller Öffentlichkeit, mit Zidler ins Bett zu gehen, um unsere Rollen zu kriegen.«

Auch Janes grüne Augen funkelten zornig. Die hellbraunen Einsprengsel rund um die Pupillen leuchteten golden. Das ließ ihr zartes Gesicht sogar noch attraktiver erscheinen als in gelassenem Zustand.

»Sie scheut sich außerdem nicht, selbst Henri in ihre Lügen zu verwickeln. Meines Wissens hat er noch nie damit gedroht, keine

Bilder oder Plakate mehr über das Moulin Rouge anzufertigen, falls La Goulue es verlässt.«

»Jetzt glaube ich auch, dass die ganzen Gerüchte wahr sind, die seit Wochen durchs Ensemble geistern. Dass Joseph Oller sich darüber ärgert, dass nur noch Zidlers Name mit dem Moulin Rouge verbunden wird und er gar keine Rolle mehr zu spielen scheint. Und wenn er sich dagegen verwahrt, manchen sogar als Hochstapler gilt, der sich mit fremden Federn schmückt.«

»Angeblich trägt er sich mit dem Gedanken, den Vergnügungspark Jardin de Paris zu erwerben. Louise hat neulich behauptet, er hätte sie bereits gebeten, nach der naturalistischen Quadrille auch dort aufzutreten. Daran hätte sie aber Bedingungen geknüpft. Jetzt kann ich mir denken, welche.«

»Und leider ist Valentin ihr wirklich nach wie vor kritiklos ergeben. Wenn sie geht, wird er ihr folgen.«

Über der aufgeregten Diskussion wurde der Kaffee, den das Dienstmädchen Denise frisch aufgebrüht hatte, kalt. Auch ihre wunderbare Apfeltarte blieb unangerührt. Selbst Elise, deren Lieblingskuchen das war, bekam keinen Bissen davon hinunter.

Voll unguter Vorahnungen brachen die Frauen schließlich zur Vorstellung auf.

Es dauerte nicht einmal eine Woche, bis sich ihre schlimmsten Befürchtungen bestätigten. Am 10. September teilte Joseph Oller dem gesamten Ensemble und allen Bediensteten des Moulin Rouge mit, dass Charles Zidler das Etablissement mit sofortiger Wirkung verlassen habe.

Zu Zidlers Nachfolger als Direktor ernannte er wenig später seinen Bruder, Jean Oller. Erst nach geraumer Zeit sollte sich herausstellen, dass das Moulin Rouge mit der Entlassung Zidlers den Zenit seines Ruhms überschritten hatte.

Kapitel 33

ARTIKEL IM MAGAZIN LA LIBRE PAROLE VON ÉDOUARD DRUMONT

6. SEPTEMBER 1892

Panamakanalbaugesellschaft seit Jahren pleite Bankrott wurde den Anlegern und der französischen Öffentlichkeit verschwiegen – zahlreiche Politiker und Journalisten bestochen

Wie der Autor erst kürzlich von eingeweihter Seite erfuhr, musste die Panamakanalbaugesellschaft bereits im Februar 1889 Insolvenz anmelden.

Den zahlreichen Anlegern wurde dies ebenso wie der ganzen französischen Öffentlichkeit über zweieinhalb Jahre lang verschwiegen. Bei Nachfragen hielt man sie hin, Renditen, obwohl nie zu erwarten, wurden weiterhin angekündigt.

Doch nun stellt sich heraus, dass vor allem viele Kleinanleger, darunter Handwerker, Bauern, kleine Angestellte ihre gesamten Ersparnisse verloren haben. Natürlich auch die wenigen Großanleger, deren Zahl jedoch erstaunlicherweise immer bescheiden blieb. Wusste man in diesen Kreisen von Anfang an, dass der Bau des Panamakanals eine verlorene Sache war?

Offenbar haben sowohl Vicomte Ferdinand de Lesseps, der Erbauer des Suezkanals, als auch der durch seinen nach ihm benannten Turm weltweit bekannte Gustave Eiffel beim Bau dieses Kanals völlig ver-

sagt. Wie unser Informant, der im Augenblick noch nicht genannt werden möchte, uns mitteilte, war in eingeweihten Kreisen seit vielen Jahren bekannt, dass die Arbeiten am Kanal nicht voranschritten und der Zeitplan von Anfang an nicht eingehalten wurde.

Doch den Anlegern und der Öffentlichkeit wurden diese Schwierigkeiten schon damals verschwiegen. Stattdessen wurde sogar noch im Sommer 1888 eine sehr umstrittene Lotterie zugunsten des Kanals von der Nationalversammlung genehmigt. Offenbar, indem eine Vielzahl von Parlamentariern bestochen wurde, um für diesen letzten Versuch, den Gutgläubigen das Geld aus der Tasche zu ziehen, abzustimmen.

»Der Erlös aus der Lotterie war nur ein Tropfen auf den heißen Stein, um die drängendsten Verbindlichkeiten der Kanalbaugesellschaft zu bedienen. Es war schon damals klar, dass der Bau des Kanals scheitern und alle Anleger ihre Einlagen verlieren würden«, zitiere ich unseren Informanten.

Er hat mir die Namen zahlreicher Bestochener preisgegeben, die wir in unserer Zeitung im Laufe der nächsten Wochen nach und nach veröffentlichen werden. In der Hoffnung, dass die Verantwortlichen für diesen Betrug zumindest juristisch zur Rechenschaft gezogen werden.

IN DER WOHNUNG VON VALÉRIES GROSSELTERN AM BOULEVARD HAUSSMANN

MITTE SEPTEMBER 1892, ETWA ZWEI WOCHEN SPÄTER

»Gibt es denn keinen anderen Weg für dich als die Scheidung?«

Trotz der flehenden Stimme ihres Vaters Alphonse übermannte

Valérie der Zorn. Sie sog scharf die Luft ein, was sie mit stechenden Schmerzen in der Brust bezahlte. Noch waren die Rippenbrüche nicht verheilt.

Auch als sie heftig den Kopf schüttelte, tat das weh. Außerdem verspürte sie erneut einen Anflug von Übelkeit.

Sie musste zwar nicht mehr das Bett in der Wohnung ihrer Großeltern hüten, sich jedoch nach Anweisung der Ärzte nach wie vor schonen und durfte trotz des milden Altweibersommers das Haus nicht verlassen.

»Obwohl du fast alle Fotografien gesehen hast, erwartest du tatsächlich von mir, mit diesem Scheusal weiterhin unter einem Dach zu leben?«

Ihr Vater blickte sehr unglücklich drein. »Eigentlich ist dir das nicht mehr zuzumuten, *chérie*. Aber eine Scheidung wäre nicht nur ein riesiger Skandal, der auch meinen Ruf beschädigen würde. Sondern jetzt, wo der Bankrott der Panamakanalbaugesellschaft aufgeflogen und daher kein Eingeweihter mehr zum Schweigen verurteilt ist, laufe ich zudem Gefahr, als einer der Großanleger genannt zu werden, der sein gesamtes Vermögen dadurch verloren hat. Baptistes Vater hat mir zu verstehen gegeben, er würde im Scheidungsprozess bezeugen, dass sein Sohn dich aus Mitleid geheiratet hat, um unsere Familie vor dem Ruin zu retten. Obwohl das Bankhaus Germain alle Verbindlichkeiten nach eurer Heirat übernommen hat, habest du dich als Gattin seines Sohnes allerdings niemals dankbar dafür gezeigt.«

Er zögerte einen Moment lang. »Und das ist leider sogar die Wahrheit, *ma chère*.«

»Ich habe mein Lebensglück lange genug dafür geopfert, dass du fast alles durchgebracht hast, was du besitzt«, entgegnete Valérie aggressiv.

Alphonse seufzte schwer. »Du würdest auch deine Mutter todunglücklich machen. Sie betet Tag und Nacht zum Herrgott, er möge dich vor der Todsünde einer Scheidung bewahren.«

»Und ihr die Schande ersparen, die damit einherginge. Sie ist nicht einmal davor zurückgescheut, mir diesen furchtbaren Père Zacharie auf den Hals zu hetzen. Zum Glück hat Großvater Valbert ihm den Eintritt verwehrt.«

»Es wäre in der Tat für uns alle der endgültige Ruin.« Ihr Vater ging auf ihre Widerrede nicht ein. Seine Stimme zitterte. »Selbst innerhalb meiner eigenen Familie.«

Valérie wusste, was er damit meinte. Sein Vater Gérôme, der anfangs kein gutes Haar an Alphonses Beruf als Kunsthändler gelassen hatte, würde sich in seinen negativen Vorhersagen doch noch bestätigt fühlen. Und den Sohn in Zukunft wie den Versager behandeln, der er eigentlich auch war, dachte sie störrisch.

Doch ihr Vater war mit seinen Argumenten noch nicht fertig. »Hast du dir einmal überlegt, was aus dir selbst werden soll, Valérie? Es ist völlig ungewiss, ob ein Richter deinen Gatten dazu verurteilen würde, dir nach der Scheidung Unterhalt zu zahlen. Denn dass von deiner Seite her niemals eine liebevolle Verbindung bestand, könntest du vor Gericht nicht bestreiten, wenn du nicht meineidig werden wolltest. Das würden auch Baptistes Eltern bestätigen.«

Er trank einen Schluck seines kalt gewordenen Tees, während Valérie finster vor sich hinstarrte.

»Ich selbst kann dich nicht unterstützen, wenn ich die Kunsthandlung aufgeben muss. Wenn das Bankhaus seinen Kredit zurückfordert, von dem bislang ja kaum etwas getilgt ist, muss ich auch die Wohnung am Boulevard de Clichy verkaufen. Oder meinen Vater, der mich darob lebenslang verachten wird, um die Ablösung des Kredits bitten.«

Es waren die gleichen Begründungen, mit denen er Valérie vor drei Jahren zur Heirat mit Baptiste gedrängt hatte. Leider beruhten sie sowohl damals wie heute auf Fakten. Dennoch bäumte sich alles in Valérie auf.

»Baptiste hat mich halb tot geschlagen und darüber hinaus vergewaltigt. Das beweisen die Fotografien und die Zeugenaussagen der Ärzte und Dienstboten.«

»Aus diesem Grund wird man dir die Scheidung wahrscheinlich nicht verweigern. Aber ob man Baptiste allein schuldig sprechen wird, bleibt dahingestellt. Schließlich hast du zwei wertvolle Gemälde von ihm unrettbar beschädigt, was der Anlass für seine Misshandlungen war.«

»Er hat mir vorher das Gleiche angetan.«

Alphonse lächelte schmal. »Glaubst du wirklich, ein Richter würde deine Malereien mit denen eines Künstlers gleichsetzen, der bereits zwei Goldmedaillen im Pariser Salon gewonnen hat und jetzt sogar vom Ritter zum Offizier der Ehrenlegion aufsteigen soll?«

»Diese Ehrung dürfte allerdings hinfällig sein, wenn herauskommt, was er mir angetan hat.«

»Und genau deshalb müssen wir Kompromisse finden, damit wir uns nicht alle ins Unglück stürzen.«

»Du weißt, dass Baptiste sogar versucht hat, mich hier aus der Wohnung der Großeltern wieder in sein elendes Stadtpalais zu bringen.«

»Aber das ist ihm gründlich misslungen.« Widerwillig mussten sie beide lächeln.

Als Baptiste vor einer Woche unangekündigt vor der Tür gestanden und sich zunächst sogar geweigert hatte, die Wohnung ohne Valérie zu verlassen, war Großvater Valbert über sich hinausgewachsen. Woher die Pistole stammte, mit der er Baptiste zum Gehen zwang, hatte er bis heute nicht preisgegeben. Doch er hatte anscheinend so entschlossen gewirkt, notfalls von der Waffe Gebrauch zu machen, dass Baptiste schließlich unverrichteter Dinge abgezogen war.

Sie argumentierten noch eine Weile hin und her, wobei Valérie immer niedergeschlagener wurde. Denn sie erkannte nach und nach, dass die Scheidung kaum zu ihren Gunsten, sondern im besten Falle pari ausgehen würde. Sie wäre dann zwar von Baptiste getrennt, stünde aber ohne einen Franc da und hätte sich zudem ihr Leben lang bei ihren Eltern in Misskredit gebracht.

Auch ihre Großeltern, die ihr so liebevoll Aufnahme gewährt hatten, würden bald am Hungertuch nagen. Obwohl ihr Großvater Bernard Valbert Baptiste als Reaktion auf diese Drohung entgegengeschleudert hatte, dass er lieber Hungers sterbe, als ihm Valérie auszuliefern, würden die alten Leute ihren Lebensabend im Elend verbringen.

»Also wollen sowohl Baptiste als auch seine Eltern die Scheidung um jeden Preis verhindern?«, zog sie schließlich ein düsteres Fazit.

Ihr Vater bestätigte das noch einmal. »Baptistes Ruf als Künstler wäre dadurch ruiniert. Die Ernennung zum Offizier der Ehrenlegion dürfte hinfällig sein, und womöglich würde man ihm sogar den Status als Ritter aberkennen. Also hast du ihn doch eigentlich in der Hand. Du kannst von ihm fordern, was immer du willst. Und sei versichert, du wirst es bekommen.«

»Ich muss darüber nachdenken«, wich Valérie aus. »Dann lasse ich dich wissen, wie ich mich entschieden habe.«

AUF DER BUTTE VON MONTMARTRE

EIN SONNIGER SAMSTAGNACHMITTAG ENDE SEPTEMBER 1892

»Wie schade, dass wir schon aufbrechen müssen«, seufzte Simone, als die Sonne sich langsam dem Horizont näherte.

Heute hatte Elise sie, ihre Mutter Jeanne und Andrés hochschwangere Frau Sandrine in die Gartenwirtschaft eingeladen, die die Familie am liebsten besuchte.

Sowohl Elise als auch Simone erinnerten sich daran, wie sie als Mädchen vor vielen Jahren zum ersten Mal hier gewesen waren. Damals hatte sie auch Marianne begleitet, die von Jeanne gefordert hatte, sich und den Kindern einmal etwas zu gönnen. Heute war die alte Frau jedoch zu Hause geblieben. Ihr Rheumatismus plagte sie immer stärker. Sie vermied es daher, längere Strecken zu gehen.

Auch André hatte nicht mitkommen können, da er noch einen Auftrag in seiner Werkstatt erledigen musste.

Elise betrachtete Sandrines mächtigen Bauch unter dem einfachen Baumwollkleid mit einer Mischung aus liebevoller Sorge und einem winzigen Anflug von Neid. Hoffentlich würde bei der Geburt, die in wenigen Wochen bevorstand, alles gut gehen.

André hatte sie gebeten, Patin zu werden, sofern es ein Mädchen werden sollte. Dann würde die Kleine den Namen Michelle Elise erhalten.

Elise gönnte Sandrine und André, die im Sommer geheiratet hatten, ihr Glück von Herzen. Auf Sandrines Bitte hin war sie sogar ihre Trauzeugin geworden, da die Braut keine Verwandten in Paris hatte. Ihrem langjährigen Geliebten André trauerte Elise nicht nach, diesbezüglich hatte sie ihr Gewissen ehrlich erforscht. Aber nun hatte sie die Mitte zwanzig bereits überschritten, und sie fragte sich ab und zu, ob sie wirklich dauerhaft auf Kinder verzichten wollte.

Eine Antwort darauf fand sie nicht. Denn weder war ein Mann in Sicht, den sie zum Vater ihrer Kinder machen wollte, noch war sie ihres anstrengenden Berufs überdrüssig. Im Gegenteil, je bekannter und umjubelter sie als Tänzerin wurde, desto mehr Spaß machten ihr die Auftritte.

Dass sie möglicherweise nach der Fehlgeburt am Eröffnungsabend des Moulin Rouge gar nicht mehr schwanger werden könnte, verdrängte sie meistens. Denn trotz ihrer wenigen Begegnungen waren die Liebesnächte mit Percy sehr intensiv gewesen, ohne dass sie Folgen gezeitigt hätten. Das hatte sie gleichzeitig erleichtert und beunruhigt.

Sie hatten gerade die halbe Strecke den Hügel hinunter zurückgelegt, als ihnen ein Mann in den Weg trat. Elise entging nicht, dass Simone erschrak.

»René Duval, Sittenpolizei.« Der Mann zückte eine Marke, um sich auszuweisen. Dann fixierte er Simone.

»Sie sind doch Madame Colbert, ehemals Mademoiselle Lambert«, sagte er ihr auf den Kopf zu. »Wir sind uns schon einmal begegnet.«

»Daran kann ich mich nicht erinnern.« Allein Simones verzagte Stimme verriet, dass sie log.

»Ich habe Sie damals als illegale Prostituierte nach Saint-Lazare gebracht.«

Sandrine atmete hörbar ein. Elise hörte Jeanne laut aufstöhnen.

»Und jetzt haben Sie bis vor einigen Monaten im Papillon Jaune gearbeitet«, sagte der Mann Simone auf den Kopf zu.

Aus dem Augenwinkel bemerkte Elise, dass sich Jeanne beide Hände vor den Mund schlug.

»Streiten Sie das am besten nicht ab, Madame Colbert. Das hat nämlich keinen Zweck. Im Bordell gibt es genug Zeuginnen, die Sie identifizieren können.«

Simone wurde kreidebleich. Sie sah aus, als würde sie gleich in Ohnmacht fallen.

Elise nahm all ihren Mut zusammen und trat vor. »Was wollen Sie von meiner Schwester, Monsieur Duval?« Sie versuchte, ihre Stimme so energisch wie möglich klingen zu lassen. »Ich kann mich dafür verbürgen, dass sie seither nicht mehr als Prostituierte gearbeitet hat.«

Der Polizist verzog spöttisch den Mund. »Das mag so sein, Mademoiselle Lambert.« Er wusste also auch, wer Elise war. »Doch sie hat das Freudenhaus vor der ärztlichen Untersuchung verlassen, die ihr bescheinigt hätte, frei von Geschlechtskrankheiten zu sein. Jede Prostituierte in einem Pariser Bordell muss sich wöchentlich zur Visite begeben.«

Elises Magen krampfte sich zusammen. »Gab es bei der letzten ärztlichen Untersuchung im Papillon Jaune denn einen auffälligen Befund?«

Der Mann zuckte die Achseln. »Das weiß ich nicht. Entscheidend ist, dass Ihre Schwester das Haus ohne das erforderliche ärztliche Gesundheitszeugnis verlassen hat. Deshalb muss ich Sie jetzt bitten, Madame Colbert, mich unverzüglich ins Hospital Saint-Lazare zu begleiten. Wenn Sie dort als gesund erachtet werden, können Sie wieder gehen.«

»Meine Schwester hat mit keinem Mann geschlafen, seit sie zurück zu unserer Mutter gezogen ist.«

Jetzt grinste der Polizist verächtlich. »Können *Sie* Ihre Hand dafür ins Feuer legen? Meines Wissens treten Sie an sechs Abenden pro Woche bis Mitternacht oder darüber hinaus im Moulin Rouge auf. Wie können *Sie* daher die Wächterin Ihrer Schwester sein?«

Er drehte sich abrupt zu Simone um. »Also, kommen Sie jetzt freiwillig mit, Madame Colbert, oder muss ich Sie in Arrest nehmen?«

Elise sah ein, dass weiterer Widerstand zwecklos war. »Geh mit ihm, Simone! Du hast ja nichts zu befürchten. Und« – sie hielt inne und richtete das Wort an den Sittenpolizisten – »wie lange muss meine Schwester in Saint-Lazare bleiben?«

»Ich gehe von ungefähr einer Woche aus. Besuche sind in dieser Zeit nicht gestattet.«

»Dann hole ich dich persönlich am nächsten Samstag ab.«

Wie versteinert blickten die drei Frauen der schluchzenden Simone nach, die der Polizist nun am Arm gepackt hatte und wegführte.

Kapitel 34

AN DER PFORTE VON SAINT-LAZARE

ANFANG OKTOBER 1892, EINE WOCHE SPÄTER

»*Wen* wollen Sie heute abholen? Ihre Schwester Simone Colbert?« Die Nonne an der Pforte wunderte sich. »Aber die ist schon längst nicht mehr bei uns.«

Elise durchfuhr es eiskalt. »Aber … aber«, stammelte sie. »Der Polizist, der sie hierhergebracht hat, er heißt René Duval, sagte doch, sie müsse ungefähr eine Woche lang bleiben.«

Die Nonne verzog den Mund. »Das ist völliger Unsinn, Mademoiselle Lambert. Ihre Schwester wurde am nächsten Tag von ihrem Ehegatten abgeholt.«

»Von ihrem Ehegatten? Von Luc Colbert?«

Die Nonne nickte traurig. »Wäre Ihre Schwester unverheiratet gewesen, hätten wir Monsieur Colbert abweisen können. Denn sie wollte durchaus nicht mit ihm gehen. Aber als ihr Eheherr hat er leider jede Gewalt über sie. Daher mussten wir sie herausgeben.«

Elise fühlte sich wie betäubt. »Ist sie denn vorher medizinisch untersucht worden?«

»Nein, wie kommen Sie darauf?«

»Das war doch der Grund, warum der Sittenpolizist sie überhaupt mitgenommen hat.«

»Sonntags finden in unserem Haus keine ärztlichen Visiten statt. Und dieser *Polizist*« – die Nonne betonte das Wort verächtlich – »steht im Ruf der Bestechlichkeit. Leider konnte man ihm das bislang nicht nachweisen. Denn er ist nicht der Einzige bei der Sitte, der sich von Zuhältern schmieren lässt.«

Elise suchte noch nach Worten, als die Nonne fortfuhr. »Duval kam außerdem persönlich in Begleitung von Monsieur Colbert hierher und behauptete, dass Simones Verhaftung ein Missverständnis gewesen sei. Ein weiterer Verbleib in unserem Hause sei daher nicht vonnöten.«

Als sich Elise mit diesen niederschmetternden Neuigkeiten zurück zur Wohnung ihrer Mutter aufmachte, ahnte sie bereits, dass dieser Tragödie die nächste folgen würde.

Bisher war es Marianne und ihr mit vereinten Kräften gelungen, Jeanne davon abzuhalten, erneut nach der Absinthflasche zu greifen. Dafür ausschlaggebend war gewesen, wie Elise ihre Lügen über das Vorleben Simones begründet hatte.

»Sie war fest entschlossen, sich aus diesem zweifelhaften Gewerbe zu befreien. Aber wir hatten Angst, dass du wieder zu trinken beginnst, weil du dir die Schuld daran gibst, dass Simone so tief gesunken ist. Damit hättest du ihr alle Zukunftschancen, wieder als ehrbare Frau zu leben, verbaut! Deshalb haben wir dir verschwiegen, dass sie auch nach der Hochzeit mit diesem Schweinehund weiter als Dirne arbeiten musste.«

Das hatte Jeanne zunächst akzeptiert in der Hoffnung, Simone wäre binnen einer Woche wieder zu Hause. Doch als Elise jetzt die Wohnung ohne ihre Schwester betrat, erkannte sie an der abgrundtiefen Verzweiflung in Jeannes Augen, dass sie den erneuten Verlust ihrer jüngsten Tochter nicht verwinden würde.

Trotzdem schmiedeten Marianne und sie eine Stunde lang Pläne, wie sie Simone befreien könnten. »Doch du musst versprechen, nicht wieder zu trinken, um deinen Kummer zu betäuben, wenn es nicht sofort klappt«, beschworen die beiden

Elises Mutter. »Denn wir brauchen dich, wenn Simone zurückkommt.«

Zunächst gelobte Jeanne – wie es schien – sogar ehrlichen Herzens, keinen Tropfen Alkohol anzurühren. In den ersten Tagen hielt sie sich auch daran.

Doch trotz Henris Hilfe, der in allen ihm bekannten Pariser Bordellen nach Simone fragte, blieb die Suche erfolglos. Von Tag zu Tag wurde Jeanne hoffnungsloser. Schließlich kam es so, wie es kommen musste. Sie wurde rückfällig.

Es begann mit einem Glas Rotwein zum Abendessen. Dann entdeckte Marianne die erste halb leere Flasche Absinth. Sie lag unter der schmutzigen Wäsche, die sich inzwischen aufgetürmt hatte, da Jeanne ihre Arbeit immer mehr vernachlässigte.

Seit Simones Entführung waren kaum drei Wochen ins Land gegangen, da war sie zum ersten Mal wieder sinnlos betrunken.

IM STADTPALAIS

ANFANG OKTOBER 1892, UNGEFÄHR UM DIE GLEICHE ZEIT

»Monsieur Degas! Was verschafft mir die unerwartete Ehre?«

Baptiste war ehrlich erstaunt über diesen Besuch. Bislang waren er und Degas noch nie in persönlichen Kontakt miteinander getreten.

Der Diener Gilbert verschloss die Tür zum Herrenzimmer diskret. Wie die Köchin Gervaise und den Kutscher Clement hatte Baptiste die Dienstboten entgegen deren Erwartungen nicht entlassen. Wahrscheinlich hoffte er darauf, dass sie aus diesem Grund bei einem Scheidungsprozess entweder gar nicht als Zeugen befragt oder unglaubwürdig wirken würden.

Die angebotene Erfrischung lehnte Degas ab, er begann gleich mit dem Wesentlichen. »Ich komme im Auftrag von Valérie, deren künstlerischer Mentor ich bin. Das außerordentliche Talent Ihrer Gattin scheint Ihnen bislang entgangen zu sein. Nun liegt ihr und mir sowie ihrem zweiten Förderer, dem Grafen de Toulouse-Lautrec, sehr daran, diese außergewöhnliche Begabung weiterzuentwickeln.«

»Und was wollen Sie dann von mir?«, fragte Baptiste barsch.

»Valérie ist unter einer Reihe von bestimmten Umständen bereit, auf die Einreichung der Scheidung zu verzichten. Sie hat mich damit beauftragt, Ihnen ihre Bedingungen vorzutragen. Sie hat uns zuvor über alles unterrichtet.«

Baptistes Gesichtszüge entgleisten. Mühsam rang er um Fassung. Derweil zog Degas einen Umschlag aus seinem Jackett, den er ohne nähere Erläuterung zunächst auf den Tisch legte.

»Und was wären diese Umstände?« Baptiste bemühte sich ohne Erfolg um Gleichmut.

»Sie verlangt von Ihnen ein eigenes Atelier« – er hob die Hand – »nein, keinesfalls den Raum hier im Stadtpalais. Der ist ihr durch die *Ereignisse*« – er betonte das Wort sarkastisch – »für immer verleidet. Stattdessen möchte sie die einstige Wohnung von Theo und Vincent van Gogh in der Rue Lepic mieten. Sie ist gerade frei geworden. Das Atelier wird sie sich mit der ebenfalls sehr begabten Malerin Suzanne Valadon teilen, und sie wird auch zunächst dort wohnen, bis Sie hier die baulichen Veränderungen fertiggestellt haben.«

»Welche baulichen Veränderungen?«

»Wenn Sie auf einer Aufrechterhaltung der Ehe nach außen

bestehen, Monsieur Germain, wird Valérie über kurz oder lang wieder bei Ihnen einziehen müssen.« Er machte eine ausholende Handbewegung. »Doch sie erwartet ein abgeschlossenes Apartment für sich allein, bestehend aus drei Zimmern und einem Bad. Zu dem nur sie selbst und ihr Dienstmädchen Marie einen Schlüssel besitzen.«

»Das ist lächerlich! Es würde sich wie ein Lauffeuer in Paris herumsprechen, wenn sie im Stadtpalais eine eigene Wohnung bezöge.«

»Das interessiert Valérie nicht. Sie wären außerdem nicht das erste begüterte Ehepaar, das seine Probleme auf diese Weise löst.«

Baptiste presste die Lippen zusammen und erwiderte nichts.

»Darf ich fortfahren?« Degas nahm Baptistes Schweigen als Zustimmung.

»Valérie ist bereit, ab und zu weiterhin in der Öffentlichkeit mit Ihnen aufzutreten und auch gemeinsame Gäste hier im Stadtpalais zu empfangen. Dafür gibt es jedoch eine weitere Bedingung: Sie richten ihr unbegrenzten Kredit für ihre Ausstattung im Pariser Kaufhaus Printemps ein. Das wird Sie auf jeden Fall preiswerter kommen als die Garderobe von Charles Worth. Darauf legt Valérie in Zukunft keinen Wert mehr.«

Dies war der erste Punkt, bei dem Baptiste zustimmend nickte. »Ich werde das alles wohl bedenken.« Er machte Anstalten, sich zu erheben.

»Moment!« Degas erhob erneut die Hand. »Das ist noch nicht alles. Valérie erwartet eine monatliche Apanage von eintausend Francs. Zu ihrer eigenen Verfügung auf ihr eigenes Konto bei einer Bank ihrer Wahl. Dazu werden Sie als Ehegatte offiziell die Erlaubnis erteilen.«

»Eintausend Francs? Was will sie mit so viel Geld? Wo ich doch schon ihre Ausstattung und das Atelier finanzieren soll!«

»Sie möchte ihre Ausbildung fortsetzen und vervollkommnen. Deshalb werden Sie bei den Herren Carolus-Duran, Gervex und Renoir persönlich Ihr Verbot, Valérie zu unterrichten, widerrufen.«

»Und mit welcher Begründung? Ich würde mich ja zum Gespött machen!«

Degas zuckte die Achseln. »Das ist Ihre Sache.«

»Valérie erhält außerdem jede Erlaubnis, sich als Kunstmalerin zu betätigen«, fuhr er mit seinen Bedingungen fort. »Zum Beispiel, sich an Ausstellungen zu beteiligen, alle Kurse zu belegen, die sie für erforderlich hält, und ihre Werke zu verkaufen, wenn sich eine Gelegenheit dazu ergibt.«

Baptiste lächelte verächtlich. »Meinethalben!«

Doch Degas war noch nicht fertig. »Aber wenn Sie jetzt glauben, Monsieur Germain, kommt Zeit, kommt Rat, werfen Sie bitte einen Blick in diesen Umschlag.«

Mit verkniffener Miene griff Baptiste danach. Schon bei der ersten Fotografie, die Valéries zerschlagenes Gesicht zeigte, zuckte er zurück und ließ sie fallen, als hätte er sich daran verbrannt.

»Valérie hat mir Abzüge dieser Beweise, was Sie ihr angetan haben, zur Aufbewahrung anvertraut. Und mir explizit die Erlaubnis erteilt, davon Gebrauch zu machen, wenn ich es für richtig halte, sobald Sie versuchen, von den Ihnen heute genannten Bedingungen abzuweichen.«

Baptiste wurde bleich wie die Wand. »Sie … Sie hat Ihnen diese fotografischen Machwerke wirklich gegeben?«, keuchte er.

Degas nickte. »Alle! Auch die, die sie ihren Eltern und Großeltern bislang nicht gezeigt hat und die Zeugnis darüber ablegen, dass Sie ihr außer den brutalen Schlägen auch noch Gewalt angetan haben.«

Er lächelte süffisant. »Und seien Sie versichert, Monsieur Germain, dass ich diese Fotografien sowohl der Jury des Pariser Salons als auch dem Komitee, das die Ränge der Ehrenlegion vergibt, zumindest in Teilen vorlegen werde, sollten Sie Valérie noch einmal einen einzigen Grund dafür geben, Klage über Sie zu führen.«

Baptiste knirschte vor Wut mit den Zähnen. Bevor er antworten konnte, fuhr Degas fort.

»Ihr bevorstehender Aufstieg vom Ritter zum Offizier der Ehrenlegion hätte sich damit erledigt. Und ob die Jury des Pariser Salons, selbst wenn Sie sie wieder bestechen, noch einmal eines Ihrer Werke ausstellen würde, bleibt ebenfalls dahingestellt. Denn sollte es so sein, müsste ich einige dieser Zeugnisse sogar an die Presse weiterleiten.«

Baptiste schnappte nach Luft. Er ballte die Hände zu Fäusten und fasste sich erst nach einer Weile wieder. »Und was soll mit dem Kredit geschehen, den das Bankhaus Germain Valéries Vater Alphonse gewährt hat?«

»Auf die Rückzahlung werden Sie wohl verzichten müssen. Darüber hinaus erwartet Monsieur Dumas keine weitere finanzielle Unterstützung von Ihnen. Er ist fest entschlossen, den Lebensunterhalt für seine Familie allein aus seiner Kunsthandlung zu bestreiten.«

»Ich werde ihn sicherlich nicht mehr mit meinen Werken beliefern.«

Degas grinste. »Das geschieht dann wohl in gegenseitigem Einvernehmen.«

Er stand auf. »Also denken Sie über Valéries Bedingungen nach und lassen Sie mich wissen, wie Sie entschieden haben.«

Eine volle Woche lang ließ Baptiste nichts von sich hören. Fast befürchtete Valérie schon, er werde ihre Bedingungen ablehnen, als doch noch ein kühles Schreiben von ihm bei Edgar Degas eintraf.

Ohne jede förmliche Anrede oder Abschiedsformel hieß es darin:

Ich akzeptiere, was Sie von mir gefordert haben, solange Valérie und Sie selbst sowie alle weiteren Eingeweihten absolutes Stillschweigen über die Hintergründe dieser Vereinbarungen wahren.

Gegeben zu Paris am 14. Oktober 1892

Baptiste Germain

IN DER KUNSTGALERIE DUMAS

ENDE OKTOBER 1892

»Also bist du jetzt wieder ganz auf dich allein gestellt, was deinen Lebensunterhalt angeht.«

Alphonse Dumas presste peinlich berührt die Lippen zusammen. Dann antwortete er:

»Meine Umsätze waren in den letzten Jahren nicht immer ausreichend, um den Wohlstand, den deine Mutter gewohnt ist, zu erwirtschaften sowie die Unterstützung ihrer Eltern daraus zu bestreiten. Deshalb hat Baptiste mir ab und an unter die Arme gegriffen.«

»Da das nun nicht mehr der Fall sein wird, werden *maman* und du euch wohl einschränken müssen.«

Ihr Vater wirkte ratlos. »Ich weiß nicht, ob ich ohne Baptistes Werke genügend Gewinn erzielen kann.«

»Dann musst du eben deine bisherige Geschäftspolitik überdenken«, antwortete Valérie kühl.

»Was meinst du damit?« Alphonse wirkte alarmiert.

»Es wird allerhöchste Zeit, Vater, dass du dich auch den modernen Kunstrichtungen zuwendest. Mit Baptiste verlierst du deinen bekanntesten Maler im akademischen Stil. Für die dadurch fehlenden Einnahmen wirst du nur Ersatz finden, wenn du auch Werke in deiner Galerie ausstellst, die du bislang verachtet hast.«

»Und woran denkst du dabei?«

»Sowohl Edgar Degas als auch Henri de Toulouse-Lautrec sind bereit, dir einige ihrer Gemälde anzuvertrauen. Ich kann außerdem Auguste Renoir darauf ansprechen, möglicherweise auch Camille Pissarro.«

»Der hat doch bei Durand-Ruel noch so gut wie nichts verkauft!«

»Da bist du nicht auf dem neuesten Stand.« Valérie blieb kühl. »Edgar Degas hat sogar noch einen Tipp für dich: Es heißt, die Witwe von Édouard Manet beabsichtigt, einen Großteil der Werke ihres Mannes, die noch in ihrem Besitz sind, zu veräußern. Wenn du dich beeilst, könntest du derjenige sein, der den Zuschlag dafür erhält.«

»Was ist, wenn die Gemälde in der Galerie unverkäuflich sind?«

»Das Risiko musst du eingehen. Die Großeltern werde ich mit zweihundert Francs pro Monat aus meiner Apanage unterstützen, notfalls auch mit mehr, falls sie es brauchen. Zum Glück hat sich *mamie* von ihrem hartnäckigen Brustkatarrh erholt und leidet doch nicht an Schwindsucht, wie wir eine Zeit lang befürchtet haben. Aber bis du mit neuen Geschäften genügend Gewinne erzielst, müsst ihr eben den Gürtel enger schnallen.«

TEIL 4

Schwere Entscheidungen

Kapitel 35

BEI DER HEBAMME MARIANNE IN DER RUE TOURLAQUE

MITTE JANUAR 1893

Als Valérie zaghaft an die Tür der Hebamme Marianne in der Rue Tourlaque klopfte, war sie die Straße schon mehrere Male auf und ab gegangen. Sie wusste nicht, wie die alte Frau auf ihr Ansinnen reagieren würde, und schon gar nicht, ob sie ihr überhaupt helfen könnte.

Aber was hab ich denn noch zu verlieren! Resigniert spürte sie, wie ihr schon wieder die Tränen kamen.

Dabei hatte sich alles zuerst so gut angelassen. Obwohl ihre Genesung nur langsam vorangeschritten war und es bis in den November gedauert hatte, bis ihre Knochenbrüche und die Gehirnerschütterung verheilt waren.

Da sie sich in dieser Zeit nicht selbst darum kümmern konnte, nahmen ihr Vater und Großvater Valbert die Sache mit der Atelierwohnung in die Hand. Obwohl Baptiste offenbar gehofft hatte, er käme um die Einhaltung seiner Zusage herum, erklärte er sich schließlich bereit, die Wohnung anzumieten. Da er als ihr Ehegemahl jedoch jederzeit das Recht hätte, sie wieder zu kündigen, bestand Valérie darauf, dass ihr Vater als offizieller Mieter eingetragen wurde. Der Vermieter zuckte nur mit den Achseln und akzeptierte ohne Nachfragen die merkwürdige Konstruktion, dass weder ihr Vater als Mieter noch ihr Gemahl als Geldgeber die

Wohnung beziehen wollten. Wahrscheinlich waren ihm solch seltsame Verhältnisse nicht neu, da er die Wohnung in der Rue Lepic seit Jahren in Künstlerkreisen vergab.

Auch daran, dass Suzanne, die bereits vor einiger Zeit in die Rue Cortot umgezogen war, nicht mit ihr dort wohnen würde, nahm der Vermieter keinen Anstoß. Das wäre außerhalb von Montmartre undenkbar. Nicht einmal ihre Künstlerfreundinnen in Montparnasse lebten allein, sondern mindestens zu zweit oder sogar zu dritt. Alles andere würde als unschicklich gelten.

Im Gegenzug begleitete Valérie Baptiste, als er zum Offizier der Ehrenlegion ernannt wurde. Eigentlich hatte sie sich an diesem Tag noch nicht gesund genug gefühlt. Doch Baptiste hatte auf ihrer Begleitung bestanden, da alles andere Aufsehen erregt hätte. Also bemühte sie sich mit einem verkrampften Lächeln, ihre noch andauernden Schmerzen nicht zu zeigen, und stand die Zeremonie irgendwie durch. Ihre nicht ganz verheilte Nase verbarg sie unter einem bis zum Kinn reichenden Hutschleier.

Als Valérie sich zum ersten Mal wohl genug fühlte, um ihr neues Atelier in Augenschein zu nehmen, fand sie ihre Freundin Suzanne bereits eifrig bei der Arbeit vor. Dadurch angespornt, verließ Valérie kurz danach die Wohnung ihrer Großeltern und richtete sich in der Rue Lepic ein.

Sobald es ihre Gesundheit zuließ, stürzte sie sich in die Arbeit. Sie nahm ihre Kurse bei Carolus-Duran, Henri Gervex und Auguste Renoir wieder auf. Dabei vervollkommnete sie nicht nur ihre bereits vorhandenen Fertigkeiten als Malerin, sondern beschloss von Anfang an, zu neuen Ufern aufzubrechen.

Zwei Gemälde stellte sie schon bis zum Jahresende fertig. Angelehnt an den Impressionismus, setzte sie in dem einen, das eine Seenlandschaft zeigte, zum ersten Mal eine Figur in den Vordergrund. Es handelte sich um eine Frau in einem Boot.

Im anderen Bild versuchte sie sich an einem Stilelement, das sie von Henri de Toulouse-Lautrec kannte: Ihre Badende war zwar noch vollständig bekleidet, im Profil jedoch am Bildrand abgeschnitten. Wie es Lautrec bereits bei seinem Zirkusgemälde getan hatte, das noch immer im Foyer des Moulin Rouge hing. Henri hatte einigen Zuschauern der Reitvorführung sogar den Kopf abgeschnitten. So weit wollte sie allerdings noch nicht gehen.

Im neuen Jahr hatte sie sich ein noch ehrgeizigeres Projekt vorgenommen. Suzanne Valadon hatte sich bereits in den vergangenen Monaten an ihrem ersten Akt versucht. Dem wollte Valérie nun nacheifern und dabei ihre Kenntnisse anwenden, die sie bei Henri Gervex erlernte. Als sie den Maler um Rat gefragt hatte, welches Motiv sie wählen solle, hatte er ihr zu einer mythologischen Szene geraten.

»In solchen Gemälden wird Nacktheit am ehesten akzeptiert, womöglich auch bei einer Künstlerin. Ich rate Ihnen allerdings von männlichen unbekleideten Figuren ab.«

Nach einigem Grübeln hatte sich Valérie schließlich für die Abbildung zweier nackter Nymphen entschlossen, die sich aus Angst vor wilden Tieren aneinanderklammerten. Die Skizze war schon halb fertig gewesen, als sie zum ersten Mal bemerkt hatte, dass ihre Regel seit über drei Monaten ausgeblieben war. Zwei weitere Wochen waren ins Land gegangen, bis sie sich schließlich heute in die Rue Tourlaque getraut hatte.

Zu ihrer Erleichterung war Marianne zu Hause und öffnete ihr sofort. Aus der ehemals vitalen Hebamme war inzwischen eine vom Alter gebeugte Greisin geworden, stellte Valérie ernüchtert fest, als sie Marianne in die Wohnküche folgte.

Um Zeit zu gewinnen, nahm sie die Einladung zu einer frisch aufgebrühten Tasse Pfefferminztee an. Während die Alte am Herd hantierte, ließ sie sich ein letztes Mal durch den Kopf gehen, was sie ihr anvertrauen wollte.

Doch trotz ihrer schlecht gewordenen Augen und ihrer zunehmenden Gebrechlichkeit durchschaute Marianne sie sofort. »Also, was kann ich für dich tun, mein Kind? Denn wenn du nicht in großer Not wärst, hätte dich dein Weg heute nicht hier heraufgeführt«, begann sie die Unterhaltung, bevor Valérie ein Wort gesagt hatte. Marianne duzte sie, wie alle längst Erwachsenen, bei deren Geburt sie die Hebamme gewesen war.

Valéries letzter Widerstand brach zusammen. »Ich habe Angst, dass ich schwanger bin«, brach es aus ihr heraus, während ihr bereits Tränen über die Wangen liefen.

Marianne runzelte erstaunt die Stirn, was ihre unzähligen Fältchen noch vertiefte.

»Mein Kind, es ehrt mich ja, dass du mich aufsuchst, die ich dir dereinst auf die Welt geholfen habe. Aber soviel ich weiß, hast du einen überaus wohlhabenden Gatten, der sicher die besten Pariser Ärzte bezahlen kann. Was also …«

»Baptiste darf niemals erfahren, dass ich ein Kind erwarte!«, fiel Valérie ihr ins Wort.

Mochte Marianne auch sehr alt geworden sein, ihre Lebensklugheit war gewachsen. Sie zeigte sich nicht erstaunt, sondern forderte ihren Gast auf, zu erzählen.

Da Valérie in den letzten Wochen versucht hatte, die schlimmen Ereignisse im Spätsommer zu verdrängen, sprudelten die Erinnerungen jetzt nur so aus ihr heraus. Ihre Worte überschlugen sich fast, während sie Marianne berichtete, was vorgefallen war.

»Dass ich in den ersten Wochen beständig geblutet habe, führten die Ärzte auf meine Verletzungen zurück. Deshalb war ich anfangs froh, dass die Blutungen aufhörten, und habe mir zunächst gar nichts dabei gedacht. Erst seit mir morgens immer wieder übel wird, hege ich den furchtbaren Verdacht, ich könnte schwanger geworden sein.«

Marianne nickte mit höchst besorgtem Gesichtsausdruck. »Und damit wäre alles dahin, was du mit deinem grausamen Eheherrn ausgehandelt hast«, schlussfolgerte sie messerscharf. »Selbst wenn sich weder deine Ärzte noch ein Richter von dem Unsinn beeinflussen ließen, dass man bei einer Vergewaltigung nicht schwanger werden kann, könnte dein Mann die uneingeschränkte Gewalt über das Kind für sich beanspruchen. Auch oder besser gesagt, erst recht, wenn du auf eurer Trennung beharrst.«

Valérie schluchzte auf. Sie kannte die familienrechtlichen Bestimmungen in Napoleons *Code Civil*, die sie vor ihrer kirchlichen Trauung nachgelesen hatte. Nur der Vater bestimmte über die ehelichen Kinder. Dass darüber hinaus nicht nur medizinische Laien davon ausgingen, dass zu einer Empfängnis auch die Lust der Frau bei der Zeugung gehörte, hatte Suzanne ihr betreten mitgeteilt. Für Valérie bedeutete es, dass Baptiste sie trotz der Beweise für ihre Verletzungen des böswilligen Verlassens beschuldigen könnte, wenn sie auf einer Scheidung bestand. Dieses Druckmittel stünde ihr damit nicht mehr zur Verfügung.

»Also muss das Kind weg!«, kam sie zum Schluss.

Marianne wiegte ihr mittlerweile weißes Haupt. »Ich möchte erst mal prüfen, ob dein Verdacht gerechtfertigt ist.«

Erst als sich dies bei einer kurzen Untersuchung auf Mariannes Bett bestätigte und sie in die Küche zurückgekehrt waren, hob sie ihre vom Rheuma verkrümmten Hände.

»Selbst wenn ich einverstanden wäre, dir das Kind auszutreiben, wäre ich heute nicht mehr in der Lage dazu. Ich könnte dich dabei schwer verletzen, was ich auf gar keinen Fall riskieren will.«

»Und … Gibt es sonst keine Möglichkeiten?«

»Es gibt Tränke, die in vielen Fällen eine Fehlgeburt auslösen.

Doch« – sie zählte an ihren Fingern ab – »wenn du wirklich Anfang September empfangen hast, ist die Schwangerschaft schon weit fortgeschritten. Du bist jetzt wahrscheinlich im fünften Monat. Auch zu einem sehr viel früheren Zeitpunkt sind diese Tränke für die Frau lebensgefährlich. Denn sie bestehen aus reinem Gift.«

Valérie spürte, dass die Verzweiflung sie zu übermannen drohte. Alles, aber auch alles, was sie bislang erreicht hatte, wäre dahin. Egal, ob sie durch eine Abtreibung stürbe oder das Kind austrüge.

Würden die Maler, die sich bereit erklärt hatten, die Kunsthandlung ihres Vaters mit ihren Werken zu beliefern, sich weiterhin daran halten, wenn sie tot oder gezwungen wäre, zu Baptiste zurückzukehren?

Erste Erfolge gab es bereits. Ihr Vater hatte zu einem hohen Preis zwei Gemälde von Henri Gervex verkauft, die er vor Jahren noch abgelehnt hatte. Denn die darin enthaltenen impressionistischen Elemente widersprachen zum damaligen Zeitpunkt seinem konservativen Kunstverständnis.

Jetzt hatte ihm der Gewinn aus den Verkäufen ermöglicht, eine umfangreiche Skizzensammlung von der Witwe Édouard Manets zu erwerben. Dazu gehörte sogar das verschollen geglaubte Gemälde über die Erschießung des selbst ernannten mexikanischen Kaisers Maximilian aus dem österreichischen Hause Habsburg. Dumas hatte es, auseinandergeschnitten, erworben und einem Restaurator anvertraut, der die Stücke gerade zusammensetzte.

Auf Valéries Bitte hin, ihren Vater ebenfalls zu unterstützen, hatte ihm ihr Lehrer Carolus-Duran ein Porträt des verstorbenen Malers Manet versprochen, das er bislang in seinem Privatbesitz verwahrte. »Das wird das Glanzstück der Ausstellung, die ich für das späte Frühjahr plane«, hatte ihr Vater noch vor wenigen Tagen geschwärmt. »Auch wenn Carolus-Duran noch nicht zugesagt hat, dass ich es für ihn veräußern darf.«

Auch Edgar Degas und Auguste Renoir hatten Dumas einige ihrer aktuellen Werke anvertraut. Zwei Renoirs waren tatsächlich schon verkauft, wenngleich zu weitaus niedrigeren Preisen als die Bilder von Gervex. Um ein Gemälde von Degas, eine späte Darstellung seiner Balletttänzerinnen, überboten sich gerade zwei Kunden gegenseitig.

Doch warum hatten all diese Maler dem als rückständig verschrienen Alphonse Dumas ihre Werke überhaupt anvertraut? Nur aus Solidarität mit Valérie.

Denn Baptiste Germain hatte zwar wie vereinbart gegenüber den Künstlern das Verbot widerrufen, dass seine Frau an den Malkursen teilnehmen durfte, dabei allerdings kein gutes Haar an ihrem Vater gelassen. Wahrscheinlich hatte er in seiner grenzenlosen Selbstverliebtheit sogar erwartet, sie würden Dumas allein deshalb meiden, weil er selbst keine Gemälde mehr über dessen Galerie verkaufen wollte.

Doch die Rechnung war nicht aufgegangen. Carolus-Duran hatte Alphonse sogar versprochen, er dürfe nach der Fertigstellung ein Porträt seines Gärtners anbieten, da dies keiner seiner üblichen hoch bezahlten Privataufträge war.

Nur Henri de Toulouse-Lautrec und Camille Pissarro hatten Alphonse zunächst einen Korb gegeben. Henri musste seine Zusage zurückziehen, weil er gerade seine erste Ausstellung in einer Galerie plante. Ausgerechnet bei Goupil, wo es seinerzeit Vincents Bruder Theo van Gogh verboten worden war, avantgardistische Werke zu präsentieren. Nach dessen Tod hatte Maurice Joyant, ein Jugendfreund Henris, die Leitung übernommen. Dank ihm durfte Lautrec dort ausstellen. Aus einem ähnlichen Grund hatte Camille Pissarro auf Edgar Degas' Nachfrage hin abwinken müssen. Denn der Kunsthändler Paul Durand-Ruel hatte im vergangenen Sommer, nachdem jahrelang kaum ein Gemälde des Impressionisten verkauft worden war, eine höchst erfolgreiche Retrospektive initiiert. Damit war auch Pissarro endlich der Durchbruch gelungen, allerdings mit der Verpflichtung, seine Werke exklusiv nur noch über Durand-Ruel anzubieten.

»Da bist du leider zu spät dran gewesen«, hatte Valérie die Absage lakonisch kommentiert. »Immerhin hat Henri versprochen, dir nach seiner Ausstellung einige Werke zur Verfügung zu stellen. Er ist nicht wie Camille finanziell auf Verkäufe angewiesen. Deshalb würde er sich nicht einmal seinem Jugendfreund zuliebe auf Goupil als Galeristen beschränken.«

All diese ersten Erfolge, ihre eigenen und die ihres Vaters, wären dahin, wenn Baptiste sie jetzt zwingen würde, zu ihm zurückzukehren. Denn ihm das Kind schutzlos zu überlassen, käme überhaupt nicht infrage. Lieber würde sie es töten und vielleicht sich selbst gleich mit dazu. Dann hätte zumindest das Elend endlich ein Ende.

»Brau mir einen dieser Tränke, Marianne!«, sagte sie mit brüchiger Stimme. Obwohl sie eigentlich nicht sehr religiös war, fügte sie hinzu: »Unser Herrgott wird darüber entscheiden, wie es weitergehen mag.«

Eine Viertelstunde später reichte Marianne ihr ein braunes Glasfläschchen, dessen Inhalt sie aus verschiedenen Zutaten zusammengemischt hatte.

»Was ist das?«

»Die Frucht des Sadebaums.« Marianne seufzte schwer. »Oder vielmehr ein Extrakt daraus. Stark verdünnt und mit Laudanum versetzt.«

»Warum mit Laudanum?«

»Die Austreibung verursacht furchtbare Schmerzen. Laudanum lindert sie ein wenig. Früher, als ich jünger war, hätte ich dich nach der Einnahme betreut, trotz des Risikos, ins Gefängnis zu kommen, falls du stirbst. Doch das wage ich heute nicht mehr …« Sie hob den Kopf und lauschte auf ein polterndes Geräusch aus dem Flur. Genau in diesem Moment öffnete sich die Küchentür.

Fast hätte Valérie die verwahrloste Frau, die in den Raum wankte, gar nicht erkannt. Sie stank nach Schweiß und Erbrochenem, ihre Kleidung war von oben bis unten verdreckt, die grauen Haare verfilzt. Ihr Blick war stumpf.

Marianne stand auf. »Wo kommst du her, Jeanne?«, herrschte sie die Frau an.

Erst jetzt hatte Valérie Gewissheit, dass dieses abscheuliche Wesen Elises Mutter war, die ehemals attraktive, tatkräftige und überaus disziplinierte Wäscherin Jeanne Lambert.

Anstatt einer Antwort begann Jeanne zu würgen. Kurz entschlossen packte Marianne sie am Arm und zerrte sie hinaus. »Wasch dich zuerst am Brunnen, bevor du hierher zurückkommst!«, hörte Valérie sie mit schriller Stimme keifen. So hatte sie Marianne noch nie erlebt.

Auch andere Menschen haben furchtbare Sorgen, ging es ihr durch den Kopf, während sie das braune Fläschchen auf dem Tisch betrachtete. Sie wollte es gerade einstecken und suchte in ihrer Handtasche nach zwei Fünf-Franc-Münzen, als Marianne zurückkam.

»Ich muss dich um Verzeihung bitten, Valérie. Aber meine Ziehtochter Jeanne verliert durch den Absinth immer mehr den Verstand. Es ist der Kummer um ihre verlorene Tochter Simone, der sie so weit gebracht hat.«

Valéries Gefühl sagte ihr, dass sie besser nicht nachfragen sollte, was aus Simone inzwischen geworden war. Sie wusste, dass Jeannes jüngere Tochter schon als Halbwüchsige einem Zuhälter in die Hände gefallen war. Stattdessen legte sie die beiden Geldstücke auf den Tisch. Doch zu ihrem Erstaunen schob Marianne sie zurück.

»Für einen oder sogar zwei Morde nehme ich nicht auch noch Geld«, sagte sie mit brutaler Offenheit. »Doch wenn du etwas für mich tun willst, dann hör mir jetzt zu. Ich hab mir was überlegt.«

Anfangs empfand Valérie Mariannes Vorschlag als völlig absurd. Das konnte doch nie und nimmer funktionieren! Aber die Alte ließ sie nicht eher gehen, bis sie ihr das Versprechen abgerungen hatte, vor der Einnahme des Sadebaumsafts gründlich darüber nachzudenken.

Kurze Zeit später saß Valérie am Tisch der kleinen Küche in der Atelierwohnung. Suzanne war bereits nach Hause gegangen, ihr Sohn Maurice plagte sich wieder einmal mit einer Erkältung.

Eine halbe Ewigkeit lang starrte Valérie auf die Flasche und ließ sich Mariannes Vorschlag immer wieder durch den Kopf gehen.

Die Uhr von Saint-Pierre schlug schon Mitternacht, als sie endlich einen Entschluss fasste.

Kapitel 36

IM MOULIN ROUGE

9. FEBRUAR 1893

Elise gähnte verstohlen, als sich der Saal gegen Mitternacht mehr und mehr zu füllen begann.

Heute war ein besonderer Abend im Moulin Rouge. Jean Oller, der Bruder des Eigners und neuer Direktor, hatte sich im Bemühen, seine eigenen Ideen einzubringen, um den diesjährigen *Bal des Quat'z'Arts* bemüht, den zur Fastnachtszeit stattfindenden Kostümball der Studenten der École des Beaux-Arts.

Im vergangenen Jahr hatte es diese Veranstaltung zum ersten Mal gegeben, und zwar im Élysée Montmartre. Sie hatte großes Aufsehen erregt. Denn die Studenten der vier Disziplinen Architektur, Malerei, Bildhauerei und Gravur der renommierten Akademie hatten alles darangesetzt, das Ereignis opulent und gleichzeitig künstlerisch zu gestalten. Dies betraf nicht nur ihre fantasievollen Verkleidungen, sondern vor allem einen großen Umzug, der um zwei Uhr morgens mit selbst entworfenen Wagen und Kostümen stattfinden würde. In diesem Jahr war das Motto »Das alte Ägypten«.

Obwohl Elise einerseits neugierig auf das Ereignis war, wäre sie andererseits am liebsten schon zu Hause gewesen, anstatt jetzt noch am Studentenball teilzunehmen. Denn an diesem Abend hatte die übliche Vorstellung nicht im Moulin Rouge stattgefunden, sondern im Varieté des großen Vergnügungsparks Jardin de Paris, den Joseph Oller im vergangenen Jahr erworben hatte.

Der riesige Park lag in der Nähe der Champs-Élysées und lockte jeden Tag Tausende von Besuchern an. Er bestand neben dem Varieté und einem Theater aus einer Tanzhalle, einem Zirkus, verschiedenen Rummelplatzattraktionen und sogar einem Fotoatelier. Dort konnten sich die vielen Touristen für ein Souvenir ihres Aufenthalts in Paris ablichten lassen.

Auf diese Art hatte der Eigner des Moulin Rouge sein Amüsierimperium noch einmal erweitert. Doch damit nicht genug: Er hatte auf einem Gelände, das ihm bereits gehörte, die Musikhalle Olympia erbauen lassen, die im April eröffnet werden sollte. Jetzt war Oller zweifelsfrei der größte Unternehmer dieser Art in Paris, wenn nicht in ganz Frankreich.

Wie es schon einige Wochen vor dem Erwerb des Jardin de Paris gerüchteweise geheißen hatte, trat dort jeden Abend um elf Uhr La Goulue mit ihrem Partner Valentin auf. Auch Jane Avril und Elise beteiligten sich nach der Vorstellung im Moulin Rouge an je zwei Abenden pro Woche mit Solotänzen, ebenso wie Nini Patte-en-l'air, die sich nur zu gern bereit erklärt hatte, die restlichen drei Abende zu übernehmen. So kam sie endlich auch zu ihren heiß ersehnten Soloauftritten.

Oller stellte einen großen Pferdeomnibus zur Verfügung, mit dem er die Tänzerinnen und interessierte Zuschauer aus dem Moulin Rouge zum Jardin fahren ließ, wofür er natürlich noch einmal Eintritt berechnete.

Wie damals, als Elise neben ihren abendlichen Auftritten im Ély tagsüber als Kellnerin oder Modell gearbeitet hatte, fühlte sie sich in den letzten Wochen durch die Doppelbelastung zunehmend erschöpft. Sie wurde allerdings gut dafür bezahlt, und das Geld wurde dringend gebraucht.

Denn seit nunmehr drei Wochen befand sich ihre Mutter Jeanne in der psychiatrischen Klinik *Salpêtrière*, in der auch Jane als junges Mädchen zwei Jahre verbracht hatte. Trotz der unangenehmen Erinnerungen an ihren Rauswurf hatte Jane ihren Einfluss geltend gemacht, damit man Jeanne dort aufnahm und hoffentlich von ihrer Trunksucht heilte.

»Ich kann sie nicht mehr rund um die Uhr beaufsichtigen«, hatte Marianne Elise zuvor tieftraurig gestanden, nachdem Jeanne mehrere Abende hintereinander betrunken in der Gosse gelegen und im kalten Winterwetter fast erfroren wäre. Zweimal hatte der Mieter Auguste Vaillant sie gefunden, ein weiteres Mal Elises ehemaliger Geliebter André Renard.

»Sie stiehlt mir den wenigen Lohn, den ich noch mit meinen Tränken verdiene, und hat neulich sogar das Zimmer von Monsieur Vaillant durchwühlt. Immer auf der Suche nach Geld, das sie sofort in der nächsten Kneipe vertrinkt. Oft reicht es nicht mehr zum teuren Absinth, dann greift sie zum billigsten Fusel. Über kurz oder lang wird sie sich entweder damit vergiften, denn solch ein Schnaps wird oft mit schlechten Zutaten gestreckt. Oder sie erfriert uns doch noch, bevor der Winter vergangen ist.«

Elise verstand, dass für die alte Marianne dieser Zustand unhaltbar geworden war. Als Alternative zur *Salpêtrière* wäre nur das Hospital Saint-Lazare infrage gekommen. Und dort wäre Jeanne kontinuierlich mit dem Auslöser ihrer Trunksucht konfrontiert worden, nämlich den inhaftierten Prostituierten, die sie beständig an ihre Tochter Simone erinnert hätten. Von Elises Schwester fehlte nach wie vor jede Spur.

Also war Elise ohne Zögern darauf eingegangen, als Jane, der sie ihr Herz ausgeschüttet hatte, die teure psychiatrische Klinik empfahl. Genau zu diesem Zeitpunkt hatte allerdings ihre bisherige Mitbewohnerin Lucienne Beuze ihr mitgeteilt, dass sie das Moulin Rouge verlassen wolle, um ihre eigene Tanzschule aufzumachen. Damit verbunden war ihr baldiger Auszug aus der gemeinsamen

Wohnung am Boulevard de Rochechouart, in der sie nur ab und zu Tanzstunden gegeben hatte.

Die einhundert Francs, die Elise mit ihren Auftritten im Jardin de Paris wöchentlich hinzuverdiente, kamen also mehr als gelegen. Doch der Preis war hoch. Sie spürte heute Abend, dass sie immer müder wurde. Trotz der prächtigen Kostüme der Besucher, hauptsächlich Studenten und Professoren der École des Beaux-Arts, die als Römer, Sultane oder Ritter verkleidet waren, begann sie sich sogar zu langweilen. Der Direktor hatte Anwesenheitspflicht für alle Mitglieder des Tanzensembles angeordnet. Nur Jane Avril durfte fernbleiben. Denn obwohl La Goulue dies nicht wahrhaben wollte, war Jane drauf und dran, sie als wichtigste Tänzerin im Moulin Rouge abzulösen.

Das hatte auch mit den Plakaten zu tun, die Henri de Toulouse-Lautrec von Jane angefertigt hatte. Eines zeigte sie beim Tanz und machte je nach Aufschrift sowohl Werbung für das Moulin Rouge als auch für den Jardin de Paris.

Ihre Popularität in der Hauptstadt war sogar durch ein Plakat gewachsen, das Henri für ein Konkurrenz-Cabaret hergestellt hatte: Es zeigte Jane Avril prominent als Besucherin des Divan Japonais, wo sie einem Auftritt der Starsängerin Yvette Guilbert lauschte, die als Silhouette nur an ihren schwarzen Handschuhen erkennbar war. Auch Yvette gehörte weiterhin zu den Hauptattraktionen des Moulin Rouge.

Also wagte Jean Oller nicht, die beiden vor den Kopf zu stoßen, wohl wissend, dass sie jederzeit woanders Engagements finden würden.

Im vergangenen Jahr hatte Henri auch mehrere Plakate für seinen Freund gemalt, den Chansonnier Aristide Bruant. Dieser hatte sich entschlossen, sein Café-Concert Le Mirliton am Fuß von Montmartre aufzugeben und fortan im bekannten Café des

Ambassadeurs zu singen. Die Plakate zeigten ihn unverkennbar mit seinem roten Schal und dem breitkrempigen schwarzen Hut und hatten seine Berühmtheit noch einmal gesteigert. Henri war schließlich inzwischen in ganz Paris als Künstler anerkannt.

Nur sein Versprechen, Elise einmal zum Gegenstand eines seiner Werke zu machen, hatte er noch immer nicht eingelöst. Sie tröstete sich damit, dass er auch La Goulue nicht mehr prominent abbildete, nachdem sie seine letzten Gemälde und Skizzen von ihr harsch kritisiert hatte. Im Gegenteil hatte er sogar ein Werk über den abendlichen Beginn der naturalistischen Quadrille gemalt, das eine ganz andere Tänzerin zeigte.

Louise hält sich zwar immer noch für den Star des Moulin Rouge, aber malen und plakatieren tut er andere Künstler, dachte Elise nun mit Schadenfreude. Denn gerade stolzierte La Goulue an ihr vorbei, wie üblich, ohne sie eines Blickes zu würdigen.

Dafür trat nun Aicha an ihre Seite. »Du siehst todmüde aus«, stellte sie ungerührt fest.

Elise hob resigniert die Hände. »Du hast recht. Aber es hilft ja nichts. Schlagen wir uns eben die Nacht um die Ohren.«

Jetzt, zwei Stunden später, fühlte Elise sich erschöpfter denn je. Statt zu Hause im Bett zu liegen, hatte sie den Publikumsball hinter und den Umzug noch vor sich. Wenigstens durfte sie ihr Cancan-Kleid anbehalten und musste sich nicht auch noch kostümieren.

Jeden Moment würde das Spektakel in Form lebender Bilder beginnen. Bemüht, sich von ihrer Müdigkeit abzulenken, betrachtete Elise die Zuschauer, die sich rund um die Tanzfläche drängten, um möglichst gut sehen zu können.

Plötzlich fiel ihr Blick auf einen dicken Mann, der als Clown verkleidet war. Sie sah einmal hin, dann ein zweites Mal. Ihr Herz begann, schneller zu schlagen, mit dem angenehmen Nebeneffekt, dass sie wieder wacher wurde. Denn dort, neben einem ebenfalls als Harlekin verkleideten jüngeren Mann, stand zweifellos Père Zacharie, der Priester von Sacré-Coeur.

Ein Tusch der Kapelle kündigte den Beginn des Umzugs an. Die ersten Personengruppen und Wagen kamen durch den Hintereingang des Saals herein. Da gab es Soldaten und Priester in ägyptischen Uniformen und Gewändern. Auch zwei Priesterinnen waren dabei. Sie trugen sich sträubende Katzen vor ihren unbedeckten Brüsten. Das erste Raunen ging durch die Menge.

»Katzen waren in Ägypten angeblich heilige Tiere«, raunte ihr Aicha ins Ohr.

Weitere junge Frauen in durchsichtigen Gewändern paradierten vorbei, dazwischen merkwürdig gewandete Personen mit Tierköpfen, die Götter darstellen sollten, wie Aicha wusste. Schließlich kündigte ein Herold den Höhepunkt des Umzugs an: die Königin Kleopatra.

Elise glaubte ihren Augen nicht zu trauen. Auf einem mit Blumen bedeckten Bett, das wie eine Sänfte von vier Männern getragen wurde, lag eine Frau – splitternackt mit Ausnahme der ägyptischen Perücke. Ebenso wie ihre zwei Dienerinnen, die sie zu beiden Seiten des Betts begleiteten.

»Die traun sich aber was«, schmunzelte Aicha. »Ich bin gespannt, ob Journalisten hier sind, die das morgen in den Pariser Gazetten bringen.«

Nun kam das Bett mit Kleopatra so dicht an den beiden Tänzerinnen vorbei, dass Elise nur die Hand hätte ausstrecken müssen, um eine der nackten Dienerinnen zu berühren. Instinktiv trat sie einen Schritt zurück, da ihr die Szenerie peinlich war. Dabei fiel ihr Blick wieder auf den als Clown verkleideten Père Zacharie.

Sein Gesichtsausdruck und der seines Begleiters waren trotz

der dicken Schminke nur als lüstern zu bezeichnen. Elise schauderte unwillkürlich zusammen. Was war der Mann für ein elender Heuchler!

Wie es Aicha erwartet hatte, berichteten bereits am nächsten Tag sämtliche Pariser Sensationsblätter über den Skandal beim *Bal des Quat'z'Arts* im Moulin Rouge.

Und es dauerte nur einen weiteren Tag, bis der Politiker René Bérenger Strafanzeige gegen das Varieté, den Organisator der Veranstaltung und die Nacktmodelle erstattete. *Père la Pudeur*, »Vater der Schamhaftigkeit«, hatte im letzten Jahr die Liga für die Einhaltung der guten Sitten ins Leben gerufen. Seitdem trug er einen ähnlichen Spitznamen wie weiland der selbst ernannte Sittenwächter Robert Coutelas. Der hatte vor Jahren Elise, La Goulue und Grille d'Égout vor Gericht gebracht, um ihre angeblich unzüchtigen Auftritte als Cancan-Tänzerinnen im Café des Ambassadeurs zu unterbinden.

Leider war er damit sogar erfolgreich gewesen. Das lag ausschließlich an La Goulue, was die anderen beiden mit zu büßen hatten.

Daher empfand Elise es als Ironie des Schicksals, dass ausgerechnet Louise am nächsten Tag die Entrüstete spielte. »So was Schamloses, noch dazu hier im Moulin Rouge, ist mir noch nie untergekommen«, empörte sie sich scheinheilig. Um dann in ihrer bigotten Art hinzuzufügen: »So was hätt's unter Charles Zidler nie gegeben.«

Kapitel 37

IN EINEM BORDELL DER UNTERSTEN KLASSE IN DER RUE DES MARTYRS

MAI 1893

Als Simone den völlig verrauchten, überfüllten Begegnungssaal wieder betrat – sie wusste gar nicht, zum wievielten Mal an diesem Abend –, fiel ihr Blick als Erstes auf die Schiefertafel, die von der zahnlosen Alten geführt wurde, der Mutter der Bordellinhaberin Madame Salvatier.

Neben ihrer Kennnummer zwölf – Namen spielten in diesem Haus keine Rolle – waren bisher nur siebenundzwanzig Striche vermerkt. Simone hatte längst aufgehört, die Anzahl ihrer bisherigen Freier zu zählen. Aber sie wusste, dass sie auch heute mindestens vierzig Striche zusammenbekommen musste. Sonst würde Luc sie wieder verprügeln.

Jeder Strich stand für einen Stich, also einen Geschlechtsakt gleich welcher Art. Für die Kunden in diesem Puff spielte es keine Rolle, ob Simone blaue Flecke am ganzen Körper hatte, eine aufgeplatzte Lippe oder ein zugeschwollenes Auge. Manche geilten sich sogar daran auf.

Es gab keine Uhr in diesem Raum. Die Freier, hauptsächlich Soldaten, einfache Arbeiter und Tagelöhner, besaßen erst recht keine. Doch gerade ertönte von fern eine Kirchturmglocke. Durch das Stimmengewirr und Gegröle der oft angetrunkenen Besucher zählte Simone die Schläge mit: Es war Mitternacht.

Also hatte sie noch zwei Stunden Zeit, um weitere dreizehn Kunden zu bedienen, bevor das Bordell um zwei Uhr nachts seine Tore schließen und Luc erscheinen würde, um abzukassieren.

Schlachthäuser wurden diese Puffs der untersten Kategorie genannt. Schon einmal hatte Luc sie zur Strafe für drei Tage in ein solches Haus geschafft, damals, nachdem sie im Luxusbordell Chez Edmonde rausgeflogen war. Doch diesmal ließ er keinen Zweifel daran, dass sie hierbleiben müsse, »bis du verreckst«. Er nahm kein Blatt vor den Mund.

Trotz der drängenden Zeit drückte sich Simone erst einmal in eine Ecke, um ein wenig zu Atem zu kommen. Fast hätte sie sich in eine Lache Erbrochenes gesetzt, die auf dem Stuhl vor dem kleinen Tisch mit dem völlig verdreckten Wachstuch lag. Da es im ganzen Raum bestialisch stank, war ihr der ekelhafte Geruch erst in letzter Sekunde in die Nase gestiegen.

»Das hast du jetzt von deiner Faulheit und deinem Trotz«, hörte sie Luc vor ihrem inneren Ohr immer wieder sagen, wenn sie sich fragte, wie sie nur so tief hatte sinken können.

Denn nach der Entführung aus dem Hospital Saint-Lazare mithilfe des korrupten Sittenpolizisten hatte sie sich vorgenommen, passiven Widerstand gegen ihr Schicksal zu leisten. Leider war es ihr schlecht bekommen.

Luc hatte erst gar nicht versucht, sie wieder im Papillon Jaune bei Madame d'Egmont unterzubringen. Die Maîtresse dieses Freudenhauses wusste ja, dass Simone nicht mehr als Prostituierte arbeiten wollte, und hatte sie seinerzeit sogar ohne Abstandszahlung gehen lassen.

Aber auch in keinem anderen Luxusbordell wäre Simone mehr untergekommen. Denn man hätte wissen wollen, wo sie zuletzt gearbeitet hatte, und sicherlich Erkundigungen im Papillon Jaune eingezogen.

Also hatte Luc sie erst einmal tüchtig verprügelt, nachdem er sie aus Saint-Lazare abgeholt hatte. Nur ihr Gesicht hatte er ausgespart. »Damit du dir so was nie mehr rausnimmst!«, brüllte er zwischen den Schlägen. »Ich bin dein Ehemann und bestimme, was mit dir geschieht.«

Dann hatte er sie in die Rue des Martyrs gebracht. Dort reihte sich ein Bordell ans andere. Wegen der höheren Preise vermittelte er sie zuerst in ein Haus, das für seine sado-masochistischen Praktiken bekannt war. »Da passt du ganz gut mit deinen blauen Flecken rein«, hatte er höhnisch gegrinst.

Doch Simone war wild entschlossen gewesen, ihm nicht mehr weiter zu Willen zu sein. Anstatt sich im abendlichen Salon um Kunden zu bemühen, hatte sie sich völlig passiv und interesselos gezeigt. Wenn sie dennoch einen Freier bediente, gab sie sich nicht die geringste Mühe, ihm die erhoffte Befriedigung zu verschaffen. Entsprechend wenig war sie nach kurzer Zeit gefragt, entsprechend wenig, oft gar nichts, verdiente sie und damit Luc und das Haus.

Nach weiteren Schlägen hatte Luc es noch in zwei anderen Freudenhäusern in der Rue des Martyrs versucht, jedes Mal mit dem gleichen Ergebnis. Die Puffmütter wollten sie schon nach wenigen Tagen loswerden. Danach war ihr Ruf in Bordellen der mittleren Klasse ruiniert.

»Du willst es nicht anders!«, hatte Luc ihr schließlich verkündet, bevor er sie in dieses Schlachthaus gebracht hatte. Hier zahlte jeder Freier nur einen einzigen Franc pro Stich, der zwischen dem Haus und der Prostituierten beziehungsweise ihrem Zuhälter geteilt wurde. Mit vierzig Kunden verdiente Simone also gerade einmal die zwanzig Francs pro Tag, die im Papillon Jaune ein einziger Freier für ihre Dienste entrichtet hatte. Gar nicht zu reden von der Großzügigkeit eines Henri de Toulouse-Lautrec mit seinen

Trinkgeldern. Aber der verirrte sich nicht mal in Häuser mittlerer Klasse, geschweige denn in solche Døreckslöcher.

Eine Wahl blieb ihr im Schlachthaus nicht. Als sie am ersten Tag nicht freiwillig im Begegnungssaal erschienen war, hatte die Puffmutter einen ihrer Schläger geschickt, der sie gewaltsam hinuntergezerrt hatte. Sich den Freiern aktiv anzudienen, war auch nicht nötig. Die Alte zeigte den Kunden die Frauen, die gerade frei waren. Hier wurde keine Nutte des Hauses verwiesen, weil sie zu wenig verdiente. Denn das kam kaum vor. Wer nicht spurte, wurde im Gegenteil den schmutzigsten und brutalsten Freiern ausgeliefert.

Inzwischen wusste Simone, warum Luc sie so unnachsichtig und grausam behandelte. Die Maîtresse in diesem Schlachthaus, eine verlebt aussehende Frau Mitte vierzig, hatte es ihr eines Tages verraten: »Dein sauberer Gatte hat jeden Franc nötig. Denn er kann seine Schulden nicht mehr bezahlen und ist deshalb schon ’n paar Mal zusammengeschlagen worden.« In der Tat waren auch Simone Spuren von Verletzungen bei Luc aufgefallen. »All seine Pferdchen laufen grad nicht richtig. Der kriegt als Pimp kein Bein mehr auf den Boden. Er muss froh sein, wenn er mit heilen Gliedern davonkommt.«

Gerade betrat eine Gruppe von fünf roh aussehenden Männern den überfüllten Raum. »Wir suchen eine, der wirs gleichzeitig besorgen können«, erklärten sie der Alten neben der Schiefertafel. »Am besten ’n paarmal hinternander.«

»Kostet dann trotzdem ’nen Franc pro Stich. Egal, worein ihr stecht und ob ihr das allein oder zu zweit tut«, entgegnete die Alte ungerührt. »Wie oft solls denn sein?«

Die Antwort der Kerle wurde vom Lärm übertönt.

Dann zeigte die Alte auf Simone. »Nehmt die dahinten! Die ist heut noch im Rückstand!«

»Das macht dann fünfzehn Mäuse«, hörte Simone die Frau noch sagen, als der erste der nach Schweiß und Alkohol stinkenden Freier sie bereits am Arm gepackt hatte, um mit ihr die Treppe zu ihrer Kammer hinaufzusteigen.

Eine knappe Stunde später fühlte Simone sich völlig zerschlagen. Scham und Anus brannten wie Feuer. Zum Schluss hatte sie es sogar als Erleichterung empfunden, dass einer der Kerle es nur mit dem Mund haben wollte, obwohl sie sich davor sonst besonders ekelte. Aber wenigstens hatte sie ihr Soll für diesen Abend erfüllt und musste nicht mehr runter in den widerwärtigen Saal. Auch Luc würde es nicht für nötig halten, nach ihr zu sehen, wenn er nur von der Puffmutter seine zwanzig Francs bekam. Das war Simone inzwischen mehr als recht.

Erschöpft blieb sie auf der stinkenden Bettwäsche liegen, die nur einmal im Monat gewechselt wurde. Doch sie fühlte sich zu elend, um die gewonnene Zeit dafür zu nutzen, sich wenigstens mit dem trüben Wasser in der Waschschüssel zu säubern.

Die Kammer, in der sie die fünf Freier bedient hatte, war gleichzeitig ihr Schlafgemach. Das zweite Bett darin war seit einigen Tagen leer, der Vorhang, der die Kammer in zwei Teile teilte, zurückgezogen. Ihre Zimmergenossin war – wie einst sie selbst – nur zur Strafe in diesem Schlachthaus gewesen und nach zwei Wochen von ihrem Zuhälter wieder in ein besseres Haus vermittelt worden.

Simone musste kurz eingenickt sein, denn sie schreckte hoch, als die Kirchturmglocke erneut die volle Stunde schlug. Diesmal waren es zwei Schläge. Also schloss das Bordell jetzt für diese Nacht seine Pforten.

Sie wollte sich gerade aufraffen, um sich wenigstens den Unterleib notdürftig mit einem schmutzigen Lappen zu waschen, als die Tür zu ihrer Kammer aufgestoßen wurde. Die Puffmutter stieß ein junges Mädchen herein.

»Hier ist dein Bett und dein Arbeitsplatz. Richt dich schon mal ein, morgen ab Mittag geht's los.«

Im schwachen Licht der Petroleumfunzel glaubte Simone zunächst, die Erschöpfung würde ihr einen Streich spielen. Das konnte doch gar nicht sein!

Doch als das Mädchen ihr das immer noch hübsche, wenn auch vom Weinen völlig verquollene Gesicht zuwandte, gab es keinen Zweifel mehr. Das war Brigitte, die Simone noch aus dem Papillon Jaune kannte.

Kapitel 38

IM KURORT PLOMBIÈRES-LES-BAINS

ANFANG JUNI 1893

Valérie trat einen Schritt zurück und verglich ihr Aquarell mit dem Rosengarten des Kurparks, den sie gerade malte. Dann winkte sie Marie zu sich.

»Was sagst du dazu? Gefällt es dir?«

»Es ist wunderschön geworden, Valérie. Fast noch schöner als der echte Garten.«

»Ach was«, winkte Valérie ab, obwohl sie sich sehr über Maries Kompliment freute. »Mit Ölfarbe hätte ich das Bild viel leuchtender gestalten können als mit Wasserfarben.«

»Sie werden als Künstlerin immer besser.« Marie ließ sich nicht beirren. Dann betrachtete sie das Aquarell noch einmal genauer. »Nur jene orangefarbene Rose dort, die Farbe haben Sie noch nicht ganz getroffen. Die echte ist etwas dunkler als die gemalte.«

Valérie lächelte und machte sich daran, aus Rot und Gelb die Farbe Orange noch einmal zu mischen. Anfangs hatte sie sich sehr darüber gegrämt, ihre Fertigkeiten in der Ölmalerei hier in diesem etwas abgelegenen Kurort Plombières-les-Bains mitten in den Vogesen nicht weiter vervollkommnen zu können. Die umfangreiche Ausrüstung dafür im Gepäck mitzuführen, wäre allerdings zu aufwendig gewesen. Also hatte sie sich mit Wasserfarben begnügen müssen.

Doch je mehr Zeit verging, desto mehr söhnte sich Valérie mit ihrem Schicksal aus. Nur ihr schwerer Leib machte ihr allmählich zu schaffen. Nun stand sie kurz vor der Geburt, jeden Tag konnte es so weit sein.

Die Sonne strahlte heute milde von einem tiefblauen Himmel, der nur von einigen Schäfchenwolken durchzogen wurde. Die Vögel zwitscherten, der Kurpark erstrahlte mit seinen üppigen Blumenbeeten in leuchtenden Farben. Das laue Lüftchen verbreitete ihre Duftnoten.

Trotz allem, das Leben ist schön, ging es Valérie erneut durch den Kopf. Das kleine ziehende Gefühl in der Magengrube verdrängte sie.

Wie gut ging es ihr heute im Vergleich zu jenem furchtbaren Abend, als sie in ihrer Atelierwohnung vor der Flasche mit dem Sadebaumtrank saß. Und den ersten Schluck schon im Mund hatte, als der bittere Geschmack sie so ekelte, dass sie ihn instinktiv wieder ausspie. Die gute Marianne verriet ihr später, dass sie das Gebräu mit einer harmlosen Zutat absichtlich so widerlich zusammengemixt hatte. In der Hoffnung, Valérie werde es nicht über sich bringen, die Flasche zu leeren.

Und so war es auch gekommen: Sobald sie das Gift ausgespuckt hatte, wurde Valérie klar, dass sie weder das Kind in ihrem Leib abtöten noch sich selbst in Lebensgefahr bringen wollte.

Gleich am nächsten Tag war sie wieder bei der alten Hebamme erschienen. »Erzähl mir mehr über deinen Vorschlag«, forderte sie sie auf.

»Nun« – Marianne strahlte über das ganze Gesicht – »du kennst doch meine Ziehenkelin Elise. Die beschäftigt ein Dienstmädchen namens Denise, das aus einem kleinen Ort in den Vogesen stammt. Der liegt nicht weit entfernt von einem bekannten Kurbad, das sich auch auf Frauenleiden spezialisiert hat.«

Valérie erfuhr, dass Denise eine Waise war, die von einer entfernten Verwandten ihrer Mutter als Pflegekind aufgenommen worden war. Sie hatte eine glückliche Kindheit auf einem kleinen Bauernhof in einem Ort namens Le Clerjus verbracht. Die Gemeinde zahlte ihrer Ziehmutter ein kleines Kostgeld, diese nahm bis heute auch andere Waisenkinder auf.

Mit ihrem erwachsenen Sohn, dessen Frau und den drei Enkeln führte sie einen Hof, der sich auf Milchwirtschaft spezialisiert hatte. Zwar halfen auch die Pflegekinder beim Füttern und Melken der Kühe, Schafe und Ziegen und beim Ausmisten der Ställe. Doch sie seien immer gern dort gewesen, habe Denise betont.

»Wenn du dein Kind schon nicht selbst aufziehen kannst, weil du davon ausgehen musst, dass dein grausamer Gatte es dir wegnehmen wird, so könntest du das Kleine dort zumindest ab und zu besuchen und es aufwachsen sehen. Das Kostgeld beträgt eigentlich nur fünfundzwanzig Francs im Monat. Aber vielleicht könntest du Denises Ziehmutter ja etwas mehr anbieten.«

»Natürlich!«, hatte Valérie sofort zugestimmt. »Meine einzige Bedingung ist, dass niemand erfährt, dass Baptiste der Vater ist. Ich werde behaupten, das Kind sei die Frucht einer kurzen Affäre.«

Daraufhin hatte Marianne in der Rue Tourlaque ein Treffen mit Valérie, Elise und Denise arrangiert, bei dem Valérie die beiden anderen jungen Frauen über ihre Notlage informiert hatte. Was Denise ihr erzählte, überzeugte sie endgültig. »Wir wurden behandelt wie die eigenen Enkel von Tante Albertine. Niemand gab uns je das Gefühl, lästige Waisen zu sein.« Valérie wusste, dass dies alles andere als selbstverständlich war.

Doch kaum war dieses Problem gelöst, stellten sich viele weitere Fragen. Die geringste davon war, wie sie ihre Schwangerschaft noch einige Wochen kaschieren sollte. Mithilfe geschickter Kleidung gelang ihr dies leicht. Denn bis zu dem Zeitpunkt, an dem sie Marianne im Januar aufgesucht hatte, spannten zwar ihre

Brüste, was sie erst im Nachhinein als Anzeichen für eine Schwangerschaft erkannte. Außerdem hatte sie mit morgendlicher Übelkeit zu kämpfen. Aber ein deutliches Bäuchlein war noch nicht entstanden.

Komplizierter war es, Mariannes Plan in die Tat umzusetzen. Die Alte schlug ein Vorgehen vor, wie es für junge Frauen aus gutem Hause üblich war, wenn sie ungewollt in andere Umstände gerieten: Man schützte eine Reise vor, bis man das Kind an einem Ort, an dem einen niemand kannte, zur Welt gebracht hatte. Der Kurort Plombières-les-Bains bot sich dafür geradezu an. Denn Valérie konnte ihn genau unter dem Vorwand aufsuchen, den Baptiste und ihre Eltern und Schwiegereltern, die in die Vergewaltigung eingeweiht waren, akzeptieren mussten, ohne die Wahrheit zu ahnen. Valérie litt tatsächlich über längere Zeit hinweg an Beschwerden aufgrund der Verletzungen, die ihr Baptiste in seiner rohen Wut zugefügt hatte.

Dass deshalb ein Kuraufenthalt notwendig wäre, sollte am besten ein Arzt Baptiste gegenüber begründen. Wieder fiel die Wahl auf Henri de Toulouse-Lautrecs Cousin Gabriel. Er war ohnehin in die ganze Misere von Anfang an eingeweiht. Also beschloss Valérie, ihn und Henri ins Vertrauen zu ziehen, wobei sie diesmal Baptistes Vaterschaft offenlegte. Sie war erneut zu Tränen gerührt von Henris Großzügigkeit.

»Ich kenne die Heilquellen von Plombières. Ich war selbst als kleiner Junge mit meinen gebrochenen Beinen dort in Behandlung. Der Ort ist nicht so mondän wie Évian-les-Bains oder Vichy. Daher dürftest du kaum auf Bekannte stoßen. Trotzdem brauchst du einen Arzt deines Vertrauens, der keine unangenehmen Fragen stellt. Also soll dich Gabriel in Plombières betreuen, sobald der Geburtstermin sich nähert. Er hat sein Studium nahezu abgeschlossen. Seinen Aufenthalt bezahle ich, ebenso wie die Kosten des Sanatoriumsbetts, das du für die Geburt benötigen wirst.«

In der Tat hatte das Kurhotel ein angeschlossenes kleines Sanatorium, in dem Gäste, deren Gesundheit es erforderlich machte, ein Zimmer beziehen konnten, solange es nötig war.

Außerdem entschloss sich Valérie, auch die alte Marianne um ihre Begleitung zu bitten. Sie würde ihr zwar als Hebamme bei der Geburt nicht mehr beistehen können. Aber mit ihrer großen Erfahrung sollte sie eine zuverlässige Hebamme vor Ort aussuchen und während der Schwangerschaft und der Geburt beaufsichtigen.

Marianne stimmte sofort zu, als Valérie sie fragte. »Denn Elises Mutter Jeanne ist aufgrund ihrer Trunksucht jetzt in der *Salpêtrière*. Dort wird man ihr hoffentlich besser helfen können, als ich es vermochte.«

Zu dritt klügelten Valérie, Henri und Gabriel das folgende Vorgehen aus:

Obwohl das Apartment im Stadtpalais immer noch nicht fertig war, forderte Baptiste ungefähr ein- bis zweimal pro Woche, dass Valérie mit ihm gemeinsam in der Öffentlichkeit auftrat oder im Stadtpalais Gäste empfing. Nun wurde ihr dreimal hintereinander bei solchen Gelegenheiten angeblich aufgrund heftiger Unterleibsschmerzen schlecht: einmal in der Oper, ein weiteres Mal auf einem Empfang für Pariser Bankiersfamilien, den ihre Schwiegereltern ausrichteten. Am dramatischsten gebärdete sich Valérie bei einem Treffen der Mitglieder der Ehrenlegion, bei dem sie theatralisch vor aller Augen eine Ohnmacht vortäuschte.

Natürlich bestand sie darauf, dass die gleichen Ärzte sie danach untersuchten, die sie auch schon nach der Vergewaltigung betreut hatten. Obwohl sie in Wahrheit keinen von ihnen aufsuchte, erschien eines Tages Gabriel Tapié de Céleyran bei Baptiste im Stadtpalais.

»Es tut mir sehr leid, Ihnen sagen zu müssen, Monsieur Germain, dass Ihre Gattin bei jenen … ähm … Ereignissen im vergangenen Spätsommer Unterleibsverletzungen davongetragen hat, die noch immer nicht ganz ausgeheilt sind. Mein Professor, der Ihre Gattin untersucht hat, empfiehlt daher einen mehrmonatigen Kuraufenthalt in den Vogesen, nämlich im Kurbad Plombières-les-Bains.«

Baptiste war dieser Besuch Gabriels so peinlich gewesen, dass er keine weiteren Fragen gestellt oder Einwände vorgebracht hatte. Im April waren Valérie und Marie sowie, unbemerkt von Baptiste, die alte Marianne daher in den Ort in den Vogesen aufgebrochen.

Valéries letzte Befürchtungen, dass der Hof von Denises Ziehmutter ihr doch nicht zusagen würde, lösten sich in Luft auf, als sie selbst dorthin kam. Alle vier betreuten Kinder machten einen fröhlichen, gut genährten Eindruck. Denises Tante Albertine empfing Valérie freundlich und stellte nicht allzu viele Fragen, als die ankündigte, ihr das Kind schon kurz nach der Geburt anzuvertrauen.

»Das Kleine wird es hier gut haben«, versicherte sie. »Ich werde Ihnen regelmäßig schreiben, wie es ihm geht, und Sie können es besuchen, sooft Sie wollen.«

Anfangs lehnte Tante Albertine sogar die höhere Summe für die Unterbringung ab, die Valérie anbot. Dann lenkte sie ein: »Aber ich nehme die fünfzig Francs pro Monat für die Pflege des Kleinen nur unter einer Bedingung an: Es wird nicht besser behandelt als die anderen Pflegekinder, und ich kann das Geld auch zu deren Wohl verwenden.«

Damit war Valérie sofort einverstanden gewesen.

Trotzdem spürte sie ab und an schon jetzt den bevorstehenden Abschiedsschmerz, besonders wenn das Kleine sich in ihrem Leib bewegte. Sie verdrängte das Gefühl, sooft es sie befiel, war sich aber darüber im Klaren, dass es ihr schwerfallen würde, das Kind zurückzulassen. Auch wenn sie es in der allerbesten Obhut wusste.

Vor der Geburt selbst hatte sie merkwürdigerweise keine Angst.

Inzwischen war es Mittag geworden, die Sonne schien heißer vom Himmel. Valérie fühlte sich etwas schwach und beschloss, für heute mit dem Aquarell aufzuhören. Sie bückte sich gerade nach ihrer Tasche, um die Malsachen einzupacken, da spürte sie den ersten scharfen Schmerz. Als ob ihr jemand ein Messer in den Unterleib gestoßen hätte.

»Es geht los, Marie«, keuchte sie und hielt sich mit beiden Händen den Bauch. »Hilf mir zurück ins Hotel und dann sag Marianne und Gabriel Bescheid.«

Drei Stunden später war Valérie dem Tod näher als dem Leben. Obwohl Marianne ihr immer wieder einen Trank einflößte, um die Schmerzen zu lindern, waren sie nahezu unerträglich. Viel schlimmer war jedoch, dass sie schon während der Wehen immer heftiger blutete.

»Es hilft nichts, Marianne«, hörte sie Gabriel wie durch Watte sagen. »Sie müssen ihr ein Mittel geben, um die Geburt vorzeitig einzuleiten. Dann werde ich versuchen, das Kind mit der Zange zu holen. Zum Glück habe ich das während des Studiums geübt.« Erst später würde Gabriel eingestehen, dass diese Übungen nur an Puppen stattgefunden hatten.

»Ich kann meinen Gebärstuhl aufstellen. Den hab ich dabei«, bot die ortsansässige Hebamme an. »Im Sitzen bringen die meisten Frauen Kinder leichter zur Welt als im Liegen.«

Gesagt, getan. Auch Marianne bestätigte, dass diese jahrhundertelang bewährte Geburtshilfe vielen Frauen gute Dienste geleistet hatte. »Leider verwendet man den Gebärstuhl in feinen Kreisen nicht mehr«, bedauerte sie. Auch Gabriel kannte ihn nicht aus dem Studium, stimmte aber zu. »Alles, was die Geburt beschleunigt, ist hilfreich.«

An die nächste Stunde erinnerte sich Valérie später nur noch undeutlich. Die Qualen waren einfach zu groß. Obwohl sie zunächst eine Erleichterung verspürte, als sie auf dem Gebärstuhl saß, verstärkte Mariannes Kräutermixtur die Schmerzen noch einmal. Hinzu kam, dass sie nicht schreien durfte, um keine unliebsame Aufmerksamkeit zu erregen. Die Kiefer taten ihr später noch tagelang weh, so heftig biss sie in das Holz, das Marianne ihr zwischen die Zähne geschoben hatte.

Die eigentliche Geburt bekam sie schließlich gar nicht mehr mit. Sobald Gabriel, der vor dem Stuhl kniete, die Zange um den Kopf des Kindes schob, fiel sie in Ohnmacht.

Sie erwachte erst, als die ortsansässige Hebamme ihr einen weiteren Trank einflößte. Den über und über mit Blut bespritzten Mann erkannte sie zuerst gar nicht als Gabriel. Aber sie hörte das schwache Quäken des Neugeborenen, bevor sie in einen tiefen Schlaf der Erschöpfung fiel.

Als sie die Augen aufschlug, war es draußen schon dunkel. Etwas lag an ihrer Brust. Erst als sie mühsam den Kopf hob, erkannte sie, dass es der Säugling war, der an einer Brustwarze sog. Die Hebamme aus Plombières hielt ihm das Köpfchen.

Sofort waren auch Gabriel und Marianne an ihrer Seite. »Sie ist aufgewacht, dem Herrgott sei Dank!«, hörte sie Henris Cousin murmeln. »Jetzt ist sie hoffentlich über den Berg.«

Vier volle Wochen lang musste Valérie das Sanatoriumsbett hüten, bis sie sich von der schweren Geburt erholt hatte. Doch je mehr die Schmerzen und die Schwäche durch die gute Pflege nachließen, die Gabriel, Marianne und Marie ihr zuteilwerden ließen, desto mehr genoss sie die innigen Momente mit ihrem Söhnchen. »Er soll Philippe heißen«, hatte sie spontan entschieden, als sie den Kleinen zum ersten Mal bewusst wahrnahm.

Es dauerte weitere zwei Wochen, bis sie das Kind in der kleinen Pfarrkirche von Le Clerjus taufen ließ. Entgegen ihren Befürchtungen fragte der Pfarrer nicht nach, als Valérie sich unter ihrem Mädchennamen Dumas als Mutter ins Kirchenbuch eintragen ließ und den Vater als »unbekannt« bezeichnete. Auch wenn Tante Albertine über die Herkunft ihrer Zöglinge eisernes Schweigen bewahrte, war Philippe wohl nicht das erste Kind, das bei ihr anstatt bei seiner eigenen Familie aufwuchs, vermutete Valérie.

Bevor sich Gabriel nach Paris verabschiedete, führte er noch ein offenes Gespräch mit ihr. »Es ist uns zum Glück gelungen, die Blutungen während der Geburt schließlich zu stillen. Doch erklären kann ich mir das nur so, dass alte Verletzungen der Gebärmutter, möglicherweise auch des ganzen Schoßes, durch die Geburt wieder aufgebrochen sind, die seinerzeit durch die Misshandlung Ihres Gatten entstanden waren.« Er holte tief Luft. »Dies bedeutet wahrscheinlich, dass Sie keine weiteren Kinder mehr austragen können, Valérie. Doch in Paris sollten Sie dies von den Spezialisten noch einmal untersuchen lassen.«

Valérie fuhr auf. »Aber … Aber dann erfahren diese Ärzte doch von der heimlichen Geburt und könnten es Baptiste …«

»Die Ärzte stehen unter Schweigepflicht!«, unterbrach sie Gabriel. »Auch in einer solch heiklen Angelegenheit.«

Während Valérie noch Tage nach Gabriels Abreise nicht wusste, ob sie über die Aussicht, keine weiteren Kinder mehr gebären zu können, erschüttert oder erleichtert sein sollte, fiel ihr der Abschied von Philippe dagegen ungeheuer schwer.

Ursprünglich hätte sie nur einen Bruchteil der acht Wochen mit dem Säugling verbringen sollen, die sie schließlich mit ihm zusammen war. Um sich nicht allzu sehr an den Kleinen zu gewöhnen. Noch wusste sie außerdem nicht, unter welchem Vorwand sie Paris in Zukunft verlassen könnte, um Philippe ab und zu in Le Clerjus zu besuchen.

Als die Droschke, mit der sie ihr Kind zu Tante Albertine gebracht hatte, mit ihr, Marie und Marianne den Hof verließ, begann sie zu weinen. Ihre Tränen versiegten erst bei der Einfahrt des Zugs in den Pariser Gare de l'Ouest.

Kapitel 39

EIN GERICHTSSAAL IN PARIS

14. JUNI 1893

Als Elise an der Seite von Lucienne Beuze den Gerichtssaal wieder betrat, in dem man den beiden und La Goulue vor sieben Jahren den Auftritt im Café des Ambassadeurs verboten hatte, war es für sie wie ein Déjà-vu. Grille d'Égout ging es offenbar ähnlich. Obwohl sie schon Ende März im Moulin Rouge aufgehört hatte, war sie wie Elise erpicht darauf, in Erfahrung zu bringen, wie dieser Prozess gegen den Organisator und die Nacktdarstellerinnen beim Umzug im Rahmen des *Bal des Quat'z'Arts* im Februar ausgehen würde.

»Schau, dieser *Père la Pudeur* gleicht sogar äußerlich dem ›Vater Anstand‹ von damals«, flüsterte Lucienne Elise ins Ohr, nachdem sie diesmal nicht auf der Anklagebank, sondern in den Zuschauerreihen Platz genommen hatten.

Neben dem »Vater der Schamhaftigkeit« saß ein Mann, in dem Elise den Harlekin zu erkennen glaubte, der am Abend des Balls Père Zacharie begleitet hatte. Der Priester war allerdings nirgends zu sehen.

Als jetzt auch La Goulue den Gerichtssaal betrat, musste Elise die Lippen fest zusammenpressen, um nicht laut loszulachen. Ausgerechnet Louise Weber, bekannt für ihre eigene schamlose Freizügigkeit, fungierte als Zeugin der Anklage. Sie war gemäß dem ernsten Anlass in ein hochgeschlossenes Kostüm gekleidet, das für diesen Sommertag viel zu warm war. Auf ihr Markenzeichen, den Dutt auf dem Oberkopf, hatte sie verzichtet, stattdessen trug sie einen konservativen Hut.

Nun wurden die Angeklagten hereingeführt. Die Darstellerin der Kleopatra mit dem englischen Künstlernamen Sarah Brown war nach der Anzeige durch *Père la Pudeur* sogar kurzzeitig in Haft gewesen. Auch sie trug heute ein sittsames Kleid, ebenso wie ihre Kollegin Manon. Manon war mitangeklagt, weil sie am Ende des Balls, das Elise nicht mehr miterlebt hatte, splitternackt auf der Bühne erschienen war. Die nackten Dienerinnen der Kleopatra waren dagegen nicht belangt worden.

Inzwischen hatte sich der Saal bis zum Brechen gefüllt. Es waren hauptsächlich junge Männer, offenbar Studenten der École des Beaux-Arts, die die Kostüme und lebenden Bilder beim Umzug unter dem Motto »Altes Ägypten« entworfen hatten. Ihre Mienen wirkten durchweg erbost. Einige streckten sogar protestierend eine Faust gen Himmel.

Dazwischen entdeckte Elise auch die Gebrüder Oller. Die Anklage gegen Jean Oller, den Direktor des Moulin Rouge und Bruder des Eigners Joseph, war schon kurz nach dem Vorfall fallen gelassen worden. Trotzdem musterte Joseph Oller La Goulue, die zwei Reihen vor ihm Platz genommen hatte, mit finsterem Blick.

»Hast du bemerkt, dass Joseph Louises Gruß nicht erwidert hat?«, raunte Lucienne. Elise schüttelte den Kopf. Das war ihr nicht aufgefallen.

Aber dass sich Louise keinen Gefallen damit getan hatte, sich zur Zeugin der Anklage in diesem Prozess zu machen, hatte sich im Moulin Rouge bereits herumgesprochen. Noch am 12. April hatte sie Ollers Music Hall Olympia eröffnet, einen Konzertsaal mit zweitausend Sitzplätzen. Erst danach stellte sich heraus, welche

Rolle sie in diesem Prozess einnehmen würde. Seither munkelte man, dass dies wohl die letzte Bevorzugung La Goulues durch Joseph Oller gewesen sein könnte.

Passte schon der überfüllte Gerichtssaal nicht zu Elises Erinnerungen an ihren eigenen Prozess, zu dem kaum Zuschauer gekommen waren, löste sich ihr Déjà-vu spätestens in dem Augenblick auf, in dem der Richter erschien.

Er war ein junger Mann, der die Prozessbeteiligten und die Zuschauer spöttisch musterte, bevor alle nach seinem Eintreten wieder Platz nehmen durften.

»Nun, Monsieur Bérenger. Sie haben kraft Ihres Amtes als Senator auf Lebenszeit den Anspruch erhoben, die Anklage im heutigen Prozess zu vertreten. Was haben Sie gegen die Beschuldigten vorzubringen?«

René Bérenger erhob sich erneut. Er war Elise auf den ersten Blick unsympathisch. Sein grobschlächtiges Gesicht, das von einer zu großen Nase dominiert wurde, wirkte grimmig. Anstelle eines Barts bedeckten grau melierte Koteletten beide Wangen. Insgesamt machte er den Eindruck, dass er jeglichen Vergnügungen abgeneigt sei. Nicht nur solchen, die der Liga für die Einhaltung der guten Sitten, deren Gründer und Vorsitzender er war, unzüchtig erschienen.

»Ich darf mich Euer Ehren zunächst einmal vorstellen«, begann Bérenger seine Rede.

Doch zu seinem und jedermanns Erstaunen im Saal winkte der Richter sofort ab. »Ihre zahlreichen vergangenen und derzeitigen Ämter sind mir bekannt, Monsieur. Bitte beginnen Sie mit dem, was Sie gegen die Angeklagten vorzubringen haben.«

Bérenger wirkte sichtlich empört über das Ansinnen des Richters, der wahrscheinlich mindestens zwanzig Jahre jünger war als er selbst. Trotzdem fügte er sich.

»Bevor ich zu meinen Ausführungen komme, möchte ich Euer Ehren die Frage stellen, ob die Zeugen der Anklage im Raum verbleiben dürfen.«

Der Richter wechselte einen kurzen Blick mit dem Verteidiger, der schulterzuckend nickte.

»Da die Verteidigung keine eigenen Zeugen benennen wird und auch die Angeklagten auf Aussagen verzichten wollen, steht dem nichts im Wege«, beschied der Richter daraufhin den Ankläger.

»Dann lassen Sie mich sofort zur Sache kommen. Ein Zuschauer dieses unsäglichen Spektakels im übel beleumundeten Varieté Moulin Rouge, der mich allerdings um Anonymität gebeten hat, hat mir diesen Skandal bereits am nächsten Tag zur Kenntnis gegeben. Als Vorsitzender der Liga zur Einhaltung der guten Sitten habe ich ihn alsdann zur Anzeige gebracht.«

Es folgte eine Schilderung der dem Richter und sämtlichen Anwesenden bereits bekannten Ereignisse.

»Ich selbst war allerdings nicht dabei. Wenn Euer Ehren daher meinen ersten Zeugen, Monsieur Pierre Lombard, vernehmen möchte, darf ich den Herrn nun in den Zeugenstand bitten.«

»Der anonyme Anzeiger war sicherlich dieser heuchlerische Père Zacharie«, flüsterte Elise Lucienne ins Ohr. »Ich hab ihn auch früher schon mal im Moulin Rouge gesehen. Doch am Abend des Balls sah's nicht so aus, als ob ihn die Nacktheit der Frauen abstoßen würde. Eher im Gegenteil! Mir kams so vor, als ob er sein Keuschheitsgelübde weidlich bedauern tät.«

»Verlogen sind sie allesamt, diese heiligen Männer«, äußerte Lucienne verächtlich.

Inzwischen hatte der Zeuge mit seiner Aussage begonnen, die in nichts von der Schilderung Bérengers abwich. Als der Verteidiger keine Nachfragen hatte, wollte Lombard den Zeugenstand bereits verlassen, als ihn der Richter aufhielt. »Ich möchte Ihnen meinerseits einige Fragen stellen, Monsieur.« Lombard wirkte verwirrt, als er sich wieder setzte.

»Aus welchem Grund haben Sie denn dieses vorgeblich übel beleumundete Varieté besucht, zudem an einem Faschingsabend zum *Bal des Quat'z'Arts*? Dies war ja nicht die erste Veranstaltung dieser Art. Auch der Ruf des Moulin Rouge ist stadtbekannt.«

Pierre Lombard errötete. Er musste einige Sekunden überlegen, bevor er antwortete.

»Ich war neugierig, aber im künstlerischen Sinne, Euer Ehren. Schließlich wurden die Kostüme und der Umzug von Studenten der renommiertesten Kunstakademie von Paris gestaltet. Meines Wissens sollten die besten Kostüme und Wagen sogar prämiert werden. Das interessierte mich.«

»Aha«, machte der Richter. »Waren Sie dort allein oder in Begleitung?«

Da der Zeugenstand dem Publikum zugewandt war, bemerkte Elise mit Schadenfreude, dass sich Lombards Gesicht tiefrot verfärbte. »Ich war nicht allein, Euer Ehren. Doch ich möchte die Anonymität meines Begleiters wahren.«

Elise und Lucienne wechselten einen spöttischen Blick.

»Als wie schamlos haben Sie denn die Nacktdarstellerinnen erlebt? Haben die Frauen zum Beispiel unzüchtige Gesten oder Bemerkungen gemacht?«

»Nein«, musste Lombard zugeben. »Die Darstellerin der Kleopatra lag nur auf ihrem Bett, die nackten Dienerinnen an ihrer Seite gingen lediglich neben ihr her.«

»Hatte Kleopatra ihre Beine geschlossen, oder lag sie breitbeinig da?«

Nicht nur Lombard schnappte hörbar nach Luft. »Sie hielt ihre Beine geschlossen«, räumte er schließlich ein.

»Hat sie sich auf dem Bett bewegt, zum Beispiel vom Rücken auf den Bauch?«

»Während des Umzugs lag sie nur auf dem Rücken.«

Der Richter hakte noch einmal nach. »Also hat niemand ihre Scham zu Gesicht bekommen? Auch nicht ihr Hinterteil, da sie die ganze Zeit auf dem Rücken lag?«

Dem musste Lombard zustimmen.

»Somit waren nur ihre Brüste für die Zuschauer sichtbar«, zog der Richter ein Fazit.

»Euer Ehren«, mischte sich *Père la Pudeur* ein. »Ihr gesamter Leib war nackt.«

»Das habe ich bereits zur Kenntnis genommen«, wies ihn der Richter mit barschem Ton in die Schranken.

Dann fuhr er fort. »Kommen wir nun zur Angeklagten Manon! Wie hat sie sich auf der Bühne verhalten?«

»Sie … Sie war nackt«, stammelte Lombard töricht.

»Das ist mir bekannt. Aber …«

»Auch sie machte keine unzüchtigen Gebärden. Allerdings drehte sie sich mehrmals um die eigene Achse, sodass das Publikum ihr Hinterteil sah.«

»Auch ihr Leib war gänzlich nackt«, mischte sich Bérenger ein weiteres Mal ein.

Der Richter blickte ihn nur wortlos an. Ohne auf seine Bemerkung einzugehen, fragte er: »Möchten Sie wirklich noch eine weitere Zeugin benennen? Der Sachverhalt scheint doch jedermann klar geworden zu sein.«

Bérenger schnaubte entrüstet. »Selbstverständlich, Euer Ehren. Mademoiselle Louise Weber möchte ebenfalls ihre Aussage machen.«

Als Louise sich zum Zeugenstand aufmachte, wirkte sie keineswegs mehr so selbstsicher wie vorher im Moulin Rouge. Dort hatte sie vor dem gesamten Tanzensemble mit ihrer Gerichtserfahrung geprahlt.

»Ihr wisst doch, dass ich grad erst den Prozess wegen dem Diadem gewonnen hab«, brüstete sie sich. »Dem Juwelier ging jedenfalls der Arsch auf Grundeis, als er das O mit 'ner Menge Diamanten nachbessern musste.«

Den Juwelier hatte La Goulue verklagt, nachdem sie ein juwelenbesetztes Diadem mit ihrem Künstlernamen in Auftrag gegeben hatte, bei dem man das O von GOULUE angeblich nicht richtig erkennen konnte. »Aber ich hab das Ding ja für teures Geld bezahlt, damit die Touristen, die wegen mir nach Paris kommen, mich überall dran erkennen.«

Das konnte eigentlich nur bedeuten, dass La Goulue jenseits der Vorstellungen im Moulin Rouge, bei denen sie dieses Diadem gar nicht tragen durfte, mithilfe des Schmuckstücks weitere reiche Liebhaber auf sich aufmerksam machen wollte. Darüber war man sich im Ensemble einig. »Schade, dass sie gewonnen hat«, war ebenfalls die einhellige Meinung gewesen.

»Haben Sie der Schilderung der Messieurs Bérenger und Lombard noch etwas hinzuzufügen?«, fiel der Richter erneut zu jedermanns Erstaunen mit der Tür ins Haus, bevor La Goulue auch nur eine Silbe geäußert hatte.

Als sie dies verneinte und die Verteidigung wieder keine Fragen hatte, nahm sie stattdessen der Richter ins Kreuzverhör.

»Aus welchem Grund ist es Ihnen heute so wichtig, eine Aussage zu den Ereignissen während des *Bal des Quat'z'Arts* zu machen, Mademoiselle Weber?«

Louise setzte eine empörte Miene auf, die niemanden überzeugte. »Das Moulin Rouge ist meine künstlerische Heimat, Euer Ehren«, antwortete sie geziert ohne ihre sonstige lockere Ausdrucksweise. »Aus aller Welt kommen inzwischen Touristen nach

Paris, um mich in diesem Varieté tanzen zu sehen. Da darf der Ruf des Etablissements keinen Schaden durch solche unzüchtigen Aufführungen erleiden.«

Elise wandte sich unwillkürlich zu Joseph Oller um, der die Hand vor den Mund gepresst hielt. Selbst aus der Entfernung glaubte sie, seine Augen vor Zorn funkeln zu sehen.

Doch dann nahmen die nächsten Fragen des Richters ihre Aufmerksamkeit wieder voll in Anspruch. Zunächst tat er so, als würde er in einer vor ihm liegenden Akte blättern.

»Hier ist ein vertraulicher Vermerk aus einem Prozess im Jahr 1886, in dem Sie selbst eines unzüchtigen Verhaltens beschuldigt werden. Damals ging es jedoch nicht um die Ahndung dieses Verhaltens an sich, sondern um die Befürchtung des Anklägers, unsittliche Vorführungen am frühen Abend in einem Etablissement in der Nähe der Champs-Élysées könnten unbedarfte Frauen und sogar unschuldige Kinder zu Gesicht bekommen. Deshalb fand dieser Vermerk keine offizielle Erwähnung während des Prozesses, war aber nach einer Notiz des damaligen Richters ausschlaggebend dafür, ein Verbot zu befürworten.«

Louise erstarrte. Auch ihr Gesicht färbte sich nun tiefrot.

Unbeirrt fuhr der Richter fort. »Da ich heute keinen Grund mehr sehe, diesen Vermerk weiter vertraulich zu behandeln, lese ich ihn einmal vor. ›Monsieur Coutelas, auf dessen Initiative dieser Prozess zurückgeht, teilte dem Richter im Vertrauen mit, die hier anwesende Mademoiselle Louise Weber habe sich im Schritt einen Schlitz in ihren Schlüpfer gemacht, sodass jedermann ihre Scham beim Cancan sehen konnte.‹«

Ein erregtes Raunen ging durch den Gerichtssaal. Der Richter sah sich veranlasst, mit dem Hammer die Ruhe wieder einzufordern.

»Entspricht dies der Wahrheit, Mademoiselle Weber?«

Louise nickte widerwillig mit gesenktem Kopf.

»Fürs Gerichtsprotokoll brauchen wir eine wörtliche Antwort«, mahnte der Richter.

»Ja«, krächzte La Goulue.

Der Richter tat so, als ob er die vor ihm liegenden Papiere weiter studieren würde.

»Hier habe ich außerdem die Aussage des jetzigen Direktors des Moulin Rouge, Monsieur Jean Oller, der ehemals mitangeklagt war. Er räumt ein, dass er und auch sein Vorgänger Charles Zidler Ihnen die Erlaubnis gegeben haben, Ihr Hinterteil während Ihrer Cancan-Vorführungen in einer durchsichtigen Unterhose zu präsentieren, auf die ein rosafarbenes Herz aufgestickt ist. Entspricht auch dies der Wahrheit?«

Wieder musste La Goulue laut und deutlich mit Ja antworten. Diesmal huschte Elises Blick zu Monsieur Bérenger. Im Gegensatz zu Louise glich seine Gesichtsfarbe einer gekalkten Wand. Sein Mund stand offen, er atmete schwer.

»Dann interessiert mich Ihr Motiv, hier als Zeugin der Anklage aufzutreten.« Der Richter blieb unerbittlich. »Warum empfinden Sie ein Verhalten als sittenwidrig, das Sie in ähnlicher Weise offenbar bis in die Gegenwart bei Ihren eigenen Auftritten zeigen? Nicht einmalig, sondern jeden Abend, wie ich betonen darf.«

Erst jetzt hatte Bérenger sich wieder gefasst. Er sprang auf und hob den rechten Arm. »Euer Ehren, ich möchte diese Zeugin zurückziehen und ihre Aussagen aus dem Gerichtsprotokoll entfernen lassen.«

Der Richter verzog spöttisch die Lippen. »Das ist zwar durchaus nicht üblich, Monsieur Bérenger. Doch mich dünkt, bei diesem Prozess ist so gut wie nichts üblich. Hat die Verteidigung Einwände gegen den Wunsch des Anklägers?«

Dies war nicht der Fall.

»Dann möchte ich sofort zur Urteilsverkündung schreiten.« Offenbar hatte der Richter diesen Prozessverlauf vorhergesehen und bereits im Voraus seinen Beschluss gefasst. »Erheben Sie sich! – Hiermit ergeht im Namen des Volkes folgendes Urteil: Der Organisator des Festzuges Henri Guillaume sowie die Desmoiselles Marie Roger, genannt Sarah Brown, und Manon Carlot werden zu je einer Geldstrafe von einhundert Francs verurteilt. Die Summe muss bis zum Jahresende 1893 entrichtet werden.«

Obwohl dieses Urteil nicht nur als milde, sondern sogar als *lächerlich* milde gelten musste, wie Elise den empörten Gesichtsausdruck von *Père la Pudeur* interpretierte, erhob sich unter den Studenten im Zuschauerraum ein Sturm der Entrüstung. Die Buhrufe, die durch den ganzen Saal schallten, waren so laut, dass der Richter ihrer nicht Herr wurde. Offenbar hatte man einen Freispruch und die völlige Rehabilitierung der Angeklagten erwartet.

Als mehrere Versuche des Richters, sich Respekt zu verschaffen, vergeblich blieben, ließ er den Saal schließlich von Gendarmen der Gerichtswache räumen.

Leider hatte dieser Prozess, so glimpflich er für die Angeklagten und so beschämend er für die Ankläger ausgegangen war, ein tragisches Nachspiel. Die aus dem Saal gewiesenen Studenten rotteten sich zu einer Demonstration im Quartier Latin zusammen, der sich Hunderte weiterer Studenten aus allen Fakultäten der Sorbonne anschlossen.

Anders als der Richter reagierte die Pariser Polizei viel zu harsch. Beim Versuch, die Demonstration aufzulösen, kam einer der Studenten sogar zu Tode. Dies hatte über Tage hinweg weitere Studentenunruhen zur Folge und führte schließlich sogar zum Rücktritt des Pariser Polizeipräsidenten.

Auch für La Goulue hatte der Prozess unangenehme Folgen. Fortan verbot ihr Jean Oller die durchsichtige Unterhose bei ihren Auftritten. Ihre Forderung, stattdessen wie Jane Avril mit verschiedenfarbiger Unterwäsche auftreten zu dürfen, lehnte er weiter rundweg ab.

»Die zu ihren Kostümen farblich kontrastierende Wäsche ist das Markenzeichen von Mademoiselle Avril. Sie treten weiterhin mit weißer Unterkleidung auf.«

Kapitel 40

WOHNUNG DER RENARDS

30. AUGUST 1893

»Danke, Sandrine, aber ich schaffe beim allerbesten Willen nicht noch ein Stück Kuchen. Nicht mal von dieser köstlichen Brombeertorte«, wehrte Elise ab. »Sonst befürchte ich, ich bekomm heut Abend im Moulin Rouge kein Bein in die Luft.«

»Was ist mit dir, Auguste?«

»Also, bei mir ist das anders. Ich hab schon lange keinen so feinen Kuchen gegessen. Ich würd noch ein Stück von der Birnentarte nehmen, aber nur ein kleines.«

»Ich auch«, schloss sich André an. »Wo du dir doch so viel Mühe gemacht hast.« Er warf seiner Frau einen liebevollen Blick zu.

In der Tat hatte sich Sandrine mit dem Gebäck zur Namenstagsfeier ihres Zwillingssöhnchens Félix selbst übertroffen. Der Kleine war wie sein Schwesterchen Michelle noch kein Jahr alt. In ungefähr sechs Wochen würden beide ihren ersten Geburtstag feiern.

Doch so lange hatte Sandrine mit dem ersten Fest nach der Taufe nicht warten wollen. Deshalb hatte sie die Paten ihrer Zwillinge schon heute eingeladen.

Da es ein normaler Werktag war, hatte Auguste den Ladenbesitzer, für den er immer noch arbeitete, um einen freien Nachmittag gebeten. Auch sein Töchterchen Sidonie saß mit am Tisch und leckte sich die Schlagsahne von den Lippen.

Nur die alte Marianne hatte nicht kommen können. Denn seit der vergangenen Woche war Elises Mutter Jeanne wieder zu Hause. »Ob sie wirklich von ihrer Trunksucht geheilt ist, wird sich erst herausstellen, nachdem wir sie entlassen haben«, hatte der zuständige Arzt Elise erklärt. »Hier im Hospital hat sie natürlich keine Möglichkeit gehabt, an Alkohol zu kommen. Aber sie hat jetzt mehr als sechs Monate bei uns verbracht. Was wir für sie tun konnten, haben wir getan.«

Jeanne hatte die Einladung der Renards allerdings abgelehnt. »Ich schäm mich zu sehr. Außerdem wird dort sicher Alkohol angeboten. Ich will nicht gleich wieder in Versuchung geraten.«

Insbesondere dieses Argument überzeugte Elise und Marianne, dass Jeanne sich gebessert hatte. Allein lassen wollten sie sie trotzdem nicht. Denn davon hatten die Ärzte innerhalb der ersten Wochen dringend abgeraten.

»Manchmal löst schon ein kleines Glas Wein einen Rückfall aus. Sie müssen unbedingt dafür sorgen, dass Ihre Mutter keine Gelegenheit hat, an geistige Getränke zu kommen.«

»Sehnt sie sich denn weiter nach Alkohol? Sie hat doch über ein halbes Jahr keinen gehabt.«

»Das betrifft leider nur die körperliche Abhängigkeit«, hatte der Arzt erklärt. »Auch ohne Entzugserscheinungen bleibt die Gier nach Alkohol bei vielen Kranken erhalten.«

Also hatte sich Marianne bereit erklärt, heute mit Jeanne in der Wohnung in der Rue Tourlaque zu bleiben. Das war auch gut so gewesen, denn André hatte die Paten schon mit einem Glas Perlwein empfangen.

Die kleine Michelle war inzwischen auf Elises Schoß eingeschlafen. Elise betrachtete ihr Patenkind liebevoll. Die Kleine kam nach ihrer Mutter Sandrine, hatte deren feine Gesichtszüge und blonde Haare geerbt. Félix, ihr Brüderchen, glich dagegen André. Nur die braunen Augen hatten beide Geschwister gemeinsam.

Wie unterschiedlich selbst Zwillinge sein können, dachte Elise, als Félix mit seinem lebhafteren Temperament schon wieder zu quengeln begann. Da nutzte es nichts, dass seine Mutter ihm das Holzpferdchen, das Auguste für ihn geschnitzt hatte, hinhielt. Das Püppchen, das Elise für Michelle mitgebracht hatte, schlug er ihr gar aus der Hand.

So schön Kinder sind, sie halten ihre Mütter beständig auf Trab. Wie so oft, wenn Elise ihr Patenkind besuchte, hielten sich Wehmut und Erleichterung über ihre eigene Unabhängigkeit die Waage.

»Möchtest du heute Abend nicht mal wieder mit zur Versammlung kommen?«, fragte Auguste gerade André.

Der schüttelte den Kopf. »Ich kann den jetzigen Ansichten der Anarchisten noch immer nichts abgewinnen.«

»Das ist schade! Ravachol ist nach seiner Hinrichtung sogar zum Volkshelden der Arbeiterschaft geworden. Du kennst doch sicher das Lied, das von ihm handelt.«

»Ich kenne es, aber ich mag es nicht. Auch kein Mitglied der Bourgeoisie hat es einfach so verdient, um die Ecke gebracht zu werden, wie's in dem Chanson heißt.«

Sandrine und Elise wechselten einen Blick. Wenn sich die Diskussion zwischen den beiden Männern jetzt politischen Themen zuwandte, würde es schnell hitzig werden.

»Was hältst du davon, wenn wir Jeanne und Marianne was von dem Kuchen bringen?«, schlug Sandrine vor. »Die Zwillinge und Sidonie nehmen wir mit und machen danach noch einen Spaziergang. Dann hört sicher auch Félix mit dem Gejammer auf und wird müde.«

Elise war sofort einverstanden. Wenig später verließen die beiden Frauen mit den Kindern das Haus.

»Ich geb dir recht, Unschuldige sollten durch die Propaganda der Tat nicht zu Schaden kommen«, erklärte Auguste. »Man muss eben die Richtigen erwischen.«

»Wie soll das bei einem Attentat gelingen?«, wandte André ein. »Du weißt doch selbst, dass Ravachol eigentlich nur den ungerechten Richter und Staatsanwalt im Prozess gegen die Märtyrer von Clichy treffen wollte. Trotzdem wurden auch Unschuldige verletzt. Und der Anschlag auf das Restaurant Véry ist durch nix zu entschuldigen. Das ist für mich feiger Mord.«

»Auch da hast du recht. Ich will gar nicht dran denken, was dir und Sandrine an dem Tag hätt passieren können. Also müsst man für 'nen Anschlag 'nen Ort wählen, wo's immer die Schuldigen trifft.«

André nahm einen Schluck von dem Rotwein, den er inzwischen aufgetischt hatte. »Und was für ein Ort soll das sein?«

»Na, zum Beispiel die Nationalversammlung. Denk doch nur an die Schweinereien, die dieser Journalist Drumont beim Panamakanal aufgedeckt hat. Da sind Dutzende von Parlamentariern bestochen worden. Manche haben dreihunderttausend Francs kassiert! Zuletzt noch im Sommer 1888! Da hat man den kleinen Leuten mit 'ner Lotterie ihre letzten Kröten aus der Tasche gezogen. Obwohl schon klar war, dass die Gesellschaft damit gar nicht mehr zu retten ist. Das war den Schweinen, die dafür gestimmt haben, längst klar.«

André schwieg. Leider stimmte, was Auguste gerade anprangerte.

»Schon vorher wussten mindestens drei Regierungen, dass das Projekt an die Wand fährt«, echauffierte sich Auguste weiter. »Und die paar Verantwortlichen, die man angeklagt hat, sind trotzdem ungestraft davongekommen.«

»Du meinst Gustave Eiffel?«

Auguste nickte. »Ja, den auch. Der wurde erst zu zwei Jahren Knast und einer hohen Geldstrafe verurteilt. Und dann doch noch freigesprochen.«

»Weil er persönlich am Scheitern des Kanalbaus unschuldig war. Die Gesellschaft hatte doch gar kein Geld mehr, um die Schleusen zu bauen, für die man ihn engagiert hat. Mit den Bestechungen hatte er auch nix zu tun. Trotzdem ist sein Ruf ruiniert, wie man so hört. Und das, wo sein Turm grad in der ganzen Welt bekannt ist.«

»Das geschieht ihm recht.« Auguste blieb unerbittlich. »Und den alten Lesseps, der das Ganze in den Teich gesetzt hat, hat man zwar verurteilt, aber dann doch nicht eingesperrt.«

»Der Mann ist fast neunzig Jahre alt! Es heißt außerdem, er hat seinen Verstand wegen dem Skandal verloren.«

»Pah«, machte Auguste verächtlich. »Alles Ausreden!«

André versuchte es auf andere Weise. »Was glaubst du, wollte dieser zweifelhafte Schreiberling Drumont erreichen, der in seinem Käseblatt einen Namen nach dem andern von den Bestochenen veröffentlicht hat? Doch nur seine Auflage steigern und *seinen Profit maximieren*«, betonte André spöttisch. »Und außerdem gegen die Juden hetzen. Dabei sagt man, einer der jüdischen Bankiers, die in die Sache verwickelt waren – wie hieß er doch gleich –, ach ja, Baron de Reinach, hat ihm die Geschmierten überhaupt erst genannt. Und der ist jetzt tot, hat sich das Leben genommen, heißt es.«

»Aber der andre Bankier, dieser Cornelius Herz, ist über den Kanal nach England geflohen. Garantiert mit 'nem Teil von dem Geld der kleinen Leute. Auch ein Jud!«

»Das mag sein«, räumte André ein. »Aber die meisten der andern Beschuldigten sind noch im Land.«

Auguste prustete spöttisch. »Du glaubst doch nicht, dass denen noch was passiert. Dupuy, der jetzt an der Macht ist, ist ein Feind der Arbeiter, wie er im Buche steht. Der würd am liebsten alle Gewerkschaften verbieten lassen. Also muss man gegen solche Leute was unternehmen! Aber nur gegen die.«

Bevor André nachfragen konnte, was genau Auguste damit meinte, wurde die Haustür aufgerissen. Wenig später stürzte Elise in die Küche.

»Kommt! Ihr müsst suchen helfen. *Maman* ist verschwunden!«

Eine knappe Stunde später hatten Elise, André und Auguste Jeanne noch nicht gefunden. Den Männern lief der Schweiß in Strömen über das Gesicht, Elise verspürte heftiges Seitenstechen. Außerdem lief ihr die Zeit davon. Es war bereits kurz nach sechs Uhr, spätestens in einer halben Stunde müsste sie zum Moulin Rouge aufbrechen.

»Vielleicht ist sie ja gar nicht weggelaufen, um sich zu besaufen, sondern wollte einfach nur mal allein sein«, vermutete Auguste halbherzig.

Elise schüttelte entmutigt den Kopf. »Wenn sie ehrliche Absichten gehabt hätte, wär sie nicht durchs Fenster abgehauen und hätte vorher Mariannes Börse geklaut.«

»Erzähl doch noch mal in Ruhe, was zu Hause passiert ist«, bat André.

»Als wir mit dem Kuchen dort ankamen, hat sich Marianne zuerst sehr gefreut. Jeanne würde schlafen, hat sie gemeint. Aber wir sollten Kuchen für sie dalassen. Den könnt sie dann später essen.«

»Und wie seid ihr draufgekommen, dass Jeanne gar nicht mehr da war?«

»Sidonie musste mal. Also bin ich mit ihr den Flur runter zum Abtritt. Da klapperte was in Jeannes und Mariannes Zimmer. Ich hab die Tür aufgemacht und gesehn, dass es das offene Fenster ist.

Da war sie schon weg.« Elise spürte, dass ihre Kehle eng wurde. »Genau auf dieselbe Art wie Simone.«

Sie schluchzte auf, wehrte aber André ab, der sie tröstend in den Arm nehmen wollte.

»Erst danach hat Marianne Verdacht geschöpft. Und es war wie vor Jeannes Einweisung ins Hospital. Sie hat ihr die Börse mit dem Haushaltsgeld gestohlen. Marianne hat vergessen, sie wegzuschließen, als die zwei heut früh vom Einkaufen kamen. *Maman* hat das wohl gemerkt und die Gelegenheit genutzt.«

»Aber wir haben jetzt die ganze Butte abgesucht und sie nirgends gefunden. Wir waren in allen Kneipen und haben sogar in den Läden gefragt. Da war sie nicht«, sagte Auguste.

André hatte eine Idee. »Und wenn sie diesmal gar nicht hoch auf den Hügel gegangen ist, sondern runter auf den Boulevard de Clichy?«, fragte er. »Sie ist zwar trunksüchtig, aber ansonsten bei Verstand. Sie kann sich denken, dass wir sofort nach ihr suchen, wenn wir merken, dass sie fort ist. Zuerst natürlich auf der Butte.«

»Und Gaststätten gibt's an den großen Boulevards mehr als genug«, stimmte Auguste zu.

»Also lasst uns sofort unten weitersuchen!« Wenigstens bin ich dann in der Nähe des Moulin Rouge, wenn wir sie da auch nicht finden, dachte Elise.

Sie hasteten die steile Rue Lepic hinunter und warfen auf dem Weg einen Blick in jede Kneipe und jeden Laden. Schließlich erreichten sie den Fuß des Hügels.

»Solln wir uns aufteilen?« Ratlos blickte Auguste auf die vielen Schilder der Cafés und Restaurants.

»Allein bringt keiner von uns sie zurück«, widersprach Elise. »Erst recht nicht, wenn sie sich wieder betrunken hat.«

Sie wandten sich zunächst in Richtung der Place Pigalle. Da hörten sie auf einmal lautes Geschrei.

»Gib mir den Absinth zurück! Der ist mir!«

»Das ist Jeannes Stimme!« Elises Herz begann, wie rasend zu schlagen. »Sie muss da auf der Insel zwischen den beiden Straßenhälften sein.«

Haussmann hatte den Boulevard zweigeteilt angelegt, mit einer Fahrbahn in jede Richtung. Sie waren von einem mit Bäumen bepflanzten Mittelstreifen voneinander getrennt. Dort standen auch Bänke für die Spaziergänger.

Sobald sich im dichten Verkehr eine Lücke auftat, rannten die drei über die Straße. Was sie erblickten, trieb Elise die Schamesröte ins Gesicht. Da kämpfte ihre Mutter, offenbar schon angetrunken, mit einem Stadtstreicher um eine Flasche. Gerade schlug er ihr brutal ins Gesicht.

Aber schon hatten André und Auguste den Kerl am Kragen gepackt und zogen ihn von Jeanne weg. Dabei entglitt ihm die Flasche, die er schon gepackt hatte, und zerbrach auf dem Pflaster. Eine grüne Flüssigkeit breitete sich rund um die Scherben aus.

Einen winzigen Moment lang war Elise abgelenkt. Der reichte Jeanne aus. Sie sprang auf und rannte davon.

»Maman!«, schrie Elise hinter ihr her. »So bleib doch stehen!«

Aber Jeanne rannte weiter. Jetzt hatte sie den Rand des Boulevards erreicht und lief, ohne anzuhalten, auf die stark befahrene Straße.

Den Vierspänner, der mit hoher Geschwindigkeit heranraste, konnte der Kutscher nicht mehr zügeln. Jeanne geriet unter die Räder. Erst nach ungefähr einhundert Metern brachte der Kutscher das Gefährt zum Stehen.

Da beugte sich Elise bereits, blind vor Tränen, über den leblosen Körper ihrer Mutter.

Kapitel 41

IN DER GALERIE GOUPIL

SEPTEMBER 1893

Als Valérie am Arm ihres Vaters die Galerie Goupil betrat, um sich die Ausstellung von Henri de Toulouse-Lautrec anzuschauen, konnte sie einen Moment lang kaum glauben, dass ihr erster gemeinsamer Besuch erst ungefähr sieben Jahre her war. Es kam ihr so vor, als würde ein ganzes Menschenleben dazwischenliegen.

Damals war sie eine hoffnungsvolle Kunststudentin gewesen, die davon träumte, dass ihr Abschlussgemälde im Pariser Salon ausgestellt würde und dadurch ihre Laufbahn als Malerin begänne. Henri war ihr Kommilitone gewesen, ebenso wie Pascal Didier, ihre große Liebe, an die sie noch heute oft wehmütig zurückdachte.

Zu dieser Zeit hatte Theo van Gogh die Galerie geleitet. Auch sein Bruder Vincent war Gast bei der Vernissage gewesen. Beide waren längst verstorben. Ihr Vater hatte bei diesem Besuch kein gutes Haar an Vincents Gemälden gelassen. Nicht einmal die Werke der damals ausgestellten Maler aus der Schule von Barbizon hatten ihn beeindruckt. Er blieb ein eingeschworener Anhänger des akademischen Realismus.

Heute verdankte Alphonse Dumas seinen wiedergewonnenen Erfolg als Kunsthändler größtenteils jenen Malern, die er damals noch zutiefst verachtet hatte. Damit einher ging nach dem Verlust seines Vermögens durch die Panamakanalkrise auch sein wieder wachsender Wohlstand.

Die Ausstellung der Skizzen und Gemälde von Édouard Manet, die Dumas dessen Witwe für ein Spottgeld abgekauft hatte, war im Frühjahr ein überwältigender Triumph geworden. Allein mit dem Verkauf des riesigen, über sechs Quadratmeter großen Wandgemäldes, das die Erschießung des Kaisers Maximilian von Mexiko zeigte, hatte er eine fast sechsstellige Summe erzielt. Valérie konnte sich die süffisante Bemerkung nicht verkneifen, dass auch dieses Bild Manets, wie so viele seiner anderen, seinerzeit vom Pariser Salon abgelehnt worden war.

Hinzu kamen die Erlöse für Manets übrige Werke. Selbst Skizzen und Vorstudien hatte man ihrem Vater aus den Händen gerissen. Heute galt Manet als renommierter Maler.

Da hatte es kaum eine Rolle gespielt, dass Carolus-Duran sein Porträt des Malers doch nur als Leihgabe zur Verfügung gestellt hatte. Er löste stattdessen sein Versprechen ein, das Porträt seines Gärtners zum Verkauf über Dumas' Kunstgalerie anzubieten. Noch sammelte ihr Vater die zahlreichen Angebote. Auch dieses Werk würde eine hohe Summe erbringen, an der ihr Vater seinen Anteil einstreichen würde.

Ebenso wie den an einem von Degas' Bildern mit Balletttänzerinnen, das er bereits veräußert hatte. Im Augenblick bot er drei weitere Gemälde des Malers an.

Welch eine Ironie des Schicksals, ging es Valérie durch den Kopf, als der jetzige Leiter der Galerie Goupil auf sie zutrat. Er hieß Maurice Joyant und war ein Schulfreund von Henri de Toulouse-Lautrec.

»Willkommen, Monsieur Dumas und Madame Germain. Ich freue mich sehr darüber, dass Sie beide heute meine Gäste sind. Wo ist denn Henri?« Er wandte suchend den Kopf. »Ah, da hinten! Ich lasse ihn gleich herbeiholen, denn er hat mich gebeten, ihm Bescheid zu geben, wenn Sie angekommen sind.«

Wie vor sieben Jahren balancierten Kellner eifrig Tabletts mit gefüllten Champagnerflöten durch den Raum. Auch Alphonse und Valérie bedienten sich. Dann schickte Joyant einen Kellner zu Henri.

»Es war höchste Zeit, dass einmal eine ganze Ausstellung mit Henris Werken stattfindet«, überbrückte Joyant die Wartezeit mit leichtem Geplauder. »Er hat mir ausschließlich welche aus jüngster Zeit zur Verfügung gestellt. Natürlich nur Gemälde, keine Plakate.«

»Ich dachte, Monsieur de Toulouse-Lautrec hätte auch schon früher ausgestellt«, wunderte sich Dumas.

Joyant nickte. »Er hat sich seit Jahren am Salon des Indépendants beteiligt und einmal in Brüssel bei der Künstlergruppe Les Vingt. Aber bislang kaum Erlöse mit seinen Gemälden erzielt. Erst durch seine spektakulären Plakate ist auch daran ein hohes Interesse entstanden. Ich als Leiter von Goupil habe das natürlich sofort genutzt, um diese Ausstellung zu organisieren.«

Das wäre vor einigen Jahren noch völlig undenkbar gewesen, dachte Valérie. Theo van Gogh, der im November 1890 schwer erkrankt und wenige Monate später verstorben war, hatte immer wieder vergeblich darum gekämpft, auch avantgardistische Maler aufnehmen zu dürfen. Dies war für seinen Nachfolger anscheinend kein Problem mehr. Toulouse-Lautrec war nicht der erste Avantgardist, dessen Werke die Galerie zum Verkauf anbot, seit Maurice Joyant sie leitete.

Jetzt hinkte Henri an seinem Krückstock auf sie zu. Wie immer, wenn er sich freute, verschönte sein strahlendes Lächeln sein unattraktives Gesicht. Er schüttelte Alphonse Dumas herzlich die Hand und drückte Valérie ein Küsschen auf jede Wange. Mit Bestürzung roch sie dabei seine deutliche Alkoholfahne. Offenbar änderte auch sein inzwischen großer Erfolg als Künstler nichts an der Sucht.

»Darf ich Ihnen selbst einige meiner Gemälde vorstellen?«, bot er an. Ohne ihre Antwort abzuwarten, humpelte er ihnen voraus.

Dann standen sie vor den ersten Ausstellungsstücken, die das zahlreiche Publikum bislang weitgehend verdeckt hatte. Valérie warf einen verstohlenen Blick auf ihren Vater. Sie musste ihre Lachlust bezähmen, als sie seine jäh entgeisterte Miene sah. Denn die Porträts, vor denen sie standen, entsprachen allem anderen als den ästhetischen Kriterien der akademischen Malerei.

Im Gegenteil nutzte Henri sein Talent, um die Persönlichkeit der Abgebildeten in ihren Gesichtern zum Ausdruck zu bringen. Als besonders eindrücklich empfand Valérie das Bild mit dem Titel *Im Café La Mie*, auf dem ein Paar nach beendeter Mahlzeit mit teilweise noch gefüllten Gläsern vor einer Flasche Schnaps saß. Die Gesichter der beiden wirkten abgestumpft und lasterhaft. Aus der ästhetischen Sicht konservativer Kunstrichtungen waren sie ausgesprochen hässlich.

Der Titel spielte womöglich außerdem darauf an, dass der zwielichtige Typ mit der Melone die Frau, in diesem Fall eine Prostituierte, für ihre geleisteten Dienste nicht bezahlen wollte. *Un miché à la mie* wurden solch zweifelhafte Kunden genannt.

»Dieses Gemälde ist bereits nach Übersee verkauft«, äußerte Joyant voller Stolz. Wieder musste Valérie mit der Hand vor dem Mund ihr Schmunzeln verbergen, als sie den nun erleichterten Gesichtsausdruck ihres Vaters sah. Henri hatte ihm ja versprochen, ihm für seine Galerie nach der Ausstellung einen Teil der übrig gebliebenen Gemälde anzuvertrauen.

Obwohl zwei weitere Porträts von gesetzt wirkenden Herren diese nicht annähernd so dubios erscheinen ließen, hatte sich Henri auch hier nicht bemüht, die Gesichter besonders ansprechend zu gestalten. Beide waren offenbar Lebemänner, die sich in verschiedenen Cafés und Varietés von Paris aufhielten.

»Mit Carolus-Duran kann Toulouse-Lautrec als Porträtmaler jedenfalls nicht mithalten«, raunte Alphonse Dumas seiner Tochter ins Ohr, als sie sich weiter durch die Menge bewegten.

Zwar war es auch Carolus-Duran nicht darum gegangen, das Gesicht seines Gärtners besonders attraktiv darzustellen. Wahrscheinlich hatte er ihn genau so abgebildet, wie der Mann in Wirklichkeit aussah. Keineswegs geschönt, sondern realistisch. Denn auch die Maler der alten Schule entwickelten immer mehr Varianten, die mit dem akademischen Stil, den Valérie noch in der Akademie Cormon erlernt hatte, wenig gemeinsam hatten.

»Mimesis« hatte Fernand Cormon das oberste Gebot dieser Kunstrichtung genannt. »Ein Gemälde muss ästhetisch ansprechend sein. Nur dann gilt es als schön.« Von diesem Prinzip war kaum ein Maler weiter entfernt als Henri, obwohl er ehemals selbst bei Cormon studiert hatte.

»Ah, das hier ist sicher eine Szene aus dem Moulin Rouge«, wandte sich Valérie rasch dem nächsten Gemälde zu, in der Hoffnung, dass weder Henri noch der Galerieleiter die Bemerkung ihres Vaters gehört hatten.

»Woran hast du das erkannt?«, fragte Alphonse. Er selbst war offenbar noch nie in diesem Varieté gewesen, obwohl er ganz in der Nähe wohnte.

»Nun, die Dame von hinten mit dem Rückenausschnitt, die gerade ihren Dutt richtet, kann nur La Goulue sein. Und ja, ich erkenne auch Henris Cousin Gabriel unter den vielen Personen.«

Henri bestätigte beides lächelnd. Valérie folgte ihm zum nächsten Bild. »Wer ist denn diese Tänzerin? La Goulue doch auf keinen Fall!«

»Du hast recht«, bestätigte Henri. Das Lächeln wich aus seinem Gesicht. »Ich wollte auch einmal jemand anderes beim Beginn der Quadrille malen.«

Das Gesicht der Tänzerin, die sich mit arroganter Miene bereits in Positur gestellt hatte, war Valérie unbekannt. Es war weder Elise Lambert noch die Tänzerin mit dem merkwürdigen Künstlernamen »Kanalgitter«, Grille d'Égout, an die sich Valérie von ihrem letzten Besuch her erinnerte.

»Hier!« Henri hinkte ihr voran. »Das ist eines meiner letzten Gemälde von La Goulue. Es fand allerdings keine Gnade vor ihren Augen.«

Das konnte Valérie unmittelbar nachvollziehen. Diesmal war selbst sie einen Moment lang entsetzt. Denn die Startänzerin des Moulin Rouge wirkte in ihrem obszön ausgeschnittenen Kleid fast genauso verworfen wie das Paar im Café de la Mie.

»Auch dieses Bild ist bereits verkauft«, brüstete sich Maurice Joyant. Wieder überhörte er den erleichterten Seufzer von Valéries Vater.

Jetzt ging dieser voraus zum nächsten Gemälde. »Sind denn so viele Engländer in diesem Varieté, dass Sie einen davon sogar gemalt haben?«, wandte er sich an Henri, nachdem er den Titel gelesen hatte.

»Seit der englische Thronfolger das Moulin Rouge mit seinem Besuch beehrt hat, gehören sie zu den häufigsten ausländischen Gästen«, bestätigte Henri. »Und poussieren überaus gern mit französischen Damen, wie auch dieser Engländer hier«, erklärte er seine Bildkomposition. Sie zeigte den gut zu erkennenden Mann mit der markanten Physiognomie im Gespräch mit zwei Frauen, deren Gesichter nur angedeutet waren.

Valérie erkannte den tieferen Sinn hinter Henris Werk. Die Frauen schienen beliebig austauschbar zu sein. Ihr Vater bemerkte dies offenbar nicht. »Von all Ihren Porträts, die ich heute Abend gesehen habe, gefällt mir dieses am besten«, lobte er Henri.

Der freute sich sichtlich. »Wenn es hier nicht verkauft wird, stelle ich es Ihnen gern für Ihre Galerie zur Verfügung.« Er bemerkte Joyants indignierten Gesichtsausdruck. »Das musst du verstehen, Maurice. Valérie ist eine meiner langjährigsten Freundinnen. Da fühle ich mich auch ihrem Vater verpflichtet.«

Maurice machte gute Miene zum bösen Spiel. Er entgegnete nichts, sondern verbeugte sich stattdessen vor Valérie und Alphonse. »Ich bitte Sie, uns nun zu entschuldigen.« Er fasste Henri leicht am Arm. »Dort sind weitere Gäste, mein Lieber, die wir gemeinsam begrüßen sollten.«

Obwohl sich Valérie Henris Ausstellung gern noch intensiver angeschaut hätte, drängte ihr Vater kurz danach zum Aufbruch. In der Mietdroschke ließ er seinen Gefühlen freien Lauf.

»Ich möchte dir ehrlich gestehen, dass ich selbst kein einziges dieser Bilder erwerben würde. Doch man muss offenbar mit der Zeit gehen«, erklärte er mit einem Anflug von Resignation. »Anscheinend ist bei vielen Sammlern Hässlichkeit heutzutage Trumpf.«

Von dieser Hässlichkeit profitierte Alphonse Dumas nicht wenig, wie sich nach dem Ende der Ausstellung bei Goupil herausstellte. Tatsächlich überließ Henri ihm den Engländer und die unbekannte Tänzerin bei der Eröffnung der Quadrille. Außerdem das Gemälde, das die Gesellschaft im Moulin Rouge mit La Goulue und Gabriel zeigte.

Auch diese drei Werke verkaufte Dumas zu einem erklecklichen Preis innerhalb der ersten Wochen, nachdem er sie in seiner Galerie aufgehängt hatte.

Kapitel 42

IM SCHLACHTHAUS

OKTOBER 1893

»Babette! Bitte steh auf!«

Brigitte, die Simone inzwischen nur noch bei ihrem echten Vornamen nannte, blieb apathisch auf dem schmutzigen Bett liegen.

»Babette!« Simones Stimme wurde drängender. »Du weißt doch, das hat keinen Zweck. Wenn du nicht gleich wieder runtergehst, kommen sie dich holen! Und dann wird alles noch viel schlimmer!«

Babette rührte sich immer noch nicht. Ihre großen dunkelbraunen Augen starrten an die Decke. Es war, als hätte sie Simones Worte gar nicht gehört.

Die Gedanken rasten durch Simones Kopf. Was sollte sie nur tun? Plötzlich hatte sie eine Idee, ohne zu wissen, ob sie funktionieren würde.

Sie lief rasch die Treppe hinunter in den schon zu dieser frühen Abendstunde überfüllten Begegnungssaal. Zehn Striche standen hinter ihrer Kennnummer, nur fünf hinter der von Babette. Dabei musste die jede Nacht mindestens sechzig anstatt der vierzig »Stiche« erbringen, die Simones Pflichtpensum waren.

Sie drängte sich zu der zahnlosen Alten durch. »Madame Salvatier!«

Die Greisin blickte mürrisch auf. »Was willste? Haste nix zu tun? Hier warten die nächsten Freier!«

Sie hob schon den Arm, um einigen grobschlächtigen Männern in Arbeiterkluft ein Zeichen zu geben, als Simone all ihren Mut zusammennahm.

»Madame Salvatier, Brigitte hat sich gerade in unserer Kammer erbrochen. Ich muss die Sauerei erst wegmachen, bis wir da wieder arbeiten können!«

Die Schläge der nahe gelegenen Kirchturmuhr zeigten an, dass es gerade Viertel vor sieben war.

Die Alte runzelte unwillig die Stirn. »Aber nicht mehr als 'ne Viertelstunde. Wenn die Uhr sieben schlägt, seid ihr beide hier unten! Sonst setzt's was!«

So schnell sie konnte, eilte Simone die steile Treppe ins Obergeschoss empor. Dann schloss sie die Tür der Kammer.

»'ne Viertelstunde Pause konnt ich für uns rausschlagen. Aber dann müssen wir beide runter.«

Als sich Babette noch immer nicht regte, setzte sich Simone resigniert auf ihr eigenes Bett. Unwillkürlich ließ sie die vergangenen Monate Revue passieren, seit das junge Mädchen, das jetzt gerade einmal siebzehn Jahre alt war, zum ersten Mal ins Schlachthaus gekommen war.

Das war im Mai gewesen, und Luc, dieser Unmensch, hatte sie ganze zwei Wochen hiergelassen. Schon in der ersten Nacht, in der sie beide wach lagen, hatte Babette Simone ihre traurige Geschichte erzählt.

»Er hat versprochen, mich zu heiraten«, weinte sie. »Und dann hat er mich Monat für Monat im Papillon Jaune gelassen. Du weißt selbst, dass Madame d'Egmont eine gütige Maîtresse ist. Sie hats nur gut gemeint. Als ich immer trauriger wurde und sich kaum mehr ein Kunde für mich interessiert hat, hat sie Luc gesagt, er soll mich heimholen. Damit ich mich ein bisschen ausruhen kann. Aber dann …« Vor Schluchzen konnte Babette erst einmal nicht weitersprechen. »Aber dann hat er mich grün und blau geschlagen und hierhergeschafft.« Sie schluchzte wieder. »Er will mich erst in zwei Wochen abholen. So lange muss ich in diesem Saustall bleiben.«

»Sei doch froh«, hatte Simone Babette schon damals zu ermutigen versucht. »Beiß die Zähne zusammen und steh die Zeit irgendwie durch! Wenn er dich rausholt, kanns danach nur besser werden.«

Als dies nichts fruchtete, fügte sie hinzu: »Ich muss für immer hierbleiben. Da hast du's noch gut!«

Ihre mahnenden Worte hatten tatsächlich zunächst gewirkt. Zwar weinte Babette sich jede Nacht in den Schlaf. Aber sie erfüllte ihre ekelerregenden Pflichten fortan ohne Murren. Tatsächlich holte Luc, dieser Schweinehund, sie nach zwei Wochen ab.

Doch zu Simones Entsetzen kam sie schon wenige Wochen später zurück ins Schlachthaus. Denn in dem neuen Bordell, wo es natürlich weniger human zuging als im Papillon Jaune, hatte Babette wiederum versagt. Sie hatte ihren Abscheu vor den Freiern nicht verbergen können und zunehmend die Hoffnung verloren, dass Luc sein Heiratsversprechen einlösen würde. Schließlich hatte sie auch in diesem Bordell nur noch apathisch in ihrer Kammer gelegen, bis Luc sie erneut ins Schlachthaus geschafft hatte.

Bei ihrem zweiten Aufenthalt wusste Babette nicht, welche Frist ihr bevorstand.

»Streng dich an!«, ermahnte Simone sie unablässig. »Dann holt er dich vielleicht schnell wieder raus.«

Nach ungefähr vier Wochen war es dann endlich so weit. Die Puffmutter teilte Babette mit, dass Luc sie am nächsten Tag abholen würde.

»Jetzt füg dich in dein Schicksal«, riet Simone ihr. »Einmal

Nutte, immer Nutte. So ist das, find dich damit ab und mach das Beste draus!«

»Aber er hat mir doch versprochen, mich zu heiraten und immer für mich da zu sein!«, wiederholte Babette zum x-ten Mal. »Und dass ich dann nie mehr anschaffen gehen muss.«

Simone konnte es nicht mehr hören. Über ihre nächsten Worte dachte sie daher nicht nach. »Das alles hat er mir auch versprochen, als er mich in seine Fänge bekam. Da war ich so alt wie du. Dann hat er mich jahrelang auf den Straßenstrich geschickt. Schließlich bin ich als Illegale in Saint-Lazare gelandet. Da hätt ich ihn loswerden können. Denn meine Schwester Elise wollte mich trotz meiner Schande zurück nach Hause holen. Aber ich war so verblendet und dämlich, dass ich dem Scheißkerl wieder geglaubt hab, er würd mich heiraten. Und dass ich dann nicht mehr anschaffen gehen müsste.«

Babette starrte sie mit weit aufgerissenen Augen an. »Dir hat er auch versprochen, er will dich heiraten? Bis jetzt hab ich nicht mal gewusst, dass du Luc überhaupt kennst!«

Simone lachte verächtlich auf. »O ja, heute kenn ich ihn wirklich. Doch damals war ich noch eine dumme Göre!« Sie spürte, dass sie selbst weinen musste. »Aber schließlich war's sogar mein Pech, dass das miese Schwein mich geheiratet hat. Denn jetzt hat er noch mehr Macht über mich als vorher. Anschaffen gehn musst ich schon wieder am Tag nach der Hochzeit, aber jetzt im Puff. Erinnerst du dich noch dran, dass ich das Bordell von Madame d'Egmont verlassen hab? Der Grund war, dass du mir, dämlich wie du bist, erzählt hast, dass du demselben Luc verfallen bist, den ich blöde Kuh geheiratet hab.«

Sie musste eine Pause machen, um sich wieder zu fassen.

»Dann hatt ich 'ne kurze glückliche Zeit bei meiner Familie. Ich hab hart gearbeitet und mir mein Brot wie früher als Wäscherin verdient. Aber im Vergleich zu vorher wars das Paradies auf Erden. Bis der Schuft mich mithilfe von so ’nem korrupten Sittenpolizist verhaften und wieder nach Saint-Lazare schaffen ließ. Um am nächsten Tag vor der Tür zu stehn und seine Rechte als Ehemann einzufordern. Die Nonnen mussten mich ziehen lassen, sie hatten gar keine andere Wahl.«

»Du … Du bist Lucs Frau?« Babette stand das Entsetzen ins Gesicht geschrieben.

»Leider ja. Und deshalb kann er mich hier drin lassen, bis ich verrecke. Dabei ist er selbst der größte Versager.«

»Versager?«

»Ja, ich hab hier neulich ein Gespräch zwischen der jungen und der alten Puffmutter gehört. Luc hat nur noch uns zwei, die für ihn anschaffen gehn. Zwei andre Pferdchen, die er neben uns laufen hatte, hat er verlorn. Die musst er an andre Zuhälter abgeben als Pfand, weil er seine Spielschulden nicht bezahlen kann.« Sie legte Babette die Hand auf den Arm. »Und deshalb, deshalb tu, was du kannst, um wenigstens *hier* rauszukommen! Überall ist es besser!«

Obwohl ihr Babette das versprach, war Simone nicht wirklich überrascht, als sie Anfang September schon wieder ins Schlachthaus kam. Die Geschichte, die sie ihr nun schluchzend erzählte, ließ Simone allerdings glauben, dass das Mädchen ein noch hoffnungsloserer Fall war als sie einst selbst.

»Er hat mich ins Grand Plaisir geschafft!«

Simone nickte. »Ich kenn das Puff. Ein ziemlich übler Schuppen, aber längst nicht so schlimm wie hier.«

»Am Anfang hab ich mich ja angestrengt, um dort klarzukommen. Denn Luc hat mir beim Leben seiner Mutter geschworn, dass er sich von dir scheiden lässt. Nur noch ’n paar Wochen müsst ich dableiben, dann käm ich raus, und alles wär gut.«

Simone verstand. »Und dann hast du irgendwann kapiert, dass er dich wieder angeschmiert hat.«

Babette heulte auf wie ein verwundetes Tier. »Er hat mich nicht mal mehr besucht, wenn er mit der Maîtresse abrechnen kam. Da ging's mir von Tag zu Tag schlechter.«

»Und am Ende hast du dort nichts mehr verdient und bist wieder hier gelandet.«

Babette nickte schluchzend.

Erst am nächsten Tag erfuhren die beiden zu ihrem Entsetzen, dass Babette noch um die Hälfte mehr Freier oder Stiche pro Schicht ertragen musste als Simone. Die wagte es, die Alte nach dem Grund zu fragen.

Madame Salvatier zuckte die Achseln und grinste mit ihrem zahnlosen Mund, aus dem es abscheulich roch. »Na, der Luc muss halt immer noch seine Schulden abstottern. Wie man hört, ham seine Gläubiger verlangt, dass er ihnen mindestens fünfzig Piepen am Tag zurückzahlt. Die müsst ihr halt hier verdienen.«

Sie hatte Simone von oben bis unten gemustert. »Und mit so 'ner Jungen ist eben mehr Staat zu machen als mit 'ner Alten, Verbrauchten wie dir. Also muss die Brigitte ordentlich ran.«

Doch dem hatte sich Babette Tag für Tag weniger gefügt. Nicht mit offenem Widerstand, sondern einfach, indem sie nicht mehr aus ihrem Zimmer gekommen war, nachdem sie einen Freier bedient hatte. Schon ein paar Mal hatten Madames Schläger sie mit Gewalt die Treppe hinuntergezerrt. Das hatte dann zur Folge, dass sie Kunden, die das so wollten, gruppenweise bedienen musste.

Jetzt schlug die Uhr des nahen Kirchturms sieben Mal. »Los! Du musst mitkommen.« Simone war zunehmend verzweifelt. »Du weißt doch, was dir sonst blüht!«

Doch nichts half. Da auch Simone ihr Kontingent noch lange

nicht erfüllt hatte, ging sie schließlich ohne Babette hinunter in den Begegnungssaal.

Als es endlich zwei Uhr morgens war, fühlte Simone sich so erschöpft wie lange nicht mehr. Denn genau an diesem Abend war im Schlachthaus die Hölle los gewesen. Es schien die Nacht der Perversen zu sein.

Sie selbst wurde schon bald mit drei Leidensgenossinnen einer Gruppe Soldaten zugeteilt, die es gemeinsam treiben wollten, wie sie der Alten erklärten. Dafür gab es einen besonderen Raum im Haus, in dem Simone den Rest ihrer Schicht verbrachte. Erst als der Trupp seinen ganzen Sold verschleudert hatte, nahm die widerliche Angelegenheit ein Ende.

Für Simone war es ein geringer Trost, dass hinter ihrer Kennnummer heute Nacht sogar fünfzig Striche standen. Davon würde nur Luc profitieren, während sie vor Schmerzen kaum mehr einen Fuß vor den anderen setzen konnte.

Doch als sie die Schiefertafel betrachtete, fuhr ihr trotz ihres eigenen Elends der Schreck in alle Glieder. Denn hinter Babettes Kennnummer standen keine Striche, sondern die Zahl Achtzig.

»Wie kommts, dass Brigitte heut Abend so gut im Geschäft war?«, fragte sie die Alte so beiläufig wie möglich.

Die grinste wieder. »Da kam 'ne ganze Mannschaft von so 'nem Flussschiff rein! Die wollten's alle zusammen nur mit 'ner einzigen Jungen treiben. Exklusiv, bis wir zumachen. Da hab ich denen 'ne Pauschale gemacht. Der Luc wird sich freuen.«

»Wie viele waren es denn?«

»Gezählt hab ich die nicht. Vielleicht sechs oder sieben. Sie ham jedenfalls ordentlich gelöhnt. So viel, dass es für die Achtzig gereicht hat.«

Simone spürte, dass ihr übel wurde. Als sie am frühen Abend

hinuntergegangen war, hatte Babettes Kennnummer nur fünf Striche gehabt. Wenn es jetzt achtzig waren, aber nicht von einzelnen Kunden, sondern einer so großen Gruppe allein mit Babette, musste es ihr noch viel schlimmer ergangen sein als ihr selbst.

Nachdem sie von der Alten eine Waschschüssel mit frischem Wasser und ein sauberes Handtuch erbettelt hatte, ging Simone schweren Schrittes die Treppe hinauf. Als sie die miefige Kammer betrat, die sich wegen des mit Brettern vernagelten Fensters nicht lüften ließ, trat sie auf eine Scherbe. Im schwachen Schein der Funzel im Treppenhaus glitzerte es überall auf dem Boden. Außerdem roch es durchdringend nach Schnaps.

Babettes Vorhang war zugezogen. Es kam auch keine Antwort, als Simone sie anrief. Sie schien schon zu schlafen. Kein Wunder nach dem Horror, dem das junge Ding ausgesetzt gewesen war.

Noch einmal eilte Simone die Treppe hinunter. »Mesdames Salvatier«, erwischte sie die Puffmütter gerade noch, bevor sie sich in ihre Privatgemächer zurückzogen. »In unserem Zimmer ist alles voll Scherben.«

»Dann hol dir Besen und Schaufel«, unterbrach die Maîtresse sie barsch. »Dass mir ja keine von euch morgen ausfällt.«

»Und mehr Licht brauch ich auch!«

Wortlos drückte die Madame Simone ihre eigene Petroleumlampe in die Hand.

So leise wie möglich, um Babette nicht zu wecken, fegte Simone die Scherben zusammen. Als sie sich bückte, um sie auf die Schaufel zu kehren, bemerkte sie, dass etwas von Babettes Bett herabtropfte. Sie prüfte die Flüssigkeit mit dem Finger und erschrak. Das war Blut! Hatten die Kerle das Mädchen so stark verletzt?

Entschlossen zog sie Babettes Vorhang zur Seite. Und erbebte vor Grauen. Das ganze Bett schwamm in Blut. Es hatte das dünne Kissen, die Decke und die Strohmatratze durchtränkt.

Simone schrie auf. Babettes Augen waren geöffnet und starrten blicklos nach oben. Als Simone sie rüttelte, rührte sie sich nicht.

Babette war tot. Sie hatte sich mit einer Scherbe die Pulsadern aufgeschnitten. Noch immer schreiend rannte Simone hinaus.

Wenige Minuten später befand sich das ganze Haus in Aufruhr. Panisch war Simone ins Erdgeschoss gestürzt und hatte zuerst die beiden Schläger geweckt, die nachts auch als Wächter dienten. Einer schlief auf einer Pritsche, die dicht vor der Eingangstür stand.

»Merde«, fluchten die Männer, als sie sich die Bescherung ansahen. Dann trieben sie zuerst die durch Simones Schreie aufgeweckten anderen Prostituierten in ihre Zimmer zurück und schlossen sie ein. Erst dann alarmierten sie die Maîtresse und deren alte Mutter, die im Nebenhaus wohnten. In der Kammer wurde hektisch beratschlagt, was nun mit der Leiche zu tun sei.

Auf Simone, die sich im Erdgeschoss in einen dunklen Winkel gedrückt hatte, achtete niemand. Denn so erschüttert sie auch war, hatte sie doch blitzschnell erkannt, dass dies ihre erste und vielleicht einzige Chance war, aus diesem verfluchten Haus zu entkommen.

Wie sie gehofft hatte, steckte der Schlüssel in der nun verwaisten Eingangstür. Während im Obergeschoss lautstark diskutiert wurde, drehte Simone ihn zweimal im Schloss und huschte hinaus. Barfuß und nur mit ihrem fleckigen Nachthemd bekleidet, stand sie im Freien auf der Rue des Martyrs.

Elises Wohnung am Boulevard de Rochechouart war nur eine kurze Strecke entfernt. Viel näher als die Rue Tourlaque in der Mitte des steilen Hügels. Da Simone damit rechnen musste, dass ihr Verschwinden bald bemerkt würde, rannte sie los, so schnell sie konnte.

Stöhnend wälzte die alte Marianne sich in ihrem Bett. Die Schmerzen, die sie von Jahr zu Jahr schlimmer plagten, ließen sie wieder einmal nicht schlafen. Schließlich stand sie auf, um sich einen Tee aufzubrühen.

Nach Jeannes Tod war sie zu Elise und Denise gezogen. Auguste Vaillant war mit seiner Tochter in der Rue Tourlaque geblieben. Sie hatten noch nicht entschieden, was mit der Wohnung geschehen sollte, in der sich Jeannes und Mariannes spärliche Habe weiterhin befand. Zum Glück verdiente Elise genug. Sie hatte die Miete schon seit geraumer Zeit übernommen.

Mit der Tasse in der Hand trat Marianne ans Fenster ihres Zimmers und blickte auf den Boulevard hinunter. Der Mond schien hell, sodass sie die merkwürdige Gestalt, die jetzt über die Straße hetzte, recht gut erkennen konnte.

Sie öffnete das Fenster, um noch besser sehen zu können. Es war anscheinend eine Frau, trotz der nächtlichen Kälte barfuß und nur mit einem dünnen Hemd bekleidet.

Jetzt hatte die Gestalt Marianne ebenfalls gesehen und begann, wie wild zu winken und zu rufen. Marianne beugte sich weiter hinaus.

Mon Dieu, das ist Simone! Sofort weckte Marianne Elise. »Da unten steht deine Schwester! Wir müssen sie reinlassen! Womöglich wird sie verfolgt!«

In dieser Nacht tat in Elises Wohnung niemand mehr ein Auge zu. Denise ließ Simone ein Bad ein, während Elise nach passender Wäsche und Garderobe suchte. Simone war, wie sie selbst, immer schon schlank gewesen. Aber jetzt war sie spindeldürr.

Schließlich saßen alle vier in der Küche um den Tisch, während Simone die Reste des Abendessens hinunterschlang. Erst als sie gesättigt war, fiel ihr etwas auf.

»Wohnst du nicht mehr in der Rue Tourlaque, Tante Marianne? Und wo« – sie ließ den Blick durch die geräumige Küche schweifen – »wo ist denn *maman*?«

Marianne und Elise wechselten einen traurigen Blick. Dann ergriff die alte Frau das Wort.

»Deine Mutter ist tot, Simone. Sie ist betrunken unter die Räder einer Kutsche geraten.«

Kapitel 43

ELISES WOHNUNG AM BOULEVARD ROCHECHOUART

5. DEZEMBER 1893

»Also, du versicherst mir, Elise, dass du oder die von dir gedungenen Schläger nichts, rein gar nichts mit dem Tod dieses Luc Colbert zu tun haben?« André stellte diese Frage seit seiner Ankunft schon zum dritten Mal.

»Wie oft soll ich's noch sagen?« Elise klang ungeduldig. »Der Kerl hat zwar den Tod mehr als verdient. Schließlich hat er Simones Leben zerstört und damit unsere Mutter auf dem Gewissen. Ganz abgesehen von dem bedauernswerten Ding, das er mit nur siebzehn Jahren in dieses Schlachthaus gezwungen hat. Wer weiß, was er anderen Frauen und Mädchen noch angetan hat.«

Sie atmete tief durch und drängte die aufkommenden Tränen zurück.

»Aber Antoine und seine zwei Kumpane haben Luc Mitte November nur tüchtig verprügelt. Wohlgemerkt im November! Damit er nicht weiter vor unserm Haus herumlungert. Simone ist jedes Mal in Panik ausgebrochen, wenn sie ihn gesehn hat. Obwohl sie das Haus nicht verlassen hat, seit sie wieder da ist. Insofern ist Lucs Tod ein Segen für uns alle. Aber in Auftrag gegeben habe *ich* ihn nicht!«

Endlich wirkte André überzeugt. Er deutete noch einmal auf den Artikel in der Gazette, die er mitgebracht hatte. »Was du sagst, passt zu dem, was dieser Schreiberling verfasst hat. Er geht von einem Racheakt im Milieu aus. So gehn Zuhälter eben miteinander um, wenn einer seine Spielschulden bei den andern nicht begleichen kann.«

Vorgestern hatte man Lucs Leiche aus der Seine gefischt. Nachdem sie vermutlich schon einige Tage im Wasser gelegen hatte, wie es in der Zeitung hieß. Aber »einige Tage« bedeutete auf keinen Fall seit »Mitte November«.

André kannte Antoine flüchtig, er hatte ihn nach Simones erster Rückkehr als ihren Leibwächter empfohlen. Einen kaltblütigen Mord traute er ihm eigentlich nicht zu. Dagegen hatte er die Tracht Prügel, die Antoine und seine Freunde Luc verpasst hatten, als gerechte Strafe empfunden.

Wie schlecht es Simone in den Monaten vor ihrer Flucht ergangen war, wusste er bis heute nur andeutungsweise. Mit ihm sprach man nicht über Einzelheiten. Aber ihr verwahrloster körperlicher Zustand war auch ihm nicht entgangen, als er sie in Elises Wohnung besucht hatte.

»Und was liegt dir sonst auf der Seele?«

Elise kannte ihn immer noch gut genug, um zu bemerken, dass ihn in der Tat etwas anderes viel mehr bedrückte als die Frage, wer für den Tod dieses Pimps verantwortlich war. André lächelte wider Willen.

»Machst du dir wieder Sorgen um Auguste?«, kam Elise seiner Antwort zuvor.

André seufzte schwer. »Ich werde aus ihm in letzter Zeit einfach nicht schlau. Manchmal denk ich, er führt irgendwas im Schilde.«

»Und was könnte das sein?«

»Keine Ahnung. Aber er schimpft ununterbrochen über die alte und die neue Regierung. Er hat schon den letzten Ministerpräsidenten Charles Dupuy in Grund und Boden verdammt und ihm seinen Kampf gegen die Gewerkschaften vorgeworfen. Aber seit klar ist, dass Casimir-Périer das Amt übernehmen wird, ist er geradezu außer sich.«

»Was unterscheidet denn den einen vom andern?« Offenbar interessierte sich Elise noch immer nicht für Politik.

»Casimir-Périer war Bergbauunternehmer in einem der größten Grubengebiete in Frankreich. Er hat die streikenden Arbeiter in seinen Bergwerken erbittert bekämpfen lassen. Angeblich gab es dabei Tote und Verletzte. Man nennt ihn nicht umsonst den ›Blutsauger von Anzin‹. Und ausgerechnet der ist jetzt mit der Bildung der neuen Regierung betraut.«

»Dass das Auguste erbittert, kann ich mir gut vorstellen. Die Rechte der Arbeiter waren ihm immer schon heilig.«

»Er verdächtigt den neuen Ministerpräsidenten außerdem, dass er mit den Klerikalen und Royalisten im Land paktieren will. Um die Republik zu zerstören und sie wieder in eine Monarchie zu verwandeln.«

»Mon Dieu!« Elise wirkte schockiert. »Aber was ist mit dem andern passiert, diesem Dupuy?«

André seufzte noch einmal. »Der hat zwar sein Amt als Ministerpräsident verloren, wird aber heute zum Präsidenten des Abgeordnetenhauses ernannt. Bleibt der Nationalversammlung also ebenfalls in 'nem hohen Amt erhalten«, fügte er ironisch hinzu.

»Denkt Auguste auch, dass die Schuldigen am Panamaskandal straflos davonkommen?« Selbst Elise wusste, dass sich Auguste nach wie vor über dieses Thema echauffierte.

André nickte. »Natürlich tut er das. Aber ich glaub, das treibt ihn nicht mehr so um wie früher. Er hat allgemein die Sorge, dass alles im Land noch viel schlimmer wird und solche Verbrecher nichts mehr zu befürchten haben. Besonders wenn sie Politiker sind.«

»Kannst du nicht noch mal mit ihm reden? Wenn es stimmt,

was du sagst, darf er so was zumindest nicht laut hinausposaunen. Sonst kriegt er noch Schwierigkeiten wegen übler Nachrede und so. Es heißt doch, die Versammlungen der Anarchisten werden von der Regierung bespitzelt.«

André seufzte ein drittes Mal und stand auf. »Du hast recht, Elise. Ich will ihm noch mal ins Gewissen reden. Damit er sich am Ende nicht zu irgendwas hinreißen lässt, was ihm hinterher leidtut. Schließlich, was will schon ein einzelner Mann an der politischen Lage im Land ändern?«

WOHNUNG DER RENARDS

SAMSTAG, 9. DEZEMBER 1893

Für einen Samstag war es ungewöhnlich früh, als André von seiner aktuellen Baustelle nach Hause kam. Die Kirchturmuhr von Saint-Pierre schlug gerade ein Uhr.

Sandrine empfing ihn freudig überrascht mit dem kleinen Félix auf dem Arm. »Wie schön, dass du da bist.« Sie küsste ihn auf den Mund, was noch immer einen kleinen Schauer in ihm auslöste. Ihre Leidenschaft füreinander war ungebrochen.

Am liebsten hätte er sie nach nebenan ins Schlafzimmer gezogen. Doch selbst für den Fall, dass beide Zwillinge ihren Mittagsschlaf gehalten hätten, wäre das um diese Uhrzeit nicht mehr möglich gewesen. Denn seit Marianne zu Elise gezogen war, passte Sandrine auf Augustes Tochter Sidonie auf, wenn die jetzt Neunjährige aus der Schule kam.

Heute begrüßte Sidonie ihn mit mürrischer Miene und zog eine Schnute. »Ich will zu meinem Papa.« Sie schob das Bild, an dem sie gerade gemalt hatte, unwillig von sich.

»Aber Sidonie, dein Papa muss leider noch bis zum Abend arbeiten.«

Sidonie schüttelte heftig den Kopf. »Er ist auch schon daheim, aber ich durfte nicht mit.«

»Auguste hat sich den Nachmittag freigenommen«, erklärte Sandrine auf Andrés fragenden Blick hin. »Er kam vorbei, um sich ein Säckchen Nägel auszuleihen. Wahrscheinlich will er irgendwas reparieren und befürchtet, dass Sidonie ihm dabei im Weg ist.«

Merkwürdig, dachte André. Erst vorgestern hat er mich um Schrauben gebeten. Was will er nur mit dem ganzen Zeug?

Doch als ihm Sandrine einen Teller Eintopf mit Fisch vorsetzte, war die Frage rasch vergessen. Niemand kochte so köstlich wie sie.

Eine halbe Stunde und eine weitere Portion Eintopf später betrat André seine Werkstatt. Er wollte den freien Nachmittag nutzen, um an dem zweiten Kinderbettchen weiterzuarbeiten, das er für die Zwillinge baute. Sie wurden langsam zu groß, um in der Wiege zu schlafen.

André zog die Schublade der alten Kommode auf, in der er seine Nägel verwahrte, und fand sie zu seinem Erstaunen leer. Er lief zurück in die Küche.

»Sandrine! Warum hast du Auguste denn all meine Nägel gegeben?«

Sie schaute ihn verwundert an. »All deine Nägel? Warum hätt ich das tun sollen? Ich war gar nicht dabei, als er in die Werkstatt gegangen ist.«

»Also, so geht's nicht«, ärgerte sich André. »Die Kleinen stören sich jede Nacht beim Schlafen und wecken uns dann mit ihrem Geschrei. Ich wollt das zweite Bettchen heut fertig machen.« Er griff nach seiner Jacke. »Ich geh jetzt zu Auguste und hol mir die Nägel zurück.«

Nur wenige Minuten später stand André vor der Tür der Wohnung in der Rue Tourlaque. Doch obwohl er Geräusche aus dem Inneren hörte, öffnete ihm zunächst niemand.

»Auguste«, rief er zornig. »Mach auf! Ich hör doch, dass du da bist.«

Endlich näherten sich schwere Schritte im Flur. Einen Moment später stand Auguste im geöffneten Türrahmen. Noch immer ärgerlich, erklärte André ihm sein Anliegen.

»Komm rein«, sagte Auguste zögernd. »Ich hol dir die Nägel. Aber wart hier im Flur. In der Küche sieht's grad ziemlich durcheinander aus.«

»Das ist mir egal! Du weißt ja gar nicht, was für Nägel ich brauche.« Mit diesen Worten drängte André sich an Auguste vorbei. Was er dann in der Küche erblickte, ließ ihm das Blut in den Adern gefrieren.

Er starrte noch fassungslos auf den Esstisch, als ihn ein schwerer Schlag am Hinterkopf traf. Vor seinen Augen wurde es schwarz.

André wusste nicht, wie viel Zeit vergangen war, als er mit dröhnendem Schädel erwachte. Um ihn herum war es stockdunkel. Außerdem herrschte ein unangenehmer Gestank.

Er brauchte einen Moment, um zu begreifen, dass er sich im Abtritt der Wohnung befand, der ganz am Ende des Flurs lag. Marianne und vor ihrer Trunksucht auch Jeanne hatten immer darauf geachtet, dass der kleine Raum reinlich gehalten wurde. Schließlich war es ein Vorzug der Wohnung, dass sich der Abort nicht im Treppenhaus, geschweige denn im Hinterhof befand. Da sollte es keine Gerüche geben, die die übrigen Räume verpesteten. Als Mann hielt Auguste dies offenbar nicht für nötig.

Licht gab es keines in dem fensterlosen Kabuff. Die Bewohner benutzten eine Petroleumfunzel, wenn sie es betraten. André rappelte sich mühsam auf und drückte gegen die Tür. Doch sie bewegte sich nicht. Da sie sich von außen nicht abschließen ließ, war er verwirrt. Warum ging sie nicht auf? Er warf sich mit aller Kraft dagegen und ignorierte seinen schmerzenden Kopf. Wieder vergeblich. Die schlichte Brettertür hatte André nicht sehr stabil in Erinnerung. Auguste musste sie von außen mit irgendwas, wahrscheinlich einem Möbelstück, verbarrikadiert haben. Auch nach weiteren Versuchen tat sich nur ein winziger Spalt auf.

Auguste hatte ganze Arbeit geleistet. Zweifellos, damit André ihn nicht an seinem teuflischen Plan hindern konnte. Denn was der in dem kurzen Moment gesehen hatte, bevor Auguste ihn niederschlug, waren die Zutaten zu einer *Marmite*. So nannte man die Bomben, mit denen auch Ravachol seine Attentate verübt hatte.

In ein Gefäß ähnlich einem Kochtopf, dem die Bombe auch ihren Namen verdankte, wurde Sprengstoff gefüllt. Je größer die Menge, desto heftiger die Explosion. Sie zerriss das Metallgefäß darüber hinaus in winzige todbringende Splitter, wie es auch im Restaurant Véry der Fall gewesen war.

Möglicherweise hatte Auguste die notwendige Menge an Sprengstoff gefehlt, der nur schwer zu beschaffen war. Stattdessen hatte er den Topf mit Andrés Nägeln und Schrauben gefüllt, die nach der Zündung der Bombe in alle Richtungen fliegen und schwere Verletzungen hervorrufen konnten, wenn sie Menschen trafen.

Hilflos sank André auf den Sitz des Aborts und schlug beide Hände vors Gesicht. Ohne Zweifel plante Auguste ein Attentat.

Und zwar heute! Warum sonst hätte er ihn niederschlagen und einsperren sollen?

»André! André! Bist du da?«

Er wusste nicht, wie viel Zeit vergangen war, als er Sandrine nach ihm rufen hörte. Seit sie Augustes Tochter betreute, hatte sie einen Schlüssel zur Wohnung.

»Hier! Hier! Ich bin hier!«, schrie er ungeachtet seiner Kopfschmerzen aus Leibeskräften.

Wenig später hatten die beiden, nun mit vereinten Kräften, die schwere Kommode so weit von der Tür weggeschoben, dass sich André durch den engen Spalt zwängen konnte.

»Was ist denn hier los?«, fragte Sandrine bestürzt. »Ich wollte nur rasch Sidonie heimbringen, solange die Zwillinge schlafen. Sie hat mir keine Ruhe gelassen.« Ratlos sah sie sich um. »Aber die Haustür war abgeschlossen. Auguste ist gar nicht …«

»Nein, er ist weg! Mit einer selbst gemachten Bombe«, fiel ihr André ins Wort. »Hast du eine Ahnung, was er damit vorhat?«

»Mit einer Bombe?« Sandrine war bestürzt.

»Denk nach! Jede Minute zählt.«

Fieberhaft fuhr sie sich durch die Haare, während Sidonie sich hinter ihrem Rock versteckte. »Vielleicht …« Sie zögerte. »Gestern hatte er den *Figaro* dabei. Da hat er sich über den Leitartikel aufgeregt.«

»Worüber hat er sich aufgeregt?« In seiner Verzweiflung rüttelte André sie an den Schultern. »Was hat er gesagt?«, brüllte er.

Sidonie begann laut zu weinen.

»Die … die … Nationalversammlung«, stammelte Sandrine. »Davon hat er die ganze Woche gesprochen, wenn er Sidonie abgeholt hat. Die tagt doch heute zum ersten Mal mit dem neuen Ministerpräsidenten. Den kann er nicht leiden.«

Die Nationalversammlung! Natürlich! Darüber hatte sich Auguste doch schon früher aufgeregt. »Da trifft es nur die Schuldigen«, hatte er einmal gesagt.

»Aber das kann doch gar nicht sein!«, rief Sandrine André nach, der schon aus der Wohnung stürzte.

»Zum Palais Bourbon! So schnell Sie können!«, herrschte André den Kutscher an. Er hatte auf dem Boulevard de Clichy die erste freie Mietdroschke angehalten. »Wie lange brauchen Sie?«

Der Kutscher zuckte die Achseln und ließ sich nicht aus der Ruhe bringen. »'ne halbe Stunde bestimmt.«

André zog eine Fünf-Franc-Münze aus der Tasche. »Hier! Die geb ich Ihnen, wenn Sie's in der Hälfte der Zeit schaffen.«

Das ließ sich der Mann nicht zweimal sagen. Nach halsbrecherischer Fahrt erreichten sie zwanzig Minuten später das Palais Bourbon gegenüber der Place de la Concorde am linken Seineufer. Hier tagte die Nationalversammlung seit ihren Anfängen unter Napoleon Bonapartes Konsulat.

André sprang aus der Droschke und warf dem Kutscher die Münze zu. Dann hastete er zum Eingang, vor dem zwei Uniformierte Wache standen.

»Halt!«, rief ihn einer der beiden an. »Der Einlass für Besucher ist beendet. Die Versammlung hat bereits angefangen.«

Die Tagungen des französischen Abgeordnetenhauses waren öffentlich. Interessierte konnten sie von Besuchertribünen aus verfolgen.

»Bitte!« Instinktiv fand André die richtigen Worte. »Ich bin ein einfacher Handwerker.« Er zeigte seine von der Arbeit rauen und schwieligen Hände. »Mein Dienstherr hat mich nicht früher gehn lassen.«

Der Mann schüttelte den Kopf. Da mischte sich der zweite

Wachsoldat ein. »Lass ihn rein, Michel! Der arme Kerl ist ja ganz außer Atem.«

Brummend gab der andere nach. »Aber mach ja keinen Lärm!«, rief er ihm nach.

André hastete die Stufen zur Besuchergalerie hinauf. Doch die bestand aus mehreren Teilen, wie er frustriert feststellte, als er die erste Tür aufstieß und sich durch die murrende Menge bis zum Rand des Balkons drängte. Hektisch sah er sich um. Anfangs konnte er Vaillant nirgends erkennen. Dann erblickte er ihn auf einem der gegenüberliegenden Balkone. Er trug einen Sack in der Hand, in dem André die Bombe vermutete.

Dieser Teil der Galerie lag genau über dem leicht erhöhten Platz des Kammerpräsidenten, vor dem mit nur geringem Abstand der neue Ministerpräsident Casimir-Périer saß. Wenn Auguste seine *Marmite* in den freien Raum zwischen deren Sitzen warf, würde er beide treffen, was er offenbar vorhatte.

André zwängte sich zurück an den Zuschauern vorbei, von denen einige jetzt gedämpft protestierten. Denn die Versammlung hatte bereits begonnen. Gerade erteilte der neue Kammerpräsident Dupuy einem der Abgeordneten das Wort.

Keuchend erreichte André über den Flur hinter den Galerien schließlich die andere Seite des Zuschauerraums. Eins, zwei, drei, zählte er lautlos mit, als er die Tür zum dritten Balkon aufstieß. Hoffentlich irrte er sich nicht.

Nein! Da stand Auguste und fingerte gerade in seinem Sack. Nur zwei Meter von ihm entfernt! Vaillant zog die Bombe heraus. Mit einem Sprung fiel ihm André in den erhobenen Arm.

Doch es war zu spät! Auguste warf die Bombe, bevor André ihn daran hindern konnte. Durch den Zusammenstoß änderte die *Marmite* jedoch ihre Bahn. Anstatt gleich hinunter in den Abgeordnetensaal zu fallen, prallte sie gegen den Pfeiler des benachbarten Balkons und explodierte noch in der Luft. Nägel und Schrauben spritzten nach allen Seiten. André verspürte einen brennenden Schmerz an der Schulter. Im nächsten Moment hatten die Zuschauer Vaillant bereits überwältigt und drückten ihn zu Boden. Auch er blutete aus mehreren Wunden.

»Attentat auf die Nationalversammlung!« – »Fünfzig Verletzte durch Nagelbombe!« – »Nur zwei Abgeordnete getroffen!« – »Attentäter sofort verhaftet!« »Kammerpräsident Dupuy setzt die Sitzung fort!« … So lauteten die Schlagzeilen der nur Stunden später gedruckten Extrablätter.

Dem Präsidenten des Abgeordnetenhauses, Charles Dupuy, wurde sogar Anerkennung für seine Kaltblütigkeit gezollt. Er wartete, bis die Verletzten, viele davon zum Glück nur leicht verwundet, versorgt oder in die Hospitäler gebracht worden waren. Dann verkündete er: »Die Sitzung nimmt ihren Fortgang.« Das Zitat machte noch wochenlang die Runde, wo immer die Pariser zusammentrafen.

Der Sache der Anarchisten hatte Auguste Vaillant allerdings einen Bärendienst erwiesen. Bereits zwei Tage später erließ die Nationalversammlung auf Anregung des neuen Ministerpräsidenten Casimir-Périer die sogenannten Anarchistengesetze, die jegliche, auch friedliche Proteste dieser Gruppe unter Strafe stellten.

Auguste Vaillant wurde schon im Januar 1894 in einem nur eintägigen Prozess zum Tode verurteilt und wenige Wochen später durch die Guillotine hingerichtet.

Aus Wut über den Verrat lehnte er Andrés und Sandrines Angebot ab, seine Tochter Sidonie zu adoptieren. Stattdessen gab er sie in die Obhut eines bekannten Anarchistenführers, obwohl auch der sich immer gegen die Propaganda der Tat ausgesprochen hatte.

Kapitel 44

IM ATELIER VON OTTILIE ROEDERSTEIN IN MONTPARNASSE

APRIL 1894

»Seit wann interessierst du dich denn für Mutter-Kind-Motive?«

Valérie hatte ihre Freundin Madeleine Smith nicht kommen hören, da sie so vertieft in ihre Arbeit gewesen war. Sie sah auf und unterdrückte ein Stöhnen. Das Gleiche hatten sie heute schon Louise Catherine Breslau und Ida Gerhardi gefragt.

Gespielt gleichgültig zuckte sie die Achseln. »Ich hatte Lust, einmal etwas Neues auszuprobieren.«

Madeleine musterte das noch unfertige Gemälde kritisch. »Es erinnert mich ein wenig an Maria mit dem Jesuskind. Der kleine Junge ist sehr niedlich geworden und fühlt sich offenbar wohl bei seiner *maman*. Die scheint den Kleinen aufrichtig zu lieben. Wenn du das ausdrücken willst, ist es dir gut gelungen.«

Valérie freute sich sehr über Madeleines Lob und bedauerte gleichzeitig das Versteckspiel vor ihren Malfreundinnen in Montparnasse. Nur Suzanne Valadon wusste die Wahrheit über ihr Söhnchen Philippe. Aber in ihrem Atelier in Montmartre hatte Valérie das Bild nicht malen wollen. Zwar war Baptiste dort noch nie erschienen. Aber sollte er sich das einmal anders überlegen, würde er sich als ihr Ehemann über den Vermieter leicht Zutritt zu der Wohnung verschaffen können und möglicherweise Verdacht schöpfen, wenn er das Bild sah.

Madeleine betrachtete das Gemälde noch immer. Jetzt verdüsterte sich ihre Miene. »Das ist ein sehr feminines Motiv. Ich bekäme so etwas nicht so gut hin wie du. Dazu müsste ich fühlen, was ich male, und Mutter sein oder es wenigstens bald werden können.« Sie seufzte vernehmlich. »Also bleib ich bei meinen männlich wirkenden Werken. Zumindest hab ich damit Erfolg!«

Valérie wusste, worauf Madeleine anspielte. Es war ein offenes Geheimnis, dass sie sich hoffnungslos in ihren Kunstlehrer Jean-Jacques Henner verliebt hatte. Auch Henner unterhielt ein Damenatelier in enger Verbindung mit der Akademie Julian und war als bekannter Salonmaler ähnlich renommiert wie Carolus-Duran oder Henri Gervex. Madeleine hatte ihm schon mehrfach Modell gestanden und zum Dank sogar Privatunterricht erhalten. Doch ihre Gefühle schien er nicht zu erwidern.

Unzweifelhaft war jedoch, dass Madeleine von seinem Unterricht profitierte. Inzwischen stellte sie jedes Jahr im Pariser Salon aus. Ihr bekanntestes Gemälde war ein Bildnis von Jeanne d'Arc in voller Rüstung. Es hatte zwar keine Medaille gewonnen, war aber dadurch prominent geworden, dass Ottilie Roederstein Madeleine beim Malen des Bildes porträtiert hatte. Madeleine und die inzwischen weitaus bekanntere Roederstein waren eng befreundet.

Ottilie lebte inzwischen wieder in Deutschland und verdiente sich wie Louise Catherine Breslau als eine der wenigen Malerinnen ihren Lebensunterhalt durch ihre Kunst. Deshalb konnte sie es sich leisten, ihr Atelier in Paris weiter zu unterhalten, obwohl sie nur wenige Wochen im Jahr dort verbrachte. Eingedenk ihrer eigenen schwierigen Anfänge stellte sie es weniger begüterten und noch unbekannten Kolleginnen zur Verfügung. Das war nicht nur für Valérie und ihr aktuelles Gemälde ein Segen.

Ihre erste Reise zu Philippe nach Plombières-les-Bains im vergangenen Herbst hatte sie noch damit rechtfertigen können, die dortigen Ärzte hätten ihr eine Nachuntersuchung empfohlen. So solle sichergestellt werden, dass der Heilungsprozess ihres »Frauenleidens« erfolgreich abgeschlossen sei. Henris Cousin Gabriel hatte dies erneut gegenüber Baptiste gedeckt und Valérie mit einem Schreiben an die behandelnden Ärzte versorgt, bei denen sie tatsächlich vorstellig geworden war. Zu ihrer Erleichterung waren die bei der Geburt entstandenen Verletzungen ausgeheilt.

Doch schon der Vorwand für ihren zweiten Besuch hatte ihr Kopfzerbrechen bereitet. Erwartungsgemäß missbilligte Baptiste offen den vorgetäuschten Anlass.

»Warum studierst du die Landschaftsmalerei nicht in der Umgebung von Paris? Anstatt dafür bis in die Bretagne zu reisen?«

»Ich will Szenen am Meer skizzieren«, hatte sie trotzig erwidert.

»Und wer begleitet dich? Etwa eins dieser Malweiber?« Damit hatte er ihr die vorbereitete Lüge quasi in den Mund gelegt.

»Die deutsche Malerin Ida Gerhardi.« Es war sehr unwahrscheinlich, dass Baptiste sie kannte. Denn anders als Madeleine Smith oder Louise Catherine Breslau hatte Ida noch nie im Pariser Salon ausgestellt. »Sie studiert in den gleichen Damenateliers wie ich.«

Er hatte verächtlich geschnaubt. »Offenbar eine weitere Dilettantin. In nur zwei Wochen werdet ihr ohnehin nichts erreichen. Dafür braucht man Begabung, die ihr Malweiber alle nicht habt. Auch deshalb gebe ich keinen Sou zu den Reisekosten dazu.«

Damit hatte Valérie auch nicht gerechnet. Vor vier Wochen war sie mit Marie in die Vogesen gefahren. Diesmal nächtigte sie in dem kleinen Gasthaus in Le Clerjus und verbrachte buchstäblich jede Minute des Tages mit Philippe. Wie beim ersten Besuch freute sie sich aufrichtig darüber, dass der Kleine so gut gedieh. Es fehlte ihm offensichtlich an nichts.

Auch deshalb hatte Philippe anfangs mit ihr ein wenig gefremdelt, sich dann aber rasch an Valéries Gesellschaft gewöhnt, ermutigt von Tante Albertine.

Valérie hatte Kohlestifte und Papier mitgebracht, um Philippe zu zeichnen und in der langen Periode der Abwesenheit wenigstens Bilder von ihm zu haben. Die Idee zu ihrem aktuellen Gemälde war ihr jedoch erst gekommen, als sie an einem milden Frühlingstag mit ihm auf einer Bank unter einem aufblühenden Apfelbaum saß. Schon zwei Tage später würde sie nach Paris zurückkehren.

Sie hielt Philippe in den Armen, der sie mit großen braunen Augen ansah, ihr zulächelte und sein Fäustchen an ihr Kinn drückte. Vor lauter Liebe vergaß sie sogar ihren Schmerz über die bevorstehende Trennung.

»Was für ein wundervoller Anblick!« Erst jetzt, als Valérie endlich wieder aufsah, bemerkte sie Marie, die sie zum Mittagsmahl holen wollte. »Das sollten Sie aus dem Gedächtnis malen!«

Am gleichen Abend hatte Valérie im Gasthaus begonnen, die Szene zu skizzieren. Mithilfe von Marie erstellte sie schon kurze Zeit nach ihrer Rückkehr nach Paris eine wirklichkeitsnahe Vorlage für das Bild. Ihre eigenen Züge verfremdete sie, falls Baptiste das Werk durch einen unseligen Zufall doch einmal sehen sollte. Aber ihr Söhnchen bildete sie möglichst naturgetreu ab.

Nun trat sie einen Schritt von der Staffelei zurück und begutachtete ihren heutigen Fortschritt. Das Herz ging ihr auf, als sie das Kind in ihren Armen sah. Dieser Teil des Gemäldes war fertig und erfüllte sie gleichzeitig mit Liebe und Sehnsucht. Wie gern hätte sie Philippe bei sich gehabt und aufwachsen sehen!

Madeleine riss sie aus ihrer Versunkenheit. »Wir sollten uns langsam aufmachen. Die Feier in der Rue du Dragon beginnt in einer Stunde. Aber die preisgekrönten Bilder wurden bestimmt längst bekannt gegeben. Vielleicht ist deins ja dabei!«

Trotz Madeleines Optimismus riss Valérie sich nur mühsam vom Anblick Philippes los. Zu gern hätte sie noch weitergemalt. Aber es wäre unhöflich gewesen, der Veranstaltung in der Zentrale der Akademie Julian fernzubleiben, die inzwischen eine ganze Reihe von Dependancen in Paris unterhielt. Immerhin gehörte sie zum ersten Mal zu den Studenten, die dort ausstellen durften. Jeder Schüler der Akademie und der mit ihr verbundenen Ateliers durfte sich an diesem Wettbewerb beteiligen, der jeden Monat aufs Neue stattfand.

In Analogie zum Vorgehen des Pariser Salons wählte eine Jury unter den eingereichten Werken diejenigen für die Ausstellung aus und vergab für die besten je eine Gold-, Silber- und Bronzemedaille. Es galt mittlerweile als große Ehre, einen solchen Preis zu gewinnen. Denn die Jury bestand zum Teil aus den gleichen Mitgliedern wie die des Pariser Salons. Carolus-Duran war dabei, genauso wie Madeleine Smiths heimliche Liebe Jean-Jacques Henner.

Valérie hatte auf Drängen von Henri Gervex und ihrer Malfreundinnen ihr Gemälde mit den Nymphen eingereicht. Aber sie erwartete sich nichts davon. Deshalb winkte sie ab.

»Gemach, gemach. Ich bin froh, dass sie die Nymphen überhaupt angenommen haben. Aber zur Hoffnung auf einen Preis versteige ich mich nicht.«

Sie sollte sich irren. Kaum hatte sie das Gebäude betreten, stürzte ihr auch schon Louise Catherine Breslau entgegen. In ihrer kameradschaftlichen Art schlug sie Valérie so stark auf die Schulter, dass diese beinahe ins Taumeln geriet.

»Gratuliere, *ma chère*!« Die Freundin strahlte über das ganze Gesicht. »Dein Bild hat die Bronzemedaille des Monats April bekommen!«

Kapitel 45

ELISES WOHNUNG AM BOULEVARD ROCHECHOUART

APRIL 1894

»Das Leben ist schön! Hier kommt die Quadrille!«

Henri de Toulouse-Lautrecs Stimme schallte durch den ganzen Saal, während die Tänzerinnen und Valentin, der Knochenlose, Aufstellung nahmen. Dass Henri die Quadrille ankündigte, war in den letzten Monaten eine Seltenheit geworden. Früher hatte er sich fast jeden Abend im Moulin Rouge aufgehalten. Heute kam er manchmal ganze Wochen lang nicht. Man munkelte, er ginge inzwischen lieber in den Jardin de Paris oder verschiedene Nachtclubs. Außerdem würde er zeitweise sogar in seinem neuen Lieblingsbordell Fleur Blanche logieren.

Trotz Henris Ansage hatte Elise kein gutes Gefühl, als sie ihre Startposition einnahm. Erklären konnte sie sich das nicht. Denn das Varieté war bis auf den letzten Platz besetzt, das Abendprogramm und auch sie selbst hatten großen Applaus erhalten.

La Goulue warf der neuen Kollegin, der das Publikum bereits nach kurzer Zeit den Künstlernamen La Gazelle, »die Gazelle«, verliehen hatte, einen missgünstigen Blick zu. Dabei zupfte sie an ihrem Cancan-Kleid, das ihr Abend für Abend enger am Leib saß. Denn Louise machte ihrem Spitznamen »die Gefräßige« alle Ehre und wurde beständig dicker.

Da sie sich in aller Öffentlichkeit darüber aufregte, wussten

Elise und das gesamte Ensemble, dass Jean Oller, der Direktor, sie bereits mehrmals deswegen zur Rede gestellt hatte. Denn ihrer zunehmenden Unbeweglichkeit im Vergleich zu früher war geschuldet, dass sie ihre spektakuläre Figur »Bein hinter der Schulter« schon seit längerer Zeit nicht mehr hinbekam. Noch waren ihre Sprünge und der abschließende Spagat nicht allzu sehr in Mitleidenschaft gezogen. Aber dies war wohl nur eine Frage der Zeit, war man sich im Corps einig. Denn anstatt sich zu mäßigen, betäubte La Goulue ihre zunehmende Frustration mit immer mehr fettem Essen und hochprozentigem Alkohol.

Nach ihrem Auftritt vor Gericht wegen der nackten Kleopatra auf dem *Bal des Quat'z'Arts* war sie erwartungsgemäß bei den Gebrüdern Oller in Ungnade gefallen und hatte einen großen Teil ihrer früheren Privilegien eingebüßt. Jetzt musste sie Geldstrafen für jeden Verstoß gegen die Regeln bezahlen. Auch ihr Engagement im Jardin de Paris war zu Ende.

Das galt allerdings für alle Tänzerinnen des Moulin Rouge mit Ausnahme von Jane Avril. Jane tanzte inzwischen jeden Abend im Jardin de Paris und hatte demgemäß das Moulin Rouge im vergangenen Herbst verlassen. Daher fehlte dem Etablissement mit der nachlassenden Leistungsfähigkeit von La Goulue jetzt der herausragende Star. Denn weil Henri sein Versprechen noch immer nicht eingelöst hatte, auch Elise mit einem Plakat oder zumindest einem Gemälde zu mehr Bekanntheit zu verhelfen, spielte sie trotz ihrer hervorragenden tänzerischen Entwicklung weiterhin die zweite Geige.

Insbesondere die vielen Touristen, an erster Stelle die Engländer, hatten noch nie von Elise gehört, bevor sie das Moulin Rouge zum ersten Mal besuchten. Sie kamen, um La Goulue und Jane Avril zu sehen. Beider Ruhm war längst bis auf die Insel gedrungen.

Doch zweifelsohne hatte der Direktor Jean Oller im Vergleich zu seinem Vorgänger Charles Zidler kein glückliches Händchen beim Management des Varietés. Schon Grille d'Égout, die vor einem Jahr gegangen war, konnte er lange Zeit nicht ersetzen. An ihrer Rolle im Duo mit Elise und im Quattro der Quadrille waren inzwischen eine ganze Reihe von Tänzerinnen gescheitert. Dabei setzte der Direktor ausschließlich auf die Anwerbung neuer Mitglieder des Ensembles. Sowohl Nini Patte-en-l'air als auch Aicha hatten sich vergeblich um den Aufstieg in eine bessere Position beworben.

»›Das Moulin Rouge braucht neues Blut, neue Attraktionen. Mit altbekannten Gesichtern ist da kein Staat zu machen‹«, zitierte Aicha tränenüberströmt Jean Oller, nachdem er ihre Bewerbung um Luciennes ehemalige Rolle abgelehnt hatte. Nini hatte das Moulin Rouge sogar verlassen, weil der Direktor ihr Soloauftritte verweigerte. Auch sie hatte vor zwei Wochen ihre eigene Tanzschule eröffnet, die sie hochtrabend *Académie du Cancan Français* nannte.

Über viele Monate hinweg war keine Tänzerin, die Jean Oller anwarb, in der Lage gewesen, auch nur Grille d'Égout zu ersetzen. Geschweige denn Jane Avril. Alle jungen Frauen hatten das Etablissement nach kurzer Zeit wieder verlassen, woran auch die Schikanen La Goulues ihren Anteil hatten.

Bis Sabine zu ihnen gestoßen war. Sie hieß in Wahrheit Marguerite und war, wie einst Louise Weber, ein natürliches Tanztalent mit ungeheurer Begabung. Erst neunzehn Jahre alt, fast so beweglich wie Valentin, dabei jedoch überaus graziös. Und ehrgeizig! Das war für niemanden aus dem Corps zu übersehen.

Von La Goulue ließ sie sich nicht ins Bockshorn jagen. Im Gegenteil drehte sie ihr bereits nach drei Wochen eine Nase, als sie die Figur »Bein hinter der Schulter«, die außer Louise keine andere

Tänzerin aus dem Ensemble beherrscht hatte, sogar eleganter und geschmeidiger zeigte, als Louise dies je gelungen war.

Natürlich waren die Gebrüder Oller begeistert gewesen. Im Programm nahm Sabine Jane Avrils Stelle ein, sie tanzte allabendlich zwei Solos und war selbstverständlich Teil der Quadrille, mit der der Publikumstanz auch heute eröffnet wurde.

Elises Kloß im Magen verstärkt sich, als die Kapelle mit der Melodie des Galop Infernal einsetzt. Sabine wird den ersten Part übernehmen. In der Garderobe hat sie Elise anvertraut, sie habe eine spezielle Variante einer Cancan-Figur entwickelt, die sie heute Abend zum ersten Mal zeigen wird.

Elises Herz schlägt schneller, als Sabine zu tanzen beginnt. Das Gefühl kommenden Unheils schnürt ihr die Kehle zu. Sabines Nummer ist ohne eine neue Figur schon fast zu Ende. Doch jetzt hebt sie das linke Bein, umfasst den Fuß aus der Drehung heraus mit beiden Händen und schiebt das Bein hinter die Schulter.

»Halt ein!«, will Elise schreien. Doch sie bleibt stumm. Sie weiß, was kommen wird, und fühlt sich doch wie gelähmt.

Dann geht alles sehr schnell. Sabine springt in dieser Haltung mit dem rechten Fuß in die Höhe, streckt das Bein nach vorn wie zum Spagat und will das linke Bein gleichzeitig nach hinten ausstrecken. Doch der Fuß verheddert sich, später heißt es, in ihren voluminösen Unterröcken. Sie verliert die Balance und kracht rücklings mit dem Hinterkopf hart auf den Parkettboden. Das hässliche Geräusch klingt wie das Knacken einer Nuss.

Schreiend fuhr Elise hoch und schlug vor Entsetzen um sich. Ihr ganzer Körper hatte sich verkrampft.

Die Tür ging auf. »Elise!« Simone beugte sich besorgt über sie. »Hast du wieder davon geträumt?«

Erst jetzt kam sie zu sich und merkte, dass sie in ihrem Bett lag. »Ja«, keuchte sie und spürte, dass ihr die Tränen über die Wangen flossen. »Aber im Traum ist es falsch! Bevor es passiert ist, ahnte ich nämlich gar nichts. Ich war neugierig und gespannt auf die neue Figur. Sie wollte vom Bein hinter der Schulter in den Spagat springen. Eigentlich unmöglich. Wenn ich jetzt davon träume, fühl ich das Unglück immer kommen!«

»Du hättest es nicht verhindern können. Niemand konnte so was kommen sehen. Noch nie hab ich gehört, dass eine Cancan-Tänzerin auf der Bühne tödlich verunglückt ist.«

»Ich hab dir einen Melissentee aufgebrüht, Kind«, ließ sich nun auch Marianne vernehmen. Seit Elise jede Nacht diesen Albtraum hatte, stand immer ein Kessel mit Wasser bereit.

Dankbar ergriff Elise die Tasse und umklammerte sie mit beiden Händen. Mit jedem Schluck wurde sie ruhiger.

Der Unfall war jetzt zwei Wochen her. Schon am nächsten Abend hatte das Moulin Rouge wieder geöffnet. »The show must go on!«, erklärte Joseph Oller dem Ensemble auf Englisch. Das verstanden auch die, die dieser Sprache nicht mächtig waren. Von jeder Tänzerin wurde erwartet, ihre Auftritte weiterhin fehlerfrei zu bestreiten. Nur die Figur »Bein hinter der Schulter« wurde verboten. Was geradezu lächerlich war, da sie ohnehin keine der anderen Damen beherrschte.

Elise kam ihre Routine zu Hilfe, als sie ihre ersten Auftritte nach der Katastrophe bewältigte. Doch Nacht für Nacht suchte sie seither dieser Albtraum heim.

Simone und Marianne hatten sich längst zurückgezogen, nachdem Elise ihnen versichert hatte, dass es ihr besser ginge. Trotzdem wälzte sie sich schlaflos von einer Seite auf die andere. Da war ein Gefühl, das sie wach hielt. Aber sie konnte es nicht fassen.

Plötzlich stand ihr eine Szene vor Augen, die sich ungefähr eine Woche vor Sabines Tod zugetragen hatte. Spontan setzte sie sich auf. Sollte Sabines schreckliches Schicksal etwa eine Warnung für sie selbst sein?

Nach ihrem Tod hatte sich herausgestellt, dass Sabine trotz ihrer grazilen Figur schon einen Sohn geboren hatte, der auf dem Land bei ihrer Mutter aufwuchs und jetzt zwei Jahre alt war. Beide waren völlig von Sabines Verdienst abhängig gewesen, die auch schon vorher in einigen unbekannteren Pariser Varietés aufgetreten war. Nun stand die kleine Familie völlig mittellos da.

Zwar hatte Joseph Oller fünfhundert Francs zur Verfügung gestellt und die Beerdigung bezahlt. Auch die gesamte Belegschaft hatte gesammelt, was weitere dreihundert Francs zusammengebracht hatte. Doch wie lange würde das Geld reichen, bevor Großmutter und Enkel in Armut versanken?

Auch Simone und die alte Marianne sind finanziell völlig von mir abhängig, wurde Elise in aller Deutlichkeit bewusst. Simone würde niemals mehr ein bürgerliches Leben führen können. Dabei stand ihr nicht einmal nur ihre Vergangenheit im Wege. Nein, auch nach Lucs Tod lungerten immer wieder dubiose Gestalten vor dem Haus auf dem Boulevard Rochechouart herum und warfen Blicke zu den Fenstern der Wohnung empor.

»Das könnten Lucs Gläubiger sein«, vermutete Simone. »Die mich doch noch mal in ihre Gewalt bringen wollen, um mich in eins der Schlachthäuser zu entführen! Wo ich mich ficken lassen soll, bis ich krepiere.« Dabei zitterte sie am ganzen Leib. Sie hütete sich nach wie vor, die Wohnung zu verlassen.

Marianne ging inzwischen auf die achtzig zu. Ihre Finger waren von der Arthritis verkrümmt, ihre Sehkraft hatte stark nachgelassen. Sie half zwar noch im Haushalt mit, wo sie konnte, aber verdiente keinen einzigen Centime mehr, seit sie von der Butte weggezogen war.

Simone würde in einem widerlichen Bordell, Marianne im Armenhaus landen, falls Elise das gleiche Schicksal erlitte wie Sabine.

Mit weit offenen Augen starrte Elise in der aufkommenden Dämmerung an die Decke ihres Schlafzimmers. Sie ließ die Szene, die ihr eingefallen war, in ihrer Erinnerung noch einmal Revue passieren.

An diesem Abend hatte Liane de Pougy mit zwei Begleitern das Moulin Rouge besucht. Liane war derzeit der aufkommende Star in der Pariser Demimonde. Da häufig in den Gazetten über sie berichtet wurde, hatten Elise und etliche ihrer Kolleginnen die Kurtisane sofort erkannt und tuschelten in ihren Pausen über sie.

»Schau mal, wie elegant die gekleidet ist! Die Robe stammt bestimmt von Charles Worth!« – »Sie heißt eigentlich ganz anders und ist ihrem Ehemann, der sie verprügelt hat, abgehauen und vor ein paar Jahren bettelarm nach Paris gekommen!« – »Jetzt hat sie an jedem Finger drei Verehrer! Die weiß, wie's geht!« – »Wen sie nicht leiden kann, den lässt sie am langen Arm verhungern!«

Auch Elise hatte die schlanke, hochgewachsene Frau mit dem ausdrucksvollen ovalen Gesicht, den dunklen Haaren, den dunklen Augen, über denen sich sanft geschwungene Brauen wölbten, und dem sinnlichen Mund ausgiebig betrachtet. Sie ist wirklich wunderschön, dachte sie. Glaubt man den Klatschblättern, ist sie erst Mitte zwanzig und hat ihr Glück schon gemacht.

Davon zeugte auch Lianes Schmuck. Angeblich liebte sie Perlen über alles und erhörte keinen Bewunderer, der sie ihr nicht zum Geschenk machte. Tatsächlich trug sie heute Abend ein dreireihiges Perlencollier um den Hals, ihre Abendfrisur war mit perlenbesetzten silbernen Kämmen hochgesteckt.

Trotz ihres Anflugs von Neid hätte Elise dem Besuch der Kurtisane keine weitere Bedeutung beigemessen, wenn ihr ein Kellner nach der Quadrille nicht ein Billett übergeben hätte. Liane lud sie an ihren Tisch ein.

Auch wenn sie weniger neugierig gewesen wäre, hätte Elise einer solchen Einladung Folge leisten müssen. Das wurde von allen Tänzerinnen im Moulin Rouge erwartet, wenn hochgestellte Persönlichkeiten sich um einen Kontakt bemühten.

Bei einem Glas Champagner stellte sich heraus, dass Lianes Begleiter zwei begüterte Engländer waren, offensichtlich von Adel, die sich gerade auf einer Parisreise befanden.

Elise erkannte rasch, dass einer der beiden Herren ihr schöne Augen machte. Er lud sie ein, die kleine Gesellschaft nach dem Ende des Balls ins teure Restaurant Maxim's zu begleiten, das Elise bislang nur dem Namen nach kannte. Als sie ablehnte, bat Liane sie, mit in den Erfrischungsraum für Damen zu kommen.

»Sei doch nicht dumm, Elise«, duzte sie sie sofort. »Lord William ist ein schwerreicher Mann. Er ist nach Paris gekommen, um sich ein paar Wochen nach Herzenslust zu vergnügen, und sucht dafür noch eine geeignete Partnerin. Warum willst du sein Angebot nicht annehmen? Es dürfte dich nicht reuen. Auch wenn du einer der Stars hier im Moulin Rouge bist, wird er dir deine Zuneigung weit großzügiger entlohnen, als du es je mit der Tanzerei verdienen kannst.«

Sie zeigte auf ihr schimmerndes Perlencollier. »Schau her! Das hat mir sein Freund, Lord Frederick, schon am ersten Abend geschenkt.«

Dennoch war Elise damals davor zurückgeschreckt, sich mit einem Mann nur um seines Reichtums willen einzulassen.

Aber was würde ich heute tun, wenn ich ein solches Angebot bekäme?, murmelte sie nun in ihrem Bett. Lord William war ein gepflegter, gesittet wirkender Mann gewesen. Und Liane de Pougy, die völlig mittellos nach Paris gekommen war, gehörte mittlerweile zu den bekanntesten Damen der Demimonde.

Du wärst nichts anderes als eine bessere Prostituierte, flüsterte ihr Gewissen.

Na und? Plötzlich spürte Elise Trotz. Was hatte Henri einmal über Kurtisanen gesagt? Dass er sie bewundere, fiel ihr ein. Denn sie gehörten zu den wenigen Frauen, die nicht von Männern beherrscht würden. Die sie im Gegenteil am Gängelband führten und sich damit ein überaus gutes, weitgehend selbstbestimmtes Leben ermöglichten.

Plötzlich drängte sich ihre ehemalige Freundin La Goulue vor ihr inneres Auge. Louise war nie eine Kostverächterin gewesen und hatte die Männer in der Regel hemmungslos ausgenommen. In ihrer Rolle als Star des Moulin Rouge verdiente sie gut. Dennoch stammte ihr Vermögen größtenteils von ihren zahlreichen Liebhabern. Daraus hatte sie nie einen Hehl gemacht.

Noch protzte sie ungeniert mit ihrem Reichtum, hielt sich eine Kutsche und kaufte ihre Kleider bei teuren Schneidern. Doch ihr Stern war am Sinken. Selbst wenn sie nicht so viel fressen und saufen würde, wäre ihre Karriere in spätestens fünf Jahren zu Ende. Im Sommer würde sie, ebenso wie Elise, achtundzwanzig Jahre alt werden. Elise kannte keine einzige Cancan-Tänzerin, die älter als fünfunddreißig war.

Außerdem hing es weitgehend von Joseph Ollers Gnaden ab, was Elise verdiente. Als er das Konzept für den Jardin de Paris änderte, verlor auch Elise den Zusatzverdienst für ihre Auftritte. Damals war sie insgeheim erleichtert darüber gewesen, da sie die Doppelbelastung sehr erschöpft hatte. Aber vierhundert Francs im Monat mehr oder weniger fielen schon ins Gewicht, wenn sie das mal im Hinblick auf ihre Zukunft betrachtete.

Natürlich hatte Elise einige Ersparnisse. Auch sie besaß inzwischen ein paar elegante Kleider, doch der Großteil ihrer Garderobe war schlicht. Denn sie unterstützte ihre Familie, seitdem ihre Mutter Jeanne trunksüchtig geworden war. Nach dem Ende ihrer Tanzkarriere wären ihre Rücklagen rasch aufgebraucht.

Liane de Pougy war zwar ein paar Jahre jünger als Elise. Aber die Pariser Kurtisane Viviane Boucher erfreute sich trotz ihres höheren Alters noch immer der Gunst der Männerwelt. Glaubte man den Gazetten, die häufig über sie berichteten, musste sie inzwischen über vierzig Jahre alt sein. Auch wenn Viviane selbst das abstritt und behauptete, zehn Jahre jünger zu sein.

Elise war es, als griffe eine kalte Hand nach ihrem Herzen. Wie viel Zeit bleibt mir noch als Tänzerin, um mich und meine Familie abzusichern? Was soll aus uns allen werden, wenn ich nichts mehr verdiene?

Erst als es draußen schon hell wurde, schlief Elise endlich ein. Ihr Entschluss war gefasst. Fortan suchte der Albtraum von Sabines Unfall sie nicht mehr heim.

Zwei Wochen später lud Liane de Pougy Elise erneut an ihren Tisch. Sie stellte ihr Mr Richards vor, einen reichen Textilfabrikanten aus Manchester. Er war weitaus attraktiver als Lord William und erinnerte Elise entfernt an Percy. Diesmal nahm Elise seine Einladung an.

Im Gegensatz zu Percy erwies sich Mr Richards nicht nur als aufmerksamer Liebhaber, sondern außerdem als überaus großzügig. Als er nach vierzehn Tagen abreiste, tat es ihr sogar leid, dass sie ihn nie wiedersehen würde.

Die zweitausend Francs, die er ihr beim Abschied, zusätzlich zu seinen Schmuckgeschenken, diskret in einem Umschlag überreichte, brachte Elise schon am nächsten Tag auf die Bank. Es war weit mehr, als sie in einem ganzen Monat im Moulin Rouge verdiente.

»Wusste ich doch, dass du zur Vernunft kommen würdest, Elise«, kommentierte Liane de Pougy ihre Affäre. »Eine so hübsche Frau wie du sollte die Weichen beizeiten in die richtige Richtung stellen.«

Kapitel 46

IN DER DIESJÄHRIGEN AUSSTELLUNG DER SOCIÉTÉ NATIONALE DES BEAUX-ARTS

SONNTAG, 20. MAI 1894

»Das hab ich mir früher so oft gewünscht, dass wir einmal gemeinsam einen Salon besuchen, in dem auch Bilder von mir ausgestellt sind.«

Valérie umfasste den Arm ihres Vaters fester und drückte ihn. Er errötete leicht und wich ihrem Blick aus. Einen Augenblick lang glaubte Valérie, er wolle sich für seine frühere starrsinnige Ablehnung alles Modernen entschuldigen. Aber dann entgegnete er nur, es habe sich eben leider nicht früher ergeben.

»Also hast du deine Bedenken überwunden, dass es dir schaden könnte, diese Ausstellung zu besuchen.« Valérie konnte sich die Anmerkung nicht verkneifen.

»Wie kommst du denn darauf, dass ich das dachte?« Diesmal schwang ein Unterton von Empörung in seiner Stimme mit. »Schließlich ist Carolus-Duran einer der Gründer. Er sitzt auch in der Jury, ebenso wie weitere anerkannte Maler.«

Valérie lächelte ein wenig spöttisch, erwiderte aber nichts. Stattdessen ereiferte sich Alphonse Dumas weiter. »Es wurde höchste Zeit, dass dem Pariser Salon endlich eine ernst zu nehmende Konkurrenz entsteht. Mit dem einseitigen Festhalten am akademischen Malstil und der Benachteiligung von Frauen und ausländischen Malern hat er sich selbst ins Abseits gestellt. Und damit auch international an Ansehen eingebüßt. Man muss eben mit der Zeit gehen!«

Valérie spitzte die Lippen. »Wie schön, dass du das endlich auch so siehst.«

»Ja, spotte nur über mich! Diese Sezession war überfällig! Das hab ich doch gerade gesagt.«

Valérie schluckte die Bemerkung hinunter, dass die erste Ausstellung des neu gegründeten Salons schon 1890 stattgefunden hatte. Damals hätte ihr Vater keinen Fuß hineingesetzt.

Seither wiederholte die Société Nationale des Beaux-Arts die Ausstellung alljährlich von Mitte bis Ende Mai und damit absichtlich zum Teil parallel zum Pariser Salon. So verhinderte man sehr effektiv, dass Künstler dieselben Werke in beiden Salons ausstellen konnten.

Ihre Fortschrittlichkeit hatte die neue Gesellschaft nicht zuletzt dadurch unter Beweis gestellt, dass mit Madeleine Lemaire und Louise Catherine Breslau zwei Frauen zu den Gründungsmitgliedern gehörten. Beide Malerinnen waren seit dem vergangenen Jahr auch Mitglieder der Jury.

Jetzt näherten Valérie und ihr Vater sich dem Raum, in dem auch ihre und Suzanne Valadons Bilder ausgestellt waren. »Du solltest deine Mutter-Kind-Szene unbedingt einreichen«, hatte Louise Catherine Breslau Valérie im Vorfeld geraten, als sie das fertige Gemälde zum ersten Mal gesehen hatte. »Und – ich dürfte das eigentlich gar nicht erwähnen – ich weiß, wovon ich spreche. Schließlich bin ich in der Jury.« Sie zwinkerte Valérie zu.

»Ich weiß nicht so recht«, täuschte Valérie Zögern vor. »Das ist mein allererster Versuch mit diesem Motiv. Außerdem haben die *Nymphen* doch schon einen Preis gewonnen.«

»Dann reich doch beide Bilder ein! Glaub mir, die Bronzemedaille im Aprilwettbewerb der Studenten von Julian ist keine Garantie für einen Preis im Salon des Beaux-Arts. Da ist die Konkurrenz von anderem Kaliber.«

»Ich überleg es mir«, war Valérie erneut ausgewichen. Obwohl sie das Mutter-Kind-Gemälde auf gar keinen Fall für die Einreichung in Betracht zog, um die Aufmerksamkeit ihres Mannes nicht zu erregen. Denn auch die Journalisten berichteten ausführlich über den neuen Salon. Kein Maler, der bislang beim Pariser Salon ausgestellt hatte und seine Werke nun bei der alternativen Société präsentierte, hatte dadurch den befürchteten Nachteil erlitten.

Die Presse berichtete ohnehin seit jeher weit vor der Bekanntgabe der Preise über Bilder, die auffielen. Das war schon im Pariser Salon gang und gäbe gewesen. Valérie erinnerte sich noch sehr gut an die hitzige Debatte über das Werk *Am Seziertisch* von einer deutschen Malerin. Durch die harsche Ablehnung des Gemäldes in aller Öffentlichkeit war sie selbst ja erst darauf aufmerksam geworden, dass sehr wohl auch Frauen im Pariser Salon ausstellen konnten.

Aber die Diskussion mit Breslau und anderen Malerinnen hatte sie auf die Idee gebracht, Suzanne Valadon zu ermuntern, es bei diesem neuen Salon auch einmal mit ihren Werken zu versuchen.

Die war zunächst skeptisch gewesen. »So ein Unsinn! Die Jury wird mich mit Pauken und Trompeten ablehnen.«

Valérie hatte abgewunken: »Die Société Nationale des Beaux-Arts bezeichnet sich schon in ihren Gründungsstatuten ausdrücklich als frauenfreundlich. Sie will sich unter anderem damit explizit vom Pariser Salon absetzen.«

Dass sie Suzanne damit ermutigt hatte und deren Bilder tatsächlich angenommen worden waren, freute Valérie fast ebenso sehr wie ihr eigener Erfolg. Endlich hatte sie der Freundin etwas für ihre jahrelange Loyalität und Unterstützung zurückgeben können.

»Hier ist es!« Valéries Puls beschleunigte sich, als sie nun vor ihren und Suzannes Bildern standen. Anders als in den Räumen des Pariser Salons hingen die Werke übersichtlich angeordnet in Augenhöhe des Betrachters. Keines wurde in schlecht beleuchteten Winkeln in der dritten Reihe platziert. Obwohl die Räumlichkeiten auf den Champs de Mars genauso großzügig waren wie die des Pariser Salons im Grand Palais, bedeutete dies auch, dass weit weniger Gemälde angenommen werden konnten. Dass es gleich beide Bilder von ihr und Suzanne in die Ausstellung geschafft hatten, war daher eine Auszeichnung für sich.

»Den Mann kenne ich doch«, überlegte Alphonse Dumas vor Suzannes erstem Bild.

»Das ist ein Porträt des Pianisten Erik Satie.« Valérie verschwieg, dass Suzanne eine kurze Affäre mit ihm gehabt hatte. Das ging ihren Vater nichts an.

»Und das ist sie wohl selbst! Ich erkenne sie allerdings kaum.« Alphonse kannte Suzanne als Trauzeugin von Valéries standesamtlicher Hochzeit. »Da gefällt mir dein Selbstporträt eindeutig besser!«

»Und erst recht das Gemälde mit den Nymphen. Kein Wunder, dass es bereits einen Preis gewonnen hat. Weißt du was?« Alphonse drehte sich mit gönnerhafter Miene zu Valérie. »Wenn du dafür auch hier eine Auszeichnung bekommst, nehme ich es sogar in die Galerie.« Er deutete Valéries Miene falsch. »Natürlich nur, wenn du willst. Du hast dich wirklich phänomenal entwickelt.«

»Danke«, murmelte sie abwesend. Sie dachte an ihre vier Erstlingswerke in neuen Malstilen, die unbeachtet im Lager der Kunsthandlung ihres Vaters in einer Ecke standen. Er hatte sie zusammen mit dem ganzen Nachlass des im Februar an Krebs verstorbenen Père Tanguy erworben. Auch dafür hatte er nur einen Spottpreis entrichtet, für den die Witwe Tanguy dennoch sehr dankbar gewesen sei, hatte er sich vor der empörten Valérie verteidigt. Der Tipp stammte von ihr, und wie beim Nachlass von Édouard Manet hatte er sofort zugegriffen.

»Außer den fünf Pissarros war ohnehin nichts Rechtes dabei«, hatte er erklärt. »Lauter unbekannte Maler, die ihre Gemälde für Pinsel und Farben in Zahlung gegeben haben.«

Bei den »Unbekannten« war auch Vincent van Gogh. Als Valérie die erworbene Sammlung ihres Vaters begutachtete, stellte sie fest, dass sie etliche der Werke noch aus ihrer Studentenzeit kannte. Vincent hatte sie damals vergeblich in verschiedenen Restaurants und Cafés ausgestellt und hauptsächlich Hohn und Spott geerntet. Die letzten Gemälde, die er Tanguy in Zahlung gegeben hatte, das *Nachtcafé in Arles* und der *Sternenhimmel über der Rhône*, waren zu Valéries Enttäuschung allerdings nicht dabei gewesen. Sie hätte beide Bilder sofort selbst erstanden. Aber wie Vincent ihr bei ihrer letzten Begegnung mitgeteilt hatte, waren sie wahrscheinlich von seinem Bruder Theo im Salon des Indépendants ausgestellt und vielleicht verkauft worden.

Die Witwe hatte nicht einmal das Porträt behalten, das Vincent von Père Tanguy gemalt hatte. Das fand Valérie pietätlos. Wenigstens gefiel es ihrem Vater am besten von Vincents Werken.

»Von dem Maler habe ich auch noch nie gehört.« Alphonse hatte auf mehrere Bilder von Paul Gauguin gezeigt. »Kennst du ihn? Ein oder zwei von denen werde ich wohl einmal probeweise ausstellen.«

»Ich habe Paul vor Jahren kennengelernt«, bestätigte Valérie. »Meines Wissens lebt er seit einigen Jahren in Polynesien.«

Sie verschwieg ihren Ingrimm über Pauls Plagiat an Pascals Ideen genauso wie ihren heimlichen Aufenthalt in Pont-Aven, wo ein Teil dieser Bilder entstanden war. Die von Pascal entwickelten und in die gemeinsame Stilrichtung eingebrachten Elemente waren in diesen Gemälden Gauguins unübersehbar. Die ehemaligen Freunde hatten sich in Pont-Aven endgültig entzweit, nachdem Gauguin Pascals Anteil am Synthetismus hartnäckig verschwiegen hatte.

»Und der da? Er heißt laut Tanguys Witwe Paul Cézanne. Bist du dem auch mal begegnet?«

Valérie schüttelte den Kopf. Sie nahm sich vor, Edgar Degas bei ihrer nächsten Begegnung nach Cézanne zu fragen. Er kannte die Welt der Pariser Künstler wie seine Westentasche.

»Der Rest ist leider Schrott«, urteilte ihr Vater. Dabei zeigte er auch auf ihre eigenen Bilder. Valérie durchfuhr ein heftiger Stich. »Ich habe die Witwe Tanguy nach den Malern gefragt. Sie wusste nicht mehr darüber, als dass es wahrscheinlich Studenten der Akademie Cormon waren. Denen hat ihr verstorbener Mann auf diese Weise aus Mitleid Kredit gewährt.«

»Na, wenigstens habe ich die Pissarros«, hatte sich ihr Vater schließlich gebrüstet. »Durand-Ruel wird sich schwarz ärgern.« Das war sein Konkurrent, der Camille Pissarro nach jahrelangen vergeblichen Versuchen schließlich doch noch zum Durchbruch verholfen und seither einen Exklusivvertrag mit ihm hatte. »Zwei davon konnte ich schon für ein hübsches Sümmchen verkaufen. Und du wirst es nicht glauben, an denselben Sammler, der zur gleichen Zeit zwei Werke im alten Stil erstanden hat.« So nannte er jetzt selbst den akademischen Realismus.

»Aber man muss mit der Zeit gehen«, wiederholte er auch heute. »Da hattest du wirklich recht, mein Kind. – Also warten wir mal ab, wie die Jury dieses Salons entscheidet.« Er zwinkerte Valérie jovial zu, bevor sie ihren Weg durch die Ausstellung fortsetzten. »Jedenfalls biete ich für jedes preisgekrönte Werk mit.«

Keineswegs zu Valéries Überraschung, dennoch zu ihrer gelinden Enttäuschung gewannen ihre und Suzannes Bilder keinen Preis. Aber beide stimmten darin überein, dass schon die Aufnahme der Gemälde in den Salon der Société Nationale des Beaux-Arts ein großer Fortschritt für sie war.

Kapitel 47

IM BORDELL FLEUR BLANCHE

SEPTEMBER 1894

»Bitte warten Sie noch einen Augenblick, Mademoiselle Lambert. Madame Béatrice wird gleich hier sein.« Die junge Frau, die ihr die Tür geöffnet hatte, war wie ein Dienstmädchen gekleidet. Offenbar war sie keine Prostituierte.

Gemäß der Aufforderung nahm Simone auf einem mit Brokatstoff bezogenen Sessel Platz. Sie befand sich offenbar im Kontor der Madame. Die angebotene Tasse Tee lehnte sie ab.

Während sie wartete, stieg ihre Anspannung. Nervös knetete sie ihre Hände. Um sich abzulenken, ließ sie sich noch einmal die Vorgeschichte dieses Besuchs durch den Kopf gehen:

Vor einigen Tagen hatte Henri de Toulouse-Lautrec ihr über Elise ausrichten lassen, er wolle ihr das Porträt vorbeibringen, das er seinerzeit im Bordell Papillon Jaune von ihr gemalt hatte. Madame Blanche habe keine Verwendung mehr dafür, sie habe ihm das Bild zurückgegeben. Er selbst wisse ebenfalls nichts damit anzufangen. Aber vielleicht würde sich Simone ja darüber freuen.

Henri wusste von Elise, welch schlimme Zeiten Simone hinter sich hatte, dass sie aus dem Schlachthaus geflohen war und inzwischen bei ihr wohnte.

Schon am nächsten frühen Abend stand er mit dem Bild vor der Tür. Elise war gerade im Aufbruch begriffen, um rechtzeitig zu ihrer Vorstellung ins Moulin Rouge zu kommen, und warf nur einen flüchtigen Blick auf das Werk. Simone lud Henri dagegen zu einem Glas Wein ein, das er jedoch ablehnte; stattdessen bat er um einen Cognac. Dann kamen die beiden miteinander ins Gespräch.

Zunächst erkundigte sich Henri besorgt, wie es Simone ging. Elise hatte ihm berichtet, dass ihre Schwester noch immer in panischer Angst vor Lucs Gläubigern lebte und deshalb die Wohnung nie verließ.

»Aber auf Dauer kann dies doch kein Zustand sein«, beendete Simone ihren Bericht verzweifelt. »Ich sitze Tag um Tag hier nutzlos herum und langweile mich zu Tode. Hätte ich die Wahl, ich würde sogar ins Papillon Jaune zurückkehren. Madame Blanche war eine gütige Maîtresse.« Ihr kamen die Tränen. »Doch selbst sie würde mich heute nicht mehr nehmen können. Mein Körper ist durch die Zeit im Schlachthaus entstellt. Durch die Brutalität der Freier habe ich überall Narben. Du würdest mich nicht wiedererkennen.«

Henri schüttelte betroffen den Kopf. Dann leerte er sein Glas Cognac in einem Zug und bat um ein weiteres. Eine Weile starrte er vor sich hin, als würde er intensiv über etwas nachdenken. Dann ergriff er das Wort:

»Ich besuche das Papillon Jaune nur noch selten. Vor einiger Zeit hat in der Rue des Moulins ein neues Luxushaus aufgemacht, das Fleur Blanche. Es wird von Madame Béatrice geleitet, einer ehemaligen, in die Jahre gekommenen Kurtisane. Sie hat das Bordell mit ihren Ersparnissen eröffnet und sich von vornherein das Ziel gesetzt, zum besten Haus in Paris zu werden. Ihre Mädchen sind handverlesen und werden besser behandelt als in den meisten Freudenhäusern, die ich kenne. Sogar besser als im Papillon Jaune.«

Er machte eine kurze Pause und überlegte aufs Neue. Simone wartete gespannt ab.

»Aber Madame Béatrice hat eine gesundheitliche Beeinträchtigung. Sie leidet immer wieder an schlimmen Kopfschmerzen, man nennt diese Krankheit Migräne. Nun möchte sie einerseits ihr Haus sogar noch vergrößern und weitere zehn Mädchen aufnehmen, andererseits fühlt sie sich allein damit überfordert.«

»Wie viele Frauen würden denn dann dort arbeiten?«

»Im Augenblick sind es fünfzehn, dann wären es fünfundzwanzig.«

»Dann müsste sich Madame Béatrice eine Sous-Maîtresse suchen«, schlug Simone vor.

Eine Sous-Maîtresse war die Stellvertreterin der Maîtresse und unterstützte und entlastete diese bei allen anfallenden Aufgaben. Gegenüber den Prostituierten hatte sie die gleichen Befugnisse wie die Madame. Die Mädchen mussten ihr aufs Wort gehorchen. Im Grand Plaisir hatte es eine solche Sous-Maîtresse gegeben, die sogar noch unbeliebter gewesen war als die Hausherrin selbst.

Henri musterte Simone mit einem unergründlichen Gesichtsausdruck. »Das habe ich Madame Béatrice auch schon geraten. Sie ist im Augenblick auf der Suche nach einer geeigneten Kandidatin, ist aber noch nicht fündig geworden.« Er holte tief Luft. »Soll ich dich dafür vorschlagen?«

Im ersten Moment war Simone völlig verblüfft. Dann kam ihr Henris Idee wie ein Rettungsanker vor. Doch noch hatte sie Zweifel.

»Du sagst, Madame Béatrice ist eine gütige Herrin? Die es gut mit ihren Mädchen meint?«

Henri nickte. »Die Mädchen bilden schließlich ihr Kapital. Wenn sie sie bei Laune hält, macht sie das viel attraktiver für die Kunden. Und die Mädchen sind zufriedener mit ihrem Schicksal.«

»Es gibt sicher mindestens einen Wachmann im Haus?«

»Sogar zwei. Nicht um die Frauen zu tyrannisieren, wie im

Schlachthaus, sondern, wie im Papillon Jaune, für den seltenen Fall, dass ein unverschämter Freier in Schach gehalten und notfalls hinausgeworfen werden muss. Madame Béatrice nimmt übrigens keine Prostituierten auf, die draußen einen Zuhälter haben. Sie behält sechzig Prozent des Verdienstes der Mädchen ein, weitere zwanzig Prozent legt sie für jede auf einem Sparbuch an. Damit die Frauen Rücklagen haben, wenn sie zu alt für diesen Beruf sind.«

Henri nahm noch einen Schluck Cognac. »Das restliche Geld und zwei Drittel der Trinkgelder dürfen die Frauen behalten. Einmal im Monat können sie das Haus in Begleitung eines der Wachmänner verlassen, der dann als Leibwächter dient. Sie können flanieren oder einkaufen gehen, wenn sie das wollen. Daran kannst du ermessen, welch ein Geist im Fleur Blanche herrscht.«

Er zwinkerte ihr zu. »Auch du könntest die Dienste dieser Wachleute in Anspruch nehmen, wie Madame Béatrice es auch selbst tut, wenn sie aus dem Haus geht.«

Nach diesen Ausführungen hatte Simone nicht mehr gezögert und Henris Vorschlag angenommen. Schon zwei Tage später überbrachte er ihr ein Billett mit Madame Béatrices Einladung.

Elise und Marianne wussten noch nichts davon. Heute hatte Henri Simone in einer Mietdroschke abgeholt und war gleich mit ihr ins Fleur Blanche gefahren.

Jetzt öffnete das Dienstmädchen Madame Béatrice die Tür. Die ehemalige Kurtisane war noch immer eine schöne Frau, obwohl sie die fünfzig bereits überschritten hatte, wie Simone von Henri wusste. Wie für eine Maîtresse üblich, trug sie ein hochgeschlossenes Kleid, allerdings nicht in Schwarz, sondern in der für diese Rolle unüblichen Farbe Altrosa. Die rotblonden Haare waren zu einer eleganten Frisur aufgesteckt. Aus braunen Augen in dem attraktiven Gesicht mit dem spitz zulaufenden Kinn musterte sie Simone eindringlich.

Schnell kamen die beiden Frauen miteinander ins Gespräch. Simone hatte sich dazu entschlossen, vor Madame Béatrice nichts geheim zu halten. Je mehr sie von ihrer unglücklichen Verbindung mit Luc Colbert und der furchtbaren Zeit im Schlachthaus berichtete, desto betroffener wirkte die Maîtresse.

»Ich sehe, Sie haben das Geschäft von allen Seiten kennengelernt«, kommentierte sie schließlich Simones Bericht. »Und wissen vor allem, dass man die Damen gut und freundlich behandeln muss. Kaum eine von ihnen hat sich dieses Schicksal freiwillig ausgewählt, es ist auch in einem Luxushaus wie diesem hier hart. Umso mehr Wert lege ich darauf, dass die Mädchen sich wohlfühlen.«

Simone nickte.

»Ich erwarte, dass Sie mindestens einmal pro Monat mit jeder unserer Damen sprechen. Um in Erfahrung zu bringen, wie es ihnen geht und was ihnen auf dem Herzen liegt.«

»Das tue ich gern, Madame Béatrice.«

»Und selbstverständlich sind Sie jederzeit ansprechbar, wenn es irgendein Problem geben sollte. Meine Mädchen sind angewiesen, brutale und herzlose Freier zu nennen, denen wir hernach Hausverbot erteilen.«

Simone war fasziniert. Eine solche Philosophie war ihr tatsächlich in den vielen Jahren, die sie in Bordellen gearbeitet hatte, noch nie begegnet.

Als Madame ihr auch noch einen großzügigen Lohn anbot, wurden die Frauen schnell handelseinig. Danach führte Béatrice Simone persönlich durchs Haus.

Wie Henri es schon erzählt hatte, war das Bordell überaus luxuriös eingerichtet. Jedes Badezimmer verfügte über fließendes Wasser, es gab elektrisches Licht. Im Salon, in dem es zu den Begegnungen mit den Kunden kam, befand sich keine Bühne, auf der die Damen sich präsentieren mussten. Stattdessen stand der Raum voll mit bequemen, mit rotem Samt überzogenen Sesseln und Sofas. Dort erwarteten die Prostituierten ihre Freier. »Keine ist hier nackt oder nur mit einem durchsichtigen Negligé bekleidet«, erklärte Madame Béatrice. »Die Mädchen tragen Unterkleider und Strümpfe. Niemand, auch keine Hure, sollte sich vor einem Mann demütigen. Das gehört zu den Prinzipien des Hauses.«

Nun konnte Simone verstehen, warum Henri manchmal wochenlang in diesem Bordell wohnte. Er malte dort auch, wie sie bemerkte, als sie und Madame ihm begegneten. Simone wunderte sich zwar über die Motive und fragte sich, wer solche Bilder erwerben würde. Aber dann fiel ihr ein, dass Henri von Haus aus reich und nicht gezwungen war, mit seinen Werken Geld zu verdienen.

Jetzt galt es, nur noch eine Hürde zu nehmen: Elise und Marianne davon zu unterrichten, dass sie schon sehr bald ins Fleur Blanche einziehen würde.

Kapitel 48

IN DEN FOLIES BERGÈRE

SEPTEMBER 1894, AM ABEND DES GLEICHEN TAGES

Worüber wollte Simone nur so dringend mit mir sprechen?, grübelte Elise mit einem Anflug von schlechtem Gewissen auf ihrem Weg ins Varieté Folies Bergère. Und was hat sie heute auf einmal bewogen, die Wohnung zu verlassen? Aber ich werde es noch früh genug erfahren, beruhigte sie sich, als sie ihr Ziel erreicht hatte. Sie entlohnte den Kutscher und betrat das Foyer. Liane de Pougy winkte ihr bereits ungeduldig zu.

»Beeil dich, *ma chère*! Die Vorstellung beginnt in einer knappen halben Stunde. Dann bleibt uns nur noch die Zeit in den Pausen.«

Elise drängte die Gedanken an Simones Anliegen beiseite und atmete tief ein. Sehr wohl war ihr nicht beim Gedanken daran, was nun auf sie zukommen könnte.

Es war Lianes Idee gewesen, die früher in diesem Etablissement aufgetreten war. »Die Folies haben sich auf Revuen spezialisiert. Die laufen aber nicht so gut, wie sich die Direktoren das vorstellen. Also versucht man auf diese Weise, zahlungskräftige Kundschaft anzulocken. Unser Schaden wird das nicht sein. Im schlimmsten Fall nehmen wir mit unseren Freikarten an einer Vorstellung teil. Im besten Fall knüpfen wir lukrative neue Kontakte.«

Elise hatte anfangs kaum glauben wollen, dass das Foyer der Folies Bergère zu einer Art Edelstrich geworden war, wie sie das insgeheim bei sich nannte. Nun wurde sie eines Besseren belehrt.

Da stolzierten tatsächlich einige Damen aus der Halbwelt in prächtiger Abendrobe durch den Raum und suchten Blickkontakt zu möglichen neuen Liebhabern.

»Schau mal!« Liane stieß sie sacht in die Seite. »Da drüben, die Dame im roten Kleid mit der Champagnerflöte ist Viviane Boucher. Hast du schon von ihr gehört?«

Elise nickte. »Die Skandalblättchen berichten dauernd über sie.«

»Sie wird immer noch Königin der Demimonde genannt. Dabei soll sie mindestens vierzig sein«, wiederholte Liane das Gerücht aus den Gazetten. »Kennst du auch den älteren Herrn im Frack neben ihr?«

Den kannte Elise nicht.

»Das ist irgend so ein Politiker. Der Name ist mir grade entfallen. Aber er soll stinkreich sein. Schade, da war die Boucher schneller.«

Auf dem Montmartre ist man mit vierzig eine alte Frau, dachte Elise, als sie sich neben Liane durch die Menge bewegte und die anwesenden Herren eher verstohlen betrachtete. Auch sie erntete anerkennende Blicke, denen sie jedoch auswich.

Heute trug sie ihr gerade im Kaufhaus Printemps erworbenes dunkelblaues Abendkleid aus glänzender Seide zum ersten Mal in der Öffentlichkeit. »Es steht dir wunderbar zu Gesicht. Es bringt deine blauen Augen zum Strahlen«, hatte Liane beteuert, der sie es nach dem Kauf präsentiert hatte. Sie ins Printemps zu begleiten, hatte Liane allerdings abgelehnt. »Das könnte meine Herren auf die Idee bringen, dass es nicht immer Charles Worth sein muss, wenn jemand mich dort erkennt und es an die Zeitungen ausposaunt.«

Liane selbst war, wie so oft, in Weiß gekleidet und trug ein Perlenensemble aus Collier, Armbändern und Ringen aus ihrem schier unerschöpflichen Vorrat an solchen Schmuckstücken.

Auch Elise besaß inzwischen einige Juwelen. Das Abendkleid hatte sie passend zu dem Anhänger mit dem großen Saphir gekauft, den ihr der belgische Herr, dessen Begleiterin sie zwei Wochen lang gewesen war, zum Abschied überreicht hatte.

Das war jetzt einen Monat her. Danach hatte sie keine weiteren Bekanntschaften mehr geschlossen. Liane dagegen war mit ihren beiden ständigen Liebhabern unzufrieden. »Sie sind langweilig und werden knausrig.« Deshalb hatte sie Elise den heutigen Ausflug vorgeschlagen, der genau auf ihren freien Abend im Moulin Rouge fiel.

Nachdem sie schließlich zugestimmt hatte, erklärte Liane ihr die Spielregeln:

»Freikarten für Damen aus der Demimonde gibt es nur alle vierzehn Tage, jeweils am Donnerstag. Es ist nicht erlaubt, die Herren anzusprechen. Man darf ihnen allerdings zulächeln und zunicken, um Interesse zu signalisieren. Kommen sie dann selbst auf uns zu, können wir in Kontakt treten und herausfinden, ob wir zusammenpassen.«

Liane wurde rasch erkannt. Nach wenigen Minuten war sie gleich mit zwei Herren in ein Gespräch vertieft. Elise ging noch eine kleine Weile auf und ab. Dann stellte sie sich, innerlich verlegen, an ein Fenster und sah hinaus.

Kurz bevor die Vorstellung begann, spürte sie intensive Blicke in ihrem Rücken. Sie drehte sich um und sah einen Herrn in fortgeschrittenem Alter, der sich Haare und Bart lächerlicherweise offenbar schwarz gefärbt hatte. Wahrscheinlich um jünger zu wirken. Das Gesicht kam ihr bekannt vor, sie konnte jedoch nicht einordnen, woher.

Der Mann lächelte sie an und nickte auffordernd. Doch der Blick aus seinen blassblauen Augen war Elise unangenehm. Als ob er mich ausziehen würde, dachte sie. In diesem Augenblick läutete die Glocke, die den Beginn der Vorstellung ankündigte. Elise sah sich nach Liane um, die jedoch abwinkte. Sie sprach mit einem noch jungen Mann, der sie regelrecht anhimmelte. Also schritt Elise allein die Treppe zu ihrer Loge empor und war im Innersten sogar ein wenig erleichtert, dass sich bislang noch nichts ergeben hatte.

In der Tat gefiel Elise die Revue nicht. Anders als das Programm im Moulin Rouge stand eine Revue trotz unterschiedlicher Nummern unter einem gemeinsamen Motto. An diesem Abend lautete es »Die alten Römer«. Unter anderem gehörte ein unbeholfen wirkender Gladiatorenkampf dazu. Ein Bauchredner in einer Toga imitierte eine Rede von Julius Caesar, der mit einer Kleopatra-Puppe sprach, die er sich über den rechten Arm gestreift hatte.

Von der Erinnerung an den *Bal des Quat'z'Arts* unangenehm berührt, glitten Elises Gedanken ab. Obwohl sie noch keine schlechten Erfahrungen gemacht hatte, stellte sie ihre Aktivität als Kurtisane doch immer wieder infrage. Insbesondere, wenn sie wie jetzt keinen Kavalier an der Hand hatte. Sollte sie diese Tätigkeit nicht doch lieber rasch beenden?

Jetzt trat eine Frau in durchsichtigen Schleiern auf, die der Conférencier als Sklavin bezeichnete. Sie sollte vor den zu Tisch liegenden Römern verführerisch tanzen, um deren Begehren zu erwecken. »Genuss mit allen Sinnen war im alten Rom gang und gäbe«, schwärmte der Conférencier.

Zum Glück hat das Moulin Rouge die Revuen schon vor Jahren nach zwei Versuchen wieder aufgegeben, dachte Elise, die die Vorstellung zunehmend als geschmacklos empfand. Aber das geschah vor allem, weil La Goulue darauf gedrängt hatte, fiel ihr ein. Ihre Gedanken schweiften ab.

Inzwischen war Louise so fett geworden, dass ihr auch die Sprünge bei den Cancan-Nummern immer schwerer fielen. Um das Programm zu bereichern, hatte der Direktor Jean Oller die Bauchtänzerin mit dem Namen La Tonkinoise wieder engagiert. Diesmal gemeinsam mit ihren beiden jüngeren Schwestern. Elise erinnerte sich an die Vorführung von La Tonkinoise an dem Tag, als sie Percy kennengelernt hatte. Damals gab es noch die Nachmittagsvorstellungen im Hohlraum des überdimensionalen Gipselefanten, der ein Relikt der Weltausstellung gewesen war und im Garten des Moulin Rouge stand. Sie waren noch unter Charles Zidler eingestellt worden.

Im Gegensatz zu dem Schleiertanz in den Folies Bergère, der nur mäßig beklatscht wurde, war die Bauchtanznummer der drei Damen im Moulin Rouge sehr gut angekommen. Sie erhielten Abend für Abend neben Jane Avril, die inzwischen ins Moulin Rouge zurückgekehrt war, und Elise den größten Applaus.

»Das könnte ich doch auch machen«, hatte Louise dem Direktor vorgeschlagen. In der Tat verfügten alle Damen des Bauchtanztrios über eine üppige Figur. Doch Jean Oller hatte abgewinkt. »Sie sind für den Cancan bekannt, Mademoiselle Weber. Wie soll ich dem Publikum erklären, dass Sie das Genre gewechselt haben?«

La Goulue hatte eine Schnute gezogen und es dann tatsächlich noch beim Eigner Joseph Oller probiert, der sie ebenfalls abblitzen ließ. Das Gerücht machte die Runde, dass dies auf recht harsche Art geschehen sei, weil La Goulue versucht hatte, eine Vereinbarung am Direktor vorbei zu treffen.

Sie ist eindeutig auf dem absteigenden Ast, war man sich im Moulin Rouge einig. Man munkelte auch, dass die Gebrüder Oller tief in die Tasche gegriffen hätten, um Jane Avril wieder als Solotänzerin anzuwerben. Nach dem tödlichen Unfall von La Gazelle nahm sie endlich auch an der Quadrille teil. Das schien jedoch das einzige Zugeständnis zu sein, das sie dem Moulin Rouge gemacht hatte.

Leider war der Kontakt zwischen Jane und Elise inzwischen abgekühlt, was Elise sehr bedauerte. Man grüßte sich zwar freundlich und hielt ab und zu ein nichtssagendes Schwätzchen. Aber Jane blieb auf Distanz. So wie Elise es von früher her kannte.

Stattdessen war Liane de Pougy nun zu ihrer Freundin geworden. Obwohl die alte Marianne Elise immer wieder vor ihr warnte. »Die Frau hat einen schlechten Einfluss auf dich«, mahnte sie, nachdem Liane Elise in ihrer Wohnung am Boulevard Rochechouart besucht hatte. Doch was wusste Marianne von Elises Existenzängsten? Nicht einmal die siebentausend Francs, die sich inzwischen auf ihrem Bankkonto angesammelt hatten, milderten diese Sorgen.

»Du musst dich nicht genieren«, hörte sie nun wieder Lianes Stimme vor ihrem inneren Ohr. »Diese Gewohnheit, Kontakte zu Damen der Demimonde im Foyer der Folies Bergère zu knüpfen, gibt es nicht erst seit gestern. Jeder betuchte Herr, der dorthin kommt, weiß, dass es der exklusivste Liebesmarkt in Paris ist. Dabei hast du die freie Auswahl, ob und mit wem du anbandeln möchtest.«

Endlich senkte sich der Vorhang zur Pause. Beim Hinausgehen sah Elise sich nach Liane um, konnte sie aber nirgends entdecken. Offenbar war sie mit ihrem neuen Kavalier bereits gegangen.

Im letzten Augenblick wich Elise jenem schwarz gefärbten Herrn aus, der bereits auf sie zusteuerte, und flüchtete in den Erfrischungsraum. Dort befand sich schon eine Dame mit schwarzen Handschuhen, wie sie ehemals das Markenzeichen der Sängerin Yvette Guilbert gewesen waren. Inzwischen ahmten es viele Damen der gehobenen Gesellschaft nach.

Mit einem lachenden und einem weinenden Auge erinnerte sich Elise an den furchtbaren Streit zwischen Yvette und Henri, der sich vor einigen Wochen nach Mitternacht hinter der Bühne des Moulin Rouge zugetragen hatte.

»Du bist der Quasimodo der Kunst!«, hatte Yvette Henri entgegengeschleudert. »Ein mickriges Monster!«

»Es ist deine Sache, wenn dir nicht gefällt, was ich male«, hatte Henri entgegnet. »Da lass ich mir von niemandem reinreden.«

»Was ist denn geschehen?«, wandte sich Elise an Jane Avril. »Und wer ist Quasimodo?«

»So heißt der Glöckner von Notre-Dame aus dem gleichnamigen Roman von Victor Hugo. Er ist klein und verkrüppelt«, beantwortete Jane zunächst Elises zweite Frage.

Die nahm sich vor, das Buch zu lesen, und überspielte die Verlegenheit über ihre Unwissenheit mit der nächsten Frage. »Und warum ist Yvette so wütend?«

»Sie hat Henri stundenlang Modell gesessen. Doch er hat sie angeblich nicht naturgetreu porträtiert, sondern wie eine Karikatur dargestellt.«

Später hatte Jane Elise erzählt: »Henri hat mir das Bild gezeigt. Yvette sieht darauf wirklich abgrundtief hässlich aus. Ihr Gesicht wirkt völlig entstellt.«

»Warum hat er das getan?« Elise war fassungslos.

Jane zuckte die Achseln. »Er malt, wie es ihm passt. Das hat er ihr ja auch gesagt. Aber sie profitiert trotzdem davon«, fügte sie zu Elises Überraschung hinzu.

»Ach. Wie denn?«

»Ganz Paris zerreißt sich das Maul über das Bild. Vor ein paar Tagen ist sogar ein Zeitungsartikel über den Streit erschienen. Es gibt Gegner und Befürworter von Henri und Yvette. Schließlich hat Henri sie vorher nur als Silhouette auf ein paar Plakaten abgebildet. Jetzt ist ihr Name in aller Munde. Der Reklamewert ist nicht zu unterschätzen.«

Vielleicht kann ich froh sein, dass Henri sein Versprechen, mich auch einmal zu zeichnen oder zu malen, nie eingelöst hat, ging es Elise nun durch den Kopf, während sie sich im Spiegel betrachtete und eine lose Strähne in ihrer Frisur richtete. Wenn er mich ebenfalls so verzerrt dargestellt hätte, hätte *ich* garantiert nichts davon gehabt. Denn so bekannt wie Yvette bin ich noch lange nicht. Da hätte es wahrscheinlich nur geheißen, das ist die hässliche Tänzerin aus dem Moulin Rouge.

Tief in ihren inneren Konflikt verstrickt, kehrte Elise ins Foyer zurück. Sie hatte gerade beschlossen, sich den Rest der Vorstellung zu ersparen, als sie den schwarz gefärbten Herrn noch einmal bemerkte. Offenbar hatte er auf sie gewartet.

Elise überlegte schon, wie sie ihre Abfuhr möglichst diplomatisch vorbringen sollte, als ein anderer Herr auf sie zutrat. »Mademoiselle Elise! Ich darf Sie doch so nennen? Liane de Pougy hat mir Ihren Namen verraten.«

Er verbeugte sich und ergriff ihre Rechte für einen Handkuss.

»Mein Name ist Comte Louis Charles d'Albon. Ich stamme aus der Provence und verbringe den letzten Abend in Paris. Leider fehlt mir noch eine Dame, die mir dabei Gesellschaft leistet. Darf ich hoffen, dass Sie mich ins Café de la Paix begleiten?«

Elise musterte den Mann. Er hatte ein angenehmes Gesicht und war höchstens Mitte dreißig.

»Ich begleite Sie gern, Monsieur le Comte«, stimmte sie zu.

Auf dem Weg zum Ausgang spürte Elise noch einmal die bohrenden Blicke des Schwarzgefärbten in ihrem Rücken.

Mit fünfhundert Francs in der Tasche kehrte Elise am nächsten Morgen in ihre Wohnung zurück. Sie hatte sich nach einer fast durchwachten, wenn auch nicht unangenehmen Nacht vorgenommen, auszuschlafen, um für die Abendvorstellung im Moulin Rouge ausgeruht zu sein.

Doch kaum hatte sie die Wohnung betreten, als Simone aus ihrem Zimmer kam. »Ich muss dringend mit dir reden, Elise!«

Die erinnerte sich zwar an Simones Anliegen, das sie schon am Vorabend geäußert hatte, wehrte aber trotzdem zunächst ab. »Ich bin sehr müde, Simone. Kann das nicht bis zum späten Nachmittag warten?«

Zu ihrer Überraschung schüttelte Simone heftig den Kopf. »Das kann es nicht, Schwester. Ich ziehe schon heute ins Fleur Blanche. Dieses neue Luxusbordell in der Rue des Moulins.«

Elise war trotz ihrer Erschöpfung sofort hellwach. »Was willst du tun? Wieder als Nutte arbeiten?«

Simone verzog den Mund über die abfällige Bezeichnung. »Nein, nicht als *Nutte*. Ich werde dort Sous-Maîtresse. Henri hat mir den Kontakt vermittelt.«

Atemlos lauschte Elise im Salon, während Simone die Vorgeschichte in allen Einzelheiten berichtete. »Ich verdiene fünfhundert Francs im Monat«, kam sie zum Schluss. »Und kann dort meinen ehemaligen Leidensgenossinnen Gutes tun. Die Regeln im Fleur Blanche sind noch menschlicher als im Papillon Jaune. Madame Béatrice ist eine gütige Frau. Nicht ohne Grund lebt Henri sogar zeitweise in diesem Bordell.«

Trotzdem war Elise schockiert. Sie fasste sich mühsam. »Du willst wirklich den Rest deines Lebens in diesem Milieu verbringen? Unsere Mutter würde sich im Grabe umdrehen«, fügte sie törichterweise hinzu.

»Unsere Mutter hat sich zu Tode gesoffen«, entgegnete Simone brutal. »Sie kümmert es nicht mehr. Aber sie hat sich in jungen Jahren einem verkommenen Kerl an den Hals geworfen und dafür ihr Leben lang gebüßt. Glaubst du wirklich, sie würde mir eher empfehlen, wieder als Wäscherin zu schuften? Für zwei Francs am Tag?«

Elise fehlten die Worte. Simone fuhr in ihrem Wortschwall fort.

»Doch selbst wenn ich das wollte, könnt ich es nicht. Ich würd über kurz oder lang wieder im Schlachthaus landen, wenn Lucs Gläubiger mich doch noch erwischen. Da verbring ich den Rest meines Lebens lieber in *dieser Art* von Milieu!«

Elise spürte, dass sie Simones Argumenten nichts entgegenzusetzen hatte. Noch bevor sie das zum Ausdruck bringen konnte, versetzte Simone ihr einen Schlag. »Denn in *dein Milieu«* – sie betonte das Wort spöttisch – »schaff ich es leider nicht.« Simone musterte Elises inzwischen verknitterte Abendrobe. »Oder willst du mir erzählen, du hättest die ganze Nacht in Sacré-Coeur verbracht, um zu beten?«

Elise spürte, dass sie errötete. »Ich versuche, Geld zu verdienen, um dich und Marianne ernähren zu können, wenn ich als Tänzerin zu alt werde«, sagte sie so leise, dass Simone nachfragen musste.

Deren Gesichtsausdruck wurde nun weich. »Marianne ist alt, liebste Elise. Sie braucht in ihren letzten Lebensjahren nicht mehr viel. Und ich verdiene im Fleur Blanche so gut, dass wir uns die Kosten teilen können.« Sie holte tief Luft. »Dann musst du auch nicht mehr die Kurtisane begüterter Herren sein. Schließlich ist das ja auch eine Art von Pros…« Sie stockte mitten im Wort und schlug sich auf die Lippen.

»Eine Art von Prostitution«, vollendete Elise den Satz. »Aber ich kann mir aussuchen, mit wem ich zusammen sein will«, ergänzte sie lahm.

»Das hoffe ich. Ich kann dafür die Mädchen im Fleur Blanche wenigstens vor unangenehmen Freiern schützen.« Ihre Augen wurden feucht. »Dann hat mein Schicksal vielleicht am Ende noch einen Sinn.«

Spontan schloss Elise Simone in die Arme. Eine kurze Weile weinten beide leise und streichelten sich gegenseitig über den Rücken.

Dann löste Elise sich mit einem Ruck von ihrer Schwester. »Ich mach das auch wegen mir«, begann sie kryptisch. Nach einem kurzen Zögern erzählte sie vom Abstieg La Goulues, die ihre Schwester ebenfalls von früher kannte. »Doch Louise quatscht in jüngster Zeit dauernd davon, dass sie das Moulin Rouge verlassen und ihre eigene Bude – wie sie das nennt – aufmachen will. Sie kann das, denn sie hat Reichtümer ohne Ende angesammelt. Neulich hat sie geprahlt, sie hätte viele Hunderttausend Francs auf der Bank.«

Sie wich Simones Blick aus. »Ich hab grad mal siebentausendfünfhundert. – Und deshalb bleib ich dabei«, wurde ihr plötzlich glasklar. »Auch wenn du nun allein zurechtkommst. Unsere Mutter schert es ja wirklich nicht mehr!«

Kapitel 49

IM ATELIER VON HENRI DE TOULOUSE-LAUTREC

ENDE NOVEMBER 1894

»Nun bin ich wirklich auf die Überraschung gespannt, die du angekündigt hast, Henri«, brach es aus Valérie gleich nach der Begrüßung heraus. Sie blickte sich in dem geräumigen Atelier um. »Was ist es denn?«

»Immer langsam, meine Liebe!« Henri blickte auf seine goldene Taschenuhr. »Darauf musst du noch mindestens eine halbe Stunde warten. Ich wollte vorher in Ruhe mit dir sprechen. Wie geht es dem kleinen Philippe?«

Valérie spürte ihre Kehle eng werden. »Er hat es gut bei Tante Albertine in Le Clerjus. Jedes Mal, wenn ich ihn besuche, ist er wieder ein Stück gewachsen. Inzwischen kann er auch laufen und brabbelt die ersten Worte. Aber …« Ihre Stimme versagte.

»Aber du erlebst das alles nicht mit.« Henri ergriff mitfühlend ihre Hand. »Das kommt dich sicher schwer an.«

Valérie unterdrückte ein Schluchzen. »Der Kleine weiß gar nicht, wer ich bin. Er nennt Tante Albertine *maman*. Ich werde als Tante Valérie vorgestellt.«

Sie kämpfte mit sich, um nicht in Tränen auszubrechen. Schließlich fasste sie sich.

»Aber Albertine hat recht damit, dass sie es so hält. Der Kleine soll unbeschwert aufwachsen, hat sie mir erklärt. Wie soll das gehen mit einer Mutter, die nur alle paar Monate zu Besuch kommt? Erst wenn er alt genug ist, um das zu verstehen, will ich ihm die Wahrheit sagen.«

Henri nickte und streichelte weiter Valéries Hand. »Daran tust du wahrlich gut, *ma chère*. Wie oft warst du denn in diesem Jahr dort?«

Wieder wurden Valéries Augen feucht. »Ich habe Philippe nur dreimal besuchen können. Selbst diese drei Mal musste ich vor Baptiste als Kunstreise tarnen, als wollte ich meine Fertigkeiten in der Freilichtmalerei vervollkommnen. Aus lauter Angst, dass er misstrauisch werden könnte, habe ich sogar begonnen, nach Fotografien Szenen am Meer zu malen. Falls er mich irgendwann nach dem Ergebnis dieser Reisen fragt.«

Henri seufzte. »Dieser verfluchte Napoleon. In ganz Europa gilt der *Code Civil* als fortschrittliches Gesetzeswerk. Aber euch Ehefrauen gibt er nicht die geringsten Rechte. Hättest du Philippe unehelich zur Welt gebracht …« Er stockte. »Entschuldige, das war taktlos.«

Valérie hob abwehrend die Hand. »Du hast ja recht.« Ihre Stimme zitterte. »Wenn Suzanne Valadon versucht hätte, von Maurices Vater Unterhalt zu verlangen, hätte sie sogar gegen das Gesetz verstoßen. Denn es verbietet bei außerehelichen Kindern, nach dem Vater zu forschen.« Sie zögerte einen Moment lang. »Ich würde trotzdem gern mit Suzanne tauschen.«

»Ohne die Hilfe ihrer Mutter hätte Suzanne die Aufzucht ihres Sohnes aber nicht geschafft«, wandte Henri ein. »Sie musste hart arbeiten, um ihn und sich durchzubringen. Deshalb hat sie bis heute kaum Zeit für Maurice. Das tut dem Jungen nicht gut. Man sagt, er beginnt bereits, herumzustreunen, statt in die Schule zu gehen.«

Valérie war peinlich berührt. Seit Wochen schob sie das Gespräch vor sich her, das sie eigentlich mit Suzanne über Maurice führen wollte. Dass selbst Henri mitbekommen hatte, dass Suzanne ihren Sohn vernachlässigte, erschreckte sie. Doch mit ihm wollte sie das Thema nicht vertiefen.

»Was hast du denn in jüngster Zeit gemalt?«, lenkte sie ab.

Henri zögerte. »Ich weiß nicht, ob dir die Bilder gefallen werden.«

»Das weiß ich erst, wenn ich sie gesehen habe.«

»Nun gut. Aber merk dir« – seine Stimme klang hart – »ich male nicht so, wie sich Käufer oder Auftraggeber das wünschen, sondern so, wie es mir gefällt.«

Valérie hatte inzwischen vom Streit der Sängerin Yvette Guilbert mit Henri gehört, hütete sich aber, das vor ihm zu erwähnen. Mit ein paar ihrer Freundinnen in Montparnasse hatte sie einen ganzen Abend lang darüber diskutiert, ob man ein Porträt derart verfälschen dürfe. Wie in der Öffentlichkeit waren die Meinungen darüber geteilt gewesen.

»Der Künstler hat die völlige Freiheit über seine Werke«, argumentierten die einen, zu denen auch Ida Gerhardi gehörte.

»Wenn ich mir vorstelle, dass Jean-Jacques mich so entstellt hätte …«, entgegnete Madeleine Smith und schüttelte sich vor Abscheu. Ihre noch immer unerreichbare große Liebe, der Kunstmaler Henner, hatte schon ein Porträt von ihr gemalt.

»Ich werde dir ehrlich sagen, ob mich die Bilder ansprechen, sie aber nicht kritisieren«, versprach Valérie.

Henri humpelte zu einer mit einem Tuch verhängten Staffelei und zog den Stoff beiseite. Einen Moment lang war Valérie doch betroffen.

»Das ist ja … eine Szene aus einem …« Sie brachte das Wort nicht über die Lippen.

»Ja, eine Szene aus einem Bordell. Die Frau da im Vordergrund mit den schwarzen Strümpfen ist Mireille. Mit ihr verkehre ich dort am liebsten.«

Valéries Gesicht wurde heiß. So genau hatte sie das nicht wissen wollen. Glücklicherweise fuhr Henri fort.

»Die Frau neben ihr im altrosa Kleid ist Madame Béatrice. Sie leitet das Fleur Blanche. Sehr human und immer freundlich!«

»Wer sind die anderen Frauen?«

»Auf dem Sofa im Hintergrund sitzen Evangeline in ihrem roten Negligé, das trägt sie am liebsten, und Claire. Die dritte Frau heißt Angélique.«

»Saßen dir die Damen dort Modell?«

»Ja, zumindest bis ich die Skizzen fertig hatte. Ich wohne zeitweise im Haus.«

»Oh!«, machte Valérie. Das hatte sie zwar gehört, aber für ein Gerücht gehalten. Wieder versuchte sie abzulenken, und kam dabei vom Regen in die Traufe.

»Wie ich sehe, präsentieren alle Damen ihre Reize nur indirekt. Bis auf die halb gemalte Figur am rechten Bildrand. Sie scheint den Rock zu heben, oder irre ich mich?«

»Nein, du hast recht. Aber Irma will keine Kunden bezirzen. Das hat einen anderen Grund.«

Er hinkte zur Wand und drehte ein Gemälde um, das mit der Vorderseite daran gelehnt hatte. Diesmal konnte Valérie ihre Bestürzung nicht verbergen. Sie sah zwei Frauen, die mit ganz oder teilweise entblößtem Unterleib in einer Reihe standen und offenbar auf etwas warteten.

Henri deutete ihre Miene richtig. »Die Frauen warten, aber nicht auf Freier. Sie stehen zur ärztlichen Visite an. Jede Prostituierte muss sich wöchentlich einer solchen Untersuchung unterziehen.«

»Und … warum? Und so oft?«

Henri grinste sardonisch. »So versucht man, die Syphilis einzudämmen. Davon hast du doch sicher schon mal gehört.«

»Vage. Es ist eine Geschlechtskrankheit, nicht wahr?« Sie schauderte unwillkürlich zusammen. »Aber ist sie so ansteckend, dass man die Frauen wöchentlich an … an ihren intimsten Stellen untersuchen muss? Oder ist es pure Schikane der Behörden?«

»Ja und nein. Die Syphilis ist ansteckend, aber die Symptome zeigen sich erst nach Wochen.«

»Dann kann eine Frau jemanden anstecken, weil sie gar nicht weiß, dass sie krank ist?«

»So ist es. Doch viel schlimmer ist, dass Männer mit Prostituierten verkehren dürfen, auch wenn sie schon wissen, dass die Krankheit sie erwischt hat. Du fragtest mich eben nach der Willkür der Behörden. Ja, ich halte das definitiv für eine Schikane. Denn die Kunden werden nicht untersucht.«

»Also können Frauen sich nicht vor der Syphilis schützen?«

»In normalen Bordellen nicht. Da schaut die Maîtresse nur aufs Geld. Madame Béatrice ist da anders. Wenn ein Mädchen ein Syphilissymptom bei einem Kunden entdeckt, zum Beispiel ein Geschwür an der« – er räusperte sich – »an der Männlichkeit, darf sie den Kontakt abbrechen, und der Kunde wird des Hauses verwiesen. Dadurch sind die Damen im Fleur Blanche gesünder als in anderen Freudenhäusern. Das kommt auch dem Geschäft zugute, denn es spricht sich unter den Männern herum, dass sie dort am wenigsten zu befürchten haben.«

Obwohl Valérie nur wenig darüber wusste, war ihr ein Fakt doch bekannt. »An der Syphilis kann man sterben, nicht wahr?«, fragte sie bedrückt. »Oder wahnsinnig werden?«

Henri nickte. »Beides ist wahr. Vincents Bruder Theo soll an der Syphilis gestorben sein, hieß es nach seinem frühen Tod.«

»Das wusste ich nicht. Wie furchtbar! Die arme Witwe!«

Noch einmal betrachtete sie Henris jüngste Werke. »Aber ausstellen kannst du diese Gemälde nicht, oder?«

Wieder grinste Henri. »Weder ausstellen noch verkaufen. Keine Sorge, ich werde sie deinem Vater nicht für seine Galerie anbieten und ihm am Ende noch die Sittenpolizei auf den Hals hetzen.«

Valérie suchte noch nach einer Antwort, als es laut klopfte.

»Ah! Da kommt sie ja, die Überraschung! Es ist ein Gast, den ich jahrelang nicht gesehen habe. Herein! Es ist offen«, rief er laut.

Der Türknauf drehte sich, die Tür schwang knarrend auf. Valérie glaubte, ihren Augen nicht zu trauen.

Da stand Pascal Didier, ihre erste und bislang einzige große Liebe.

Zwei selige Stunden später lagen Valérie und Pascal eng aneinandergeschmiegt auf der schmalen Liege, die Henri in einem Nebenraum seines Ateliers für Ruhepausen benutzte. Er wohnte längst woanders.

Nach einer ersten Schockminute waren Valérie und Pascal sich in die Arme gefallen und hatten sich leidenschaftlich geküsst. Erst als sie sich voneinander lösten, bemerkten sie, dass Henri sich diskret entfernt hatte.

Wieder und wieder betastete Valérie Pascals Gesicht. Seinen Geruch hatte sie sofort erkannt, an seine Gesichtszüge musste sie sich erst noch gewöhnen.

Pascal sah viel männlicher aus, als sie ihn in Erinnerung hatte. Dazu trug auch der Bart bei, der nicht mehr spärlich wuchs, wie früher, sondern die Oberlippe und das Kinn umrahmte. Die Zeit in der Fremde hatte Spuren hinterlassen. Erste Falten gruben sich um Pascals Augenpartie und zeugten davon, dass er es nicht leicht gehabt hatte.

Erst nachdem sie sich stumm und wild vor Begierde mehrere Male geliebt hatten, sprachen sie sich aus.

»Seit wann bist du wieder in Paris?«, fragte Valérie.

»Schon seit September. Da waren die fünf Jahre längst abgelaufen, die ich Frankreich fernbleiben musste.«

Valérie war verwundert. »Warum hast du dich nicht schon viel früher gemeldet?«

Pascal grinste schief. »Ich bin noch immer ein Habenichts, *mon amour.* Meine Mutter ist vor drei Jahren verstorben, mein Vater lehnt jeden Kontakt zu mir ab. Demnächst wird er die Leitung der Fabrik an meinen Cousin übergeben. Du dagegen hast sagenhaft reich geheiratet, heißt es.«

»Sagenhaft reich und sagenhaft unglücklich«, erwiderte Valérie. »Hat Henri dir das nicht erzählt?«

»Nach deinem Abschiedsbrief habe ich ihn gebeten, mir nichts mehr über dich zu schreiben. Und in den letzten Jahren haben wir nur selten korrespondiert.« Er atmete tief durch. »Auch bei Henri habe ich mich erst vor einer Woche gemeldet. Ich wollte nicht, dass es so aussieht, als würde ich auf seine Mildtätigkeit zählen. Deshalb habe ich mir erst Arbeit gesucht. Jetzt bin ich wieder Kellner. Aristide Bruant hat mir eine Stelle im Café des Ambassadeurs verschafft.«

»Und wo wohnst du?«

»Oben auf der Butte. In einem Haus, das sich *Bateau Lavoir* nennt. Es liegt in der Rue Ravignan und ist ziemlich heruntergekommen. Dort lebt eine ganze Reihe brotloser Künstler für kleines Geld.«

Valérie entging die Erbitterung in Pascals Stimme nicht. »Also konntest du als Maler in der Fremde nicht Fuß fassen?«

»Ich musste den größten Teil meiner Zeit für meinen Lebensunterhalt aufwenden. Ich habe sogar an Paul Gauguin geschrieben, ob wir uns nicht versöhnen und den Synthetismus gemeinsam weiterentwickeln wollen. Aber der Brief kam als unzustellbar zurück.«

»Gauguin lebt seit dem Frühjahr 1891 in Polynesien.«

Pascal nickte. »Das hat Henri mir schon erzählt.« Wieder grinste er schief. »Wenigstens er hat es geschafft, als Künstler anerkannt zu werden. Der Rest unseres Trios, Vincent posthum und meine Wenigkeit, wartet noch immer auf den Durchbruch.«

Einen Moment lang war Valérie indigniert, da er sie als Mitglied der damaligen Gemeinschaft gar nicht erwähnte. Doch dann fasste er ihr unters Kinn und küsste sie sanft auf die Nasenspitze. »Aber auch du gehst deinen Weg als Malerin, hat Henri angedeutet.«

Valérie seufzte. »Das ist wahr, doch es war mühsam. Was hat dir Henri von meiner Ehe mit Baptiste Germain erzählt?«

»Nur, dass sie von Anfang an unglücklich war. Und ihr inzwischen von Tisch und Bett getrennt lebt und nur der Form halber zusammengeblieben seid.«

Valérie schwieg.

»Willst du mir erzählen, wie es dir ergangen ist?«, fragte Pascal schließlich.

Valérie nickte. Erst zögernd, dann immer rascher berichtete sie über die Ereignisse der vergangenen Jahre. Als sie von der Vergewaltigung sprach, knirschte Pascal vor Zorn mit den Zähnen.

»Das Schwein! Ich könnte ihm den Hals umdrehen!«

Valérie lächelte. »Es hat auch etwas Gutes für mich zur Folge gehabt.« Sie sprach von ihrer erst durch diese Gewalttat möglich gewordenen Freiheit und den damit verbundenen Fortschritten als Künstlerin sowie der ersten Ausstellung ihrer Gemälde im Mai. Dabei erwähnte sie auch ihre Freundinnen in Montparnasse.

»Baptiste nennt sie verächtlich Malweiber! Und spricht ihnen jedes Talent ab. Dabei haben viele von ihnen auch schon im alten Pariser Salon ausgestellt.«

»Dort lässt man jetzt Frauen zu?«

»Frauen durften auch früher schon teilnehmen. Wenn auch nur in geringer Zahl und meistens ohne Prämierung.« Sie berichtete über die Intrige von Fernand Cormon, als sie ihr Abschlussgemälde *Raub der Sabinerinnen* eingereicht hatte.

Pascal schlug sich an die Stirn. »Warum hab ich mich nie um den Pariser Salon gekümmert? Dann hätte ich dir damals beistehen können.«

»Du hast wahrscheinlich nach deinem Studienabbruch nicht damit gerechnet, dort jemals ausstellen zu können. Deshalb hast du ihn einfach ignoriert.«

Das bestätigte Pascal. »Und nun gibt es einen konkurrierenden Salon?«

»So ist es.« Valérie berichtete ihm vom Salon der Société Nationale des Beaux-Arts.

Da klopfte es erneut heftig an die Tür von Henris Atelier. Valérie fuhr erschrocken auf. »Himmel, schon so spät! Baptiste erwartet heute Abend Gäste!«

Sie warf sich hastig die Kleider über und lugte ins Atelier. Zu ihrer Erleichterung stand dort ihr Dienstmädchen Marie. »Ihr Gatte schickt mich, Sie abzuholen, Madame Germain. Sicher haben Sie die Zeit vergessen.«

»Das habe ich in der Tat.« Valérie gab Pascal ein Zeichen, im Nebenraum zu bleiben.

Marie war diskret genug, auf der Heimfahrt in der Mietdroschke keine Fragen zu stellen. Eigentlich hatte Henri Valérie zurückbringen sollen, der sie am frühen Nachmittag auch abgeholt hatte.

Unterwegs fiel Valérie ein, dass sie Pascal noch nichts von Philippe erzählt hatte. Aber das lässt sich nachholen, beruhigte sie sich. Er wird mir die Freude an meinem Söhnchen nicht verleiden, war sie sich sicher.

Dann kam ihr ein weiterer Gedanke. Mit ihm zu schlafen, hat gar nicht wehgetan. Dabei habe ich mich nach der Vergewaltigung so sehr davor gefürchtet, dass ich mit keinem Mann mehr intim werden wollte. Henri wird uns sicher wie früher dabei helfen, dass Pascal und ich uns regelmäßig treffen können.

»Sie sehen so glücklich aus.« Marie betrachtete verwundert Valéries strahlendes Gesicht.

»Das bin ich auch.« Plötzlich erschien ihr die Zukunft wieder vielversprechend und rosig.

Kapitel 50

IM HOF DER ÉCOLE MILITAIRE

SAMSTAG, 5. JANUAR 1895

Als die Kutsche, mit der Liane de Pougy Elise am Boulevard Rochechouart abgeholt hatte, sich dem Gelände der École Militaire näherte, bevölkerte eine solche Menschenmenge die Straßen, dass es kaum ein Durchkommen gab. Schon bedauerte Elise, sich nicht ebenfalls wegen Unpässlichkeit entschuldigt zu haben.

Denn Lianes Ankündigung, sie wolle sie heute mit einem geeigneten Herrn für eine weitere Beziehung bekannt machen, hatte sich nicht erfüllt. »Ich bedauere unendlich, mein Cousin Martin hat sich schwer erkältet und liegt mit Fieber zu Bett«, hatte ihr Monsieur Émile Saussier erklärt, dem auch die Kutsche gehörte. Er war ein Neffe des Militärgouverneurs von Paris und seit drei Monaten Lianes ständiger Liebhaber. Sein Onkel hatte als militärisch ranghöchster Offizier den Prozess und die Verurteilung des Artillerie-Hauptmanns Alfred Dreyfus verantwortet.

Dessen Degradierung war sowohl der Grund für die Menschenmassen als auch für ihr heutiges Treffen mit Liane. Dahinter steckte jedoch eine Absicht Lianes, die Elise im Moment mehr bedrückte als die bevorstehende entwürdigende Zeremonie.

»Du musst unbedingt jemanden kennenlernen, der willens und in der Lage ist, dich auch längerfristig als Mätresse zu finanzieren«, hatte Liane ihr in jüngster Zeit immer häufiger gesagt. »Ausländer, die sich vierzehn Tage in Paris vergnügen, oder sogar Eintagsfliegen sind ja schön und gut. Aber eher für zwischendurch. Mindestens ein Kavalier sollte von einiger Dauer sein.«

»Weshalb?«, hatte Elise naiv gefragt.

»Weil du sonst rasch als bessere Dirne gelten könntest«, antwortete Liane unverblümt.

Elise fuhr der Schreck durch Mark und Bein. Doch Liane war noch nicht fertig.

»Außerdem kannst du dich nur bei einer dauerhaften Beziehung wählerisch gegenüber neuen Kandidaten zeigen. Damit sie, wenn sie dich ernsthaft begehren, mit der Zeit immer mehr daransetzen, ebenfalls zum Zug zu kommen. Erst dann beginnt es, sich richtig für dich zu lohnen.«

Elise verspürte eine leichte Übelkeit. »Aber dann müsste ich dem ständigen Liebhaber ja untreu werden.«

Liane zuckte die Achseln. »Das nimmt man einer Kurtisane in der Regel nicht übel. Im Gegenteil, auch der Betrogene wird sich noch mehr um dich bemühen.«

Elise wusste, dass Liane sich selbst an diese Prinzipien hielt. Wieder einmal hatte sie sich darüber gewundert, woher diese ehemalige Landpomeranze das Gespür für die Rolle der Edelkokotte nahm.

Mittlerweile kannte sie einige Einzelheiten aus Lianes Vergangenheit. Sie hieß eigentlich Anne-Marie Chassaigne und stammte aus dem Provinzkaff La Flèche in der Region Loire. Mit sechzehn Jahren hatte sie, bereits von ihm schwanger, einen Soldaten geheiratet, dem sie einen Sohn gebar. Das Kind hatte sie zurückgelassen, als sie 1889 ihrem chronisch eifersüchtigen Ehemann entflohen und nach Paris gekommen war. Dort hatte sie es rasch verstanden, anfangs über kleine Theaterrollen und Auftritte in Varietés, die Männerwelt auf sich aufmerksam zu machen.

Mit Émile Saussier, dem Kavalier, der sie heute begleitete, war sie bereits seit Oktober zusammen. Er finanzierte ihre luxuriöse Wohnung nahe der Oper und gewährte ihr ein großzügiges monatliches Salär. Etwas Ähnliches schwebte Liane auch für Elise vor.

Émile schnaubte ungeduldig, als es eine weitere Verzögerung gab. Er öffnete den Schlag und stürmte aus der Kutsche auf eine Gruppe Soldaten zu, die am Straßenrand stand. »Ich bin Oberst Saussier, Neffe des militärischen Generalgouverneurs. Sorgen Sie unverzüglich für freie Bahn! Auf uns wartet ein Platz auf der Ehrentribüne!«

Sein Befehl hatte Erfolg. Schon zehn Minuten später stiegen Elise und ihre Begleiter im Hof der École Militaire aus der Kutsche und begaben sich auf die für sie reservierten Plätze.

Plötzlich merkte Liane auf und winkte einem Herrn in wollenem Gehrock und Zylinder zu, der gerade ebenfalls den Hof betreten hatte.

»Émile, *mon cher*«, flötete sie. »Dort drüben steht der bekannte Kunstmaler, der mich demnächst porträtieren wird. Darf ich ihn auf den freien Platz Ihres Cousins auf der Tribüne einladen?«

Gesagt, getan. Nur Minuten später zwängte sich der besagte Herr an der Reihe der Ehrengäste vorbei, um seinen Platz neben Elise einzunehmen. Sie erkannte ihn sofort wieder. Es war der Galan aus dem Foyer der Folies Bergère, den sie danach auch schon einige Male als Gast im Moulin Rouge wahrgenommen hatte. Obwohl er ihr nach jedem Auftritt Blumen auf die Bühne geworfen hatte, war sie einer Begegnung bislang ausgewichen.

Nun zog der Herr den Zylinder und verbeugte sich vor ihr. Dabei bemerkte sie, dass Haare und Bart jetzt grau meliert waren, was ihm weit besser stand als die unnatürliche schwarze Farbe. Doch erst, als er seinen Namen nannte, bevor er ihre behandschuhte Rechte zum Kuss ergriff, erfuhr sie endlich, wer er war.

»Mademoiselle Lambert. Ich bin über die unerwartete Ehre außerordentlich erfreut. Mein Name ist Baptiste Germain.«

Der Ehemann von Valérie Dumas!

Elise wusste zuerst vor Verlegenheit nicht, wohin sie ihren Blick richten sollte. Das also war der Mann, der ihr seit Monaten Avancen machte. Seine Ehe schien wirklich zerrüttet zu sein. Denn Elise kannte die Geschichte, dass Valérie ein uneheliches Kind bei der Tante ihres Dienstmädchens in den Vogesen untergebracht hatte.

Wie lange sind die beiden jetzt verheiratet? Sie rechnete nach. Seit fünf Jahren. Elise erinnerte sich an die Hochzeit in der Kirche Saint-Pierre auf dem Montmartre, bei der sie zufällig Zeugin geworden war. Glücklich hatte Valérie schon damals nicht ausgesehen. Kein Wunder, dass sich beide offenbar nach Ersatzpartnern umsahen.

Um sich von diesen Gedanken abzulenken, richtete sie das Wort an Lianes Verehrer Émile. »Ist es wahr, Monsieur, dass dieser Dreyfus aufgrund eines Briefs, den eine Putzfrau gefunden hat, als Verräter verurteilt wurde?« Bislang hatte sie sich nur oberflächlich mit der Affäre beschäftigt.

Oberst Saussier nickte grimmig. »Die besagte Putzfrau fand ein zerrissenes Schreiben im Papierkorb des deutschen Militärattachés. Daraus ging eindeutig hervor, dass es einen Schuft in den eigenen Reihen gibt, der vertrauliche militärische Informationen an den deutschen Geheimdienst weitergegeben hat.« Seine Stimme zitterte vor Empörung.

»Stellen Sie sich das einmal vor, Mademoiselle Lambert«, mischte sich Germain ein. »An die Deutschen! Die uns solche Schmach zugefügt haben.«

»Woher wusste man denn, dass das Schreiben von dem verurteilten Offizier stammt?«, wandte sich Elise wieder an Émile.

»Das hat ein Handschriftengutachten eindeutig ergeben!«

»Oh! Man kann eine Handschrift per Gutachten identifizieren?« Elise war beeindruckt.

»So ist es«, antwortete ihr wieder Baptiste Germain. »Aber es ist auch kein Zufall, dass genau dieser Mensch« – er zeigte auf den Delinquenten, der gerade unter lauten Buhrufen der Menge in den Hof geführt wurde – »ein Verräter ist. Er ist Deutscher und Jude noch dazu!«

Bevor Elise nachfragen konnte, was seine jüdische Abstammung mit der Straftat zu tun habe, begann die Zeremonie. Der Verurteilte war in voller Uniform erschienen und stand sogar vor seinen Peinigern stramm.

Elise wusste, dass er ungefähr Mitte dreißig war. Doch durch sein bleiches, ausgezehrt wirkendes Gesicht und den randlosen Kneifer sah er älter aus.

Nun trat ein höherer Offizier auf ihn zu. Das erkannte Elise an den vielen Ordensketten und seinem aufwendig geschmückten Helm. Mit zwei brutalen Bewegungen riss der Mann Dreyfus die Epauletten von den Schultern seiner Uniform und warf sie auf den Boden. Die Menge schrie und johlte vor Begeisterung. Einige Zuschauer waren inzwischen sogar auf Bäume geklettert, um besser sehen zu können.

Nun zog der Offizier dem Verurteilten den Säbel aus der Scheide und zerbrach die Waffe über seinem Knie. Wieder grölte die Menge Beifall.

Den Abschluss der Demütigung bildete, dass Dreyfus an den Reihen der ringsum angetretenen Kompanien entlangschreiten musste. Viele Soldaten spuckten ihn an. Auch aus der Menge drangen Schimpfworte, aus denen sich eines deutlich herauskristallisierte. »Judensau!«, brüllte die Menge schließlich im Chor.

Elise war angewidert. Um sich herum sah sie allerdings niemanden, der ihre Gefühle teilte. Liane wirkte eher gelangweilt, wie oft, wenn es nicht um sie ging. Den Messieurs Saussier und Germain stand dagegen fanatische Abscheu gegen Dreyfus ins Gesicht geschrieben.

Endlich war die Quälerei vorbei, der Delinquent wurde abgeführt. »Die Teufelsinsel ist noch zu gut für ihn«, knurrte Émile. Auf diesem unwirtlichen Eiland vor der Küste von Französisch-Guayana im Atlantischen Ozean würde der Verräter den Rest seines Lebens verbringen, erläuterte ihr Baptiste Germain, als er Elise am Arm hinausführte.

Sie freute sich schon auf die Rückkehr nach Hause, als Germain sich erneut vor ihr verneigte. »Darf ich die Damen und Monsieur Saussier noch ins Café Riche einladen?«

Spontan lehnte Elise ab. »Ich danke Ihnen für Ihr Angebot. Aber es sind nur noch wenige Stunden bis zum Beginn der Vorstellung im Moulin Rouge. Ich möchte mich vorher noch ein wenig ausruhen. Außerdem bin ich trotz meines Pelzmantels völlig durchgefroren. Adieu, Monsieur Germain!«, verabschiedete sie sich demonstrativ und versteckte ihre Hände im Muff, um einem weiteren Handkuss zu entgehen.

Aus dem Augenwinkel sah sie, dass Liane missbilligend die Lippen verzog. Da auch Saussier sich entschuldigte, er wolle noch an einem Treffen der Offiziere teilnehmen, saßen Liane und Elise kurz darauf allein in seiner Kutsche.

»Ich verstehe dich nicht«, maulte Liane, kaum dass die Kutsche angefahren war. »Baptiste Germain stammt aus einer sehr reichen Bankiersfamilie und ist dazu ein bekannter Pariser Maler. Außerdem Offizier der Ehrenlegion! Warum hast du seine Avancen abgelehnt?«

»Er ist der Ehegatte einer Bekannten von mir«, verteidigte sich Elise.

»Bist du mit Valérie befreundet?«

Elise verneinte und war erstaunt. »Kennst du sie?«

»Nein. Aber ich habe dir doch erzählt, dass Germain mich demnächst in seinem Atelier porträtieren wird. Wir haben uns neulich getroffen, um das Vorhaben zu besprechen. Dabei hat er mir anvertraut, dass seine Ehe nur noch auf dem Papier besteht.«

Elise wunderte sich nicht darüber. Um den Schein zu wahren, fragte sie trotzdem: »So was Vertrauliches hat er dir gesagt?«

Liane lächelte spöttisch. »Einer Kurtisane schüttet so mancher Mann sein Herz aus. Auch wenn er sie nicht selbst begehrt.«

Elise kam ein Verdacht. »Hast du dieses Treffen heute etwa arrangiert?«

Liane spitzte die Lippen. »Nicht direkt. Ich habe Baptiste lediglich gesagt, dass wir der Degradierung von Dreyfus beiwohnen würden.« Angesichts von Elises empörter Miene fügte sie hinzu: »Ich dachte, es wäre gut, wenn du die Auswahl zwischen Émiles Cousin und Germain haben würdest.«

Elise war fassungslos.

»Also, sei in Zukunft nicht mehr so zimperlich!«, gab Liane ihr zum Abschied mit auf den Weg. »Glaub mir, ich mein es nur gut mit dir.«

Bevor der Kutscher den Schlag schloss, nachdem Elise ausgestiegen war, winkte Liane sie noch einmal heran. »Ich denke außerdem, Valérie Germain hat selbst schon längst woanders einen Schatz«, sprach sie Elises Verdacht aus.

Kapitel 51

IN DER BASILIKA SACRÉ-COEUR

5. JANUAR 1895, AM GLEICHEN TAG

Valérie unterdrückte ein Gähnen, als die Prozession der Geistlichen, die in den Kirchenraum defilierten, kein Ende nehmen wollte.

»Vierzehn Bischöfe und sogar fünf Kardinäle werden an der Weihe des Gotteshauses teilnehmen«, hatte ihre Mutter Amélie ihr verzückt berichtet. Im Gegensatz zu ihrer Tochter betrachtete sie die Reihe der Priester, unter ihnen Père Zacharie, die den hohen geistlichen Würdenträgern folgten, mit glänzenden Augen.

Zwar hatten mit Erlaubnis des Kardinal-Erzbischofs von Paris schon früher Gottesdienste zu besonderen Anlässen oder an hohen Festtagen in der Basilika stattgefunden. Aber ab heute sollte das trotz der längst nicht abgeschlossenen Bauarbeiten regelmäßig geschehen.

Warum habe ich mich nur hierauf eingelassen?, ging es Valérie durch den Kopf, als immer neue Priester in die Kirche strömten. Anstatt zu malen oder mich heimlich mit Pascal zu treffen.

Pascal! Während der Kardinal-Erzbischof die feierliche Messe endlich eröffnete, dachte Valérie unpassenderweise an ihre letzte unzüchtige Begegnung. Wie sie gehofft hatte, stellte Henri ihnen sein Atelier für ihre Schäferstündchen zur Verfügung. Es war meistens frei, da er sich nach wie vor überwiegend im Bordell Fleur Blanche aufhielt.

Ins *Bateau Lavoir* hatte sich Valérie noch nicht gewagt. Dort wohnten zu viele Künstler, die sie womöglich als Gattin von Baptiste Germain erkennen würden.

»Aber auf Dauer ist das kein Zustand«, beschwerte sich Pascal seit Kurzem bei jeder ihrer Begegnungen. »Du musst dich von Baptiste scheiden lassen! Und dich endlich zu mir bekennen!«

»Gib mir noch ein wenig Zeit«, bat Valérie jedes Mal. »Du kennst Philippe ja noch nicht einmal. Wenn wir ihn im März gemeinsam besuchen und ihr euch versteht, sehen wir weiter.«

»Was sehen wir dann weiter?«

Darauf wusste Valérie noch keine Antwort. Im selben Moment, in dem Baptiste von ihrer Liaison mit Pascal erführe, würde er ihr sofort die Mittel streichen. Sie könnte weder ihr Atelier noch die teuren Kunstlehrer bezahlen, bei denen sie weiterhin Unterricht nahm. Außerdem würde Baptiste nicht zögern, sie aus ihrem Apartment in seinem Stadtpalais zu werfen. Wo sollte sie dann hin? Nicht einmal Marie, ihre treue Zofe, könnte sie finanzieren. Marie war mit weit über fünfzig nun definitiv zu alt, um irgendwo noch eine andere Stelle zu finden.

Doch am schlimmsten war, dass sie auch das Kostgeld für Philippe nicht mehr zur Verfügung hätte. Zwar würde die gutherzige Tante Albertine den Kleinen in diesem Fall nicht sofort in ein Waisenhaus geben. Aber für Valérie war der Gedanke unerträglich, dass der Junge nicht nur die Mutter entbehren, sondern sogar in Armut aufwachsen müsste.

Als die Orgel zu einem Choral ansetzte, den Amélie inbrünstig mitsang, warf Valérie ihr einen Seitenblick zu. Ihre Mutter war vorzeitig gealtert, wie die vielen Falten in ihrem Gesicht und das ergrauende Haar bewiesen. Sie sah eher wie eine Sechzig- als wie eine gerade etwas über Fünfzigjährige aus. Daran hatte der Kummer über Valéries informelle Trennung von Baptiste keinen geringen Anteil. Nun gab es keine Einladungen zu großen gesellschaftlichen Ereignissen durch Baptistes Eltern mehr. Geschweige denn teure Kleider aus dem Atelier von Charles Worth.

Auch ihr Vater ging zunehmend wieder seiner eigenen Wege. Er wirkte im Gegensatz zu seiner Frau verjüngt und genoss seinen nach Jahren des Abstiegs nicht mehr erwarteten Erfolg als Kunsthändler, den er überwiegend den Werken avantgardistischer Maler verdankte. Noch hatte Valérie ihm nicht gesagt, dass Pascal Didier wieder in Paris war. Aber sie träumte davon, dass Alphonse auch Bilder ihres Geliebten einmal in die Galerie aufnehmen würde. Pascal hatte nämlich in Henris Atelier, zu dem er inzwischen sogar einen Schlüssel besaß, wieder zu malen begonnen.

So unwahrscheinlich wie vor Jahren war dies keineswegs. Denn Alphonse Dumas entdeckte immer neue moderne Künstler.

»Ich habe an dem Tag ein Treffen mit Paul Cézanne«, hatte er Amélie abschlägig beschieden, als sie ihn gebeten hatte, an der offiziellen Einweihungsmesse von Sacré-Coeur teilzunehmen. »Ich will mit ihm über eine Ausstellung seiner Werke verhandeln.« Ihre Einwände hatte er abgeschmettert. »Das ist mir allemal lieber als ein Gottesdienst in diesem Fass ohne Boden, das sich Basilika schimpft.«

»Wie kommst du zu einem Kontakt zu Cézanne?«, fragte Valérie ihren Vater, nachdem Amélie ihr davon erzählt hatte.

»Schon im letzten Jahr hat Edgar Degas als Erster eines von Cézannes Bildern aus dem Nachlass von Père Tanguy gekauft. Die zwei anderen sind danach auch weggegangen. Deshalb habe ich Degas gebeten, den Kontakt zu Cézanne herzustellen, der in Aix-en-Provence lebt. Jetzt kommt der Mann nach Paris. Wir treffen uns genau am Tag der Einweihung von Sacré-Coeur.« Er ergänzte spitz: »Deiner Mutter fehlt natürlich jedes Verständnis dafür. Sie sieht gar nicht, dass ich mit meiner Arbeit nicht nur ihren Wohlstand sichere, sondern auch ihre Eltern dauerhaft unterstütze. Langsam, aber stetig geht es bergauf.«

Valérie hatte sich, wie üblich, eine sarkastische Bemerkung über den früheren Starrsinn ihres Vaters verkniffen. Sie war froh, dass zumindest ihre Familie finanziell wieder abgesichert war, womit sie so rasch nicht gerechnet hatte.

Insgeheim hoffte sie auch, Alphonse würde sie nach der endgültigen Trennung von Baptiste unterstützen. Aber noch fehlte ihm das Geld für diese zusätzlichen Ausgaben. Auch deshalb hatte Valérie weder ihm noch Amélie verraten, dass die beiden mittlerweile Großeltern waren.

»Du hättest *maman* allerdings nicht so kränken müssen«, sagte sie anstatt eines Kommentars zur Ursache von Alphonses gutem Umsatz. »Sie kann doch nichts dafür, dass Sacré-Coeur bislang Unsummen verschlungen hat.«

In der Tat waren aus den veranschlagten sieben Millionen Baukosten schon jetzt über zwanzig Millionen geworden, obwohl weder der Glockenturm noch die Kuppel fertiggestellt waren, was angeblich noch Jahre dauern würde.

»Du hast es gerade nötig, mir solche Vorwürfe zu machen«, erwiderte ihr Vater finster. »Denk nur an euren letzten Streit!«

»Da ging es doch um was ganz anderes!«, hatte Valérie sich verteidigt. Doch ihr war bewusst gewesen, dass ihr Vater nicht ganz unrecht hatte.

Wie er geriet sie oft mit Amélie wegen deren beständig zunehmender Frömmelei in Konflikt. Aber zu ihr sprach ihre Mutter vor allem über das heilige Sakrament der Ehe.

»Du verlässt den Weg des wahren Glaubens, mein Kind!«, hatte sie gesagt, bevor die Situation beim letzten Mal eskaliert war. »›Was Gott zusammengefügt hat, soll der Mensch nicht scheiden‹«, zitierte sie aus der Bibel.

»Du weißt doch, was Baptiste mir angetan hat!«

Doch ihre Mutter setzte sogar nach. »Vergebung ist eine der höchsten christlichen Tugenden. ›Wenn dich einer auf die rechte Wange schlägt, dann halt ihm auch die andere hin‹«, zitierte sie ein weiteres Mal.

»Du hast ja komplett den Verstand verloren!«, war Valérie explodiert. »Dir geht es doch gar nicht um den Glauben, sondern nur um deine Bequemlichkeit und dein Ansehen! Du willst wieder mit den Germains in der Oper erscheinen und zu ihren opulenten Soupers eingeladen werden. Ich bin dir völlig egal!«

Dann hatte sie türenknallend die Wohnung verlassen.

Erst einige Tage später hatte ihre Großmutter Cecile Valérie mitgeteilt, dass ihre Mutter danach den ganzen Tag geweint und das Bett nicht mehr verlassen hatte. »Du solltest sie um Verzeihung bitten«, riet sie. »Sie ist immerhin deine Mutter.«

Also schlug Valérie zu Amélies großer Überraschung mit der Entschuldigung vor, sie zur Weihe von Sacré-Coeur zu begleiten.

Mit Tränen in den Augen hatte ihre Mutter sie in die Arme geschlossen. »Du weißt gar nicht, was für eine Freude du mir damit bereitest. Nur wenige Laien sind zu dieser Messe zugelassen. Père Zacharie hat mir sogar zwei Ehrenplätze reserviert. Wir als Spender sitzen gleich hinter den Geistlichen. Es wäre mich hart angekommen, dort allein hinzugehen.«

Und dir danach noch die Predigt von Père Zacharie anzuhören, dass es dir nicht gelingt, den christlichen Geist in deine eigene Familie zu tragen, hatte Valérie zynisch gedacht.

Trotzdem biss sie das schlechte Gewissen. Denn uneigennützig war ihr Vorschlag nicht gewesen. Wenn Baptiste mir doch auf die Schliche kommt und mich rauswirft, kann ich nirgendwo anders hin als zu meinen Eltern zurück. Sie müssten dann auch für Philippe aufkommen.

Ganz in diese Gedanken versunken, zog die Messe an Valérie vorbei. Mechanisch stand sie abwechselnd auf und kniete sich nieder, murmelte die Gebete mit und bewegte zumindest die Lippen bei den Chorälen. Ihre Mutter war so in den Gottesdienst vertieft, dass sie nicht auf Valérie achtete.

Doch plötzlich stieß sie sie in die Seite. »Jetzt kommt einer der Höhepunkte der Messe!«

Vier Priester in vollem Ornat näherten sich dem Altar. Sie verneigten sich vor den höheren Würdenträgern. Dann trat einer von ihnen an das Pult, von dem auch das Evangelium verkündet worden war. Er breitete die Arme aus.

»Sehr verehrte Gläubige! Wir kommen aus den vier Diözesen von Savoyen. In diesem lieblichen Landstrich befindet sich die größte Glockengießerei Frankreichs. Durch großzügige Spenden unserer tief katholischen Bevölkerung, darunter etliche Hinterlassenschaften von wahren Gläubigen, die uns nun von ihrem Platz im Himmelreich zuschauen« – er hob die Augen zur unfertigen Decke der Basilika empor – »ist es uns möglich, dieser großartigen Kirche vom Heiligen Herzen Jesu die größte Glocke zu stiften, die es in unserem ganzen geliebten Vaterland gibt.«

Ein Raunen ging durch die Menge.

»Sie wird den Namen *Savoyarde* tragen. Sobald der Glockenturm fertiggestellt ist, wird ihr Klang in ganz Paris zu hören sein! Zu Ehren der allerhöchsten Dreifaltigkeit und dieses hochheiligen Gotteshauses.«

Einen Augenblick lang blieb die Menge stumm. Dann sprangen alle von ihren Sitzen auf. Durch die Basilika tönte ein geradezu frenetischer Beifall.

Endlich war der fast zweistündige Gottesdienst zu Ende. Den für eine Kirche ungewöhnlichen Applaus hatte der Kardinal-Erzbischof ausdrücklich begrüßt und zusätzlich ein ellenlanges Dankgebet angeschlossen.

Draußen begann es bereits, dunkel zu werden. Doch Valéries Hoffnung, sich gleich in ihr Atelier begeben zu können, erfüllte sich nicht. Stattdessen erwartete Père Zacharie ihre Mutter vor dem Eingangsportal. Neben ihm stand sein Neffe Pierre Lombard, an den Valérie nur unangenehme Erinnerungen hatte.

Er war ihr erster Heiratskandidat gewesen. Valérie hatte ihn, wie später Baptiste, abgelehnt. Dabei hatte ihr Vater sie damals noch unterstützt. Nachdem sich herausgestellt hatte, dass Pierre ein Hochstapler war und sich als Günstling von Gustave Eiffel ausgegeben hatte, war auch ihre Mutter von einer Hochzeit abgerückt.

Deren Verehrung von Lombards Onkel hatte diese Angelegenheit jedoch nicht geschmälert. Er war nach wie vor ihr Beichtvater.

»Ich freue mich sehr, dass Sie dem Gottesdienst beigewohnt haben, Madame Dumas«, begrüßte Père Zacharie Amélie, als ob das nicht selbstverständlich gewesen wäre. »Auch dass Ihre Tochter den Weg zu Gott wieder einmal gefunden hat, schätze ich außerordentlich.« Obwohl Valérie direkt neben ihrer Mutter stand, sprach er sie nicht an. »Leider habe ich Ihren Gatten vermisst!«, versetzte er Amélie dann doch noch einen Stich.

»Monsieur Dumas hat es wahrscheinlich vorgezogen, der Bestrafung dieses Verräters Dreyfus beizuwohnen«, mischte sich Pierre Lombard überraschend ein.

»Das wäre mir nicht bekannt«, entgegnete Valérie kühl. »Meines Wissens hält mein Vater nichts von öffentlichen Ächtungen.«

»Ächtungen?«, echote Lombard. »Es ist schlimm genug, dass sich die Protestanten überall breitmachen. Juden haben in unserem Land nichts zu suchen! Schon gar nicht, wenn sie auch noch von Deutschen abstammen.«

Valérie wurde wütend. Auch Pascal war jüdischer Herkunft. Wie Dreyfus stammte er aus dem Elsass. Seine verstorbene Mutter war eine Deutsche gewesen.

»Wie christlich ist das denn?« Sie bemühte sich nicht, ihren Sarkasmus zu unterdrücken. »Haben Sie nicht gerade einer Messe zu Ehren Gottes beigewohnt? In einer Kirche, die dem Heiligen Herzen seines *jüdischen* Sohnes gewidmet ist?«

»Valérie!«, stöhnte ihre Mutter auf.

Aber die war nicht mehr zu bremsen. »Wahrscheinlich wären auch Sie selbst lieber Zeuge dieses Golgatha in der École Militaire gewesen, als an dieser hochkatholischen Messe teilzunehmen.«

Amélie schnappte nach Luft. Père Zacharie setzte zum Reden an. Sein Neffe kam ihm zuvor.

»Ja, ich wäre in der Tat gern dabei gewesen. Doch meine Pflichten als einer der Bauleiter von Sacré-Coeur haben mich daran gehindert. Leider kollidierte der Einweihungstermin mit der Degradierung.«

»Du hast gut daran getan, mit uns die Messe zu feiern, mein Sohn.« Dann wandte sich Père Zacharie an Valérie. »Dieser heilige Bau betont die Höherwertigkeit des Katholizismus gegenüber jeder anderen Glaubensrichtung. Das ist über jeden Zweifel erhaben.«

»Nicht über meine Zweifel, Hochwürden«, antwortete Valérie schnippisch. »Ob Alfred Dreyfus schuldig ist oder nicht, vermag ich nicht zu beurteilen. Doch dieser Schmierfink Édouard Drumont, der auch schon den Panamaskandal den Juden angelastet hat, hetzt seit Monaten in seinem Blatt *La Libre Parole* gegen den Mann. Vom Grundsatz *in dubio pro reo* scheint der Schreiberling noch nie etwas gehört zu haben.«

»Ich glaube Monsieur Drumont«, widersprach Lombard, »wenn er schreibt, Dreyfus sei der Armee nur beigetreten, um Verrat zu begehen. Denn als Jude und Deutscher müsse er die Franzosen ja hassen.«

»Was für ein Schwachsinn …«, setzte Valérie erneut an, als Père Zacharie ihr ins Wort fiel.

»Seine Motive kennt Édouard Drumont nur selbst. Aber auch die katholische Zeitung *Le Croix* bezeichnet die Juden als schreckliches Krebsgeschwür, das Frankreich in die Sklaverei führen wird. Dem schenken Sie vielleicht eher Glauben, liebe Valérie.«

»*Merde!*«, entfuhr es ihr völlig undamenhaft. Dann drehte sie sich auf dem Absatz um und stapfte trotz des kalten Wetters zu Fuß den Hügel von Sacré-Coeur hinunter.

Erst als sie ihr Atelier fast erreicht hatte, fiel ihr auf, dass Père Zacharie sie noch immer mit ihrem Vornamen ansprach. Ungeachtet ihres Stands als längst verheiratete Frau Ende zwanzig.

Diese Kirche betrete ich nie mehr, schwor sie sich. Mag *maman* tun und glauben, was sie will. Doch mit solch einer Bigotterie möchte ich nichts mehr zu tun haben. Komme, was da wolle!

Epilog

IM ATELIER VON HENRI DE TOULOUSE-LAUTREC

2. APRIL 1895

Als Elise mit La Goulue nach vielen Jahren zum ersten Mal das Atelier von Henri de Toulouse-Lautrec an der Ecke der Rue Caulaincourt zur Rue Tourlaque betrat, war sie wirklich gespannt, welche Überraschung dort auf sie warten würde. Louise hatte sehr geheimnisvoll getan, als sie sie zu diesem Besuch eingeladen hatte. Seit einiger Zeit ließ sie Elise nicht mehr links liegen, sondern sprach wieder mit ihr. Diese Einladung war der vorläufige Höhepunkt ihrer Wiederannäherung.

»Henri erwartet nur mich. Aber er wird sich freun, wenn du mitkommst.«

Auf dem Weg hatte Elise nur in Erfahrung gebracht, dass die Überraschung mit La Goulues neuer Jahrmarktsbude zu tun hatte. Einen Reim konnte sie sich nicht darauf machen.

In wenigen Tagen würde Louise ihren letzten Auftritt im Moulin Rouge bestreiten. Und an diesem Tag auch zum letzten Mal den Cancan zeigen.

»Dann schwenk ich ganz auf den Bauchtanz um!«, prahlte sie schon seit Wochen, nachdem ihre Kündigung bekannt geworden war.

Nicht nur Elise war skeptisch, ob La Goulues Pläne aufgehen würden. Die hatte eine große Bude aus Holz auf dem Foire du Trône, dem sogenannten Lebkuchenmarkt, bauen lassen. Dieser

Jahrmarkt auf der gleichnamigen Place du Trône hatte eine lange Tradition. Er war vor fast tausend Jahren von Mönchen gegründet worden, die dort in der Karwoche Lebkuchen verkauften.

Heute war er einer der beliebtesten Jahrmärkte in Paris und dauerte von der Karwoche bis zum Herbst. »Dort sind nicht nur die feinen Pinkel, die sich das Moulin Rouge leisten können. Sondern auch ganz normale Leute, Angestellte und Arbeiter. Ich geb vier Vorstellungen am Tag. Von sieben bis zehn Uhr abends. Immer Einlass zur vollen Stunde. Erst spielt die Musik, dann tret ich auf. Höchstens 'ne Viertelstunde. Eintritt ein Franc. Wie damals im Elefanten! Aber ihr werdet's sehn, die fünfzig Plätze krieg ich jedes Mal voll.«

»Und wenn's läuft, mach ich einen Tag in der Woche zu und ruh mich aus. Und stell noch 'n paar Leute ein für so 'n Vorprogramm!«

»Was hat dich die Bude denn gekostet?« Nur Aicha hatte gewagt, diese Frage zu stellen.

»Schon 'ne ganze Stange Kohle«, wich La Goulue zunächst aus.
»Einhunderttausend Francs?«, schoss Aicha ins Blaue.

»Phhh«, hatte La Goulue gemacht. »Leg noch mal das Doppelte drauf!«

Elise war schockiert. »Dreihunderttausend Francs? So viel Geld gibst du dafür aus? Und wenn das Geschäft bei den Leuten nicht ankommt?«

Louise hatte sie von oben herab gemustert.

»Jeder in Paris kennt La Goulue. Auch die Touristen kommen nur wegen mir her. Die rennen mir die Bude ein. Erst recht, weil ich ihnen was Neues biete. Nicht mehr den langweiligen Cancan. Der ist ausgelutscht!« Wie immer war sie sich ihrer Taktlosigkeit gegenüber den Kolleginnen aus dem Ensemble nicht bewusst gewesen.

Deshalb war Elise umso neugieriger, was Toulouse-Lautrec mit der Bude zu tun hatte. »Er hat mir was dafür gemalt!«, hatte Louise ihr auf dem Hinweg anvertraut. »Hab ihn gefragt, und er hat's gemacht. Wegen unsrer alten Freundschaft. Wollt nicht mal das Material bezahlt haben.«

»Ich dachte, seine Bilder gefallen dir nicht mehr«, konnte Elise sich nicht verkneifen zu bemerken.

»Die hier sind schön«, winkte Louise ab. »Eins ist so ähnlich wie das Plakat!«

Henri öffnete auf ihr Klopfen sofort. Obwohl er sie nicht erwartet hatte, begrüßte er auch Elise freundlich.

An zwei Wänden des Ateliers hingen riesige Leinwände, die in Rahmen gespannt waren. Die Gemälde darauf schienen so gut wie fertig zu sein. Elise schätzte ihren Umfang auf mindestens drei mal drei Meter.

»Das hier ist die Reminisdingsda an die Vergangenheit.« Louise deutete auf das erste Bild.

»Reminis was?«

»Reminiszenz«, korrigierte Henri. »Also Erinnerung.«

»Aha.« Damit konnte Elise etwas anfangen. Henris Gemälde glich tatsächlich dem berühmten Plakat, das er seinerzeit von La Goulue und Valentin, dem Knochenlosen, gemacht hatte. Im Vordergrund tanzte Louise, unverkennbar mit ihrem rotblonden Dutt auf dem Oberkopf, in einer tief ausgeschnittenen gestreiften Bluse, einem kniekurzen Rock mit üppigen Unterröcken und schwarzen Strümpfen. Neben ihr spreizte Valentin mit dem für ihn typischen Zylinder auf dem Kopf Arme und Beine.

Was wird wohl aus ihm?, fragte sich Elise. Weit über zehn Jahre war er allabendlich La Goulues Partner gewesen. Er hatte nie einen Sou für seine Vorführungen verlangt, schon gar keine

Liebesdienste. Louise hatte ihn bisher mit keinem Wort erwähnt.

Als hätte sie Elises Gedanken erraten, sagte sie: »Valentin werd ich vermissen. Aber beim Bauchtanz kann ich ihn nicht brauchen.«

»Was wird er jetzt machen? Sich eine neue Partnerin für den Cancan suchen?«

Louise schnaubte ärgerlich. »Wie kommste denn auf so was? Ohne mich tritt der nicht mehr auf. Seine blöde Familie wird's freun. Aber mein kleiner Buschiger hier« – sie nannte Henri bei ihrem ehemaligen Kosenamen für ihn und kraulte den peinlich Berührten in seinem dichten Bart – »hat ihm hiermit« – sie deutete auf das Bild – »'n tolles Denkmal gesetzt.« Plötzlich furchte sie die Stirn. »Aber warum hast du denn auch die blöde Kuh da gemalt?«

Elise sah näher hin und erkannte Jane Avril mit einem riesigen Federhut auf dem Kopf.

Henri antwortete nicht und zuckte nur die Achseln.

»Naaa?«, wandte sich Louise dann an Elise. »Siehst du's denn nicht?«

Elise betrachtete das Gemälde ratlos.

»Was soll ich sehen?«

»Na, die Tänzerin in Schwarz da im Hintergrund. Guck dir mal ihr Gesicht an!«

Nun erst erkannte Elise sich selbst. »Aber … Aber ich bin doch nicht blond«, stammelte sie. »Und trag auch nie Schwarz, wenn ich tanze.« Sie sah noch einmal hin. »Und so 'ne Frisur hab ich auch nie! Die sieht ja aus wie deine.«

»Eben«, grinste La Goulue. »Du bist der neue Star im Moulin Rouge, wenn ich weg bin. Meine würdige Nachfolgerin. Das wollt Henri damit ausdrücken.«

Ratlos blickte Elise Henri an. »Aber warum hast du mich blond gemalt?«

»Weil ich das so gewollt hab«, kam Louise seiner Antwort zuvor. »Schließlich will ich auf dem Jahrmarkt keine Reklame für dich und das Moulin Rouge machen. Aber Henri hat dich endlich gemalt. Das wolltest du doch all die Zeit!«

Elise gab darauf keine Antwort. Sie war zu verwirrt. Stattdessen betrachtete sie das zweite Gemälde.

Es zeigte die Zukunft, wie La Goulue das wohl ausgedrückt hätte. Henri hatte Louise in ein tief ausgeschnittenes Gewand gekleidet, dessen Mieder kaum ihre Brüste bedeckte. Ihre Arme waren nackt. Die Haare aufgesteckt, die Frisur war jedoch eleganter als Louises unvermeidlicher Dutt.

Die abgebildete Tänzerin stützte eine Hand in die Taille, die andere zeigte mit ausgestrecktem Zeigefinger in Schulterhöhe nach vorn. Der Schleier des Rocks schwebte hoch in der Luft. La Goulue hob also beim Bauchtanz das Bein wie beim Cancan. Ohne den Mann mit Turban und die arabisch gekleidete Frau im Hintergrund hätte man meinen können, dies sei eine Szene aus dem Moulin Rouge, aber dort verkehrten keine Araber. Auch Jane Avril mit ihrem riesigen Federhut, diesmal mit dem Rücken zum Betrachter, gehörte wieder zu den Zuschauern.

Elise verzichtete auf diese Anmerkungen zum Gemälde und fragte stattdessen: »Was wird mit den Bildern geschehen?«

»Die kommen auf Tafeln auf jede Seite des Eingangs der Bude«, antwortete La Goulue. »Damit jeder gleich weiß, dass ich das bin.«

IM ATELIER VON HENRI DE TOULOUSE-LAUTREC

5. APRIL 1895, DREI TAGE SPÄTER

Valérie konnte es kaum erwarten, Pascal endlich wiederzusehen. Denn die letzten drei Wochen hatten sie sich nicht im Atelier treffen können. Henri war ausnahmsweise täglich dort beschäftigt gewesen.

Die Bilder, die er für eine Jahrmarktsbude von La Goulue gemalt hatte, konnten sie nicht mehr begutachten. Sie waren schon weg.

»Morgen hat sie ihren letzten Auftritt im Moulin Rouge«, wusste Valérie. Das wurde überall mit dem Plakat beworben, das Henri vor einigen Jahren für die damalige Startänzerin des Varietés angefertigt hatte.

»Wir sehen uns Henris Werke demnächst auf dem Jahrmarkt an. Doch jetzt haben wir Besseres zu tun.« Pascals Stimme klang heiser vor Begehren, als er Valérie in die Arme nahm und leidenschaftlich küsste.

Keiner von beiden bemerkte, dass die Tür zum Atelier aufging und rasch wieder zugemacht wurde.

Eine Stunde später lagen sie erschöpft, aber glücklich nebeneinander auf der schmalen Liege. Sie hatten sich zum ersten Mal seit ihrer gemeinsamen Reise nach Le Clerjus geliebt, bei der Pascal den kleinen Philippe kennengelernt hatte.

Die beiden verstanden sich auf Anhieb. Danach entwickelte Pascal sogar eine Idee, wie sie Philippe zu sich nehmen könnten, wenn sie erst zusammenlebten.

»Ich behaupte einfach, er ist mein Sohn«, schlug Pascal vor. »Dein schrecklicher Ehemann soll ruhig glauben, dass du ihn seit Jahren mit mir betrogen hast. Nur Henri weiß, wie lange ich nicht in Paris war. Allen anderen können wir weismachen, ich sei ab und zu heimlich eingereist, um dich, meine große Liebe, zu treffen!«

Der Plan war noch ein wenig unausgegoren, aber in seinen Grundzügen gut, befand Valérie. Wie Pascal, der als Wehrdienstflüchtiger gesucht worden war, über die Grenze gekommen sein wollte, würden sie sich bei Gelegenheit überlegen. Denn noch war es nicht so weit.

Trotzdem brachte Valérie herrliche Neuigkeiten mit, die erst wenige Tage alt waren.

»Morgen Abend hat mich mein Kunstlehrer Carolus-Duran zu einem Empfang in sein Haus eingeladen.« Sie strahlte vor Freude. »Dort möchte er mich einigen seiner Kunden als Porträtmalerin empfehlen, weil er mit meinen Fortschritten so zufrieden ist. Den ersten Auftrag will er mir gleich morgen vermitteln. Da geht es um ein Gemälde, das ein Großvater von seinen drei Enkeln machen lassen will. Carolus-Duran reizt so eine Aufgabe schon längst nicht mehr. Deshalb will er mich dafür vorschlagen.«

»Das ist ja fantastisch!« Pascal freute sich mit ihr. »Aber wird Baptiste dir nicht in die Quere kommen? Als dein Ehemann müsste er dir jede bezahlte Tätigkeit erlauben.«

»Baptiste hat sich damit abgefunden, dass unsere Ehe nicht zu retten ist. Er ist froh, dass wir noch den Schein aufrechterhalten«, entgegnete Valérie. »Außerdem sag ich ihm erst mal gar nichts davon. Das brauch ich auch nicht. Carolus-Duran wird als offizieller Auftragnehmer fungieren, mit der Erlaubnis, mich malen zu lassen. Nur wenn der Kunde nicht zufrieden ist, tritt er auf den Plan und liefert Ersatz. Aber wenn es gelingt, wird er mir das Honorar aushändigen. Dann habe ich mein erstes Geld als Malerin verdient und signiere das Bild natürlich mit den Initialen meines Mädchennamens.«

Pascal küsste sie auf die Nasenspitze. »Wie wunderbar!« Etwas leiser fügte er hinzu: »Ich würde auch gern mal eins meiner Werke verkaufen.«

Valérie betrachtete ihn prüfend. Er wirkte traurig, aber nicht neidisch.

»Gib uns noch ein zwei Jahre, *mon amour*«, bat sie. »Wenn ich bis dahin genügend Geld verdiene, werde ich die Scheidung von Baptiste verlangen. Und meinen Vater dazu drängen, auch deine Werke in seiner Galerie anzubieten. Du musst nur weiter fleißig sein!«

Als Pascal sie zweifelnd ansah, fügte sie hinzu: »Schließlich ist Paul Gauguin weit weg. Warum solltest du nicht der erste bekannte Vertreter des Synthetismus werden? Schließlich plant mein Vater im Sommer eine große Ausstellung von Paul Cézanne. Den hat auch kein Mensch bislang beachtet.«

Sie streichelte seine Wange. »Deine ersten beiden Bilder, die du hier in Paris gemalt hast, gefallen mir jedenfalls sehr. Ich finde, du hast deinen Stil deutlich weiterentwickelt.«

Valérie meinte die beiden Porträts *Femme en Profil* und *L'Africaine,* die Pascal ohne Modell hergestellt hatte.

Er schwieg noch immer.

»Sobald wir Philippe ernähren und ihm eine gute Schule bezahlen können, ziehen wir zusammen. Und wenn es anfangs nur ins *Bateau Lavoir* ist.«

»Lass es gut sein, mein Lieb! Wir werden sehen, was die Zeit bringt. Immerhin haben wir uns!«

Damit zog Pascal sie in seine Arme. Sie liebten sich ein weiteres Mal mit noch stärkerer Leidenschaft.

IM STADTPALAIS VON BAPTISTE GERMAIN

6. APRIL 1895, AM FRÜHEN ABEND

Baptiste Germain betrachtete sich prüfend vor dem großen Spiegel in seinem Ankleidezimmer und rückte noch einmal den schwarzen Plastron zurecht, das zu einer Schleife gebundene Seidentuch, das er über seinem blütenweißen steifen Hemdkragen trug. Dann fischte er mit spitzen Fingern ein graues Haar von seinem schwarzen Abendanzug aus feinstem Tuch. Der beste Herrenschneider von Paris hatte ihn erst gestern geliefert.

Heute Abend wollte er es endlich wissen. Bisher hatte Elise Lambert auf all seine Annäherungsversuche abweisend reagiert. Verstehen konnte er das nicht. Denn sie trat häufig in Begleitung von Liane de Pougy auf, einer der bekanntesten und teuersten Kurtisanen von Paris.

Elise Lambert hatte ihm schon immer gefallen. Doch solange er mit Valérie geschlechtlich verkehrt war, hatte es ihn nach einer anderen Frau nicht gelüstet. Inzwischen, da sich Valérie ihm seit Jahren verweigerte, hatte er sein mönchisches Leben gründlich satt.

Einige Male hatte er in einem der vielen Bordelle nach Ersatz gesucht. Doch die käufliche Liebe widerte ihn im Gegensatz zu früher an. Als er noch unverheiratet gewesen war, hatte es ihm nichts ausgemacht, dass Prostituierte oft nur ihre unangenehme Pflicht erfüllten, was man ihnen auch anmerkte. Heute war das anders. Er wollte in den Augen der Frau, mit der er verkehrte, etwas Besonderes sein.

In der Hoffnung, dort die versprochene Exklusivität zu finden, hatte er sogar das erst kürzlich eröffnete Luxusbordell Fleur Blanche aufgesucht. Nur um im Salon gleich auf den verkrüppelten Zwerg Toulouse-Lautrec zu treffen. Vor dessen spöttischem Grinsen war er sofort geflohen. Mit größerem ungestilltem Hunger als je zuvor.

Dass Elise Lambert ihn trotz der Vermittlungsversuche Lianes bisher ablehnte, hatte sie für ihn nur noch begehrenswerter gemacht. Fast hätte er seine Hoffnungen, sie als dauerhafte Gespielin zu gewinnen, schon vor ein paar Wochen aufgegeben, als sie mit Martin Saussier zusammen gewesen war.

Doch diese Affäre war schnell vorbei gewesen. »Die beiden haben nicht zueinander gepasst«, erklärte Liane ihm lapidar während einer Sitzung, in der sie ihm Modell für ihr inzwischen fertiges Porträt gesessen hatte. Seither bemühte er sich wieder um Elise.

»Der 6. April ist vielleicht die letzte Gelegenheit, um es noch mal zu versuchen.« Liane hatte ihm den Tipp für den heutigen Abend gegeben. »Dieses fett gewordene Monster, das sich selbst La Goulue nennt, hat ihren letzten Auftritt im Moulin Rouge. Jane Avril soll ebenfalls schon wieder auf dem Absprung sein. Also will Jean Oller, der Direktor, Elise als neuen Superstar präsentieren. Sie wird bald zehn Verehrer an jedem Finger haben. – Also, gehen Sie in die Vollen«, war ihr Rat gewesen. Das hatte sich Baptiste nicht zweimal sagen lassen.

Jetzt klingelte er nach dem Diener Gilbert. »Sind die hundert roten Rosen bestellt, und werden sie pünktlich um Mitternacht geliefert?«, versicherte er sich noch einmal.

Die dazugehörige Karte hatte er längst geschrieben. Drei der teuren goldumrandeten Billetts hatte er in den Müll geworfen. Erst mit der vierten Version war er einigermaßen zufrieden gewesen.

Den Tisch im Café de la Paix hatte er genauso reserviert wie die

Suite im Hotel gleichen Namens. Ob er beides brauchen würde, war fraglich. Aber er wollte sich nicht lumpen lassen, wenn er endlich zum Zuge käme.

Jetzt näherte sich der Zeiger der Sieben. Um diese Uhrzeit öffnete das Moulin Rouge. Baptiste wollte seinen Platz am für ihn reservierten Tisch pünktlich einnehmen, gemeinsam mit Liane de Pougy und ihrem Kavalier Émile Saussier. Falls Elise ihn erneut ablehnte, würde Liane einen letzten Vermittlungsversuch machen. Dafür war er sogar bereit, ihr fünfhundert Francs zu bezahlen, unabhängig vom Erfolg.

Mit klopfendem Herzen stieg er die Marmortreppe zur Eingangshalle hinunter, als Gilbert ihm mitteilte, der Kutscher warte draußen mit dem Einspänner. Clement hatte Valérie zuvor nach Montparnasse gefahren, wo sie bei dem Maler Carolus-Duran zu einem Empfang eingeladen war.

Na ja, vielleicht entwickelt sie sich doch noch zu einer einigermaßen passablen Malerin und macht mir keine Schande, dachte er, als Gilbert ihm in den Abendumhang half. Dass sie heute nicht zu Hause war, begrüßte er sogar. Sie sollte von seinen Aktivitäten nichts mitbekommen.

Nur zufällig fiel ihm ein Fetzen Papier auf, als er die Garderobe gerade verlassen wollte. Gilbert bückte sich bereits danach, aber Baptiste kam ihm zuvor. Merkwürdig, dachte er. Eine Zugfahrkarte erster Klasse nach Plombières-les-Bains. Ausgestellt auf zwei Personen. Erst kürzlich war Valérie von ihrer letzten Malreise zurückgekommen. Doch die hatte sie angeblich nach Pont-Aven in die Bretagne geführt, wo es irgendeine Künstlerkolonie geben sollte.

Er prüfte das Datum. Es stimmt mit dem ihrer Abfahrt überein. Hatte Valérie ihn belogen und war gar nicht in die Bretagne gereist? Und was wollte sie in diesem Kaff in den Vogesen? Hat sie dort etwa einen Liebhaber?

Aber nein, korrigierte er sich. Sie war ja von Paris aus mit einer Begleitperson, der sie offenbar die Zugfahrt bezahlt hatte, in die Vogesen gefahren. Marie, ihre Zofe, konnte es nicht sein. Dienstboten war die Fahrt in der ersten Klasse untersagt. Kam sie etwa von seinem Geld für eines dieser mittellosen Malweiber auf? Aber was hatten die Frauen in dem Kurbad zu tun?

Baptiste steckte die Fahrkarte in die Tasche seines Abendjacketts. Ich werde der Sache bei Gelegenheit nachgehen, beschloss er. Aber heute Abend gibt es Wichtigeres.

IM MOULIN ROUGE

6. APRIL 1895

»Bravo! Ganz wunderbar! Da capo!«

Der Applaus wollte schier kein Ende nehmen. Rosen, Nelken, frühe Tulpen und andere Frühlingsblumen prasselten auf die Bühne.

Doch der Beifall galt nicht La Goulue, obwohl auch ihr kräftig applaudiert worden war, sondern Elise, die an diesem Abend das letzte Solo des Programms getanzt hatte. Sogar nach Jane Avril, die dem Direktor ihr erneutes Ausscheiden angekündigt hatte.

»Ich will es mal mit der Schauspielerei versuchen«, hatte sie Elise anvertraut. »Dafür ist man nicht so schnell zu alt wie fürs Tanzen. Denk nur an Sarah Bernhardt! Die ist schon über fünfzig und noch immer unsere berühmteste *actrice.*«

»Nun setzen wir ganz auf Sie«, hatten beide Brüder Oller Elise am Vortag angekündigt. Ihr Salär war kräftig erhöht worden und betrug nun fünfhundert Francs pro Woche.

Aber bin ich wirklich am Ziel?, hatte Elise sich den ganzen Abend über gefragt. Ihr war nicht entgangen, dass Baptiste Germain in Begleitung von Liane de Pougy und deren Liebhaber Émile Saussier an einem Tisch ganz in der Nähe der Bühne saß. Liane hatte ihr schon ein paarmal gewinkt, an ihren Tisch zu kommen. Elise hatte das bislang ignoriert. Denn sie ahnte die Absicht, die hinter der Einladung stand.

Lianes Vermutung, dass Valérie Dumas einen Geliebten hatte, war durch einen reinen Zufall bestätigt worden. Am Vortag hatte Elise noch einmal Henri de Toulouse-Lautrec aufsuchen wollen, um ihn zu bitten, ihre blonde Haarfarbe auf seinem Gemälde für La Goulues Bude doch noch schwarz zu übermalen. Sie wusste zwar, dass Henri Kritik an seinen Werken nur schlecht vertrug. Aber mehr als Nein sagen konnte er ja nicht.

Als auf ihr leises Klopfen niemand aufgemacht und sie die unverschlossene Tür vorsichtig geöffnet hatte, waren ihr zwei Dinge sofort klar geworden:

Für eine Änderung an den Gemälden war es zu spät. Sie waren schon weg, die Wände kahl und leer.

Doch mitten im Raum standen Valérie und Pascal Didier, den Elise aus der Akademie Cormon kannte, und küssten sich leidenschaftlich. Das also war Valéries Liebhaber und wahrscheinlich der Vater ihres unehelichen Kindes.

Nach dem Hauptprogramm stellte sich Elise mit Louise, Jane und Valentin zur letzten Quadrille in dieser Besetzung auf. La Goulue sah an ihrem Abschiedsabend weit manierlicher aus als bei den vorigen Vorstellungen. Sie hatte sich auf eigene Kosten ein grünes Cancan-Kleid anfertigen lassen, das ihr auf den Leib geschneidert worden war. Dadurch wirkte sie schlanker als sonst, weil keine Speckröllchen zwischen Mieder und Rock hervorquollen.

Auch ihre Tanzfiguren waren besser gewesen als in den letzten Wochen, ihre Sprünge höher, ihr Spagat hatte fast so perfekt geklappt wie früher. Zweifellos wollte sie im Moulin Rouge einen möglichst guten Eindruck hinterlassen. Denn die Presse war da, vor allem ein Reporter des *Gil Blas*. Das Blatt begleitete Louise schon seit den Anfängen ihrer Karriere. Außerdem wäre ein positiver Bericht natürlich Werbung für ihr neues Vorhaben.

Dennoch war Elise skeptischer denn je, ob La Goulue damit wirklich Erfolg haben würde. Im Gegensatz zu seiner sonstigen Gepflogenheit, Personen hässlicher und verzerrter darzustellen, als sie in Wirklichkeit waren, hatte Henri Louise im Kostüm der Bauchtänzerin geschönt. Wahrscheinlich kannte er die echte Verkleidung gar nicht, in der sie aufzutreten beabsichtigte. Sie hatte es den Kolleginnen vor ein paar Tagen vorgeführt.

Der Ganzkörperanzug war bis zum Bustier mit goldenen Pailletten bestickt und von den Brüsten abwärts fleischfarben. Das sollte wohl den entblößten Bauch imitieren, den La Goulue nicht zeigen durfte, ohne ein Eingreifen der Sittenpolizei befürchten zu müssen. Das Kostüm lag eng an ihrem üppigen Leib an. Der durchsichtige, erst unter dem Nabel sitzende Schleierrock kaschierte weder ihre dick gewordenen Oberschenkel noch das fette Hinterteil. Dazu trug sie Halbstiefel. Dass Louise in dieser Aufmachung die Massen anlocken würde, bezweifelte jeder, der das Kostüm gesehen hatte.

Bei der Quadrille gab sich La Goulue heute Abend ebenfalls noch einmal alle Mühe. Valentins Miene blieb ausdruckslos. Wenn er bedauerte, dass dies auch sein letzter Auftritt im Moulin Rouge war, gab er es nicht zu erkennen.

Diesmal galt der stürmische Beifall allen vieren.

Als Elise nach dem Ende des Publikumsballs die Garderobe betrat, erwartete sie ein riesiger Strauß aus roten Rosen, für den die größte Vase noch zu klein war.

Jane Avril wies mit dem Finger auf die Pracht. »Louise hat natürlich gedacht, die Blumen seien für sie. Zum Glück war ich vor ihr da und hab die Karte gelesen. Sie ist von einem Monsieur Baptiste Germain für dich. Er lädt dich außerdem zum Essen ins Café de la Paix ein.« Jane fügte hinzu: »Das solltest du annehmen. Du kannst ja dann immer noch entscheiden, ob du den Galan behalten willst oder nicht.«

Elise las die Karte.

Verehrte Mademoiselle Lambert,
seit Monaten verzehre ich mich in Sehnsucht nach Ihnen. Sie haben mein Herz mit Ihrer anmutigen Art und Ihrer Schönheit schon lange erobert.
Darf ich hoffen, dass Sie meine Einladung ins Café de la Paix heute Abend annehmen werden? Ich wäre untröstlich, wenn Sie mir erneut einen Korb gäben.
In banger und hoffnungsvoller Erwartung Ihrer Antwort verbleibt
ein unwiderstehlich von Ihnen angezogener
Baptiste Germain

Elise fühlte sich erneut innerlich hin- und hergerissen. Selbst Jane, die zwei Jahre jünger war als sie, machte sich schon um ihre Zukunft als Tänzerin Gedanken. Und mit Martin Saussier war es rasch wieder auseinandergegangen. Elise hatte schnell gemerkt, dass er eigentlich Liane begehrte und sie seinem Cousin gern abspenstig gemacht hätte.

Seither hatte sie keinen weiteren Mann erhört, was sich sofort auf ihr Einkommen auswirkte. La Goulue hatte allein dreihunderttausend Francs für ihre Bude ausgegeben. Elise besaß außer ein paar Schmuckstücken gerade einmal zehntausend Francs auf der Bank.

Zudem war Marianne schwer krank geworden. Sie hatte einen Schlaganfall erlitten und war seither halbseitig gelähmt. Nachdem ihr die teuersten Ärzte nicht hatten helfen können, hatte Elise sie im besten Pariser Pflegeheim untergebracht. Alles in allem beliefen sich die Kosten bislang auf über tausend Francs. Für Elise, die die alte Frau von Herzen liebte, war es selbstverständlich, dafür zu sorgen, dass es Marianne bis zu deren Tod an nichts fehlte.

Den letzten Anstoß gab, dass Liane ihr bei einem zufälligen Treffen im Erfrischungsraum heute Abend klargemacht hatte, dass sie sich nicht mehr um sie kümmern würde, wenn sie Baptistes Angebot weiter ablehnte.

Also gut, fasste sie schließlich den überfälligen Entschluss. Ich begleite Monsieur Germain erst einmal ins Café de la Paix. Es ist eines der teuersten Restaurants von Paris. Immerhin lässt er sich seine Begeisterung für mich schon jetzt einiges kosten.

Danach entscheide ich, wie es weitergeht.

Wahrheit und Fiktion

Blicke ich heute nach Abschluss von Band 2 meiner *Montmartre*-Dilogie auf die Recherchen zurück, stelle ich fest, dass sich ein Phänomen nicht nur fortgesetzt, sondern sogar verstärkt hat:

Dies betrifft sowohl die widersprüchlichen Angaben in meinen Quellen zu den einzelnen Themen als auch die sehr lückenhafte Beschreibung historischer Ereignisse. Die konkrete Ausgestaltung blieb häufig meiner Fantasie überlassen.

Beginnen möchte ich mit dem Moulin Rouge, einem der zentralen Schauplätze dieses Romans. Hier fangen die Widersprüche und Ungereimtheiten bereits mit der Darstellung an, wie eine normale Abendvorstellung ablief. Aus allen Informationen, die mir vorlagen, habe ich mir das Programm schließlich selbst zusammengestellt. Da ich dabei Lücken füllen musste, sind etliche Teile fiktiv. Trotzdem denke ich, dass es so gewesen sein könnte.

Erschreckend ist die Fehlerhaftigkeit der Quellen insbesondere, was die Rolle von Charles Zidler, dem ersten Direktor, angeht. Er wird meistens in einem Atemzug mit dem eigentlichen Gründer und Eigner, Joseph Oller, als gleichberechtigter Partner genannt. Aus meiner authentischsten Quelle geht jedoch eindeutig hervor, dass Zidler Angestellter von Joseph Oller war und daher seinen Posten tatsächlich im September 1892 verlor. Angeblich da es immer wieder Konflikte zwischen ihm und dem Personal gegeben hat. Der von mir beschriebene Kontrollzwang Zidlers ist historisch belegt.

Es gibt jedoch auch Grund zur Annahme, dass Joseph Oller eifersüchtig auf Charles Zidler war, da dieser, anders als er selbst, immer mehr mit dem Erfolg des Varietés in Verbindung gebracht wurde.

Dass La Goulue maßgeblich mit der Entlassung Zidlers zu tun hatte, vermute ich zwar, die Darstellung im Buch inklusive des Artikels im *Gil Blas illustré* ist jedoch fiktiv. Wobei der Artikel durchaus zum Stil dieser Gazette gepasst hätte.

Im Gegensatz dazu werden die anderen im Roman beschriebenen Episoden rund um La Goulue mindestens einmal in der Literatur erwähnt. Doch wie sie sich genau ereignet haben, bleibt in der Regel offen. Einige Beispiele:

Den Kampf zwischen La Goulue und der Tänzerin Aicha auf der Brücke über dem Cimetière Montmartre hat es wirklich gegeben. Aicha ist eindeutig als Siegerin aus dieser Auseinandersetzung hervorgegangen, aber den Ablauf habe ich mir ausgedacht.

Der Hintergrund dieses Zweikampfs entspricht ebenfalls den historischen Fakten: La Goulue verfolgte jede vermeintliche Konkurrenz von Künstlern im Moulin Rouge mit Häme und Schikanen. Es ist davon auszugehen, dass dies auch ihre größte Konkurrentin Jane Avril betraf, obwohl dies nicht explizit erwähnt wird.

Als historische Tatsache verbürgt ist außerdem La Goulues Verhalten gegenüber dem englischen Kronprinzen und dem russischen Großfürsten. Die Einzelheiten dieser Episoden habe ich jedoch wieder selbst konstruiert.

Authentisch ist, dass ausgerechnet La Goulue im Sommer 1893 als Zeugin der Anklage beim Prozess wegen der Nacktdarstellungen während des *Bal des Quat'z'Arts* auftrat. Dass sie sich damit bei den Verantwortlichen des Moulin Rouge nicht beliebt machte, wird zwar in den Quellen nicht erwähnt, liegt aber für mich auf der Hand.

Relativ große Übereinstimmung herrscht darüber, dass La Goulue das Moulin Rouge nicht auf dem Höhepunkt ihres Erfolgs verließ, wie nur eine einzige Quelle behauptet. Stattdessen ging dem wohl ein langsamer Abstieg als Folge der sprichwörtlichen Unmäßigkeit La Goulues beim Essen und Trinken voraus, die sich negativ auf ihre Leibesfülle und damit auf die Tanzvorführungen auswirkte. Dafür spricht auch, dass sie mit ihrer Jahrmarktsbude Abschied vom Cancan nahm, obwohl der sie berühmt gemacht hatte, und sich dem Bauchtanz zuwandte. Im Epilog ist bereits angedeutet, dass La Goulue mit dieser Unternehmung schon nach kurzer Zeit gewaltigen Schiffbruch erlitt.

Was den tödlichen Unfall einer Tänzerin während des Cancan angeht, habe ich mich eines dramaturgischen Kniffs bedient. Das Unglück wird in der Literatur erwähnt, hat sich aber nicht im Moulin Rouge zugetragen. Da ich ihn zum ausschlaggebenden Grund dafür machen wollte, dass Elise Lambert sich für die Laufbahn einer Kurtisane entscheidet, habe ich den Vorfall ins Moulin Rouge verlegt. Wie genau er sich im Roman abspielt, ist Fiktion.

In den Passagen, die die öffentliche Degradierung von Alfred Dreyfus schildern, habe ich der schaulustigen Menge ein antisemitisches Schimpfwort in den Mund gelegt, und zwar nicht nur, weil dies dem historischen Kontext entspricht, sondern vor allem, um so die antisemitischen Hintergründe der ganz und gar ungerechtfertigten Verurteilung von Alfred Dreyfus zu verdeutlichen.

Kommen wir nun zum Schicksal von Valérie Dumas in ihrer Ehe: Ich konnte es anfangs selbst kaum glauben, dass der mir nur als fortschrittlich bekannte napoleonische *Code Civil* französische Ehefrauen derart entrechtete. Hier stellen die im Roman genannten Fakten die traurige Realität dar. Inklusive des restriktiven Scheidungsrechts, das ich an mehreren Stellen erwähnt habe.

Daher wundert es auf den ersten Blick sehr, dass es in dieser frauenfeindlichen Atmosphäre im Pariser Stadtteil Montparnasse ab den Achtzigerjahren des 19. Jahrhunderts eine ausgeprägte Künstlerinnenszene gab. Sie bestand allerdings überwiegend aus ausländischen Malerinnen, die in ihrer Heimat, zum Beispiel in Deutschland, keine Möglichkeit hatten, ein reguläres Kunststudium oder auch nur eine qualitativ hochwertige Ausbildung zu machen.

Da das Eherecht jedoch auch in anderen europäischen Ländern restriktiv war, wenn auch nicht so sehr wie in Frankreich, blieben die meisten von ihnen unverheiratet.

Ohne die Unterstützung renommierter Salonmaler wie Carolus-Duran und Henri Gervex, die beide Damenateliers unterhielten und mit der Akademie Julian zusammenarbeiteten, hätten sie jedoch auch in Paris keine Chance auf eine gute Ausbildung gehabt. Pierre-Auguste Renoirs Rolle im Umfeld der Akademie Julian ist allerdings fiktiv.

Auch der an sich als verbiestert geltende Edgar Degas tat sich bei der Unterstützung von Malerinnen hervor. Er förderte nicht nur Suzanne Valadon, wie bereits in Band 1 beschrieben, sondern auch etliche Künstlerinnen aus Montparnasse, allen voran Louise Catherine Breslau.

Dabei stellen er und die erwähnten Malerkollegen jedoch die rühmliche Ausnahme dar. Frauen wurden sowohl im Pariser Salon als auch generell als Künstlerinnen eher missachtet, ihre Werke galten gegenüber denen von Männern als minderwertig.

Leider nur allzu wahr ist das, was ich über das Pariser Rotlichtmilieu geschrieben habe. Insbesondere jene furchtbaren, tatsächlich »Schlachthäuser« genannten Bordelle existierten wirklich. Die Zustände dort waren sogar noch schlimmer, als ich sie im Roman beschrieben habe.

Das traurige Schicksal von Brigitte ist dem einer realen jungen

Frau nachempfunden, die in einem solchen »Schlachthaus« elend zugrunde ging.

Anders als in Band 1 stehen die männlichen Künstler in Band 2 nicht mehr so sehr im Vordergrund. Hier habe ich mich hauptsächlich auf den weiteren Werdegang von Henri de Toulouse-Lautrec beschränkt, der inklusive der Entstehung der von mir beschriebenen Werke weitgehend den historischen Fakten entspricht.

Seine Rolle im Moulin Rouge ist authentisch, ebenso wie die Tatsache, dass der Maler ab 1892 zunehmend in Bordellen wohnte. Zuerst bei Madame Blanche d'Egmont, die ihm den Auftrag erteilte, Gemälde von ihren Damen für den Kundensalon zu malen. Hier entstanden sechzehn Porträts, von denen ich eines im Buch beschrieben und der fiktiven Simone zugeordnet habe.

Interessanterweise konnte ich den wahren Namen des Bordells nicht herausfinden. Ganz im Gegensatz zum Fleur Blanche, in dem sich Henri im Jahr 1894 sogar wochenlang aufhielt. Die zwei bekanntesten der zahllosen Bilder, die dort entstanden, habe ich erwähnt. Auf einem davon ist auch die Bordellbesitzerin abgebildet. Ihren Namen konnte ich in den Quellen nicht finden, ich habe sie daher Madame Béatrice genannt.

Ob es im Fleur Blanche so human zuging wie im Roman, bleibt dahingestellt. Dahinter verbirgt sich meine Hoffnung, dass Toulouse-Lautrec keinen solch intensiven Kontakt zu diesem Freudenhaus und seinen Bewohnerinnen gepflegt hätte, wenn die Verhältnisse dort ähnlich schlecht gewesen wären wie in den meisten anderen Bordellen.

Welche Bilder von den im Rahmen verschiedener Ausstellungen erwähnten Künstlern und Künstlerinnen gezeigt wurden, konnte ich leider meistens nicht eruieren. Ich habe daher nur Gemälde ausgewählt, die es zum Zeitpunkt der Ausstellungen bereits gab.

Das Skandalbild von Annie Hopf *Am Seziertisch* wurde allerdings schon im Pariser Salon von 1889 gezeigt. Aus dramaturgischen Gründen habe ich das um ein Jahr verschoben.

Nun gehe ich (ohne Anspruch auf Vollständigkeit) noch kurz auf einige weitere Passagen des Romans ein:

Die im Buch geschilderten Lebensläufe von Jane Avril und Liane de Pougy sind weitestgehend historisch korrekt.

Dagegen ist das Attentat von Auguste Vaillant auf die französische Nationalversammlung am 9. Dezember 1893 zwar als Fakt verbürgt, wie genau sich Vorbereitung und Ausführung zugetragen haben könnten, entsprang aber wieder größtenteils meiner Fantasie. Mit den folgenden Ausnahmen:

Tatsächlich fiel Vaillant beim Werfen der Bombe ein Mann in den Arm. Im Buch habe ich diese Rolle André Renard zugedacht. Auch der berühmt gewordene Spruch des Vorsitzenden der Nationalversammlung Charles Dupuy unmittelbar nach dem Attentat (»Die Sitzung nimmt ihren Fortgang.«) entspricht den Tatsachen.

Es gab viele weitere Attentäter in der ersten Hälfte der 1890er-Jahre. Auguste Vaillant habe ich mir deshalb ausgesucht, weil sein Attentat den geringsten Schaden anrichtete und er tatsächlich eine Zeit lang in Montmartre wohnte.

Der Bombenanschlag auf das Restaurant Véry hat sich ebenfalls wie beschrieben abgespielt und hatte zwei Tote und viele Verletzte zur Folge.

Trotz der Fülle an historischen Persönlichkeiten und Ereignissen, die im Roman erwähnt werden, musste ich eine Auswahl treffen.

Insbesondere konnte ich große Teile der damaligen Pariser Kunstszene gar nicht aufnehmen. Andernfalls wäre die Dilogie völlig unübersichtlich geworden.

Dazu zählt die gesamte Riege der Literaten von Émile Zola bis Marcel Proust. Auch der später berühmt gewordene Komponist Erik Satie wird nur namentlich erwähnt.

Doch selbst sehr bekannte Maler, allen voran Claude Monet, erhielten keine Rolle im Buch. Die geneigte Leserschaft möge mir dies nachsehen.

Wie in Band 1 habe ich den Kunstgriff angewendet, fiktiven Malern Werke real lebender Künstler und Künstlerinnen zuzuordnen.

Dies betrifft zum einen Pascal Didier, Valéries Geliebten. Seine beiden im Buch genannten Gemälde stammen wieder von meinem historischen Vorbild für Pascal, dem Maler Émile Bernard.

Zum anderen habe ich wie im ersten Band Werke von Jean-Léon Gérôme der fiktiven Figur Baptiste Germain zugeschrieben.

Was Valéries eigene Gemälde betrifft, habe ich Bilder der französischen Malerin Berthe Morisot und der deutschen Malerin Dora Hitz verwendet. Valéries im Buch beschriebenes Selbstporträt ist einem Werk von Édouard Manet nachempfunden.

Erneut finden Sie eine vollständige Liste der in Band 2 näher beschriebenen Kunstwerke im Anhang.

Auch die Wandlung von Valéries Vater Alphonse Dumas vom Saulus zum Paulus der avantgardistischen Malerei ist der Laufbahn eines realen Kunsthändlers nachgestellt, der demgemäß im Buch keine Erwähnung findet. Dabei handelt es sich um Ambroise Vollard, einen der bedeutendsten Pariser Kunsthändler ab dem Ende des 19. Jahrhunderts. Er kaufte sowohl den Nachlass von Édouard Manet als auch den von Père Tanguy auf und verhalf im Jahr 1895 Paul Cézanne zum Durchbruch.

Es bleibt mir, mich wieder bei den Personen ganz herzlich zu bedanken, die dieses Buch mit ihrem großen Engagement begleitet haben:

Bei meinem Verlag Goldmann ist dies an erster Stelle Frau Dr. Barbara Heinzius, Senior Editor, die mich bei einigen, unter anderem durch die widersprüchlichen Quellen notwendigen Veränderungen des Plots großartig beraten und die angepassten Romanteile auch vorab gelesen hat. Das hat mich bei diesem komplexen Projekt sehr entlastet.

Erneut hat auch Frau Marion Voigt ihren unschätzbaren Beitrag durch das sorgfältige Gesamtlektorat geleistet. Durch ihre exzellenten Vorschläge hat der Roman zusätzlich gewonnen.

Besonders zu Dank verpflichtet bin ich meinem fantastischen Literaturagenten Thomas Montasser, der mir in schwierigen Phasen Mut gemacht und mich bestärkt hat, auf dem richtigen Weg zu sein.

So ist schließlich dieses zweibändige Werk entstanden, das mich mehr gefordert hat als all meine Buchprojekte vorher.

Deshalb danke ich umso mehr den begeisterten Leserinnen und Lesern, den Bloggerinnen und Bloggern für ihr wunderbares Feedback zum ersten Band.

Es hat mir gezeigt, dass sich die große Mühe bisher gelohnt hat, und ich hoffe sehr, sie werden auch dieses Buch schätzen.

Erneut herzlichen Dank an alle Mitarbeitenden im Goldmann Verlag, die sich auch für diesen Roman einsetzen.

Sowie an die vielen Büchermenschen in Buchhandlungen, Bibliotheken und anderen Kulturstätten, die mich zu Lesungen aus Band 1 und bereits jetzt auch zu Lesungen aus der Dilogie eingeladen haben.

Ohne die Unterstützung meiner Freunde und Freundinnen sowie meiner Familie, insbesondere meines Mannes Jürgen Fitzek, wäre ich nicht die Schriftstellerin, die ich heute sein darf. Ihr unermüdlicher Zuspruch hat mich durch die bisweilen schwierigen Phasen dieses Projekts getragen. Und mein Mann, inzwischen im Ruhestand, leistet klaglos den Löwenanteil an Haus- und Gartenarbeit, während ich am Schreibtisch sitze.

Das Buch widme ich meinen wahrscheinlich ältesten LeserInnen: meinem 89-jährigen Vater Wilhelm Spang und Frau Sigrid Lorbeer-Wirges, inzwischen 85 Jahre alt, die jedes meiner Bücher kennt und schon sehnsüchtig auf dieses gewartet hat.

Ihr alle macht mein Leben, nicht nur als Autorin, wertvoll und bunt! Dafür bin ich von ganzem Herzen dankbar.

KURZE CHARAKTERISTIK EINIGER IM ROMAN ERWÄHNTER STILRICHTUNGEN DER MALEREI

AKADEMISCHER STIL, AUCH AKADEMISCHER REALISMUS GENANNT

Im 19. Jahrhundert der vorherrschende Stil in Paris, wurde auch von der bekanntesten Kunstakademie, der École des Beaux-Arts, ausschließlich gelehrt und bei Ausstellungen im jährlichen Pariser Salon bevorzugt.

Vorherrschendes Kennzeichen ist eine vorgeblich realistische Darstellung der Wirklichkeit, die allerdings den Betrachter ästhetisch ansprechen soll und daher in Wahrheit eine idealisierte Wiedergabe ist.

Formal wird größter Wert darauf gelegt, dass die Gemälde durch eine bestimmte Maltechnik nahezu fotorealistisch wirken.

Bevorzugte Motive sind Szenen aus der Historie und der Mythologie.

Bekannte Vertreter: Alexandre Cabanel, Jean-Léon Gérôme

IMPRESSIONISMUS

Entstand ab der Mitte des 19. Jahrhunderts. Im Mittelpunkt steht die stimmungsvolle Darstellung von flüchtigen Momentaufnahmen einer Szenerie.

Die Darstellung des Lichts und der atmosphärischen Bedingungen wird zur malerischen Hauptaufgabe. Farbe wird als Folge von Licht und Atmosphäre gesehen und als Trägerin des Lichts wiedergegeben. Im Gegensatz zum akademischen Stil wird teilweise

völlig auf Schwarz und erdige Farbtöne verzichtet, zugunsten von hellen Farben, oft in Pastell.
Bekannte Vertreter: Edgar Degas, Pierre-Auguste Renoir, Camille Pissarro

POST-IMPRESSIONISMUS

Bezeichnet eine ganze Reihe von Malstilen, die auf den Impressionismus folgten. Schwerpunkt der Entwicklung in Frankreich.

Dazu gehören unter anderem:

Synthetismus
Bildmotive werden von einer schwarzen oder farbigen Linie umrandet. Hinzu tritt der Gebrauch reiner, leuchtender Farben.
Das Gesehene wird auf Wesentliches reduziert, sodass Form und Farbe die Gefühlsstimmungen der Maler unabhängig von der Wirklichkeit wiedergeben.
Bekannte Vertreter: Émile Bernard, Paul Gauguin

Weitere Vertreter des Post-Impressionismus lassen sich nicht auf einen bestimmten Malstil festlegen.
Zu ihnen zählen vor allem Henri de Toulouse-Lautrec und Vincent van Gogh.

LISTE DER ERWÄHNTEN KUNSTWERKE

VORBEMERKUNG

Die im Roman fiktiven Personen zugeschriebenen Gemälde realer Künstler werden zuerst aufgeführt (vgl. »Wahrheit und Fiktion«). Die weiteren Gemälde sind alphabetisch nach den Namen der Maler geordnet.

Es erscheinen nur Werke, die im Roman näher beschrieben wurden. Bei mehreren Werken desselben Künstlers richtet sich die Reihenfolge nach dem Kapitel der ersten Erwähnung.

PASCAL DIDIER (ÉMILE BERNARD)

- 1895. *L'Africaine.* Museum Folkwang, Essen (Epilog)
- 1895. *Femme en Profil.* Privatsammlung (Epilog)

BAPTISTE GERMAIN (JEAN-LÉON GÉRÔME)

- 1861. *Phryne vor dem Areopag.* Hamburger Kunsthalle (Kap. 10)
- 1890. *Pygmalion und Galatea.* Metropolitan Museum of Arts, New York (Kap. 10)
- 1866. *Der Sklavenmarkt.* Clark Art Institute, Williamstown Massachusetts (Kap. 10)
- 1872. *Daumen nach unten.* Phoenix Art Museum (Kap. 12)
- 1889. *Siegreicher Amor. Wer auch immer du bist, hier ist dein Meister.* Privatsammlung (Kap. 12)

VALÉRIE GERMAIN (DUMAS)

- 1887. *Raub der Sabinerinnen* (fiktiv ohne Vorlage; Valéries Abschlussgemälde in der Akademie Cormon; Prolog, Kap. 7, 10, 12, 28)
- 1872. ***Édouard Manet***, *Portrait of Berthe Morisot*, Musée d'Orsay, Paris (Vorlage für Valéries fiktives Selbstporträt; Kap. 18, 46)
- 1892. ***Berthe Morisot***, *Two Nymphs Embracing*. Privatsammlung (im Buch fiktiv als Valéries erstes preisgekröntes Gemälde; Kap. 35, 44 und 46)
- vor 1894. ***Dora Hitz***, *Im Morgenschein*. Privatbesitz (Quelle: STÄDEL | FRAUEN, S. 57; Vorlage für Valéries fiktives Bild von ihrem Söhnchen und ihr selbst; Kap. 44, 46)

Weitere Gemälde, genannt in größtenteils fiktiven Zusammenhängen:

LOUISE CATHERINE BRESLAU

- 1889. *Porträt der norwegischen Mezzosopran-Sängerin Bergliot Ibsen*. National Gallery of Ireland, Dublin (Kap. 10)
- 1881. *Porträt der Freunde*. Musée d'art et d'histoire, Genf (Kap. 10)
- 1890. *Junge Frau und Chrysanthemen*. Privatbesitz, Zürich (Kap. 12)
- 1880. *Henry Davison*. Musée d'Orsay, Paris (Kap. 12)

ALEXANDRE CABANEL

- 1863. *Die Geburt der Venus*. Musée d'Orsay, Paris (Kap. 13, 18)

ÉMILE AUGUSTE CAROLUS-DURAN

- 1866. *L'Assassiné* (Der Ermordete). Palais des Beaux-Arts de Lille (Kap. 28)
- 1869. *Die Dame mit dem Handschuh.* Musée d'Orsay, Paris (Kap. 28)
- 1876. *Portrait of Edouard Manet.* Rhode Island School of Design Museum of Art (Kap. 35, 41)
- 1893. *Der Gärtner des Künstlers.* Clark Art Institute, Williamstown Massachusetts (Kap. 35, 41)

EDGAR DEGAS

- 1865. *Frau neben einer Vase mit Blumen.* Metropolitan Museum of Art, New York (Kap. 12)

HENRI GERVEX

- 1878. *Rolla.* Musée d'Orsay, Paris (Kap. 20)

VINCENT VAN GOGH

- 1888. *Der rote Weingarten von Arles.* Puschkin-Museum, Moskau (Kap. 7)
- 1888. *Nachtcafé von Arles.* Kröller-Müller Museum, Otterlo (Kap. 7, 46)
- 1888. *Sternenhimmel über der Rhône.* Musée d'Orsay, Paris (Kap. 7, 46)
- 1887. *Porträt von Père Tanguy.* Musée Rodin, Paris (Kap. 46)

ANNIE HOPF

- 1889. *Am Seziertisch.* Kunstmuseum Bern (Kap. 8, 10, 12, 46)

MADELEINE LEMAIRE

- Ohne Jahr. *Rosen*. London, Private Collection Mallett Gallery (Kap. 8, 12)
- Wildblumenstrauß (fiktiv; Kap. 10)

ÉDOUARD MANET

- 1868. *Die Erschießung Kaiser Maximilians von Mexiko 1868.* Kunsthalle Mannheim (Kap. 35, 41)

REMBRANDT VAN RIJN

- 1642. *Die Nachtwache.* Rijksmuseum, Amsterdam (Kap. 7)

OTTILIE W. ROEDERSTEIN

- 1887. *Bildnis eines Malers in einem Pariser Atelier.* Städel-Museum, Frankfurt (Kap. 10, 12)
- 1890. *Madeleine Smith malt Jeanne d'Arc.* Fondation des Artistes, Nogent-sur-Marne (Kap. 44)

MADELEINE SMITH

- 1891. *Jeanne d'Arc.* Fondation des Artistes, Nogent-sur-Marne (Kap. 44)

HENRI DE TOULOUSE-LAUTREC

- 1889. *Gueule de bois ou la buveuse (Die Trinkerin)* als Karikatur, *Le Courrier français,* 21.4.1889. Collection J. P. Gimberges (Kap. 1, 24)
- 1890. *Tanz im Moulin Rouge.* Philadelphia Museum of Art (Kap. 11, 13)
- 1891. Plakat: *Moulin Rouge – La Goulue.* Kunsthalle Bremen (Kap. 17, 19, 20)

- 1892. *Portrait of a Woman of the House on the Rue d'Amboise.* Private Collection (Kap. 23, 47)
- 1892. *La Goulue betritt das Moulin Rouge.* Museum of Modern Art, New York (Kap. 29, 41)
- 1892. *Jane Avril betritt das Moulin Rouge.* Courtauld Gallery, London (Kap. 29)
- 1888. *Im Zirkus Fernando.* Art Institute, Chicago (Kap. 11, 35)
- 1892/93. Plakat: *Jane Avril im Divan Japonais.* Kunsthalle Bremen (Kap. 36)
- 1893. Plakat: *Jane Avril im Jardin de Paris.* Kunsthalle Bremen (Kap. 36)
- 1892. *Aristide Bruant im Café des Ambassadeurs.* Kunsthalle Bremen (Kap. 36)
- 1892. *Vorbereitung zur Quadrille.* National Gallery of Art, Washington D. C. (Kap. 36, 41)
- 1891. *Im Café La Mie.* Museum of Fine Arts, Boston (Kap. 41)
- 1892. *Der Engländer im Moulin Rouge.* Metropolitan Museum of Art, New York (Kap. 41)
- 1892. *Im Moulin Rouge.* The Art Institute, Chicago (Kap. 41)
- 1893. *Monsieur Boileau im Café.* Museum of Art, Cleveland (Kap. 41)
- 1893. *Monsieur Delaporte im Jardin de Paris.* Ny Carlsberg Glyptothek, Kopenhagen (Kap. 41)
- 1894. *Yvette Guilbert begrüßt das Publikum.* Musée Toulouse-Lautrec, Albi (Kap. 48)
- 1894. *Au Salon de la rue des Moulins.* Musée Toulouse-Lautrec, Albi (Kap. 49)
- 1894. *L'Inspection médicale.* Sammlung Chester Dale, New York (Kap. 49)

- 1895. *Tanzen im Moulin Rouge: La Goulue und Valentin, der Knochenlose.* Erstes Gemälde für La Goulues Bude. Musée d'Orsay, Paris (Epilog)
- 1895. *Der maurische Tanz.* Zweites Gemälde für La Goulues Bude. Musée d'Orsay, Paris (Epilog)

SUZANNE VALADON

- 1893. *Selbstporträt.* Sammlung Jean-Claude Bellier, Paris (Kap. 46)
- 1893. *Porträt von Erik Satie.* Centre National d'Art et de Culture Georges Pompidou, Paris (Kap. 46)

LEONARDO DA VINCI

Anfang 16. Jh. *Mona Lisa*, Louvre, Paris (Kap. 7)

DIE WICHTIGSTEN QUELLEN

Aufgrund der Fülle des verwendeten Materials können nur die wichtigsten Quellen genannt werden. Der Umfang an recherchierter Literatur ist weitaus größer.

Über die Entwicklung von Montmartre und seiner Künstlerszene

Buisson, S. & Parisot, C.: *Paris Montmartre. Die Maler und ihre Welt 1860–1920.* Editions Pierre Terrail, Paris, 1996

Pfeiffer, I. & Hollein, M. (Hrsg.): *Esprit Montmartre. Die Bohème in Paris um 1900.* Ausstellungskatalog der Schirn Kunsthalle Frankfurt. Hirmer Verlag, München, 2014

Über den akademischen Realismus

Morel, G.: *L'Art pompier. Les feux de l'académisme.* Editions Place des Victoires, Paris, 2016

Über Henri de Toulouse-Lautrec

Cooper, D.: *Henri de Toulouse-Lautrec.* Büchergilde Gutenberg, Frankfurt a. M., 1964

Henze, A.: *Toulouse-Lautrec. Leben und Werk.* Belser Verlag, Stuttgart, 1989

Über das Moulin Rouge

Martin, M.: *La Goulue. The Queen of the Moulin Rouge. Her Story.* Mosaic Press, Oakville, Ontario, 2021

Pessis, J. & Crépineau, J.: *The Moulin Rouge.* St. Martins Press, New York, 1990

Marina's Muses: *Jane Avril & Toulouse-Lautrec.* 2020, https://marinamade.me/2020/07/28/jane-avril-toulouse-lautrec/ [17. Juli 2025]

Über die Künstlerinnenszene in Paris

Eiling, A., Höllerer, E. M. & Schamschula, A. L. (Hrsg.): *STÄDEL | FRAUEN. Künstlerinnen zwischen Frankfurt und Paris um 1900.* Hirmer Verlag, München, 2024

Umbach, K. & Gutbrod H.: *Die Malweiber von Paris. Deutsche Künstlerinnen im Aufbruch.* Gebrüder Mann Verlag, Berlin, 2015

Über die Prostitution in Paris

Boudard, A.: *Das Goldene Zeitalter des Bordells.* Heyne, München, 1992

Über die Belle Époque in Paris

Schreiber, H.: *Die Belle Époque. Paris 1871–1900.* List Verlag, München, 1990

Waldegg, R.: *Paris. Sittengeschichte einer Weltstadt.* Heyne, München, 1966

Factinate: *Glaring Facts About Liane De Pougy, The Ultimate Party Girl of Paris*, www.factinate.com/people/facts-liane-de-pougy [17. Juli 2025]

Marie Lacrosse im Goldmann Verlag:

Das Weingut. In stürmischen Zeiten. Roman
Das Weingut. Aufbruch in ein neues Leben. Roman
Das Weingut. Tage des Schicksals. Roman
Das Kaffeehaus. Bewegte Jahre. Roman
Das Kaffeehaus. Falscher Glanz. Roman
Das Kaffeehaus. Geheime Wünsche. Roman
KaDeWe. Haus der Träume. Roman
KaDeWe. Haus der Wünsche. Roman
Montmartre. Licht und Schatten. Roman
Montmartre. Traum und Schicksal. Roman
(Alle auch als E-Book erhältlich)

Band 1 des großen historischen Romans von SPIEGEL-Bestsellerautorin Marie Lacrosse.